岩田賛
探偵小説選

論創ミステリ叢書
108

論創社

岩田賛探偵小説選　目　次

創作篇

評論・随筆篇

凡例

一、「仮名づかい」は、「現代仮名遣い」（昭和六一年七月一日内閣告示第一号）にあらためた。

一、漢字の表記については、原則として「常用漢字表」に従って底本の表記をあらため、表外漢字は、底本の表記を尊重した。ただし人名漢字については適宜慣例に従った。

一、難読漢字については、現代仮名遣いでルビを付した。

一、極端な当て字と思われるもの及び指示語、副詞、接続詞等は適宜仮名に改めた。

一、あきらかな誤植は訂正した。

一、今日の人権意識に照らして不当・不適切と思われる語句や表現がみられる箇所もあるが、時代的背景と作品の価値に鑑み、修正・削除はおこなわなかった。

一、作品標題は、底本の仮名づかいを尊重した。漢字については、常用漢字表にある漢字は同表に従って字体をあらためたが、それ以外の漢字は底本の字体のままとした。

創作篇

砥石

1 藁細工

美しく晴れ渡った十月末の夕暮、北国特有の澄み切った西空は、村の西側に連なる俗に西山と呼ばれている五百米《メートル》もある屏風《びょうぶ》のような丘陵に下半部を包まれて、もうあたりの樹立《こだち》には夕靄《ゆうもや》がウッスラと棚引いていた。

笹井篤《あつし》は秋の土と草の香を含むシットリと冷い夜気を、煙草と一緒に胸一杯吸い込みながら、友人誠太郎の問題を頭に浮べた。そうだ、今日は一つ朝倉の兄さんに話してみよう。彼は霜の未だ来ない堅い白い道を足早やに歩いていた。

朝倉誠太郎は農商学校以来の親友で、家も近かった関係から、始終往来《ゆきき》していた。誠太郎の問題というのは、最近誠太郎に笹井も知り合いの娘との縁談が起り、周囲の者も円満な進展を希望しまた予期していたところ、二三日前、突然誠太郎の兄から強硬な反対が出て問題が行悩みとなり、誠太郎から笹井は何とか兄を説得して欲しいと頼まれていたのだった。

誠太郎の兄は寅之助といって柏―村では中農という程度、若い頃は一時鉱脈《やま》に凝って東北一円を歩き廻ったという話だが、父親が五十代で歿くなり続いて一年も経たずに母親も後を追ったため、数年前帰郷して弟と一緒に田畑を見る傍ら、元来が頭の良い男で、農具の改良もやれば村の問題も相談をかけられるという風で、この四五年来、農業組合の主任となり評判も悪くなかった。

朝倉の家は山の根にあって、山の岬と岬の間に抱かれていた。県道から爪先登りに折れると両側から杉並樹がかぶさって殆ど真の闇の中を、十間《けん》ほど向うに、ふと人の気配を笹井は感じたので、てっきり擦れ違うものと思ったが、それっきり人の気配は消えてしまった。変だな、と思いながら彼は朝倉の屋敷に這入って行った。

「兄さんはお留守?」と笹井は囲炉裡端《いろりばた》に上り込みながら尋ねた。朝倉の細君は、

「さっき納屋へ出て行ったようよ、また例の藁細工でね、根《こん》が良いったらない。毎晩きまって今頃始めるのよ」

「毎晩ですか、驚いたな……時に、誠ちゃんの件はどうなりました？　両人とも真剣だし僕も是非何とかしたいと思っているんですよ。今日も実は、兄さんに僕からお願いしようと思って来たんだが……」

「私も篤さんから話してもらうと良いと思うけれど、今晩はおよしなさい、とても気嫌が悪いから。さっきもそれが因《もと》で誠ちゃんと大喧嘩になり、茂木原さんが見兼ねて停めたんで納ったところよ、困ってしまう……」

そこへ当の誠太郎が出て来た。焦《い》ら焦らした様子で絶えずバットを吸い続けたが、いつになく無口であった。場が白けて話も途絶え勝なので、その内誠太郎は勝手を出て行った。笹井は寅之助に会うのを諦め機を見て腰を揚げた。

表へ出て母家《おもや》の角を門の方へ廻り込むと、井戸端で顔見知りの茂木原が、この暗い中でセッセと洗濯をしていた。

「何です今頃、えらい御勉強ですな」

「やあ、昼間町へ出た戻りに、県道の曲り角の田の畔《くろ》の落し口へ、自転車ごと嵌《はま》り込みましてね。背中から足先まで泥まみれ、朝倉さんの借着《かりぎ》ですよ……」

「酷い目に会いましたね」

茂木原は半月ほど前から朝倉の家に滞在している客で、年頃四十を些《すこ》し出た位か、気さくな話の面白い男で、笹井も来る度に言葉を交していた。

茂木原に別れて爽涼《そうりょう》の夜気の中を、笹井はダラダラ坂の小径《こみち》を戻って行った。すると、ものの一分も経ったろうか、半丁ほど降《くだ》った時ふと、何か怒鳴るような声を背後に聞いて彼は足を停めた。朝倉の家だ。彼は何かドキンとした気持で足早やに戻り始めたが、遂に駈け出した。

納屋の戸が二尺ほど開いて、灯《あかり》が縞に洩れている中で、誠太郎と茂木原が睨み合っている。

「どうしたんだ！　誠ちゃん」笹井が駈けつけると、誠太郎は妙に眼を光らして、納屋の中を見ろという手付をした。茂木原が先に、笹井が続いて納屋に踏み込むと、前の茂木原が「あっ！」と叫んだ。

2　納屋の中

納屋の入口から向って左側の土間の端に、棚の柱を背にして、朝倉寅之助が前のめりに俯伏《うつぶ》していた。血潮が頭部から顔、前膝へかけて一面に染め、膝元の藁束まで飛び散っている。笹井はつつと駈け寄ると、血の匂にむせながら、寅之助の肩を摑んで引起こそうとしたが、その躰《からだ》は何の手応《てごたえ》も示さない。手首には微かに体温が残っていたが脈搏は無く、生を遠のく冷たさが徐々に拡がり始めていた。左手には造りかけの藁細工を緊《しっか》り握っている。

「酷い怪我だ、駄目らしい！」と笹井は振り向いて「誠ちゃん、どうしたんだ？」と云った。

「何だか判らない！　俺がここに這入ると、もう死んでいたんだ。何でやったか判らない！」と誠太郎は周囲を見廻した。茂木原も顔を硬くして云った。

「とにかく、これあ奥さんには見せない方が良い」

その時、笹井はつと立上って、土間の屍体と反対側の隅から、直径一尺位の丸砥石を電灯の下に持って来た。見ると、軸から抜いてあって、砥石の角は一部分鮮血が附着していた。笹井は、

「これだな！　……だがどうしてこんなもので……」と云いかけて言葉を呑むと、茂木原が口を挟んだ。

「四五日前から、軸から抜いて納屋の表に置いてあったのを見ました。これあ、過失じゃないな、誰かに殴られたんだと思うが、どうです？」

笹井と茂木原は、云い合わしたように誠太郎を振り向いた。誠太郎は蒼白な顔に、唇を震わせて、

「……まさか、俺が……」と云った。「君が帰るちょっと前、兄貴に些し話そうと思ってここの前まで来たとき、中で変な音がしたので戸を開けると、もう兄貴は死んでいたんだ。中には誰もいないし、他に出入口はない。あまりのことに、自分はボーッとしてしまった」

笹井が訊いた。

「音がしてから君が戸を開けるまで、どの位あった？」

「何かあったな、と変に思って用心して中の様子を窺ってから、十秒位と思う」

「それっきりかい、音は？」

「それっきり何の音もしないので開けて見たんだ」

「待ってくれ。僕が通った時確か戸は閉まっていたぜ、君が閉めたのかい？」

「実は閉めたんだ。閉めてからもう一度兄貴の模様を確かめたのだが……何故あんなことをしたか、今になってみると、不思議でならない……」

笹井はちょっと黙って考えていたが、

「困ったな」と云った。「戸を開けてそのままにしてあったら、僕が気付かずに素通りするはずもなし、時間的に君の話をある程度裏書き出来るんだが……」

「では君は俺を疑うのか？」誠太郎は気色ばんだ。

「いや、疑っちゃいないが……」と言葉を切って「君の立場は不利だぜ」

誠太郎の信じられないような話に、笹井と茂木原は凝《じ》っと黙って立尽していた。誠太郎の経験が、またさっき茂木原が口を滑べらしたような想像が、両方とも真実であるとすれば、十秒から十五秒の短い間に犯人は納屋から消失した訳である。そんなことが在り得るだろうか？改めて三人は納屋の中を見廻した。

納屋は四間に二間の広さで、中央は土間、入口は北側に一間の引違戸一つあるきりで、這入って右側は幅一間の板の間が土間から三寸ほど上っている、板敷の反対側には高さ一間位の処に、幅三尺の棚があって、正面と左側には明採り《あかりとり》の無双窓があった。寅之助はその棚の下の右手に向って座ったまま死んでいた。土間には細工台、籠、藁束、押切等が置いてある。兇器と見られる丸砥石は、直径一尺幅二寸ほどの、一般に水丸砥と云われるもので、屍体とは二間の土間を隔てて、反対側の板敷の縁に接して転がっていた。

誠太郎が嫂《あによめ》に変事を知らせに行ったので、笹井が茂木原を促して外に出ようとした時、茂木原が土間から、銀の雁首《がんくび》と吸口のついた煙管《きせる》を拾い上げた。それは誠太郎の所有《もの》であった。丸砥石は茂木原の話によると、よく朝倉の家へ遊びに来る農業組合の若い書記中根が寅之助に頼まれて、四、五日前軸から抜いておいたものだった。

笹井は戻って来た誠太郎に、細君の用が済み次第納屋に錠をおろすように云って、茂木原と二人に後を頼み、派出所に届け出のため朝倉の屋敷を出た。

3　二人の容疑者

翌朝九時、笹井の前夜の届出により、若―町警察署の塚越警部が医師、担当刑事を連れて出張し、現場と関係者の取調べが開始された。

寅之助は午後八時前後、重い鈍器で前頭蓋を破砕されて即死した。明かに他殺で、兇器は現場にあった農具研磨用の丸砥石である。誠太郎は戸の外で兇行の物音を聞いて飛込んだと陳《の》べているが、犯人が逃げた様子のないこと、普段使っていた煙管を現場に落していること、笹井が帰る時戸の閉っているのを見ていることからして、彼が納屋の中で兄に結婚問題の解決を迫り交渉中、激昂のあまり兄に手をかけたと想像され、彼に対する、嫌疑は濃厚となっていった。現場に落ちていた煙管については、前日頃から見えなくなったと誠太郎は申立てているが、犯行の動機としても、彼の縁談が二日前被害者の突然の反対で行き悩みとなっている点と、その日も両者の間に口論が醸《かも》されたことから充分と判断された。ただこの件に関して不審なことは、関係者の聴き取りに依ると、被害者はこの縁談に反対する明白な理由を云わなかった事と、前から判っていて同人も諒解していたらしいのに、何故、突然二日前に強硬な反対を表明したか、という事だった。

誠太郎の結婚の対者《あいて》は中根貞子と云って、農業組合で寅之助の下に働いている書記の中根久雄の妹であった。しかも中根は四、五日前例の丸砥石の修理を寅之助から頼まれて、砥石を枠台から外していることである。当然中根久雄が喚び出された。服装《みなり》もきちんとした敏《はし》こそうな青年である。

「君は、君の妹と誠太郎の縁談に寅之助から反対の出たことを知っているかね?」塚越警部はまずその問題から訊いていった。

「はあ、一昨日妹から聞いて愕きました。あの縁談は双方の関係者も全部諒解済だったのですから」

「実は寅之助が昨晩納屋の中で、君が修理しかけていた丸砥石で頭を殴られて死んでいたのを、誠太郎が見付けたのだが、誠太郎の説明に不審の点がある。寅之助が、何故最近この縁談に反対を云い出したか、原因を知らないかね?」

「……全然見当がつきません」

「話は別だが、君はこの外した砥石をどこに置いといたかね?」

「納屋の外の東側の壁に立てかけて置きました。あれは軸が曲って廻らなくなったので、朝倉さんからなおしてくれと頼まれて、五六日前でしたか、軸を抜いて鍛冶屋に持っていってあるのです」

「時に」と塚越警部は訊問の方向を変えた。「君は昨夜この家に遊びに来なかったかね?」

「いいえ、参りません」

「ずっと、自宅《うち》にいたの?」

「……ちょっと外出しました。散歩ですが」

「それは何時頃?」

「七時頃自宅を出て附近を散歩しました」

「自宅に帰ったのは何時頃?」

「八時半頃と思います」

「どことどこに寄ったかね?」

「別に寄った処はありません、友達の処へ行く積りで出たのですが、その友達が今晩不在だと気がついて、そこへ行くのは止めました」

「すると、一時間半も外でぶらぶらしていた訳だな……それは可訝《おか》しいね……」

中根の陳述は、一時間半ばかり近辺を散歩したと云うのみで埒《らち》が開かなかったが、その答弁は段々怪しくなり、中根に対する警部の疑惑は深まるばかりであった。

午後現場検証は一まず打切りとなり、誠太郎と中根を有力な容疑者として拘置すると云い渡すと、塚越警部達は証拠物を押収して引揚げて行った。

4 組合事務所にて

屍体が運び出され警察の人が引揚げた後は村の有力者のことではあり、一しきり親戚知己《ちき》の見舞客も多く、他に人が居ないので、笹井は応接に忙しかった。その騒ぎも静まり、居残った親戚や親しい人の集まりから離れて笹井は勝手の隅の柱を背に腰を下すと、一服深く光を吸い込んだ。

聞くともなしに皆の話すのを聞いていると、

「……誠ちゃんの人柄は俺はようく知っているが、あれに限って兄《あん》さんに手をかけるような男じゃねえ……」

話しているのは、吉田という近所の中年の男である。

「見掛けによらぬ義理固いところのある男だよ、あれは。ここだけの話だが、あれは誰かを庇っているに違いないよ。誰か面会に行って、よく道理を話してほん当のことを云わせるんだな、一時の考えからそんな隠し立をしても、いずれは解るこったからな、つまらないよ。年が若いに可哀そうな……」

笹井はそうっと席を立って、静かに勝手口から靴をつっかけて表に出た。

門を出て半丁も降ったとき笹井は、昨夜人の気配が目前でサッと消えたことを思い出した。あれがそうだったろうか？　時刻にすると、屍体発見の三十分ほど前だ。あれから納屋へ行ったんだな、仮にその男を中根としてみる、妹の結婚のことで寅之助に会いに行く、その時刻には、いつも寅之助が納屋で藁細工を始める習慣を、恐らく中根は知っていたろう。納屋にはいる。細工物をしている寅之助に、妹の結婚に不同意の理由を詰問する、寅之助が理由を云わないか、あるいは明かした理由が、中根の承知出来ないほど不穏当なものだったろう。いずれにしても、我慢のならなくなった中根はカッとして、表に数日前から置いてあった砥石を持って来て寅之助に投げつける。その音を、恰度戸の外に来ていた誠太郎が聞いて戸を開ける。事の意外に愕いた誠太郎は突嗟に事情を諒解して、恋人の兄を庇う気になり、中根を逃がしてやる。起り得ないことではない。いや、これより外に説明は無さそうだ。おまけに中根にはアリバイが無いし、今日の訊問に対する態度からしても、非常に疑わしい。恐らく当局も自分の解釈と同じ方向に進んでいるのではあるまいか。

ここにもう一つの疑問は、何故寅之助は今になって反対を唱え出したか、という事だ。中根の妹の貞子は笹井の見たところでは、一点非の打ち処もない娘である。寅之助が考えを急に変えたという事は……何か事情が急に変ったという事になる。朝倉一家の側には事情が変るはずがないのだから、事情急変は中根側にある。そうか、これだな。寅之助は、中根側にこの結婚の成立を阻害する原因を何か、つい最近発見したんだ。しかもその原因は公表出来ない体《てい》のものだ。寅之助と中根の関係を検討する必要がある。二人共農業組合に勤めていて一人は他の下僚の関係にあるではないか。

柏―村農業組合は県道沿いにあって、朝倉家からは三丁と離れていなかった。事務所は小さいが、寅之助が来てから面目を一新して小さいながら製粉場、藁工場各一棟、肥料及物品倉庫二棟が広場を囲んで建っていた。夕闇がすっかりおりて晩《おそ》くはあったが、当直室には灯が煌々と点いていて、知り合いの事務員が一人、火鉢の前で新聞を読んでいた。

事務員はよい話対手《あいて》と思ったか、愛相よく笹井を迎えた。話題は当然昨夜の事件に及んだが、笹井は事件の説明は適当に切り上げて本題にとりかかった。

「今もお話した通り、問題は今になって何故朝倉さんが誠太郎君の縁談を翻意したかということです。そこで貴方に伺いたいのですが最近何か、朝倉さんか中根君の様子に変ったところを気付きませんでしたか？」

事務員は暫く考えていたが、

「そういえば一つ不審なことがありました。もっともこれが貴方のお役に立つか否《どう》か判りませんがね」

と冒頭して語り出した。

「昨日《きのう》の正午《おひる》前でした、私が製粉場から事務室に這入って行くと、主任と中根さんだけが残っていたんですが、中根さんが昼食に帰ろうとすると、机に向っていた主任が『中根君、ちょっと！』と呼び留めました。中根さんが行くと、主任は何かメモのようなものを渡したのですが、中根さんはそのメモを見ると急にハッとしたように顔を真赧《まっか》にして、自分の机に戻り、机の上の紙片や綴《つづり》をゴソゴソやっていたのが、いかにも普段のあの人らしくなく、妙にギゴチ無く見えたのです。その時主任は何気ない風で机に向っていました。中根さんは直ぐ部屋を出て行きました。何だろう？　変だな、とその時思ったんです……」

笹井は昂奮を抑えつけて、

「それで、中根君はその紙片をどうしたか憶えていませんか？」

事務員はちょっと記憶を辿っている風だったが
「さあ、私は中根さんの左側から見ていたんで、右のポケットに入れたか、あるいは抽出に抛り込んだか判りませんね」

「抽出に？」

「ああ、それがですねあの人は妙な癖があって、紙屑でも書き損じでもホゴ紙は、足元に紙屑籠があるのに、きっと、右の一番上の抽出に投げ込んでおくんです。そしてそれが一杯になると紙屑籠に移すんです。……だからヒョッとしたら、無意識にそうしたかもしれません」

「どうでしょう、その抽出というのを内証で見せてもらえませんかしら」と笹井は占めたという気持で頼み込んだ。「とにかく、誠太郎君も中根君も拘引されて、友達として放っておけない気持なので、何とか手懸りを摑んで早く当局に事件を解決してもらいたいのです」

笹井の熱意と、自分の好奇心も幾分手伝ってか、事務員は内証ですよと断って、事務室の電燈を点けた。

中根の事務机は黒塗りのお粗末なもので、右側の片袖には四段の抽出があり、鍵はかかっていなかった。事務員が「これですよ」と教えてくれた右の一番上の抽出を、笹井は期待と冒険にワクワクしながら覗き込んだ。なるほど、内部には事務員の言葉通り、屑紙、メモ、罫紙の引裂いたのが半分ほど詰まっている。笹井は一枚々々それを机の上に拡げて表裏を調べて行くと、右奥の隅から、長手に二つに折ったザラ紙のB７判のメモが出て来た。それを開いて中を見た瞬間、笹井の心臓はドキンと跳び上った。それには鉛筆書きで、
オ話シタキ件アリ、今晩七時半ニ納屋ニ来ラレタシ
と書かれてあった。笹井は横から覗き込んだ事務員に訊ねた。

「これは、朝倉さんの手蹟《て》ですか？」

「そうです、では、中根さんは昨晩主任に会ったんですね」

事務員は昂奮を抑え切れずにこう云った。

5　送局

笹井が農業組合で発見した事実は、更に意外な方面に発展して、急顚直下事件を解決に導いたかに見えた。

それというのは、中根はあの夜七時半些し過に確かに朝倉と納屋で会合した。朝倉との話が済んで納屋を出たのが七時五十分頃だった。塚越警部の訊問に対し、彼は朝倉と納屋で会ったことを他人に知られたくないので、裏木戸から帰路に就いたと申立てた。しかも、朝倉との会合の内容については、この事件には絶対関係がないからという理由で、頑強に答弁を拒否したため、殺人の容疑は誠太郎から中根に移って行った。それだけでなく、更に数日後別の方面から彼に不利な事実が曝露して彼の否認にも拘らず、中根の犯人である事は殆ど決定的となってしまった。というのは、朝倉の死後農業組合の朝倉の後任者が、事務引継のため帳簿調査をやってみると、組合員に対する配給品の蔵出量に金額にして数千円に上る不正が行われていることが判って、段々調べた結果、出納をやっていた中根の悪行が白日の下に曝されたのであった。中根も遂に包み切れず、あの夜朝倉が中根を呼出したのは、朝倉も中根の不正を発見して、自分の責任問題でもあり、その事実の有無を中根に質《ただ》し、出来得れば外《ほか》から発見される前に、何とか対策を講ぜねばならなかったからだった。一方中根の妹と誠太郎の縁談の経緯もそれが原因であることが判った。

ところが、中根は以上の新事実にも拘らず朝倉との会合を了えて納屋を出た時、未だ朝倉は藁細工をやっていたと陳述して、犯行に関しては頑強に否認し続けた。しかし当局は誠太郎の不審な供述は中根を庇うためと解釈して、動機、犯行の時刻、兇器、更に彼のその夜の行動より見て、彼の犯行は動かし難しとし、事件を地方検事局に移牒した一方誠太郎は参考人として引続き拘置されることとなった。

6 疑惑

事件が事件だし、誠太郎が未だ釈放されないので、寅之助の葬式は極く内輪に行われた。それでも村の有力者であり世話役でもあったので、会葬者は思ったより多く、男手のないこととて、笹井と茂木原はその一両日手伝いに忙しかった。

茂木原は葬式の翌日帰国した。

事件は解決したが、あの日以来笹井の頭にこびり附いて離れない一つの考えが、彼を悩ました。それは現場に落ちていた誠太郎の煙管である。雁首と吸口は銀で出来ていて、銅で菊の模様の象眼を施した、首尾六寸を出ない小型の腰差煙管で、百姓の普段使いには華奢《きゃしゃ》で贅沢なものだったが、誠太郎はそれを黒艶革の煙管差に入れて、対《つい》の煙草入と一緒にいつも使っていた。

中根が犯人とすれば、この煙管は何を意味するものだろう？　普段煙管を吸っている場合は、刻み煙草を摘《つま》み出すために煙管差と煙草入は腰から抜いて手元に置く。だから煙管で煙草を吸っている人に不意の事態が発生した場合は、煙草入が遺留されることはあっても、抜身の煙管だけが遺留される事はまず無いと見てよかろう。つまり煙管は、誠太郎を陥《おとしい》れるために事前に盗まれ、あの場所に置かれたとするのが正しい。すると、誠太郎の煙管差からあれを抜くチャンスを持っているのは、寅之助の細君、笹井自身、中根及茂木原である。前二者は問題とならないし、中根がやったとすれば、後でその事を知ったはずの誠太郎が、今まで中根を庇い立てしている訳がないから、これまた問題とならない。残るは茂木原だが、彼はあの時井戸端で洗濯をしていたから犯人たり得ない。笹井の推理はここまで来て矛盾に衝き当った。

しかしあの茂木原という男は、寅之助とはどういう関係なのだろう？　また何のために半月も朝倉の家に滞在していたのだろう？

葬式の翌々日の午後、笹井は執務《しごと》に閑暇《ひま》があったので、この疑問を解くために朝倉家を訪ねた。すると変なもので、朝倉の細君は笹井の来訪を待ち兼ねていたように、彼を迎えた。

「実はね、笹井さん可訝《おか》しなことがあるんだけれど、聞いてくれない？」

「何ですか、変なことって……」

「さきほど、朝倉の机と用箪笥を整理する積りで開けてみると、机の方は内部《なか》を誰かが弄《いじ》った形跡《あと》があるのよ。主《おも》に手紙やあまり大事でない書きものを容れてある抽出が、そんなにひどくは乱れていないけれど、朝倉は普段あの通り几帳面な人で、証書は証書、受取、手紙は手紙というようにキチンと重ねて分けて別々に納《しま》っておくのに、分け方が目茶々々になっているのです。殊に変なのはこれです」と細君は一冊の茶表紙の日記帳を見せた。「朝倉は昔から克明に日記を記《つ》ける人で、私がこの家に来てからも、こんなのが何冊もあるのです。死ぬ前日まで記けてあるのが、この一ケ月の間に何枚か綺麗に切り取られているの、ホラ、ここのところ……」

見ると、なるほど、剃刀《かみそり》のような鋭利な刃物で、綴口《とじぐち》から五粍《ミリメートル》ほどの処で見事に切り取られていて、ちょっと外からは判らない。前頁《ページ》は十月十三日になっている。

「十月十四日、十五日の分ですね」

笹井がなお調べてみると、切り取られているのは、十月十四日、十五日、十八日、十九日、二十二日、二十三日、二十六日の七頁である。笹井はちょっと考えていたが尋ねた。

「奥さん、茂木原さんが来たのは何日ですか？」

「あれは、万寿夫《ますお》が学校の休みの日だったから、半月ほど前の日曜の午後でした」

「フーム、十八日ですね」笹井は下を向いていたが、重ねて尋ねた。

「僕は前から貴女に伺おうと思っていたんですが、あの茂木原という人は、朝倉さんのお知合でしょうが、一体どういう関係ですか？」

「それが、私もあの日始めて会ったことだし前に一言もあの人の話を夫から聞いていなかったので、詳しい事は知らないけれど、あの日主人から鉱脈《やま》をやっていた頃の親友で、当時大変世話になった人だと聞きました」

その話に依ると、十八日の夕刻突然茂木原が訪問したが、朝倉は珍客の来訪を非常に喜び、夜晩くまで二人で飲んで、その晩は客の寝床も朝倉の部屋にとり就寝した。朝倉が是非と勧めて暫く滞在することになったが、他人《ひと》を外《そ》らさぬ性質《たち》で話もうまく、恰度稲の収穫の手伝いなども気軽にどんどんやり、誠太郎とも話が合った。朝倉との折合は別に可訝しいところはなかった。ただ、今から思うと、朝倉は表面《うわべ》こそ元気だったが、時々、何か屈托ありげな風が見えたことと、茂木原が来て一週間目頃、一度、何か品物をとりに表に出た細君が、二人が庭で立話をしている傍を通り過ぎた折、二人が急に話題を外らしてしまった事があった。その時は大して気にも留めなかったが、今になってみると、変と云へば云えるという話である。

「朝倉さんは茂木原の来訪を予期していたらしいですね。あの前に手紙を受取っているか否《どう》か解りませんか？」細君の話を聴き終った笹井が云った。

「さあ、気がつかなかったわねえ。手紙は十時と三時に配達されますが、午後の分は万寿夫が父の処へ持って行くことにしているから学校から帰って来たら万寿夫に訊いてみましょうか？」

「そうして頂きましょう、ところで……」と笹井は今まで胸に抱いていた疑問と推定を、全部朝倉の妻に話した後「……ですから、私の結論は茂木原が怪しいと思うのです。切り取られた日記の十月十四日、十五日は茂木原来訪の通知です。十八日は来訪の意図の判った記録、十九日以降は何だか判らないが茂木原との交渉の記録でしょう。時に変なことを伺いますが、朝倉さんは茂木原が来てから、特に金を引出された形跡はありませんか？」と尋ねた。

「そうね、小口の郵便貯金は私が出し入れしていますが、大口のものは主人が自分でやっていたので、主人が私に云わなければ、銀行の通帳を見なければ判らないわね」

「それを調べてみようじゃありませんか」

細君は同意して、用箪笥の鍵を開けて、山―興農銀行と北―銀行の預金通帳を一冊ずつ出して来た。北―銀行の方は異常がなかったが、山―興農銀行の方は、果して、最近かなり多額の預金が引出されていた。笹井は愕きに、通帳を持っている手を震わせて云った。

「十月十九日に六百円、同じく三日措《お》いた二十三日に三百円引出されていますね。切り取られた日記の十九日、二十三日とピッタリ符合します。日記を切り取ったのはやっぱり茂木原だな、奥さん、これは容易ならん発見ですよ……」

朝倉の細君は蒼白な顔を緊張に硬ばらせて、暫くは笹井の顔を見守るばかりであったが、やがて細い声で怖しそうに云った。

「でも、何故茂木原は朝倉を殺したのでしょう、お金までそんなに奪《と》った上……」

「愕いては不可《いけ》ませんよ、茂木原は朝倉さんの弱点を握っているか、あるいは非常に大きな恨みを抱いているものと、私は想像します。という訳は、この預金の引出し方が、第一回が多く、二回が少いからです。茂木原はまず非常に大きな金を要求したんです。それに対し第一回の六百円は相当の開きがあったのでしょう。更に交渉が続けられたが、朝倉さんが頑として承知せず、第一回より更に少い三百円しか出さないので、茂木原は激怒して朝倉さんを殺し、その上弟に嫌疑のかかるような工作までやったものと考えられます。ですから誠太郎君の死体発見の話には、どこかに間違があるはずです」

7　手紙の発見

その時、万寿夫が学校から帰って来た。母親に呼ばれて、ランドセルを背負ったまま駈けて来たが、父に似た眼の大きい悧巧そうな子供である。

「万寿夫、お前にちょっと訊きたいことがあるのよ」

と母親が云った。

「それはね、茂木原の小父さんが来た二三日前、お手紙をお父さんの処へ持って行った憶えはないかい？　よく考えて御覧」

「……」万寿夫は考えていたが「憶えているよ」と答えた。

「そう、それは何日《いつ》？　どんな手紙？」

「白い封筒で二本茶色の線があったよ、随分前だから、僕、日は忘れてしまった。ああ、そうか、水曜日の午後だ。算盤《そろばん》持っていたからね。学校から帰りに、配達の小父さんから貰ったんだ」

「水曜日というと、十四日ですね」笹井は朝倉の細君と頷き合った。

「それで、お父さんは、直ぐそのお手紙見た？」

「違う、お父さん居ないから、机の上に置いといたよ」

笹井は差出人の名前やスタンプのことを憶えているか訊いてみたが、万寿夫は全然注意を払っていなかった。恐らくこれが茂木原からの手紙だろう。茂木原が持ち去ったか否《どう》か判らないが、一応捜してみる価値は充分あった。

朝倉の細君と笹井は、見込はないと思ったが、まず朝倉の机の抽出から捜し始めた。案の定それらしいものは見当らなかった。次は用簞笥である。用簞笥は昔風の巌丈な造りで、細君の持って来た品でなく、先代から使っていたものらしかった。鍵を開けて下段から内容を一々叮寧に調べて行ったが、下二段とその上の振分抽出にはそれらしいものは無かった。

「書類や書きものはこれでお終いで、これから上は細々《こまごま》した品物ばかりです」と細君は上の抽出を開け、小箱や包を出しかけたが「オヤ、これは何だろう？」と云って、一枚の農業組合の新しい中型封筒を取り出した。それは、小箱や袋物類の間に挿し入れてあった。表にはペンで次のように読まれた。

フサ殿　　寅之助
昭和××年十月二十四日

ハッと息を呑む彼女の横から覗き込んだ笹井は、思わず腰を浮かして封を切る手元を見守った。中から出て来たのは、正しく、先刻万寿夫の話したあの茶色の線の這入った白封筒に違いなかった。中にはもう一枚便箋が入っていて、それには寅之助の手蹟《て》でこうペン書きしてあった。

小生の身に不慮の事故起りたる時、同封の手紙役に立つものと思い、残し置くものなり。　寅之助

啜り涕《な》く朝倉の細君から、笹井は封筒を受取って見ると、宛名は朝倉寅之助（親披《しんぴ》）、差出人は水原五郎、消印は秋―県――局となっている。内容は普通の白便箋二枚に先の太い万年筆で次のように書かれていた。

親愛なる朝倉兄

まず貴兄の御健勝に心から祝意を表する。次に八年振の今日、不図《はからず》も貴兄に音信し得る事、愚生として歓喜の情を禁じ得ない。貴兄とても忘れはしまい。あの八年前の盛夏、青―県の深山の眩《くら》めくような深緑の中、含有――%以上と推定される亜鉛の富床を発見し、抱き合って神の恩寵を謝した二人。希望に燃えて下山し祝杯を挙げた山宿の思い出。それを誰が予想したろう、その二日後貴兄の巧妙な詭計に依て、希望の絶頂から失意の奈落に突き落される自分であろうとは。貴兄との堅い約束により、あの日山の所有者内山氏を訪れた自分は、内山氏から、その前日貴兄が単独名儀で売買手続を済ませた、と聞かされた時の愚生の愕き、御想像を願う。何故、事前に貴兄の企みを見抜き得なかったろう、と悔恨に眠れぬ夜が幾夜あったことか。それから半ケ月は貴兄の行方の捜査に費した。しかし運が無かった。貴兄が予め用意した偽の住所を頼りにしての捜索の無意味なるは、云うも愚かなことであった。しかも不幸はそれだけではなかった。失意、家郷に帰れば、家郷には容れられなかった。已《や》むを得ず、妻子を家郷に残しての出稼二年、憐むべし妻は留守中に病死し、当時二歳の幼児は里子にやられてしまっていた。その後数年間の愚生の苦汁の体験は長くなるから書くまい。最近偶々《たまたま》御地農業組合主任としての貴兄を知っている某氏に邂逅した時の、愚生の気持御想像ありたい。しかし恩讐も色褪せる八年の時の流れを超えて、白紙に戻って貴兄に会いたいという愚生の心境を、貴兄に解ってもらえるだろうか。会って貴兄の口から謝罪の言葉を聞きたい。

近日お伺いする所存でいることを附加えて筆を擱《お》く。

昭和××年十月十二日

茂木原五郎拝

笹井は読み終ると、手紙を朝倉の細君に渡し部屋を出て行ったが、そのまま真直ぐに、ひっそりとした納屋の中へ這入って行った。

8　砥石と煙管

二時間後、笹井は若―警察署の面会室で塚越警部と向い合っていた。笹井が前章までに発見した事実を聴き、茂木原の手紙を読み終った塚越警部は顔を上げて云った。

「君の今の話が全部事実だとすると、犯行の動機に関する限り、茂木原も確かに怪しいと云えるが……」と言葉を切って「しかし誠太郎の陳述では、納屋の中で妙な音がした時、茂木原は洗濯をしていたんだからね」

「確かにそうです。ところが今も申上げた通り茂木原の滞在中に殺害の動機が段々醸成されたことと、朝倉から思い通りの金が絞れないと判ってから、つまり二十三日以降事件発生の三十日まで一週間以上も彼がずるずる泊っていたのは、殺害方法の撰択と決行の時機を待っていたとより他に考えられないので、これはどこかに誤謬があると思って調べてみましたところ見込通り茂木原が犯人だという確証を得ました」

塚越警部は驚愕の色を顔に浮べて云った。

「フーム、まあ話して見給え」

「まず私の腑に落ちなかったのは、被害者の傷の位置と兇器の転っていた位置と、もう一ツは現場に落ちていた誠太郎の煙管です。もし中根が寅之助と口論の末殺害をしたとすれば、その時被害者は反射的に立ち上るか、少くとも握っていた藁細工は手から離すと思います。また前方から投げつけられたのだから、傷は前額部より下にあるはずです。更に、御承知のようにあの時は土間には藁束や藁打台や押切などが散乱していましたから、前方から叩き付けられた兇器がそれらの邪魔物をすり抜けて二間以上も撥《は》ね返って、反対側の板敷の裾まで転ることは無理だと思いませんか？　してみるとこれは上から殴るか落すかしたと見る方が正しいのではないでしょうか。そこで殴ったとすると仮令《たとい》上方からやったにもせよ、細工物を被害者が握っていた点が矛盾します。それで私は上から落したと仮定しました。そこであの棚を調べてみますと、竹籠だの古炬燵《こたつ》だの農具の毀れたのが雑然と置いてある間に、恰度屍体の真上には雨蓑が二枚重ねて置いてありました。それが可訝しいことに他の載っている品物よりも塵埃の堆積が少ないのです。しかもよく調べてみますと、下の方の雨蓑は大体他の品と塵埃の程度が同じであることを発見しました。というのはつまり、最近一度それが注意して静かに退《ど》けられ再び元の場所にそうッと置かれた時、元の上下を逆に重ねたのです。実にこれは致命的な錯誤です」

塚越警部は段々話に引き込まれて、顔は紅潮してきた。笹井は話を続けた。

「次に棚の上が暗いので御承知の無双窓を開けたのですが、その時ピーンと胸に来たのがその雨蓑の置いてあった位置から無双窓の四寸ほどの隙間を通して、井戸が一直線に見えたことです。私は思わず狭い棚の上でウーンと唸りました。彼は何か綱か細引のようなものを使ったに違いないと悟りました。朝倉の奥さんにちょっと頼めば良いものを、茂木原が何故あんなに暗くなってからわざわざ洗濯などしていたか？　月の無い夜で暗いから、仮に細引としても、それは弛めておけば地上を這って人の眼にはつきません。必要の時に引張ればよいわけです。始めは誠太郎が現場へ来ることは予期しなかったでしょう。誰か通りがかりの人に自分のアリバイを示しつつ朝倉を殺害し、盗んだ誠太郎の煙管を現場に置いて、誠太郎に罪をなすりつける積りだったのが、恰度現場に誠太郎が近附いたので、頃合を計って、予め用意した遠隔管制装置を作動させたのです……」

「ちょっと待ち給え」堀越警部が口を挿んだ。「だが、誠太郎が現場に近附いた時決行するのは戸の前で音を聞き内部《なか》へ這入らないで人を呼ぶ場合の危険があるね。他の者に茂木原自身のアリバイを示しておいて決行する方が安全じゃないか？」

「それですよ、私もそれを考えたんですが、結局、もし誠太郎君に確かなアリバイがあった場合はなおさら危険だから、当時の誠太郎君の精神状態を充分計算に入れて、家族の者が誠太郎君のアリバイを確認していない時を撰び今仰有《おっしゃ》ったリスクを賭けても決行したものと思います。その時の判断は実に微妙なところで、それがまた茂木原の狡猾《こうかつ》な一面をよく物語っています。マンマと成功しましたからね」

「それで君はその遠隔管制装置も確めたのかね？」塚越警部が訊いた。

「大凡《おおよそ》の推定はつきましたが、それを確めたいのです。どうでしょう、先日証拠物件としてお持ちになった、丸砥石と誠太郎君の煙管を見せて頂けないでしょうか？」

「お易い御用だが、それを見れば明瞭《はっきり》すると云うのかね？」

「茂木原は十中八、九分まで私の推定通りの方法を使ったと思うのですが、あとの一分はそれを見ない内は何とも申兼ねます」

「なかなか気を持たせますね」塚越警部は口ではおどけて出て行ったが、顔は真剣だった。二、三分すると件《くだん》の二品を持って警部は戻って来た。

笹井はまず煙管を受取ると、立って窓ぎわへ行って、煙管の――特に雁首の処を念入りに調べていたが、満足の微笑を浮べて席に戻った。

「済みませんでした、塚越さん。私の推定が当っていたようです。最初、私は丸砥石を棚から落す場合の砥石の置き方を考えたのですが、平らに棚の上に置いたのでは、棚に接する面積が大きくなり、何か鉛筆のような口

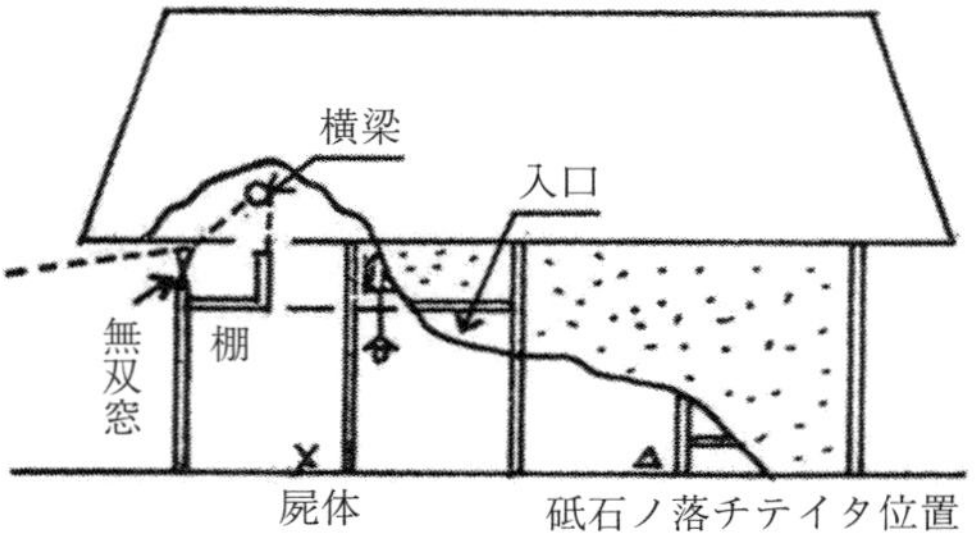

第　1　図

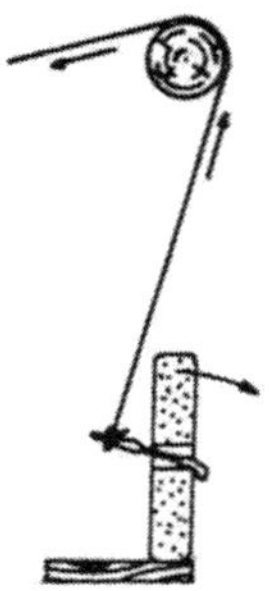

第　2　図

ーラーを使わないとうまく行きそうもありません。また現場にもそれらしいものは落ちていませんでした。そこで、丸砥石を縦に立てて、棚の上面が丸砥石の円周の切線になるように置いて、両側の隙に何かを挟んで安定させて落したのだろうと推定しました。挟んだのはきっと今お話した蓑だろうと思います。なお観察を進めて行きますと、恰度棚の外端の真上の辺に四寸ほどの細い梁《はり》が棚に平行して渡っています。つまり、細引を無双窓から挿入れて梁に引懸けて垂らすと、恰度棚の外端に立てた丸砥石の外端に来ることが判りました。そうすると、細引を引張った時に、丸砥石の上半部を軽く押す装置があれば、丸砥石は上方から傾き始めるわけです。ちょっと画いてみましょう……」と云って笹井はポケットから手帳を出し、一枚頁を裂きとって次のような略図を書いた。（第一図）

「次にはその装置、つまり細引の末端はどうなっているかということですが、私はそれを知ってその方法の巧妙なのに感歎しました。

塚越さん、茂木原はこの煙管を使ったんですよ！」笹井は煙管をとり上げた。

「この雁首の曲った内側を見て下さい。……縦の方向に細い疵が五、六本見えましょう」

塚越警部はテーブルの上に軀《み》を乗り出して煙管を調べたが、肯定したように頷いた。

「この疵は非常に新しくて、この灰を叩いて出来た疵と直角方向に流れています。しかも細い浅い擦り疵です」笹井は卓子《テーブル》の縁に砥石を立て、煙管を丸砥石の軸孔に挿入し、雁首を孔の下側の外角に下向に引掛けた。そして煙管を斜めにして、吸口を孔の反対側の上端に出るようにした。（第二図）

「こうして吸口の方に細引を縛り上方へ静かに引張れ

ば、雁首のために途中で早めに棚から外れることなく、丸砥石は確実に徐々に傾き、終《つい》に棚からあまり離れずに煙管を伴って落下します。この雁首の擦り疵はその時に、砥石の軸孔の縁の粒子に依て出来たものです。

茂木原はあの夜、朝倉さんが細工物を納屋でやることを知って、暗くなると直ぐこの装置を準備し、自分は井戸端で洗濯を始めたのです。そして誠太郎君が勝手口から出て来るのを見るや、井戸端で細引の一端に引張りを与えて砥石を落し、朝倉さんを殺害しました。細引は無双窓から引張り出してどこかへ隠してしまい、誠太郎君が納屋から出て来るや早速駈けつけ、私と一緒に納屋の中に入る機会を掴み、完全に目的が遂行されたのを確認してから落ちている誠太郎君の煙管を私に見せました。電燈が低いため誰も棚の上の雨蓑が退《ど》かされていることに気が付きません。彼は、貴方がたの調査が済んでから適当の時、雨蓑と無双窓を旧《もと》に戻しておいたのです。それから後は、自分の前身の手懸りを失くすことが必要で、机の中の日記は裂いて抹殺したのですが、用箪笥は遂に開ける機会が無く、あの手紙を残して行くのは心残りだったでしょうが、葬式が済むや逃げ出したのです」

笹井はこう話を結んだ。

先刻から一言も口を挿まず聴き入っていた塚越警部は、話が済むと、卓子の一点を凝っと見詰めていたが、暫くして眼を挙げて云った。

「いや、どうも有難う。早速茂木原に対する手配をしましょう」

その言葉は短かかったが、眼は、笹井に対する感謝の気持を一杯に湛《たた》えていた。

笹井は黄昏《たそがれ》の迫った薄暗い中で、下を向いて、パッと煙草に火を点けた。

撞球室の幽霊

(1)

捲き込まれた海水から、ポカッと水面に首を出したときのように、五感を真綿に包まれた隔離感から解放されて、十文字《じゅうもんじ》は浅い睡りから醒めた。

躯《からだ》じゅうが馬鹿に懈《ものう》い。あたりは真暗らでヒッソリしている。何時かな?――と枕元のスタンドのスイッチを捻ろうと、床の中から右手を出しかけると、ウッと軽い吐気がきた。そのまま眼を瞑って息を静かに吐き出した時、さっきの妙な出来事が徐々に頭に蘇ってきた。

あれから何分間、何時間経《た》ったろう?

あの時、何かの気配か危険の予感がしたので、彼が眼を開くと、薄暗《うすやみ》の中に鼻先きに跼《かが》みこんでいる人影。愕いて跳び起きようとすると、顔一杯何か柔らかいものを押し付けられて、もがく内に気を失ってしまった。

吐気が落付いたので彼は静かに起き上り、スタンドの灯を点けた。正面の壁に黒々と映った大きな自分の影を、凝《じ》っと見つめて彼は考えた。

扉の鍵は掛けなかったから、這入ろうと思えば誰でも忍び込めるわけだ。枕元に置いた腕時計は異状がないし、室内の服や鞄も手を触れた形跡が無い。彼は悠《ゆっ》くり立ち上って室内を一通り確かめたが、やはり何も盗られてはいなかった。

十文字は扉を開けて廊下へ出た。

真夜中の静寂の中に、昼間は気が付かない渓流の水音が淙々《そうそう》と耳について、磨きあげた廊下が春の夜気に冷え冷えと光っていた。

隣室の沢井を起こそうと思って、扉のノッブを引くと鍵が下りている。……待てよ、沢井はこの二、三日眠れないで困るとこぼしていた、わざわざ起すのは気の毒だな。しかし――と彼はノッブに掛けた手を離した。――物盗りでないとすれば、同じ格好の部屋が幾つも並んでいる中で、殊更自分の部屋と知って忍び込んだに相違ないから、そこに何か曰くがなければならぬ。東京から三十里も離れた温泉場の、時候外れで割合閑散な昨今、知り合いが迂路《うろ》ついているはずもなし……とすると、まさかとは思うが、沢井が侵入者でないとも限らない訳だ。どっちにしろ起すのはまずいな……

社用で沢井を連れてM市に寄った帰り、社長が昔からひいきで、十文字も馴染みのこのホテルで、取引先の幹部を御馳走した後、商談成立の電報を会社に打って、今時滅多に出張もない沢井にサービスの気持もあり、二、三日骨休みすることにしたのだったが。

彼が部屋に戻って、さて、と寝床に潜ろうとした時、オヤッと眉を寄せた。

さっきは気が付かなかったが、掛布団の真っ白な襟に、スタンドの灯でやっと判る程度の淡い桃色の汚れが、一抹スッと走っていたのである。

(2)

雨に濡れた屋外の若葉が、窓面積の大きい撞球室の天井と床を明るく緑に染めて、湯上りの血の透《す》いた手首にまで黄色っぽく映っていた。

「アイタタタタ」と、良い形に隅に寄せてこれからという時、十文字はでかいミスをして、思わずお国弁が口を滑った。

「課長さん、どうしたんです……今日はまるで当りませんな」

チョビ髭を最近たてた丸顔を湯上りにてらつかせて、沢井はそれが癖の、キューの先を鼻先に来るように倒して、手袋を嵌めた右手でキューにチョークを呉れながら、

「ねえ、君」とゲーム取りの少女を振り返った。

「ほんとですねえ……何か、外のことを考えていらっしゃるんじゃありません？」

ゲーム取りが答えた。

沢井の灰色の薄い手袋は、洋服ならともかく、丹前《たんぜん》の袖からニュッと出た手首を包んでいるだけに、馴れぬ眼には全く異様な感じだった。去年の冬、独り寡《やも》めの自炊中、油鍋の粗《そ》そうで右手に酷い火傷《やけど》をしたが、人一倍見え坊の彼は、すましたもので、傷痕を他人に見られるのを嫌って嵌めているのである。

十文字は二本、沢井は六〇ソコソコという相手で、昨日はとんとんの勝負だったが、今日はどういうものか十文字にミスが多く、反対に沢井の当りが出ていて、毎回、二キュー三キューで十文字は押えられた。

その時、昨日ここで顔見知りになった、三神という沢井と同年配の男が、

「相変らずごセイが出ますね」と這入って来た。「もっ

とも、こう降られたんじゃ足元が悪くて、山歩きも出来ませんな、ハハハハ……」

「やあ、いらっしゃい、いいとこだ！　十文字さんは今日はサッパリですよ」沢井は内懐ろからケースを出すと一本咥《くわ》えて、球をならべながら、「三神さん、きのうとはちょっと違いますよ、凄い当りが出ているんだから……」

と云って、ケースを長椅子のクッションに置いた。

三神はキューを架から外して、

「ハリキッていますな……ホホウ、これはなかなか立派なケースだ、よっぽどしたでしょう」とケースを手にとって沢井に訊いた。

「それが無償《ただ》なんですよ」

「ヘーエ？」と三神は戻って来て、球を狙ってキューをしごいた。

十文字は長椅子に掛けて、二人のやりとりを黙って聞いていたが、ふと沢井に、

「僕は、そのケースを失くしちゃったよ。アルミだからしまっておいたのを、戦争が終って使い始めたトタンにね」

「そうですか、惜しいことしましたね……」

「社長の還暦祝いのお返しだったたね、あれは。……そうそう、あの時もここで突いたっけ、君や橘君と。橘君が熱を上げていた頃だったが、どうしたかな彼は？」

十文字は、ちょっと感傷的な詠歎に近い口調で云った。

「どうしましたかねえ……」と沢井は、キューを立てて、球台に向ったまま、鸚鵡《おうむ》がえしに答えた。

三神は沢井と交替して長椅子に戻って来ると、

「ちょっと拝見」と椅子の上のケースを手にとった。

艶消しのアルミニウムのケースの下隅に、Y・Zとエナメルの飾り文字のイニシャルが見事なものである。「なるほど、これじゃ戦争中は使えませんでしたね」

「ウチの工場の端材《はざい》を絞って造らして、社長が皆に配ったんですよ」十文字が説明した。

「沢井さんのにしちゃ、イニシャルが変ですね」

「ああ、そりゃ先生の旧姓——座間のイニシャルだから……」と十文字は云いかけて、尻を撞球台の縁にくっつけてマッセをやっている沢井に笑いかけた。「オイ、君はまさか僕のを盗ったんじゃあるまいな？」

沢井は狙いを停めて、チラッと振り向くと、

「とんでもない！」とおどけた様子で、スリッパの音高く馳け寄ると、ケースを懐ろにしまった。

「ハッハッハ……」十文字と三神は声を揃えて笑った。

(3)

その夜、相変らず雨は降り続いていた。

前日来の例に洩れず睡りつけない沢井は、寝床からムックリ起き上ると細帯を締め直した。そして、それが癖になっているのか、自然に枕元の手袋に手が伸びた。灰色の手袋を嵌めると、彼はヒッソリした真夜中の廊下へ出て、ダラダラ下りの廊下を静かに往ったり来たりし始めた。モノトナスな深夜の歩行。沢井は、この半年来、時々極度の不眠症に襲われることがあって、その時期には、逆に昼間事務所でも処嫌わず居睡りが出て困った。同僚も心得たもので、「また始まったぞ」と云われるくらい、会社でも彼の不眠症は有名だった。そんな時には飲み薬などでは利かないほどで彼は色々やってみた挙句散歩を選んだ。軽い単調な肉体の反覆運動が或る時間続くと、不眠の原因が漸次減少して、そのクリティカルポイントで突然睡気がやって来るのが常だった。

雨でなければ外へ出るのだが――と思った時、いい考えが頭に浮んだ。彼は今度は廻れ右をしないで、そのまま撞球室にはいると、電灯のスイッチを捻った。

遅くまで誰か撞いていたとみえて、一つの球台のカバーは外したままだった。

明るさに暫らく眼を細めていた彼は、やがて球を箱から出し、赤、白、赤、白と一つずつ緑の羅紗の上を滑らせた。クンと弾性を押し殺した微かな衝撃音を次々にクッションに与えて、球は走り、やがてその一組はカッと遠慮深い音を立てて転り、やや離れて静止した。

彼は、何か満足した風の顔付で、キューを架から外し、球台の縁に置いてあったチョークをキュー先に呉れていたが、急に睡気を催おしたとみえて、キューが手から離れそうになった。そして、ずるずるキューを曳き擦って五、六歩あるくと、彼は長椅子に崩れるようにヘタばって、正体なく睡りこけてしまった。

足元から這い上る冷え冷えとした感じに、沢井はトロンとした眼を細く開けた。そして、ブルッと身震いすると、長椅子から立ち上りながら腕時計を見た。一時間もそうして睡っていたらしい。床に落ちているキューを拾って架に戻そうとした時、ふと床に青いチョークが転っているのを見咎めて、何か思い付いた風で眉を寄せた。そしてチョークを拾い上げて灯の下へ近附いて見ていたが、ちょっと独りで苦笑して球台の縁にそっと載せると、後頭部を左手で軽く叩きながら扉に近附き、スイッチを切って部屋を出て行ったのである。

(4)

翌日の午後、帳場に頼んでおいた切符がやっと手にはいったので、明日の朝の上りで帰ることにして、十文字の部屋で夕めしを食った後自室に戻って来た沢井は、廊下の籐椅子《とういす》にギシッと腰をおろすとサテという顔付で暮れかかる戸外に眼をやった。

連日の雨で拭ったように艶やかな樹々の若葉が、落日を反射して美しい。黒々とした杉山を、所々に貼りつけた山脈《やまなみ》は、紺碧の夕空をバックにして、残照にリリーフを見るような鮮かさだった。

たばこの紫煙がスーッと加速度を加えて手摺の間から抜け、空間に薄れて行くのを、沢井が放心したように見つめている時、ノックが聞えた。三神である。

「……お邪魔じゃありませんか?」

「いいえ、今日はどこかへお出掛け? ……ちっとも姿を見せませんでしたね」

「久し振りに晴れたんで、T峠まで行ってきました」

三神は沢井と向い合って椅子に腰をおろすと、

「切符買えましたか?」と訊いた。

「ええ、明日、朝ので帰る積りです。タマには息抜きに良いけれど、退屈しますね」

三神は、少し寒いじゃないですか、と云ってガラス戸を閉めて椅子に戻ると、急に顔を近附けて、「実は、貴方に折入って御相談したいことがあるんですが」と声を落したのが、いつも冗談をとばしてスリッパを曳ずっている三神とは、まるで別人の感じがしたので、沢井はオヤッという気持を隠すように、ニヤリとして云った。

「何ですか、また……改まって……」

「きのう、撞球場《たまば》でちょっとお話の出た、あの橘氏のことですが……」三神は、懐中から一枚の紙片を出して、「これを、見て頂けませんか」と沢井に渡した。

それは特徴のある活字で、一目でそれと判る官報の切抜き、しかも行路死亡者の公告であった。

F市公告第二六号

行旅死亡人　本籍住所氏名不詳

推定年齢四十歳位の男

人相体格　痩せ形色黒し、頭髪丸刈り、ごま塩。右耳の後に痣《あざ》あり、身長五尺二寸位。

着衣　　国民服、紺細縞ワイシャツ、縮み肌着上下、
　　　白メリヤス人絹交織猿股、茶色靴下。黒短
　　　靴。
携帯品　木綿手拭一、黄色セルロイド石鹸箱一、
　　　Y・Z文字入金属製煙草ケース一。
右は昭和二十年九月十日本市K町大正橋脇、東海道線踏切附近に死亡していたのを埋葬したから、心当りの者は申出られたい。
　昭和二十一年二月二十七日
　　　　　　　　　F　市役所

読み了えた沢井は、顔をあげるとサッと緊張の色を浮かべて、

「こりゃあ……橘君だ!」と叫んだ。

三神は相手の昂奮を抑えるように、右手で沢井の肩に軽く触れると、

「ちょっと、静かにして下さい」

「?」沢井は、不審そうに相手の顔色を窺ったが、「昨年の秋、出張先から疑問の失踪をした同僚ですが……貴方はどういう?」

「S座の中堅俳優で橘駿吉っていうのを御存知ですか、それが橘氏の弟で、私の中学の同窓です……先日のこと、行きつけの食堂で偶然こいつを見付け、びっくりして問い合わせると、去年失踪しているじゃありませんか。橘は公演で一週間ほど体があかないので、私が市へ行ってみたところやはり橘氏でした……ところが」と三神はここで一段声を落して、「その死因に腑に落ちない節があるのです」

沢井はいよいよ意外な三神の話に、呆気にとられた顔付で、暫く相手の顔を黙って見守っていたが、

「すると、殺されたとでも云うんですか?」

「今の大正橋ぎわの踏切というのは、F駅構内から百五十米《メートル》ほど離れた場所で、本街道の踏切と平行で、そこから百米位しかなく、比較的人通りの少ない所です。その上り線路上に上半身を見事に轢断《れきだん》されていたんですが、附近に落ちていた携帯品から、警察では、宿屋から銭湯に行く途中の奇禍と見当をつけて、シガレットケースのイニシャルを頼りに宿屋を調べた結果が全然ネガチヴだったらしいのですよ。終戦直後の問題の多い頃だったので、忙しいままに未解決でほうって置かれたものと見えます。市の救護課と警察の担当者に、色々根掘り葉掘り当時の様子を開いて廻ったところを綜合すると、以上のような訳ですが、一つ、妙なことが判ったのです。橘氏はその時泥酔していた……変でしょう?　御承知の

通り、あの人は一滴も飲めん方ですからね」

「そうですね」と沢井は、白い顔を幾分紅潮させて、左手で顎から口髭の辺りを撫で上げながら、「……まあ、全然駄目でしたな」

「飲めない人が泥酔して、しかも手拭をぶら下げて風呂へ行く……被害者の人柄が判ってみると、はじめてそこに疑問が湧いてもくる訳です」三神はそう云って、身を起こすと椅子の背に凭れかかって、硝子《ガラス》戸越しに、チラチラと点き始めた下の旅館の灯に目を移した。

陽が落ちると、山峡《やまかい》のせいか黄昏《たそがれ》の歩みは驚くほど早い。薄暗い室内に凝っと対座している二人の耳に、ザーッと湯を流す音や小きざみに前の廊下を通る婢の足音が、奇妙に印象的に伝わって来る。隣室は、あるじが浴室へでも行ったのか、足摺りの音も聞えてこなかった。沢井が口を開いた。

「貴方の仰有《おっしゃ》っていることが、判ってきました。つまり、橘君は何か目的があってFに行ったところを奇禍に遇った。そして……その解く鍵は、今のY・Zのシガレットケースだ、と云うんですね?」

三神が頷いた。

「それでですね、今度は、当時の会社の模様を貴方から伺いたいんです……」

三神は懐ろから煙草を出して沢井に勧めた。

(5)

沢井は一本つまんで吸いながら記憶を辿っている風だったが、やがて三神に話したのは次のようなことだった。

八月十五日、うだるような盛夏、文字通り晴天の霹靂《へきれき》を喰ったように敗戦と決まってからの、日本中の軍需会社の騒ぎは、狂気のようなパニックの相貌を呈した。沢井の会社は、海軍の特殊軍需品を造っていたため、各工廠《こうしょう》部隊学校と相手が多いだけ、この発註品の一斉整理に対しては、中どこ幹部総出で十文字はH市へ橘はK市へ沢井はT市へとそれぞれ出張した。ところが、一週間経って十文字や沢井が出張から帰って来ても、橘だけは予定日を四、五日過ぎても姿を見せなかった。汽車便の都合にしてもあまり延び過ぎるので、取あえずKの代理店へ問合せを出すと、大口受註のK廠の用件は確かに済んでいるということで、折返し調査を頼んだが、数日後、八方手を尽したが九月八日市の旅館を出てからの足取り不明、と返信が来た。

結局、あの混乱の裡に不慮の奇禍に遇ったか、何かの理由で失踪したかということになったが……

「……するとですね」と沢井は消えた煙草に火を点けて、「その後、橘君の担当した支払関係の内、取引銀行に横線小切手で払い込まれたものは、全部受註台帳と照合整理出来たのですが、ある官庁の分の相当額が、いつまで経っても銀行から通知がないので調べてみると、愕いたことに、早くも持参人支払小切手で引出されているらしいのです……」

「だが、官庁の支払に横線以外のものがあるはずはないでしょう？」

「……その時までは一度もありません。それがあの終戦時に限って、実は、私もぶっつかって驚いたのですが、工廠のような大きな処は別として、或る学校や部隊では、復員が早かっただけ、横線でないやつや、ひどいのになると現金で個人領収書一枚で支払われたのもあったほどですよ。しかし……」

「金を引出したのは外の者で、私の想像通り橘氏はやはり誰かに殺されたのですね」三神が云った。

沢井は立上って電灯を点けた。光の縞がサッと庭樹を浮き出させた時、隣室の前は未だ真暗らだった。

三神は、何か考えていたが思切った風で口を開いた。

「私はこう想像します……Ｈ市へ出張した十文字さんは、橘氏と前もって打合わせておいて、帰路の途中で会ったんです。そして飲めないのを無理に酔わせておいて、前後不覚の、痩せた小男の橘氏を担いで行き、線路へ置いたのじゃないでしょうか。二人の会合はいずれ会社に知れてはまずい性質のものでしょうから、宿帳は出鱈目だし、朝になって一人足りなくても——一足先に出た、とでも云えば宿屋はごまかせます。勿論旅館はどこか踏切の近所で、あの頃は、Ｆ市は進駐直前で夜歩きは少なかったそうですから、人眼につかずに運べたと思いますよ。

線路に寝かせる時、身元の知れる持物は全部抜いたのでしょうが、ポケットから滑り落ちた自分の煙草入を現場に落して来ちゃったんです……」

「そのケース、今お持ちですか？」

「いいえ、持っていません。大事に紙に包んで納ってありますよ、フフ」と三神は、何か自分だけ悦に入ったようにちょっと笑ったが、「一つ面白いことがあるんです……」

「何ですか、面白いことって？」沢井が追求しようとした時、隣室の十文字が帰って来たらしく、灯がパッと点いた。

三神は和らいだ表情を一瞬、硬くすると静かに立って、

「沢井さん、十時半に撞球場《たまば》へ来て下さいませんか——その頃はゲーム取りも居ませんよ、……僕の部屋は、伴れがあってまずいですから、じゃあ……」と云うと、未だ何か問いた気な沢井を残して、部屋を出て行った。

読みかけの雑誌の頁《ページ》を伏せて、沢井は時計を見た。十時二十分。

三神の話を聞いた上は、いかに何でも十文字とは顔を合わせにくかったのだろう。宵中自室に垂れ込めていたが、早寝の十文字は床についたと見えて隣りはヒソッとしていた。

撞球場の前まで来ると中は真暗らで、未だ三神はやって来なかった。灯を点けると、何か空家に踏み込んだような白々しい感じである。誰かの吸った煙草の煙が、あるかなきかに中空に漂っていた。

黒板にサシのゲームの記録が白墨で書きとめてある……彼が立停ってそれを見詰めている時、扉が開いて三神が這入って来た。

「……だいぶ待ちました？」

「いいえ」

「伴れと話し込んでいて外せませんでね、失礼しました」

二人が長椅子に掛けると、沢井は促すように黙ったまま横眼で相手を見た。三神は何から話したものかという風に、ちょっと頭を掻いて、

「……で、さっきの続きですが、あのシガレットケースに指紋がついてるんです」

「指紋？」

「それがね、実に不思議なのですよ……貨車入れ換えの際か何か、恰度、通過して行った機関車のクランクロッドかオイルボックスか垂れた油の脂肪分が、ベッタリとシガレットケースにくっ付いて、そいつが指紋の脂肪を補力したんですな。実に明瞭に右手の人差し指と中指が現れているんです……

オフセット印刷ってのがありますね、あの原理ですよ。亜鉛板やアルミ板に脂肪質の絵を画いて、強い脂肪剤で補力し酸で処理すると、何万枚と刷れるオフセット版が出来るそうです……橘氏の怨念でしょうか」と三神は懐ろからガサゴソ紙包みを出して、「これですよ」

沢井は恐る恐る紙包を開けた。

反った緩やかな凸面のいぶし銀の中央に、うっすらとしかし明瞭に浮き出した気味の悪い二個の渦紋。沢井は吸い付けられたようにそれを睨んでいた。三神が傍から囁いた。

「十文字さんの指紋を是非盗って頂きたいのです。……橘氏もきっと待っていますよ。警察の話では胸を斜めに見事に轢かれてとても正視出来なかったそうです。はね跳ばされなかったんですね。……おや、あれは何ですか」

沢井が顔を上げると、三神は凝っと黒板を見詰めている。三神は暫くして、

「ZとT。……十文字と橘」と呟いたが、急に笑い出した。「まさかねえハハハ……今日はよっぽど、どうかしているぞ……」

その言葉尻の消えるか消えないかに、スッと電燈が消えた。三神はその時、闇の中で沢井の左腕をギュッと摑んで沢井の耳元に囁いた。「あれを見なさい、あれを！」

撞球台の辺りに微かなものの気配がして、浴場の灯に反射してボーッと浮んだ人影がある。サヤサヤと右肩が動き、クンという軽いキュー音に続いて球の触れ合う音が、物凄く薄闇に響いた。慄然として椅子から立上ったた二人の眼に映ったのは、ユラユラと撞球室の角を廻り込んで近づいて来る男が、ヒョイと顔をあげた拍子に、彼の衝き刺すような凝視と、顔から胸へかけて夜目にもまぎれない黒い血潮だった。ウッという呻きと共に、沢井の体軀の抵抗が三神の腕の中に、抜けた。

（6）

「こないだの晩は全く御無礼しました。Y・Zを貴方とばかり思っていたもので」三神が十文字に詫びた。「てっきりと思っていたのに貴方の指紋を較べてみるとシガレットケースのと違うじゃありませんか……がっかりしましたよ。ところが翌日撞球場の一件です。同じケースは出て来る、沢井君の旧姓が判るでバタバタと謎が解けたのは良いんですが」

「沢井君の手袋に弱ったという訳です」傍から俳優の橘駿吉が引取った。「おまけに彼は貴方と違って、部屋に錠を下ろして睡るので、貴方に応用したような荒療治は出来ません……衆智――でもないですが、とにかく二人で一生懸命考えて、これならという千番に一番のかねあいをやってみたところ、こいつがうまく当りましてね」

「十文字さんも御存知の、沢井君がキューにチョークを呉れる時の癖が、チョークをきっと鼻先へ持ってくるでしょう」三神が云った。「あのチョークにクロロフォルムを仕込んでみたんです。先生も一時は変だ位に思っ

たでしょうが、後でチョークを取りかえといたので、最後まで気が付かなかったらしい……」

十文字は黙って二人の話を聴きながら、特に深刻そうな顔もせず、サバサバと語れるこの若い二人はやはり時代がさせるのだろうか、それともその裏に思いつめた正義感が潜んでいるのだろうか、と考えていた。

「しかし、君はうまかったぜ」と三神は橘に云った。「企んだ僕でさえ、背筋がゾーッと寒くなったもの」

十文字は、今の疑問を確める積りで口を挿んだ。

「私も、何だかよく判らんままに電源なんか、切って一役買ったのだけれど……貴方がたは、証拠が手に這入ったら、何故そのまま警察へ突き出してしまわなかったのです?」

橘と三神は黙って顔を見合わせて暫く返辞をしなかった。二人の表情はその疑問に対する無言の答えであった。十文字は、云わでもの悔いに似た気持で一杯になり、「よく判りました」と云って立上った。頭の隅に、以尺《いしゃく》執尺《ほうしゃく》という言葉を思い浮べながら。

運命のわな

1．三つの電話

西向きの硝子《ガラス》戸から、弱々しい冬の夕陽が差し込んで、静かな室内には、桜井工場長の神経的な貧乏ゆすりの微かなくつ音がするだけだった。

単価を掛けていた計算尺を、パタンとほうり出すと、口ひげを奇麗に整えたあから顔をほほづえにのせて、デスクにのしかかるように目の前の月別生産表の数字をね め附けながら、彼はフーッとため息をついた。

戦争中は、桜塗料のような二流会社も軍の資材の回りが良く、相当な仕事を続けてきたが、終戦後会社の無能な幹部がヘマをやって、せっかく連絡のあった軍の返還資材の払下げに乗り遅れ、その後の業態はひどく面白くなかった。取引銀行からの事業資金の借出しも、経理の方の担当者がやめたため、かなり不如意になり、生産は挙らず、たった八十人ばかりの工員の賃金支払に追われる始末であった。

社長も見切りをつけたか、どうも熱意がない。他の新円をあつめにかかっている様子もうかがえる。

この部屋に一番近い破砕場から、久し振りに聞えるウーンという原動モーターのうなりも、それが昨日まで何度か停ったことを思うと、情なかった。何とか打開策を講ぜねばならぬ。

「おはいり！」

コツコツとノックが聞えて、曇硝子越しに、女の和服の色が透いて見えたので、桜井は怒鳴った。

入って来たのは、地味な銘仙を着てコートをかかえた、キリッとしたやせ型の娘である。年は二十一、二歳か。桜井はその顔に見覚えがあったが、だれだか思い出せなかった。

「わたくし春原の妹でございます」

「ああ、そうそう、一度お目にかかりましたね。春原君は未だ還って来ませんか？」

桜井はデスクの前のイスを示しながらいった。

「お陰様で、きのう還って参りました」

「そりゃあ良かった……で、あなたわざわざ……」

「ハア、本人が伺うところでございますが、何か大変疲れていますので、御報告だけしてこい、と申しまして……それから……」

と春原弥生《やよい》は、手さげから一枚の封書を出して桜井に渡した。

「これをお届けするようにと……」

*

桜井工場長は、手紙を受取ると封を切って読んでいたが、その顔には不審の色が次第に拡がっていった。

彼が顔をあげて、その眼が春原弥生の凝視とぶっつかると、黙って相手の様子をうかがっていたが、ややあって低い声できいた。

「……あなたは、この内容を知っているんですか?」

「ハイ」弥生はカッと顔をあかくして、しかし明りょうにいった。

「これがほんとうなら問題ですが、春原君は何か誤解しているんじゃないかな。そんなことをする者はありそうもないですね。……明日にでも、春原君に来るように云って下さい」

桜井はこういって下を向くと、デスクの引出しを開けて、煙草を探した。その様子は、なにか人を寄せ附けないものを感じさせたので、弥生は立ち上っていとまを告げた。

桜井が煙草をつけて、宙を見つめながら考えていると、隣りの事務室で盛んに電話のベルが鳴っている。舌打ちしながら隣室へ行くと、退《ひ》けた後で、薄暗くなった室内に人影はなかった。

「……桜井ですが。ああ君か、何だい用件は。あの話ならもう聞きたくないなあ……ぼくは不賛成だし、柳子は迷っている。あれは未だ子供だから迷うのは当り前だよ……え? 君としたって再々のぼくの忠告をきかないで、今更そんなことを云えた義理でもあるまい……くどいよ!」

ガチャッと力一杯受話器を掛けると、桜井は電話を切った。

相手は、早くなくなった親友の息子で、子供のころから彼が面倒を見ていた、牛丸章治という青年であった。

三日後。

社から帰って来た桜井は、いつになく口数が少かった。なくなった母親似の、クルッとした眼で父を観察しながら、柳子は、今日は御機嫌が悪いなと思った。揃えてある着換えを持って来ても、父は着換えをする様子がない。

桜井は食事を済ますと、近所の碁敵のところへ碁打ちに行くといって、書斎にはいってしまった。

一日降り通した空は、雲が切れ始めて風が出てきた。柳子は硝子戸越しに空を眺めて、良いあんばいだと思った。

＊

祖父の遺産の屋敷に、母親が早くなくなったので、柳子は母がわりに世帯を切りまわして、この四、五年父と二人で暮していたが、母家は広過ぎるので、最近は知り合いの戦災家族を同居させていた。

この辺が未だ開けないころ、果樹栽培に趣味を持っていた祖父が建てたもので、裏は一段低く昔の名残りの果樹を周囲に残し、広い畑になっていて、その端の木立のかげに倉庫が一むね建っていた。

書斎で何かしていた桜井は出てきて、

「じゃ、行ってくるよ」といった。

いつも碁の帰りは遅いので、

「あんまり遅くなっちゃいやよ、十時まで、ね」と柳子はだめを押した。

風がひどくなって、出て行く桜井のコートのすそをあおった。柳子は、父親を送り出して時計を見ると、ちょうど六時である。時間をみて、彼女は牛丸章治に電話をかけた。


みどりアパートの女事務員佐々木あき子は、編物の手をとめて時計を見上げた。

十時四十五分。

未だこんなもんかしら、とはかどった仕事に目を落して、案外早いのをうれしく思った時、電話のベルが壁を隔てて、ジーンジーンと鳴った。

「もしもし。ハア、みどりアパートですが……阿野さん？　いらっしゃいます」

相手がせいているのを感じて、彼女は直ぐ階段を駆け上った。

寝ていた阿野文彦は、ベッドの中から、

「何？　今ごろ……風邪で参っているんだよ。君、聞いといてくれないか……」

といったものの、むっくり起き上った。

「それで、さっき、外とう着てらしたのね。あの時、ちょっとそういえば火種をあげたのに、そんなことするから風邪をお召しになるのよ。さあ、早く早く、桜井さんのお嬢さんですよ！」

薄暗い廊下の壁に向って、片手を懐に入れたまま、受話器を耳にあてた阿野は、向うの話に食い附くと、急に電話にしがみついた。

「……えッ！　桜井さんが？　ほんとですか！　……直ぐ行きます」

受話器をかけた阿野は、傍に立っている佐々木に、

「工場の桜井さんが死んだんだ。それが焼死らしい……」というと、二階にかけ登って行った。

2. 謎を包む焔

初めに火災を発見したのは、勤めから帰りの通りがかりの男だった。

ふと見ると、半丁ほど先の倉庫の窓から盛んにほのおを噴き出していて、烈風に誘われて、たちまち軒に火が移った。

思わず駆け出しながら怒鳴った声を、最初に聞いたのは、桜井家の同居人の一人で、大騒ぎとなり、あるじと柳子がとび出した時には、破風《はふ》の風抜きが燃え飛んで、次の瞬間、ひさしの下側から一面に火が噴き出し、もう手のつけようがなかった。

見ている間に、風下側の破目板がバラバラに焼けはじめ、トタンぶきの屋根が一方に傾くと、ぼう然と立ちつくす近所の人々の目の前で、倉庫は崩壊し火の粉が乱れ飛んだ。

そして一時間後、火災がおさまった時、しゃく熱した火のたい積の中に、人々が認めたものは、黒く屈曲した二つの焼死体であった。

急報によって駆けつけたS署の警官は、地元の警防団員と協力して、死体の周囲を消火すると、もうもうと立ちのぼる灰と蒸気の中に踏み込んだ。

火から少し離れて、生れて初めて身近かに見る火災に、ガタガタ両脚が震えるのを、どうとも出来ず、柳子は何か胸騒ぎを覚えて立っていたが、その悪い予感は恐ろしくも事実となった。

死体の周囲を探していた杉警部は、かたまって固ずをのんでいる柳子達のそばへ来て、真黒に灰で汚れた手を出した。

「どなたか、この腕時計に見覚えはありませんか？」

柳子は絶望にクラクラッとなるのを、やっとこらえて、

「父のです！」といった。

「よく見て下さい。間違いありませんか？」

「ええ」と答えるのがやっとで、柳子はしゃがむと、

顔を両手で押えて泣きだした。

杉警部は二人の係官と相談していたが差当りの処置が決ったらしく、戻って来て、もう一つの死体の身元が判らないが時刻も遅いので今晩はそのままとし、桜井氏の当夜の行動だけ確かめておきたいといった。そして番人の警官を残して、皆は桜井家の書斎に引きあげた。

＊

柳子が、会社の技師阿野文彦ともう一軒親せきに電話して戻って来ると、隣組長と杉が火災の原因を検討していた。

「お気の毒なことをしましたなあ……」

杉警部に、こういわれると、柳子はまたしても悲しさがこみ上げてきた。彼はいたわるように、訊き取りを始めた。

「あの倉庫は、何に使っていたのですか？」

「会社の倉庫です。戦争中あすこに移したもので、荷造材料や危険な薬品がしまってあったと思います。鍵は父が持っていたかもしれません……」

「あなたも御承知の通り、火の回りは非常にはやかったようですね。しかし二人もの男が逃げおくれたのには、何か理由がありますよ。例えば、二人共火災の起る前に死んでいた、というような場合がね……」

「火の原因ですな、問題は……」隣組長が口をつぐんだ。

「それで、桜井さんの、会社から帰ってからの行動は、どんな風でしたか？」

柳子は取乱していて、うまくいえなかったが、ポツリポツリと断片的に話した。

「その、書斎から出て来た時、何か持っていたものは、記憶がありませんか？」

「暗いので、懐中電燈を持っていました」

「あの倉庫は、電燈は点くんでしょう？」

「……さあ、引込んでありますが、電球はどうですか……」

「もう一人の死体に、心当りはありませんか……もちろん、まだ御覧になっていないけれど……」といって、杉は言葉を切ったが、重ねて訊いた。「誰か、お父さんが出掛けてから、訪ねて来た人はありませんか？」

柳子は、サッと顔色を変えて、相手の凝視をちょっと外らしたが、

「いいえ、誰も参りません」と答えた。

杉は、ハハァ何か隠しているな、と思ったが強いて追究しなかった。

彼は、ポケットからケースを出して、一本くわえると、室内を見回していたが、ふと、扉の近くの空きイスの上に、よく自転車などにつける小型のカンテラが、チョコンと載っているのを見附けて、オヤという顔附で立ち上った。

＊

「……あのカンテラは何ですか?」

「え?」と振り向いた柳子は「あれは父のデスクの横に、いつもぶら下げておくのです……このごろよく停電するものですから」

「蠟燭がありませんね、普段つけておかないんですか?」

「アラッ!」杉の顔を見返した柳子の表情はみるみる困惑と疑問に曇っていった。

「おとついの停電のあとで、私が新しいのをいれたばかりです」

「フーム、桜井さんが持出したとすれば、火災の原因かもしれませんね。すると、どうしても引火物が倉庫の中にあったことになる……」

その時、扉が開いて、阿野がはいって来ると、柳子にいった。

「柳子さん、ほんとうですか、桜井さんに間違いがあったのは。びっくりしました」

柳子は首でうなずくと、下を向いて泣きだしそうになった。阿野は直ぐ悔みの言葉を述べると、杉警部にあいさつした。

「技師の阿野文彦です。柳子さんから電話があって来ました……警察の方にことわって、ちょっと見て来たのですが、丸焼ですね」

「いいところでした」と杉警部は、さっきからの疑問の倉庫のことをたずねた。

「あれは、うちの工場の疎開倉庫で、元はスペアの顔料や危険でない薬品を疎開してありましたが、今はその必要がないので、ほとんどガランどうです。ただ、荷造材料やなわがすこしと、トラックをこの方面に回した時の、補給ガソリンがいくらかあったかもしれません」

「そのガソリンのせいでしょうな、火の回りが早かったのは。ところで、桜井氏がもう一人の男と、何をしていたか、貴方判りませんか?」

阿野は、さあ? といって、浅黒い顔を伏せると、長いあごをなで回した。

その時とびらが開いて、警官が首を出したが、人がいるので「杉さん!」と呼んだ。

＊

とびらが、出てきた杉の背後に閉まると警官は、「これが、灰の中に落ちていました」と灰とどろで汚れたけん銃を、しかも二つ、杉に見せた。「落ちていた場所は目印してあります」

一つはコルトの刻字が微かに読めて、杉があり合わせの金物で、力をこめてたたくと、うまい工合に弾倉が開いた。弾丸はこめてない。口径は六ミリ五と思われた。もう一つは大型の陸軍けん銃で、木製の銃把は表面が完全に炭化していて、弾倉はどうしても開かなかった。

「どこに落ちてたかね？」

「この大きい方は、元のとびらの前に、桜井のでない死体の脇に落ちていました。それで、もしやと思って、桜井の死体の周囲を探しますと、この小さい方が見附かったのです」

「軍用けん銃の方は弾丸が残っていて、熱で暴発しているかもしれん……」杉警部は、薄暗い廊下に突立ったまま、壁を凝《じ》っと見つめていたが、警官にいった。

「直ぐ、医者と写真屋と自動車を寄越すように、署へ電話し給え。扱い難いけれど、今晩死体を移してしまおう……それから、君は銃声を聞いた者を探して、時間を確めておいて欲しいね」

書斎にもどって来た杉警部は、いすに腰をおろすと、二つのけん銃を出して、見憶えはないかと、柳子にきいた。彼女には全然見憶えのない品で、桜井のものではないらしかった。

「銃声を聞きませんでしたか？」という杉の質問に、柳子は急に眼を大きく見開いた。

「……聞きました。じゃ、あれがそうだったんです。丁度、ラジオで八時から日響のリストの変ホ調ピアノ・コンチェルトを聴いている時、パン、と自動車のパンクのような音がしました……」

「それは何発でしたか？」

「一つです」

「ふん、それで」と杉警部は乗りだした。「その音のした時の、何といいますか、音楽の節まわしを憶えていますか？」

「第二楽章のアダジオの奇麗な、わたしの大好きなところだったんで、その瞬間、いやだなあと思いました……」

「火事の発見が、八時十五分ごろでしょう。すると、その直前だったのですね。正確な時間は、放送局を調べれば判ると……じゃ、明日、放送局へ一緒に行って頂きますよ」

杉は柳子にそういって、阿野の方を向いた。

＊

「阿野さん、会社関係をききたいんですがね。最近、桜井氏とえん恨関係の者はありませんかな？」

「別に無いと思いますが」

「フーン、死体を診てからでないといえませんが、ことによったら、二人で撃ち合いをやったかもしれないのです。同持に発砲して、一方が死に、一方が傷ついて動けないで、焼死する場合なきにしも非《あら》ずですからね……」といって、杉は何気なく阿野の顔色をうかがいながら、「それから、ついでに、貴方の今晩の行動を説明しておいてもらいましょうか」

阿野は、さすがにちょっといやな顔をしたが、素直に答えた。

「私はA町のみどりアパートに住んでいます。いつもの通り工場から帰って、六時ごろ行きつけの立花食堂で食事を済ませ、直ぐアパートにもどりました。風邪気味で苦しかったので、八時半ごろ床を敷いて寝てしまいました。すると、十時過ぎに、電話で柳子さんから知らせがあったので、直ぐとび出して来たのです」

「じゃ、もち論、よいじゅう貴方がアパートにいたことを、証明してくれる人はあるでしょうね？」

「そうですね、食堂からもどった時、同宿の江口という友人が、頼んでおいた本を持って来てくれました。それから、その本を読んでいる時、事務員の佐々木という女が私を見ています。時刻は……七時半から八時までの間でしょう」

「結構です」と杉は阿野のきき取りを打切った。

警官が、署から警察医と応援の来たことを知らせてきたので、杉は書斎を出た。

現場写真を撮った後、死体の運び出しはなかなか手間どった。ちょっと、その場の検視は不可能なので、警察医は、死体をフルースしないように、運搬者に注意を与えるのがせいぜいであった。第二の焼死体は、服装から、復員者であることだけは、直ぐ判った。

やがて死体が運び出されて、騒ぎの収ったのは、もうかれこれ一時過ぎであった。

3．八時〇八分の銃声

夜半過ぎに風もおさまって、硝子戸が白み始めるころ、柳子は転々反側の睡りからさめると、うとい頭にまず浮ぶのは悪夢のような前夜の経験であった。着物を着換えて勝手へ出たとたん、彼女はアッと声を出すところだった。

「……柳子さん、何かあったの？」

牛丸がノッソリと勝手に立っていた。

柳子は青い顔をして、きつい眼附で牛丸をにらみながら、黙って、早くはいれという仕草をした。

「火事だね、ゆうべ？　……何、そんなこわい顔をして……」

書斎の扉が閉まって、向い合うと、柳子の硬い表情に驚いたように、聞いた。柳子は黙ったまま、牛丸の様子をうかがっていたが、

「父が亡くなったのよ！」

「えッ！　ほんとかい？」

「章治さんは、あれから直ぐ帰ったの？　お父さんに会わなかった？」

「会わない。それがね、おかしいんだ。生籬《いけがき》のかげに寄せておいた自転車が、盗まれていたんだよ。あの辺を十分ほど探したが、暗くて判らないんで、あきらめて歩いて帰った……」

「裏の倉庫に変ったところなかった？」

「気が附かなかったね。……それよりお父さんは、何で亡くなったの？」

柳子は昨夜の出来事を、かい摘んで話した。初めの内、ところどころ、質問をはさんで聴いていた牛丸は、段々無口になり、柳子の話を聞きながら考え込んでしまった。柳子の話がすむと、彼は下を向いたまま、ポツリといった。

「その、もう一人の男はきっと春原だよ」

柳子はギョッとして相手を見返えしたが、牛丸は無言で煙草に火を点けていた。

彼女は牛丸が脱いでほうり出した外套を帽子掛にかけながら、裾の内側まであがったハネを見て、この乱暴だがしかし気心の知れた、幼な馴染の、相変らずの投げやりが、死んだ父の気に入らなかった一つの原因だったことを悲しく思った。

＊

焼跡の調査は早朝から始まっていた。

杉警部と二人の部下が、しゃがんで足元の灰をかきのけながら、順序よく端から調べていった。

桜井の邸は、東と北の二方が道路、他の二方が隣家に接していて、五〇〇坪の敷地の北側の三分の一を母家が占め、南側の三分の二が一段下って、畑になっている。そして畑の南西隅に焼けた倉庫が建っていた。正門は北側にあり、別に畑の方に、東側の道路沿いに、倉庫を移してから造った、一間《けん》幅の仮門が出来ていた。

焼けた倉庫は、三間四方の平家で、一間の入口が東側にあり北側は雑木の植込となっている。だから母家からは倉庫の屋根だけしか見えないわけである。

焼跡からみると、格納してあったと覚しきものはいくらも無く、次に述べる品物が西側の窓下に固まっていた外ほとんどガランどうであった。調査の結果焼跡から出てきた品物は、卓子《テーブル》といすの焼残りが各一個、薬品のびんのかけら、反りかえった鉄製の写真バットのようなものが四個、そして、そのどれもが西側の窓下に集っていたのである。

杉は阿野にたずねた。

「この卓子やいすは、前からここにあったか、どうか知りませんか?」

「卓子の方は前からありましたが、いすはどうですかね。それにこんなガッチリしたものは会社にはありませんよ」

「どこから持って来たんだな……」と杉警部は腕組みしていたが、ヒョッと目をあげると、「なあんだ、これは書斎にあったやつじゃないか!」とさけんだ。

警官をやって見させると、確かに同じ品である。桜井自身が持ち出したのだ。

「このバットも持込んだのですね……ここで、桜井ともう一人の男が、何かやっていたのだ……何か、実験じゃないかな?」

「しかし、ピストルで撃ち合いをしているんでしょう?」阿野がいった。

「その実験の挙句、もん着が起きて、果し合いをやったかどうか、というわけです」

その時、昨夜当直に立った警官が、植込みから出て来て、

「杉警部、ちょっと来て見て下さい」といった。

*

幅二間ほどの、槙や雑木の植込みを回わって、二間ほど行った処で、警官の指さす場所を見ると、中古の自転

車が一台、植込みの中に突込んであった。杉が命じて引ッ張り出してみると、無鑑札で昨晩乗って来たらしくどろにまみれ、しかも前輪のどろよけが下半分すっ飛んでいた。

「もう一人の男が乗って来たのかな?」

と杉は、踏み荒された土の上を調べながら、畑から仮門を抜けて道路へでると、とぎれとぎれのタイヤの跡をたどって、何かふに落ちぬ顔附をした。西野刑事は一緒に歩きながら、昨夜の銃声について聞き込みの報告をした。

それに依ると、半丁ほど離れた隣家の夫婦が、銃声をやはり一発だけ聞いていた。時刻は八時すこし過ぎで、柳子の聞いたのと同じものと推定された。

「……それから、今朝来たのは、桜井の知り合いの牛丸という男で、未だ家の中にいます。怪しい素振りはありませんが、一応御知らせしておきます」

杉は、足元の霜柱と土くれをくつ先でけりながら、ちょっと考えている風だったが、西野刑事に当人を呼んで来るように命じた。

「君は桜井氏とはどういう関係ですか?」

牛丸が出て来ると、杉はきいた。

「桜井さんは、なくなった父の親友でした」

「昨晩通知があって、こんなに早く見えたのですか、それとも……」

「ええ、柳子さんから電話で通知がありました」

杉は質問をやめると、ブラブラ倉庫の方へ歩きだしたので、牛丸も後をついて行った。

「牛丸君! ゆうべ君が置いていった自転車がありますよ」

不意打ちだった。不覚にも牛丸は、アッという形に開いた口に、手をやった。

「君は、ゆうべ七時半ごろ、直ぐ近所の吉村邸へ、桜井氏を訪ねて行っています。それから、電話通知は大うそです。昨晩火災のあと、ここから出た電話は合計四つで、全部先方は判っているんですよ」

杉警部は、相手に与えた効果を確めると、

「ゆうべの君の行動を全部説明してもらいましょう」

といった。

＊

牛丸は観念したが、次のようなことを杉警部に述べた。

昨晩六時過ぎに、柳子から来てくれという電話があり、自転車で三十分ぐらいの距離なので、六時半ごろ桜井の邸に来て、柳子の部屋に三十分ほどいた。そして帰ろうとすると、勝手の傍の生籬の陰に置いた自転車がない。十分ほどやみの中を探したが見附からないので、諦めて屋敷を出ると、その足で桜井に面会するため吉村邸に行ったが、桜井が来ていないので、歩いて家に帰った。家へ着いたのは九時ごろである。今朝自転車が気になって来てみると、昨夜火災がありしかも桜井が焼死したことを、柳子から聞いておどろいたというのである。

「柳子さんが君を呼んだ用件というのは、一体何ですか?」

「この事件に関係ないことですから、お話する必要がありません」牛丸は暫く考えた後、こう答えた。

「関係がないならいえるでしょう……君がそれを隠すのは、不利だと思いませんか。いいですか、昨夜八時過ぎに銃声が聞え、その直後火災が起きて、焼死か射殺されたか未だ判らないが、二人の男が死んでいるのです。そして君は六時半にここへ来て、七時半ごろ被害者の一人に会う意思があり、しかも九時までの行動がはっきりしない。更に昨晩ここへ来たことを隠していた……疑いは当然君にかかるのですよ……」

牛丸が返答を肯じないのを見た杉警部は、質問の方向を変えた。

「それは、いずれ改めてゆっくりきくとして、今は追究するのはよそう。そこで、もう一つ、桜井でない焼死者がたれだか知りませんか、背の高い復員者風の男だが?」

牛丸が知らぬと答えたので、杉は一応じん問を打切った。

＊

杉は、放送局から自動車でS署に帰って来ると、署長室にとび込んだ。

棚橋署長は、卓子を隔てて若い婦人客の話を聞いていたが、杉の顔を見ると待ち兼ねた風で、

「身元が判った。あれは同じ会社の春原という技師だったよ」と云った。

「やはりそうですか! 阿野の訊き取りの中に出てきた時、例の軍用拳銃のこともあるし、或いはと思っていたのですが」

杉は、壁に寄せかけた折畳み椅子をガラガラ引張って来て、それに跨ると、

「銃声は、云い合わしたように、皆一発だと云うのです。今、桜井の娘を放送局へ伴れて行って、実験してみると、時刻は大体八時〇八分と判りました。火災発見が八時十五分ですから仮りに火の廻りを三分から五分とす

ると、銃声の直後二分から四分の間に発火したことになります……それで、検視の結果はどんなですか?」

「両方とも射たれているよ! 桜井の方は、弾丸が顎から脳天まで貫通しているし、春原の方は腹部に貫通銃創が見附かった。射ち合いとすると、桜井の方の創《きず》と、今君が云った銃声一発が、ちょっと可笑《おか》しいんだが……」

「今朝、電話が通じなくて連絡しませんでしたが、桜井の家で牛丸という男を押えたのです。桜井の娘の恋人で、昨夜桜井に会いに来て、あの時分に附近をうろついています。そして今朝早く通知も無いのに、桜井の娘に会いに来たわけです。当人はゆうべ自転車を盗まれたので、探しに来たといっていますが、或いはここらが臭いかもしれんのです……」

と杉は昨夜から今朝にかけての模様を一通り報告した。聞いていた棚橋署長は、「……すると、火災の原因は桜井が用意したという訳だな……ところでね、杉君、動機らしいものが判ってきたよ」

と云って、卓子の前に腰かけている、ほっそりした色白の娘をチラと見た。杉は意外そうな顔附をした。

「桜井と春原が撃ち合いをした原因ですか?」

「まあ、そうだ。今、春原君の妹から聞いているんだがね……」

4. 密封研究

春原拓次の妹弥生は、杉警部の飛入りで途切れた話を続けたが、それを綜合すると次のようであった。

春原は桜塗料の研究室詰めの技師で、終戦の二ヵ月前召集された。

元来がすこしむら気の男で、それだけにものをやりだすと、ねつい性質があり、従来も工場で解決を要するテーマの研究にも二、三成功した例があった。そこを買われて、ずっと研究検査の仕事を担当していたのだが、恰度召集される直前も何かの研究に身を入れていて、それが殆ど完成する間際に召集が来た。

そして出征する前、弥生に研究データの記録を、密封書にして預けていったのだが、四日ほど前突然帰還して、その密封書を開けてみると、愕いたことに内容は白紙に変っていた。

弥生はその時初めて、兄から研究内容を知らされたが、それは屋根を葺くルーフィング・ペーパーの新しいコーティングに関するもので、従来の市販ルーフィングの破れ易い性質を完全になくして、殆どトタン板と同じぐらい丈夫なものとする方法であった。その研究は、自分の仕事の余暇に、春原が独力で仕上げたものでそれを知っているのは、工場長の桜井と現場主任の阿野の二人である。

春原は研究記録が盗まれたことを知ると、勿論、非常に愕きまた激昂した。出征の際手回りのものを整理し、研究記録を封入し自宅へ戻って来たが、内容は工場で既に誰かに盗まれ、白紙とすりかえられていたのだ。盗んだ人物は、記録を写す余裕がなく、またあのし烈な敗戦直前の前線へ出ていく春原の、生還を恐らく予想していなかったので、白紙を入れておいたに違いなかった。

それが桜井か阿野か判然としなかったが、阿野は現場の方が忙しかったので、始終研究室をのぞきに来ていた桜井が、まず疑われた。春原は帰還の翌日、報告かたがた妹に手紙を持たせて桜井の処へやったが、更に翌日は彼も帰還後初めて出社し、桜井から手紙に対する回答を得ているはずだった。

盗んだのは、予想通り工場長だったとみえて、事件の起った日、春原は弥生に、今日は研究記録を取戻してくるよ、と自信ありげに云い置いて、六時ごろ、桜井の邸へ出かけて行ったというのである。

＊

弥生の話が途切れると、棚橋と杉は押し黙ったまま、凝っとその意外な進展の真の意味を、心の中で模索していた。杉は何を思ったか部屋を出ていったが、直ぐ戻って来て、

「このどっちかが、兄さんのものじゃありませんか?」

と二個の汚れたけん銃を弥生に見せた。

「この大きい方です。出掛ける時、ポケットに入れるところを見たので、私が止めると、――なあに、おどかすだけさ。安全装置をかけとくから平気だよ――と云って、持って行ってしまったのです……」

弥生は口惜しそうに云った。

弥生を送り出すと、棚橋と杉は、現在までに判った状況を検討することにした。

「まず春原の妹の話を額面通り受取るか否かだが……」

と棚橋署長が云った。

「その前に念のために訊くけれど、阿野のアリバイは大丈夫なんだろうね?」

「西野刑事の調べでは、彼のあの晩の行動は、はっきりしています。五時五十分から六時〇五分まで立花食堂、六時十分に自室に戻った時、同宿の江口某が小説本を持

って行って、一、二分無駄話をしています。それからアパートの佐々木事務員が、廊下の硝子窓越しに机に向っている阿野の姿を見たのが、彼女の申立で、廊下の時計が八時三十七分です。

銃声が八時〇八分とすると、三十分以内では、桜井の邸からは絶対に戻れません。も少し詳しく説明しますと、みどりアパートからA駅まで六分、A駅からT電鉄でS駅まで途中K駅で乗換えて正味これが二十分、S駅から桜井の邸まで十分――しかし、これは毛抜き合せに乗換えが終った場合のことですから、電車待ちを考えると、どうみても早くて四十分は要ります」

「他の乗物は……例えば自動車……」

「桜井の邸は、あの広い元の陸軍S廠の直ぐ傍です。今あすこは道路の舗装工事をやっていて、S方面からは自動車のようなものは全部、T方面を大回りしなければ行けません……ゆうべも自動車が時間がかかって往生しましたよ……」

「自転車ならどうだ?」

この時署長は眼を輝かして訊いた。

＊

杉警部は、自分が今云おうと思っていたことに、先手を打たれた。しかし、いかにも当を得た質問に、悪い気持はしなかった。

「あなたに遭っちゃ叶いませんなあ。実は、自転車ならコの字の開いた側を絡ぐようなもんで、それにS廠の敷地の諸車止の近道も通れるから、二十五分ぐらいで行けるのですよ。ところがね……」と杉は、自分も同じ所に気が附いて、見事に打棄《うっちゃ》られたことを思い出して、ニヤッと笑った。「阿野は珍らしいことに、男のくせに自転車に乗れないんですよ!」

棚橋は、勿論杉が感じたユーモアがピッタリ来るはずもなく、何かちょっと、つまらなそうな顔附をした。

「じゃ、僕の考えを云おうか」暫くして棚橋が云った。

「春原は、おとつい会社へ出て桜井に会い、口裏から彼が研究を盗んだことを知った。そこで面詰しても駄目だし、人目も多く五月蠅《うるさ》いと見て、一応何気なく引退った。そこで、春原がどういう手段を採ったかというと、桜井を油断させておいて、不意に脅迫して泥を吐かせる計画を樹てたのさ。

さっき弥生に訊いてみると、あの手紙には誰が盗ったとも書いてない。そして桜井と会った時には、阿野が盗ったのだと云って、相手を油断させたのだ。春原はルーフィングの薬品の実験をして見せようと申込む。桜井は勿論その申出を拒む手はない。場所は会社では工合が悪いから、あの倉庫ということにした。バットだの平皿だの壜があったのは、そのためだったんだ。

そして春原は、不意に用意した拳銃で桜井を脅迫し、盗んだ研究記録の所在を吐かせようとした時、桜井も万一の場合に隠し持った拳銃を取出す。その結果両方が傷つき、何かの拍子に、薬品に蠟燭の火が引火して火災となった……」

杉警部は、署長の推定を黙って聞いていたが、終ると口を挿んだ。

＊

「大体そうなるでしょうな。しかし、判らないのは、牛丸の自転車を二人のうちのだれかが使ったらしいことと、もう一つは桜井の傷の位置です」

「……自転車の方は直ぐ見当がつく。ぼくは、春原が何かとりに工場へ行ったのじゃないかと思う。工場の当直員を調べる必要があるよ。それから、桜井の傷だが、これはあり得ないことじゃない……例えば、何かにつまずいてのけ反ったところを、射たれたような場合だね……未だ、何か変なところがあるかい？」

杉の納得したような、しないような顔附を見て、署長はこうきいた。

杉は煙草を出して一服吸うと、じっとその煙を見ながら、

「私は、例の銃声が何故一発だけだったか、ということを考えているんですが……どうでしょう、署長。例えば、銃口をからだか衣服に押し附けて射った場合、肉体の一部か衣服が、消音器の役をすることはないでしょうか？」

「あるかもしれんねえ」

「もし、そういう事があれば、パーンと響かないで、ヅーンとでも鳴った銃声が、ちょうどあのころは風がひどかったから、風に割れて近所に聞えなかったかもしれません……この仮定が成立すると、今の貴方の推定の外に、もう一つ別の場合が考えられます。つまり、桜井が春原を射殺してから、自らあごの下に銃口を押し附けて自殺したという見方です……」

杉警部はこういって、棚橋の顔色をうかがった。

「何故、そんなことをやったと思うかね？」

「発作的にやっちまったんじゃないでしょうか。撃ち合いが同時に起り、気が附いて見ると、春原が倒れている。しまった、と思ったが遅い。心の動乱に襲われて自殺してしまう……」

「そうかなあ、自殺か……」と署長は暫時黙想していたが、「どうも君の推理には首肯しかねるね」といった。「たとえ心の平衡を失っていたとしても、自殺するとなると、よほどのことだぜ……桜井はどんな男かな、調べてみたかね?」

「会社の創業当時からの社員で、工場の者は口をそろえて、部下を可愛がる親分はだの男だといっています」

「そうだろう、すこしおかしいよ」

＊

「……最近は、何か家庭の問題で機げんがよくなかったそうです。娘の恋愛問題と、私はにらんでいるのですが、さっきちょっとお話した牛丸という男が柳子の愛人で、その晩の行動はあの通り面白くありません。今の問題は保留して、こんどはその方を突込んでみようと、思っているんですが……」

杉警部がそこまで話した時、一たん帰った弥生が、とびらを押してはいって来た。

「あのう、お邪魔じゃありませんかしら?」

棚橋署長は「何卒《どうぞ》」といすを示していった。

「何かまだありますかな?」

弥生は、かしこまってイスに掛けると、

「今、帰ります途中、色々考えましたんですが……あの、やはり兄と桜井さんが撃ち合いをしたのでしょうか?」と署長にたずねた。

「いや、未だそこの処がはっきりしませんが、あなたの話された研究のこともあるし、そういう見方が濃厚なのですよ」

「あたくしは、それがどうもふに落ちませんの……と申しますのは、兄は工場長さんの、どっちかといえばお気に入りでしたし……それに、征く直前は柳子さんとの結婚の話まで進んでいたほどなのです……」

「えッ?」と杉はききかえした。棚橋は黙ったまま、弥生に話を続けるようにうなずいた。

「兄は無論柳子さんがきらいではないようでした。柳子さんの方は、別にどうということもないようでしたが、そのころ、結婚話に一番乗気だったのは、桜井さん自身なのです。柳子さんには、小さいころから知り合いの、牛丸さんという方があって、兄の出征前その方がぐれて、桜井さんも困っていられたと聞いています。

ところが一昨日のことです。その牛丸さんが兄の処へ突然訪ねて来て、何といいますか、まあ文句をいいに来た様子なのです。後で私が兄にたずねますと――なあに、おれが帰って来たのであいさつにきたのさ――と、さりげなく笑っていましたが……」

棚橋と杉はだまって顔を見合わせた。弥生の話が事実とすれば、牛丸は桜井から敬遠された原因が、春原にあると見て、話をつけに行ったに相違なかった。今まで放っておいた牛丸こそ、桜井と春原を同時に殺害する、有力な動機を持っていた訳である。

5．探偵道草を食う

うららかな冬の午後の陽が、障子を開け放した廊下に差し込んで、うとうと睡くなるような日曜だった。

笹井は、読みかけのディッケンズの「エドウイン・ドルードの秘密」をパタッと畳に伏せると、アアッと欠伸《あくび》を一つした。

ここのところ暫く面白い事件もなく、何か心の張りの弛んだ日々を送っていた彼は、読み辛い文章ながら、そのスタイルと叙景や人物配置のうまさについひかれて、読み出すとなかなかやめられない。こういう含みのある厚い謎が現実に起ったら、素晴しいがな、と子供っぽい感慨も浮ぶのだった。

偶然のゆきずりから、一つ二つ警察で手を焼いた事件を手伝っている中に、いつの間にか、素人《しろうと》探偵という、内容はともかくも、人聞きのあまりよくない範疇《はんちゅう》に属してしまっている彼だった。事件はどれもこれもプロザイックなものばかりで、ことが終ってみるとそれだけの話なのだが、ぶっつかると、つい夢中になってしまう損な性質である。

ガラガラッと玄関が開いて、細君が出て行った気配がすると、やがて若い婦人の訪問客ということで、はいって来たのは桜井柳子であった。来意を尋ねると、笹井も大体は新聞紙上で知っていた、桜塗料の社員の焼死事件の解決を、ある知人の紹介で依頼してきたのだった。

笹井に促がされて柳子は事件の発端からの成行きを、極めて要領よく述べた後、その顔に一生懸命の色を浮べていった。

「……牛丸はとうとう怖しい容疑で拘引されてしまいましたが、あの人が、そんなことをやったとは、どうしても思えませんの……どうでしょう？」

柳子の話だけでは、正直のところ、はっきりした返辞の出来るわけもないので、笹井は煙草に火を移しながらいった。

＊

「率直に私の今の考えをいいますとね、春原君とあなたのお父さんが撃ち合いをしたということは、銃声の少いのと桜井さんの傷の位置から、まず無いでしょう。それよりも、あなたにはお気の毒ですが、春原君を射ったピストルで、お父さんが自殺したと考える方が、筋道が通っています。それから牛丸君にけん疑がかかったのは、お話しのような状況では一応当然でしょう。……もっとも私にいわせると、おかしなところも多々ありますがね……例えば、その最もはっきりしているのは、若気に任せて、前日春原君のところへ押かけて行き、続いてあの晩、お父さんを翻意させることであなたと相談した後、桜井さんに会おうとしたことです。

　これが当局の考えでは最も有力な容疑の出所なんでしょうが、見ようによっては、絶対にあんな犯行をその直後に犯しえないともいえます。とにかく事件はなかなかこんがらかっていて、もうすこし色々判らない点を確めないと、何ともいえませんが、そこがまた有望なところでもあるわけですから……」

　笹井の、頼りになるような、ならないような口振りに、柳子は軽い失望を感じて、暇《いとま》を告げようとすると、彼は意外にも、

「では、一ぺんその現場を見せてもらいましょうか」

といって立ち上った。

　T電鉄のS駅で降りて家並を抜けると、風も無く一月としては珍らしい暖かな日和に、武蔵野の櫟林《くぬぎばやし》を点々と残したゆるやかな丘陵の中を、人通りの少い砂利敷きの広い道路が一本走っていた。二、三町行くと、終戦後あちこちに見かける黄と黒の交通止めのバーが道路をふさいでいた。その辺まで舗装工事が進んでいて、割栗石《わりぐりいし》や河砂の山の間に、アスファルトの樽が片寄せてならべてあった。

　笹井は歩幅を狭ばめて、せわしく蒸汽をふきながらのろのろ走っているロードローラーや、火を落してエンコしているアスファルト熔解車を、珍らしそうに見ながら柳子に話しかけた。

＊

「段々道路が良くなって、有難いことですね……ところで、あのローラーで一日どのくらい工事がはかどるか、御存知ですか?」

「さあ?」と柳子は、笹井の人も知らないのん気な質問に、微かな反感を覚えてお愛想にも返辞は出来なかった。

　笹井は「一日五十米《メートル》ぐらいですよ。ちょっと聞いて

みましょう」といって、アスファルト樽を移動していた道路人夫の傍に寄ると、何か聞いていたが、やがてもどって来て、

「やはり、そんなもんです」と、愉快そうな顔附をしているのが、柳子は何か軽々しいという気がした。

やがて、広い元の陸軍施設の狭い突端の、今は自由に通行を許されている小路を、諸車止めの木柱の横からは入って抜けると、二丁ほど向うに桜井の屋敷の生籬が見えた。

倉庫の焼跡は、別に邪魔にもならないので、そのまま放置してあるらしかった。笹井は焼跡の残骸と灰の中に立って周囲を見回していたが、

「ピストルの音を聞いた二軒というのはあれですか?」と五十メートルほど離れて並んでいる家を指してきいた。柳子が、そうだと答えると、大体の死体の位置と入口の模様を重ねて質問した。

「窓は硝子戸ですか?」

「いいえ、観音開きっていいますか……あれです」

「内開きか外開きか、憶えていないでしょうな?」

「確か内開きだったと思いますが……」

笹井はその時、何か非常に満足そうな顔附をしたので、柳子はびっくりした。だから、

「この倉庫の向きはどうなっていましたか?」という、唐突な次の質問にも、彼女は別に意外に感じなかったほどで、さっきロードローラーで軽蔑した気持は、いつか消えてしまっていた。少し軽い近視の彼女は、心持ち眼を細めて、母家と倉庫の残骸を見較べていたが、

「入口が丁度北向きになります」と答えたのが、自分でも気が附くほど、力がこもっていた。笹井は無言で頷くと、

「じゃ、書斎の方を見せて頂きましょうか」と歩きだした。

*

書斎に案内された笹井は、桜井のデスクの横に、壁に寄せて並べてある二つの古風な肘付椅子を見て、

「これですか、桜井さんが倉庫へ持込んだのは?」と云った。「随分古物ですねえ」

彼は傍へ寄って、肘付を握って曳いてみた。キリギリと軋り音をたてて、微かに椅子は動いた。背の凭れの上部を、ロココ風の彫りを施した樫材で飾った、カーマイン色のドッシリしたもので、色褪せたクッションはさすがに年月に堅くなっていた。何故こんな重いものを、わざわざあすこまで運んだだか、彼も考えあぐねているかに

見えた。

「いつ持ち出したか判らないんですね？」

「前の日あたりと思います。失くなれば私が直く気が付くはずですもの……」

「持ち出したものは蠟燭だけですかな？」

と笹井はデスクの上を見廻して云った。柳子はそう云われて、デスクに凭りかかって目馴れた父の遺品を、一つ一つ頭の中で列べてみた。

笹井は柳子をそのままにして、書架の中を硝子越しに眺めていたが、

「お父さんは写真をおやりになるんですか？」

「ええ、この頃は滅多にやりませんが、昔は随分熱心でした……」

笹井は硝子戸を開けて、たたき刷毛や絵具筆を突込んだ筆立のかげに押込まれていた、小型のはかりに興味を抱いたらしく、はかりの指針にちょっと指を触れてみたりしたが、ふと、ラック塗りの重箱を見とめて、ふたを開けた。

中には一番大きい五百瓦《グラム》用の錘《おもり》が無かった。

笹井は、振り向いて何かいおうとしたが、柳子が外のものに気をとられているのを見ると、思い返して、硝子戸を閉めた。


書斎の調査が済むと、笹井は電話を借りて、知り合いのＯ署の十貝司法主任を呼び出した。

「十貝さん暫くでした、笹井ですよ。今、例の桜塗料の社員焼死事件の調査を、被害者の娘に頼まれてやっているんですよ……Ｓ署の幹部に紹介して頂きたいのですが……え？　杉警部という人です。今からＳ署へ行く積りですが……そうですか、そう願えれば何よりです……じゃ、いずれまた」

十貝が直ぐＳ署に連絡してくれるということで、電話を切った彼は、その足でもう一遍、焼跡をものの十五分も根気よく探した末、やっと目的の錘のゆがんだ小さな塊りを、灰の中から拾いあげて、桜井邸を引きあげた。

6．拷問の具

杉警部はＯ署の十貝から、彼が傾倒している素人探偵の笹井篤《あつし》が、柳子の依頼を受けてこの事件に首を突込んだことを聞いて、今時そんな物好きな人間が実在することを意外に思った。

会ってみると、杉が子供の頃みた俳優の早川雪洲にちょっと似た感じで、年頃は杉と同じ三十五、六というと

ころ。色白の、ちょっと見には何というか、小肥りの福々しい男である。しかし話しながら段々気を附けていると、眼に軽い険《けん》があるのと、煙草を吸うくせに真白な歯並びが実に奇麗なのが、顔全体を引緊《ひきし》めているようで、それが単にのっぺりした感じでなく、隙のない人柄を表わしているのかもしれなかった。

　杉警部が笹井に話した、この事件に対するS署の捜査本部の見解は、次のようなものだった。

　一つは、最初の想定された動機、つまり春原の研究にまつわる経緯を根拠とする解釈で、工場関係者の徹底的探査の結果、春原の研究を盗んだと考えられるのは、桜井と阿野の二人であって、阿野のアリバイがどうしても崩れない現在、盗んだのは桜井ということになる。したがって、焼跡の品物、写真用バット、硝子壜、平皿などから、春原が実験に藉口《しゃこう》して桜井を誘い、拳銃で脅迫して記録の奪回を企てた挙句、何かの拍子に桜井が春原を射殺して自殺をはかり、放置された引火物から発火したという見方である。

　これに対する疑問は、第二の見解にも関連してくるが、柳子の意向を無視してまで、娘を春原にやろうとしていたらしい桜井と、その当人が何故争闘したかという点。もう一つは、例の重い椅子を春原が運んだのなら判るが、桜井が運んでいる事実は、彼が自らの穽《おとしあな》を造ったという妙なことになるのである。

＊

　第二の解釈は、牛丸を犯人とする観方で、まず、当夜彼は現場附近にいてアリバイが無い。柳子をめぐって春原のライバルであり、前日春原と会いトラブルを起している。桜井は彼と娘の交渉をきらい、その事について、彼は桜井に翻意を嘆願しかつ面会を強要していた。更にいけないことは、事件の翌朝柳子に会った時、被害者の一人が春原であることを知っていて、それを口走っている。

　この解釈に対する疑問は、恋人の父でありまた子供のころからの後見者である桜井を、彼が殺し得たかどうかということで、これは一に彼の性格と心理的条件のいかんに懸っていた。したがって、この線に沿って彼に対する尋問と探査が重ねられたが、当局の結論は漸次否定的に傾いていったのである。

　杉警部は以上のいきさつを、詳しく話し終ると、

「ざっとこんな風で、牛丸は近く釈放されるでしょう。そこで問題は、第一の見解を正しいとして、捜査を打切るかどうかというところまで来てしまったのですよ

……」

「阿野の容疑については、どの程度まで突込みましたか?」笹井がきいた。

「彼のアリバイは確実です。自動車を使ったとしても、八時〇八分から三十七分までの三十分間では、道路修理で大回りするため絶対に帰れません。しかし、自転車なら順路を通れば二、三分余裕があるので、実は、無理に自転車に乗せてみたのですが……」

と杉警部は、警察の裏庭でやった変てこな実験を思い出して、苦笑した。

「困ったことに、だ目なんです。自転車ってやつは妙なもので、乗れても乗れなくても、その反対を装うことは出来んのですねえ。瞬《またたき》と同じで、人間の危険に対する神経的な反射運動の一つかも知れません」

笹井はポケットから、さっき拾った錘を出して、杉に見せた。

*

「焼跡に、こんなものが落ちていたんですよ。桜井氏が写真の調液用に使っていたらしいのですが、それを持出しています。何に使ったか未だ判りませんが……無意味なものじゃないことは確かです。単なる押えか、あるいはもっと意味を持たせれば、何かの機構の、一部分として利用したか……例えば、落して衝撃を与えるという風な……」

杉警部は掌に載せてながめていたが、笹井の熱心さを危ぶむように反問した。

「軽いもんですね、これがどんな意味を持てるでしょうか?」

「さあね」と笹井もあいまいな返辞をしたが、何か思い附いた風で「ところで、話は別ですが、桜塗料は何を製造しているのですか?」

「阿野の話では、ラッカーを主として造っているそうです」

「ラッカー、そうですか……」ポツンと笹井はつぶやいたが、煙草を出して杉にすすめた。そして自分も、うまそうに喫みながら、何か考えている様子だったが、急に杉を凝視して、

「火災の原因が判りましたよ!」といった。「硝化綿です、きっと。ラッカーは硝化綿をベンゾールとかさく酸エチルやブタノールのようなものに溶かしたもんでしょう。ところが、硝化綿は、乾いている時金属の衝撃で発火する性質を持っていますから、例えば、硝化綿を平ザラに入れて、周囲に引火物を置き、錘を落せば、硝化綿

が発火し、周囲に燃え移るかもしれません……」

杉警部は笹井がペラペラッとしゃべったので、よく判らなかったが、相手の様子からそれが重大なことに違いないと悟った。彼が繰り返して説明するのを聴いていた杉警部の顔附は段々変っていった。

*

「すると、それを桜井が準備したとすると……？」

「そうですよ。吾々は間違っていたのです。もう一度振り出しへ戻ってみる必要がありますね」笹井はそういって、チラと杉の顔を見たが、「そこで一つお願いがあるのですが……例の二つのピストルを見せて頂けませんか」と頼んだ。

杉は直ぐ立って部屋を出て行ったが、暫くして汚れた二挺の拳銃を持って戻って来た。

「この大きい方が春原ので、コルトの方が持主不明です。春原の方は熱で暴発していましたが、コルトの弾倉は空でした」

笹井は両方を見較べていたが訊いた。

「この二つのピストルに附着している灰を、別々に分析してもらえますかね？」

「本庁の鑑識課へ送れば、一日でやってくれますよ。だが、それで一体どうなるのです？」

「この二つの附着物が違うと思うのです」

「えっ？」

「非常に微量でしょうから、うまく検出できるかどうか怪しいですが、とにかく二つの附着物の定性をやって頂きたいのです。見当はついていますが、サゼッションだけは、ちょっと控えておきましょう」

そう云われてみると、杉も押して訊ねるわけにはいかなかった。

彼は今やこの得体の知れない男の価値を、段々見直してきた。

O署の十貝司法主任から電話があった時、事件の見込はどうかと訊かれて、あまり面白くないと返辞をすると——それじゃ、とにかく、僕に騙されたと思って、彼のやることを見てみたまえ——と云われたので、さっきから一抹の疑いは持ちながらも、自分としては偏見を抱かずに応対してきたのだったが、十貝の言葉があながち嘘でもなかったように、思われ始めた。笹井が云った。

「杉さん、牛丸君の自転車はどうなっていますか？」

「ちょうど、無鑑札だもので牛丸と一緒に署に留めてあります」

「ついでに、それも見て行きましょう」

没収品置場に案内されると、笹井は荷札を附けた牛丸の自転車の前にしゃがんで、一渡り眺め回していたが、立上った顔がひどくうれしそうだったので、杉が理由を訊こうと思った時、

「どうも飛入りで、お忙しいところを御迷惑かけました。これからちょっとみどりアパートへ寄ってみます。阿野もそろそろ帰る時分でしょうから……」

と云うと、サッと、飛び出して行ってしまったのである。

7. 小説問答

笹井はT電鉄の駅で降りると、片側の軒にわずかに夕陽が残る新開地の通りを、杉に教えられた通り五丁ほど下って、目印の立花食堂の角を曲ると、畑の中に住宅がポツポツ建っている小道に出た。

みどりアパートは、檜《ひのき》の生籬に囲まれた白塗の三階建で、家族持ちも住まっているらしく、干し物が軒にヒラヒラしている窓も見受けられた。

玄関に立った笹井は、廊下のみがき具合や、壁にキチンと取附けられた赤い消火銃などから、思ったより清潔な空気をまず意外に思った。

玄関の直ぐ右手が事務室で、扉の外の壁に電話器が取附いていて、両側に部屋を配した一間の廊下が真直ぐに走って、つき当りが洗面所になっているらしく、水を使っている人の気配がした。

勤め人が多いと見えてシンカンとしている。

声をかけると、洗面所から返辞がして、出てきたのは事務員の佐々木であった。

桜塗料会社の弁護士だが、と笹井が自己紹介をすると、彼女は手をふきながら事務室の扉を開けて、何卒《どうぞ》、といった。

「今度の事件では、あなたも御迷惑でしょうが、会社も幹部があんなになって弱っているのです。一方警察の方も、容疑者がつかまっているんですが、はっきりした結論に達していないようなわけで、会社としても、ああパッと新聞に出た手前、信用上いつまでも放っておけないという立場なのです」

笹井は煙草を出して点けながら、相手の出ようにさぐりを入れた。

「お困りでしょうね。もう警察の方にもお話しした通りですけれど……阿野さんとの関係まで、どうのこうのと、ほんとうにいやになりますわ……」と佐々木は、自分が困ったような表情をして、「阿野さんはあの通りの

キチンとした方で、私など問題にするわけがありませんものね。あの時刻だってそうです。私の申し立てがお気に召さないのなら、御都合のよいように、どうともお決めになれば宜しい、と申したくなりますわ。管理人さんが御自慢の四日捲きの掛時計が信用出来なければ一体何を信用しろと仰有《おっしゃ》るんでしょうね……」

よほど警察の訊問が、かんに触ったものとみえて佐々木はなかなか能弁である。

*

笹井もいささかこれには鼻白んだが、つい、

「いや、御もっともです」と商人みたいな合づちを打ってしまった。

その時の模様は、佐々木が二階の止宿人に用があってのもどり、阿野の部屋を通りがかりに、一番上の素透し硝子越しにのぞくと、彼は窓ぎわの机に向って外とうを着たまま、本を読んでいた。古くからのな染《じみ》なので、「火種要りませんか?」と声をかけると、彼は半顔振り向いて、右手を要らないと振ったので、通り過ぎたが、その時階段わきの正面の掛時計が八時三十七分を指していた。あれが阿野以外の者だとは、絶対に思えないということである。

玄関が開いて、同宿の江口が帰って来た。阿野に本を貸した男である。

笹井が会ってみると、未だ若いくせに一ぱし大人ぶるという青年で、あからさまに、またかという顔附をした。

「阿野さんを疑うくらいなら、ぼくでも犯人たり得ますよ」と煙草を喫かしながら、

「警察もどうかしていますよ。いつまでも、そんな探てい小説にあるようなアリバイを追かけているんでしょうね……」

笹井は相手の不愉快な態度は気にもかけない風で、

「つかぬことを聞きますが……阿野さんに貸した本は返ってきましたか?」とたずねた。

江口は、パイプを口から離すと、つまらぬことを聞く弁護士め、といわんばかりの色を顔に浮べて、吐き出すように答えた。

「それがどうしたというんです……あれはまた貸しだったので、翌朝返してもらいましたよ」

そして笹井が重ねてその本の名前を聞いた時、江口はとうとう怒りだしてしまった。

「そんな、刑事の真似事なんか止して下さい！　貴方は、ぼくが阿野さんの身替りアリバイをつとめたというんだろう。そんなら、もっと探ていらしく上手にやらな

きゃだめだよ！」

今度ばかりは笹井も、ほうほうのていで退った。しかし食い下ったおかげで、どうにか目的だけは果した。阿野があの晩借りたのは、木々高太郎の「殺人会議」という探てい小説集であった。

＊

「……柳子さんに、誰かその道のエキスパートに調査を頼んだらどうか、と勧めたのは、実は私なんですよ」

初対面の挨拶が済むと、阿野は笹井に座布団をすすめて、自分も胡坐《あぐら》をかいて煙管《きせる》に刻みを詰めながらいった。

「杉さんは牛丸君を疑っていますが、私は絶対にそんなことは無いと思います。貴方のお考えはどうですか？」

「私もそう思います。今日は、実は貴方のアリバイを検討に来たわけですが、ひどい目に遭いました」と笹井は苦笑して、「会社の弁護士だなんていったもんで、すっかり安く見られましてね。江口君ですか……あの人に、こっ酷くやられましたよ」

「江口君、何ていいました」阿野は下を向いて、煙管の雁首《がんくび》をマッチの軸でほじりながら、きいた。

「貴方の身替りアリバイの疑いなど、以ての外だというわけです……私も白状しますと、貴方が何かアリバイを作ったのじゃないかと疑問を持っていましたが、やはり見込み違いないことが、はっきりわかりましたよ……ところで、桜井氏は始め春原君に目をかけていたのに、協力してやらないで、何故研究を盗んだりしたのでしょうか？　そこが不思議なのですが……この点で何か思い当ることはありませんか？」

「そうですね」と阿野は暫く考えていたが、「今まで私の立場から、また歿くなった人に対する礼儀から、誰にもいわなかったのですが、始終接していた私からいわせると、桜井さんはあれでなかなか打算的な一面がありました。今度の件も、だから、春原君が出征するとなると、もし戦死したら、あの研究が人手に渡ってしまうので、惜しくなって盗んだのじゃないでしょうか。想像通りの強度のルーフィング・ペーパーが出来るとすれば、確かに市販性は大きいですから、もうかりますよ」

阿野は、ちょっと失礼、といって便所に立った。

＊

笹井は煙草に火を点けて、寛《くつろ》いだ風に後ろに手をついて、室内を見回した。そして阿野の足音が階段に消えると、ユラッと立ち上って、長押《なげし》に懸けた古風な畳み込みのセルロイド・ステッキと外套を眺めたが、傍へ寄って外套の裾を捲くって見た。それから本棚の背文字を端からズーッと目を通した時、阿野の上って来るスリッパの音に、元の席に戻った。

「あなたが探偵小説をお読みになるとは、面白いですねえ」と戻って来た阿野を見上げて、笹井がいった。

「私もちょくちょく読みますが……」

「いやあ……」と阿野は後ろを振り向いて笑ったが、

「……お里が知れましたか。しかしああいうものはなかなか良いですよ、頭のレクリエーションとしては。吾々が日常仕事の上で解決を要する問題は、凡《すべ》て理詰めでいくんですから、その癖が滲み出て探偵小説に惹かれるんでしょうね。見ようによっちゃ淋しいことですよ」

「木々高太郎のものがありますね、あの人のものは私も好きですが……『殺人会議』なんか読まれましたか?」

「……読みました」

「あの短篇集の中で、どれが一番お気に入りましたか?」

「そうですね」と阿野はちょっと考えたのち答えた。

「やはり〝殺人会議〟でしょうね」

「〝死固〟や〝睡り人形〟はどうです、後のものは私は傑作だと思うんですが」

「あれも良いですが……」と阿野は言葉を切って、「そうですね、どっちともいえませんな……」と答えた。

暫らくそんな話を交わした後、暇を告げて廊下に出た笹井は、階段の上で、目の前の壁の掛時計を見上げたが、

「これより外に説明のしようがない」と低く呟いた。

アパートを出ると薄緑の晴れた西空に、銭湯の煙突の上に、一番星が煙に吹かれて微かに揺れていた。

8. 風の中の目撃者

その翌日の午後、笹井の依頼で杉警部が桜井の書斎に集めておいたのは、阿野、釈放された牛丸、柳子、それから春原の妹の弥生であった。肝心の笹井はどうしたのか、未だやって来なかった。

「笹井君が事件の説明をするそうですから、もうすこし待ってもらいます」といって、杉はいすに腰を下ろすと煙草を点けた。一同はそれぞれ有りあういすに腰を掛けて、何となく不安な表情で押黙っていた。

牛丸と隣り合って座った阿野は、低い声で、「容疑が解けて良かったですね」と牛丸にささやいた。牛丸は相変らずブスッとした不機げんな顔で、言葉少なに礼をい

ったが、それでもどこかに、解放された者の喜びが漂っていた。柳子はそれを見て、よかった、という気持がこみ上げてくるのを感じて、そっととびらを開けると、茶道具をとりに出た時、笹井が入って来た。

「いや、どうもお待たせして済みません」と彼は杉にあいさつすると、杉は、

「お約束のものが出来ています」といって、一枚の紙片を彼に渡した。

それを見ながら腰を下ろした笹井は、黙ってポケットに納めると、出された熱い番茶を飲み干して、

「じゃ、始めましょう」といった。

「この事件は現場が焼けたため、色々曲折がありましたが、結論を先にいいますと、真相は杉警部のお考え通り、のっぴきならぬ弾みで春原君を射殺した桜井さんが自殺されたのです……それで、私は杉さんの推定を補足するのに過ぎないのですが……」

と前置きして、笹井は一渡り皆の顔をながめまわした。一同は来るべきものが出たという気持の隅に、何かホッとするものを感じて、固ずをのんで笹井を見まもっていた。

＊

「柳子さんの前で申すのは誠に遺憾ですが、桜井さんは春原君の研究を盗んだのです。春原君は帰還してこのことを知って奪回を計り、阿野さんが盗んだと思っていると見せかけ、実験にことよせ、桜井さんとあの晩倉庫で会合しました。そして桜井氏の油断を見すまし、けん銃で脅迫してあの重いいすに縛りつけ、研究記録を出せと迫ったのです。ところが予想通り桜井氏が拒絶したのでかねて用意した拷問にとりかかりました。

その拷問たるや、いかにも春原君らしい機知に富んだものでした……肉体的拷問よりも、もっと怖ろしい心理的恐怖をねらった拷問です。その点に関する限り、盗まれた春原君としては、正当な主張に基く手段として認めてやって宜しいと思います。またその結果起った春原君の死も、桜井氏の側としては正当防衛だったのです。

そこで、死に関する限り二人共犯意が無かったということを、皆さんに納得して頂くために、これからその実験をやってみようと思うんですが……」

笹井は皆の意向をきくように、順々に同席者の顔をうかがった。たれも一言も発しない。

笹井は杉警部に手伝ってもらって、実験の用意をした。例の古風なカーマイン色のいすを円テーブルの前に引寄せると、

「阿野さん、あなた桜井さんの代りになって下さい」と、阿野をそのいすに座らせて、説明を続けた。「桜井氏は、それが責め道具になるとは露知らず、ろうそくを持出しています。それから、この錘は、私が焼跡から拾ったものです。そこで拷問の具はどうだったかというと……」と笹井はそういって、テーブルの上に一端をデスクの上の硯箱《すずり》で押えて、一本の細い紐をはわせた。そしてポケットからろうそくを出して火を点け、卓子に立てると、ろうそくの下から一糎《センチ》位の所へ紐を食い込ませ、卓子の端から垂れた紐の他端に錘を結びつけた。

＊

「こうやっておいて、錘の真下に、工場で使う硝化綿を平皿に入れて置き、周囲にガソリンのようなものをバットにいれて並べ、荷造り材料を寄せかけます。

硝化綿は濡れていれば安定ですが、乾くと不安定になり、殊に金物の衝撃には非常に弱く、錘が落下してあたれば十分発火するのです。そこで春原君は阿野さんに――いや、桜井氏に宣言しました――研究記録をどこに隠したか白状なさい。もし白状しなければ、この蠟燭が燃え尽きて紐を焼切る時が、貴方の生命の絶たれる時ですよ――と、まあこんな風にですね……」

笹井は卓子の横に立ったままこういった。

針の落ちる音も聞えるほどの室内の静寂の中に、五人の注視を浴びて、阿野は工場で始終危険な硝化綿の跡始末を工員にうるさくいう。

拷問の効果が判ったらしく、恐怖と感歎の混合した奇妙な表情で、じっと座っていた。

「笹井さん」その時まで黙っていた杉警部が口をはさんだ。「いすと卓子の距離がそんなものとすれば、桜井氏はローソクを吹き消せるでしょう……」

「あ、説明するのを忘れました」と笹井は、杉の方を向いて、「春原君の考えは、あの研究内容をみても判る通り、非常にプラクティカルです。もちろん、それに対しても手を打っていますよ」

彼はポケットから、真新しいガーゼのはいった青いマスクを出して、失礼します、とことわり、阿野にかけると、どうです？　という風に皆の顔を見た。笹井は、杉が納得していすに沈み込むのをみて、説明を続けた。

＊

「桜井さんも、これには観念せざるを得なかったでしょう、記録の所在を白状しました。春原君は直ぐその場所へ行き首尾よく目的を果して、再び倉庫へ戻って来た時、彼が想像しなかったことが起っていました……桜井氏が縛を脱していたのです。恐らく渾身《こんしん》の勇を絞って、片手でも縄から外し、手を伸ばして蠟燭の火で縄を焼き切ったものと想像されます。そして倉庫から出ようとした時、春原君が戻って来たので、扉の陰から跳びつき、揉み合いとなりました。春原君が突嗟にポケットから出した拳銃の奪い合いとなり、誤まって発射された弾丸が、春原君の腹部を貫いたのです。

一度は目をかけていた有為な青年を、過ちとはいえ射殺し、しかもその原因が自分の犯した罪に在ることを思い到った時、湧き上る心の呵責《かしゃく》に耐えかねたのでしょう、桜井氏はその場で自決されたのです。

最初の揉み合いの際の発砲は、衣服の上から押付けてなされたため、銃声がマッフルされて、あの風には聞こえなかったのでしょう。またあのような掘立ての倉庫では、格闘の際の床の震動が激しく、蠟燭を倒し、それがガソリンに引火したものと見えます……」

笹井の説明は終った。

誰も口を開く者はない。柳子と弥生は、云い合わせたように下を向いている。牛丸は靴の爪先を微かに震わせて、床を叩いている。阿野は蒼い顔をして、宿命のいすから別のいすへ、音も無く移ると、ポケットから煙草のケースを出そうとしたが、引掛ってなかなか出なかった。

「大体判りましたが……私の自転車は何に使ったか、説明して頂きたいですね」

皆はハッとして一斉に声の主の方を見た。

牛丸が挑戦するように、椅子から乗り出して、笹井を睨みつけていた。

*

「もち論、春原君が研究記録を取もどしに行ったのですが……」と笹井が答えた。「残念ながら、その場所は判りません。ただし距離の大体の見当はつきます……貴方が柳子さんと別れて、自転車の失くなっているのを発見したのが、七時十分ごろです。春原君は家を六時に出ていますから、ここへ着いたのが六時四十五分以後でしょう。拷問や何かの時間を見込むと、ほとんど貴方の紛失発見に先立つこと幾らでもないから、仮にこれを七時〇五分としてみます。春原君はもどってきて倉庫に飛び込んだ処で揉み合いになり、それから桜井氏の自殺まで、そんなに時間が経つはずがないから、その時間をまず三分とすると、自転車の帰着は八時〇五分となります。

つまり目的地までの所要時間は片道

(60分—10分（記録を探す時間））×1/2=25分

です。しかし場所はやはり判りません。工場にしては近過ぎます……」と、ここで笹井は杉の方を見た。

「杉さんのお話では、みどりアパートまではそのくらいでしたね」

「そうです」

「だが、みどりアパートでは、まるでお門違《かど》いですからなあ、ハハハハ……」と笹井は阿野にいって笑った。

この時とびらにノックが聞えて、桜井家の同居人の奥さんがのぞいた。

「笹井さんに御面会の、都の道路課の方ですが……」

はいって来たのは、茶色のコール天の上衣に黒ズボンを着て、地下足袋《じかたび》ゲートルにかためた四十過ぎの小柄な男である。

せまい部屋に居ならぶ面々に、ちょっとおくした風だったが、その内に笹井の顔を見附けると、ニコッとしてお辞儀をした。

「おいそがしいところを御苦労様です」と笹井のすすめるいすに、形ほど、浅くこしをかけると、

「……仕事のキリを見て、いそいで来たんだが、おそくなりましたかね?」といった。

柳子は、その時初めて、それが先日笹井が途中で油を売った道路人夫であることに気がついた。

＊

「いいえ、ちょう度いいところでした」と笹井はいった。「じゃ、あの晩のことを、皆さんに話して下さい」

「私は、道路課の臨時人夫の小池というもんです。一月十六日の晩——あの日はひどい風の晩でしたが——十一時半ころ、翌日の分のアスファルトをとかし始めた時でしたよ……最近はほとんど薪ばかりでしたが、あの日はうめえ具合にコークスが回って来ましてね。手が省けたんで、火が回ってから熔解車の風下で、車によりかかって一服やっていると……外とうのえりを立てた背の高い人が、通りがかりに火を借りに寄って、風がひどいので、五分ほど無だ話をしたのです。マスクを外した時の顔を見憶えていますが、それが……」と小池は阿野の方へ顔を突き出して、「あんたでしたな……」

「やあ、あの晩は寒かったですな」阿野は小池に答えたが、「柳子さんの電話で、煙草も吸わずに飛出して来たんで、電車を降りると無性に吸いたくなって、あすこの火を借りたんですよ……そんなことで、忙しい人を呼び附けるのは、どうかと思いますね」

いつも冷静な阿野にしては珍らしく険を含んだ口調で、笹井をなじった。

「いや、阿野さん、未だあとがあるんですよ」と笹井は微笑して「実は今までいいませんでしたが、さっきの説明で一つ判らないことがありましてね。それはけん銃が多過ぎるのですよ。もう一つのけん銃を桜井さんが用意したとすると、今申し上げたもみ合い説が怪しくなるのです。そこでコルトの方が、火災の後で現場に置かれたのじゃないか、という疑念が起りました。……で、念のために、杉さんに頼んで、二つのけん銃の附着物を分析してもらった結果がこれです。……」

　笹井は、さっき杉警部から受取った紙片を、卓子の上に、皆に見えるように置いた。

　男三人が三方から紙片を覗き込んだ。

　それにはこう書かれてあった。

　　資料Ａ　軍用けん銃　　無機物検出不能

　　資料Ｂ　コルト式けん銃　硫黄 極微量　燐 こん跡

　杉警部、牛丸は、ハッとして阿野を見た。

　杉は要心深く、掛けていた椅子から腰を浮かして、静かに前へにじり出た。

9．運命の罠

　その時の阿野の態度こそ、笹井が内心賞賛を惜しまないていの、立派なものだった。

　呼吸の音も聞えるほどの、室内の静けさを破って、シャッと阿野はライターに点火すると、微かに震える二本の指にはさんだ煙草に、ゆっくり、火を移した。そして、その浅黒い端麗な顔に、奥深い厳然たる笑みを浮かべて、彼は低いバリトンでいった。

「柳子さんと春原さんは席を外して頂きましょうか。それから小池さんも……」

　男四人を残してとびらが閉まると、彼は笹井をしげしげと見ていった。

「……貴方にはとうとう見破られましたね。私は確かに春原を殺しました。しかし桜井さんに対するものは正当防衛です……お判りですか？」

「判っています」笹井も人生のしゅん厳なる一瞬を感じて、沈痛に答えた。

「では、しゃ婆《ば》の思い出に、あなたの推理を聞かせて頂きましょうか」

「最初、柳子さんから事件を依頼された時から、私はあなたを疑っていました」笹井はいった。「その理由の一つは、桜井さんが拷問のいすを持込んでいることです。彼が春原の敵でなく味方だったのに違いない、即ち貴方が二人の仕掛けたわなのえ食《じき》、いい替えれば研究記録の抜取人だ、と思われたこと。もう一つはピストルが多過ぎる。仮にその一個が、事件を撃ち合いの結果と思わせるために、火災の後で置かれたとすると、その動機を持ちかつそれが出来るのは貴方だけです。

死体の周囲は完全に消火されて、水で冷たくなっていたから、あすこでピストルを焼くわけには行かない。あの風の日に、たき火が貴方の途上にあるはずもありません。柳子さんとS駅から来る途中、あのアスファルトよう解車を見た時これだなと思い、人夫にきいてみると、果して十六日にはそこから二町ほど上で工事をやっていることが判りました。

そうなると、アリバイを除いては、すべての情況が貴方を指しています。たとえ、けん銃を用いたにせよ、人ひとりをいすに縛り付けるには、少くとも二人の人手は要ります。こう考えて来ると、あの夜のわなは、春原君が計画し、桜井氏が協力して、貴方から研究記録を取りもどすため、仕かけられたとより外に考えようがありません……」

笹井はこういって、だまっている阿野を見た。阿野は深く背をいすにもたせて聴いているという風にうなずいた。

＊

杉と牛丸は、段々笹井の話に引き入れられて、今しがた阿野の不測の行動を警戒したのも、わすれたようだった。

「さっきもいった通り、あのごう問は実に酷烈です」笹井は続けた。「……何故かといえば、貴方の自白に基いて、春原君がみどりアパートにおもむき、記録をさがしてもどって来る時間は、ろうそくのもえきる時間一ぱいだったでしょうから、貴方の生命は一に自白の正否にかかっていたわけで、かくしたりあいまいにすることは、絶対に許されなかったからです。

桜井氏が貴方の監視の役を引受け、春原君は、牛丸君の自転車を無断借用に及んで出発しました。しかもアパートであやしまれないために、貴方の帽子と外とうを着てです。運命の神の気紛れの遊戯とでもいいますか、それが自分の殺害者のアリバイを作ることになろうとは、その時、いや、あの世に行った今でも、春原君はおそらく知らないでしょう……」

笹井はこういい終ると、前にしゃがみこんで、顎をこぶしにのせて床に眼を落した。

杉は、その真実暴露の意外さに、ジーンと軽い耳なりを覚えて、凝っと笹井の様子をみていたが、ふと、あることに気がつくと、眼を輝かせてさけんだ。

「笹井さん！　だが、だが……春原は八時八分に殺されたんだから八時三十七分にアパートにいるわけがない！」

「フフフフ……」今まで疲れたように凝っとイスに深くしずみ込んでいた阿野が、身動きをして、力無い押出すような空虚な笑いをもらした。

「笹井君、きみは頭が良いが、このことだけは証拠があるまい。ぼくも、さいしょはわからなかったのだから――」

笹井は「いけないッ！」と叫ぶと、イスから跳び出して、阿野の身体をゆすぶった。

その時、阿野はもうこめかみを異様に緊張させて、酒に酔ったように正体が無かった。

しかもその額には油汗を浮かべ、気味悪いけいれんが脚部から次第に上方へ拡がっていた。

＊

敵手笹井に敗北したことを知った阿野は、潔く自殺を企てたのだった。恐らくみどりアパートの会見の際悟ったので、用意した毒薬を、最期の煙草につけたのだったろう。

服毒した彼が、自動車で病院へ送られた後、日没間際の冷え冷えした書斎で、笹井は、牛丸、柳子、弥生を前にして話していた。

「……佐々木事務員が八時三十七分に、阿野を装った春原君を見たのは、私の推定では、階段脇の壁の薄暗い処だったので、時計の短針と長針を逆に見たのです。つまり、時計は実際は七時四十三分を指していた。春原君は佐々木の足音が消えると直ぐ部屋を出て、薄暗い玄関を他人に見附けられずに滑り抜け、大急ぎで引返したのでしょう。そして八時八分倉庫へ帰ったところを、待ち受けていた阿野に殺されたのですからその間二十五分あります。

しかし、これはあくまでも推定で、証拠の実体ではないのです。だからこそピストルの証拠だけで十分なのに、私があっちこっちかけずり回って、色んな証拠を集めた訳ですよ。

柳子さんから聞いたのですが、牛丸君の外とうの内側までハネがあがっていたそうですね。大体、外とうの内側にハネがつくのは、おかしいと思ったのですが、それが、自転車の前輪のどろ除けが無いため、サドルから割れて垂れ下った外とうの内側についたと判ったので、自転車に乗れないはずの阿野の外とうを調べてみると、案の定内側にハネがあがっていました。春原君が着た証拠です。春原君は佐々木事務員に声をかけられた時、手を振ってごまかしたのですね。スタンドの陰で、手前に天井燈がないから顔など判るはずはありません。

それから、その晩同宿者から本を借りていることを聞いたので、念のために調べてみると、その本に対する阿野の意見が的を外れているのです。木々高太郎の『殺人会議』という小説集ですが、〝虫文字〟〝殺人会議〟〝死体室の怪〟〝死固〟〝睡り人形〟〝秋夜鬼〟の順に六編集めてあって、二番目の〝殺人会議〟が標題となっています。それが、後半の〝死固〟や〝睡り人形〟の方が〝殺人会議〟よりも、ずっと力のはいった傑作なのに、阿野は〝殺人会議〟が良いというのです。後半を読まなかった……つまりその晩不在だった証拠ですよ……」

「桜井さんを殺したのが、正当防衛だったというのは本当ですか?」牛丸が口をはさんだ。

＊

「春原君が出掛けた後、観音開きの窓のフックが、西北の風で外れて、ローソクが消え混乱が起ったものでしょうが、その混乱に乗じ、阿野君はああいう奥深い男ですから、何とかして縛から脱れ、桜井氏ともみ合った挙句発砲が起り、桜井氏が死なれたのです。

春原君のごう問は、それがプリミティヴなものだけに、あのような性質の阿野のきょうじを傷つけること、大なるものがあっただろうとは、容易に想像出来ます。しかも春原君が自分の帽子と外とうを着て行って、アパートでだれかに見附かる可能性、即ち自然発生的な自分のアリバイの可能性を思い到った時、阿野の頭に浮んだ恐しい考えと、その誘惑の強さは、これまた想像に難くありません。恐らく彼は、これを運命の啓示と信じたでしょう。しかし、それが、神がたわむれになげた、運命のわなだとは知らなかったのです。

彼は物かげに隠れていて、帰って来た春原君を一発の下に射殺すると、火をつけて逃走し、アパートへ帰って寝てしまったのです……」

話し手も聴き手も暫くは無言で、それぞれの想念を追っているかに見えた。

その時笹井は、阿野の自殺の企てが、自責の念からのみでなく、自分に対する最期の悲しき反ばくであったとしたら、それを防ぎ得なかった自分は、何という愚か者であったかという反省をひしひしと感じて、阿野の助かることを秘かに願っていた。

春原弥生が、その沈黙を破った。

「それで兄の研究記録は、どうなったのでしょう?」

笹井は、暫くぶりでうれしそうな表情を浮べると、ポケットからまいたフルスカップを出した。

「これでしょう」とそれを弥生に渡しながらいった。

「……さっき行って、みどりアパートから取って来ました。どこにあったと思います……壁にぶら下げた、古風なおやじのお下りらしい、畳み込みのセルロイド・ステッキの中に、コーモリがさと同居していたんですよ。ハハハハ……」

しかし、笹井は次の瞬間、全く別なことを考えていた。

恐らくこの若い人々には理解されないであろう、いつ投げられるかもしれぬわなを潜めた、運命の必然と偶然の不可思議な組み合わせと、その間を縫って泣き笑いしている人生の愚かさとを。

潜水兜《ヘルメット》

1. 垂れたブラインド

微かに陰影を帯びた白雲を飛ばす秋空を背景にして、議事堂を頂点とする高台が一眼に見渡せる窓ぎわに立った北浦万吾は、窓枠に区切られた外景を、放心したように凝視していた。振り向いて指に挟んだ煙草をデスクの灰皿に落とすと、三階の角の部屋なので、左手の窓から、省線S駅のフォームに夕陽を真向うに受けて目白押しに列ぶ勤め帰りの乗客が、目の高さにいつもながらの眺めなのだが、何かそれが目に入らぬ風である。赭顔《あからがお》白髪、五尺六寸はあろうという体軀をギシッと廻転椅子に落とすと、彼はチョッキの懐《かく》しから青い小箱を出して丸薬を手の掌《ひら》に載せコップを引寄せた時、ドアが開いて社員の多胡《たこ》が這入って来た。

「社長さん、弱りました。T港へ送る荷物が二、三日遅れそうです、山陽線のKで昨夜事故があったんです。日参してやっと今日の貨車が取れたのに、今、念のため日通へ問い合わせたら、そういう返辞で……」

北浦はコップを傾けて丸薬を飲みながら、

「そりゃ困るぞ。僕は今晩九時三十五分で発《た》って、大阪からWに廻わり紀南丸の引揚げを見てからTへ行く積りなんだが……スタートにケチが附くとあとを曳くからなあ。宇田川君を呼んでみ給え」

多胡が出て行くと、北浦社長は両脚を前へ突張って顎をひき――ウ――と低く呻きとも溜息ともつかぬ音を出し眼を瞑《つぶ》ったが、人の気配がしたので眼を開けると、女事務員の小村夏江がコップを退《さ》げて行くところだった。

「小村君！」彼は呼留めた。「自動車《くるま》を……そうだなあ、八時三十分に来るように云っといて。それから僕はこのまま残るから、時間になったら遠慮なく帰っていいよ……」

振り向いた小村夏江は「ハイ」と云うと、隅の外套掛に下がった社長の外套にブラシをかけ、ついでに小卓の大型のバックの腹もサッサッと払うと、這入った時と同じに音も立てず紺色のスーツの姿を扉の蔭に消した。

電灯がパッと点いた。

北浦は煙草をケースから出して点けようとしたが、デスクの上の銀製の小さな潜水夫の立像の丸い頭が、ピカッと光ったのに気が付くと、内懐ろの紙入れから何か取出して眺めた。それは一枚のメモで、稚拙な画き方で、潜水兜《ヘルメット》が鉛筆でラフに画いてあった。しかもその潜水兜にはK2と妙な符号が記入してあったのである。

北浦サルベージ会社の社長北浦万吾は、腕一本から叩き上げた云わば立志伝中の男である。潜水夫《もぐり》あがりのこの男が、全国に三つも出張所を持つ、一流とは云えないまでも、沈没船引揚げや浸沈物件の回収の方面では他にひけをとらぬ名声を得ているのは、戦争という好條件もあったが、一つには北浦の実地の体験に物を云わせる陣頭指揮が大きな力だった。戦争後も仕事はなかなか忙しかったので、留守は支配人の宇田川に任かせっきりで、彼は年中現場をとび廻っていた。

宇田川支配人が入って来た。ずんぐり小柄な、社長に較べるとあまり風采の上らない男である。

「ああ、今多胡君から聞いたが、鉄道事故があったそうだね」北浦が云った。「荷送りは是非督促して欲しいなあ……」

「出来るだけやりましょう。だが貴方予定通り行かれますか？　体の調子よくないいんでしょう……それに……」

「大事な仕事だから無理しても行く積りだ……あれがうまく揚れば、ウチもちょっと浮び上れるからね」洒落《しゃれ》たつもりかもしれない。「……何もかも一遍に片付けてしまうのが僕のやり方だよ……」

北浦社長はそう云って相手を見上げると、ちょっと時計を見た。五時三十五分。

彼は、この間に食事をして来よう、と云って帽子をかぶると、二人は並んで部屋を出た。

ひどい混みようだった。ムッとする映画館の温気から抜け出した二人、宇田川と多胡は鼻先に冷え冷えと触れる秋の夜気を快く感じた。宇田川は時計を街燈にすかして見て多胡に訊いた。

「八時二十五分か……社長さんは何時に自動車を呼べって云ったかね？」

「さっき、小村君が八時半と電話掛けていました」

「橋本タクシーの車なら通り道だね。待ってみて社まで便乗しようか？」

宇田川は舗道の端に出て往来する自動車のヘッドライトを見廻した。

「……省線の一《ひと》丁場稼ぐ気ですか、ハハハ」多胡が背後から笑った時、支配人の勘の良さが事実となって現われた。見馴れた約定《やくじょう》の夜目にもそれと判る薄緑のキャディラックが、速力を落して近附いて来たのである。

「宇田川さんでも映画みるんですか?」滑り出すと運転手の五味は乗込んだ二人に、正面向いたまま話しかけた。

「……子供がね、謎の下宿人面白いぞ、見てごらん——と勧めるんだよ。一人じゃちょっと……」

「それで私を誘ったんですね」多胡が引取った。

映画の回想を話している内に車はガードを潜って、ポツンと細く黒く聳える四階建のMビルの入口に停った。三階の社長室は灯が点って、北浦は出る支度が済んだのかブラインドがおりている。五味は何度もクラクションを鳴らした。

社長がなかなか出て来ないので、宇田川と多胡はそのまま帰る訳にもゆかず、薄暗い階段を登って行った。

「客が来てるのかな……」宇田川が低く言って扉《ドア》を開けた時、二人は黄色いブラインドの反射で煌々《こうこう》と眩しい部屋の中に椅子にのけ反《ぞ》って斃れている北浦社長を発見した。

2. 潜水兜の刺青《いれずみ》

二人の頭に突嗟に閃いたのは、脳溢血の発作だった。それほど北浦の死に様は取乱していなかった。口を些し開け仰向けの顔には、微かにしかめた表情が窺えるだけで、床には見ていた夕刊が一枚散っている。

「もう駄目だろう、医者を呼ぼう!」脈搏を調べた支配人が、隣りの事務室に出て行って電話を掛けた。多胡は階段を駈け降りると、途中まで昇って来た五味に事情を説明して、近所の阿部医師を迎えて来るように頼んだ。

宇田川と多胡は屍体を長椅子に移した。「……血圧が二五〇を越してるんで、出張はよすように勧めたんだが、云い出したら聴かない性質《たち》だから……しかしこれじゃ、どっちみち旅行中も危なかったね」宇田川が屍体を見下して云った。

多胡は床から新聞を拾ってデスクの上に載せながら、端が切れているのに気が付いた。新聞を読んでいる最中に卒倒したらしい。

五分後、顔見知りの阿部医師が跳びこんで来た。扉の前で宇田川から簡単な説明を聴いた彼は、長椅子に膝まずいて診察した。立って見ている二人には、それが馬鹿に永く思えた。立上った阿部医師が、そのまま顎に手を当てて屍体を眺めている様子が訝《おか》しいので、宇田川が恐る恐る訊いた。

「どうかしましたか?」

ところが振返えった阿部の顔付は、宇田川をギョッとさせるものがあった。

「……変です」阿部が云った。「脳溢血の徴候は確かにあります、が……直接の原因は窒息らしい。口腔《こうくう》に鋸屑《おがくず》が食付《くっつ》いています……絞めたんでは勿論ない……」

暫らく三人は突立ったまま黙っていた。

「ひどい抵抗の跡がないのは、脳溢血を起して失神したところへ窒息が来たとすれば判るが、鋸屑が訝しい……警察へ直ぐ通知なすった方がよいでしょう」阿部医師はこう云って室内を見廻したが、デスクの上の潜水夫の置物に気がついて、

「鋸屑のついた手で口と鼻を覆ったとしても、あんな風に屑は口中に這入りませんしね……が、この潜水兜のようなものの中に鋸屑が着いていたら……」と云ったが、妙な顔をして黙っている二人の様子を見て、それっきりプツンと話を切ってしまった。

所轄A署の馬場捜査主任と係官が到着したのは四十分後だった。

宇田川支配人、多胡それに一階に居た栗原というMビルの番人が順々に調べられた。ヒョロ長い四階建のMビルは、最上階が化粧品問屋、三階が北浦サルベージ、二階を足立建築工務所が占め、一階は化粧品問屋と北浦サルベージの物置及び番人の部屋になっている。一階にいた栗原の供述では、四階の化粧品屋の事務員が帰ったのが五時半、二階の工務所では事務員が二人居残をやっていたが、これは七時些し過ぎに帰って行った。その時、宇田川から後の締りを頼まれていたので、北浦サルベージに人がいるか否《どう》か訊ねると、六時十五分頃北浦社長が新聞を持って登って行ったから未だ居るという返辞だった。

「……すると、北浦氏は六時過ぎから二時間以上独りで残っていた訳だが、その間に君は人の出入に気が付かなかったかね?」馬場主任は栗原に訊いた。

「……そりゃ、忍び込もうと思えば、私に気付かれずにやるのは訳ありません」

「暢気《のんき》なことを云っちゃ困るよ。何か人の通った気配でも思い出せんかね、足立工務所の者が帰る前でも良いんだぜ……?」

そう云われて栗原は始めて反応を示した。「ああ前だ

ったら……」彼は云った。「二階の二人が帰る些し前、階段の下あたりでトサッという軽い音がしました。その時は未だ人が残っているのを知っていたので、今まで気にもしなかったんですが……」

「それそれ、どんな風の感じかな、その音は?」

「壁に体が軽く当った音のような気がします」

「階段下だね?」主任は直ぐ一人の部下に、「ちょっと、君階段下を調べてみてくれんか」と命じた。

その時、被害者の持物が全部デスクの上に列《なら》べられた。馬場捜査主任は一つ一つ調べて行ったが、細長い革製の書類入を開けて、中から便箋を一枚抜き出した。それを読んでいる内段々に彼の顔付は緊張していったが、読み終るとつかつかと屍体に近寄り、服の袖をまくりワイシャツから北浦の両腕を引張り出した。

「貴方、これ知っていますか?」馬場が覗き込んだ宇田川に示したのは、右の二の腕の付根に蒼黒く彫られた潜水兜の刺青であった。

「ええ、他人《ひと》にはあまり見せませんでしたが、若い頃弄《なぐさ》みにやったらしいです……」

「フーム」と捜査主任は腕を元に戻したが、「これを読んでみなさい」と便箋を宇田川に渡した。宇田川の肩越しに多胡が読んだ文面はこうだった。


突然お手紙差上げます。

貴殿は宇佐美一太を御記憶でしょうか。二十六年前S湾で沈没した櫛引丸の銀塊引揚作業中、不慮の死を遂げた男です。その同僚の一人が貴殿だったことが、地方新聞に掲載された貴殿の写真と、偶然知った貴殿の腕の刺青から最近判りました。こう申上げればも早や思い当ることがおありでしょう。年月の経過が貴殿に法の制裁を加えることの出来ない今、私は相互の同意の内に事を解決したいと思います。十一月五日――この日はまさかお忘れになるまい――午後七時推参《すいさん》します。他言は御無用なことを最後に警告しておきます。

宇佐美勝太

北浦万吾殿

3. 女と兇器

手紙から目を挙げた支配人は、驚愕を無言の内に表わして馬場主任にそれを返えした。

「社長は、潜水夫あがりですか?」

「そうです」

「……この手紙通り宇佐美という人物が来たとしたら……」シンとした部屋の中央に立った馬場はこう云って、周囲《あたり》を見廻わした。

扉が開いて階段下を見に行った警官が戻って来、「主任！　これが落ちていました」と出したのを見ると、女の靴の踵《かかと》である。

多胡はそのチョコレート色の品を見てハッとした時、宇田川が吾に返えったように、

「……小村君のだな」と多胡を振返えった。

「小村？」訊きとがめた捜査主任に、支配人は二ケ月前入社した小村のことを説明した。「その小村が帰ったのは何時頃かね？」

「私達と前後して玄関を出ましたから、五時五十分頃でしょう」

「その時、靴はどうだった？」

「別に何ともなかったね？」支配人が多胡を振向いた。

多胡が頷いたのをみて、馬場が云った。

「じゃ直ぐ戻って来たんだな」と彼は見廻わして、在りあう椅子に臀を持って行った。「……二度目に出て行ったのが七時五分とすると、時間は相当ある。勤めて日の浅いのも符合する……小村は宇佐美の情婦か身寄りかもしれん。北浦氏の刺青の確認が彼女の役目と考えてもいい……そうか」これだけ俯向いて呟くと、見守る部下と支配人達に向って云った。

「仮にこう考えてみよう。出張の時はいつも社長が汽車の出るまで事務所に残るので、小村は今日面会することに決めて宇佐美と落合い、ここで社長と交渉中脳溢血の発作が来て、交渉杜絶《とぜつ》した。金が目的とすれば、その時の二人の失望も生易しいもんじゃない……そこで意趣晴らしに殺害した。まず、小村の居所を突き留めて欲しいね……次に殺害方法だが」と言葉を切った時、何か考えていた支配人が些し顔を赭《あか》くして捜査主任を見た。

「……それについて、ちょっと気になることが……」

「え？」馬場は相手をジロッと見た。「阿部さんの意見の潜水兜じゃ駄目ですよ。ポンプは無し、それに素人《しろうと》考えだが、ありゃあ送気ポンプでしょう？」

「いや、他にです……昨日、一階の倉庫で届いて来た注文の計器類の荷ほどきをしたんですが、その時足元に転っていた防毒面を見て、小村君が――まだこんなものが転って――壁の釘に懸けたのを、今思い出したのですが……」

捜査主任はジロッと相手を見返えして静かに、「そりゃ、調べる必要があるな」と云った。

黙って蒼白な顔をして立っている多胡の横を抜けて、

宇田川は一人の警官と隣室へ出たが暫らくして扉口から声を懸けた。

「倉庫の鍵が失くなっています！」

室内の一同がざわめいて、事務所の捜索が始まったが、結果は意外にも――いや予期した通りでもあったが、鍵束が小村の机の傍の屑籠から出て来たのである。

三分経って階下の倉庫から警官と戻って来た宇田川は、蒼い顔をして緑色ゴムの防毒面を捜査主任に渡した。

「元通り壁に懸っていました」

去年の夏まではお馴染みのしかし今は一顧にも値しない その無用物が、場合が場合だけに何か一層不気味に見える。明るい電灯の下で調べていた馬場主任は、固唾《かたず》を呑む同室者に云った。

「これが兇器だ。ほら、鋸屑がついているよ！」

正しく北浦社長の最後の呼吸は、この小さい空間を吸い尽したのだった。

小村夏江の住所が確められ、捜査主任の指令で係官が活動に移った。ところが屍体が搬出される段になって、今まで黙然として突立っていた多胡がちょっとした妙な動きを見せた。

彼は屍体の掌中から、何かの弾みで舞い落ちた紙片を、素速やく摑むと何気ない様子でポケットに滑り込ませたのである。

4. 帰還

事件発生後、早くも三日経ってしまった。

小村夏江は事件の翌日から欠勤した。そして彼女について判ったことは、その晩七時些し前つまり彼女が階段を踏み損なって靴の踵を落す十分ほど前、S駅東口の新聞売子が、改札口の前で誰かを待っている彼女の姿を見かけている事だった。しかもその後捜査陣躍起《やっき》の内偵も空しく煙のように小村は姿を消してしまったのである。

勿論、会社に届けてある寄寓先は実在しなかった。

多胡は普段小村と一番親しくしていただけに、彼女について捜査主任から激しい追求を受けた。しかし交際といっても、そんな深いものでは勿論なく退《ひ》けの帰りに二、三回食事に誘ったのと、一度一週間ほど前映画を二人で見た位のもので、彼を満足させる資料を提供することは出来なかった。小村は背丈《せい》の高い体格の良い娘だった。水戸光子にちょっと似たふっくらした下唇に魅力があり、口数は少ないがそれが内気からではなく、言葉に無駄のない何か内に含みのあるところに多胡は惹かれていた。宇佐美某の身寄りとすれば、アクセントに些し西の訛りのあるのも符合する。深い企みがあって北浦社長に近附いた事は判るとしても、宇佐美に手を貸して北浦を殺したとは信じたくないのである。しかし脳溢血の発作の後防毒面を使った歴然とした証拠は、それが暴力を必要としない女性的な遣り口だけに、多胡は薄気味悪い感じが心の隅に残った。

雨に煙る青空市場を左に折れ、立停って傘の柄を傾けて煙草に火を点けている襟元へ、「多胡さん！」と呼ぶ声がした。

振向く鼻先へ和服のすらっとした女の影。彼は煙草を啣《くわ》えたまま、喉の奥で「ウッ」と妙な音を立てた。小村夏江である。

ガクンと前へかぶさる傘を肩に戻して、

「……どうしたんです？」

小村は愕いた多胡と並ぶと、「その辺まで……」と低い声で云った。

「その辺？」鸚鵡《おうむ》返しに云って、彼は並んだ女の横顔を見た。「……小村さん、警察では君の行方を血眼《ちまなこ》で探してますよ」

「社長さんのことでしょう、知ってます」

多胡は不覚にも些し口が渇いてきた。

「だから、あたし急いで帰って来たんです」

「ど、どこから？」

「K」

「K？……あッ、あの鉄道事故のあった」

「そうです。兄が怪我して入院しましたが、良い塩梅《あんばい》に左腕の骨折だけでホッとしました」小村は始めて彼の方を向いた。「多胡さん、留守中起ったこと話して下さいません？」

そう云われて、彼はもう些しで行き過ぎるところを踏留まって、二、三間《けん》戻ると茶房の扉を押した。隅の卓子《テーブル》に小村をカウンターを背に掛けさせると、注文が来るまでの間新しい煙草を点けて、彼は相手の顔付を注意した。雨がザーッとトタン屋根を叩くのを遠く聞いて、多胡が熱い紅茶を攪拌しながら段々緊張に息苦しくなるのを感じた時、小村が顔をあげた。

「はっきり云いますわ、あたし社長さんの死とは全然関係ありません……」彼女の眼は多胡の不安を幾分鎮めるに役立った。「それでね、兄の云う通り全部警察の方に話す積りで引返えしたんですけれど……その前に、一遍貴方から様子だけ伺っときたいと思って、駅でお待ちしていましたの……」

「そうか、でも良かった、しかし、あの場の情況では僕もちょっと迷いましたよ……」

「病院へ着いた翌日つまり昨日の朝です。兄が、新聞を見て社長さんの殺されたのを知ったのです……いつ殺されたんですの？」

多胡は、屍体発見からのあの夜の経過を説明し始めた。

「……で、結論は脳溢血の発作で失神したところを、誰かに防毒面で窒息させられたというのです。ところがあなたの兄さんの謎の手紙と、あなたが階段下へ落して行った靴の踵、それから前の日に物置で荷ほどきを手伝って防毒面のあるのを知っていたことから、嫌疑はあなたと兄さんに懸りました……」

「そりゃおかしいわ。鍵のかかった物置を私がどうして開けられます？　また、どうして使った防毒面を物置へ返えせますの……」

「鍵が、あなたの屑籠に這入っていましたよ！」

それまで割合平静だった彼女は、この多胡の一言に顔色を変えた。

「……まあ、恐ろしい！」

「恐ろしい？」多胡は小村の苦痛の表情を見まいと一旦外らした顔を、急に元に戻して云った。

「そうか……今判りました、あなたが犯人でないことが。今度はあなたの話を聞きましょう、最初から何もかも話して下さいよ」

5. その夜の冒険

思いもかけぬ罠が身近かに伏せられているのを感じたのか、小村は暫く身を固くして黙っていたが、その気持が鎮まると次のような過去の挿話を多胡に打開けた。

「事の起りはこの八月に母が歿くなった時からです……母の死の床で兄と私は、生後間もなくで顔も知らない、父親の死に纏《まつわ》る母の疑惑を打開けられました。大正九年の秋S湾で坐礁した櫛引丸という千三百噸《トン》ほどの船の船艙から銀塊を引揚げることになり、或会社の潜水夫をしていた父がその仕事に従事している最中事故で死んだのです。S湾の前にある島の根に坐礁しているため潮流が六節《ノット》もあって仕事が捗《はかど》りません。それでその時まで使っていたマスク型の潜水服では駄目と判り新しいK2型とかいう潜水兜型の潜水服を使うことになったのですが、その試験潜水中に父はひどい潜水病に罹《かか》って二日の後歿くなったのです。会社も乗り掛った仕事なので、残った作業員を督励して作業を続行したのですが、引揚げられた銀塊は予定量の三分の一だけで、あとはどうしても揚らず工事中止となりました……母が二十五年間胸に秘めていた疑惑は、その時の同僚が何かの方法で銀塊を盗み、それを責任者だった父に感付かれたため、ポンプの送気圧力を故意に加減して、殺したのじゃないかと云うのでした。母の記憶による当時の状況からみて、身寄りとして尤もな疑いだと私も思います……兄は直ぐ色んな方法で当時の事を調べに掛りました。そして調べれば調べるほど母の疑惑が段々本当らしく思えてきたのです。

兄はまず、大石という腕に潜水兜の刺青のある同僚が、その事件の直後に会社を罷《や》めていることを突留めました……それから或る日、地方新聞に出ていた北浦社長の写真から、父の旧い会社の団体撮影の中の一人と、髭をとれば同人であることを知って驚喜したのです。ところが幸運は重なるものですね……遂《と》う遂う最後の止めをさしたのがこれですの……」

と彼女は黄色くなった薄っ平《ぺら》の雑誌を風呂敷包みから出した。それは「潜水」というM潜水器会社の宣伝兼機関雑誌の大正九年のバックナンバーである。頁《ページ》を繰って小村は一枚の写真版を多胡に示した。二本の送気喞筒《ポンプ》の上部にゲージが一個と、それに掛けたゲージ読取員の腕の接写で、欄外に――K2型潜水器送気喞筒試験写真……十月三日S湾櫛引丸現場において――とあり、その腕の肘の直ぐ下に薄っすらと写っているのは、まぎれもないあの潜水兜の刺青ではないか。

「おや、変だぞ……」顔を上げた多胡が云った。「社長の刺青は右腕だ！」

「えッ？」

「確かに間違いない、長椅子の背に寄った方を捜査主任は見せたから……」どう見てもこの写真は左腕である。二人は別々の考えで互いに顔を見合わせた。

「人違いだったかもしれませんねえ」

「いいえ、そんなはずないわ。半月ほど前あたしは試してみたんです……K2と書いたヘルメットの落書を、事務所に人のいない時社長室へ置いて様子を見ていますと、社長さんはふと紙片を手にとって、はじめ真赭《まっか》になり些し色が醒めるとスックと立上りましたが、また直ぐ椅子に掛けた様子は只事でなかったのです」

「それは、みんな兄さんの指令ですね？」

「ええ、兄は北浦に会って事実を確めた上詫状と物的な慰藉《いしゃ》の方法をとらせる計画を樹《た》てました。北浦は出張する時はいつも九時三十五分の急行に乗り、その夜は社に居残る習慣なので、あの五日の晩決行することを郷里の兄に電報を打ち、予ての約束通りS駅で待ったのですが、いつまで経っても兄は来ません……私は兄と行き違いになったものと思い、急いで会社へ引返えしました」

「ちょっと……大事なとこですから、よく考えて話して下さいよ」多胡が注意した。小村はコックリ頷いて、茶碗に残った紅茶を飲んだ。

その時客が二人這入って来て、反対側の隅に席を占めると給仕を呼んだ。多胡は小村に後を促した。

「……あたしは暗い階段を足音を忍ばせて登り、事務室に入ると、社長室で話声がします。兄が来てるなと思って扉に近づくと、違う声なのでハッと軀《み》を退《ひ》いて端の机を擦り抜けたトタン、置いてあった一枚の夕刊がフアッと舞上ったのでそれを押えた時眼についたのが、Ｋの鉄道事故の記事でした……しかもその後報記事の重傷者の中に、あるいはと懸念していた兄の名前を発見した時の気持……私はもう夢中で階段を駆け降りました。階段下で靴の踵を飛ばしたけれど暗くて判らず、そのまま東京駅へ駈けつけて事故被害者の身寄の申告をすると、手続きに二十分も要《かか》りましたが、七時四十五分発のＭ行にやっと間に合ったのです……」

凝《じ》っと顔を寄せて聞いていた多胡は、大きく頷くと、

「判りました……そのあなたの見た新聞はＴ新聞でしょう？」

「ええ、誰が置いといたんでしょう？」

「恐らく犯人ですよ！」そう云うと多胡は小村を残して立上り、ツカツカッと部屋の入口に進むと、いつの間にか一人になった男の背中へ、「刑事さん！ 長い間御苦労様でしたな」と云ったが、立上って振向いた鼻先へ、「もう一人の方、自動車を呼ばれたんでしょう……御一緒にお伴しましょう、小村君もいますから……」と云ったのである。

6．解決

Ａ署に着くと小村は直ぐ別室に待たされた。

「ほう、小村夏江を引張って来たとは大出来だったねえ……」という、意外とも予期していたともとれる詠嘆に始まる、馬場捜査主任と多胡との会話の内容は、前章の小村夏江の告白に尽きているので省くが、多胡の話が進むにつれて、捜査主任の顔付は段々変ってきた。

「……これは全部小村君から聞いた通りです」多胡が云った。「真偽は貴方の御判断にお任せしますが、少くとも、Ｋ鉄道事故身寄人を特別に乗せた列車東京駅七時四十五分発のＭ行に小村が乗ったと云うのには、駅で調べられれば直ぐ判る事ですから、恐らく嘘はあるまいと

思います。ところで彼女は六時五十五分にＳ駅で兄を待っているところを新聞売子に見られていますね。社長を殺した後で、そんな人眼につき易い場所を迂路々々《うろうろ》しているはずがありませんから、彼女が犯人とすれば、その六時五十五分から階段を降りた七時〇五分までの十分間か、七時〇五分から汽車が出る七時四十五分までの四十分間の、どちらかの間に殺害したことになる……前の場合はＳ駅から事務室までの所要時間四分を引くと六分間しかありません。では次の場合はどうか。東京駅までの所要時間十二、三分に、どう少く見ても二十分以上は要る乗車手続時間を控除すると、これも六、七分です。こんな短い時間に、社長の発作を発見し鍵を支配人の机から出し、地階の物置から防毒面を持って来て社長にかぶせて死を確認した後、防毒面を再《ま》た物置に戻す……これはとても出来そうもありません。つまり小村君は時間の点で犯人たり得ないということになりませんかしら……」

「フーム、そこまで結論を持っていった君は、じゃ、犯人の目星もついてるね？」

「いや、犯人については今のところ推定に属するんです……」

「推定結構だよ、云ってみ給え」捜査主任の淡白な融通無碍《むげ》な応待に、多胡はつい乗ってしまった。

「社長が何故脳溢血の発作を起したか？　勿論危険な状態には在ったんですから、どんな刺戟でも原因となり得るに相違ありませんが、私はその原因がこれだと思うんです……」多胡はポケットから三日月型に裂けた新聞の小さな切れ端を出した。「社長の掌から落ちた六日付のＴ新聞の一部分です。ところが足元に落ちていたのは新〇〇です……社長は宇佐美を待っていたのですから、その事は刺戟とならないが、逆にＴ新聞の鉄道事故被害者の報道から彼が来ないと判った事が、瞬間的な緊張の弛緩《しかん》となって発作が起ったんでしょう。すると足元に違う新聞が落ちていたのは、社長の発作を利用して殺害した人物が、宇佐美が来なかった事を隠すために、わざとＴ新聞を新〇〇にすり替えて置いたのじゃないか……、つまりその人物は社長と宇佐美の交渉を知っていて、嫌疑を宇佐美に向ける積りだったのですよ……」

「多胡君！」さすがの馬場主任もつい大きな声を出した。「要点を云い給え、犯人は誰なんだ？」

「この写真版の通り、左腕に潜水兜の刺青のある男です……」

捜査主任は相手を凝っと睨みつけた。

「……まさか、番人の栗原じゃあるまいな？」

「私も最初そう思いました……しかし年齢が合いません、些し若過ぎます。北浦さんの昔の同僚ですからね……とにかく二人は共謀して櫛引丸の銀塊を盗んだのです、そして宇佐美一太に感づかれたので殺害し、盗んだ銀塊を資金《もとで》にして独立し今日の北浦サルベージを築き上げたのです。ところが二十六年経った今、青天の霹靂《へきれき》のような宇佐美の息子の手紙を受取って狼狽しました。その時恐らく二人は雑誌『潜水』に出た写真を思い出したでしょう、北浦さんの左腕に刺青が無いのを宇佐美に見せれば、事を荒立てずに一応は宇佐美の鋭鋒をかわすことが出来ると考えたのです。左腕に刺青のある方の男は会見の時刻には一時避待する事に手筈を極めました。ところがここにある事態が起りました。毎日のように給仕に買わせるT新聞を見た左腕に刺青のある男は、鉄道事故で重傷を負って宇佐美がやって来ない、うまく行けば死ねかもしれぬ事を知り、過去の悪業の仲間を殺害してその嫌疑を宇佐美に転嫁し、禍根《かこん》を一挙に断つ狡猾な計画を樹てました……そこで問題はアリバイです。彼は何を思い着いたか……退け時の映画館の混雑ですよ」

「フーム、宇田川だと云うんだな……」

「……謎の下宿人の面白さは、私の注意力をスクリンに集中させると共に、グイグイと後から割込む観客で忽ち支配人と隔てられてしまいました……映画館を抜け出した宇田川支配人は社長室に入ると、その刺戟が与える効果を予期して、宇佐美の重傷を報じたT新聞を社長に見せたのでしょうが、それが図に当って手暇をとらず目的を果しました……防毒面を使ったのは潜水兜に一脈通ずる彼の洒落ですね……」そう云って多胡は何かホッとしたように、馬場主任の凝視を外して、窓の外に眼をやった。

「恐ろしい奴だな」馬場がポツンと一言云った。多胡は眼を窓から戻して、

「頭の良い男です。今の殺害計画にしても、私を映画に誘ったことも、恐らくT新聞を見てから考えたものだし、小村君に嫌疑を向けたのも靴の踵の一件を知ってから即妙に思い着いたのでしょう」

「小村といえば、彼女が事務室で見たT新聞はどうなるかね？……縁の破れていないやつさ」

「ああ、あれですか」多胡はクスッと笑った。「輪転機のデリバリーからひねり出てきたまま二枚重ったやつを、新聞屋が一枚ずつに分けるんですが、その分け損《そこ》なったのを給仕が偶然買ったんでしょう……支配人が社長室に入る前、その邪魔な余分を傍のデスクに置いていったんですよ」

「よしッ、それで何もかもだ」

「え？」馬場捜査主任の声が馬鹿に弾《はず》んだので、多胡は不審な顔付をした。

「フフフフ、多胡君、ところで僕の方も君と逆に行って同じ結論に達したんだよ。櫛引丸引揚場所のＹ県Ｓ警察に連絡して、当時の旧い記録を調べてもらった結果問題の二人の見当がついたのさ……ところがアリバイはお互い様で君だって犯人たり得るから、どうしても小村の経験が必要なんで、彼女に一番昵懇《じっこん》な君に尾行をつけといたんだ。君の心臓も相当なものだぞ、さっきの尤もらしい小村のエリミネーションだって、階段を降りた時が殺害作業の途中だったらどうだね？　たっぷり十二、三分はあるぜ。僕だから良いようなものの、他の人だったら直ぐ突込まれる……が、まあいい、君の一生懸命の気持は判ってるよ、ハハハ……」

　多胡は真赭な顔をして我にもなくペコンとお辞儀をしてしまったのである。

無限信号事件

1　暗夜の無限信号

友人の処で雨宿りした笹井篤は、小やみになったので坂を登って帰って来た。遠い西空には、厚く垂れ込めた雨雲を奇妙な形に浮き出させて、閃光が二度三度光った。シャツを摘んでジットリと汗ばむ肌に風を入れた時、彼はふと妙なものを見付けて立停った。

海岸の真向に暗夜で距離は判らないが、小さな燈が恰度線香を振り廻すように動いている。残像を追って凝視すると、それは可愛い無限記号の∞を画いているらしい。というのは左上から始まって戻って来た弧が、左下で一瞬間プツンと切れると、直ぐまた左上から始まるのだ。あの辺に鉄道線はないから線路工事でも貨車の入れ換え信号でもない。不思議なことだと思いながら坂を曲って七、八間行くと、こんどは反対に左側の∞が絡《つな》がって右端に切れ目が移りとたんにその信号は夢のように実に静かにスーッと消えていった。

笹井は何か可愛らしい拾い物を掌中から奪われたような気がして、闇の中に佇立していた。それにしても不思議な信号である。

この高台の下はM川が流れて京浜運河に注いでいた。高台の下の一劃は爆撃を免かれてそのままだが、海岸附近は去年の春の空襲にやられて、残った工場のコンクリートの壁や煙突の間にバラック建がポツポツ建っていて、昼間見る景色は寂漠たる眺めであった。信号が発せられたと思われる地点は、どうもその焼跡のどこかに違いなかった。

この小さな挿話が、翌日起った殺人事件の大きなキイポイントになろうとは、勿論彼がその時知るはずはなかった。

事件はM川から中年の紳士風の男の屍体が揚ったところから始まる。

その朝九時頃、些し遅めに家を出た笹井がM川沿いの舗道を通りかかると、人だかりがしているので傍観者の肩越しに覗き込んだ。近頃毎日きまって新聞の下欄に載る、しかし滅多に出喰わしたことのない強盗殺人の被害者と思しき、シャツとズボンだけのずぶ濡れの屍体を囲んでいる顔の中に、見知り越しの友松刑事を見付けて彼は声をかけた。

「やあ、その後は……」と友松刑事は振り向いて、

「……今揚げたばかりです。水は呑んでいないようです。頸を酷くやられて投げ込まれたんですよ。持物は何もなし、ただ有難いことに、こいつがズボンの時計かくしに這入っていましたから、身元は直ぐ判るでしょう……」

友松刑事が身体で隠すようにして出したのを見ると、緑色のサックに容れた附け髭であった。

笹井は始めて見る変てこなものを手の掌に置いて眺めたが、周囲の群がった人垣に気が付いて友松に返えした。

仰向けに寝かされた屍体の開襟シャツの左胸が裂けていて、薄緑に近い縦縞の通った派手なズボンから、靴下がない裸の足がニュッと出ていた。中肥りの四十五、六歳の男で、咽喉仏《のどぼとけ》の下の傷が黒いあざのようになっている。今朝八時頃、この直ぐ横の浅い水中に浸っているのを、通行人が発見したもので、

「……きれいに剝がれていますよ、靴から靴下まで。念のために河は一応探させますが、まあ何も出てきますまい……ただ傷がおかしいんです、頸の背にもあるのですよ……」と友松刑事が説明した。

笹井はしゃがんでソッとズボンの裾を折り返えして見ていたが立上って、

「……靴下留の跡がある、すると靴下留まで剝ぐ位なら一層のこと、ズボンまで剝で行くでしょうから、一概に通りすがりの物盗りとも片附けられませんね……」と云った。

「そうです。家の中でやって、河へ捨てたという見方もあります……とにかく、身元が先決問題ですな」

「殺されてからあまり時間は経っていませんね」と笹井は河を見渡して、「乾天続きで水の動きはあまり活発でないから、投げ込んだ場所はそんなに遠くはないでしょう」

「そう思います。この界隈と考えて、今日一日要《かか》れば何とか目星はつくでしょう」

「しかし附け髭はあまり出喰わさない代物ですね……何だったら、お手伝いしましょうか」と笹井が云った。

「……何卒《どうぞ》手に余ったらお願いしますよ」

前にある迷宮事件で笹井に手伝ってもらった経験を持つ友松刑事は、ちょっと微笑して答えた。

「じゃ後ほど、検屍の結果や何かを伺いに出ますから……」

笹井はこう云って友松に別れた。

2 髭

笹井は舗道を離れると、サテという風に立停って暫く高台の方から河岸を眺めていたが、何か心中に頷きつつ、ぶらぶら道路を歩いて行って、舗装道路を外れると時々後ろを振り向きながら進んで行った。段々焼跡の畠が多くなり、そちこちに建った新築家屋が、離れて小路に面しているため、皆自分勝手の方向を向いているような格好で散らばっていた。彼は焼トタンを剝ぎ奪られてコンクリートの柱だけに囲まれた、かなり大きな工場の一劃まで来た。そこは二階建の木造工場が四棟建っていたのが、切妻の防火壁を残して全部焼けてしまったらしく、防火壁が八ツ規則正しく列んで立っていた。

彼はその取っ付きの二枚の防火壁の一間半ばかりの間へ這入って、今来た方向に向きを変えて立った。そして眼の焦点を延ばしていって或る物が眼に這入ると、その生真面目《きまじめ》な笹井の顔が急に綻《ほころ》びて、口元に快心の微笑が浮んだ。

彼はその工場のてい立する防火壁の間を抜けて、海岸の辺までグルッと一廻りするとそのままスタスタと再び舗装道路に戻って、M川の橋を渡ると、先刻の人だかりの対岸に出た。

そこは道路と河岸の間に狭いブロックがあり、一列に疎《まば》らに家が建っていて、道路の片側は直ぐ高台の崖の石垣が迫っていた。彼は道路を一丁ほど行くと、両側の空地に囲まれた一棟の古い洋館の前に足を停めた。大正中期頃建てられたと覚しき古い瓦葺の二階建で、いつ塗り替えたとも判らぬ破目の色は、至る処剝げ落ちたペンキが木肌もろ共灰色にあせていた。

「八田商事有限会社、久松組」と二枚の表札を横眼に硝子《ガラス》戸を押して内部へ這入ると、狭い三和土《たたき》の正面に、扉が一尺ほど開いていて、中を覗くと引越跡のようなガラン洞の部屋が、窓を閉め切ったせいか河の照り返えしでムッとする暑さである。笹井は埃っぽい室内へ踏み込んで、窓ぎわへ行くと暫らく河の方を見ていたが、人の気配がしたので振返った。

「何か御用ですか?」

戦闘帽を持った、小柄な初老の実直そうな小使といったような男が、扉の外から声をかけた。

「八田商事は越したんですか?」笹井は帽子をとって老人に尋ねた。

「八田商事なら二階ですよ、ここは久松組が越した跡です……」

笹井は老人に礼を述べて階段を昇りながら、どこかで見たことがある顔だと思った。中廊下の右手にある八田商事の事務室は扉に鍵がかかっていて、ノックをしても返辞がなかった。彼は諦めて帰ろうとしたが、何か思い直して玄関の脇の扉から覗いて声をかけた。

「留守でしたよ、もう十時過ぎだというのに誰も出勤しないんですかね？」

煙管《きせる》をくわえて扉口まで出てきた小使は、

「誰も居ませんか？　いつも八時には事務員の間野さんが来るんですがね。もしかすると朝の内製塩場の方へ行ったのかもしれません」

「じゃまた午後出直して来ましょう」と笹井は云ったが、ふと思いついたように、

「いやあ今実はそこで珍らしいものを見ましたよ。知りませんか、あの川から土左衛門《どざえもん》が揚ったのを」

「へへエ、どこで……ちっとも知りませんでした、どんな人です？」

「中年の肥った男で、シャツと緑色のズボンの外は、何もかも剝ぎ奪《と》られているんですよ」

「え？　八田さんも最近は緑色の服を着ていたようですが……」と小使は急に興味を持って、死人の様子を尋ねた。そして笹井の説明を聞き終ると、どうも八田さんらしいということになり、二人は伴れ立ってそこを出た。

河岸の古い建物の管理人浅見條太郎の申立から、〇署の仮葬場に横えられた屍体が八田商事の主八田雄介であることが判り、前夜の大体の模様も判ってきた。

八田商事は十丁ほど離れた埋立地に製塩場を持っていて、業態が順調に進展したのだろう、今から三ケ月ほど前、二階に事務所を開いた。

事務所に出て来るのは八田雄介と事務員の間野という青年である。間野は大抵朝八時頃出勤し、午後八田が出勤すると入れ替りに製塩場の手伝いと連絡に行き、夕方四時事務所に寄って帰るのを日課のようにしていた。その他事務所に出入りするのは製塩場の主任らしい男だけである。先日間野はいつもの通り四時頃帰って行ったが、八時頃夕立が小降りになった時浅見が蒸し暑いので玄関の外に出て空模様を見ながら涼んでいると、先刻帰った間野がレーンコートを着て何か非常に急いだ風で二階へ上って行った。というのは浅見が挨拶しても、普段愛想の良い男が碌に返辞もしないので、どうしたのだろうと不審に思えたようだった。八田は二日か三日置きに遅くまで居残ることがあって、前夜も残っていたから彼が八

田に会いに行った事は確《たしか》である。浅見は直ぐ部屋へ引込んだので間野の帰った時刻もその後の八田の様子も判らないという話であった。八田の附け髭は浅見が最も意外に思ったことで、それが附髭であることは三ケ月間ちっとも知らなかったと云う。

直ちに間野敬吉逮捕に対する指名手配の準備がなされた。しかし間野の居所も芝の方のアパートに居るというだけではっきりしないし、八田の家庭事情も判らないので、即座に製塩場の主任が喚《よ》び出された。

宇賀神《うがじん》という製塩場主任は、三十五、六歳の体のガッチリした元気者であったが、八田雄介の死には、さすがに驚いたらしく、

「一昨日の朝、珍らしく現場へ来て、色々相談したばかりです……最近は連絡は殆ど間野君任せでちっとも見えなかったんですが」

「今朝間野は製塩場へ行ってませんか?」友松が訊いた。

「いいえ、来ません」

「八田の自宅はどこですか?」

「辻堂ですが、場所は知りません。最近立派な屋敷を買ったということでした」

「そんなに製塩はもうかる仕事ですか?」

「さあ」と宇賀神は笑って、「判りませんね、営業の方は。八田さんはなかなかのやりてですから、何とも云えませんが、工員五人でやっている電気製塩ですから、私の考えとしてはもうけも限度があると思います。それに最近は旱天《かんてん》のため電力不足で、あまり生産が芳ばしくありません」

「……八田は何故附髭をしていたか、知っていますか?」友松は訊問の方向を変えた。

「いや、あれには驚きました。精巧なもんですね、始終接している者が誰も気がつかなかったんですから。これには、私と八田さんの関係を申上げねば判りませんが、終戦まで八田さんは海軍のS廠の経理の方に居たのです。私もそこで電気の方の職場に居たんですが、昨年の暮八田さんから、電気製塩をやる計画中だが、一ツ手伝ってくれないかという話があり、私もその時出ていた会社が思わしくなかったので、設備も全部手に入っているからということに、承知して始めたのでした。準備に二ケ月要《かか》って、操業したのがこの二月です。その時もう八田さんは口髭を生やしていました。あれが附髭とは今の今まで気がつきませんでした。勿論、何故そんな必要があったかは見当がつきません……」

結局、宇賀神の訊問から得たことは、八田の前身だけ

であった。

3　河岸の家

八田の検屍の結果、死因は前後から頸部を鈍器で打撃されたのに基く、窒息死と推定され、死亡時刻は前夜の八時から十時までの間と考えられた。

靴下留が無くズボンをはいていたこと、事務員間野の欠勤と前夜の行動から、強盗殺人の解釈は捨てられ、まず八田商事の事務室の検証が急がれた。事務室の鍵は八田と間野が持っていたので、○署に馴染みの錠前屋が喚ばれた。

十貝司法主任、友松刑事と笹井は事務室の入口に立って、室内を見渡した。極くありきたりの事務室で、海岸側と川岸に臨んだ側の二方に窓があり、他の二方が破目になっていて、戸締りは全部してあった。造作は、ガランとして大して役にも立っていない硝子戸棚と金属製の衣裳箱が各一個、卓上電話の載った八田のらしい事務机と他に向い合った机が二個、それに壁ぎわに金庫が一個と一通《ひととおり》揃っていて、河に面した一番右側の窓の前にこれは一際立派な長椅子と応接卓が置かれてあった。

十貝司法主任と友松刑事は手分けしてデスクの内容物を調べ始めた。笹井は窓を開け放すと、川を見下した。建物から柵も無く直ぐ石垣になっていて、石垣と建物の間はものの二尺と離れていない。川に面した窓は三つあった。このどれかからうまく落せば、どうにか屍体を川に抛り込めそうに思えた。

その時八田の抽出を調べていた十貝が、

「友松君、あったよ！」と云った。笹井が振向くと、十貝は白い紙をヒラヒラさせて、「……芝のＧ町の協和アパートと云うんだ、ここはいいから、君、直ぐ行ってもらおうか……何かあったら、署へ電話してくれればいいから……」

それは間野の履歴書だった。Ｍ大学を出て一年ほど会社勤めをすると召集されて、今年の三月復員している。友松刑事は必要なことを手帳にノートすると、直ぐ飛び出して行った。

捜索の結果、八田が身に着けていたと思われるものは何一ツ残っていなかった。笹井は長椅子のカバーの裾を捲くって覗いていたが革のスリッパを摘み出して、黙って十貝に見せた。十貝はそれを眺めて、

「フフン、やはりここで殴られたように思えるね。靴下を脱いでこれを履いていたんだな……」

「そうですよ、寛《くつろ》いでいたんですね。この長椅子にしても、デスクに載せてあった娯楽雑誌にしても、何か待つ間を快適にしようとしていた様子が窺えます……」

「夜遅くまで八田が居残っていた件ですね。ありゃどうですか、女の問題じゃないかと僕は思うんだが……面倒をみている女に時間の制限があって辻堂まで帰って出直す術はなし、そうかといってそれまでどこかで過ごすのも暑くて臆空《おっくう》だ、というような事は想像出来んかな?」

「あるいはそんなことかも知れませんね……」

笹井は窓ぎわへ寄って、

「ここから押出すようにして落せば、屍体は川へはまりますね、こっち側は向う岸と違って底が出ていないから……オヤ、ちょっと来て御覧なさい……」

笹井の声に十貝は窓縁へ来て、一緒に外側の破目板を見降した。破目に一線細くスーッと垂れている赤黒い筋。

「血でしょう、突き落す時、鼻か口から垂れたんですね、しかし……」と笹井は十貝の顔を見た。

「室内に血痕が無いのはおかしいなあ……」

「よほど注意して動かしたんですよ、それにこのデスクのようなツルツルの場所なら、よく拭けば判りませんからね」

「……それは一応良いとして、問題は兇器が何かということです」

二人は室内を見廻したが、勿論それらしいものは見当らなかった。

笹井は長椅子に腰をおろした。そして金庫の前に立って眺めている十貝司法主任に声をかけた。

「ここで殺されたとすると、一応その金庫も調べておいた方が良くはないですか?」

「そうだな。佐久間君!」と十貝はさっきから手持無沙汰で、二人の様子を見ていた錠前屋に云った。

「君、この金庫の組合せ錠を開けられるかね?」

「やってみましょう」と錠前屋は金庫の前にしゃがんで、音を聞きながらダイアルを左廻していたが、一分もすると見事に金庫を開けてしまった。十貝は中の小棚や抽出しを一通り調べた後、立上って笹井の顔を見た。

「……驚いたな、金庫に納《しま》っておく価値のあるものは一ツもない。現金が這入っていたとしたら、キレイに盗られたことになる」

「恐らく、金だけ入れといたんでしょうね」

と笹井は云ったが昨夜の∞字信号のことを十貝に話したものか否かと考えていた。

あの∞字信号の一端が最初に切れて、場所を変えて見た時他の一端が切れたのは、防火壁の間に立って信号を送っていたからで、その目的は信号は信号に特定の方向性を与えると同時に、他から窺知《きち》されるチャンスを減らすためだったのだ。昨晩あの信号の消えた時視線上に水明りに突き出た川岸の共同便所の角を見付けて、今朝それを逆にここを発見したのだが、今この窓から見ると防火壁は遮ぎるものなく、真正面に突立っていた。この建物の両側は空地だから、昨夜の信号の受理者は八田か、この建物に居た他の誰かに違いない。恐らく前者だろう。しかしいずれ間野の問題の黒白がつくだろうから、もう少し進展を待った方が良さそうだ。

「……では一旦引揚げましょう」と云う十貝の声に、笹井は頑丈な硝子窓を閉め始めた。

十貝は扉の外から、

「さあ閉めますよ」とまだグズグズしている笹井を促した。

4　偽造消印

友松刑事がG町の協和アパートの玄関立ったのは、ジリジリ暑さが身に耐え始める十一時半過ぎであった。出て来たアパートの管理人に間野の在否を訊くと、今朝急に長野の郷里に行くと云って、一時間ほど前出たばかりだと云う。友松は失敗したという色を隠しおおせなかった。

「切符はいつ用意したか知りませんか?」友松が訊いた。

「買った様子はありません、乗越して行くのでしょう……」

「出掛けた時の服装は?」

管理人は記憶を辿って、大体の風体を友松に説明した。友松は直ぐ十貝司法主任に電話口に出てもらって、簡単に必要事項を説明した後、

「……そういう訳ですから、直ぐ指名手配発令方を本庁に連絡願います。今のところ郷里に立廻る積りか否かは疑問ですが、仮にそうとすれば切符を持っていませんから、万が一新宿発午後二時半の松本行あたりに、混んでいても八王子辺から乗らないとも限りません。私は足がありませんから、無駄を覚悟で貴方に沿線を当って頂きたいと思います……」十貝司法主任が係官と浅見老人を伴れて出るということで、電話を切った友松は傍の管理人を振りかえった。

「昨夜の間野の様子はどうでした?」

「平常通り五時頃帰って来ました。恰度手紙が来ていたので渡したところ、差出人を見てちょっと不審そうな顔付で封を切ったとたん、顔色が変って、そのままプイと二階へ上って行きました。その時は別に大して気にも懸けなかったのですが、七時半頃私と下宿人の一人がここで将棋を指していると、間野さんがどこかへ出掛けて行くんです。恰度夕立が始まった時でレーンコートを着ていたんですが、玄関を出る後姿を見送った時、そのコートの下から、ホッケーのステッキっていうんですか、あれが覗いているんです……」

「え、ホッケーのスティック？ ……よくそんなものと判りましたね……」

友松刑事は占めたという気色を押隠《おしかく》して反問した。

「あの人の本箱の陰に前から置いてあるのを知っていましたから――変なものを持出すなあ、売払うんだね――と相手と話したことです。何時頃帰ってきたかは知りません」

「間野君の部屋をちょっと見せてもらいましょうか」

友松は管理人に案内を頼んだ。

間野の部屋は階段を上った取付きにあった。部屋の中はキチンと片附いていて、問題のスティックはどこにも見当らなかった。

「さっき出て行った様子はどうでした？」

友松は机の抽出や持物を調べながら訊いた。

「今朝八時頃、起きぬけに新聞をとりに降りて来た時は、そんな風はなかったんですが、十時頃事務室の私の処に来て、突然、暫く郷里へ行って来るから願いますと云うのです。そして長くなるかもしれぬからと払いも済まして別れる時、実は会社を罷《や》めさせられたんです、と云う訳です……」

「会社をやめた？」

友松は思わず地声を出した。

「昨日の手紙がそれだったんです。根掘り訊きもしなかったんですが、それを憤慨して夜出掛けたのかもしれませんね……」

「フーム、その社長が昨晩殺されたんですよ、しかもそのホッケーのスティックがどうも兇器らしい……」

「えッ？」と今度は管理人が驚く番だった。

友松刑事はなお二、三の質問をして、アパートを出た。

間野の行動は確かに怪しい。一日の勤務を終って帰って来ると、解雇状が待っていた。血気の若い男のことだけにカッとしてその時殺意があったかどうか、とにかくホッケーのスティックをコートの下に隠して、未だ八田が残っているはずの事務所に押掛ける。口論の末殺害して屍体を河へ投げ込み、ついでに金庫の金を盗って兇器は帰る途中で処分する。屍体は海へ流れるか、河で発見されても強盗殺人の結果と見られる。直ぐその足で失踪しないで、翌日、解雇されたことを管理人に知らせ、郷里へ帰ってしまう。ありそうな事だ。あれが、事務所の浅見老人に遭わず、またアパートの管理人がホッケーのスティックを見落していたら、どうなっていたか判らない、危いことだった。それにしても、指名手配がうまく行ってくれれば良いが……。

友松刑事は午後中、ホッケーのスティックの捜索に費したが無駄だった。夕刻あてにしていた十貝司法主任も手ぶらで帰って来た。

その日は間野の消息は何もなくて暮れた。が、十一時過ぎになって、待ち草臥《くたび》れた司法主任が署に泊ると云う友松刑事に、後を頼んで帰ろうとすると、電話に跳びついた友松刑事が待てという手付をした。本庁から間野の逮捕を知らせてきた。間野は友松の想像通り、午後二時半新宿発松本行に乗っていて、県警察部の手配で、九時半頃T駅で降りたところを逮捕されたのであった。

十貝司法主任の取調べに対して、間野敬吉のした陳述は次の通りであった。

間野は今年の三月南方から復員すると、五月頃から八田商事に勤めるようになった。事件の起った日は、別段平常と変りなく一日の仕事を済ましてアパートへ帰ると、夢にも思わぬ解雇状が届いていた。内容は簡単に都合に依り罷めてもらうという意味をしたためたものである。間野は、その日八田が事務所で一日顔を合わせていながらのこの三下《みくだ》り半に激怒した。南方の戦線で三年の辛酸を嘗《な》めた後、やっと平和な生活の軌道を取戻した彼にとって、この不意打の、しかも人を愚弄した遣り方は、彼の心中に潜んでいた、権力に対する反抗性を痛く刺戟した。彼は無意識に手馴れたホッケーのスティックを握るとアパートを飛び出し八田の事務室に這入った、時刻は八時半頃である。不意の闖入者に、読みかけの雑誌を抛り出して、寝転んでいた長椅子から飛び起きた八田は、間野が意外に思ったことに、昼間まであった髭がなかった。靴下を脱いでスリッパを突掛けたままの八田を暫し睨み付けていた間野は、相手の人を馬鹿にした仕打の釈明を迫った。八田は蒼白な顔に強いて引吊るような笑を浮かべて——理由は君の胸に聞いてみろ——と云った。身に覚えのない間野は己れッ——と握り緊めたスティックを振上げたが、さすがに殴り着けるのは躊躇《ちゅうちょ》して、傍にあった机の一端をガンとぶっ叩いたが、その瞬間、何かスーッと鬱憤が晴れて、こんな人でなしにいつまでも関りあっているのが馬鹿らしくなり、勝手にしろ、と呆気にとられている八田を残して、事務室を出た。金庫はその時閉まっていて異状はなかった。

ところが翌朝のことである。八時半頃八田からまた封書が来ていたので不快になり、見ずに破いてしまおうと思ったが、それでも気になって開けてみると、手紙ではなく、驚いたことに千円紙幣が五枚這入っていた。間野はそれを見ると癪にも触ったが、急に、田舎で暫く気晴しする気になり、I市の在の実家へ帰る積りでTで降りたとたんに、逮捕されて驚いたのであった。ホッケーのスティックは、その朝近所の古道具屋に百五十円で売払ったと云うのである。

彼が丸めて捨てたと云う解雇状がアパートの玄関の塵箱から出てきた、スティックも彼の申立通りその古道具屋にあったので一応彼の陳述は尤もらしく思われた。

ところがここに重大な発見がなされ、彼の嫌疑が深まったというのは、彼のポケットの隅から出てきた、二度目の八田の封筒の切れ端に押されていた消印が、実は巧妙な偽造だったことだ。しかもこの手紙はアパートの管理人が郵便受から出して間野に渡したのではなく、間野がその朝ホッケーのスティックを売り払うため門を出る時、郵便受を覗いて取り出したという苦しい申立であった。彼が犯人であることは略《ほぼ》決定的となり、残るは彼が奪って隠匿したと思われる金の在りかだけとなった。そしてこの点の追求と捜査に全力が注がれることに方針が決まった。

5　窓開く

間野敬吉が逮捕された翌々日の朝笹井は〇署に十貝司法主任を訪れて事件の進展の詳細を聞いた。そして彼は少し考えがあるから、もう一度八田商事の事務室を見せてもらえないかと十貝司法主任に頼んだ。

前に一度或る事件を笹井の援助で解決した経験のある十貝は、笹井の一種の推理力を掛け値なしに高く評価していた。別に恰度発生していたちょっとした事件の方の手がその時どうしても抜けなくて、一緒に現場に行けないのを残念に思ったほどで、勿論二つ返辞で承諾した。

午後再び〇署に姿を現わした笹井の顔色を窺いながら、十貝は彼に訊ねた。

「どうでした？　貴方のこの事件に対する意見を未だ聞いていないけれど……」

「ええ、ところで私の考えを申し上げる前に、貴方にお詫びしなくちゃならんことがあるんですヨ」と笹井は事件の起った晩彼が見た謎の信号のことを始めて十貝に話した。「……実はこれがどの程度八田の事件に関係があるか見当がつかなかったので、私の胸にだけ納めておいたのですが、今日あすこを調べてみると、あの信号が八田の殺害に不可分の要素だったことが判りました。結論を云いますと、間野は真犯人じゃないんです。その方から先に説明しますが、これは貴方も御気付きのことでしょう、金を奪った間野がアッサリ逮捕されるチャンスの最も多い郷里に向ったこと、それから例の偽造スタンプの手紙を管理人にわざと受け取らせないで自分で受取ってしまったことなどは、遂に彼が犯人だとすると説明し難い例です。……」

「……無論、それは個々としては確かに説明し難いかもしれないが……」十貝が云った。「しかし、関係者の宇賀神には確実な現場不在証明があり、また現場不在証明の無い番人の浅見の方は、情況から見ても、あのような殺人をやる実行力から見ても、間野のあれだけ揃った情況証拠の前には問題にならないからね。それだけのことで間野の犯行を否定出来るんなら、ことは簡単ですよ……もっとも今挙げた以外の者が犯人だと云うんなら話は別ですね……」

「いや、気を悪くしないで、もう些し聞いて下さい……じゃあ、今度は殺害方法を考えてみましょう。御承知のように傷は頸の前後にあります。もしホッケーのスティックでやったとすれば、前後から少くとも一回ずつ打撃を加えねばなりませんね。これは考えてみると、随分難しい仕事ですよ……頸の後部を一撃されてそれが致命的であれば、直ぐ前へつんのめるから前から顎の下へ更に一撃するのは出来そうもないし、万一つんのめらなければ、被害者は必ず前方からの次の打撃を防禦するでしょう。して見るとあの頸の前後の傷は同時に加えられねばならんことになり、もしスティックを兇器とすれば、顎の下に固い枕のようなものを置いたことになります。可訝《おか》しな話ですね……そこで私は何か他の物でやったと考えた末発見したのが、この間貴方も血痕を御覧になった長椅子の前の窓です。大正中期の古い建物でしょう、ガッシリした窓框《まどかまち》には、手前に霧除けの敷居みたいなものが出っ張ってますね、硝子窓はその外側にピッタリと滑り降ります。大型の窓硝子が八枚頑丈な窓枠に嵌まっていて、窓框の手入蓋を開けてみて驚いたのですが、細いワイヤで吊した長い分銅の重さが優に二貫目はあったと思います。しかも私の想像通り両側共分銅の環などワイヤの取付けがギコチなく、最近一度ワイヤを外して

めワイヤを外して分銅との間に切れ易い普通の紐を取付けておき、八田が窓から首を出した時、上った窓硝子にちょっと引張りを呉れて紐を切り、重い窓を急激に落して目的を果したのです。あの長椅子の位置からみて、恐く犯人は窓の前に立ち、八田は場所がないので長椅子越しに片膝でもかけて外を覗いたため、窓框に対して首が絶好の位置に来たのでしょう。そんな姿勢では突嗟に逃げる事も出来ず、やすやすと犯人の思う通りになってしまったのです。

……怖しいギロチンじゃありませんか……」

笹井はポケットから煙草を出して点けた。十貝もつられて煙草を出しかけたが、やめて目顔で後を促した。

「……八田は度々夜遅くまで事務所に残っていたのですが、それを私のみた∞字信号と結び付けると、彼の居残りは定期的に来るその信号を待っていたのですよ。先日、私はその発信場所を調べてみると、恰度夕立の後で発信者の来た足取が判ったのですが、それがあれから三丁ほど離れた今は焼けて捨てられている或る工場の小さな船溜だったのです。そこで先刻電話局まで足を運んでみて大体の見当が付きました……長距離電話の相手局の大部分が、水揚場で知られた三浦半島のM町なんですよ。はっきりした事は云えませんが、私の想像では密かに鮮魚を大口にあすこから揚げて、何等かの方法で東京中へばらまいていたのでしょう。

……ここでちょっと八田殺害の場面を想像してみると、その晩は品物が来る事になっていたので、彼は間野の帰った後、ソファーに凭れて待っていると信号が来ました。直ぐ電灯を点滅するかどうかして、それに返辞をすると金庫を開けて現金を出した時、犯人が侵入しました。犯人は予め窓に細工をしておいたほどですから、彼の好む時に、暴力を用いる事なく八田をギロチンの座に据え得る人物に違いないのです。八田が他人に知られたくない仕事をやっている真最中に、八田に疑を抱かれずにその部屋に居り、しかも楽々とあんな芝居を演じ得る人間は云わずと知れた八田の闇商売の共犯か助手以外にありません。……それは誰でしょうか？　現場不在証明のある宇賀神でもなく、昼間の仕事の事務員間野でもない……」

「……あの番人の浅見老人がやった？」

十貝は堪りかねてこう訊いた。

「そうです。八田の附髭は一体何のためだと思いますか……附髭というものは、或る男が別人と思わせるために使うのが普通ですが、八田の場合は年中着けっぱなしで、あれでは着けないのも同じです。私もこれには弱りましたが、浅見老人に二度目に会った時、なるほどと判ったんです。八田と浅見は肥っているのと痩せているのとの差はあるが、あの顎の出張った処や眼尻の下り工合がそっくりじゃありませんか。あの附髭は身内でしかも同じ屋根の下に居て赤の他人とみせかける細工ですよ。何故そんな無理をしたかというと、闇商売の共犯である事を隠すためです……ここで、さっき貴方の云われた暴力を意味する浅見の実行力の逆が、窓という兇器の必然性を証明することになりますね。

恐らく八田に間野を中傷することに依て解雇させたのも浅見なら、アパートの郵便受に偽造スタンプの手紙を抛り込んだのも彼の仕業だろうと思いますよ……」

話し終った笹井は、紅潮した顔を右手でツルリと撫でて、ホッとしたように顔色を寛げて十貝を見た。十貝司法主任は拇指で上歯をコツコツ叩いていたが、下を向いたまま呟いた。

「……動機は？」

「動機？……そこまで調べる暇がありませんでしたよ。早いとこ、本人に訊いて御覧になるんですな……」と笹井は答えたのである。

6　告白

八田英助ノ訊取書

私ノ名前、浅見條太郎ハ偽名デ実ハ八田雄介ノ実兄デス。弟ハ終戦後S廠ノ残務整理ガ終ワルト、手ニ入レタ資材デ製塩ヲ始メマシタガ、電力不足ノタメ次ノ段取リニ掛リ、アノ建物ヲ借リテ昨年ノ空襲デ妻モ家財モ失イ借財ニ苦シンデイタ私ヲ管理人ニ装ワセ、表面上ハ製塩ヲヤリナガラ、知合ノ男ト結托シテM湾ノ魚介ノブローカーヲ始メマシタ。ソレガ今年ノ五月ノコトデス。……中略……アノヨウナ冷血ナ弟トハソノ時マデ知リマセンデシタ。毎月〇〇万円ノ収入ガアリ家マデ買ウ余裕ガアルニモ拘ラズ、連絡ニ集金ニ苦労シテイル実兄ノ私ハ一介ノ使用人ニ過ギズ、恰度借財ノ返却ヲ迫ラレテ弟ニ頼ンダトコロ、キッパリ拒絶サレタ私ハ弟ヲ殺シ金ヲ奪ル計画ヲ樹《た》テマシタ。……中略……信号ガ来テ弟ガ金庫カラ金ヲ出シタ時、私ハ「マタ何カ信号シテイルヨウダ」ト云ッテ窓ギワへ弟ヲ呼ビ、窓ヲ落シテ殺シソノママ河へ嵌メマシタ。狼狽《あわ》テテイテソノ前ニ髭ノ仕末ヲスルノヲ忘レタノデス……

中略……翌朝金ヲ入レタ手紙ヲ芝ノ協和アパートノ郵便受ニ入レニ行キ、帰ッテミルト笹井サンガ来テイタノデス……中略……金ハ全部包ミニシテ知人ノ処ニ預ケテアリマス。何ノ怨モナイ間野サンヲ利用シタコトハ、魔ガサシタトデモ云ウノデショウ、誠ニ申訳ナイコトヲシマシタ。コウナルノハ神様ノオ裁キデ当然デス……下略……

風　車

1

　砂丘の蔭になって見えないが、サーッと鳴った後の一刻の静けさに、美しい曲線を画いて汀《みぎわ》を叩いては退《ひ》く泡立つ波が、わけなく脳裡に浮ぶほど迫って聞えてくる中を、強い潮の香に鼻をヒクヒクさせながら、丹《たん》は爪先に崩れかかる砂を踏んで松林の間を登って行った。

　珍らしい凪《なぎ》の初夏の夕暮である。

　退けるちょっと前、社へ季野《すえの》から電話が掛って、是非帰りに寄ってくれと云ってきた。その是非に彼が前から考えていたことに何か関係があるらしい匂いがしたので、いつもの訪問とは違った、ちょっとした緊張の気持があった。

　この頃、丹は季野と対座していると、相手の、その人らしくない穿索《せんさく》的な視線が気になって、妙に窮屈なのである。勿論一つには彼が季野の娘の道子の求愛者の形であるせいなのは判っているが……季野は丹の父の友達で、丹が未だ子供の時分は貿易をやっていて、カナダのモントリオールとかに支店を持ち、その頃は珍らしいお土産《みやげ》をどっさり呉れるアチラ風のよい小父さんだったが、その後丹の家庭の事情で、暫らく季野と疎遠の年月が過ぎた。彼が季野家との交際を復活したのは、つい戦後のことである。その間季野は先の見透しの利く事業家とでも云うのだろう、十年ほど前、一応オーバーシー・トレードの将来に見切りをつけると、サッサと支店も畳んで、長野県の方に軍需品織物工場を始めたが、かなりうまく行ったらしいのだ。

　松山を背にした高みにある季野の邸の横木戸を潜ると、風の無い日でも、高さの加減からか、極まって聞える、水揚げ用風車の回転の軋《きし》りと、無風に近い時には特に舵《だ》翼《よく》の方向が変り易いと見えて、首を振る度に鳴るカタンという軽い音がする……彼は勢いよく玄関を開けた。

　とっつきの応接間に通ずる扉が開いて、高等学校には入ったばかりのくせに、親父のお下りらしい洒麗《しゃれ》たバタンのズボンを履いた、息子の隆吉が飛び出して来た。

「渉《わたる》さん、おそいですねえ……今、大問題が起こってるんですよ」

「隆吉君は、相変らずせっかちですね……」と丹が靴を脱ぐのももどかしげに、隆吉は彼の服の袖を引張って部屋に連れこんだ。

明るい部屋の硝子《ガラス》戸を開け放ったポーチ寄りのデスクを背に、浴衣《ゆかた》でパイプをくわえた主《あるじ》の季野は、飲《い》けぬ口なのに珍らしく赤い顔をして、前にはウイスキイグラスが空になっている。

何か部屋の空気が馬鹿に弾んでいるのだ。

その場の雰囲気にいささかドキッとした形で椅子に掛けた丹に、季野の娘の道子は黙ったまま切れ長の眼で目礼すると、父親に向って、

「さあ、お父さん、渉さんの御意見をききましょうよ」と云った。

「まあ、見えたばかりなのに、藪《やぶ》から棒にそんな……ねえ渉さん」母親が傍から口を出した。

「フフフフ……」季野は笑って、「聞いてみたまえ」

「一体、どうしたって云うんです?」と眼をパチパチさせる丹の言葉を引取って隆吉が答えた。

「お父さん宝籤《たからくじ》の一等が当っちゃったんですよ!」

「え! ほんとですか?」見るとなるほど卓子《テーブル》の上に籤札と新聞が載っている。丹もこれには度胆を抜かれて、中腰に卓子に軀《からだ》を寄せると、新聞と籤札の番号を見較べていたが、「フーン、凄いなあ……」と云ってしまった。道子が彼の上衣の裾を引張って、椅子に掛けさせた。道子は丹に対しては、こういう高飛車《たかびしゃ》なことを時々するのである。

「渉さん!」とさんに力を入れて、「ところがお父さんは飛んでもないことを云い出したのよ……賞金をみんな援護団体に寄附してしまうって。そんなことってあるかしら……貴方、どうお思いになる?」

「援護団体はどこが良いかな……」

いつも意見を求められると煮え切らないヌー坊の丹の一言にかけた、道子の期待も思いやられるわけだ。

「そうですなあ……」丹が、ニヤニヤしている季野の顔を見て口を開くと、道子は横目でジロッと彼を睨んだ。

「……すこし行き過ぎじゃないですか」

道子は物足りないながらも、それなら我慢が出来るという顔付で父に云った。

「渉さんもああ仰有《おっしゃ》るでしょう。ねえ、お父さん、そのお金一部でいいから、あたしに貸して下さらない。私、自分で渉外事務所を開くわ……レミントンかコロナの小型の中古を二台ぐらい置いて、翻訳は誰か他に出来る人を頼んで……今のお勧め、私すこし飽きちゃったんです

の。それに、あたしの打ってるミシン何だとお思いになって？　十四吋《インチ》の旧式のアンダウッドよ！」

「このあいだから何度も聞いて知っているよ。しかし、アンダウッド上等じゃないか、儂《わし》も使ったことがあるよ」季野が煙草の煙を口の隅からユラユラ流しながら云った。

「それが、お見せしたいようだわ。私の会社割合いケチなのよ、ローラーは十四吋のガタガタで字は減ってるし、リボンの下りがとても悪いの、情なくなっちゃうわ……私、使い良いのを買って、それでやりたいのよ。そりゃ、お父さんのお考えはよく判りますから、みんなとは云いません、半分でもいいの……」

季野は、娘の哀願に近い頼みを、今までのニヤニヤを消して黙って聞いていた。

「僕は何もお金が欲しいのじゃないんだ。ただ、当然の権利を全部意味なく他人に上げちまうのが、つまらないって云うんですよ」隆吉は姉の肩を持った。

しかし一騎打ちである。母親と丹は口を挿む隙がない。季野はパイプの火皿の熱をしきりに掌で計りながら、

「……だがねえ、儂達は今金に困っている訳じゃないのだよ。ところが今の世の中を見たまえ、明日食えない人、今夜の宿の無い人が幾らあることか……しかも唯《た》った二枚買ったのが十万円当った。あの時、新橋駅を出て気が付くとズボンのヒップに入れといた煙草ポウチが無いんだ、掏《す》られたんだね。一日煙草を喫わずにも居れないので、キンシ目当てで買った二枚の内の一つが幸運の札だったのさ……儂は、おい来た、と使う気にならんね。だから困っている人のお役に立てたいと思うんだが……」と云って、パイプに水を注ぐようにライターの火を移して、うまそうに煙を吸いこんだ。

このだがただのだがでもなさそうに思えたので、四人は、季野が何を云い出すかと、その微薫《びくん》を帯びた顔を見まもった。やがて彼はパイプを口から離して、

「……君達は、寄附するのは意味ないというし、儂は困っている人のために使いたいと思う。云い合いをしても限《き》りのないことだから……じゃ、どうだ、こうしようか、……つまり、両方の言い分を立てて、半分は無条件寄附、半分は儂が一つ君達に問題を出す、それを解いてもらうんだ。君達に問題が解けたら半分は進呈するよ」と今までの真面目な顔をちょっと破顔させて、三人を順々に見廻した。

「ずるいな、お父さんは……何か計画してたんだな」隆吉が云った。「そう云えば、さっき何か一生懸命やっていたぞ……よしッ、そうしましょう、ねえ」と姉を振

返えった。

「で、その問題って何なの？」道子も渋々ながら承知した。

「この籤札を今晩儂がどこかへ隠す。そして、その隠し場所を暗号文にするから、君達はそいつを解いて札を発見してもらうんだ」

「暗号？」この年頃の感の良さで、直ぐ隆吉はその冒険の楽しさに、こみ上げてくる笑みを噛み殺したが、なかなか隠し切れるものでなかった。道子は、父親の気紛れを信じられないように眉をひそめて、丹を振り返えった。丹はというと、弱ったことになったという表情で、きのう剃った顎のあたりを左手でこすっているのが、心細い限りだ。

隆吉は探偵小説など読んで、暗号の何ものたるかを、ちっとは知っていると見えて、自信あり気である。

「さあ、お父さん、その暗号を出して下さい」

道子が留める隙も無く、彼はこう云ってしまった。

季野は、「隆吉の奴、張切っているな……むずかしいぞ」と浴衣の袖から一枚の紙片を出した。「さあ、これだ」

隆吉は、学期試験の問題を先生から配られる時よろしくの神妙な顔で、卓上の紙片を覗き込んだ。道子と丹が、その横からおそるおそる覗き込んだこと勿論である。

暗号文は次のようなものだった。

C F C I B D A I C D C F A D C D
C K C J A M C I C F C F C D A D
C I B G C F A G C D C M C I B G
A F A M A G A L A E C F C M C I
B G A D B H C I A J A J

「ちょっと、ヒントを与えておくかな」季野が云った。「……お父さんは昔、アメリカの諜報《ちょうほう》部の暗号主任のヤードリイとかいう人の書いた、ブラックチェムバーという本を読んだことがある。むずかしい軍用暗号の解読法を説明してあるんだが、それによると色んな解読方式があるが、それよりもインスピレーションが意外に重大な役割を演ずるのだそうだ。妙だろう……そのインスピレーションの到来を待って、解読員が一週間も十日も無為に過ごすことが書いてある……この暗号はそんな厄介なやつじゃなくて、極く極く簡単なものだよ。道子のために特に附加えるが、暗号の原文は勿論必ず読めるイロハとかアルファベットとかで出来ていて、こんな簡単なものは、よく注意して見ればその原文の種類は直ぐ判るはずだ。それから、その原文を表わす方式が例えば、置換え式か座標式かも、頭を働かしてこいつを眺めれば解けると思う……しかしそれから先がむずかしい、ホラ、今云ったインスピレーションの範囲に属する問題さ。ハハハハ……さあ、こいつを明後日の今頃までに解いてみて下さい」

隆吉は、親爺《おやじ》あまり喋ってくれるな、という顔付である。母親は夫の気紛れに呆れ顔だった。丹は例によって、右耳の後ろを掻いている。その中にあって、道子のポッと頬をほてらせ、口元をキュッと結んだ真剣な表情は、確かに見ものだった。やがて彼女は丹の方を向いて、

「渉さん、あなたもまざるんでしょう……何か紙にお写しになったらどう?」

「えらいことになったな、僕はこういう謎が苦が手でねえ」と丹は皆の手前ちょっとてれたが、それでも、手帳を出して暗号を写し出したのである。

2

翌日、退けて帰宅した道子は服を着換えると、四畳半の隆吉の勉強部屋を覗いてびっくりした。

彼は座り机の下に両脚を突込んだまま、両手をぼんのくぼの下に敷いて、仰向けの高鼾《たかいびき》である。みると、机の上には何かゴタゴタ書き散らした紙片が二、三枚載っている。それを覗こうと、道子が足音を忍ばせて机に近附いた時、隆吉がヒョッと眼を醒ました。

「どうしたの隆ちゃん、だらしがないわねえ……」

「ウン?」起き上った隆吉は道子を見上げて、「ああ、姉さんか……どう、あれ出来た?」

「駄目! 癪《しゃく》ねえ、隆ちゃんが真先きに承知したんだから、あなたの責任よ」

「姉さんは、渉さんにやってもらえばいいじゃないか」

「馬鹿おっしゃい! ……ところで隆ちゃんは解けたの?」

道子は机上をチラッと横目で睨んでこう訊くと、隆吉は膝を抱いた両手を後ろについて、右脚を伸ばした。

「駄目さ……姉さんにはとても無理だよ、丹さんが何とかしてくれなきゃ、僕達の敗けだね……しかし丹さんだって危ないもんだぜ、だいいち……」

「だいいち、……何?」

隆吉は急に顎をひくと姉の顔を睨みつけて——狡《ずる》いぞ——と云った表情を作ったが、直ぐ思い直したとみえて、

「どうせ姉さんには解けっこないんだから、云ってし

まおうか……」

「随分軽蔑ね」

「僕は途中まで解けたんだぜ。だがその先は、どうも解けそうもないことが判ったんだよ……僕はもうやめた」

「なあぜ、頑張んなさいよ……じゃ、途中まででもいいから聞かせて。その先何か私に判るかもしれないわよ」と、道子は熱心に勧めた。隆吉はちょっと、相格《そうごう》を崩して、

「じゃ云うかな……」と後ろから暗号の紙片をとって、

「まずこの暗号を見て気が付くのは、AとBとCがとても多いこと、またそのABCが他の字の間に一字置きに出てくることだ……わかる?」（前掲暗号文参照）道子は凝《じ》っと紙片を見詰めたまま頷いた。

「次にABC群の間に挟まった字を見るとDからMまでしかない、Nから下の字は一つもない……つまり、ABC三字が一組、DからMまで十字が一組、に分類出来る。ところで暗号の一番単純な型は、ほら、よく地図で都会なんかを見付けるのに、縦横でイの2とかロの4とか索引があるのを知ってるでしょう……あれ式のやつなんだ。つまりこれは、三十種以内の文字を縦三横十の見出しの組合わせで表わす暗号ですよ」隆吉は説明をする内に、段々夢中になって口調まで他所行《よそゆき》になったが、ここで話を停めて質問した。

「そこで姉さんに訊くけれど、三十字以内の文字で三行十列のものは何だろう……考えてごらん」

道子はちょっと考えた末、

「三十字じゃないけれど、タイプライターの鍵盤のアルファベットは三段で一番上は十列よ」

「それさあ！」隆吉は寄せていた顔を後ろに退いて、

「先だってから、姉さん、コロナだのアンダウッドだのと騒いでいたろう……お父さん、それ使ったんだよ」

「まあ……あなた解けるじゃないの、ABCとDMの組合わせが解ったんだから。鍵盤の配列なら教えたげるわ」

隆吉は――暢気《のんき》なこと云ってる――と姉を憐れむような顔付で、もう一枚机の上から紙片をとった。

「そんなことは、もう迅《と》っくに調べてありますよ。だがそれだけじゃこいつは解けやしないんだ、例えばね……」と彼は紙片を拡げて、タイプライターの鍵盤の配列の左側と上部に、今しがた彼が暗号文から拾い出した二組の座標ABC、DE……Mを列《なら》べた表を姉に示した。

	D	E	F	G	H	I	J	K	L	M
A	Q	W	E	R	T	Y	U	I	O	P
B	A	S	D	F	G	H	J	K	L	
C	Z	X	C	V	B	N	M			

タイプライターの鍵盤の配列

「座標をこう置いたとすると、原文のQという字を表わすには暗号でADとする、同様にAを表わすにはBDとすればよい。ところがこれで解いて行くと、まるで意味をなさないんだ。何故かというとABC、DE……Mの座標の位置がお父さんが極めたのと違うからさ。そうかといって、そいつを探し出すために座標文字の全部の配列の組合せを端からコツコツやって行くのは大変だ……もっとも、白状すると些しやりかけたんだが、やはり駄目さ。だからお父さんの極めたこの座標の起点を示す特別のキイが判らない限り、解けっこないんですよ」

感心して聴いていた道子が、ふと何か思い付いた風で云った。

「アンダウッドがそのキイじゃないかしら……？」

「僕もそれ考えたよ……しかし色々ひねくってみてもうまく行かないんだ。がっかりさあ……」

道子は残念そうに、フーッと軽い溜息を吐いて紙片を凝視していたが、

「でも隆ちゃん偉いわねえ、そこまで漕ぎつけたんだから……きっと、お父さん感心して、些しはご褒美下さるかもしれないわ」と慰めるように云ってニッコリした。

「もう些しのとこなんだがなあ……」隆吉は胡坐《あぐら》をかいた膝に頬杖をついて、畳の上の紙片をもう一度未練たっぷり眺めたのである。

翌日の夕方である。

季野が貰い湯上りにベランダで風に吹かれていると、妻が食後の跡片附けの手を拭きながら、向い合いの椅子に腰を掛けた。

「貴方、御冗談が過ぎやしません、あんなこと……子供達は本気ですよ。あの変てこな暗号が解けても解けなくても、どうせ良いことはありゃしませんよ」

季野は海を見ながら「ウン」と答えたが、それがどういう意味か忖《はか》り兼ねたので、彼女はもう一押し押してみた。

「今になってこんなこと云っても仕様がないけれど、あの時渉さんが居なければ、停めようと思ったんですよ」

「ウン」

彼女は夫のウンには馴れていたので、諦めて話題を変えた。

「……道子はどう云うんでしょうね、渉さんが来ると妙に鼻っぱしが強くて、しおらしい所がちっとも無い。あれじゃ困りますわ。態《わざ》とああしているのでしょうか、貴方どうお思い？」

「若い者の気持は上面《うわつら》じゃ判らんさ」季野は始めて妻の方を向いた。「渉君は子供の時分はそうも思わなかったが、なかなか出来が良い。ちょっと見にはあんな風にヌーッとしているが、仕事は緊《しっか》りしていて店の方は全部任されているらしい。見込があるよ……儂があんな馬鹿げたことを思いついたのも、それを摑みたい気持が半分は手伝っているんだよ」

「……昔からそうだけれど、貴方の気紛れも相変らずですね」

「大いにそうかも知れんさ、フフフ……」

その時、丹が来たらしく玄関の鈴が鳴った。

皆の顔が揃った所で、機会を見て季野が口を開いた。

「さあて……誰か富籤の在り場所を発見したかね？」

隆吉は丹と姉の様子を観察していたが、とうとう白状した。「僕は駄目でした、途中まで判ったんだが……」

「ホウ、そりゃえらいね」と季野。

道子は丹を振返えった。丹はそれに気が付くと、ちょっと頸の後ろを掻いた。

「オヤオヤ、みんな出来ないんですか」と母親が口を挿んだ時、道子はニヤニヤしている父に、

「あたし、暗号は解けました。だけどその場所から出すことは出来ないの……」

愕いた四人の視線は一斉に道子に注がれた。

まぶしそうに、しかし笑みこぼれる口元を締めつけながら、彼女は季野に云った。

「半分は隆ちゃんに解いてもらったんだけれど、合作じゃ駄目？……でも暗号なんて始めてですもの……」

「いいともいいとも」季野はパイプを口から離して、早口に答えた。「フーン君がねえ。で、どこにあるの？」

「お父さん、風車の羽根の軸は中が空なんですか？」

季野は大きく頷いた。「……あれは、昔儂が道楽に設計して造らせたんで、たしか吋四分の一のパイプだよ」

「まあ、たしかですって……」道子は父を睨んだ眼を隆吉に向けた。「隆ちゃん、貴方登って風車の羽根軸を外してみてよ」

「風車か」と呟いて眼をパチパチした隆吉は、やっと自分の役どころを悟ったとみえて、「よしッ！」と立ち

上った。

「だけど、もしあったら後で説明してくれよ」

「勿論よ」と答えた道子の声は、もうはっきりと勝利者のそれだった。

そして、隆吉がスパナをとりに飛び出した後から、「僕も手伝いましょう」と部屋を出て行く丹の後姿を、道子は何か感情をこめて凝っと見送っていた。


「では御説明します、フフ……」と笑いこぼれて、道子が口を開いた。

二十分後、隆吉と丹が風車の羽根軸の中から出して来た、鉛筆を心にして白紙の中包みと油紙で包んだ籤札を、卓子の上に披露した後である。

「……おことわりしておきますが、暗号の前半は隆ちゃんの発見で、私は偶然キイを解いただけであまり大きな顔は出来ませんけれど……」と口だけはなかなか謙遜《けんそん》である。「今朝のことです、いつもの通りタイプのカバーを開けると……あたしのミシンは十四吋ローラーの旧式のアンダウッドで、鍵盤の下のフレームにアンダウッド・スタンダードと金文字がはいっています。隆ちゃんの話で、暗号の座標の配列を解く鍵がアンダウッドかもしれないというので、もうそのことで頭が一杯なの。するとどうでしょう、気のせいかその金文字のシラブルがお互いに肩を擦り合わせて、私に解いてくれと叫びかけるように思われます……」

「なかなかうまいぞ！」季野が相格《そうごう》を崩した。道子はかまわず話を続ける。

「何故だろうと暫らく見詰めている内に、私段々その原因が判ってきました。アンダウッド・スタンダードのイニシャルから二字置きに、私の一番目馴れた字が隠されていたのです……最初がU、二字置いてE、また二字置いてOと、これを組合わせると……」彼女は用意した紙片を皆に見えるように卓子に展《ひろ》げた。

UNDERWOOD STANDARD
――→R・SUENO

「ホラ、隆ちゃん、あなたの名前が隠されていたのよ。面白いでしょう」

隆吉はそれを見詰めたまま、フームと唸った。

「私は段々面白くなって、残った字を睨んでいると、最初がNです、二字置いてW、また二字置いてTと……これを前のように二字置きに拾って組合わせる……」と彼女は紙に次のように字を並べた。

ND RW OD TA DA D
→ W・TAN

「こんどは貴方よ！」道子は丹渉に云った。

「ホホウ……」彼は道子の手品に感嘆の声を洩らした。隆吉は遂に両肘を張って卓子の上に踞《かが》み込んだ。母親も乗出して来た。

「残った字に隠されているのは誰でしょうか？」と道子は、残った字に次のようなアンダラインを引いた。

DRODADD → ROAD

「や、道、姉さんか！」隆吉が叫んだ。道子は卓子から離れると、椅子の背に凭れかかって可笑《おか》しそうに笑った。

「お父さんの悪戯《いたずら》にもあきれたわ……タイプライターに私達を隠してからかっているのよ。それがどうでしょう、最後に残ったカスのD三つが解読のキイだったのよ！」

「Dか、判った、鍵盤の配列のDを起点とするんだな！」隆吉が云った。

「そうよ、判ってみれば馬鹿らしいもんね」

道子は別の紙に、鉛筆が短いのでキャシャな人指しゆびが弓なりに反るほど力を入れて、次のような解読表を空で書きあげた。

D起点	D起点→
	LMDEFGHIJK
C	QWERTYUIOP
A	ASDFGHJKL
B	ZXCVBNM

タイプライターの鍵盤の配列

そして、最初の暗号文と並べて置くと、パタンと鉛筆を投げ出して、皆によく見えるように軀を退いた。（前掲暗号文参照）
「タイプライターの鍵盤のDを起点として座標文字を下と右に向って並べると、暗号文の最初のCFはTを表わします、同様にCIはI、BDはCという風に読んでいくとこうです……
TICKET《ティケット》 DEPOSITTED《デポジッテッド》
IN《イン》 THE《ザ》 WINGSHAFT《ウイングシャフト》

WINDMILL《ウインドミル》札は風車の羽根軸の中に在り——となるの……皆さんいかが？」

見事なものだった。男二人、いやこんな結果になるとは思わなかった季野も交ぜて三人が、正にあざやかにいかれた形である。

「道子、やったねえ」父親が一言云った。母親は意味あり気に夫の顔をぬすみ見た。隆吉は根が人の好い子で自分も一役買ったのだし、悪い気持はしない様子である。丹に至っては、もうあからさまに子供っぽい賞讃の眼を道子に向けているのが季野には、その卒直さは良いとして、いっそ物足りないくらいなものだった。

「さあ、お祝いにおいしい紅茶を御馳走しましょう……」

母親が立上った時、籤札の中包みの白紙を弄《いじ》くっていた隆吉が、姉の方を向いて、

「お父さんもひとが悪いな。こんな処にキイが書いてあるぜ、ほら……デサイファー・デパーチング・フラム・ディー……これが残った三つのDの意味か。Dから始めて解読せよ、だとさ……」

「えっ？」季野が急に腰を浮かせた。「どれどれ、フーム……誰だ、こんなことを書いたのは？」

これは問題である。

若い三人は、身に覚えのない悪戯を先生に見付かった小学生のように、お互いに黙って顔を見合わせた。が、そのちょっとした緊張の場合は、丹の一角から崩れた。彼は顔を赧《あか》らめて頸の後ろを掻きながら、

「や、済みません……実はきのうちょっと風車を外して、いたずらして置いたんです……道子さんの説明があんまり見事なので、つい今まで言いそびれちゃって……」と云ったが、皆の視線が集中されるとますますうろたえて、照れかくしの気持か、卓上の紙片を引寄せると季野に訊ねた。

「……だが、この文章には些し変なところがありますね……このザなんて定冠詞が規定面にあるかと思うと、ウイングシャフトとウインドミルの間にオブが抜けている。小父さん、何か意味があるんですか？……僕はこんな風に解釈したんですが、例えば、最初から八字飛びに字を拾うとティケットのT、デポジットのO、ザのT、ウイングシャフトのA、ウインドミルのL……でトータル（全部）となるんですが、偶然にしちゃあんまり……」

「ワッハッハッハッハ、丹君、十万円全部きみに進呈

するよ進呈するよ……」

「いや、別にそういう意味では……援護団体に寄附するのは、大賛成ですから、そのトータルをマイナスのトータルに何卒《どうぞ》……」

そう云う丹を見ている内に、道子は、自省と丹に対する驚異の混合した奇妙な感情が次第に湧き上ってくるのを感じたのである。

鎮魂曲《レクイエム》殺人事件

1　窓から覗いた男

私の身辺に起った三人の男の死の記録に、私が鎮魂曲《レクイエム》の仮題をつけたのは、その当座私が作曲していた鎮魂曲が実際には事件に因果関係が無かったにも拘わらず、何か、吾々の棲《す》む四次元世界の約束では説明出来ないものがあるのではないか、という私の懐疑の表現に過ぎない。

私はその頃、戦争の荒廃からいち早く目覚しい復興を見せ始めた、東京の幾つかの衛星都市の一つW市の、或る私立学校に音楽講師として奉職する傍ら、W文化聯盟の役員として音楽部門の仕事に携わっていた。W市は関東平野が北に向って山裾に終る処にあって、戦争中、軍が作戦上の足場とした生産疎開地であったのと、木材生産地を背後に控えた利便が物を云って、市街《まち》の半分以上を焼かれたにも拘わらず、その復興振りは、東京の遅々《ちち》とした立直りを見馴れた訪問者の眼を瞠《みは》らしめるものがあった。目抜きの街路《とおり》には、内容はお粗末ながらともかく一応の体裁《ていさい》を整えた劇場が軒を並べ、これも軒並みと云いたいほどの喫茶店は、派手な色彩の街路を何となく犇《ひし》めいている群集の上に、レコードの音楽を撒き散らしていた。そして、この表面的な賑やかさにあるフェースをずらして、一方に徐々ではあるが、真の文化の息吹《いぶ》きが次第に盛り上りつつあったことも事実であった。

W市では、あれかと云われるほど高名の有村病院の院長有村卓雄を中心に、数名の地元疎開知識人を集めてW文化聯盟が発足したのもその動きの一つで、このような端倪《たんげい》すべからざる時代に、今更東京に舞い戻る自信も失なっていた私は、こんな仕事こそ今吾々のやるべき仕事だという気持から、知合いだった有村氏の勧めで、音楽部門の仕事を手伝わせてもらっていた。

十月中旬の蒸し暑い夜、聯盟の事務所から焼け残ったアパート楡《にれ》荘の部屋に戻って来た私は、隣の十号室と共同の前室の扉《ドア》を開けると、目の前の書記長舞木哲二の扉に紙がピンで留めてある。

五郎よ、八時に起こしてくれ。

いつもの事なので、私はピッと紙を剥がしポケットに入れると、上衣を脱いで直ぐ脇の洗面台の冷い水で顔を洗った。

そこへノックが聞えて、這入って来たのは有村氏だった。見ると、最近健康を損《そこ》ねている彼が、珍らしいことに酒気を帯びている。ステッキを部屋の隅に立てかけると、眼鏡を拭きながら「舞木君、工合が悪いってね……？」

「今、睡っています。大したことないでしょう……だが、貴方どうしたんです。珍しいですね」

「フフフ……そんなに赤いかい、祝い事で飲まされちゃってね……作曲かね？」有村氏は円卓の上の五線紙を覗き込んだ。「逝ける友への小鎮魂曲《レクイエム》？　妙な題だね」

「この間、F君の葬式で聞いたヘンデルの讃美歌四百八十七番ですか……あれにひどく打たれたもんで……」

私は椅子に掛けたまま、些《すこ》し照れて答えた。

「鎮魂曲——ブラームスの独逸《ドイッチェ》鎮魂曲《レクイエム》かね……ハハハハ」

「ハハハハ……」

有村氏は馬鹿に機嫌が良かった。

「すこし蒸すね」と有村氏が回転窓を開けた時、隣室からノックが聞えた。不精《ぶしょう》な舞木の癖である。私が行ってやろうと立上ると、有村氏は「僕が診《み》てやろう……」と出て行ったが直ぐ戻って来て、洗面台でシャーッとコップに水を注いでまた隣室へ行った。私が五線紙のノートを覗きながら、隣室で笑い声がするのを聞いて、大したことないなと思った時「診るほどのこともない、売薬を飲んで寝ちゃったよ」と有村氏が戻って来た。

二人は十分ほど、秋の音楽会の相談をした後、有村氏の提案で、お茶を飲みに表に出た。月が出始めて幾分蒸し暑さは凌《しの》ぎよくなった。

一丁ほど話しながら歩いて煙草屋の角を曲った時、有村氏はステッキを置き忘れたのを思い出し、それをとりに引返えした。私は煙草を点けてブラブラ戻り煙草屋の角を外れて待っていると、一旦門を這入った有村氏が出て来て、どうしたのか手招きをしている。私が足早やに近附くと待受けた有村氏は、門を入った処で十号室の前を指さした。月の光に回転窓が外れて腰破目《こしはめ》に光っている。二人が近附いてよく見ると竪軸《たてじく》の回転窓が、下側の軸受がそっくり外されて、腰破目に立てかけてあり、一番右側の窓が暗い洞窟のように口を開けているのは良いとして、覗き込んだ二人は期せずして「あッ！」と愕きの声を挙げた。

ベッドから不自然に俯伏《うつぶ》せに半身乗り出した舞木のパジャマが、月光に白々と見えたのである。

窓枠が高いので「ドアへ廻りましょう！」と私は建物の端《はじ》の非常口から扉《ドア》の前に駈けつけたが、さっきまで開いていた扉は内側から鍵がかかっている。後から蹤《つ》いて来ると思った有村氏が来ないのを不審に思いながら、直ぐ庭へ引返えした時、有村氏は窓下に植木鉢の足場を置いて窓から這入りかけていた。

電燈を点けてみると、舞木は半身をベッドの外に出し頭を殆ど床すれすれまで垂らしていたが、その頸には、普段彼が愛用していた室内運動用の小型の紐付唖鈴《あれい》の紐が、捲きついて深く喰込んでいた。

有村氏は手早く舞木を抱き起こしたが、一目で彼が死んでいることが判った。

室内を見廻すと、デスクの抽出《ひきだし》が全部開いて、内容がデスクの上にも床にも散乱している。二人は驚愕と困惑に暫く口が利けなかった。

「……強盗かな？」有村氏が嗄《しわが》れ声で云った。

「すると、まだ遠くへは行きませんね、あれから十五分と経っていないから……追駈けてみましょうか……」と、私が窓の方に進んだ時、パッと灯《あかり》に照らされて覗き込んだ男がある。

「……何かありましたか？」という声に、私は不審の気持よりも、何かその男が知っていはせぬかという感じが先に来た。

「ああ君、ここから出て行った者を知りませんか？」

「やはりそうですか」とその男は極く自然に窓からポンと室内に躍《と》び込むと、両手をパタパタはたいて塵を落しながら「今、そこで変な奴に遭ったのでもしやと思って、この辺を訊ね廻ったんですが……」と屍体を見て、

「殺されたんですね？」

「逃がしたんですか？」

「逃がしました」彼は苦笑して「私が踏み切の方からブラブラ来ると、そこの深い溝の中を小さな風呂敷を小脇にかかえて小踞《こかが》みに歩いて来る奴があるんです。変だな！　と感じたのが私の挙動に表われたとみえて、その男は脱兎《だっと》の如く溝の中を駈け出しました。それにつられて無意識に私も追駈けたんですが、四つ辻の溝のドン詰りの処で向きを変えて何か妙な身構えをしたので、オヤッと思って立停った瞬間、パシッと妙な音がしました。そして私のひるむ隙に路上に飛び上ると踏み切目掛けて逃げ出し、恰度入れ替え中の長い貨物列車の進行する頭へ逃げ込んだので、私も諦らめたのですが……惜しいことしました」

彼から得たところは小柄な男とだけで、有村氏も私もがっかりした。

やがて警察へ電話で連絡がとれると、関係者はアパートから出るな、直ぐW署から人を出すということになった。

2　靴跡

W署の曾我司法主任は部屋に這入るなり、被害者には一瞥《いちべつ》を呉れたきりで、私一人を残し有村氏ともう一人の男を別室に退《さが》らせた。そして私から手早く情況を訊きとると、パッパッと必要な指令を部下に与えてからストンと椅子に腰をおろした。

「君、この部屋から失《な》くなったものは無いかね？」

「今気が付いたのですが、時計が見えません。いつも寝る時は枕の横に置いてある、タバンの太鼓型の腕時計です……」

「時計？」と司法主任はちょっと考えた末、一人の私服に「高木君！　念のためいつもの通りのことを、三人ほど連れてやってもらおうか。そうだな、屋敷内と道路沿いにアパートの周囲百米《メートル》ぐらい……」と命じておいて私を振向いた。「失礼ですが、手続き上躯《からだ》を改めさせてもらいます」

勿論、彼の気に入るような品があるはずはなかった。

司法主任は被害者をチラッと見て、

「最近、この男に関して何か問題は……？」

「……別に取り立てて申し上げることはありません」

「職業と、君との関係はどうですか？」

「W文化聯盟の書記長をやっています。作家で一昨年こちらへ疎開して来たのですが、聯盟の仕事を始めたのはこの春です。会長の有村さんが体が弱いので、最近は全般を任されていましたが、なかなか練達家《やりて》でメンバーも殖《ふ》え各部門《サークル》も充実してきました。細君を戦災で失くし独身です……」

その時一人の警官が這入って来て、卓子《テーブル》の上に妙な物を置いた。電球の毀《こわ》れた口金である。別室でも身体検査をやられたのだ。

「誰の？」曾我司法主任が訊いた。

「……小檜山検事の家に滞在しているらしい笹井という、賊を逃がした男です」

さっきの男が這入って来た。

「これ、何ですか？」と司法主任。

「写真用閃光電球の口金らしいです……あの逃げた男は私が早合点《はやがてん》したようにピストルを身構えたのじゃなく、こいつを溝の中に叩き付けたのです」

「すると、そいつは写真機を持っていたかもしれん……」

「風呂敷包みがそうかもしれません。だから写真を撮った可能性もあります」彼は答えた。

部屋の中がちょっとシンとした時、ベッドの脇の床を調べていた一人が背蹈《しゃが》んだまま「曾我主任！」と呼んだ。並んで蹈み込んだ司法主任の背後から覗き込んだ私の眼を射たのは、土の色も新しい婦人靴の跡であった。

扉《ドア》が開いて、貴公子然とした血色の良い小柄の男が這入って来た。それがW検事局の小檜山検事だった。

「遅くなって済みません」と曾我司法主任に挨拶すると、煙草を点けて司法主任の報告を最後まで黙って聴いていたが、

「大分《だいぶ》、人の出入が多いですね……有村さんを別室に喚《よ》んでおいてもらいましょう」と云って何気ない風で笹井に近附くと、顔を寄せて低く囁いた。

「夕方居ないと思ったら馬鹿に早耳だね……それとも偶然かい？」

「勿論偶然ですよ……善良な市民としての義務を果したまでです。もっともヘマをやりましたがね、フフフフ……些し見学させて下さい」

「どーぞ、この事件についての君の感じはどうです？」

「簡単なように見えるが、さて……？」

「僕もそう思う」

隣りの空き部屋の卓子を検事、司法主任を正面に有村氏、私、ちょっと椅子を退《ひ》いて笹井氏が囲んで、検事の訊取りが始まった。

「有村さん、貴方何か隠しておられますね」座が定まると、小檜山検事は正面から切込んだ。「話して頂けませんか……例えば梶君が扉へ廻わった時、貴方は庭に残っていた、しかもやっと室内に這入りかけていたそうですね……足場を作るだけにしては時間が要《かか》り過ぎますが……」

なるほど、と私は有村氏を窃《ぬす》み視《み》た。人の好い有村氏にこの質問は的を射たらしく、彼は些し落着かない表情をして、

「非常口が開いている事は知りませんし、直ぐ一間《けん》ほど離れて支那焼の大きな植木鉢が伏せてあるのに気が付いたので、それを引摺ったのですが……思いの外重くて手間取ったのです」

「私の想像を云ってみましょうか……貴方はステッキを取りに戻った時、門の傍で誰かに会ったでしょう、そしてその人物に頼まれて逃がすために、一時庭樹の蔭に隠しておき、梶君が扉へ廻わった隙に逃がしてやった

……」

「何故《なぜ》そんな必要がありますか？」

「必要か否《どう》かの問題じゃありません。舞木のベッドから落ちた新刊書の帯カバーに婦人靴の半カケが印されています。殺害の時かその後に婦人の訪客があったはずです……とにかく女の方を庇《かば》っていますね。仰有《おつしや》らなければ、勿論私の方はこれくらいの事を突き留めるのに手暇は要りませんけれど、それでは……」貴方のお名に拘《かかわ》りましょうという意味にとれた。

有村氏は暫く黙っていたが折れた。

「文化聯盟《れんめい》の安斎夫人です……しかし彼女は決して犯人ではありません」

「勿論ですとも、だがよく仰有ってくれました」検事は軽く頭を下げた。

私はその時妙な顔をしたかも知れない。意外だという感じに、そうかという気持がかぶさったからだ。安斎若菜子は女学校時代から土地の短歌雑誌「うつぎ」に頭角を顕わし、才媛の名が高かったが、数年前二十も年上のローカルコンツェルンの主宰者安斎豹之助に嫁して、心ある者を愕かせた。文化聯盟の費用もその方から出ていることは勿論で、婦人サークルの指導者であった。所謂想像される才媛型とは違っていて、どっちかと云うと、子供っぽい気紛《フィムジカル》れな処のある女性だったが、そこが知り合った舞木哲二と肝胆《かんたん》相照す仲となり、彼が聯盟に参加したのも彼女の推薦に依ると聞いていた。二人の関係は好事《こうず》に迎合する黄色新聞《スキャンダルシート》「Ｗタイムス」の片隅に採上げられたほどだったし、一時は飲料《スピリット》を携えて来た彼女が、お相伴《しょうばん》に私を隣室に招じた記憶も二、三度あったのである。舞木に始めて私が紹介されたのはこの四月で、五尺六寸という上背丈《うわぜい》と眼の烱々《けいけい》とした浅黒い荒削りの相貌は、気の弱い私を圧倒するに充分だったが、交際《つきあ》ってみると案外芸術家風の衒気《てらい》もなく、却って俗人にも見られない妙な気の細かさが気になるほどだった。そこがどっちかと云えば人の好い安斎女史を惹きつけたのかもしれない。仕事は非常に積極的で、対外的交渉や宣伝は手に入《い》ったもの、過渡期の組織には今や無くてはならぬ人物になっていたのだが、それが一部には行き過ぎだとの評判も起りかけていたのである。安斎若菜子について事件が発展した今、ふと私が気が付いたのは、最近妙に二人が遠々しくなった事である。昔は三日をあげず訪れた彼女の姿をこの二ケ月ほど一度も見かけない。何かあるな、という気持を私は制し切れなかった。

「安斎夫人の様子はどんなでしたか？」検事の声に私は思索から現実に還った。

「私が門を曲ると、庭から小走りに出て来た安斎夫人にパッタリ出喰わしたのです。狼狽した安斎さんの様子を不審に思って――どうしました？　――と訊くと、ゼイゼイ肩で息をしながら――先生！　――と私の胸に崩れ掛って――舞木さんが死んで……――愕いて問い糾《ただ》しますと、早口で、舞木から使いが今晩七時に是非来てくれという手紙を持って来たのだが、都合が悪くて四十分ほど遅れて非常口から這入ると扉《ドア》が内部から締まっていた。叩いても返辞が無く、庭へ廻わると様子が可訝《おか》しいので、植木鉢を足場に室内に這入ったところあの始末だった、と云うのです。……私は予《か》ねて二人の関係は面白く思っていなかったのですが、最近安斎夫人が気が付いたらしく良い塩梅《あんばい》と思っていた矢先き、咄嗟に夫人を逃がす気になり、あんなことを為《し》たのです……」

有村氏は自分の軽卒を悔いるように眼を伏せた。時々爪を噛みながら黙って座っていた曾我司法主任は、いよいよ行動に移る積りか、検事に目顔で会釈すると颪を捲いて部屋を出て行った。

3　月夜の挿話

ここで舞木の部屋の模様を説明しておく必要があるように思う。

楡荘はW市の鉄道線路近くのポツンと焼残った島の端《はじ》にあって、高さ三尺ほどの市松積みの大谷石《おおやいし》の垣に囲まれた、木造建黄色モルタル仕上のちょっと趣きのある二階建だった。逆鍵型の長い方の翼《ウイング》が南向きの正門に面し、部屋の配列が片側なのが吾々には有難かった。部屋数は階上階下《うえした》各十室で、その階下の翼端十号室が舞木、隣りの九号が私の部屋、その隣りは空き室である。十畳の洋式で、南側の一間の出窓には、竪軸の細長い回転窓が四つ嵌まっていて、舞木の死のベッドは私の部屋との境の壁に接しているのは御承知の通りだが、変っているのは九、十号室共有の幅三尺の細長い前廊で、その九号室に近い隅に洗面台が備えてあるのはなかなか便利だった。

今述べた集会《セアンス》が開かれている間に、司法主任の部下が現場で蒐集《しゅうしゅう》した手掛りを纏《まと》めると次のようになる。

一、舞木哲二は、二個の小型木製唖鈴を絡《つな》ぐ強靱《きょうじん》なゴム編み紐で絞殺された。
二、扉は内側から鍵束ごと鍵がかかっていた。
三、左端の竪軸回転窓は、下部の軸の座板の木螺子《もくねじ》を抜いて、外してあった。
四、室内の机は荒らされ、舞木の腕時計が紛失していた。
五、ベッドの脇に女の靴跡があり、三尺の押入れに煙草の灰が些し落ちていて、最近、人の居た形跡があった。
六、現場を中心とする百米半径地帯内捜索は成果なし。
以上の事実から次の捜査方針が樹《た》てられた。

状況　有村が薬を飲む水を舞木に与えて隣室に戻った七時三十分から、有村、梶の二人が窓から覗き込んだ七時四十五分までの十五分間に舞木は絞殺された。その間の判っている侵入者は、少なくも閃光電球一個を持った謎の小柄の男と安斎若菜子の二人で、入口は南側の回転窓である。

方針　（イ）安斎夫人の行動の調査。（ロ）謎の男の逃走経路の捜査。（ハ）閃光電球の出所の捜査。

検事と司法主任の検証の後、屍体が運び出され、密閉した隣室で一時間に及ぶ討議が済んだと見えて、煙草を啣《くわ》えた小檜山検事が扉から笹井氏に声をかけた。

「署まで自動車で一緒に行かんかね？」

「いや、独りで帰ります……些し梶さんや有村さんに訊くことがあるから」と笹井氏は謝絶した。

「商売気を出し始めたね……まあいい、だが調べ落したことがあったらきっと連絡を願いますよ」検事はそう云い捨てて出たが、隣室から残された警官の欠伸《あくび》が聞え、やがて自動車のエンジンが遠ざかると、潮の退いたように静かになった。

「弱ったことになった……」有村氏がポツンと溜息を混ぜて云った時、私は騒ぎに取紛《とりまぎ》れて忘れていた事を憶い出してドキッとした。あの未完成の鎮魂曲《レクイエム》が思いがけない友の死の前兆だったろうか？

「どうしました？」笹井氏が微笑して私を見た。返辞に口ごもっていると、

「ああ、あれかね……つまらない事を気にしちゃ不可《いけ》ないな」有村氏が、しかし暗い顔付きで引取った。「梶君が、恰度……じゃない偶然《たまたま》鎮魂曲を作曲中だったのです……」

笹井氏は暫く有村氏の顔を見返えしていたが「……そうですか、お察しします」と云った。

「貴方はお住いは？」有村氏は気分を変えるように、自分は喫まない煙草を出して二人に勧めながら笹井氏に

訊いた。

「小檜山さんの宅に四、五日厄介になっています……知り合いでしてね」

「ホウそうですか」

笹井氏は別に事件のことを話すでもなく、闇市の話だの病気の話だの次から次へと饒舌は果てしがない。さすがの有村氏も痺《しび》れを切らして、時計を見ながら立上った。笹井氏もそれを機会《しお》に「さあ、私もお暇《いとま》しましょう」と立上った。

二人が出た後、部屋を片附けて煙草の煙を排《だ》すために窓を開けると、中天に昇った月が目の前の道路を真白ろに照らしている。と、その皎々《こうこう》たる人気《ひとけ》の無い明るさの中に、庭樹の間から私は愉快なものを発見して、その瞬間今までの重苦しさが一時は遠退くのを感じた。

路傍に向って、大きい影と小さい影――今出て行った二人は仲良く悠々と用をたしていたのである。大きい影が構えを解くと、小さい影笹井氏は呆れたことに、犬のように一本の街路燈の根本を標的としていつまでも立ちはだかっていた。

4　生きている前兆

翌日の午後、聯盟の善後策に半日をつぶして、アパートに帰って来た私が髭を剃《あた》っていると、ガチャッと乱暴に扉を排して飛び込んで来たのが、私が一番気に入らない種類の人物だった。

「梶さん！　ゆうべはえらいことやったってなあ……」

週間黄色紙《ローカルウイークリイ》「Wタイムス」の探訪野々宮竜である。うるさい奴が来たと思ったが、さり気なく「何だい今頃？」と訊くと、野々宮は卓子に腰を掛け特徴のある大頭を傾けて煙草に火を点けながら、

「君に、事件の発展を報告したろおもてな……」

「そりゃ御親切様だな」

「曾我の父爺《おやじ》に喰い下って一通りのメドは付けたよ……聯盟へ行ったら、こっちへ帰った聞いたから」と私の顔色を窺って「……安斎女史がやったらしいぞ！」

「え？」私は洗っていたジレットをカチャンと洗面台に取り落した。

「それ見い、こいつには誰かてちょっと愕くよ。最近、女史は舞木からえらく絞られてたそうやな、君知ってる

か？　或る点では丸っきりお人好しの女史のことや、舞木の凄腕にかかったら一溜《ひとたま》りも無いよ。今建てかかっているキャバレ・オリオンは舞木の出資やで……女史かて金の成る木やあるまいし、そうそうは続かんやろ。そこで舞木は本性を現わして安斎豹之助をいたぶりにかかったのさ……」

私は野々宮の露悪的な表現を黙って反撥しながらも、内心はその事実を肯定せざるを得なかった。

「それから、女にあのゴツい舞木を絞殺出来るかという点なあ……曾我の口振では、舞木は風邪をひいて咳嗽《せき》が出るんで、背中にエキホスの湿布を当てとったそうや――済まんけどちょっと湿布とりかえてんか――よっしゃ――という訳で背中を向けたところを、あの伸びの良い摩擦の尠《すく》ないゴム紐で絞めた……些し無理な感じがせいでもないが、でけんことでも無さそうやないか。解禁になったら、こいつどうアレンヂしてやろかおもてんね……」私は彼の傍若無人《ぼうじゃくぶじん》な大阪弁を聞きながら、黙ってジレットの水を切っていた。そういえば有村氏の彼女を庇い過ぎた行動も辻褄《つじつま》が合うのである。

「最初に逃げだした男の方はどうなったか判らんかね？」私は訊いた。

「ハハハハハ、最初の嫌疑者が儂や……」

「ふざけるな！」

「まあ聴け、あの四ボルトの閃光電球はT通りの吉村材料店で、最近二十個売った。ところが買ったのが小社《うち》とW新報だけや、早速ゆうべ喚び出されたが、儂はあの時刻に安斎豹之助に会っていたし、写真やれる他の三人もアリバイがあるんじゃ。曾我は電球《たま》の数合わせやろかと云い出したが、小檜山さんが反対してペケや……そうやろ、閃光電球売ってるのWだけやない、MにもTにもあるから犯人がやる気ならナンボでも手打てるもんなあ……おい、何や落ちたぞ」

私がジレットを拭くために、ポケットからハンケチを出した時、一枚の紙片が床に落ちた。私は紙屑籠に捨てようとしたが、ふと気が付いて紙片を見ると、彼に渡した。

「舞木さんの絶筆だよ」

「どれ――五郎よ、八時に起こしてくれ――か……」野々宮は紙片を凝《じ》っと見ていたが、妙なことを云い出した。「これ、貰っとくで……怪物《モンスター》舞木哲二の記念になあ……さあ帰えろ、また来るで……」

野々宮は来た時と同様、パターンと扉を荒っぽく閉めて出て行ったのである。

翌々朝、地方新聞を読むため玄関脇の応接間に行って、何気なくW新報をとり上げた私は危うく啣えたパイプを床に落すところだった。

そこには中央に三段抜きの「Wタイムス記者殺さる」という見出しで、つい二日前私の部屋を襲った野々宮竜の死を、詳しく報じていたのである。

鎮魂曲の影響は未だ生きていた。

5 侵入者

野々宮竜は、M線が東北線から百六十米半径でカーヴし直角に立直った辺りの溝の中に水に半分漬かって俯伏しているのを、早朝出勤する鉄道職員が発見した。右耳の上部を強打されて、右頭蓋がくしゃくしゃになっていた。現場検証の結果、二米と離れない叢《くさむら》に、木造工場の焼残りの横梁締付け用ボルト長さ五〇〇　粍《ミリメートル》　ほどのが落ちていて、それが兇器だと確認された。野々宮は線路を越した部落に住んでいたので、夜晩《おそ》く街からの帰途何者かに蹤《つ》けられ撲殺されたらしい。勿論、派手な洋服を残して所持品は全部靴まで奪《と》られていたが、夜は盛り場を歩き廻る男だったから、そこで加害者から持物に目を付けられたという当局の見込である。

その表面の磊落《らいらく》さが、陰険なゆすり恐喝をなりわいとする彼の本性のカムフラージだったことを知っているだけに、あまりにも呆気《あっけ》ない感じで、それは菜園に蔓《はびこ》る醜《しこ》草《くさ》が強いという生物学上の法則に反する最期だった。しかし彼の死により心理的負担から解放された人が幾人《いくたり》あるだろう、と私は思ったのである。

私のかりそめの小鎮魂曲はこうして、僅か三日間の内に、原因はともかく、私の周囲の人間を二人までもあの世に奪い去った。結果のためのものが原因であるべきはずはないのだが、ものの暗合に対する宿命的な聯想は私を限りない憂鬱に陥《おとしい》れた。

学校の帰りに聯盟の事務所に寄ってみると有村さんがポツンとデスクを前に座っていた。この四、五日の苦悩が病弱の軀にこたえたらしく、顔色がとても悪い。私は鞄を置くと、早速気に懸っていたことを訊いた。

「安斎さんの方はどんな風でしょう?」

「ああ、それがね」と彼は時計の鎖を弄《いじ》りながらちょっと明るい顔付になって「良い方に風向きが変ってきた。君に知らせようと思って待っていたんだよ」

「ほーう」と私は椅子を寄せた。

「小檜山検事が調べて行くと、あの日安斎夫人に来た舞木君の手紙が偽手紙なのだ。しかもそれを書いたのが、君……夫の安斎豹之助自身だったのさ……」

　私は愕きに返辞が出なかった。

「安斎氏は最近夫人の意嚮《いこう》に反し彼女を離別する決心を定《き》めたらしい。あの夫に対しては勝気の夫人が、黙って離別されるはずの無いことは充分知っていたので、安斎氏は荒療治を思い付いた。つまり夫人と舞木の退っぴきならぬ現場を写真に撮って、離婚訴訟を提起する計画を樹てたと云うんだ……この間僕が舞木君を見舞っている時、押入に隠れていたのは、その写真屋だったのさ」

「フーム」私は思わず唸った。

「未だ愕くのは早いよ。その写真屋が誰だと思う、毒を以て毒を制すで……」

　予感というものは事物の因果を超越している。「……まさか？」私はその時頭に閃いた男の名を、既に相手と暗黙の内に同意したように音に出さなかった。

「そうさ、野々宮だよ！」

「それで判った、何故あいつが来たか。おとついの昼頃私を追い駈けて楡荘に来たんです。そして何のかのと喋り散らした挙句、扉《ドア》に貼った入室保留の紙を回収して行ったんです……」

「え？」有村氏の眼が妙に光った。私が簡単に説明するのを聴いていた彼は「そりゃ重大な状況証拠だよ……悪賢い奴だ、しかしそんな事無駄だったね。今度は自分が誰とも知らぬ奴に殺されちゃったから……」

　会話がちょっと杜切《とぎ》れたが、やがて有村氏は話を続けた。

「小檜山検事の話に僕の想像を混ぜると……野々宮は安斎氏に頼まれて、舞木君が睡っている隙に表から忍び込み、押入に隠れて夫人の来るのを待っている内、眼を醒ました舞木君が侵入者に気が付き、二人は面と向い合った……君も気が付いてるだろうが、舞木君の最近の精神状態は妙にアンバランスだったよ。僕は古いヂフリスの影響だと思うが、相手が昵懇《じっこん》の仲でも受身になった野々宮の桁外れの毒舌は、舞木君を相当刺戟したと思う。そこで争闘となった。上背《うわぜい》丈はあっても病気中の寝起きのことだ。喰い下った野々宮に在りあう唖鈴の紐で絞められた。野々宮は窃盗の所為と見せかけるため、室内を荒らしついでにタバンの時計を失敬して逃げ出したんだね……」

「回転窓はいつ外したでしょう？」

「どうせ写真は相手に知られずに撮るわけに行かんから、隠れ場から出たら素早く仕事を済ませ、相手が呆然としている虚を衝いて飛び出せるように、軸の座だけ予め外しておいたんだろう」

「扉に鍵をかけたのは、すると舞木さんですね？」

「そうだ。野々宮が居たと知ると直ぐ鍵をかけたんだが、回転窓は恐らく気が付かなかったろう。野々宮の作戦は図に当った。あいつは目から鼻に抜けるような男だね。しかし嫌やな奴だった」

有村氏は、安斎夫人の嫌疑が晴れたので、先日来顔にあった焦躁の色が幾分消えていた。私は、野々宮の誰彼の差別なく金になると見れば、身の危険を冒しても喰い下って行く徹底した悪人振りと、自分もまた行きずりの男に殺された運命の皮肉を考えていた。

「あの笹井という男には、その後会わないかね？」有村氏が私の黙想を破った。「あの落着いた一風変った男はどうしたろう？」

「全然見かけません」私はその時、彼と有村氏の月夜の悪行《あくぎょう》を思い出して、ちょっと可笑《おか》しくなった。「フフ……先達《せんだつ》て月が良いもんで、あの窓から貴方がたの悪事が丸見えでしたよ……」

私の不躾《ぶしつけ》な話題は謹厳な有村氏の気分を損じたらしい。

「うん、あれか……」と彼は云ったきり黙ってしまったので、そんなに彼の機嫌を損ねるとは夢にも思わなかった私は、ちょっと、眼のやり場に困った。

「いや、些し気分が悪くてね」有村氏は私の気まずげ《オークワード》な立場に気がついたように「この頃僕の持病が昂進しているのが判った。一昨日友人のK博士に診てもらったが、長くないよ」と淋し気に云った。私は有村氏の悪性の肺患が再発したのを、三週間ほど前に聞いていたので、心が痛むと同時に、若気からの軽々しい自分の発言を済まなく思ったのである。

6　枕の疵《きず》

私の小鎮魂曲《レクイエム》が、とうとう、三人目のそして最も敬愛する人への手向《たむ》けとなってしまった今、私は自分の気持をどう表現してよいか判らない。

十月十八日、敬愛する医学博士有村卓雄は、結核終期に爆発的な乾酪性肺炎を併発して急逝した。

有村邸から、今にも降りだしそうに雨雲の低く垂れた宵の町を、ヒューヒューと耳元に鳴る風に吹かれて楡荘に帰って来た私に、思わぬ客が待っていた。

小檜山検事と笹井氏である。

「先達ては失礼しました。有村さんが歿くなられて文化聯盟《れんめい》の方も痛手でしょう……」と小檜山検事はいたわるように口を切ったが、口調を変えて「実は些し考えるところがあって、今日は笹井君と二人で伺ったんですが……」

「どんな御用でしょうか?」私は検事の意図を測りかねて訊いた。

笹井氏は黙って煙草を卓子の端で叩いて、喫い口の方を固めていた。

「野々宮の殺害犯人が、あらゆる手を尽してみても、当初の見込み通り出て来ないのです。それで、もう一度貴方から参考になることを訊きたいと思います……」検事はそこで話を切って、笹井氏に「じゃ君から……」と促した。笹井氏は灰皿に腕を伸ばして煙草の灰を落しながら、

「大分《だいぶ》話が戻りますが」とちょっと天井を見て、「あの晩有村さんが置き忘れたステッキを思い出したのはどの辺ですか?」

「そうですね……二人が大通りへ出る角の煙草屋を右に曲って直ぐでした」

「貴方は有村さんを追って、ブラブラ引き返したそうですが、その時有村さんと並んで戻りましたか?」

「いや、私は煙草を点けましたから、十間ほど遅れてあの角を曲ったと思いますが……」

「と仰有ると、あの煙草屋の角を別々に、有村さんが先、貴方が後で曲った訳ですね?」

私は妙な質問にまごついて、黙って頷いた。笹井氏は私の気持など忖度《そんたく》せず、再《ま》た私をまごつかせる体《てい》の質問をした。

「舞木さんの枕は未だ隣りにあるでしょうか? ……あったらちょっと見せて頂きたいんですがね」

「あ、ありましょう……」

私は事務所から鍵を借りて来て、無人のひっそりした隣室から、そのあまり気持のよくない品物を持って来た。笹井氏は、カバーをかけた緑地に石竹色の花模様のあるパンヤ入りの枕を受取ると、グルグル引くり返えして調べたが、その一部分を黙って検事に示した。

私がその禅問答みたいな遣り口に堪まりかねて「一体その枕がどうしたんです?」と尋ねた時、笹井氏は左手で膨らんだポケットから、何かズルズル抽き出した。

それは細い鋼線の一端に結んだ、写真フィルムを吊るして乾かすクリップだった。

彼はそれを枕の一部分に当てて私に見せた。枕の生地《きじ》に小さな裂け目が二つあって、その裂け目とクリップの二本の刺の間隔が、全く一致していたのである。三人共、判っている者も判らない者も、暫く無言だった。やがて

検事は沈痛な顔付で笹井氏に云った。

「笹井君、きみの考えが当っていたかもしれん――、メカニズムの問題がうまく行けばねえ。やって見ようじゃないか……」

「そうですね」笹井氏は私の方を向いて微笑した。「どうもお騒がせしたようですが、もう些し勘弁して下さい……隣室をお借りしますよ」

「どうぞ」と私は二人の真剣な様子に圧倒されて他に言葉が出なかった。

隣室の電燈を点けると、笹井氏はベッドぎわの私の部屋との境の壁を見上げ見下ろしていたが、書架から部厚の本を五、六冊抜いて来て、ベッドの枕元の壁寄に積み重ねた。そしてその上に枕を載せて、その一部分を今のクリップの交叉した刺のある舌で挟むと、検事に目顔で合図をした。検事が持って来た風呂敷を開けた時、私は思わず低く「あッ」と叫んだ。

それは舞木の頸を絞めた紐付きの二個の木製小型唖鈴だった。

笹井氏はベッドに乗って、長押《なげし》の陶器製のかなり大きいフックに唖鈴の紐をグルグル縛り、垂れ下がった一個の唖鈴を静かに回転して紐に撚《よ》りを与えると、唖鈴をそっと枕の上に寝せた。そして息を詰めて見守る二人を振返って、ちょっと会釈すると、徐々にクリップに結び付けた鋼線をベッドの手摺の間を通して回転窓の方向に引張った。

枕が引張られて唖鈴と本の間から抜けた瞬間、枕の僅かの摩擦で捩《よじ》れの潜在勢力《エネルギー》を保っていた唖鈴は、摩擦からレリーズされて紐の撚りが戻り始めたかと思うと、その瘤が交互に壁を叩き、室内の静寂を破ってノックの音がコンコンコンコンと響き渡ったのである。

7　解決

「……酒を飲んで気が軽くなっていたにもせよ、梶さんを呼んだ隣室のノックに、一番遠い場所に立っていた有村氏が飛び出して行ったのに、まず不自然な気がしたのですよ……」

梶の部屋に戻って座が定《き》まると、笹井は煙草の煙を四十五度に射出しながら云った。「その遠い場所に理由があり、また酩酊していたのも理由がありそうだ、とこれは些し投機気《やまけ》が多いかもしれませんが、私の第六感でした。そして回転窓を有村氏が開けたのと、ノックが同時だったというのに力を得て、そっとこの部屋の一番右の回転窓を調べると、窓の外側の下部に木螺子を嵌めたらしい新しい孔がありました。隣室の左側の回転窓を通り壁までは相当の距離があることを考えると、ある嵩《バルク》のメカニズムが要るのです。ところが曾我司法主任の捨石戦法の身体検査で、有村氏から何も出て来ず、附近の捜索も無駄だったのは、犯人が有村氏とすれば、彼が梶さんと連れ立ってお茶を飲みに出て、忘れたステッキをとりに引返えす間に、そのメカニズムをどこか人の気の付かない処に隠したと考えられたので、わざと私は有村氏と同伴してアパートを出ました。

するとと有村氏は煙草屋の手前の電柱の横まで来ると――どうぞお先きにと用をたし始めたのです。先に行けば有村氏に或る距離《リーチ》を与え、嫌やでも私は煙草屋の角を曲って彼に機会を与えることになります……よしッそれならと手近かな処で目の前の電柱に向って、私は逆戦法に出たのです……ところが、そこで私は天佑《てんゆう》に恵まれました。私の標的である電柱の鋳物の柱脚に、四寸に八寸ぐらいの蓋付きの電線手入孔があるじゃありませんか……私は生理的要求の永からんことを祈りつつ、要求に服していると、有村氏はそこまでは気が付くまいと、煙草屋の角を曲りました。私は直ぐ――尾籠《びろう》な話ですが――濡れた蓋を開けると、このクリップ付鋼索が出て来たんです……さっき貴方から聞いて判ったのですが、知らずして、有村氏が梶さんを胡魔《ごま》かして品物を隠した戦法の逆が功を奏した訳ですよ、ハハハハ……」

あの月夜の挿話《エピソード》の意味はこれだった。私は折をわきまえず、もう些しで噴き出しそうになるのをやっと堪《こら》えた。

「これで、回転窓を開ける行為が木螺子で留めた鋼索を引張り、枕を外すことが判りました。そしてその末端は今の実験の通りです。……そこであの晩の隣室の多彩な動きはどうだったかと云うと、夕方未だ明るい内でしょう、野々宮は安斎氏の依頼で写真機を用意して開けっ放しの非常口から入り、舞木氏の睡っている隙に押入に隠れ、安斎夫人を待っていました。次にやって来たのは有村氏です。計画通り――ちょっと診てあげよう――とでも云って舞木氏の背中を聴診中、イキナリ啞鈴の紐で絞殺した後、ノック装置を仕掛け回転窓を外した上、室内を荒らしました。それから例の――五郎よ云々――の貼紙は貴方が扉《ドア》を開けると困るので、有村氏が癖のある被害者の手《て》蹟を真似《まね》て書いたものですよ……」

「でも、野々宮があれをわざわざ回収して行ったんだから……」私が口を挿んだ。

「わざわざじゃないです。あれには理由がありますが、そいつは後廻わしとして、……一方愕いたのは野々宮です。しかし彼もさる者、咄嗟に有村氏の意図を悟って、これを黄白《こうはく》の種にすることを思いついたのです。そこで彼は何をやったでしょう?」こう云って笹井氏は消えた煙草に火を点けた。

あまりにも明快な彼の洞察力に、私は返辞が吃《ども》った。

「さ、さっきの啞鈴ですか?」

笹井氏は頷いて、

「いつやって来るかもしれぬ安斎夫人に備えて、扉の内側から鍵をかけると、彼は手早く啞鈴の撮影を済ませて、回転窓から逃げだしたものでしょう……それからさっき貴方から御質問のあった、野々宮の貼り紙回収は偶然で、これも写真と同じ含みを持っているのでしょうが、同様に証拠というものがありません……」

笹井氏はこう云って検事の方を向いた。

「どうです、野々宮記者の殺害は、これで何か連絡がつかんでしょうか?」

「連絡大ありと思うね……しかし証拠が何もない」検事は顎をひいて上目使いに笹井氏を見かえした。

「全くです。死人は語らずですからなあ……」と煙草の煙が中空に漂うのを笹井氏は凝っと見詰めた。

有村氏がノックの音で隣室へ行かねばならぬ理由が、始めて判った。彼はコップの水を運んでから、大急ぎで啞鈴を帽子掛から外して舞木の頸に元通り捲付け、窓の外から這い込んでいる鋼線をポケットに納めると、何喰わぬ顔で戻って来たのだ。

あの笑い声のカムフラージ、時間を短縮する懸命の努力、私はその時の隣室の切迫した場景《シーン》を頭に浮かべて、何か背筋がスーッと寒くなるのを感じた。その時検事は何か思いついた風で、

「笹井君、きみの推理は見事だが一つ説明を落している点がある。それは舞木の腕時計だ……僕は野々宮が持出したと解釈していたが有村氏が犯人とすると、街燈の中にクリップ付鋼索と一緒に隠されていて良いはずじゃないか……あれが失くなっていればこそ、嫌疑が外来者に向けられるんだからね」

私もその事を思いついたので、吾が意を得たという気持で笹井氏を見守った。

「……痛いとこを衝かれましたな」彼はちょっと苦笑して「腕時計をいつどうして有村氏が持出したかってことは、私もあれこれと色々考えてみたんですよ……最初は植木鉢の水抜孔から滑り込ませて一時的に隠した、と考えたんですが、勿論あそこには無い。大体、一時的にアパート内に隠したのでないことは、有村氏が後でその隠し場所から取戻しにここへ来た形跡のないことで判り

ます。もう一つは安斎夫人に持出させて処分する方法ですが、真正面に向ってきた嫌疑の中で彼女が隠し通すはずがないからこれも駄目……で、結局私が到達した結論は時計は舞木氏の部屋に隠してあるというのです。鋼線のような嵩《かさ》のあるものこそ持出す必要があり、また捜索なり身体検査に意味があるのであって、時計のような小さなものはどうにでもなりましょう。有村氏は自分の死期を知っていたらしいし、あの人の性質から見ても……」

その時、扉にノックが聞えて女事務員が這入って来た。

「梶さん、お手紙です。有村さんから使いの方が、今持って来ました」

渡された封筒の見憶えのある規定面《きちょうめん》な書体から一目で判る。有村氏からの手紙だ。私は急いで封を切ったとたん、床に舞い落ちた一枚のブローニイ判の印画。白い壁をバックに閃光の黒い影が隈《くま》どる、正しくあの枕の上に吊された囁く啞鈴だった。

写真を囲んだ三人は暫く無言だったが、検事が呟くように言った。

「これで、野々宮の事件も解決したね。写真を有村氏に売りつけての帰途彼に殺されたのだ」

有村氏からの手紙は次のようだった。

親愛なる梶君

若い純真なあなた達と別れて、病魔に斃《たお》れて行くのを残念に思います。しかし次第に萌え初めていた嘘偽《うそいつわり》と悪辱《おじょく》と堕落の芽を摘むことの出来たのは、私としてせめてもの慰めです。こう云えばもう貴君は或ることを悟ったと思います。ただ、何故あんな他人に迷惑の懸るような男らしくない方法を採ったかについて説明しておきたいのです。

医師の身として私は迂闊だった。自分の死がこんなに早く来ようとは思わなかったから、そしてもう些しあなた達の様子を見たかったから、あの愚かしい手段を選んだのです。舞木に事を任せたのは私の致命的な誤謬でした。おかしいなと気が付いた時は既に彼の影響力は動かし難いものとなっていた。Wの、否、善悪美醜の危うい岐路に立つこの国の、心と文化の昂揚に傅《かしず》くべき人が、裏面において、口にするのも忌まわしい数々の悪行に意識して身を委ねている、しかもそのポストを利用してです。私は——許し難い——という他に自分の気持を表わす言葉を持ちません。

野々宮との交渉は、全く私の思いもうけぬところでした。彼の真意を知った時私の得た結論は、彼の存在が社会のバチルスというような生易しい、功利的な見方で律せらるべきでなく、神が造られた人間の本質に対するポジティヴな冒瀆以外の何者でもない、という事実でした。彼はこの論理《ドクトリン》の示すところに従って自らの負債を支払ったのです。

こう書いてきて読み返えすと、私は自分を些し弁護し過ぎたようです。しかし今更この文字を消す気持はありません。

生前の御交誼を謝します。笹井君によろしく。

貴君の小鎮魂曲を、何卒、吾々三人の手向けとして下さい。

昭和二十一年十月十七日

有村卓雄

追信

蛇足と思いますが、舞木君の腕時計は籐椅子《とういす》の靴《シュー》に入れてあります。また、貴君の御納得を得るため、野々宮君の遺作を同封して置きましょう。

蔦の家《いえ》の事件

(1)

先刻から食堂の方で麻雀《マージャン》に夢中になっている男女の声が聞えていた。

このいつもは静かな青山邸には珍しいことだ――家政婦の池田は夜食のトーストを焼きながら、この一週間の変化を憶い出した。

持病の喘息《ぜんそく》で、二階に寝ている主《あるじ》の青山慎太郎の最近の機嫌の悪さは別だったが、半月ほどまえ戦地から次男の二郎が帰還し、三、四日前から長男の肇《はじめ》が見舞いにきて滞在しているので、彼女も青山の一人娘鶴子も無人で淋しかった生活から脱《のが》れられて、気が紛れるのである。

実際、対岸の町から七丁ほど海を隔てた青山の所有である、この小さな島のたった一軒家――町の人は蔦の家と呼んでいる、一面蔦を這わせた洋館に、病人と女二人の生活は、四、五年来馴れた池田でも淋しくてやり切れなかった。だから、父親が昔から気にいっていた二郎の帰還は、彼が無事だったのと別の意味で有難いことだった。それに、会社の梅木という若い幹部が青山の許へ月例の事務報告にきて、いつもの通り泊って行くので……麻雀やろう、となった。

男たちの太い声に交って鶴子のハシャイだ笑い声がよく透る。

ジーン……壁の呼鈴《よびりん》が鳴った。主の慎太郎が呼んでいる。

二階には部屋が四ツあった。階段を上って中廊下の右奥が主人、その向いが二郎の部屋で取りつきの両側は客用だが、二郎とならんだ方は今晩社員の梅木が寝ることになっていた。

主人の部屋に這入ると、

「馬鹿に騒がしいが、なんだ?」

青山は、胸の前に読んでいた本を伏せて、伸びた白髪の頭を起した。頬がこけて疲れは見えるが、戦争中この地方政界の利け者として活躍していたころの精悍《せいかん》さが、鋭い眼にいまだ残っている。

「麻雀ですの……梅木さんが見えて人数が揃ったんで、

夕方からずっと……」

「フム、肇もやっているのか……暢気《のんき》な奴だ」

青山はそういうと、声を落して傍へ寄れと目で合図をした。

「……明日の朝、一番で三橋君がくるはずだから、いつもの通り隣りの部屋へ通しておいてくれ……誰にもいうなよ」

「はい……ベッドを用意致しますか？」

「ウン、夜行でくるから睡いだろう。寝間着を出して、何か軽いものを食わして……」

「はい」

彼は病気が重くなっても、こういう細いところまでいちいち命令した。

池田は、窓から見える海越しの対岸の町の灯を、カーテンでふさいで部屋を出た。

三橋弁護士――色眼鏡をかけた左脚が軽い跛《び》っこの五十男、池田は時々訪れるこの男が実は大嫌いだった。いつか人気の無いとき、彼女に悪どいからかい方をした。鶴子が通りかかって彼が止めなかったら、池田は大声を立てるところだった。青山慎太郎がこんな男をなぜ信用しているのか、真意が判らない……せっかく賑やかになったこの家に、何かいやなことが起らなければよいが。

そのとき、池田は一昨日、鶴子から聞いたことをふと思い出した……青山の部屋で主と長男の肇が激論をしていた、というのである。慎太郎は前から長男の肇のやり口を憤慨していた……三橋弁護士の来訪も、何かそれに関係があるのではないか、と池田は思ったのである。

麻雀で昨夜は遅くなったが、梅木は今朝八時の蒸汽船《ポンポン》で帰るつもりなので早く起きた。

町と近所の島をつなぐ定期船は日に三回出るが、青山慎太郎の昔の威勢の名残りで、その第一便が夏は往きと帰り、朝六時と八時に前日の郵便物をおきに、蔦の家の下の桟橋によることになっていた。

邸の周囲を一まわりしてきたらしく、梅木は煙草をつけに台所を覗いた。

「お早よう。酷い霧だったんですね、今朝は……はい、手紙……」

と桟橋からとってきた郵便物を出した。

「まあ、済みません」

池田は調理台の端に投出された二、三通の手紙をチラッと見て、

「……これ、旦那様のドアから突っ込んどいて下さいな。いつもそうするんですの……」

と一通を梅木に渡した。

やがて二階から、二郎と梅木が話しながら降りてきたので、池田は梅木の食事を大急ぎで食堂に出した。

「お先に失礼しますよ、八時の船で帰りますから」

「どうぞ……おやじに会いましたか?」

二郎が訊いた。

「いや」

梅木は箸を停めて、

「昨日で報告は全部済んでいますから……このまま……」

二郎は、眼鏡をふきふき窓から外のだんだん晴れてゆく霧を眺めていたが、食卓の前の椅子に腰をおろし新聞をとり上げた。

静かな朝である。肇も鶴子もゆうべ遅かったので、まだ寝ているらしかった。梅木は食事をおえて腕時計を見るとまだ時間があるので、煙草のケースを出しかけたが、ガタンと椅子を蹴飛ばして起ちあがった。

二郎が振り向いた。梅木は何かただならぬ表情で、卓子《テーブル》のすみを凝視している。

「あ、血です……」

白い食卓布のすみにポツンと赤い汚点!

新聞を抛って起ちあがった二郎は、梅木に見ならって天井を見上げた。

「あっ!」

先達《せんだつ》ての大地震で白い漆喰《しっくい》が割れてできた細い瑕《きず》が一箇所ふくらんで、そこからまた、ポタッと食卓布に落ちた——見る見る鮮血がにじんで拡がってゆく。

「……親爺《おやじ》の部屋だ!」

二郎を先に二人は食堂をとび出した。狼狽した二人のスリッパの音を不審に思って、台所から首を出した池田家政婦には眼もくれず二郎は二階に駆けあがった。青山の部屋は内側から鍵がかかっていて開かない。

「……お父さん……」

二郎はノックしてどなったが、返辞はなかった。

「君、台所から斧を持ってきて下さい……急いで」

二郎にいわれて梅木は階下へ行ったが、すぐ片手に斧を持って戻ってきた。

ドアがこわされた。二郎は一歩室内に足を踏み入れると、そのまま立ちすくんだ。と、後から覗きこんだ梅木もサッと顔色を変えた。

榎の新緑の照り返しで、部屋中が緑色に見える床に、ベッドから這い出した主の青山慎太郎は膝を曲げてガッパリうつぶせに倒れていた。床の血溜りを跨《また》いで父親の体にかがみ込んだ二郎は、

「駄目だ！」

と呻いた。

窓が開いている。梅木は窓ぎわによると、露台をこえて下の庭と汀《みぎわ》の桟橋を見おろした。しかし、若葉の隙間から見渡す芝生と樹立《こだち》の間には勿論、人影らしいものは何も見えなかったのである。

(2)

先に出てきた梅木が蒼い顔をして、——社長さんは誰かに殺されました……今はご覧にならぬ方が良いです——と早口にいうのを池田はぶるぶる震えながら聞いた。ついてきた鶴子が抱きしめた胸の中で身を揉んで嗚咽《おえつ》するのを感じながら、彼女は大変なことを憶い出した。

青山が予期した通り今朝早く霧の中を訪れて、隣室で睡っている跛っこの三橋弁護士！

池田はやさしく鶴子を離すと、隣室のドアによって把手《とって》をひいた。一眼で十分だった。

小卓の上の空のコーヒー茶碗とトーストの皿。そしてベッドはも抜けのからだ。

二郎が出てきて、池田の説明に勢いこんだ。


「……なに、三橋弁護士がきた？……いつ？」

「今朝です。ゆうべ旦那様から、朝早く見えるからという話で隣りにベッドを用意しておきますと……今朝、六時の定期で見えたのです。お通ししてコーヒーとトーストを差しあげたのが、たった一時間半前です……ところが、いま見ると荷物も何も……」

開いた隣室の扉口から、内部を覗いた二郎は、

「そうか……逃げたな」

と梅木を振り返った。

「何で？」

「うちの『かわせみ』を使ったんだ……ガソリンはいってますからね……」

「ほんのちょっとの間ですね、社長さんが今朝の手紙を読んでるところをやったらしいから……」

「隣りの部屋から露台へ出て、窓をこじ開けたに相違ない……」

二郎は階段を降りながら、池田にど鳴った。

「兄さんに知らせておいてね……僕たちは艇庫を見てくるから」

霧のはれあがった、うららかな六月の朝、樹々の若葉は朝日を黄色くすかして微風にゆれ、さえずる鳥は地上に影を落していたが、二人の眼にも耳にもはいるもので

なかった。

「……刺さっていたのは、確か、台所にあった肉切ナイフですね」

梅木はジグザグに曲った小路を歩きながらいった。二郎はそれにこたえず立ち止って地面を指さした。

「ホラ……梅木さん」

前夜の霧雨に湿った土に印された足跡。

「左側の踵がみな内側に向いている……跛っこです」

二人は水ぎわの艇庫の前まできた。案のじょう、ドアが開いてボートはなくなっている……そしてコンクリートのたたきに歴然とした、ボートを曳きずった跡はまだ泥が濡れていたのである。

「今朝、六時の船できて親爺に会ったに違いない……そして何のためか、あいつが殺《や》ったんだ」

「でも、なぜそんなこと……」

梅木がそう二郎にこたえたとき、二郎は――静かに！――と目顔で梅木を制した。

ピシッ、枯枝を踏む音。艇庫の蔭を誰かがこちらへやってくる――誰だ、今ごろ？――二人はギョッとして顔を見合わせた。そのとき、海の方から軽いエンジンの爆発音が聞えて、八時の復路の一番定期が近づいてきた。これを逃せば、事件を対岸の警察に知らせる機会がのびてしまう――梅木はだんだん接近して今にも姿を現す蒸汽のことが気になって、

「どうしますか？　呼びますか……」

とささやいたが、二郎は艇庫の蔭の人の気配をうかがって、強く首を左右に振った。

艇庫の蔭から、ヒョイと人の後姿が見えた。それは、白いパジャマを着て靴を突っかけた、兄の肇だった。

「兄さん！」

二郎が跳び出した。

ピタッと立ち止ってゆっくり振り向いた肇の顔つきには何か尋常でないものがあった。髪は乱れ、眼の下がふくれた蒼白な顔ははっきりと前夜の不眠を語っている。

「なんだ！」

彼は二人を睨みつけて、頬を微かにけいれんさせた。

「見た？　お父さんが酷いことに……」

「知らん……お父さんがどうしたのだ？」

しかし彼の口調は何か熱がない。二郎の顔を軽い不審の色がよぎった。

二郎が兄にいま起ったことを説明しながら、三人は玄関にはいった。梅木は食後にすいかけていた煙草をポケットから出して二人と離れ台所によった。カンカン起っているコンロから紙片に火を移し、うまそうに喫いつけ

ると、彼は残った紙片を火の中にくすべて階段をあがった。

部屋の中はさっきのままだった。

「……お前は自分の部屋にいて叫び声も何も聞かなかったのか?」

室内の凄惨な様に、しばらく口もきけなかった肇が弟に訊ねた。

「全然、そのはずだよ、殺されたのは僕が起きて階下へおりた間だから……」

「何故?」

「僕が起きて部屋を出たところへ」

と二郎は後からきた梅木に会釈した。

「梅木さんが今朝の手紙を持ってきた……その梅木さんがドアの隙から入れたやつを親爺は開封しているのだ」

彼は入口近くにおいてある電気蓄音器の上から、さっき青山の傍から拾っておいた手紙をとって兄に見せた。

知人からの病気見舞い、消印の日附は前々日である。

「だから僕が起きたときは、隣室に三橋はまだいたのだよ……僕たちが階下へ行くのを見すまして、台所からナイフを持ってきた。そして親爺が手紙を見ているときを襲ったんだろう……」

「とにかく、このままじゃおけませんね。……それにすぐ警察へ知らせなきゃあ……」

と梅木はいって、弱ったという顔つきをした。一番の定期は行ってしまったし、「かわせみ」は三橋弁護士が乗って逃げてしまっていたのである。

「仕方がない。僕が桟橋で通る船を摑えよう……」

二郎は二人の間をすり抜けて部屋を出ようとしたとき、黙って床の上の死体を見つめていた肇が、

「ちょっと待て……」

と弟の肩を抑えた。

「え?」

「その前に君たちに話す事がある……」

「……話す? 何を……?」

先ほどから兄の態度に不審の念を持っていた二郎は、向きを変えて、じっと兄の顔を睨みすえた。

「……兄さん! 貴方なにか隠しているな。さっきから変だと思っていたんだ……」

「ウン、三橋弁護士は逃げ出したのじゃない……まだこの邸にいるよ」

（3）

三人が食堂の扉を開けると、窓ぎわにより添っていた家政婦の池田と鶴子が、ギョッとしたように怯えた顔を向けた。鶴子は目を泣きはらしている。

三人が在りあう椅子にかけると、二郎は――さあ――と促すような眼を兄に向けた。肇は、

「池田さんも鶴子も掛けなさい」

といって強《し》いて落ちつきを取り戻すつもりか、煙草に火をつけた。

「……池田さん、三橋君がきたときの模様を話してみて下さい」

肇がただよう煙草のけむりを眼で追いながらポツンと口を切った。池田はさすがにこの場の切迫した空気を感じて、椅子の上で軀《み》を固くした。

「……ゆうべ、旦那様からお言いつけがあったので、六時の定期の汽笛を聞くとすぐ玄関を開けました。とても、ひどい霧でそれが開けたドアからもうもう吹き込むほどの中を、やがて三橋さんはレーンコートの襟を立て、癖のある歩き方であがってきました。疲れているらしく、そのまま言葉少なに二階へ通って……」

「着てたのは緑色の雨合羽《あまがっぱ》に茶の切鍔《きりつば》のソフトだったろう……」

肇が口をはさんだ。

池田はおどろいて話を停めた。

皆の視線が一せいに肇に集まった。

「兄さん、三橋に会ってるね」

と二郎が眼をキラッと光らせたが、肇はそれにかまわず、

「……で、君はお茶とパンを三橋君のところへ持って行った。その時はどう……？」

「三橋さんはベッドの向うで寝間着に着換えていました。私は卓子に持ってきたものをおくと――有難う――と仰有《おっしゃ》って……」

「壁の方を向いたきりでね……君はなぜか急いでそのまま部屋を出た……」

「まあ……」

池田は眼をみはって、手を軽く頬に当てた――早朝の人目のない折だ、からかわれるのをおそれて、うしろも見ずに部屋を跳び出したのだが、確かに肇のいう通りだった……でも、なぜそんな事まで彼が知っているのか

――

肇は煙草を灰皿にギュッと潰すといった。

「……もうみんな判ったろう、あれはね、実は僕だったのさ」

一瞬沈黙が室内を領した。そうするとどうなるのだ。この屋敷から今朝出て行った者は一人もない、だから青山慎太郎を殺した犯人はこの部屋の中に今いるはずだ。

二郎と梅木が何かいおうとして腰を浮かせたのを肇は制した。

「……ちょっと、もう少し僕の話を聞いてくれ……今朝、三橋弁護士がくるのを僕は知っていた。その要件は後で話すが、とにかく自分にとって今日三橋君にこられるのは都合が悪かった……それで今朝暗いうちにあり合わせのもので彼に似た服装に換え色眼鏡をかけて『かわせみ』で対岸へ渡り、六時の定期便で彼になり済ましてやってきた。なるべく口を利かんようにして、眼鏡とコートの襟で顔を隠していたから、良いあんばいに、今の話の通り池田さんはそれが僕だと気がつかなかった。そこで二階へ通りお茶とパンは食べて、すぐそっと自室へ戻ってしまったのさ」

「何故そんなばかなことしたんだ?」

二郎の詰問は同席者全部の疑問だった。肇は自分の発言の重大さを意識してか、しばらく考えたすえ、顔を上げた。

「……鶴子や池田さんの前では少しいいにくいことだが、いや君たちもうすうすは感じていたかも知れない……最近親爺は僕を非常に誤解しとった。僕の始めた仕事、これはとても有望なのだ。いま幾分かの資本をおろせば、すぐにも効果が現れることは、われわれの同業者全部が認めている……それを、何のためかあの三橋弁護士の中傷と悪宣伝で、事をわけての僕の説明をどうしても親爺は聴こうとしなかった。それだけではない、前に定《き》まっていた財産の分配まで、三橋の入れ智恵で変更しようとしていた」

肇はそういって、ちょっと弟の方を見た。

「……悪いと思ったが、僕のきた翌日、親爺から三橋に出す封書を開封してみて、それがはっきりした。それは遺言書の書替えについて三橋にぜひ今日来訪するように頼んだ手紙だった……親爺は、宇津見医師の話ではもう半月しか持たないそうだね、三橋がこなければもとの遺言書――つまり何か企んでいる三橋の意志の影響を受けないものが、有効となる……それは故人の歪められない意志として、その方こそわれわれが尊重すべきものじゃあるまいか――少くとも僕はそう思ったよ、だからその手紙を出さないで燃してしまったのだ……三橋がきたと見せかければ、会わずに失踪しても何か急用ができたと思って、親爺は僕が手紙を抹殺したことに気がつくまいと考えたのであんなことをしたのさ……」

肇は同意を求めるように、同席者の顔を見廻した。二郎は始めて不安そうな色を浮かべた。

「兄さん、判ったよ……貴方のいうこと。だが、この事件はどうなるのだ。あんなことやれるのは男だけだよ……僕と貴方と梅木さんの三人しかいないじゃないか……そして梅木さんと僕は、梅木さんが手紙をドアの隙から入れてからずっと一緒にいた、だから……」

彼はこういって、真っ青になって震えている鶴子に気がついた。

「あ、鶴子も池田さんもちょっとあっちへ行っていてくれないか……」

女二人が出てドアがしまると、梅木が二郎にいった。

「二郎さん……自殺じゃないでしょうか？　よしんば自殺でないとしても……」

「自殺じゃないですよ。あのナイフはお父さん自身では台所から持ってこられないもの」

キッパリ答えた二郎の顔にもさすがに色がなかった。

「兄さん！　貴方がやったんでしょう……第一、さっき艇庫の裏で何をしていたんです。三橋弁護士が来はしなかったのを知ってる兄さんが、艇庫にボートを見に行くはずがないのだから……」

肇は黙ったまま窓の外を見た。樹木の間から対岸に往来している船が、白く赤く黄色にチカチカ陽を反射して小さく見える。その群から離れてポツンと一隻のボートが島に向って一直線に近づいてくるのが見えた。彼は眼を戻すと、

「じゃ、僕の今朝の行動をもう少し説明しておこう……二階から池田さんの目を盗んで下に降りると、三橋君から元の僕にかえったが、あんなことをやった後、疲れていたが睡れるものでない……それで、庭を一廻りするつもりで表へ出た。そして、ふと親爺の部屋を見あげると、喘息でめったに朝は窓を開けたことのないのに、両開きの硝子《ガラス》戸が開いてるじゃないか。変に思ったので、あの戦争中につくった非常階段から露台へあがってみた。窓から覗くと、その時もう親爺は床に斃れていた……」

「えッ、じゃ、最初に見たのは兄さんだというんだな……」

二郎がいった。

「そうだ……おどろいて抱き起こそうとしたが一目で絶命しているのが判ったのだが……その時、僕の耳にスーッ、スーッと連続的に何かが廻るような音が聞えた。

何だろう――と不審に思って見廻すとそれは部屋の隅のドアの横においてある蓄音器から洩れてくる……電蓄のスイッチが入れっ放しだったのさ。ところが蓋を開けて見ておどろいた、一枚の白い封筒が廻転板の上に載っている……それは良いとして、何のためか廻転軸にグルグル巻きにした糸の端に、ピンで留めてあったのさ、その白い封筒が」

梅木はその話に、二郎を振り向いた。

「……二郎さん、それ知ってますか？」

「知らない……兄さん、それどうしました？」

「そのままにしといたよ」

「じゃ、まだあるね……僕たち、全然、蓄音器に触らなかったから」

梅木にそういうと、二郎は食堂を出て行ったが、やがて戻ってきた彼は明らさまに焦燥と不機嫌の表情を表わしていた。

「兄さん！　じょう談はやめて欲しいな。そんな出たらめが何になるんだ……蓄音器の中なんか何もありゃしないよ」

梅木はしかし不愉快そうな困惑の色を隠し切れなかった。彼はしばらく二郎と肇の顔を見比べていたが、何か思いつめた風で、

「肇さん！　今のお話本当でしょうか？　……もし、そんなものが実際あったとすると……」

「そうですよ。その時は僕もはっきり判らなかった。しかし、親爺が読んでいた手紙が今朝きたもので、誰かがそれをドアの隙間から入れたとすると、その意味が判るのです……つまりね、犯人は今朝きた手紙をまず池田さんに見せておいて、そいつを持って隣室から露台を抜けて親爺の部屋に入り、殺害をした。その傍へ封を切ってその手紙を落しておく……それから蓄音器に細工をした。電蓄の廻転軸に糸を――五、六米《メートル》あれば十分ですね――それをしっかり結び、その他端に虫ピンをくくりつけて、そのピンをドアの隙間から外側に少し出しておき、電蓄のスイッチを入れて窓から出ます。ドアの表にまわって、二郎の見ている前で、手紙を差込むふりをして別の封筒を今しがた用意した虫ピンにとめてドアの隙から差し込む……内部ではすでにスタートした電蓄の廻転軸が、一分間八十廻転の速度でセッセと糸をたぐり込んでいます。そして廻転軸を糸まきにして全部の糸をまきおわるころ、封筒は床から吊りあげられ、少し開けた蓋の隙間から蓄音器の箱の中に姿を隠してしまうという仕組です……残った事実は、君がドアの隙間から手紙を入れた、そしてその手紙を開封した後、親爺は殺されたとい

うことです。だから、蓄音器の仕掛を証明できなければ君は絶対安全なのだ……」

肇の種明しをあきれたふうで聞いていた梅木は、二郎にたすけを求めた。

「二郎さん、聞きましたか、今の話。だがどこにその証拠があります……」

二郎は肇の説明に半信半疑だった。肇は立ち上って窓ぎわによると、広い背中で窓を隠すようにして振り向いた。

「証拠はない。あの時、外しておかなかったのが僕の失態さ……しかし、君が死体発見のどさくさ紛れに、二郎の眼を盗んでスイッチを切り、蓄音器から取り出したのに違いないんだ……梅木君！　君が親爺の会社の金をごまかして株式売買に流用し、大穴をあけていることも知っている。昨日、親爺にそれを詰問された君は、あの余命いくばくもない老人の命と自分の将来を秤《はかり》にかけてみた結果、昨夜一晩かかってこの蓄音器と封筒の手品を考えた……桟橋までわざわざ郵便物をとりに行ったのも、池田君にそれを一度見せたのも……おまけに、二郎までその偽アリバイの証人になった。手紙をドアから差し込んでからは、ずっと二郎に食いついていて、しかも二階の部屋の床の節穴と天井の割れ目から血の滴下するのを予期して死体の発見者になった……というのは、どうしてもあの蓄音器の中のものを回収する必要があったからですよ……」

「……どうぞ御随意に……」

肇のくどいほどの長話に、さすがの梅木もムッとした様子で、

「空想もそこまで行けば大したものですなあ……ついでに、その僕が回収したという封筒や糸をどこで処分したか、伺いたいですね……」

「さっき、君はコンロの火を煙草に移したね……その時だよ。だがもし、あの時君が少し注意力を働かせたら、その煙草に火を移して火に投じた封筒と糸が君が使用したのでない別のもので……」

梅木は、サッと顔色を変えた。

追い詰められた、デスペレートな梅木に初めて見る怖ろしい目付だった。その目は、肇の片手を突っ込んだポケットから、静かに静かに引出されて行く白い封筒に吸いつけられるように注がれている……ヅ、ヅと低く身構えた梅木の靴が床に鳴った。

玄関に入り乱れた靴音がしたのと、肇がニヤッと微かに笑ったのと同時だった。そのとき、食堂のドアがパッと開いて、私服を交えた三人の警察官が覗き込んだので

ある。

(4)

　桟橋へ降りる道を、警察官に囲まれた梅木が前を歩いて行く。

　二郎は肩をならべた兄の顔をそっと見た。

「……兄さんが警官に渡した封筒はほんものかい?」

「うん……梅木がデスペレートな行動に出るのが一番こわかったよ。女どももいるしね。だから大急ぎで似た封筒を持ってきて、蓄音器の中の会社のとすり変えておいた。誰が実際にドアから朝の手紙を入れたかは、そのとき判らなかったが、あの社内封筒で大体の見当がついたのさ。ところが対岸へ知らせようがない……『かわせみ』は向う岸へおいてきちゃったからな。それで八時の帰りの定朝で、事件発生と犯人を警察へ知らせてやった……」

「どうして? あれは桟橋へよらなかったよ……」

「君達が家から出てきそうなので、隠密にやったまでだよ。艇庫の裏道から渚へ出て、君達にあう前に定期に連絡したのさ……」

　二郎は大きく頷いた。

　兄の不審な行動は全部そのためだったのだ。普段の彼に似ないのろ臭い仕種《しぐさ》、それからあの饒舌……窓の外を頻りに気にしたのも、警官があがってくるのを、窓によって梅木の視野から遮ったのも……

　桟橋には、警官を乗せて対岸から戻ってきた『かわせみ』が、黄色の地に緑線一本を刷いた舷側に陽を一ぱい受けて、纜《ともづな》を張ったまま漣《さざなみ》にゆれていた。

絢子《あやこ》の幻覚

1、白い影

コロナ映画会社M撮影所の試写室右後部席にあった、何の変てつもない一個の椅子が、撮影所を騒がせた事件は、当時あすこに出入した人なら記憶しているはずである。アルミの番号札を几帳面に背に打った四十個ほどの渋色の籐椅子《とういす》の内、現在欠番になっている二十七号というやつがそれで、事件の直後、気味が悪いので燃されてしまったのである。

この二十七号の椅子に最初に憑《つ》かれたのは――いや実はその前にも憑かれた者はあったらしいのだが――とにかく訝《おか》しいと云い出したのは、その春撮影助手に昇進したばかりの浜敬一郎だった。

その日、お盆目あての連日の強行撮影にはさすがの浜も聊《いささ》かグロッキィ気味だった。やっと試写OKまで漕ぎつけると、次の予定も迫っていたが、その隙に、養成所を了えたばかりの女優浦川エリ子と一緒になるはずだったので、やれやれという気持の隅に楽しい期待が胸を膨らませていた。今日も一緒に帰る約束なのだ。

試写の後、残らされた五、六人のスタッフに監督から一、二箇所ちょっとした注文が出てその打合せが済み、別棟の試写室を出ると、夕陽はもう落ちて涼しい風がシャツを膨らませた。広い敷地の端に技術部の溜り兼更衣所が建っている。彼が人気《ひとけ》の無い更衣室に這入ると、壁に寄せた長椅子に掛けていた倉地という若い技術員が、煙草を吸いながら脚を投げ出した形で、「済みました?」と声を懸けた。女にも見まほしい白い顔が浜を見上げた。

「あ……君か、やっと放免だ。やれやれ……」

浜は隅の更衣箱《ロッカー》から洗面道具を出して、何気なく窓を振向いた時、彼は妙なものを見た。

窓枠に区切られた薄闇にボーッと浮んだ白い影……思わず息を呑んで瞳を凝らすと、モヤモヤした灰色の霧の中央に浮んで、窓の右から左に流れたのは正しく白い服を着た人影だった。が、彼がブルッと身を震わせて石鹸《せっけん》箱を握り緊《し》めた時そのモヤモヤは左の窓枠にスッと消えたのである。

浜は窓枠に駈け寄って外を見たが、何もない。振返えると、倉地もスックと立上っていた。薄暗い中にも、相手が顔色を変えているのが判った。

「見た？　何だろう、あれ……」声にならない囁き。

倉地はコックリと頷いてゴム底靴の足を音もなく進めた。

「……誰も通った様子がない」と浜。

窓下は一間《けん》を隔てて倉庫になっている。浜は直ぐ窓に取っついたのだから、人が通ったのなら後姿が見えたはずなのだ。

地虫が微かにヂーと鳴いている。ところが倉地はズボンのポケットをぎゅっと握りしめると、眼を据えて変な事を呟いた。

「は、浜さん！　あれ、ぼく二度目です……六月頃も一遍……」

「なにい？」浜は鋭く訊き返えした。「あれを……どこで？」

浜は釦《ボタン》を押して灯を点けると、二人は並んで長椅子に掛けた。倉地は、口を滑べらしたことに自信がないのか、白い優《や》さ顔に困惑の色を浮べ躊躇《ちゅうちょ》していたが、浜に問いつめられて次のような事を語った。

一と月半ほど前、やはり試写が済んだ後倉地は便所で用を足して、出ようと扉を開けると、廊下に目の高さに白い人影を見た。しかも下の方と周囲が霧のようなものに包まれて、下は廊下の破目板さえ見えた——つまりその人影は宙に浮んでいたのである。

「……その時は顔が見えたのです、丸坊主で伏眼にした細い切れ長の眼までありありと。白い服で、それが釦の附いた軍服らしいんです……僕は何か背筋を逆に撫でられたように思って、傍の壁に突伏《つっぷ》して……」

「……」浜は相手を凝《じ》っと観察した。「妙だな……幽霊ってのかな？」

倉地は浜の反語に近い意味を素直おに飲み込んで、「貴方もそう思いますか……」と急《せ》き込んだが、ちょっと考えた末、「貴方、さっき試写室のどの辺にいました？」

「どの辺って……見てた場所かい？」

「ええ」

「右翼の後部に居たが、何故？」

「えっ？……すると、それは後ろから二列目の、スクリンに向って右端から三番目じゃありませんか？」

言われて気が付いたが、確かにその通りだった。浜は今度は相手の言葉がズンと胸にきた。「何故知ってるの……見てたんだろう？」

それには答えず、倉地は眼を光らせて、「やっぱりあの椅子だ！」と独白した。

2、二十七号の椅子

「君、その椅子と今見たものとどういう関係があるんだ?」浜はそう訊かずにいられなかった。倉地は正面を向いた左頬をピクリと痙攣《けいれん》させたが、振向いて、

「……貴方知ってますか？　二年前直ぐ脇の海軍の部隊で若い士官の自殺があったの……」

そういえば、上司に失態を責められた士官が割腹自殺した事件があった。浜は頷いた。

「撮影所が移った時あすこの調度を払下げ受けましたね。便所であれを見た日、ふっとそれに関係がありゃせんかと思ったんで、用度係の吉川さんに訊いてみたんです……あの人はちょっと妙な顔をした末——そんなことあるもんか——と勿論てんから否定しました、が……ひょっとしたら」と倉地は弱々しい自嘲の笑みを浮べた。「僕どうもそんな気がします。その時掛けたのが二十七号ってやつで気になっていたところ、今再《ま》た、今度は貴方まで……」

浜は——馬鹿な——と一概に否定しきれない気もした。彼は煙草を啣《くわ》えて窓の方をウットリと見ていたが、

「吉川君と一緒に居る副島《そえじま》って爺さんに訊いてみようか、あれなら知ってるかもしれんぜ」

「そうですね」倉地が同意した時、廊下に靴音がして、

「敬一郎さん、居る?」と女の声がした。

帰り仕度をした浜の愛人浦川エリ子が這入って来て、プキンと音を立てて、浜の隣に腰掛けた。水々しい瞳と口元が、ちょっとアナ・ベラに似た癖のある顔の娘である。

「なに秘《ひ》そ秘そ話してらっしゃるの?」

浜はちょっと口籠《くちご》もったが、強《し》いて何気ない風をよそおって云った。

「……くたくたに疲れてるところへ、幽霊にとっ憑かれたよ」

「幽霊、まさか……どこで?」

「そこで……」浜はエリ子の背後の壁を指した。

「厭《い》やッ！」彼女は愕いて腰を浮かせた。

倉地は、折りも折りの二人のやりとりにはちょっと迷惑そうな色を隠せなかった。浜は真面目に戻ってエリ子に今経験した白い幻影の話をした。始めは本当にしなかった彼女は、話が進むにつれて段々熱心になったが、

「……思い当るわ、それ」と意外なことを云った。「ず

っと古い話よ、去年の夏だわ。神田さんの奥さんになったスクリプトの中野絢子さんが、神田さんの家で幻覚を見た話憶えていらっしゃる？」

「知ってる。だが、中野君はあの頃忙しくて神経を疲らしていたんだぜ。恰度神田君との話が進んでいたのを良い機会《しお》に退《ひ》いたのだが、あの時見たのは神田君が悪役で死ぬ『鳶色《とびいろ》の死』の撮影直後で、印象に強く残っていたその死に様の幻覚だそうじゃないか……」

「そういうことだったわね、だけど、今あたし気が付いたのは、違うの……絢子さんが退いてから、二週間ほどして、試写の日、あたし遅れて覗きに行くと、入口で珍らしく黒地の明石《あかし》を着た絢子さんと一緒になったの……今でも思い出すわ、桃色に銀線のはいった単衣《ひとえ》帯。『見せて頂きに来たの』『まあ、和服いいわね』と云うと、『駄目よ、肩がいかつくて……』と二人は後部の席に掛けたのよ。いいこと……ところが、前に坐った絢子さんの椅子の背が、確か27だったの……」エリ子は話を停めて意味あり気に聞き手の反応を窺った。

「判る？　……神田さんの最期の場面は、海軍の軍服と同じ白服よ」

浜と倉地は顔を見合わせた。浜は腕時計を眺めて立上った。「副島の爺さん残ってりゃ良いがな」

三人は暗くなった表に出た。陸軍の袴《はかま》をぶった切ったらしい不恰好なショートパンツに草臥《くたび》れたYシャツの副島は、帰り際わを三人に摑まって、何事ぞという風に眼をショボつかせた。浜は彼を喫茶店に無理に誘い込むと一通り事情を説明した。

「ところで、あの試写室の椅子は海軍から払下げを受けたのですってね？」

「ええ」副島はちょっと顔を伏せて顎の辺《あた》りをさすったが、「実はあれを受取りに行ったのは私です。あそこの会議室兼集会室にあったのですが、運び出しに懸ると立会っていた番人が、近くの倉庫から一個出して来て員数を合わせたのです。私が理由を訊ねると何か云い渋るので、問い詰めた結果判ったのが……その番人の話によると、何とか中尉という若い技術士官がちょっとした失態を士官から譴責《けんせき》されたのを思い詰めて、昼食後人の散った時を狙って、その椅子の上で割腹自殺したまではいいとしてその後この椅子に掛けた士官に妙に事故が起る——例えば研究室で火傷を受けるとか、クレーンが吊り落した鋳物に潰されるとか。あまり頻々と起るので納《しま》っちゃったと云うのです。試写室に使うことになったんで吉川さんに話したがてんで受付けません。私も厭やな話で気にはなりましたが黙っていたところ、何ともないので、実は今まで忘れていたような訳で……やはりそんな事が起ったんでしょうか？」

と彼は気味悪そうに話を結んだ。

「倉地君が一箇月ほど前、その椅子に掛けた直後、便所でその士官らしい白服の幽霊を見たのです……そして今しがた、僕と、この倉地君が一緒にそいつを見たらしいのだが、僕が三十分前掛けていたのがやはり二十七号の椅子だった」

「へーえ……そりゃ、吉川さんに話して早速処分しましょう」

倉地は、副島の語る口元を穴の開くほど見詰めていたが、途中から気持でも悪くなったか顔を両手で押えてしまった。

「あの椅子は燃しちゃうんですな、副島さん」と云って浜は倉地の方を向いた。「あんまり気にするなよ、僕も仲間になったんだから……世の中には一つや二つ判らん事もあるさ」

3、顚落

一週間ほどして次のクランクが始まった。

倉地は撮影所からの帰途、N線の乗換駅のフォームで電車を待っていると、遮断器のベルが鳴りだした。その方に眼をやった時、彼の視野に見憶えのある青塗の陸王の側車付《サイドカー》が跳び込んできた。乗っているのは浜である。しかも、側車の方が空いているらしいので、彼は脱兎《だっと》の如く改札口を飛出した。

浜がスターターを踏んだところへやっと間に合った倉地は、「浜さん、乗りますよ！」と声をかけて風呂敷包みを抱いたまま、側車の中に置かれた浜の白い上衣を寄せて乗込んだ。

「この頃、エンジン調子良いですか？」

「一と月前修理させた……タペットに瑕瑾が出来て全然駄目だったそうだ」車は驀《まっしぐ》らに滑り出した。

「その後何ともないだろう？」浜は前方を向いたまま訊いた。

「ええ、何とも……」スピードが増して声が風に飛ぶ。

雨雲が低く垂れて、耳元を流れる風は爽快だった。

二粁《キロメートル》ほど行くと左に折れて海岸に出る。雲は水平線を暗く閉していた。風に割れた波頭が、側車の方から浜の躯《からだ》越しに見えるほど、潮が、退いていた。

車は速力をだした。左側の電柱が一本々々サーッと通過して行く。二人は無言のまま風の抵抗に身を支えて前方を見詰めていた。右は海、左側は黒い松林がどこまでも続いて、人っ子一人通っていなかった。道はその辺から軽い勾配で下り始め、二百米《メートル》ほど先で湾が左に切れるに伴い急カーヴになっている。

浜は速力を落し、砂利の多い勾配を細かい震動に身を任かせて降りて行った。

その時である。倉地は腰を浮かせて、何か背後を掻き除《の》けるような仕種《しぐさ》をしたが、「あッ！」と叫ぶと躯を倒して浜に歯咬《しが》みついた。

「よせッ！　あ、あッ！」

その瞬間、サイドカーはズズッと引寄せられるように急カーヴから外《そ》れて、正面の崖から海中に顚落して行ったのである。

五分経った。

十間ほど離れて水際に降りる階段がある。その上端から、微かに明るんだ水平線上をバックにして、人の黒い頭と白いシャツが浮きだした。ノロノロ石段を這い登って来たのは浜敬一郎だった。

道路にペタリと斜めに崩れてガクンと首を垂れた彼の耳に、段々自動車の音が近附いて来た。だが、それはカーヴの蔭まで来るとキューキューとブレーキの響高く停車したのである。どの位い時間が経ったか、浜はそのトラックの助手に助け起された。

浜は無言で下の海を指した。トラックの助手は、ゴロゴロした岩の間に側車の鼻とハンドルのスポークが互いに逆にひん曲ったサイドカーと、崖寄りに白く無気味な恰好に両手を伸ばした男の屍体を発見したのである。

×　×　×

電圧が落ちて病室の暗い電灯の周囲がポーッと霞んでいる。

前膊部の骨折の痛みに、浜は半面繃帯《ほうたい》を捲いた顔を顰《しか》めて仰臥《ぎょうが》していた。煙草でも喫めばちっと楽になるかと思った時、今まで忘れていた側車に置いといた上衣のことがチラと頭をかすめた。海へ落としてきたんだ。その事を考えもしなかったので、先刻随いて来た警官にも話さなかった。

部屋の外に懐しいアルトの肉声が聞えたように思った。扉が静かに開いて浦川エリ子が這入って来た。ベッドに駈け寄ると、嗄れ声で「よかった……」と囁く彼女の白いのど元と垂飾《ペンダント》の鎖が目の前に揺れた。浜は布団で顔を隠したい衝動に駆られて、動かそうとした自由な左手を、エリ子はそっと押えて、

「動いちゃ駄目！　何んて間違いでしょう、こんな酷い目に遇って……」

「……倉地君を乗せたのが悪かった。あんな事僕は気にしてなかったが、やはり何かある……倉地君、再た幻影に襲われたと思ったんだ……」

「思った……じゃ、何か、幽霊と間違えたの？」

浜は眼蓋を合わせて頷いた。

「今、それが判った。馬鹿な奴だ……」倉地を憫《あわ》れむ気持が……つい強い言葉になった。

「……あの原因が判ってから、先生は一層落附かなかったよ、撮影所の連中も知ってるが……海岸へ出て五分も行くと急カーヴがある。前にも一度撮影所のトラックが飛込んだ場所だ。そこまで来ると座席に置いといた僕の上衣が風で舞上った。倉地君はその時、瞬間的に白服の聯想を喚《よ》び起したんだ。そして前方にあった何か白いものを見てあれと感違いしたに相違ない……」

エリ子はゴクンと唾を呑んだ。

「そこで彼は僕に噛《かじ》り付いてきた。突嗟に手の方に注意を奪われて、足を踏み損《そこな》いアッという間に跳び込んでしまった。だが……」と浜はそこで何か躊躇した。

「なに？」

「倉地君が、最近精神の平衡を失っていたと思われる一つの証拠があるんだ。それはね、彼が抱えていた風呂敷包みだよ……何が這入っていたと思う？　春の徹夜の時僕が使って更衣箱《ロッカー》に突込んどいたギャガーの毛布だよ……云いたくないけど、彼はそれをどういう気か盗んだのさ」

エリ子はちょっと愕いた。

「でも、そんな盗んだ物を何故持主の車に持込んだかしら……あたし判らないわ」

その点は浜にも疑問だった。エリ子は話に夢中になって、傷のことを訊くのも忘れていた。

「ね、痛む？」

「うん、些《すこ》し……君、煙草持ってないか？」

エリ子は煙草を出して浜に啣えさせると、自分も吸いながら何か考えていたが、

「その上衣どうしたの？」と訊いた。

「無い。紛《な》くなっちゃった……僕を発見する前にトラックがカーヴの前で一度急停車した。だから路に落ちてたのを拾って持って行ったんじゃないかと……」

「敬一郎さん！」エリ子の強いしかし低い声に浜は吃驚《びっくり》した。

　エリ子は何かただならぬ気持を顔に泛べた。浜がそれを不審そうに見上げると、

「そのこと、貴方警察の人に話した？」浜が首を左右に振ったのを見たエリ子は、不安そうに、「貴方吃驚させたくないけど、それまずいと思うの……」

「……どうまずいの？」

「もし……」とエリ子は口ごもって、「あの事故が過失じゃないと警察が考えたら、……倉地さんが死んでるから、その毛布のことも上衣のことも……例えば貴方の造り事と云われればそれまででしょう。ヂャガーの毛布は倉地さんが盗んだのでなく貴方が故意に持って来た、上衣なんかサイドカーには始めから全然なかった――と云われたらどうします？」

　浜は些し頭が混乱してきた。

「毛布は、跳び込みに備えたクッションと考えられないこと……？」エリ子もさすがに唇を痙攣させていた。

「というと？」

　エリ子はじれったそうな色を顔一杯に泛べて、凝っと傷ついた婚約者を眺めた。

「ば、馬鹿なッ……まさかまさか、君はこの僕が倉地を殺したと……」突然浜はベッドの中で身を揉んだ。

「昂奮しちゃいや、あたし絶対にそんな事信じないわ。だから、だから……そんな風にとられない前に、苦しいけど真相を突き留めなきゃならないでしょ……？」

　エリ子は泣き声でこう云うと、ベッドの浜の上に軀《み》を伏せた。

4、累《かさ》なる証拠

　二十畳ほどの広さの刑事係室は、コの字に列《なら》んだ一番端の机に制服が一人、一心に書類を写している外《ほか》皆出払っていた。その一人が、係長が出て行った後の浜の監視役であることは判っていた。

　窓の外の瘦せた檜《ひのき》の枝を潜って、表通りの砂埃が白くうっすら風に流れ込んでくるのを、その風が軀内《みうち》を吹き通るような空虚な気持で浜は眺めていた。エリ子の心配は杞憂《きゆう》ではなかった。こうなると見抜いていたエリ子が別れ際《ぎわ》に残した――あたし一つ思い当ることがあるの、やってみるわ――という言葉。だが、今しがた浜が係長から指摘された事実は、彼女の考えていたより遥かに自分に非だった。悧巧だがか弱い女に幾莫《いくばく》のチャンスがあ

るだろう。

　ここへ喚ばれると、係長はまず例の幻覚の点を攻めてきた。大体、浜のような文化人——変な云い方だが彼はたしかそう云った——が幽霊を信じたなどとは考えられぬ、と云った。正にその通りで、その原因をあの時もっと深く確かめなかった悔いに、彼は一言もなかった。黙ったまま、ガラス越しに青空と白い雲の浮んだのを、シーンとした重い頭の隅に映している時、係長は抽出《ひきだし》から煙草でも出すような無造作な恰好で、デスクの上へ何かコトンと置いた。「これは何かね?」と云う係長の言葉に、デスクに眼を戻した浜は、その品物を理解するのに十秒と要《かか》らなかった——それは三寸角長さ五寸に足らぬ二個のボール箱をフリクション・スライドで組合わせた、手製の簡単な幻燈器である。「幽霊の正体を知らぬとは云わせぬよ、君の更衣箱の抽出に在ったんだから……」もうこれで結構だろう、と云った風に係長は口辺に薄笑みを湛《たた》えて、浜の様子を窺った。浜が幻燈に今まで気がつかなかったのは、確かに不覚だった。それだけに直ぐには否定の言葉も口を出なかったのである。エリ子の予見した通り、毛布と紛《な》くなった上衣は重大な意味に解釈されていた。浜は一つ一つ係長の問いに釈明したが問題にされなかった。係長も終いには浜の頑《かたく》なな態度にすっかり感情を害ねて、「……ま、もう些《そこ》し独りで考えてみ給え」と云い置いて出て行ってしまった。

　デスクの上に置かれたオレンヂ色の柔かい地の隅にJAGARと斜めに商標を織り込んだ毛布——死んだ親爺《おやじ》が在米の友達から貰って大事にしていた品が、自分をこんな立場に追い込もうとは、誰が想像したろう。

　暫らくして、扉口まで話声が近附いて来て、相手と別れた係長が戻って来た。彼は黙って椅子に掛けると、新しいピースを開けて一本点けた。

「……トラックが何故急カーヴの手前で急停車したか判ったよ。積んでいた石鹸材料の曹達《ソーダ》の箱が落ちたんだ。調べさせてみると二十米ほど離れた場所に、未だ粉が幾分落ちていた……君の云う麻の上衣は可訝《おか》しいよ、思い違いだろう?」

「しかし二十米もそんな重いものを……」

「そんな重い物を、運ぶ時間がないと云うのか?」係長は素速やく追かぶせた。「あすこまでやっと這い上って伸びちまった君が、よく時間が判るねえ……それから」と彼は風呂敷の上の毛布を見て、「君はこれを倉地が盗んだと云うが、あの男は両親は健在だし家も相当なものだよ。撮影所で訊いてみると、風呂敷は倉地の更衣箱に這入っていたらしいから、逆に君がそれを使って毛布を包み、一緒に飛び込む際そいつを冠って……まあ助かったとも……」

「じゃ、云って下さい、何故倉地の……倉地君の風呂敷を使ったか」浜も切迫した声を出した。

「それを……こちらから訊きたいな」

「僕には全然見当がつかない……」

「じゃ云ってやろう……倉地がその毛布をクッションにして飛込み君を殺す積りだった、と見せかけるためさ。いいかね、この事件には解釈が三つある。第一、全くの過失という見方。第二は倉地が計画的に君を殺す積りで失敗したという見方。それから第三は、君が倉地を殺した……まあ最後まで聞き給え……」浜が支え木を当てた繃帯の腕をブルブルッと震わせて血相を変えたのを係長は制して、「第一の過失という見方は、この幻燈器の発見で無くなった。ところで幻燈器は君の更衣箱にあったが、厳密に云うと或いは倉地が用意したかもしれんのだ。また毛布だってそうだね、どっちがやったかは判らない……ここまでは実際のところ、君達のどっちが計画した犯罪とも定《き》められないと思う。しかし、その麻の上衣が出てきたので、問題は一変したよ。君は何故その上衣のことを最初云わなかったんだ？　半日も経ってからそれを云い出したのは、吾々に云わせると解《げ》せないぜ……トラックの運転手にかなり突込んで訊いてみたが、その上衣を持って行った様子はない。それに、急停車の原因も、今話した通りはっきり判ったんだからな。

どうだね、君は思い違いしてやしないか……いや、もっとはっきり云えば、最初から麻の上衣なんか、全然なかったんと違うか？」

係長は凝っと浜の顔を見詰めた。浜は係長の言葉が、急に遠く遠くなったような気がした。

総べては倉地の計画に違いなかった。が、何故、あの些し気の弱いお坊ちゃんの倉地がこんな途方もない企み――自分の一身を危険に曝してまでのスペキュレーションを冒す必要があったのか？……浜は、摑み所の無い混沌《こんとん》たる思索の泥沼に、徐々にはまり込んで行った。

5、絢子の経験

浦川エリ子は先刻俳優の神田淳から教わった通り、駅前から左へ折れて、空地の中に右に二軒左に三軒と疎らに家の建った、両側の溝が雑草に覆われた一本道に出ると、半丁ほど先を行く見憶えのある女の後姿を見て、急に駈けだした。

コツコツという靴音に、神田絢子が振向いたのと、エリ子が声をかけたのと同時だった。

「絢子さん、暫らく……」

「まあ浦川さん、今の電車？……よく道お判りになったわね」

「神田さんに伺ったの」エリ子は絢子の左側に肩を並べて、「お変りありません？」

「ええ、ありがと……」と絢子は弾んだ声を出したが、急に声を落して、「浜さん、酷い怪我なすったってね、どう、お宜しいの？　お見舞もしないで御免なさい」

「右腕を傷めたけど、癒れば仕事には差支えないんですって……それよりもね……」

「神田から聞いたわ」絢子は眉を顰《ひそ》めて、「大変な濡衣ね、そんなことあるはずがないんですもの。でどうなの？」

エリ子は歩きながら、事件の進展を詳しく話した。

神田の家は畑の中のちょっとした丘の中腹に建っていた。新世帯に似合わぬ古い平家の洋館で、絢子の説明に依ると、神田淳の伯父が疎開した後を荷物共留守番代りに彼が一人で使っていたが、絢子と一緒になってからも、伯父が田舎に住み着いて戻って来ないのである。

「ちょっと待ってね」門を這入ると絢子はそう云って、低い門柱の蔭に走り寄り郵便受の中に手を突込んだが、鍵を握って戻って来た。

「今日遅くなる積りだったんで、あんな処へ入れて……ホホホ……」

玄関を入ると、三和土《たたき》から低い幅一間の廊下《ヴェスチビュール》の両側に二間ずつ部屋があり、左のとっつきが居間兼食堂、その隣りが物置、左側の二間が手前から絢子と淳の部屋になっている。

二人が食堂の卓子《テーブル》を挟んで向い合った時、エリ子は、さて何から話したものかという風にハンケチを出して頬の辺りをそっと拭いた。

「さ、今の話の続きね」絢子が口を切った。「まず、去年の夏あたしが見た幻覚のことを聞きたいんでしょう……」

エリ子が黙って頷いた。

「退いてから一週間ほどしてと思うから……」絢子は上目使いに記憶を辿る風で、話しだした。「たしか七月の末よ。あの頃あたしはスクリプトの仕事ですっかり過労していたの、どだいあたしに無理だったのね。そこへ神田に役らしい役が付いたのが『鳶色の死』の最後に殺される悪役よ。慣れていた私でも恋人の死に様《ざま》となると別ね、何だか厭やで厭やで一度なんか夢にまで見ちゃったほどでした。……あの日は、神田とこの家で逢う約束をして七時頃来てみると、あの人は未だ帰っていません。鍵は以前から自由に出入するように、ほら、さっき御覧になった郵便受けに入れてあるので、それを使って内部《なか》へ這入りました。すると閉め切ってムッとした中で、ラジオの音が神田の書斎からガンガン聞えるの、スイッチ入れっぱなしで出勤《で》たのね……消す積りで扉《ドア》を開けようとすると鍵がかかっていて開きません、それで鍵穴から内部を覗いたら……」

「……ちょっと待って、何故鍵穴から内部を覗く気になったの？」

絢子は話の腰を折られてちょっと吃驚した。エリ子が云った。

「そこんとこ大事だから、憶い出して下さらない……何故覗いたか」

　エリ子の下から覗き込むような顔から眼を外らして、卓上の白いレースの端を弄《いじ》っていた絢子は、その手でパタッと軽く卓子を叩いた。

「……憶い出したわ。この右拇指に真黒な油みたいなものがベッタリ着いたの……厭やだと思って扉の握りを確かめた時、目の前の鍵穴が明るいので覗いたら……」

「嬉しいわ、あたしの想像が当ってるかもしれない……」エリ子が囁くように云った。

　絢子が鍵穴から見たものは、ベッドの辺りにボーッと浮かぶ仰向けに胸から血を垂らして倒れた神田の姿だった。彼女は驚愕にフラフラッとなるのを耐《こら》えて夢中で握りを引張ったが開くはずがない。恐怖に包まれて、もつれる足を踏みしめ玄関を飛び出すと、黄昏《たそがれ》には滅多に人通りのない路を半丁ほど向うから歩いて来る、一人の白服の男が目についた。

　救いを求めて走り出した絢子はしかし途中まで行くと、ギョッとして立竦《たちすく》んだのである。……それは、ベッドに倒れているのを今見たばかりの神田淳だった。

　神田は、何が何んだか判らなかったが、我に返って嗚《お》咽《えつ》する絢子を、抱くようにして賺《すか》し家に伴れ込むと、鎮静剤を与えて寝かせた。神田は直ぐ書斎を調べたが、勿論異状があるはずはなかったのである。

　これが去年の夏絢子が見た幻覚だった。

「絢子さん！」エリ子が訊いた。「その時、倉地さん寄ってかなかった？」

「見舞いに寄ってってたわ……あたし気分が悪いのでこのソファで憩《やす》んでいたら、神田が書斎から戻って来て――君は神経衰弱だぞ、式まで未だ二週間あるから、充分静養するんだね。倉地君も今来て御大事にと云ってったぜ――と云うの。サイドカーで送って来て神田を降した後遠くから私達の様子を変に思って、わざわざ寄ったんですって……」

「それで判ったわ……」エリ子は顎をひいて相手の顔を凝視した。「あなたの見た幻覚は倉地さんが、あの幻燈器で細工したのよ」

「え、どうして？」

「直きに判るわ、どういう風にやったかまた何故やったか……今、あたしとても変なこと考えているの、それ云ったらあなたきっと吃驚なさるわ」

ギイッと玄関の扉が開いて、靴を脱ぐ気配がした。神田が帰って来たのである。

扉口から覗いた彼はエリ子の姿をみると、「やあ」と声をかけてそのまま書斎に這入った。パターンと書斎の扉が締まる。二分、三分経った。絢子は夫の様子が腑に落ちないので――どうしたんだろうと呟いた時、書斎の扉が開いて、

「ちょっと、二人共エリ子さんも来て下さい」と云う神田の声がした。

書斎の扉の前で腰を踞《かが》めていた彼は、背を伸ばして、「覗いて御覧」と軽く妻の肩に手を触れた。絢子は無言で夫の顔を見返えし躊躇したが、思い切って鍵穴に眼をあてた。

ポッとした明るさ。そして瞳の焦点が極まった時、その中心に彼女が見たものは、一年前と寸分違わぬ、いや、あれより遥かに明瞭な胸から黒く血を流した夫の半身像だった！

6、忍び寄るアリバイ

三人が食堂に戻ると、神田は小型の引伸器を食器棚に載せて絢子に云った。

「……倉地はあの昼間、書斎の鍵を僕の服から出して忍び込み、今警察にある手製の幻燈器に『鳶色の死』のフィルムの一駒を挿入して書斎のベッドの後ろの壁にプロヂェクトしたんだよ。ラジオの掛けっ放しも握りになすっといた油も全部、君をあの鍵穴から覗かせる手段に過ぎない……」

絢子は、ちょっと明るい色を顔に泛べてエリ子を振返えった。

「……じゃ、これで浜さんの嫌疑は晴れるでしょう」

エリ子は黙って大きく頷いた。

「倉地は怖ろしい男だ。技術部の更衣室で長椅子の頭

の後ろに例のプロヂェクターを置いて電源を壁のプラグソケットからとった。そして倉庫の壁に白い幻を投影して浜さんを幻惑させ、それを前から知っていた二十七号の椅子の伝説に結びつけた。そして浜さんの毛布を自分が助かるためのクッションにして、自らあの飛込みを敢行したのだ。結果はあの通り逆の結果になって、浜さんは僥倖《ぎょうこう》にも助かった……だが、その後がもっと怖ろしい。毛布は倉地が自分の風呂敷に包み、幻燈器は浜さんの更衣箱に入れておいた。彼はそこまでも……つまり自分が間違って死んでも、浜さんが殺人に問われて絞首台に登る手筈を準備しておいた……」神田は、同席者の視線を外らして壁を見詰めたまま、ここまで話すと右手を額に当ててプツンと話を停めた。

暫らくの間三人は身動《みじろ》ぎもしなかった。

エリ子が静かに絢子の方を向いた。

「……絢子さん、未だ問題はこれで終った訳じゃないのよ。昼間神田さんから途中までしかお話伺わないけど……今鍵穴から見たものを何故倉地が用意したかということ……」

先刻から絢子の心の隅に黒雲のように蹲っているのもそれだった。――あれは一体何だったの？――彼女は眼でエリ子に訊いた。

「未だはっきり判らないの」とエリ子はそれに答えて神田を見た。「……神田さん、あの日のこと聞かせて下さいません……？」

「僕は馬鹿でしたよ……さっき貴女の云った意味が全然判らなかったんだから」神田はそれが癖の苦が笑いをちょっと浮べたが直ぐ引込めて、「貴女の訊かれた時刻に、倉地はみんながよく寄るT横町の牛肉屋で買物していたはずですよ……」

「始めっから仰有《おっしゃ》らないと、絢子さんに判りませんわ」エリ子が口を挿んだ。

「そうだな……あの日、七時にお前と逢う約束だったが、もう一つどうしても済まさなきゃならない用事があった。ところが六時の仕事の切れから、そこへ寄って電車で帰ると、どうしても八時になるんだ……弱ったと思っていた時、パッタリ逢った倉地が――明日公用でサイドカーを使うので乗って帰るから、場所の都合がよければ乗せたげましょう……と勧めるのを渡りに船と、待合わせる場所と時間を定《き》めて、そこから一緒に帰って来たんだよ」

神田は煙草を点けて一息入れると再た続けた。

「……倉地は時間一杯に撮影所を出たらしく約束の時間にサイドカーに乗って来た。それから今云った肉屋の前の通りで車から降り、僕を残して買物をした、六時四十分頃かな……そこを出発して十分も走ると、N線のA駅を通るね。あの頃はあすこはH電鉄との立体交叉の工事中だった。一丁四方もある工事場はバケットコンベヤー附の据付式混凝土《コンクリート》ミキサーや積み上げた堰き板鉄筋等で一杯だ。ところが日頃はガラガラ音を立てて廻っている機械《ミキサー》が、あの日に限ってひっそりしている。エレベーターも途中で停止したままなんだ。彼もその静まり返った工事場には、ちょっと車を停めて意外な顔付をした。――珍らしいねこんなに早く、いつも九時頃まで夜業やってるのに――と云うと彼も頷いたが――さあ行きましょう――とスタートして、あの天井の低い真暗らな長いガードを通り過ぎたのだ……」

神田はその時、絢子の物問いた気な様子を視野に感じて、何がなし微かに身を震わせた。エリ子はチラッと神田の眼の色を窺うと、

「……その時、ガードの中、人がいたのと違います?」

と訊いた。

「居ました……暗い凸凹の激しい道をスロウで五間も行くと、向う側の入口に人影が見えたのですよ。通行人です。

そこからは十五分の距離です。大通りの角で降ろしてもらって、舗道を歩いて来ると、君が飛出して来たのさ……倉地はエンヂンが掛らなくてもたもたしている内に、遠くから僕達の様子が変なのに気がついて、寄ったと云うのだが……それは、実は、書斎に這入って右手の、ラヂオの横に仕掛けた幻燈器を回収する目的だった……」

「貴方！……それじゃ説明にならないわ。知ってること話して……ね、云って頂戴」

絢子は蒼白な顔を苦痛に歪めて、ガタッと椅子から腰を浮かせると、神田の左腕を摑んで揺す振った。神田は、しかし絢子のするままに任せて妙に口を噤《つぐ》んでいる。

エリ子が絢子の手にそっと自分の掌を重ねて、いたわるように云った。

「絢子さん、それ、あたしからお話ししましょう……倉地はね、神田さんがほん当にあの部屋で死んでいた――とあなたに思わせる必要があったの……何故かというと、倉地の計画では数分後に正真正銘の神田さんの屍体が、あすこに置かれるはずだったのです。つまりあなたが影像を見た時刻には、倉地は別の場所でなにかしている。そして、影像をみて飛出した貴女が近くに人気の少ない場所で救いを求めている隙に、倉地は殺した神田さんの屍体を、書斎に運び込み逃げてしまう積りだったのです……」

「でも、でも……」絢子は、心の中におぼろ気に形成されてきた概念を、言葉に表現出来なかった。神田が口を開いた。

「……こうなんだ。君の見た幻覚は、倉地が拵《こしら》えたアリバイの一部だった。そして本筋の僕の殺害は、或る事情で実行出来なくなったのだよ……彼の計画を筋書通りに云うとまずあの晩君と逢う約束を知って僕の更衣箱から書斎の鍵を盗み、昼間の内に幻燈器を用意した。そして僕をサイドカーに便乗させると肉屋に寄って、その時刻――つまり君が書斎で僕の死に様を見る数分前に――自分のアリバイを作った。彼はサイドカーで家まで送りつける途中で僕を殺害して、屍体にカバーをかけて運べば誰にも怪しまれないわけだ。殺害の道具は『鳶色の死』と同じ拳銃、あの日僕が着ていたのがお誂え向きの白服だっただろう……さて、どこで僕を殺す積りだったかと云うとコンクリートミキサーの音が銃声を消すに違いないA駅の傍のガード下だったのだ。倉地はミキサーが休んでいるのに愕いた。しかし、未だ諦らめはしなかったろう。あのガード下でも恐らくポケットの中の拳銃を握りしめたに相違ない……危機一髪だった。もしガードの向う側から人が這入って来なかったら……」

卓子の一点を凝視して、一語々々頷くようにして喋っていた、神田は、そこで絢子の方を見た。絢子はその時、事の真相がスチルピクチュアのように心の中で静止したのを感じて、ただ凝っと坐っていた。

夕凪《な》ぎが終ったと見えて、窓の白いカーテンが窓枠からスッと宙に浮き、再た元に戻った。二枚の硝子《ガラス》越しに星が歪んで貼りついて見える。神田は窓から眼を離すと、

「……こうして殺人は行われず、アリバイ機構の一部だけが残った。しかも一年間それに誰も気が付かずに――いいや、浜さんの事件が起らなかったら永久に、絢子の幻覚のエピソードとして吾々の記憶から薄れて行く運命を持っていたよ……怖ろしいことだ！」

「貴方、何故そんなことしたの……？」平静を取り戻した絢子が訊いた。

「……嫉妬よ」エリ子が云った。「それより外に説明がつかないわ……両方とも結婚前の者を対象としてるでしょう……でも、どうしたらそんな怖い気持を普通の人間が持てるかってこと、やはり判らないわねえ……」

神田は立上って窓ぎわに寄った。

――そうだ、俺にも判らない。しかしあの異常な飛込みのスペキュレーション、独創的とも云える時間の逆アリバイ等が、倉地が人に秘していた或る肉体上の先天的欠陥に根を張る、絶望的な孤独性と偏執性の故でないと

誰が言えるだろう——

振返えった彼は、しかし、それを言葉には出さなかった。

「……済んだことの詮索はよそう、そして浜さんの釈放を待ちましょう……」

恐ろしきイートン帽

○○アパートで奇妙な殺人事件が発生したのは、三月も末の風の強い夕方だった。

混凝土《コンクリート》三階建の焼けたのを戦災者用に修理したアパート、三階の五十八号室の窓ぎわに被害者の疎開寡夫《かふ》牧節夫が絞殺されていたのだが、不思議なのは、犯人出入の形跡も兇器も現場に無かったことである。

塙《はなわ》刑事が、現場検証と三階の住人の訊取りから得た情況は、ざっとこんな風だ……。

その日六時頃牧は会社から三階の自室に戻って来た。隣りの五十九号室に住む浅沼夫人は、その日一家揃って外出したので、遅くなった食事の用意に廊下に持ち出した焜炉《こんろ》の火を見ていると、牧が戻って来て自室に這入った。そして三分も経った頃、五十七号室のこれも家族を田舎へやったままの海野という男が牧の部屋を訪れて、始めて絞殺されている牧を発見したのである。

一枚開けた硝子《ガラス》戸の前に斃れた牧は、頸の周囲に紅く喰い込んだ細い斑痕《はんこん》から、針金様《よう》のもので絞められたことを示していた。

浅沼夫人の証言では、牧が入室してから海野が屍体を発見するまで、扉から這入った者はないから、犯人は表側の窓から侵入し、また逃走したに相違ないが、その窓側たるや、ノッペラボーの漆喰《しっくい》壁で昇降はまず不可能だし、牧の戻る前に犯人が潜伏していたとしても、高さと下の道路の人通りを考えると、逃走はやはり不可能と思われた。

派遣された係官が、アパートの住人の訊き込みと兇器の捜索に散った後、室内には塙刑事と海野、浅沼夫人がクーンと微かに音を立てている室内用には勿体ない一キロの電熱器を囲んで残っていた。

「君は何のためにこの部屋へ来たのかね？」

「……私？」と海野は電熱器から顔を挙げた。

「……実は、ちょっと云いにくいですが、なにつまらんことです。牧君は先だってから僕のラヂオが八釜《やかま》しいと騒いでいましたが、その腹いせにこの物凄いヒーターを二、三日前買い込んで妨碍《ぼうがい》を始めたんです……さっきも、食後の悠《ゆ》ったりした気持でラヂオを聞いていると、それがスッと聞こえなくなりました。あまり癪《しゃく》に触わるんで文句を云ってやろうと……」

跳び込んで喧嘩になり、何かで絞殺して部屋を出た——とも考えられるが時間の点で無理がある。

「奥さん、海野君がこの部屋に居た時間は……やはり先刻仰有《おっしゃ》った通りですかな？」

「ええ、這入ってものの十秒そこそこです」

やはり海野は犯人じゃない。塙刑事は窓から外を見下した。夕空は浅緑に澄んで風に一刷毛《はけ》の赤い雲、美しい夕暮である。と、刑事は何か強く独りで頷いた——そうか——彼は海野を振り向いた。

「屋上へ案内して下さい」

廊下の端から三人は屋上に登った。取り残した干物《ほしもの》が風に揺れている。子供が三人独楽《こま》を廻して遊んでいた。

塙刑事は五十八号室の真上の手摺から下を覗いてみた。降りられないことはない。子供達は独楽をやめて、見慣れぬ男を、何事かと珍らしそうに眺めた。振向いた刑事は、

「おい、君等何時頃からここに居たかね？」

赤と紺のイートン帽を冠った、頬の紅い可愛い子が、独楽の紐をポケットに突込みながら、

「ずっと前からだよ……」

「ずっと前って、どのくらい……？」

「義男！　帰ってから直ぐここへ上ったの？」

浅沼夫人が横から口を挿んだ。

「……そう……」

イートン帽が頷いた。

「じゃ、五時半過ぎですわ、私共が帰って来たのが五時半ですから」

「すると、それから今まで誰も登って来ないかね？」

三人は互いに頷き合った。刑事が困ったような表情をしたのを、イートン帽は気が付いて、

「小父さん、何か紛《な》くなったの？」

「いや、誰か機械体操みたいにして、ここから三階へ降りた奴が無いかと思ってね」

と塙は云ったが、思い切って、

「牧の小父さんが、今少し前誰かにしめ殺されたのだよ」

小さな三人は吃驚《びっくり》して刑事の顔を見守った。イートン帽はポケットをまさぐっていたが、

「……判った。小父さん、誰かが僕達の独楽の紐を使って牧の小父さんを殺したと思ってるんかい……そりゃ

違うよ、僕達ずっと一緒に居たもの……」彼は友達を振向いて同意を求めた。

「ねえ……」

皆んな「いたよ」「そうだよ」と同時に答えた。

末恐しい子供も居るものだ――ハラハラしている浅沼夫人の傍で、塙刑事は心中に舌を捲いた。が、未だそれで終ったのではない。

「小父さん、きっと、それじゃこれだよ」イートン帽はピョンと跳ねて、五十七号室の廂《ひさし》を覗き込んだ。

刑事がイートン帽と並んで覗き込んだトタン、も些しで「あッ」と声を立てるところだった。廂に隠れて今まで見えなかったが、中ほどからポキンと折れたアンテナの竿。

「さっきね、凄い風が来たんだ。するとこのアンテナが切れてすっ飛んだよ、そしてちょっと経ってこんどは竿がポキッと折れたんだ……」

刑事は腕を伸ばして折れた竿を掴むとアンテナを手繰《たぐ》り上げた。碍子《がいし》から一寸ほどの処で切れている。彼は海野に訊いた。

「この他端はどこですか?」

「その樋の受け金です……」

なるほど、樋の受け金に残りの針金が二寸ほど残っているが、切口を見た塙刑事は――オヤ――と眉を顰《ひそ》めた。針金には最近鑢《やすり》をかけたらしい痕がキラキラ光っていたのである。

「この竿は直立していましたか、それとも撓《まが》っていましたか?」塙が訊いた。

「線が足りないので丸く反っていました」

弓なりに撓《たわ》めた竿の反撥力で、風に切れたアンテナは碍子を錘《おもり》にして飛び、五十八号室の出窓に腰かけていた牧の頸に捲き付いた。そして彼が絶命すると同時に、崩れた体重がアンテナを引張って竿が折れる。その瞬間碍子の結びが解けてアンテナが元に戻ったに違いない……だが、この鑢をかけた痕跡は?

「……変だねえ……」子供達が頭を寄せて何か云っていた。

「何が変だ?」塙刑事が聞き咎めた。

イートン帽は何か深刻そうに眉を寄せて母親の顔色を伺った。浅沼夫人が留める隙もなく、「何、云って御覧」と云う塙の言葉に、イートン帽が答えた。

「……小父さん、とても変だよ。おとついの正午頃、僕達が独楽をやりにここへ登って来ると、キキキキと変な音がする……階段の上から覗くとね、牧の小父さんがそこの手摺りに跨がってアンテナに鑢かけてんのさ……

おかしなことしてんなあ、と僕不思議に思ったんです」

ラヂオ憎くさに、牧がアンテナを痩せさせた鑢は、遂に自分の命を断つ鑢となったのだ。

「そうか、よしよし」と塙刑事は嬉しさ余って、赤と紺のイートン帽をクルクルと二、三回撫で廻わしたのである。

テニスコートの殺人

（1）

風に鳴る庭樹のざわめきが耳について睡りつけない雅子は、居間の卓子に置いた読みかけの新刊書のことを思い出して、ベッドからおりるとツッと部屋を出た。

廊下はまっ暗らだった。

居間の扉から灯が洩れている。開けるとこんなに遅いのに佐伯《さえき》と田村がまだ将棋を指している。「まあ、まだ起きてらっしゃるの……」彼女が卓子から本をとって引返えすと、指し終った佐伯は――今晩はやられたなあ……アーアと伸びをし後から出て来た。

「ちょっと……」佐伯が小声で呼留めた。

「え？」

「……あの手紙お返えしするよ、誰も知らない秋本夫人の過去の火遊びの燃え殻《がら》をさ……フフフ……」

雅子は闇の中で凝《じ》っと軀《み》を固くし、相手の忍び笑いが眼に見えるような嫌厭を感じた。佐伯はユラッと傍に寄ると、

「だが条件をつけさしてもらう、三万円明日中……どう、廉《やす》いもんだろう」

「そんな……そんなお金持ってません！」

「もし駄目なら……秋本君から贈られたブリリヤント型《カット》の頸飾《ペンダント》、あいつを一時預っておこうじゃないか」

「……」

「どう？　それとも秋本君に話そうか……僕の方はどっちでも良いんだぜ」

雅子はグイと肩を振り切るようにして足早めに逃げだした。その背中へ佐伯の押殺した含み声が迫ってきた。

「いいかい、明朝早く例の思い出のポストへ間違いなく入れとけよ。でないと……」

×　　×　　×

磐石セメント会社の御曹子《おんぞうし》社長秋本宇一は、週末に彼の別荘を社員のクラブとして解放する良い趣味で人気があった。もっとも、親爺《おやじ》が生きていて鉱滓《こうさい》を主要原料と

する代用セメントの生産に追われた時分とは違って、敗戦とともに原料の独占ルートが御破算になり経済速力で僅かに帳尻を合わせる現状では、こんな面でも若干《なにがし》か社員を犒《ねぎら》うという御曹子の狙いでもあった。しかし、一日数本のバスが通う湘南の避暑地Hから一里も奥まった不便なA海岸なので、最初のうちこそ大人数で押かけた連中も一人減り二人減り、今では定連《じょうれん》といっては幾らもいなかったのである。

ゆうべ招《よ》ばれて泊ったのは、庶務課次席の佐伯、営業の田村、秋本の婚約者茅原《かやはら》雅子とその親友のタイピスト岡野の四人、それにこの近所のテニス仲間、筧《かけい》青年と横山嬢の二人が加わることになっていた。

六月の薫風はゆるやかに深緑の葉裏をかえし、初夏を告げる松虫のギーギーという声が松林から降るようだ。絶好のテニス日和。

仕度してポーチを出た岡野タイピストは、庭続きのコートへ向かう筧と横山の後ろからピョンピョン跳ねるように追駈けた。

「社長さんと佐伯さんがネット張りに出ましたわ」

「御主人にネット張らしちゃ悪いな……田村さん今日来てますか？」筧が白い歯を見せて振返った。

「ええ、だけどあの人さっきから詰将棋に夢中よ……まだやってるかもしれない」

「おやおや……」三人の笑い声が消えると、サーッと青嵐が渡った。すると、

バアーン！

銃声？　三人は顔を見合わせた、コートの方だ。

木戸から筧を先頭に駈け込むと、クレイコートの白線が眼を射る。そのネットポストの手前に立っている後姿は茅原雅子。三人の足音に振向いた彼女は、一瞬、顔を苦痛に歪めるとヘタヘタと筧の腕に崩れかかった。

「どうしました！」とその軀《からだ》をかかえた筧は、だが、眼前にもっと大変なものを発見して、ウッと声を呑んだ。

佐伯聖造がネットポストの前に横様に倒れ、その頬には鮮血がザアーッとかかっている。恰度後から来た田村がその方に駈け寄った。女二人は筧の後ろに立停ったまま慄えていた。「佐伯さん！」田村は彼を膝に抱き起こして呼んだが反応はない。脈搏は停止していた。田村は蒼い顔をして軀を静かに膝からおろし立上った時、筧の後ろにウッソリ立っている背の高い秋本宇一に気がついた。

二人は互いに凝っと睨み合った、両方とも微かに額に汗を浮かせている。秋本の顔がクシャクシャと歪み口元が痙攣《けいれん》した。

「……ぼ、僕がやった……」

（2）

「この拳銃は貴方のものですか？」

「そうです」

「どこに納《しま》ってありましたか？」

「書斎の机の抽出《ひきだし》です」

「フン、それで貴方はどこから射撃しました？」

「コンクリートの塀の上から撃ったのです」

昔、秋本の父が会社の代用セメントの試験を兼ねてテニスコートの風除《よ》けに造ったという、あのごつい塀のこととか——H署の水井司法主任は信じられぬという風に毛虫のような太い眉を寄せた。

「コンクリートの塀って、あの海岸側の無暗に高いやつかね、ありゃ君、三米《メートル》もあるが……君はあんな処で待伏せしてたのですかな？」

「いや、突嗟にやりました」

「ほう、突嗟に？　どうも判らん……考えて順序よく話してみて下さい」

「はあ……コートに居た茅原雅子は近々私の妻になる女ですが、以前佐伯と恋愛関係があったのです。ところが、今朝佐伯から昔雅子から貰った手紙を買ってくれという意志表示がありました」

「意志表示と云うと？」

「メモに書いたものです……九時半頃テニスコートの外の浜へ出る道で渡すから、なにがしの金員を用意して欲しいという意味のものでした……私は金は惜しくはないが、彼の陋劣《ろうれつ》な性根を叩き直してやる積りで、拳銃を持って約束の場所へ行ったのです。ところが彼はやって来ません……暫らく待っていますと、塀越しにコートの中で雅子と佐伯の声が聞えます、その内容が穏やかでない、やはり同じ手紙のことらしいので私はカッとなりました。恰度足元に落ちていた竹桿《たけざお》をポールにして塀の上へ……」

「ちょっと、そのポールってのは？」

「あ、私は昔棒高跳《ぼうたかとび》をやったことがあるのです」

司法主任はコートの囲いの隅の砂場にちょっと眼をやって頷いた後、傍に眼を光らせている小林刑事に小声で何か指示を与えてから、「ふん、それから……」と後を促した。

「……塀から見おろすと、佐伯の奴が普段の彼とは打って変った悪相をまる出しにして雅子と争っています……私は夢中でぶっ放しました。その時身体のバランスが崩れたため、拳銃を誤ってコートの中に落したのです……」

水井司法主任は左手で丸っこい顎の辺りを撫でながら、相手の顔付を観察したが、

「その貴方が見た時の被害者と雅子さんの位置は?」

「……佐伯はネットを引張ってラチェットのフックを調節していました。雅子は……そうです約二間《けん》も離れていたでしょうか」

「二人の会話を憶えていますかな?」

「……はっきり思い出せませんが――みんな返えして下さい、と雅子が云うと佐伯は――虫の良いことを言いなさんな、と答えていたようです。その憎《に》くていな顔付に私はカッとして前後の考えもなく……」

水井はデッキチェアから立つと、ズボンの塵を払い秋本を促して葦《よし》ず張りの休憩所を出た。

テニスコートの一劃はかなり余裕をとってあった。西側は例の三米高さのコンクリート塀、他の三方は板塀でその北側の隅に木戸が一つだけあり、その塀に添って道具小屋が建っている。休憩所は東側、東南の隅が跳躍に使ったのだろう矩形の砂場になっていた。

司法主任は秋本の射撃した位置、拳銃の落ちていた○印と被害者の位置を確認してから、秋本に母家《おもや》の方で待っているように命じた。その時小林刑事が竹桿を持って戻って来た。

「塀の外の溝にありました」

水井司法主任は竹桿を塀に凭せかけて、ぐっと土に突込んでみた――塀から三尺ほど上へ出たのを見上げて彼は田村を呼んだ。

「これで、棒高跳の要領で塀に登れるでしょう……ねえ」と彼は筧を振返えった。筧は暫く考えた末頷いた。田村と筧から情況聴取をした末、司法主任は、皆がコートに来た後拳銃に触った者のないことを確めた。

屍体写真が撮られ移すばかりになった時、木戸から這入って来た私服が、失神した茅原雅子が恢復したことを告げたので、水井は母家の方へ歩きかけたが途中で道具小屋を覗き込んだ。

硝子《ガラス》戸をたてた一坪半の小屋には、毀《こわ》れた椅子が二、三脚、古いネットとネットポスト、跳躍用のバーやトレイニング用の跳び箱等が雑然とぶち込んであった。水井は床にこぼれた石灰粉を見て、蹤《つ》いて来た筧に訊いた。

「被害者がネットを張ったとすると、あのラインも引いたんだろうね?」

「無論そうでしょう」筧はラインぎわに転っている車型のライン引きを見て答えた。

茅野雅子は岡野に看とられて、居間のソファに頭を低くして寝ていたが、司法主任達が敷居を跨《また》ぐと急いで起きようとした。

「ああ、そのままそのまま……どうです気分は、癒りましたか?」

雅子は口をキュッと引緊めて眼で頷いた。

「びっくりしたでしょう、眼の前であんな事が起こって……」

雅子は岡野嬢に助けられて半身を起こすと細い声で訊いた。

「……秋本が何か申しました?」そして司法主任が黙って頷いたのを見ると、一瞬遠い空間を見つめるような表情をしたが、急に頭を後ろに投げて激しく泣きだした――岡野が耳元に慰めの言葉を囁いても、その金属的なほとばしるような涕泣《ていきゅう》はなかなか歇《や》みそうにない。待ち草臥《くたび》れた水井が眼を外《そ》らして窓の外を眺めた時、ヒステリックな泣き声が彼の胸元でつっ走った――

「……あ、あたしです佐伯を殺したのは……秋本はあたしを庇《かば》っているんです!」

(3)

昂奮が遠のいてから、雅子が水井司法主任の訊問に答えたあらましはこうだった。

彼女と佐伯は、秋本がこの邸を社員に解放した頃から恋愛に落ちた、が、その関係が二、三ケ月続いて彼女が佐伯の性格の底を知るに従って、彼が間違った相手だったことを悟るようになり、二人の仲は急速に冷却して行った。しかも一方彼女の心は初めそんな気持のなかった秋本に惹かれて行き、最近二人は結婚するまでの進展をみせたが、ここに彼女の気持に一抹の影を落したのが、不用意に佐伯に送った数通の手紙だった。先達《せんだつ》て以来、彼女は拘《こだ》わりの無い言葉で、それを返えしてくれるように再々頼んでいたが、佐伯は言を左右にして応じない。その魂胆《こんたん》が想像されるだけに余計に心中の不安がつのるのだった――

ところが昨夜のことだ。佐伯が突然條件をつけて手紙を返えそうと云いだした。しかし即座に三万円の金が雅子に出せる訳がなく、彼女は一晩怏悩《おうのう》の末、秋本から贈られたブリリヤント型のダイヤを抱いた金の頸飾を一時佐伯に渡す決心をした。金の調達の目あてはあったので、それと引換えに返えしてもらえば或る期間頸飾が手元に無くても、秋本に気付かれず済むと思った。で、今朝早く佐伯の指定した場所——昔、雅子の子供っぽい思い付きで二人が手紙を秘かにやりとりした思い出のポスト——テニスコートの道具小屋の中にある跳び箱の手掛け孔から中へ頸飾を落し込んでおいた。手紙は佐伯が皆より先にネット張りに出て、そこで雅子に渡す手筈にしてあったので、頃合をはかって彼女がコートへ行ってみると、意外にも佐伯は色を作《な》して高飛車《たかびしゃ》に雅子の違約を責めた——跳び箱の中に頸飾が無いと云うのだ。

ネットを張りながら——いいとも君にその気が無ければ、秋本が来たらこいつを渡すまでさ——とテニスパンツの膨らんだポケットをパタパタ叩いて嘯《うそぶ》く佐伯の顔を、啞然として眺めている内に雅子は自分が見事に欺かれたことを知った。もう我慢がならなかった。その時、先達て秋本が冗談に——いつでも使えるよ——と見せてくれた装塡したブローニングのことが頭を過《よこ》ぎった。彼女は秋本の書斎から急いでそれを持って戻って来ると、佐伯に迫った。

ほほう、えらいこと覚えたね——佐伯が蒼ざめた顔に嘲笑を浮かべてこう云った時、轟然《ごうぜん》弾丸が発射された。

「……撃つ気はなかったのです、何か急に指先がしびれるような気がしたと思うと……、もう佐伯は倒れかかっていました……」話し終ると雅子は一時に疲労が来たのか、眼を瞑った。司法主任も小林も後ろに立っている岡野も暫く無言だった。

「もう一つ訊きますが……その問題の手紙は何通でした?」水井は跼《かが》み込んで訊ねた。

「五通のはずです」

彼は内懐ろから手紙の束をとり出すと、気がついて差出した雅子の両手の上に静かにそれを置いて立上った。

× × ×

水井司法主任と小林刑事が別室で事件のデータを検討していると、H署からの電話を家人が知らせてきた。

「ブローニングの指紋は……」鑑識の係員が報告した。

「微弱ですが秋本と茅野のものが入り交って数個出て来ました。残弾は三発。それから銃尾の角に石灰が少し附着していますが、御承知でしょうね……」

「ああ、判ってる……それが困るんだがね、有難う」

電話室から戻って来た彼は——これで大体條件が揃った——と電話の内容を小林に披露してから、思い出したように煙草をつけた。

「ところで小林君、きみの考えはどうかね？」

「女でしょうな。秋本の方は絶体にやれませんよ……」

小林刑事は相手から火を借りて吸いつけながら、「貴方は何故か黙っておられたが、例の網干し用の竹桿が短か過ぎます。コンクリート塀の外側は砂でテニスコートより地面《じづら》が二尺も低いのです。さっき竿を塀の外で突立ててみると、てんで塀の上へいくらも出ません……だから秋本の云ったことは嘘です。また、彼が例えばコートの木戸あたりから撃ったとしても……」

「なに、木戸から？」

「……ええ、まあ仮りにそうすると茅原雅子の姿が彼に見えたでしょうから、拳銃が女に嫌疑がかかるような場所に置かれてあったのがおかしい……つまり秋本はあとからやって来て、雅子がやったと悟ったに過ぎないということになります」

「同感、無理のない見方だ」水井は煙草を挟んだ右手を軽く額の上にのせた。

「次に女の方を考えてみると、総て辻褄《つじつま》が合っています、ただ……例の頸飾り、こいつを佐伯がどこに隠したか？　さっきから手分けして探していますが、まだ判りません」

「そういう物を探すのはただバーッと在りそうな処を探しても駄目だ、隠し場所は無限にあるとも云えるからね。その隠した人物を極めてかからないと……」

「だから佐伯を中心にしてやってるんですが」

「そりゃまあ良い、しかし君、隠し場所というものは固定したものとは限らない。移動するもの動くものだって……」

小林刑事は相手の真意を探るように、司法主任の血色の良い顔と細い眼を見つめた。

「念のために関係者の体は調べました……もっとも、盗った品を身につけているはずはないから、出て来る訳はありませんが……」

水井は煙草を揉み消すと、若葉を透かして燦々《さんさん》と初夏の陽《ひ》が降り灑《そそ》ぐ庭に目を移した。恰度コートの木戸から真直ぐに、殺された佐伯が引いたサイドラインの白線がくっきりと見える。

振り向いた彼の顔には、眼尻が下がって明るい悪戯《いたずら》っぽく見えるほどの微笑が湧いていた。

「きみ、テニスやろうか……」

「え？」小林は不意を衝かれてまごついた。署の裏で小林刑事や若い者がテニスを始めたが、その頃覗きにも来ない司法主任の言葉だけに、ちょっと返辞が出来なかったのである。

「テニスだよ、君の好きな……このお天気に俺もテニスをやりたくなった、フフフ……」

　何を思ったか、水井司法主任は肥った軀をゆすってニヤニヤしながら部屋を出ていった。

（4）

　殺人コートで、前代未聞の――少くとも小林刑事はそう思った――奇妙なテニスマッチが始まった。

　筧と田村は、這入って来た水井司法主任が事もあろうにテニスをやりたいと、ちょっと恥かしそうに告げた時、互いに顔を見合わせたのだった。――あたしはテニスに目が無いのですよ、事件の見込みもついたから、ちょっと内証《ないしょう》で三十分ほど打たせて下さい――何か割り切れない厭やな気持がしたが否む理由もないので、筧、田村、司法主任と小林刑事はコートに出た。

　乱打をやってみると、テニスに目が無いと云う司法主任の腕前たるや、甚だ心もとないものだった――どうも不可《いか》ん――の連発で、コントロールがてんで無くドライブも満足にかからないヒョロヒョロ球が、とんでもない方へ飛んでいくという始末。

「こりゃラケットが軽いな」と水井はラケットに注文をつけて、田村のと取り換えると妙なもので幾分ましなような当りが出てきた。そこで筧と小林刑事、田村と司法主任が組んでゲームが始まった。

　事件のあとのこんな環境にも拘わらず、段々熱が出てきたのは不思議なもので、小林刑事が案じたほどの事も無く、水井のコントロールが極まるとゲームが進むにつれて、気持のよいラリーが続くようになった。

　水井司法主任は捲り上げたワイシャツから出た毛深い腕を泳がせて、懸命に右左に走り廻る。初めは加減していた筧の球も、容赦なく左コーナーに速いプレースを極めるようになった。パートナーの田村は水井の位置に気を配りながら適当にカバーしていた。

　と、田村がネットすれすれの直球で筧のバックを突いて、その足で前へ出た。水井が入れ換わって筧からの返球をさばいたが――それが小林刑事の前面に緩《ゆ》るく浮上った。いけねえ――と水井が戻るより早く、小林の右コーナーを狙ったスマッシュが唸りを立てて落ちてきた……やった！

　水井がリーチ一杯に伸ばしたラケットで受け留めようとした時、えらい事が起った。

「アッ！」田村が小さく叫ぶ。

水井のグリップが外れてラケットが物凄い勢いでヒューッとすっ飛ぶと——カチャーン、コンクリート塀にぶっつかって、溝に飛び込んだのである。

背を丸くして頭を掻きながら拾いに行った水井司法主任は、ラケットを案じて不安そうに寄って来た田村に、案のじょう握りの留革が切れてパタッと剝げたブラブラの柄の蓋を示した——

田村の頭から足先きまで戦慄が走った。

彼の見開いた両眼は、自分のラケットの握りの細長い洞《うつ》ろからズルリと滑り出た、輝く頸飾の金鎖に釘づけになったように注がれていた。

× × ×

「拳銃に石灰粉がどうして附いたか、目の前に鮮やかな白線を見せつけられながら、こいつに一番参ったね……秋本では勿論ない、女の手は先刻手紙を渡す時注意したが石灰はついてない。残るは佐伯の手からくっ附く場合だけだ——自殺も一応考えてみたが、拳銃が屍体から三間も離れて落ちていたのが変だ。また、突きつけられた拳銃を佐伯が捥ぎとった時ついたとすると、その拳銃であっさり茅原に殺されるはずがないから、これも駄目……ところが、さっき君が不用意に云ったね——木戸から撃つ——って……あれでやっと判った。石灰粉が手を介して附着したと盲信していた眼界がパッと開けたよ。何も手にこだわることは無いんだ。撃ってからあの場所に拳銃が置かれるまでに、銃尾に石灰のつく可能性がただ一つある……判るかね？」

小林刑事はあとが気になるので、あっさり司法主任にあやまってしまった。

「犯人が発砲した後コートのサイドラインをクロスして投げられた拳銃が、一旦ライン上に落ちて跳ね返り、余力であすこに着陸する場合だよ」水井は相手を誘うようにニヤッとした。

「判りました。道具小屋から撃ったのですな……だが、あすこは、硝子戸の見とおしなのに、よく佐伯に見付からなかったですね……」

「跳び箱の中さ……」

小林刑事は、しまった——と、顔を赤くした。

「さっきタイピストに聞いてみると、田村は会社の野球チームの捕手をやってる……跳び箱に隠れていて、佐伯と茅原の口論が始まった時、蓋を持ち上げて発砲しナックルを利かせて拳銃を投げ出す。その時拳銃は銃尾からラインの上に落ち、跳ね返えって塀の下で停まったのさ。そして寛達が走り込んだ後から何喰わぬ顔で仲間に加わる、それで充分だ……彼は佐伯と前の晩将棋を指してから、佐伯と雅子の廊下の会話を盗み聞きした。佐伯の所謂思い出のポストが跳び箱を指すことも知ってたんだな、そこで翌朝秋本にメモを送りあの時刻に塀の外におびき出した。竹桿をあの辺へ転がしておいたのも無論彼さ。秋本は狐につままれた格好で、テニスコートに来るまでは何も知らなかったのだが、あの場の情況に、まんまと田村の術中に陥って、雅子を庇うため、あんな自白をせざるを得なかったのだ……

頸飾の在り場所は、田村を犯人としての俺の勘だよ……フフフフしかしあのテニスには大汗かいた、もうラケットなんか見るのもお拒《こと》わりだ、何しろ十年振りだからなあ……何、動機？　それそれそいつがまだ残ってたね、どれ……」

水井司法主任は丸い軀をどっこいしょと持ちげ上ると部屋を出て行った。

日時計の家

(1)

最初仲介者からこの家の話が出た時、省電区間から外《はず》れているし新橋まで一時間半も要《かか》るので、私はあまり気が進まなかった。しかし前住者も立退《たちの》いたから——ということに思いきって見に来て、良いことをしたと思った。実際、私はすっかりこの家が気に入ってしまった。

木戸を開けたすぐ前で、風に歪められた雄杉に囲まれた芝生と疏菜畑が半々の百坪以上の庭を隔てて、好もしい落着いたダークブルーの平家の洋館は三十坪もあろうか。この辺《あたり》の海岸に多い釉薬瓦《いろがわら》で屋根勾配のゆるいバンガローと違って、大正頃の設計と思われる和瓦葺きながら、横破目の規定面《きちょうめん》な配列、雨樋の霧除《よ》けの形さては露台の手摺りの梣《くり》飾りまでが、却って何か昔風の異人臭い雰囲気を漂わせていた。

中でも私の興味を唆《そそ》ったのは、庭の東寄りにポツンと据えてある花崗岩《かこうがん》の日時計だった。細い脚に載った円卓の側面には蠍《さそり》だの魚と思われる赤道十二宮の浮彫が風雨に黒ずみ、半月形のダイヤルは青銅の嵌め込みで、その上に雲形定規《くもがたじょうぎ》に似た同じ青銅の投影板が、秋の陽《ひ》の尖鋭な影を落としている。こんな風変りなものを庭に持込んだのは、一体どんな男だったろうか——私はしばし日時計に見入ったことである。

引越しは転入や何かで暇どるので、その間傷《いた》んでいる屋敷の手入れを近所の仕事師に任せて、それを見がてら私は三日に一遍ほど鞄に着替えを突込んで出掛けて来た。

その秋のある日、手のあいていた友人の笹井を誘って来たのも、この珍らしい日時計を自慢したい私の子供っぽい気持からだった。

笹井は日時計を一見に及んで、

「これは珍らしい……家の旧いことからみると、昔異人が据えたものかもしれんね。君は日時計の起源を知ってるかい?」

「いや、知らない」

「旧約によると——確かイザヤ書だと思ったが——猶太《ユダヤ》の王ヒゼキヤなる者がアッシリヤに攻められた時、

その信仰するエホバが救いの手を垂れ給う証《あか》しに、ヒゼキヤの父アハズが発明した日晷儀《ひどけい》に落ちた日影を十度戻してやる話がある。このアハズの日晷儀が文献に出た最初のものだそうだよ、清盛が落日を呼び戻した話にそっくりだね、……そうそうディッケンズの『エドウィン・ドルードの秘密』に日時計を使った印象深い場面がある――ヂャスパーという中年の牧師がねロノザバッドという愛称の可憐な少女に邪《よこ》しまな想いをかけて、半ば脅迫的にその少女を口説く、その舞台が実に効果的なんだ。燦々《さんさん》たる陽光振り灑《そそ》ぐ平和な修道院の中庭、周囲から皆が見ているが先生と教え子のほほえましい風景としか思えぬ……ヂャスパー師は日時計に身を凭せかけて、凄みがあるね、こんな風さ

――くるめくような真昼の陽脚《ひあし》に、貼りつけたような黒い影を落として日晷儀に凭れかかった男の貌《かお》が、限りなく兇《ま》が兇がしく見えたので、少女はもう足も竦《すく》む思いがした――

とね。

それから、マリイ・ロバート・ラインハールトの『赤い灯』にも……」

「判った判った……」笹井のこんな場合の饒舌を知っている私は降参してしまったのである。

笹井がぶらりと海岸を一周《まわ》りしに出た後、私は初秋の海辺の気の遠くなるような静けさにウットリして、両手を盆のくぼに組んだまま椅子に掛けていた。すると――毀《こわ》れた白ペンキ塗の木柵の外を、さっきから三度も悠《ゆっ》くり通り過ぎる背の高い男に、私は気が付いた。

私は不審に思って下駄をつっかけると庭におりた。再《ま》た彼の鳥打帽が浜へ出る小道から現われた。緑色のハンチングに肩のだぶついた同じ色の着古した背広の男、年齢は五十を出たほどか――彼は私の姿を見るとちょっとまごついた風をしたが、二人はどちらからともなし同時に目礼を交わしてしまった。何か云わねばならぬと思って、

「どちらかお探しですか……もっとも私は越したばかりで不案内ですが」

「いや、ちょっとこの辺を……」男は曖昧《あいまい》に口ごもって、「実は、昔この辺に居たもので……ついお宅を覗き込んだりして、大変失礼しました。何卒お気になさらんで……」

「どう致しまして」とあらためて相手を見ると、背がすらっと高く口髭をさっぱり整えた、品の良い老紳士なので、私は退屈凌ぎについ口が滑ってしまった。「お寄りになりませんか……何も御縁です、家族が未だ来ない

ので殺風景ですが」

彼は——では些《すこ》しお邪魔します——と云って、朝鮮から引揚げて来た風間伸太郎という者だと自己紹介した。

風間は部屋の中や庭を見廻わして、何か感慨深かそうに、

「この家もだいぶ変りましたな、なにしろ私の知ってるのは二十五、六年前ですから……」

「ほほう、ここにお住いでしたか？」私が興味をおぼえて訊くと、

「いいえ、知人が住んでいたので始終参りました」

「なるほど、で、ずっと朝鮮の方に居られたのですね……今度は御辛労でしたな」

私が煙草をすすめると、彼はポケットから見慣れぬ煙草を出してつけた。

「ひどい目に遭いました」彼は赭顔《あからがお》を綻《ほころ》ばせて澄んだ眼を細くした。「京城《けいじょう》から奥へ汽車で十数時間も要る山の中の鉱山ですが、住めば都という理屈でしょう、酷い目に遭ってもいざ立退くと決まると、やはり後ろ髪を曳かれる気持でした……この年になるまで人生の全部を打込んだ仕事を捨てて来るのですからねえ……さっきは御不審だったでしょう、あんな無躾《ぶしつけ》な真似《まね》をしまして……実は、この家には深い思い出があるのです。こんな老人が、貴方のようなお若い方にお話しするのもどうかと思うほど、何といいますか……ロマンチックなしかし不思議な思い出なのです。聞いて頂けましょうか……」風間氏がその枯淡な顔を心持ち上気させて、見ず知らずの者に聞いてくれと云うのはよほど事情《わけ》があるらしかった。

「どうぞ、よかったら伺わせて下さい」

木戸が開いて、上衣を右手にかけた笹井が戻って来たので、彼も聞き手の仲間に加わった。

風間伸太郎が話してくれたのは、次のような奇怪な物語だった。

（2）

私は第一次欧洲戦争の景気がまだ降り坂にならぬ大正——年大学の採鉱冶金《やきん》を出ると、すぐ或る鉱山会社に入社しました。その会社は北は北海道から南は台湾まで四十幾つもの鉱区を持つ一流会社でしたが、毎年入社した若い学校出は、その一部分を本社の調査課に残して、あとは全部全国に散らばった現場へ配属するしきたりでした。どういうわけか、私は本社詰めの五人の内の一人に廻わされて、一年間というものは嫌でも資料調査や監査

部の手伝いをやらされることになったのです。

大会社の東京本社詰めというと、普通の若いサラリーマンならこんなうまい話は無い訳で、知らない方にはちょっと変に聞えるでしょうが、私達のように一生の大部分を不便な淋しい鉱山《やま》に捧げる積りで学校を出た者にとっては、この初っ端《しょぱな》からの本社詰めは、実に気に喰わない話だったのです。

その気晴らしの気持と、一つにはこれが最後の悠くりした海水浴の機会かもしれぬと思ったので、その翌年の夏二週間の休暇が出ると、私は同僚のうちで仲の良かった坂川という男を誘って、この海岸の或る鳶職《とびしょく》の離れを借りました。

今、ちょっと思いついたのですが、内地に帰って来て、屈托のない伸々した一部の若い人々の様子を見ると、戦争中鉄の框《かまち》を嵌められた生活様式から解放された彼等の心の中の喜びが目に見えるようですが、大正中期から末期へかけても、その点の自由さは或いは現在以上だったかもしれません。殊に、夏の避暑地は規模こそ小さいが、なかなか奔放闊達だったもので、私達もその点の物の見方や考え方はかなりフリイなものでした。

私達がここへ来て二、三日経った頃ふとしたキッカケから、海岸で一人の美しい令嬢と知り合いになったのです。私も当時は元気であったし、坂川は吾々の仲間でもナイスボーイで通っていたなかなか如才無《じょさいな》い男で、また秀才でもありましたが、段々その令嬢と親しくなるに伴《つ》れ、変な話ですが、坂川も私も完全にその令嬢の虜《とりこ》になってしまったのです。

名前は夏井襟子《えりこ》といって、母は歿くなり父は東京の株屋ということで、その住んでいたのが実は貴方が買われたこの別荘だったのです。今こそ松が太く枝を低く張っていますが、当時は浜側は小松だけ残してあって、この庭はもっと明るく広やかだったと記憶します。

とにかく、父は殆ど東京の本宅に居て別荘に来ることはなく、襟子は女中一人とこの家に住まっていたので、私達は誰に気兼ねもなく毎日遊びに来て、彼女の弾くピアノを聞いたり、蓄音器をかけたり、チェスを指したりして時を過ごしたものでした。

襟子は年齢《とし》は二十一、二才でしたろうか、細そ面《おも》の眼のクルッとした実に怜悧そうなしかし容貌のどこかに一抹のコケティッシュな影を湛《たた》えた娘でした。そして変っていたのは勝負事が非常に好きで、カードやその頃珍らしいチェスはよくやりましたが、中でもたまたまチェスに相当自信を持っていた坂川とは、伯仲《はくちゅう》の技倆を持っていたのです。私は坂川に手ほどきをしてもらった方なので、二人が指している傍らで観戦しながら、何故自分はもっとチェスを習っておかなかったろう、と口惜しく思った事が幾度あったでしょう。

そうこうする内、次第に激しくなってくる襟子に対する思慕の情を抑えきれなくなった私は、無鉄砲なものです、ある日坂川の居ない機《おり》をみて遂《と》う遂う襟子に求愛の申出をしてしまったのです。するとどうでしょう、襟子は――前日坂川さんからも同じことを打開けられたが、妾《わたし》の気持としては不思議に、貴方も坂川さんも同じように好きであって、妾の意志でどなたか一人の求愛を容れる訳にはいかない――と云うのです。そんな馬鹿な話があるはずがないので、私は――もし坂川の方が好きなら諦めるが、逆に私を余計に愛しているなら、はっきり云って欲しい。いずれにせよ、自分達は二人の間で解決をつけるから――と説いて迫ったのですが、彼女はどうしても諾《うん》と云いません。私はやはり自分が敗れたのだとすっかり絶望して、恋の苦杯の残滓《おり》を味わう気持で、暫くは下を向いて黙り込んでしまったのでした。

すると、美しい頰を蒼白にして考えていた襟子が急に眼を輝かせて――風間さん、貴方も苦しいでしょうが、妾も自分の偽わらない気持を曲げるのは厭やです。そこであたしに一つの考えがあるのですけれど……――と云います。藁をも摑むというのでしょうか、私は――是非あなたの考えを聞かせて下さい――と頼みますと、彼女は――今、あなただけに面と向ってお話しするのは気が進みませんから、今晩その方法をお二人にお知らせします――と云うのです。そう云われてみると、強《し》いて訊くのもフェアーでないので、彼女の提案した方法をあれこれと想像しながら私は自分達の宿に帰りました。

私は思いきって、襟子との会見の顚末を残らず坂川に打開けますと、坂川の前日の求愛に対して襟子のとった態度も、全く私の場合と同じであることが判ったのです。

そのうち夕陽の残照も消えて、快い夕凪の中に浜の方から漁船のエンヂンの軽い爆発音がリズミカルに聞えてくる、そんな雰囲気に包まれて、何となく落着かぬ焦燥の一刻が二人にどんなに永く思えたでしょう。すると七時頃になって、襟子の家の女中が待ちに待った手紙を届けて来ました。

昂奮と競争心《ライバリー》の錯綜した奇妙な心理で、その手紙を読み終った私達は、襟子の提案のあまりにも悪魔的なしかし考えように依っては実に明快な内容に、暫らくは啞然として顔を見合わせていたのです。だが、事がここまできた以上とやかく云う暇もなし、また、尻ごみするにはあまりに二人は若かったのですね。無言の内に私達はその提案を受諾した形となったのです。

手紙にはこう書かれてありました。


今晩九時、庭の日時計の上にあたくしが置きます封筒をお一人ずつ開けて下さいませ。中に諾《ウィ》と否《ノン》のカードを一枚ずついれておきます。

ノンをおひきになった方は、何卒、楽しかった過ぎし日を夢と思召《おぼしめ》してそのまま遠くへおたち願いとうございます。

エリ子

私達は直ぐ手廻り品を纏《まと》めて、カードを開ける順番を坂川の持っていたメダルのトスで決めました。私が先発となり、坂川は十五分待つことに手筈をきめました。十五分待って私が戻らなかったら、坂川が選ばれた男になる訳です。先きにカードを開ける私が敗れれば、吾々はもう会う機会がないものとみなければなりません。時刻がきたので、私が――では御機嫌よう――と袂別すると、坂川は――まだまだ、十五分たって僕は君の幸福そうな顔を拝めるかもしれないんだぜ――と妙に硬わばった表情で私を見上げたのです。

外は良い月夜でした。晴天続きの天候が崩れる前触れだったのでしょう、薄い巻雲が高く高く棚びいていて、月は愕くほどの大きな暈《かさ》をかぶっていました。

サクサク崩れる砂を爪先きあがりに踏んで、浜からあすこの木戸を開けて庭に這入りますと、あの花崗岩《みかげいし》の日時計がヒッソリと私を待っていました。見ると、ダイヤルの上には月光にクッキリと白く二枚の封筒が置かれています。庭を隔てた洋館の、私達がいつも時を過ごすこの広廊下の灯が消えているのをみると、彼女は寝室にひきとっているのでしょう。浜の方から散歩する男の唄声が微かに聞えてきます。足元の虫のすだきが止んだ時、私はもう猶予は出来ぬと覚悟をきめて、日時計から一枚の封筒を打震う手に摑みとり封を切りました。

香料の匂いがほのかに流れた時、総ては終ったのです――カードに月光を受けて浮んでいるのはNon《ノン》一字でした。

不思議なことですが、それた見た瞬間、私の熱した頭がスーッと軽くなるのを覚えました。外国のお伽噺《とぎばなし》に、よく魔法使の呪縛から解放される話がありますね、もしああいう事がほんとにあったとしたら、私のその時の気持こそ正《まさ》しくそれなのでした。凶《まが》ごとから解き放たれたことを神に謝したいほどの清《す》が清がしい気持になったのです。この急激な心理の変化は、恰度、振子《ふりこ》が固定を解かれて落下し始めた瞬間、プツンと糸を鋏《はさみ》で断ち切られ、無限の彼方に飛び去る場合にも譬えることが出来ましょう。

私はカードにサインをして日時計の上にそっと戻すと、傍に置かれた鞄を摑んで静かにもと来た木戸から浜へ滑り出ました。

それ以来今日まで、坂川と襟子の消息は何一つ知ることがなかったのです。

風間氏の長話はここで終った。

私も笹井も、あまりにも不思議な物語と、風間氏の昔話にしては、些し生《な》ま生ましい、エロキューションの起伏に富む話術の妙に魅せられて、暫くは何の応《いら》えも出来なかった。

やがて風間氏は私達の顔色を窺うように、ためらい気味の口調で訊ねた。

「貴方がたは、こんな妙な話をお信じになるまいと思いますよ……」

「……いや、何といいますかお伽話じみた珍らしい思い出ですね」私はそんな相鎚を打つより仕方がなかった。

「それで、すぐその足で朝鮮の方へ渡られたのですね?」

「そうです。その晩の夜行で発《た》って翌日岡山の故郷に帰り、そこから会社へは辞表を送りました。縁故を頼って北鮮の或る鉱山に働く場所を見付けたのは、それから一と月ほど後のことです、……やあ、手前勝手の興にまかせて長話をお聞かせし、御迷惑でしたろう。こんな馬鹿な話は、どうぞこの場限りお忘れになって頂きたいと思いますよ……」

私は風間氏をもてなす積りで、茶を淹《い》れに台所へ立った。茶を淹れて戻ると、笹井と風間氏は北朝の金鉱の話をしていた。茶をのみ煙草を一本吸い終ると、風間氏はそそくさと腰を上げ、しかし慇懃《いんぎん》に挨拶をして暇《いとま》を告げたのである。

（3）

「おどろいた文章家《スタイリスト》だ、魂消《たまげ》たね……君の屋敷もこれで箔がついたと云うもんだ」笹井は屈托のない笑声をたてた。

「そんなに感心してないで……どうだい、今の風間氏の話に対する素人探偵《エキスパート》の意見は?」

「面白いね、あれは修飾をフィルターしてみる価値がある。特に封筒を開けてからの心理的変化なぞ……あ、先生もそそっかしいな、帽子を忘れてった」と彼は立上った。

見ると緑色の地に細い黒の格子縞の古ぼけた鳥打帽が壁のフックにかかっている。

笹井が帽子を持って風間老人を追かけた後、私は日時計をぼんやり眺めながら、笹井の言葉の意味をあれこれと考えた。

一人の女が二人の男を五十《フィフティ》・五十《フィフティ》に愛するというのがまず可訝《おか》しいし、その選択を籤《くじ》で決める如き遊戯的なことを、子供ならともかく分別盛りの男がうけあうのも常識を外れている。笹井は文章家《スタイリスト》なる表現を使ったが……そのスタイルが、あの風間の風格と異様な熱情から滲み出るような奇妙な迫真性を以て、私を傾聴させた事実は、一体何を意味するか？　彼はこの近所の鳶職の離家《はなれ》を借りたらしい。この辺で仕事師と云えば、現在自分が屋敷の手入を頼んでいる鳶清だが、恐らく今隠居している親爺《おやじ》の方だろう……そうか、あの親爺に訊いたら当時の様子、少くとも風間の話が全く出鱈目《でたらめ》か否かが判るかもしれない――

追駈けた笹井は風間氏に会えないとみえてなかなかに帰ってこない。私は自分のうまい考えに北叟笑《ほくそえ》みながら、鳶清の親方を訪ねることにした。

良い塩梅《あんばい》に鳶清親方は在宅だった。

「やあ、こりゃあ……午後慶《けい》の奴を向けると伜《せがれ》が申してましたが、未だ行きませんかな。きのう見廻りましたが、あと門ぎわの樹を移して垣まわりに手をいれれば大体でしょう、いつお引越しですか？」

「お蔭さんで……十日ほどの内に越す積りですが、今日は些し古いことを伺いに来たのですよ……」

「古いことというと……？」と鳶清親方。

「もう二十年以上も前のことですが、あの家に夏井という人が居たでしょうか？」

「夏井さん？」親方は首を傾けたが、「ああ、居ましたとも……あの別荘を最初建てたのは独乙人《ドイツ》です。ハンズさんと呼んでいましたが……六、七年後その人があすこで死んだ後、夏井という株屋が買ったのです……」

風間の話は嘘でなかった。私は勢いを得て、襟子のことを訊いてみた。

「貴方どうしてそんなことを……云われて名前を思い出しました。そうそう襟子さんと云いましたよ……それがどうかしましたか？」親方は始めて私の意図に不審を抱いて訊き返えした。私はそこで風間の訪問とその告白を掻いつまんで話して聞かせた。私の話が老人に与えた刺戟は小さなものでなかった。そして彼が記憶を辿って聞かせてくれたのは、次のような興味深いものだった。

今から三代前の屋敷の主《あるじ》が夏井という株屋だった。最初のうちは夏井自身がよく来たが後年は殆ど娘と女中が住まっていた。ところが代替りになる直前に、このヒロインに相当する娘がこの家から失踪した事件が起きた。

ある夏のこと、出入りの御用聞きが別荘に行くと、勝手に錠がおりていて日本間の方の雨戸が閉《た》てっぱなしになっている。いつも襟子が女中を伴れて上京する時は必ず云い置いて行くのに、その時に限って音沙汰がなかったので、彼はちょっと不審に思ったが、その後一週間いつ寄ってみても帰った模様がないので、本宅の方へいつお帰りかと電話で問い合わせると、襟子は上京していないので始めて失踪と判った。捜索願が出て、東京の田無在の女中の実家を調べてみると、襟子から十日ほど暇を貰って帰っていたが、失踪の原因らしいものは何一つ摑めなかったという。どういう訳か夏井が娘の失踪に不熱心だったまま、事件はそれなりに済んでしまったのだが、何しろ二十何年前のことで詳しいことは鳶清親方の記憶からぼやけてしまっていた。

「……その離れを貸した二人の書生さんの名前は憶えていませんし、その事のあった夏だったか否かもはっきりしませんが、ま、風間という引揚者がそう云ったとすれば間違いないでしょうな……」

私は親方に礼を述べ帰途についた。笹井が漂然と戻って来たのは、もう陽がかげって芝生に鉦《かね》叩きがすだき始める頃だった。

「どうした、会えたかい?」私は彼の留守中に得た収穫とそれから抽きだした結論を、彼に話したい衝動を抑えて訊いた。

「会えない、しかし居所だけはつきとめて帽子は置いてきた」

私はさすがに鮮かな彼の腕前に愕いた。

「……そんなに感心することはないよ。君だって判るはずだ。あの帽子の中に往復切符の残りがあったもの……Fだよ」

「ほほう……」

それで時間が要ったのだ。Fは上りで駅三つ飛ばしたちょっとした町で二十五分の距離である。

「馬鹿に嬉しそうな顔をしてるじゃないか……何か判ったかね?」笹井にこう図星を指されると、彼がどうしてFで風間の家を衝きとめたかという軽い疑問が、淡雪のように消えた。

「風間の話はまんざら嘘じゃないよ……君の留守中近所の鳶職から訊きだしたのだ」

「そりゃえらい、なかなか君も隅に置けないな……で、どうだった?」

私は笹井に鳶清親方から聞いた話をした。笹井は今の揶揄《からか》い気味の口調とはうって変った熱心さで耳を傾けた。

「……そこでね、僕は親方の記憶と風間の話を対照して一つの推理を組立てたんだ……まあ何も座興だから、僕の推理を探偵《エキスパート》として君に批評してもらいたいのだよ……。

まず、風間と坂川が事件の当時親方の離家《はなれ》を借りていたのに問題はない。次に襟子なる女は株屋の娘で父の投機的性質を承《う》けついでいたろうから、勝負事例えばチェスのうまかった事——ひいては一番重要な点、籤抽《くじび》きによる恋人の選択の事も一応説明出来る……ところでね、順序が飛ぶが、夏井は何故娘の失踪に冷淡だったのだろう……僕は、これを彼が娘の失踪の原因を知っていたのだと解釈するよ。つまり襟子は実は坂川を愛していて、結婚のことを父親に懇願していたが、父がどうしても同意しないとなると、方法は一つしかない——駈け落だよ。そこで問題は邪魔者である一本気の風間をどうするか、と彼女と坂川が相談した結果があの籤抽きだと僕は思う。拙く順番をきめるメダルのトスなんか、ちょっとした細工でどうにでもなるから、カードを二枚とも否《ノン》にしておいて、先発の風間に抽かせれば、正直一方の彼はその晩の終列車で温和《おとな》しくおさらばするに違いないだろうじゃないか……」私は煙草に火を点けて何というか彼の返辞を待った。

「うまいな、正攻法だ……だがね、捜索願が出たのに坂川と襟子はどうして捕まらなかったろう?」

「坂川は鉱山技師だよ。恐らく辺鄙《へんぴ》な鉱山——例えば北海道の山中の個人所有の鉱区へでも逃げ込んだと思う」

「では一つ質問するぜ——あのインチキ極わまる籤抽を受あうほど一本気な風間が、その晩夜行で退陣することは、襟子たるもの勿論百も承知のはずだね……それなのに何故自分達も匆々《そうそう》駈け落ちしたか? 風間を追いのけたら早急に駈け落ちする必要は毫《ごう》もないだろう」

なるほど、それもそうだ——が私はうまいことを思いついた。

「女中に暇を出したのは、駈落ちの行先を知られないためと解釈出来ないかな?」

「……そのことは僕の質問の答にならない」笹井は意地の悪いことを云う。「僕は彼等に駈落ちの意志がなかったというのさ。邪魔者の風間がいないし女中に暇をやれば、あとは水入らずだぜ……つまり彼等がこの家から消失したのは、その後に彼等の予期しない事が起ったからだよ」

「東京から親爺が来たのだろうか？」私は考えた末に云った。

「その可能性もある、何か判らないが彼等の逢曳きを邪魔することが起ったのだ」

いずれにしても居なくなったことは同じだ、と私は思った。そして、ふとさっきの風間の家を笹井がどうして見つけたか、という疑問を思い出した。

「ところで、風間氏の家がよく見付かったね？」

「あの人も気の毒な戦争犠牲者の一人だよ。彼の目下の住いは――君には意外だろうが、県立F精神病院だったのさ……」

私は何かハッとした、と同時に心の内に頷けるものを感じたのである。

「……風間氏の話の装飾性というか、あの妙に御叮嚀な形容と比喩に君は気が付かなかったかね？　僕はあれが腑に落ちなかったので、Fでおりるとあの病院を訪れた。図星だったよ。躁鬱《そううつ》症という種類の軽度の精神病者だが、この病気は遺伝性のもので、非常に愉快な活動的で多弁の発揚状態と、その反対に極端に沈鬱で無言の抑鬱状態が交互に現われるのだそうだ……強度の精神分裂症とは違うから軽症病棟に入院していたのが、時に逃げ出すので病院では注意していたところだったよ……」

私は風間氏を痛ましく思った。

全力を傾倒していた仕事を奪われ、困苦の末内地に帰還する。そこに支え所のない一種の空虚な痴呆状態が始まる、その隙に忍び込んだ過去の甘やかなしかし痛ましいカタストロフィの記憶――精神病者の心に蘇ったこの刺戟が彼をしてこの屋敷のそして思い出の日時計の周りを低徊させずには置かなかったのだろう。

私は風間氏の狂人とは思えぬ静かな挙措《ものごし》と、澄んだ青い瞳を頭の中に画いていた。

（4）

「……おい、川辺君……おい」

フッと眼を開けると、寝床の中で私は笹井に揺すぶられていた。

「……なに、どうかしたかい？」

「面白いものを見せるから、行かないか……」

私は起き上って、電灯を消した薄闇にすかして時計を見た――十二時四十分。

こんな夜中に何を見せるというのだ――昨夜は笹井も泊ったので、九時頃、門に面した八畳の日本間に二人は枕を並べて寝た。

どこへ行くのかと訊くと、直ぐ判ると答える。勝手口から表に出ると、昼間の好天が変って空には一面白い層雲が渡り、その上に月があるらしくあたりは明るかった。

何気ない風で先にたつ笹井がもう足音を忍ばせているのをみると、そう遠くではないらしい。自分もそれになうった。風呂場の角を廻ると、私の耳に、庭の方から金属的な摩擦音が、断続的に聞えてきた。その時笹井は私の耳に顔を寄せて、

「日時計をいじってる奴があるのだ……その庭の境の竹垣から監視してやろう……」

私は彼の言葉に立停ると、温い寝床から抜けて来た軀《からだ》に冷い夜気が這いあがって来た。私は笹井が軀《み》を寄せてくれた垣根の隙から、ジーッと明るい月明りの庭を覗いた。

と、日時計の前に背踞《しゃが》んで何か一心にやっている人影――音はそこから聞えてくるのだった。――ギッ……ギッ……その時、私は日時計の形が妙に変っているのに気が付いた。私は心の中でアッと声を挙げた――日時計の卓《テーブル》が音と共に次第に持上って来る。

笹井が耳元で囁いた。

「ヂャッキでダイヤルを基脚《あし》から外しているんだよ……」

やがて、男は巧みに木で卓を支えておいてヂャッキを弛《ゆる》めると、そのヂャッキを反対側に運んだ。月の光がこっちを向いた男の顔を朧《おぼ》ろに照す……痩せた顔と口髭、それは昼間の訪問者風間伸太郎だった。

暫らくして愕きの静まった私は――ほうっとくのか？――という気持で笹井を振り向いた。

「相手が狂人だ、もう些しやらせとこう……」

黙々として動く風間の、仕事の段取りの鮮かさは不思議だった。ダイヤルの石を基脚から外し、彼は基脚を掘起こしにかかった。それがどかされてから、スコップで彼が砂を掘り始めてからの、何と長かったことか。

掻き上げた砂の山は次第に高くなった。

「……もうよかろう」と笹井は木戸を開けて庭に踏み出した。二人が風間の前面数歩の処に近寄るまで、彼は突立ったまま穴の中を覗いていて、私達の存在に気がつかなかった。

「風間さん……何していらっしゃるんです？」笹井が声をかけて近寄った。

「……あ！」バタンとスコップが倒れた。顔をあげた

風間は、瞬間、フラフラッと蹣跚《よろめ》くと横に置いたダイヤルの上に尻持ちを搗《つ》いたが、そのまま蹲んで両手で顔を覆ってしまったのである。

私は、しかし、視野に映った或るものに愕然とした。掘り起こされた穴底の砂の間に、月光に照らされて白々と浮き出しているのは、まぎれもない人体の上膊骨と肋骨の一部分だった。

「……相手が精神病だから、二十数年前のあの晩どんな事が起ったか知る由もないが……」笹井が云う。「犯罪の郷愁が風間氏をここに惹きつけたのに間違いはないよ。あの男女二体の白骨は、傍からチェスの黒　馬《ブラックナイト》が出て来たことから、襟子と坂川のものと思われるね……襟子が籤抽きのゲームが済んで坂川の訪れをチェスの駒を弄《いじ》りながら待っていた処へ、二人のトリックを見破った風間が跳び込んで来た。あんな非道《ひど》いトリックは真正直な風間ならずとも、自省を失わせるのに充分だ。彼はそこで襟子を殺した……時分はよしと現われた坂川も同じ運命を辿った。そして彼等のトリックの場は、そのまま彼等の無銘の墓標となったのさ……二十数年間誰にも知られずにね。

風間が封筒を開けてからの心理変化の説明を、君は憶えているかい、あれには彼の意識的な作意が充分観取出来るが、印象的に語っている月の暈《かさ》だけはほん当かもしれない。というのは、殺害の数十時間後に来るべき降雨が、日時計の下に二人を埋めた痕跡を洗い去ってくれたと思われるからだ。それから、彼が居た鳶職の家にはあの重い石を挙げるヂャッキがある……ここらに風間の犯罪を裏書きするものがあると思うよ……」

「その犯人が、何故、自分の犯行を発《あば》くような馬鹿なことをしたんだ？」私は先刻からの大きな疑問を遂にぶちまけた。

「あれはね、僕がちょっとしたトリックを用いたからだ……昨日、君が茶を淹れるために席を外した時、風間にあの日時計は僕が君から譲り受けて明日動かすはずだと話した……あの骨が明日は白日の下に曝されると知った彼は、何か強い犯罪の郷愁に駆られた……あの二人の骨が二十数年を経た今もなお、ほんとうに日時計の下に並んで眠っているだろうか？　確かだろうか？　とね。恐らく狂人特有の自省の喪失が、あの結果を生んだのだと思うよ。

しかし気の毒な男だった……」

船室の死体

★

目隠しに扉口に据えた槙《まき》と棕梠《しゅろ》の鉢の蔭、カフェ「サイネリヤ」の窓寄りの卓子《テーブル》に機関士《エンジャー》の渡辺がウイスキーの杯をなめていた——機関士といっても、彼はT造船所の職員用内火艇「暁」を動かす云わば端《は》しくれである。

四十五度に開いた小窓から流れ込む初夏の夜風が、火《ほ》照《て》った頬を快くくすぐる。彼は窓の隙から遠く断続的に輝く造船所のガス切断の閃光をボンヤリ眺めていたが、オヤッという顔付で街路の夕闇を透かして見た。

艇長《おやじ》の五木田と造機の丸山技師が立話しをしている——格幅《かっぷく》の良い丸山が小男の艇長にかぶさるようにして、何か熱心に喋っているが相手は横を向いたきり冷淡な風だ。

渡辺が覗いていた窓から離れると女給《メイド》の愛子という女が洋酒の壜と料理を持って戻って来た。

「なあに……?」大袈裟《おおげさ》に見えるほど開いた愛子の両眼は、生来の色白の丸顔にうつって馬鹿に魅力的だった。

「なんでもないよ」見上げた渡辺は、彼女にも席を譲って、「……配船の浦川さんの話じゃ、明日南部山丸が故障で入るとさ」

「まあ、そう、マダムに話せば喜ぶわ」愛子はちょっとカウンターの奥に眼をやった。

その時入口の扉が開くと、背の低い黒の上衣を着た「暁」の艇長五木田が這入って来たが、三、四組の客には目も呉れず、カウンターの横から奥に通ずる扉に姿を隠した。渡辺はそれを見送ると、何か安堵した風で杯を口元に持って行った。

「この間ちょっと話したろう……あの件、愛子ちゃんの考えはどう? S市にオペレーターの口が見付かったんだ。報酬も良いし……一時凌《しの》ぎにやってる今の仕事に僕は飽き飽きしちゃったよ。それにSはきみの家からも直ぐだぜ……どう?」渡辺は煙草を咥《くわ》えて燐寸《マッチ》をすりながら相手の返辞を待った。

「でもねえ……」と愛子は俯向いて袖口を弄《いじ》りながら、「そんな急なこと言ったって、あたしにも色々都合があるし……」

「都合？　それは君の都合かね、それともなんか他の？　……きみ自身の都合なら僕は諦めるよ、だがそうでなく例えば丸山技師のことだったら、僕は君に忠告する……ありゃ、偽善者だ！」

「まあ……」渡辺の強い言葉に愛子は愕いて、

「随分ひどいこと仰有《おっしゃ》るのね、そんな権利ないわ。あの方は立派な方よ……あたしは尊敬してます」

愛子の真剣な反抗にさすがの渡辺も立上った。彼は凝《じ》っと彼女の顔を窺ったが、

「……そうか。きっといまに後悔するぜ」と云うと卓子を廻ってもう扉口へ歩きだした。だから、愛子が彼の背中へ人目を憚《はばか》って囁いた——渡辺さん、あなた誤解しているのよ——という言葉が耳に這入らなかったのである。

★

湾口の曲り端へ来ると「暁」は左舵《とりかじ》で霧雨の中を進んで行った。東風《こち》がかなり酷《ひど》い。七千噸《トン》級の貨物船南部山丸の灯が三百米《メートル》ほど先に朧《おぼ》ろに見えてきた。

油船《タンカー》の大洋丸から造船の連中を乗せて戻ると、夕刻修理のため入港した南部山丸へ丸山技師が行くと、配船係の浦川から通知があった。時化《しけ》ぎみの日の居残りは全く有難くない話だった。

「暁」は南部山丸の風下左舷のタラップに近附いた。

チン　チン　チン……停止。艇尾にザワザワと水泡が鳴って、ガツンと手摺にぶっつかる。助手の森が長いフックをタラップの縄に引っ掛けると、上から誰かが——

御苦労さん！——と怒鳴る。

顔見知りの一等機関士《チーフエンジャー》だ。

「どうしました、船渠《ドック》入りかね？」

「ハハハ……そんなのなら有難いが、二番デリックの捲揚機《ウインチ》が利かないんですよ……直ぐなおしてもらって、明後日はYにはいらなきゃ」一機《チーフ》が上から覗いたまま、

「……丸山さんですか？」

森は当の丸山技師が船室から出て来ないので、

「丸山さん、南部山に着きましたよ」と船室《キャビン》へ怒鳴った。

五木田艇長もブリッヂから出て来て、船室の扉を開けると、「丸山さん！」と呼んだが、「おや」と船室にもぐり込んだ。その様子が変なので森が船室を覗き込むと、

「森！　見ろ……」嗄《しゃが》れ声で艇長が呻《うめ》いた。

「やッ……」

森が艇長の肩越しに見る薄暗い天井灯の下、左側の長椅子のクッションに横倒しになっているのは丸山技師だ。しかも茶褐の作業服の左胸ポケットの下部を、鮮血がザーッと染めていた。

「暁」のもう一人の乗員、渡辺機関士が船室に足を踏み入れたのは、気を利かせた南部山丸の一機が船医を呼びにタラップを駈けのぼった後だった。狭い船室の中で三人は押黙って屍体を凝視していた——身動きも出来ない気持。丸山技師が乗込んでからまだ十五分しか経《た》たない——艇長と森は、雨の中を合羽《かっぱ》を着た丸山が、願います、と右手を挙げて桟橋から乗り移ったのを、確かに見たのだ。

船医が来て丸山技師の軀《からだ》を調べた。心臓部を斜左方から見事に刺されて絶命していた。

ことは重大だった。「暁」に乗っていたのは艇長と渡辺機関士と助手の三人である。万一を慮《おもんぱか》って附添った南部山丸の船長と船医を乗せた「暁」が、真暗な海上を桟橋に向って引返えしたのは、事件発見の五分後だった。

★

二十分後、検察係官が到着して現場検証が始まった。

「暁」は二十噸余りの内火艇で、船首に船室、そのすぐ後に狭いブリッヂ兼操舵《そうだ》室があり、中央部が鋼板ばりの機械室、船尾が狭い艙口《ハッチ》から急な階段で降りる畳じきの船員室《クルウスコーター》になっている。

前部の船室は窓から上を甲板《デッキ》に出していて、幅二米長さ三米余のリノリウムじき、奥の正面に飾鏡付《かざりかがみつき》のキャビネットがあり、両側は狭い黒レザーばりのシートが占め、奥のキャビネットの前には畳込みの卓子が取付けてあった。丸山はその左側のシートに、卓子の下に両脚を踏込んだ形で倒れていた。

「暗いなあ……」と這入るなり呟いたT署の吉村司法主任は、屍体、卓子の上の灰皿、シートに脱ぎ捨てられた丸山技師の雨合羽や懐中電灯を一通り眺めてから、艇長と立合いの南部山丸の船長から説明を聞いた。

黒の詰襟《つめえり》を着た艇長は、日にやけた顔を硬わばらせて答えた。

「……六時半頃タンカーから帰って来ますと、配船係の浦川から、六番ブイに這入った南部山丸に丸山技師を送ってくれと云われました。船尾の船員室で飯を済ませて、エンヂンをかけて待っていましたが丸山さんがなかなかやって来ないので、雨も降るし、私と森は一旦部屋に入って雑談していますと、十五分ほどしてやっと丸山さんが乗込みました。六番ブイは約十五分の距離ですが、その間私はずっとブリッヂで舵をとり、渡辺君は機関室にいました。それから助手の森は桟橋から船を離したあと、南部山に着くまで船員室にいたはずです……その間別に変った事なく南部山丸につけると、丸山さんがなかなかキャビンから出て来ません。変に思って覗くとこの有様でした……キャビンの入口は、私の居たブリッヂからは目の下ですが、ブリッヂが高いので私には見えません。ですから……」

「よしよし」司法主任は頷いて、「君はいいから、その森という助手を呼んでくれ給え」と五木田艇長を退らせた。

　吉村司法主任は卓子の上に嵌《は》め込んだ灰皿に残っている、煙草の吸殻をつまんで電灯にすかして見た。その吸い口の側はまだ湿《ぬ》れている。彼は卓子の上に並べた丸山の持物の中から煙草のケースをとって開けた。中にはピースが四本残っている。

「主任さん、面白いものがあります」その時、丸山の雨合羽を調べていた刑事が、そのポケットから紙片を出して電灯の下に持って来た。五粍《ミリ》のセクションペーパーに鉛筆で何か書いてある。

「なに？……シチョウジニカケアウ……ふん、カケアウは掛けあうだろうね。だが……シチョウジってのは何かね？」

「船の司厨長のことでしょう……船員達はよくそういいますよ」

　吉村司法主任は卓子の上から丸山の手帳をとって頁《ページ》をめくった。同じ方眼紙に見取図や作業のメモが細かい字で書きつけてある。その書き込みの終った次の頁が裂きとられていた……切り取った裂け目はピッタリ合った。

「……最近切り取ったらしいね。合羽のポケットから出たところを見ると、誰かに近く渡す積りだったんだぜ」吉村が刑事に云った。「……待てよ、シチョウジは南部山丸の司厨長かもしれんね、するとこのメモは『暁』の誰かに渡す積りだったとも云える……」

「何故、乗って直ぐ渡さなかったのでしょう？」

「……」吉村はちょっと返辞につまった。「……それが分れば、問題は簡単になる……」

　その時——失礼します——と軍隊式にことわって森が

這入って来た。作業服に雪駄《せった》履きの若い男、長い髪が額に垂れ下っている。

「森君だね？　……この灰皿はいつ掃除した？」

「はあ、さっき捨てました。タンカーからの迎え便で今日の仕事は終りと思ったので……」

「すると、この吸殻は丸山技師が吸ったのだな？」

「そう思います」

「では、最初から屍体発見までの君の行動を説明してくれ給え……」

その会話は、梯子を降りて覗き込んだ一人の男に妨げられた。

「やあ、御苦労様です……」と縁無《ふちな》し眼鏡をかけた造機主任の荒巻さんが、吉村司法主任に挨拶した。

「……丸山君、駄目ですか？」

頷いた司法主任から、片隅のクッションに倒れている部下の屍体に眼を移して、彼は暫く暗然としていた。やがて彼は、

「倶楽部《クラブ》で球を撞《つ》いてると、電話があったので吃驚《びっくり》したのですが……犯人は？」

司法主任は首を振って否定してから、荒巻さんに大体の模様を低声《こごえ》で伝えた。

荒巻さんはT造船所の七不思議の一つに数えられていた――それが犯罪捜査というと些し大袈裟《おおげさ》だが、とにかく、何か造船所内で事件が起ると、この荒巻さんが皆解決してしまうのだった。中でも工員の給与金拐帯《かいたい》事件、建造中の○○丸の船台で起った職長殺害事件などの珍らしい計画犯罪の解決は、吉村司法主任に与えた彼のサゼッションが主体をなしていた。十五、六年前景気の良かった頃英国に出張を命ぜられて、調査の余暇に探偵小説を濫読《らんどく》した結果だ――とうがったことを云う輩もあったほどである。

★

司法主任と荒巻さんのやりとりをもじもじして待っていた森は、低い声で陳述を始めた。

「船員室で艇長と雑談していますと――あかつき――と配船の浦川さんの声がしたので、私は狼狽《あわ》て梯子を登りました。雨合羽を着た丸山さんが桟橋を直ぐ船の傍まで来ていました……」

「ちょっと……その時、配船係はどこに居たの？」荒巻さんが傍から口を挿んだ。

「え？　……配船所の二階です、いつもの通りメガホン

を硝子《ガラス》戸から突き出して……で、丸山さんは片手を頭巾《ずきん》にあげて——願います——と船室に降りました。私は船を離すと舳《へさき》が廻ってから機関室へ行き……」

「え？　機関室へ……どうして？」

「私はいま渡辺さんから操機を習ってるんです。艇長さんには内密ですが機関士は今月一杯でやめると云ってますので……さっきも艇が出ると直ぐ私は渡辺さんと交替しました。渡辺さんは一服吸いに船員室へ……」

「ほう、それで渡辺が戻って来たのはいつかね？」吉村司法主任はちょっと急《せ》きこんだ。

「左舵で岬を廻る些し前ですから、桟橋を離してから十分も経った頃でしょう。それから私は船員室に退《さが》り、船が南部山に着く直前船首に昇りました……」

森と入れ替って機関士の渡辺が這入って来た。血色の良い精力的な男、年齢は三十二、三か、油じみた大きい手を癖とみえて時々ズボンにすりつける。

「君はさっき機関室をあけたそうだね？」吉村はまずこうぶっつけた。渡辺は——弱った——という表情を隠せなかった。

「はあ……森君からお聞きと思いますが、私がやめた後交替が来るまで困ると思って、森に慣れさせているのです……さっきはスタートしてから五、六分船員室へ煙草をつけに行きました」

「つまらん事をしたねえ……機関室に居れば嫌疑から除外されたろうに」吉村は凝《じ》っと相手の反応を窺った。

「はあ……」と下を向いたのは、馬鹿に諦めの良い男である。

「そこでねえ、一ツ訊くが、丸山技師と南部山丸の司厨長とは知り合いじゃないかね？」

「二、三カ月に一度入港していますから、知ってると思います」

「白《しら》ばっくれるなよ、ほら丸山技師から君あての手紙だ！」司法主任はセクションペーパーのメモを渡辺に突きつけた。「合羽のポケットにあったのだが、丸山技師が殺されるまで相手に渡さなかったのは、渡す機会がなかったんだ……その相手は最初から機関室にもぐっていた君より外にない……何だねこの掛合《かけあ》うってのは？」

渡辺機関士は震える手でメモを摑み読み下したが、急に顔を一層赤くした。

「……違います、これは……艇長に宛てたもんです！」

司法主任に問い詰められて彼が話したのは次の事である。

——南部山丸の牛淵司厨長は、大体船の司厨長というものはサイド稼ぎの親玉とされているが、特にその道のヴェタランだった。戦争中からその方でかなりの蓄財をしていたが、戦争のどさくさで本格的な密輸入に手をつけたらしい。外国内国線の切替港Mに近い、Tにおける彼の巣が彼が最近経営しているカフェ「サイネリヤ」だった。しかも彼のセクトの彼の乾児《こぶん》が「暁」の艇長五木田らしいというのだ。渡辺は、南部山丸が這入る前に訳の分らない荷物を五木田が運ぶのを見ていたし、大物は別に小船で運搬している節もあった。丸山技師の持っていたメモは、ここいらに関係があるものと思う――というのである。

司法主任の顔色はかなり変ってきた。

「……そんな事を傍観していたはずがないぞ。君も共犯に相違ない」

「いや、艇長にお訊きになれば分ります、私が共犯かどうかは……」

彼の反語を、しかし司法主任はあっさり聞き流した。事件の方向もやや軌道に乗ったし、何しろ景物《けいぶつ》の方が大物だ。

★

「ここは暗いから、あの配船所でも借りて事件を検討しましょう」と吉村司法主任は、卓子の灰皿に残った吸殻をひねくっている荒巻さんに云った。

「そうしましょう」と答えた彼の声は何か虚《うつ》ろな響きがあった。そうして船室から出ようとして、彼はシートの上にある丸山技師の懐中電灯を取り上げて呟いた。

「ほう、馬鹿にぬれてる……」

「え？」吉村が振向いて、「みんな持って行きましょう、吸殻もトーチも……」と刑事に品物を運ぶように云い付けた。

配船所の明るい電灯の下で卓子に向かい合うと、吉村司法主任はまず一服とケースを出して周囲を見廻した。浦川配船係が気を利かせて出した燐寸をすって、煙草に火を点けた彼は、

「荒巻さん、どうかね……儂《わし》はやはり五木田が怪しいと思うが……貴方の部下だが、丸山技師は暗いことをやってるね。ありゃ脅迫ですよ、五木田の密輸入を嗅ぎつけて金をせびってる……それを五木田が拒絶したの

で、親方のシチョウジに直接談判《だんぱん》するって意味でしょう……」

荒巻造機主任は綺麗に櫛を入れた半白の頭を手でちょっと触わって、眼鏡の奥から頷いた。

「……三人共、時間的には丸山を殺せる訳です」と司法主任、「森は渡辺と交替し機関室から出て森が南部山に着くまでの六、七分間にブリッヂの前を跼《かが》んで通れば、艇長に認められずに船室に行ける。渡辺機関士は森にエンヂンを任せて船員室で煙草を吸っていたという五、六分間……ところが、艇長の方はずっとブリッヂに居たから、もしほんとに森や渡辺が機関室と船員室に交替で居たとしたら、舵輪を何かにしっかり縛りつけて固定すれば、あの岬の鼻で舵を変える前後――そう、前は七、八分間、後にも三分間位のチャンスがある……動機は今云った密輸入の口留料。恐らく丸山技師の性質を見抜いた彼は、禍根を一挙に断つの気持でやったでしょう……ところでね、丸山技師はピースを約三分の二吸ってる、これを時間にして四分から五分とするとそれまでは生きていたのだから、航海の前半にチャンスのあった渡辺機関士は犯人から除外して良いと思います。だから、あの若い森に丸山技師を殺害する動機の公算が少ないとなると、残るのは五木田艇長となる……」

話が終るのを待って、グッと指で眼鏡を押し上げた荒巻さんは、さっきから紙の上でコロコロ転がしていた問題の吸殻を、司法主任の眼の下に紙ごと移動した。そして新しい一本のピースと揃えて並べると、

「この吸殻……新しいのピースの文字より長いのに真白ですね、だからこれを吸った人物はピースの文字から遠い方を咥えたことになりますな。ところが、丸山君は絶対と云って良いほど、字に近い方を咥える癖があるんです……だからこの煙草は丸山君が吸ったのじゃないとも云えますよ……」

いつもこの術《て》でやられるのだった。今度こそイニシアチヴをとったと思ったのに、やはり荒巻さんにしてやられるのか――と吉村司法主任は聊《いささ》か気おくれがしたが突嗟に馬首を直して、

「……時間を稼ぐため半分にでもちぎってから犯人が吸って、故意に置いといたというんですな。偽アリバイだね……すると、航海の後半にアリバイを持ってる奴――渡辺が怪しくなるが……」

「とにかく、犯人が吸ったに違いありません。そこで、よほど乱暴に吸ったとみえてまだ唾液が残ってますから、後の証拠のため、乾かない内に吸った奴の血液型を決定しておいたらどうでしょう」

司法主任は同意して、直ぐ吸殻を県の警察部へ、急送するように部下に指令した。荒巻さんは労務課へ電話して、戦争中に作った作業員の血液型一覧表を取寄せた。頁をはぐって彼が拾い出した関係者の血液型は次の通りである。

丸山技師　　　　Ｂ型
五木田艇長　　　Ｏ型
渡辺機関士　　ＡＢ型
森　助手　　　　Ｏ型

紙片を手にした吉村は、

「……こりゃうまい、三人共丸山技師と違いますね、ただ、五木田と森がダブッてるが、問題となるのは五木田と渡辺だからものになるでしょう」と悦に入った。

「も一ツ私が変に思ってるのは……」と荒巻さんは煙草の方の鳧《けり》がつくと、卓上の懐中電灯を取り上げた。筒型のやつで、肩から吊下げるように尻の環と胴中を木綿の白い編紐で繋いである。

「御覧なさい、こんなに紐がぬれてる。丸山君がトーチを無闇にぬらすはずはないですよ、肩から懸けて上へ合羽を羽織りますからね」

「……と、どういう事になります？」今度は司法主任は下手に出た。すると荒巻さんは案に相違して、人の良い顔をちょっと赫《あか》くした。

「……それが分からないのです。水につけたほどのぬれ方ではないから犯人が雨にぬらしたんでしょうが、何んに使ったか分らない」

「いずれにしても大した問題じゃなさそうですね」司法主任はあとを急いだ。「艇長の方を片付けましょう」

★

明るい灯の下で見る五木田艇長の顔には、何か心に決した糞落付きの色が窺えた。司法主任はそれを知るや知らずや、

「ま、かけ給え」と穏やかに彼に椅子を与えた。そしてちょっと肩を落して軀をひくと、

「……五木田君、どうかね、何もかもぶちまけたら？」

「何もかもと仰有ると？」

「丸山技師殺害と牛淵密輸入団の件さ……。君達三人はいずれも船室の丸山君を殺害するチャンスを持っている、その中で君が時間的に一番余裕がありかつ明白な動機を持ってるんだぜ……舵輪を何かに縛りつけておけば、岬の鼻までの直線コースで七、八分、鼻で舵を変えてか

ら三分の間に船室に出入《でいり》出来るのだ……」

「いえ、私じゃありません……だいいち、ブリッヂから私が出ればあすこは前後硝子戸ですから、誰かが無人のブリッヂに気がつくはずです……そんな危険を冒してまで」

「そこに抜け目はないさ。棒か何かに帽子と合羽を着せて案山子《かかし》をつくる術もある……」

その時荒巻さんが大きく首で頷いて、しかも微かに――そうか――と低く呟いたのである。司法主任もそれに気がついてちょっと語を切ったが、そのままあとを続けた。

「一方動機は何かというと、丸山技師は密輸入のことで君を強請《ゆす》っていた確認がある」

五木田は軽く頷いて、

「そ、そのことは認めます……しかし丸山さんを殺したのは絶対に私ではない……」

とうとう艇長は司法主任の二兎《と》を追って一兎をうる作戦にひっかかってしまった。

丸山技師は前々から牛淵、五木田等の密輸入を嗅ぎつけていたとみえて、南部山丸修理入港の電報を受けると、直ぐ五木田に十万円の口留料を請求した。もし出来なければ現場を抑えて当局に連絡するというのである。牛淵の留守をあずかる五木田に、その位の金の算段が出来ぬ訳はなかったが、丸山の吹っかけ方が途方もない額なので、彼は一応温和《おとな》しく二万で勘弁してくれと下手に出た。かさにかかった丸山が承知するはずもなく、五木田が云い出したギリギリ結着の相談五万円が決裂して、あのセクションペーパーのメモとなったのだった。

司法主任は更に密輸入の外貌を聴取した後、「……いずれその方の事は、南部山の司厨長と一緒に調べるが、君は、丸山技師と渡辺の関係について、何か知っとらんのかね?」と訊いた。

「はあ……一ツ思い当ることがあります。牛淵が経営している『サイネリヤ』に愛子という女給が居ります。浦川の身寄りで家出したのを頼まれて、私が世話をしたのですが、心がらも品も良いのにあの渡辺が参っていたのです。ところが最近丸山さんがひどく執心で一度無理につれ出した事もあるくらいですが、渡辺はあんな一本気な男でそれを苦にしていたようです……或いはそんなことで、とも考えられますが……」

「宜《よろ》しい……五木田君、今更遠くへ飛ぼうとしても無駄だよ、身柄不拘束のまま今晩は監視をつけるから……」

――筋が通ってる、明日血液型の検査がＡＢ型と出ればＯＫだ――吉村司法主任はそう心に云いきかせて、出て行く艇長の背中を見送っていた。

★

翌日は良い天気だった。

造機主任室の窓から見る湾口は、気も遠くなるような初夏の空を映して紺碧《こんぺき》に静まり返っている。その左隅に白い門型マストとブリッヂを輝かせて、南部山丸が小さく浮んでいた。

荒巻さんは、眼の下の製罐場から聞えてくるパイピングの騒音も耳に入らぬのか、放心したように外を眺めていた。

リー……リー……リー……

卓上の社内電話のコールに彼は振返って受話器を外した。外線と繋って、

「……荒巻さん？　吉村です……弱りましたよ、貴方の調べた関係者の血液型は読み違いでしょう？」

荒巻さんはニヤッと相好《そうごう》を崩して、

「いや、間違ありません」

「……そんなはずない、誰のとも合わないもの……あれでは犯人がいなくなってしまいます……」

「……だからあの煙草を吸ったのはＡ型の男ですよ」

「そんな馬鹿な……冗談云ってる場合じゃない……」

「よく御説明します……お待ちしていますよ、さようなら……」

受話器をかけた荒巻さんが煙草を丸々一本吸い終った時、階下にサイドカーの響が聞え、やがて階段を昇って来る吉村司法主任の足音がした。

不機嫌そうな表情で椅子にかけた司法主任に、荒巻さんは他意の無い微笑を浮べて、血液型の一覧表を拡げて見せた。なるほど、昨日荒巻さんが渡した紙片に書かれたのと相違はない。

「御納得がいきましたか……」

「いきませんねえ……」吉村は真っこうから荒巻さんを睨みつけ、ついこんな言葉が出た。「あの三人が犯人でなければ、一体誰がやれます？」

「今直ぐ分りますよ……」荒巻さんはベルを押して工員を呼ぶと、「暁」から森助手をつれて来るように命じて、

「……実はあたしも二度目の艇長の訊問の時まで、犯人ははっきりしなかったんです……だから血液型の一覧表をお渡しした訳なんですが」彼はちょっと申訳なさ

そうに、「……貴方が艇長に、ブリッヂから抜け出すのには外套と帽子を硝子戸に立かければ胡麻化《ごまか》せる、と云われたでしょう。あの時犯行の輪廓がサッと頭に来ました。犯人は配船係の浦川ですよ。あのシチョウジ云々のメモは艇長に宛てたものなのに、丸山君は何故乗りこんだ時、渡さなかったんでしょう。渡せなかった……つまり死んでいたからです。それから懐中電灯がぬれてましたね。あれは、……あ、来た来た」

森が這入ってきた。

「森君、ゆうべ丸山技師が『暁』に乗り込んだとき、何か普段と変ったことはなかったかね?」荒巻さんに訊かれて、森はちょっと考えた。

「たとえば懐中電灯なんか……」と重ねてのサゼッションに、

「思い出しました。雨が降るのに雨合羽の上から懐中電灯をつけていました……たしかにそうです」

「それからね、配船所の二階は電灯が点いてたはずだが、メガホンは良いとして浦川の顔が見えたかね?」

「光を背にしていますから顔まではどうも……ただ浦川さんの影と、ガラス戸からメガホンが出ているのが見えましたが……」

「有難う帰っていいよ」と森を退らせると、荒巻さんは司法主任を振かえって云った。

「……さっきのブリッヂの場合と同じですよ、メガホンを硝子戸に挟んで外に突出し、内側に外套か何かかけたんですな」

吉村司法主任は心中にウームと唸った。

「何故懐中電灯がぬれとったか……誰も使った訳じゃなく、丸山技師――いや彼の合羽を着た浦川がその上に懐中電灯を肩からかけていたんです。雨合羽を着てからトーチに気がついて、使い慣れた者なら合羽の下にかけるところを、彼は上からかけたのでしょう。『暁』で皆が待ってるのに丸山君がなかなかこなかったのは、その間に配船所で殺害が行われたからですよ。浦川は配船所に丸山君を連込んで殺してから、待ち草臥《くたび》れた『暁』の船員があの雨に閉口して、船員室に引込んだ隙に屍体を担いで『暁』の船室に運び、一度引返えしました。そして二階の硝子戸からメガホンを突出し、それに自分の合羽でもかけて……貴方の所謂案山子を作ったのでしょうね。丸山技師に化けて配船所を出た処で――あかつき!――と怒鳴る、船員室から顔を出した艇長と森は、それがいつも配船所の二階から首を出しているメガホンから発せられたと思ったのは無理もありません……。丸山になりすました浦川は悠然と船室にはいると、艇を桟橋から離して森が機関室に入った後、ブリッヂの艇長の眼をかすめて、舷側から闇の海中へドブーンと跳び込めばよかったのです。

動機も略《ほ》ぼ見当がつきましたよ。『サイネリヤ』の愛子という女給ね……あれは浦川と事情があって彼があすこに入れたのですが、丸山君と渡辺を繞《めぐ》る四角関係に発展して、強引な丸山君が外見はリードしているかに見えたのが、彼の不運だったのですな。こんな巧智なトリックを捻り出した浦川のことですから、もし渡辺が立場を変えてリードしていたら、恐らく彼はどうにもして渡辺の方を殺したでしょう……しかし、あの煙草——自分の血液型を残した煙草は考えすぎでしたね、全くそんな必要は毫《ごう》もなかったのだから……」

そこで気の早い吉村司法主任が立ち上ってバンドをギユッと緊《し》めたのを、荒巻さんは引き留めて、

「……大丈夫大丈夫、ドグマティックな男で自信があるから、あの通りすまして仕事をしていますよ」

陽《ひ》の燦々《さんさん》と降る白い桟橋——舷を寄せた数隻の船に指図する浦川と手に持つ赤いメガホンが、吉村の眼に強く灼《や》きついた。

歌を唄ふ質札

一

「あせらない方がいいわ、当分今のままでいましょうよ、ね……」

美也子は京吉を振り向いた。

鼓京吉は——うん——と冴えない返辞をして、両手をポケットに突込《つっこ》んだなり、足元の小石を蹴っ飛ばした。すっ飛んだ石は一度跳ね返えって、花壇のゆるいカーヴに沿う溝に消えた。芝生《しばふ》は晩秋の陽《ひ》に枯草の匂いを一面に漂わせている——その芝草の上に、幾組もの二人連れがそれぞれのポーズで、麗《うら》らかな午後を楽しんでいた。——何も京吉のようにあせることはない——美也子は思った。あの連中だって同じだ。いずれは自分達のようにあれこれと思い迷い、走りまわり、喜び、落胆し、しかしやがてそれぞれ落ち付くところに塒《ねぐら》を見つけるに相違ない。今どきの若い者が誰でも一度は経験することなのだから——

「他力本願《たりきほんがん》は駄目よ……あなたの兄さんだって、研究にそのお金が要り用だったと思うわ」

「他力本願なもんか……」京吉は心外《しんがい》な気持をそのまま外貌《かお》に出して、肩を並べた美也子を睨んだ。——髭などはやしている癖に、客観的情勢の受け入れ方がいつもこのとおり甘い。だから、歴《れ》っきとした会社に勤めて相当なサラリーを貰っていながら、こんな瀬戸ぎわで躓《つまず》くんだわ。髭なんかお取んなさいよ——美也子は口元まで出かかった言葉を呑み込んだ。

「親が呉れた弟の財産を費消《つか》ってやりっぱなす法はない。それもやり繰りがつかないのならともかく……兄貴の研究はとっくに完成して、のどから手の出る買収競争者が何人も詰めかけている。僕のとこにまで、或る方面から叮重《ていちょう》にとりなしを申入れてきたほどさ……家を借りる契約金の三万や五万ぐらい……」

美也子は京吉の腕を軽く肘で突いた。

傍の芝生に寝そべっていた学生が鎌首を持ち上げて二人の方を見たのだ。

美也子は前を見たまま云った。

「だからね、そんなことあたしに仰有《おっしゃ》っても仕方がないの……お兄様に仰有って反応がなければ、せっかく見つかった家だけれどあきらめるより外《ほか》はないでしょう」

京吉は黙り込んでしまった。

二人は公園の門の方に足を向けた。椎《しい》の葉洩れの陽が、美也子の頬の生毛《うぶげ》に踊る。

「馬鹿々々しいことだが、チャンスだから僕もちょっと思い切れないのさ……もう一度兄貴に話してみるよ」

京吉はポケットをまさぐって煙草のケースを出した。一枚の紙片がヒラッと美也子の胸をかすめて舞い落ちた。

「あら、なにこれ……字が書いてあるわ」美也子が拾い上げると京吉はおかしいほど狼狽《あわ》てて、紙片を引ったくるように受取ったのである。

美也子は彼の乱暴なやり方に愕いた。

「あたしに見せられないものなの？」

「なんでもないよ、ハハハハ……」京吉は弱々しい困惑の表情を笑いに紛らせて、それをクシャクシャにするとポケットに戻した。

「あなた今日はよっぽどどうかしているわ」美也子はさり気なくこう云ったが、心中なにか平らかでなかった。

その紙片には鉛筆で大きく次の字が書かれてあった。

LYRIC《リリック》　と……

美也子は京吉と別れて自宅に戻ると、早速辞典《コンサイス》をひいてみた。

抒情詩または歌というほどの意味である。

——ドラマチックソプラノ、リリックソプラノ……あのリリックかしら。そんなものなら京吉があたしに見られるのを嫌ったのは随分変だ——

×　　×　　×

電話室《ブース》のガラス戸が開いて、幼《おさ》な顔の給仕が——矢追さんお電話！　と知らせてくれた。

美也子はやりかけの当座通帳を原簿に挟むと、狭いデスクの間を縫って電話室にはいった。相手は鼓京吉だった。

「……美也子さん？　きのうは失敬した……例の件、ゆうべねばって兄貴に出させたよ」

「まあ、ほんと、良かったわねえ」

きのう京吉に面と向ってああ云ったものの、問題の借家に惹かれていただけに、この電話は美也子の胸を嬉しく揺すぶった。ところがそれに続く京吉の言葉は、一旦弾《はず》んだ美也子の心を曇らせてしまった。

「……まずいことが起っちゃった。兄貴がゆうべ眠っている処を襲われて怪我したんだよ、今朝入院させたがはっきりしない……詳しいことは電話では話せないが……」

と、彼が簡単に説明したところに依ると、今朝、兄の琢《たく》治《じ》はベッドの中で何者かに頭部を殴られて失神していた。出血はひどくないが意識不明で、医者の話では承《う》け合えないというのだ。病院は淀橋のK病院――

「……どうしたっていうんでしょう、で、あなた病院から掛けていらっしゃるの？　じゃ五時過ぎにあたし伺うわ。お大事にね……」

受話器をフックに掛けると、美也子は暫らく薄暗いブースの中で立ちつくしていた。

京吉の兄は琢治という。京吉と知ってから美也子も兄弟の住んでいるアパートで数回会った。よく似た兄弟だが性質はまるで反対の印象を受けた。京吉の陽気などっちかと云うとお坊ちゃん風なのに対し、琢治は物を言うにも考えながら云うといった堅苦しい、どこか取っつきにくいところがあった。それは京吉の説明によると、早く両親が歿《な》くなって、学生時代から親代りに弟の面倒をみる立場にあったせいらしいのである。

美也子は、銀行が退《ひ》けると、その足で、京吉から電話で道順を聞いたK病院に廻わった。受付で知らされた三階の三十二号室。

名札を確かめて彼女は軽くノックした。雑誌片手に首を出した京吉は――済まないなあ――と云って、病人の容態が好転していることを美也子に告げた。

左眼から頭へかけて繃帯《ほうたい》をした琢治は静かに睡っていた。京吉が云った。

「……今朝眼を醒ますと隣室で呻《うめ》き声がするじゃないか。寝間着のまま這入ってみると、兄貴が横向きにくの字になって苦悶していた。愕いて駈寄ると、布団に接した方の頭髪に血がこびりついている……窓が開いているのはゆうべ僕が部屋を出た時のままなんだよ。兄貴が窓を閉め忘れて寝てしまった処へ、賊が押入ったと思われるが、盗まれたものが何もない。とにかく医者だ、と気がついたので隣室の染谷君を頼んで、二人でここへ入院させたのだが……」

「意識は恢復したの？　それとも……」美也子はベッドの方を盗み見て声を落とした。

「正午頃眼を開けて水を欲しがったが、医者は吐き気がないから大丈夫だと云うんだ……」

美也子は、ふと、琢治の研究書類が盗まれたのではないかと思って京吉に訊いた。

「……判らないね、しかし金庫の中に納《し》まってあれば大丈夫だよ。コンビネーションは僕さえ知らないからね」と云って京吉は話題を変えた。

「……それからあの契約金ね、強硬にねばったので渋々出してくれたが半分だけなんだよ。弱った、こんなことになっちゃって……」

その時、ドアの曇り硝子《ガラス》に人影が映ってノックが聞えたので、彼は出て行った。

美也子は、京吉の話のどこかに何か腑に落ちないものを感じて、眉を寄せた。

ベッドの白い毛布が微かに動いた。

――おや、病人の眼が凝《じ》っと彼女に注がれて、しかも招くように話しかけているではないか――

彼女は吸い寄せられるようにベッドの枕辺に躙《にじ》り寄った。

「あの、なにか……」

「美也子さん！」琢治は思いがけず緊《し》っかりした語調で、「……お見舞有難う。僕はさっきから考えているが判らないのですよ……何故、京吉の奴が僕を殴ったか……」

あたりがシーンとして、美也子の膝はがくがく震えた
――この人は何を云うのだ――

「お兄様、どうしてそんなことを……」

「いや、僕の眼に間違いはない。ゆうべ、ふと眼を醒ますと、僕の眼前一尺たらずの処に、あいつの顔を見たのです……眼尻、鼻、口元それにあの口髭まではっきりとね。そして次の瞬間頭に強撃を喰ったのだから……」

はっきりこう云った琢治はスッと眼を閉じた。

ドアが開いて京吉が一人の見舞客を導きいれた。

二

「まだ、あんな風ですから……」見舞品らしい果物籠を持った京吉は軀《み》を寄せて客に云った。

キチンと服を着こなした背の低い中年の客は、病人に遠慮して扉を背にしたまま美也子に一礼して、「いけませんなあ……」と声を落とし穏やかな口調で答えた。

京吉は客を、双洋漁業の専務仁科《にしな》氏と美也子に紹介した。二人は扉の前で低い声で相談を始めた。仁科氏は今朝の状況を京吉から聞くと、警察の方へ連絡されたが宜しいと彼に勧めたが、その魂胆《こんたん》はやがて判った。

「御承知でしょうが、鼓さんの研究はアンモニヤ、炭酸ガス、エチルクロライド等と全然別個の起寒剤、仮称第五瓦斯《ガス》に関するもので、これを使うと瓦斯圧縮機の馬《ば》力《りき》が従来の三分の二でよい……試験には私も立会って驚

いたのです。この研究をどの会社に提供されるかということは、非常に重大な問題なのですよ。はっきり申しますと、自社《うち》と他の二社が目下鼓さんと接衝《せっしょう》中で、もしこれが盗まれたとすると――この席では穏当を欠く言葉ですが――あたしの社は非常な痛手を蒙《こうむ》りますので……」と仁科は相手を傷つけぬていの品の良い微笑を口辺に浮かべた。

「星村低温は、なにか貴方を通じて交渉中とか聞きましたが……」

京吉はさすがにムッとした風で、

「そんな話は遠慮されたがよいでしょう。はっきり云っときますが、その件には私全然関係ありませんから、御心配なく……」

しかし結局、アパートの琢治の部屋を一応調べてみることに落着した。

看護婦にあとを頼んで出掛る段になると、

「京吉さんあたしも行って良いでしょう」と、美也子は同行を頼み込んだ。

京吉は鍵で琢治の部屋を開けた。

窓寄りに大型のデスク、壁側の書架にはギッシリ本が詰まっている。ベッドは今朝のままとみえて、シーツに少量の血が流れていた。

美也子は些《すこ》し顔を赧《あか》くして京吉の耳元に何か囁くと、シーツをはずしてベッドをキチンと直した。

部屋の中はベッドを除いては整然としていて、昨夜の侵入者が金庫を目がけたことを示している。

デスクの横の中型の金庫の前に立った仁科は京吉に云った。

「どうも心配です。差出がましいことを申しますが、警察へ知らせて立会ってもらった上、錠前屋に開けさせたらどうでしょう……私は一度だけ研究を綴じ込んだファイルブックを見たことがあります。淡緑《うすみどり》のやつですが、鼓さんの口吻《くちぶり》では金庫《これ》に入れてあるらしかったのですよ……」

些しお節介《せっかい》過ぎるが仁科の言い分は尤もだった。京吉が同意して電話を掛けに部屋を出ようとした時、美也子がその腕を押えた。

「京吉さん、金庫ならあたしが開けてあげるわ……だから警察沙汰はあとにして下さらない」

「え？　きみが……」

京吉も仁科氏もちょっと呆気《あっけ》にとられた風である。

美也子の胸は、昂奮に微かに息づいていた。

「……あちらを向いて頂戴」と云うと、彼女は金庫のダイヤルの前に跼《かが》んだ。ところが、ダイヤルを数回弄《いじ》ってみても金庫は開かない——唇に人差指をあてた彼女の額に焦躁の影が過ぎる。

——LYRIC……右廻り、左廻り二様にやってみたが開かないのだ。やはり、思い違いだったろうか？　彼女の神経は水糸のようにピンと緊張した。

そうだわ……LYRIC……LとRがスタートの方向としたらどうだ……レフト、ライト……

彼女は急いでやってみた。

右廻しにIを合わせ、次に左廻しY、更に右廻しC——

ピシッ……ノッブが回転した。

額に汗を浮かべて美也子が立上ると、京吉と仁科は彼女の肩越しに金庫を覗き込んだ。仁科の話した淡緑色のファイルブックはどこにもはいっていなかった。

×　　×　　×

お節介者の仁科氏を敬遠したあと、京吉と美也子が交わした重大な会話は……

「きみ、何か僕に隠しているね。誰にあのコンビネーションをきいたの？」京吉が聞く。

「あなたこそ、あたしに云えないことがあるでしょう……コンビネーションはそう云うあなたからきのう教わったのよ」

「僕から？　馬鹿なことを……」京吉は美也子を睨みつけた。

「これ、警察沙汰になんか、あたしとても出来ないわ……ね、みんな仰有って……琢治さんはさっき私に、殴ったのはあなただとはっきり云ったわよ」

実に自然な驚愕の表情が京吉の顔一杯にひろがったのを——まあ、まだ隠すつもりかしら、情ないこと——と美也子は救われない気持に襲われた。

「京吉さん、しっかりして頂戴。琢治さんはえらいわ……ちっともあなたを責めていらっしゃらない。ただ、何故俺を殴ったのだろう、って……あなたに誘惑があったんでしょう。あの研究を奪《と》ろうとしてる人から……」

美也子は、昨日公園で京吉がひったくった紙片に、金庫の組合文字《コンビネーション》が書いてあったことと、さっき病室を出る時琢治に依頼されたことを話した。

「琢治さんは、以前に組合文字を書きつけておいた手帳を最近紛《な》くしたので心配になり、研究のファイルをベッドに隠して、金庫には似たファイルブックを入れといたのよ……よかったわ、これが人手に渡らなくて……」彼女はさっきベッドを直した時確かめておいて、抜き出した淡緑のファイルブックを京吉に見せた。「これは琢治さんにあたしからお渡しします……いいわね」

京吉はすべてを茫然とした体《てい》で聞いていた。

彼は突然プイと立上ると、ポケットに両手を突込んで部屋の中を往ったり来たりし始めた。顰をひいて眉を顰《しか》めて、それは美也子が彼に初めて見るものだった。

すると、彼は妙なことをした――琢治のデスクに手をついて凝っと何かを見ていたが、急に横っ跳びに洋服箪笥の前へ行って扉を開けた。琢治の服が三着ぶら下っている。その紺の両前の服の表と裏を忙しく調べていた彼は――ウーム――と唸ったのである。

彼の突飛な仕種《しぐさ》に美也子は立上っていた。

彼女の前に戻ってきた京吉は、気負った調子で云った。

「兄貴が云ったんだね、殴られる前に僕の顔を見たと。眼も鼻も口も髭も僕そっくりの……そうか、今こそはっきり云えるよ、僕は、金庫を開けもしないし兄貴を殴ったのでもないとね」その声は何か弾んでいた。「その理由の一つはこれだ」

彼は紙入れから一枚の紙片を出して、美也子に突きつけた。

きのう公園で落した組合文字を書いた紙切れ……

「裏を見てくれないか……あの時、何故僕があわてて隠したか?」

美也子は裏を見た。それは一枚の質札だった。

三

京吉の部屋のドアを曳いた仁科氏は、室内に流れるホルンの美しいソロに、暫しはなかに踏込み兼ねた風だった。

月がさしいる窓辺の椅子に沈み込んでいた美也子が、気がついて蓄音器を停めようとするのを、

「……どうぞそのまま、いいですな、セバスチアン・バッハの『シンフォニア』でしょう? 月の夜にはもってこいの曲です」静かに椅子に掛けた仁科氏は、眼を細くして音楽に聴き入った。

あれから一週間経《た》っていた。

第二面が終わると、お節介氏は「いいですなあ、仕事の苦労も忘れますよ……この管楽器のソロは素晴しいです。こいつを聴いてると、何かこう……月の隈ない中天に我が身が昇天して行くような気持がしますねえ……」と、音盤を外して、ラベルを読んだ。「……メンゲルベルクのコンセルゲボウオーケストラ……」

「お呼びたてして済みません。鼓はすぐ戻って来ます

から、よろしかったらどうぞ……」美也子は音盤のアルバムを卓上に押しやった。

「退院されてからどうですか？　隣りに面会謝絶の札が貼ってありますが」

「ええ、あれからとても気難かしくて黙ったきりですの、心配ですわ」美也子は眼顔で隣室の気配に仁科の注意を促した。「ほら、聞こえるでしょう、一日中ああして歩き廻っているんです」

コツ　コツ　コツ、室内をゆっくり歩く足音が、規則的に聞える――耳を澄ますと、それは或る一定の周期をもって、隣室との境の壁に近附き再《ま》た遠のいているのだった。

仁科は――いけませんなあ――という思い入れで首を軽く振った。彼は、重いアルバムを膝に載せて頁《ページ》をはぐり始めた。

コツ　コツ、未だ足音は聞える……と、その足音が歇《や》んだと思うとドスンと鈍い響。つづいてガチャンと物の床に落ちる音がした。

「なんでしょう？」美也子が顔をあげた。

「転んだような音ですね……行ってみましょう」仁科も立上った。

二人は隣りの面会謝絶の札を貼ったドアを開けた。灯は消してある。

月光に、デスクの横に長く倒れている人影。仁科氏が駈け寄った。

倒れる拍子に薙《な》ぎたおしたと見えて、デスクの脚に手鏡がずり落ちている。それに映った虚《うつ》ろな顔――

「鼓さん！」仁科はそう云ってかかえ起こしたが、何を思ったか急に身をひいた。

鼓は人手を借らずに独りでムックリ起上ると、愕く仁科の前に仁王立ちになった。

「ハハハハ……仁科君、とうとうひっかかったね……」

それは髭を落した弟の京吉だった。

「髭を剃った僕を兄貴と間違えたね……君にしてその通りだ。まして寝ぼけ眼《まなこ》の兄貴が、差しつけられた手鏡に映った自分の顔を、暗いスタンドの光で僕と間違えたのは当然だよ……何故って、あの晩咄嗟に君は兄貴の紺の両前の服の折込みを髭の形に切り抜いて、睡っている兄貴の鼻の下にくっつけたのだからな……」

仁科が何か云おうとしたのを、京吉はおっかぶせて、

「判ってるよ、組合文字を書きつけた手帳を拾ったのが、恐らく君に魔がさした最初だろう。そこで僕を嫌疑者にマークして、ファイルブックを盗む算段にとり掛った。違っていたら訂正してくれ給え……まず、僕のポケ

ットに這入っていた質札に組合文字を書きつけた。ゆうべ僕と兄貴の談合の済んだ後、兄貴が閉め忘れた窓から君は忍び込み金庫を開けてファイルを盗み部屋を出ようとした時、デスクの上の手鏡は君の頭に素晴しいアイデアを植えつけたのだ。……熟睡している兄貴の鼻下に羅紗《ラシャ》の髭をつけ、手鏡を鼻先に置いて揺り起す、兄貴が——この不肖《ふしょう》の弟め、と起上るところをポカンと一撃。しかし物にもよりけり、質札とは考えたね……なるほど、一度は必らず質商《おやじ》の眼に触れるから、まったく唄《リリック》を歌う質札に相違ない、フフフフ……君の洒落《しゃれ》のお蔭で僕の信用は三〇％がとこ下落したよ」

京吉はニヤリとして美也子の方を見た。そして彼女から『シンフォニア』の音盤を受取ると、

「先達《せんだっ》て、君がこの部屋へはいりたがったのは、盗み損なった本物の書類を手に入れるつもりだったのだろう。何か云うことがあったら聴こう……が、もし君が否定するならやむを得ん、芸の無い話だが鏡と音盤に附いた君の指紋を揃えて……」

紳士である仁科氏は鯱鉾《しゃちほこ》ばって第一級の最敬礼をした。

美也子は、その最敬礼よりも京吉のサッパリした横顔の方がよっぽど嬉しかった。

——ほんとに人騒がせな、気に入らない髭だったわ

——彼女は心の中で呟いた。

里見夫人の衣裳鞄《トランク》

（一）

尾瀬《おせ》はもう、かなり酔っていた。

彼は空《あ》けたグラスをコツンと邪慳《じゃけん》に卓子《テーブル》に置いて、そいつを細い指先で自分の正面に移動するとペロリと下唇を舐《な》めて、玉野の——弱った——という顔を執拗《しつよう》にねめまわした。

「玉野……そんなことを俺に聞かせて、何になるというんだ。俺あ知らんよ、里見夫人の居場所なんぞ……そんなもの、自分で探せよ……自分で！　しかし、君からそういう御相談にあずかろうとは思わなかったな……光栄の至りさ、フフフフ……」

玉野は、顔の火照《ほてり》と反対に、シーンと力の抜けていく胃の腑のあたりを、何ともやりきれない気持で、苦《にが》っぽく味わっていた。

それを知ってか知らずにか、尾瀬はいよいよ意地悪く、ねばっこい口調で続ける。

「なあ、玉野君、里見夫人の客間《サロン》に君を紹介したのは、いかにもこの俺さ……だからと云って、客間の不文律を破って夫人の関心を独占した君から、そいつを取り逃したなんてことを、この俺がかしこまって聞かにゃならん理屈がどこにあるんだ……え？　あんまりひとを馬鹿にするな！」

その声がちょっと高かったので、玉野はギクリとしてあたりを見廻した。

幸い、二人の占めている席は凹所《アルコーブ》にあるし酒場の客はそれぞれの話題に熱中しているらしく、気の付いた者は誰もなかった。

「あやまる、あやまるよ」と玉野はこわばる顔を無理に笑いにかえて、相手と自分のグラスに酒を補給した。

「あたりまえさ……」尾瀬は大袈裟《おおげさ》にコックリ合点した。「俺達はな、君の抜け駈けにはウスウス気がついていたんだ。だがな、きみも知ってる通りみんなおとなだ。知らぬ顔をしていてやったまでさ。君のお蔭で、里見夫人の客間も一応発展的解消をとげたって訳よ……文句を云いたいのは俺の方だ。しかし、君なんか交ぜるんじゃなかったなあ……」

どうせ里見夫人の行先を聞きだせないのなら、何もこんなに苦労するんじゃなかった——その悔いと、相手の嵩《かさ》にかかった言い分にグーの音《ね》も出ないみじめな自分が馬鹿々々しくなり、玉野は黙然とグラスの縁を舐めていた。

尾瀬が玉野を里見夫人の客間に紹介してくれたのは、五月の新緑が濃さを増そうというその月の最初の土曜日だった。

あとで知ったのだが、その客間の定連《じょうれん》は五人——ヴィオラ弾きのW、駄洒落《だじゃれ》が身上《しんじょう》という画家のB、身嗜《みだしなみ》の良い雑誌記者のH、映画批評でめしを食っているN、そして知った仲の作家尾瀬である。その仲間を、尾瀬は何かの話題のついでに、太陽系になぞらえた、美しい力の均《きん》衡《こう》が太陽に対して互いに久遠《くおん》の軌道を踏み外《はず》さない惑星群だと。気障《きざ》な形容だが、少くとも玉野の最近の秘密を別とすれば、その比喩は当っていないこともなかった。

じっさい、そのメンバーが美しい里見夫人を繞《めぐ》って五〇体五〇の見事な均衡を保っていることを、玉野は何か作意に近いものさえ感じていた。感情と自我意識の露呈にもろい芸術家のはしくれにとってはそれは珍らしい風景だった。

毎土曜日の午后になると、定連はポツリポツリ客間に集って来る。そして里見夫人を中心にして雑談が始まる。初対面の挨拶のとき里見夫人は玉野に——どうぞ、ここではお楽にお振舞い下さいね。この部屋は皆さんに解放して御自由に使って頂いていますの……私は皆さんのお話を伺うのがただ一つの楽しみなんですから……——と云ったのだが、じっさい、そこでは各自がめいめい何をしようと勝手だった。手紙を書く者、雑談の仲間に揶揄《やゆ》を送りながら小卓《テーブル》に原稿用紙を拡げて仕事にとっくむ者。

それから二カ月、玉野が知ったのは、その客間が同じ形式で数年間続いているらしいこと、しかも不思議なのはメンバーが次々と変っていることで、なかでも、尾瀬は二年ほど前からの古参《こさん》だった。WとHは半年、Nは三カ月、Bは玉野より一カ月先輩に過ぎなかった。そして、最近足の遠のいたらしい男の名が、一、二ならず彼等の話題にのぼったということは、何と面妖《めんよう》な太陽系ではないか……

時に、体にひまの出来た主《あるじ》の里見登志彦《としひこ》が客間に顔を出し仲間に加わることがあった。里見氏はちょっとした製薬会社の経営者で、夫人とは十五以上も年齢《とし》が違っていた。肥満型の格幅《かっぷく》の良い、温顔ながらその裏にどこか商人らしい抜け目無さが匂う人物であった。

ところが、玉野が客間《サロン》のメンバーになって一ト月ほど経った或る日、彼ははじめて、里見夫人が自分に特別の関心を持っていることを知って愕《おどろ》いた。

その夜、集りが果てて皆が玄関で帰り仕度をしている時、里見夫人は玉野のポケットに素早やく何かの紙片を滑り込ませた。それには鉛筆の走り書きで、翌日の夕刻の会合の場所と時刻が記されてあった。

その最初の逢引きに、夫人が玉野に示した激情は、普段の彼女の無関心《ニルアドミラリ》を讃嘆していただけに、ほとんど玉野の予期しないものであり、かつ仮面を脱いだ多分に小説的な女人の生態は、云いようなく魅力的だった。こうして、二人の私室《ブードアル》の秘密は玉野をして客間の義務に、苦痛を感ぜしめ次第に土曜日の午后は彼に敬遠されていったのである。
四、五日前のことである。歓楽のあとの飽満と倦怠の一刻《いっとき》、里見夫人は自分の白い靨《えくぼ》のあるしなやかな指を玉野の愛撫に任せたまま彼の耳元に囁いた。
「……あたし、どうしたんでしょう、この頃体の具合が変なの、しばらく伊豆の方へ静養に行くことにしたわ。二、三日内《うち》にそのこと詳しくお知らせします。そして、その時、あなたにいつか約束した――何故あたしがこんなお馬鹿さんになったかを――告白するわ……だけど、いまはいや……」

気になる言葉だった。玉野がそれを問い詰めると、彼女はうなじを後ろに投げて激しく笑いだした。どうしても停らないその激しい笑いは、自嘲と歓喜の混合した不思議な笑いであった。

ところが、その約束にも拘らず、里見夫人は玉野に何も告げずに伊豆へ発《た》ってしまったのである。玉野が掛けた数回の電話も、出てきた女中がさっぱり要領を得ず、無駄だった。玉野は焦燥した。思い余った彼が、尾瀬をここへ呼び出して夫人の伊豆の行先を訊《ただ》した結果がこのざまである。

玉野は我ながら、自分の間抜けさ加減に愛相が尽きた。まったくお笑い草だ。索漠《さくばく》とした気持で、尾瀬を残し彼が酒場を出たのは、もう十時をよほど廻っていた。

(二)

雲が低く降りて、今にも生暖い雨が落ちてきそうな空模様だ。大通りへ出ると、胃の負担がしっとりと額の汗に解放されて、舗装路のほとぼりに生暖い風も悪くなかった。

玉野は街灯だけの森《しん》とした舗道に佇《たたず》んで、次々と高速で通り過ぎる進駐軍の車のヘッドライトをぼんやり、目送していた。

とうとうポツリと大粒の雨が顔に当った。

――やむを得ん、帰るか――と最寄の駅の方へ足を踏み出そうとした時、反対側を徐行して来た黒い箱型《セダン》が、薄光る舗装路を横断してこっちへ廻って来るのに気がついた。酔眼にそれが里見夫人の乗用車《くるま》と判ったのは大出《おおで》来《き》だったが……彼が硬《こ》わばる顔の相好《そうごう》を崩して駈け寄ると、運転台から首を突き出しているのは、泰子夫人ならぬ、夫の里見登志彦その人だった。

玉野は、ドキッとすると共にいやあな気持が胸の底からこみ上げてきた。里見の邸で、他の仲間と一緒に同席したことはあるが、さしで鼻をつき合せるのは今が始めてである。

当の里見氏も酩酊していた。

街燈の光で酒の脂がギラリと額に浮いているのを見ると、玉野は警戒する気になった。里見氏は玉野の思惑など知らぬげに、彼の正面にピタリと車を停めると、

「玉野さん、どちらまで？ ……降ってきたからお送りしましょう」と、躯《み》をひねって、后部《こうぶ》座席の扉を開けそうにした。

それは突嗟にことわる口実も見つからない速さだったので、玉野はちょっと躊躇《ちゅうちょ》した後、自動車の前を横切って助手台にもぐり込んだ。

「すみません、じゃY駅までお願いします」

「どうぞ、厭《い》やな天気ですなあ」と里見氏はアクスルを踏みながら「お住いはたしか×○の方でしたね？」

うす気味悪い、油断のならぬ記憶力だ。

「そ、そうです……」

里見氏は、玉野が辞退するのもかまわず一層のことお宅まで送りつけようと云いだした。

車は軽い摩擦音を立てて濡れた舗装路を疾駆《しっく》する。里見氏はそれっきり前方を睨んだまま黙りこんでしまった。

玉野は、フト里見夫人とこの同じ車でドライブしたことを思い出した――自分と里見氏が入れ換って、自分の座席に里見夫人が寄り添っていた……夫人の愛犬のテリヤが後部シートにおとなしく、二人の会話を聴いている。窓から流れ込む郊外の爽快な初夏の風、夫人は振り向いて愛犬の様子を確めた。すると、テリヤは眼やにを出した小さな頭をぶるぶる震わせて、主人のお愛相に応えた。

「フレッド！ 何て顔してるのよ……玉野さん、この犬良い名前でしょう、どこかちょっとフレッド・アステアに似てやしない？ ……だから、フレッド……ホホホ

ホホ……」――

左にカーヴして里見氏の重い軀《からだ》が、グイッと玉野の腰を押した。彼は追想から醒めた……彼はもうその重苦しい沈黙に耐えられなくなった。

「この頃、御無沙汰していますが、奥さんお変りありませんか」

「……元気ですよ。おとつい、熱川《あたがわ》の別荘へ行きましたがね……」里見氏はバックミラーを介して玉野に笑いかけた。「どうです。私も相手が欲しいが、お差支《さしつか》えなかったらちょっと寄って行きませんか、勿論、間違いなくお宅までお届けしますよ。それに、出もののうまいウイスキーがあるんですが、ハハハハ……」

――そうか、熱川だったのか……夫人がいないとすれば、別にびくびくすることもない。それに、ちょっとの間不愉快を我慢してつきあえば、その熱川の別荘とやらが聞きだせるかもしれない――

玉野は一応儀礼的に辞退した後、遂にその申出を承諾した。

箱型《セダン》が郊外に出てからは、行き交う自動車も稀だった。里見氏はトップギヤをいれて、身じろぎもせずライトに照し出された前方十米《メートル》を見詰めたきり、黙々としている。酔が醒めるにつれて、玉野の心には再《ま》た不安の念が頭を擡《もた》げ始めた。この男は一体何を考えているんだ？　妻の留守に、妻の遊び相手を呼び込んで酒を振舞おうとは？　しかし、もう退《ひ》くわけには行かなかった。

大崎から、ゆるやかな起伏のある新道を疾風のように通り抜けて約十分、右折すると、車は里見邸の低い石門を通って、砂利を弾《はじ》きながら、小暗く両側から樹木がかぶさる車寄せに停った。

里見氏は勢いよく車を跳《と》び出すと、運転手が居ないのでねとことわって、玉野を待たせたまま自分で自動車の始末をしてガレージにピンと錠をおろした。

玄関に女中が出迎えた。里見氏は彼女に饗応《きょうおう》の用意を命じて、玉野を自分の書斎に案内した。

それは客間《サロン》とはまるで違って、どっしりと落付いた飾付けの部屋であった。イエローオーカーの地に小鹿と野の下生《したば》えをあしらった渋い模様の壁布には三十号の風景画とエッチングが四、五枚懸っている。奥の窓ぎわに大型のデスク……。

里見氏は早速、隅のカップボードからウィスキーのボトルを出して来た。

「……先だって手に入れたのですが、お気に召すかどうか」とグラスを列《なら》べた時、女中が銀盆を捧げて這入って来た。里見氏は、

「そこへ置いて、お前はもうやすんで宜しい……晩《おそ》いから」と、女中を退《さが》らせると「さあどうぞ」と酒をすすめた。

なるほど、酒は上等だった。小卓《テーブル》を前に、定連の噂から次第に話がほぐれて、玉野もおつきあいに軽い笑声が出るほど、心の余裕が出来た。

「熱川の別荘は、もうよほど前からですか？」

玉野は、そろそろ目的の引出しにかかった。

「そう、もう五、六年になりますかな。一度御案内しましょう。家内はなかなか我儘者でしてね、大した病気でもないのに、一度医師に胆石の惧《おそ》れがあると云われたのがもとで、それ以来時折あすこへ行くのですが、私はあれの気儘にさせてあるのですよ」と云って里見氏は、何か気が付いたように立上った。「そうだ忘れていた。ちょっと失礼して家内の荷物を片付けてしまおう。あした早く送るのですが、飲むと億劫《おっくう》になるから……」

玉野が室内に注意をくばると、デスクの蔭から青い大型の衣裳鞄《トランク》が覗いている。

里見氏はデスクの抽出《ひきだし》から長い細引を出すと、器用な手付で結び目を作り、トランクをからげにかかった。玉野は黙って見てもいられないので「僕も手伝いましょう」と傍に寄った。

「やあ、済みませんなあ、お客様に手伝わせては……」

それは、細い四本の籐《とう》のバンドと隅を真鍮《しんちゅう》の金具でかためた、青エナメル塗りの大型トランクで、なかなか立派なものである。細引を底に廻す段になり、二人は協力してそれを持上げた。馬鹿に重いトランクである。荷作りが済むと里見氏は、

「さあ、これでよし。すっかり貴方に手伝って頂いたな。我儘な奴で、むこうへ行ってから、あれこれと要るものを云って寄越したのがこんなにあるんです」

「しかし、着物にしちゃ大したお荷物ですね？」

「着物もあるが、おもに本なんですよ」

「本？……」

書物を送るのに、こんな立派な衣裳鞄を使う奴がどこにあるだろう？　木箱で沢山じゃないか……玉野は「本ですよ」と繰りかえす里見氏の口辺に、なにか薄笑いが浮んだように思った。里見氏は腕時計を見て、

「さあ、まだ早い、ゆっくり飲みなおししようや、男同志で」とソファに玉野を誘った。

玉野は、しかしもう盃は唇を触れる気にならなかった。軽い頭痛が右後頭部にうずき口が渇いてきた。里見氏は相手の様子を何かたのしむ風に見やり、立てつづけに二、三杯呷《あお》るとグラスを卓に据えて云った。

「……玉野さん、僕はね、今晩あなたに懺悔《ざんげ》ばなしを一つしたいのですが……きいてくれますか？」

「ザンゲ話？」玉野は痛む頭をあげた。「それ僕が伺う性質のもんでしょうか？」

「いや、あなたと限ったことじゃない。できれば、お仲間全部、W君にもH君にも聞いて頂きたいくらいです……家内が居たのでは少々まずいので、今までそのチャンスが無かったのですよ、だから、これは謂わばあなたに対するサービスさ、ハハハハ……」

里見氏の濁《だ》み声が、庭樹《にわき》を叩く雨足を消した。玉野は、その言葉にいよいよきたなという感じに主の企らみを汲みとって、無言でひとつうなずいた。煙草を挿んだ指がいささか震えているのが自分でも判る。

「僕はね」と里見氏は続けた。「皆さんも御きづきと思うが、仕事に熱中したあまり、途方もない間違った結婚をしてしまったのです……何故最初それに気が付かなかったのかというと泰子にも責任の一半《いっぱん》はあるが、義父《おやじ》が——勿論、泰子の父ですが——いけなかったのです。彼がやっていた製薬の老舗《しにせ》が、戦争初期に事業不振で潰れそうだったのを盛り返えしたのは、実は私の会社と合併したからなのです。今こそ、戦後星の数ほども出来た群小《ぐんしょう》製薬会社を尻目に老舗の貫録《かんろく》を誇っていますが、あの頃はとても危い橋を渡ったものですよ……そのお礼心からでしょう、義父は娘の泰子に私との結婚を押しつけたらしいのですが、その時既に、泰子には私にかくした愛人がありました。Kという有為な土木技師で、その男は吾々の結婚が発表されると、失意の身を当時招聘《しょうへい》のあった上海《シャンハイ》の水道会社に赴任してしまいました。

爾来《じらい》、吾々には夫婦とは実に名ばかりの数年が続いたのです……結婚の夜、泰子は健気《けなげ》にもこの私に云いましたよ——あなたはお仕事のために私と結婚なさったのだから、それで御満足でしょう。あたくしは私の自由にさせて頂きます——とね。誤解ですよ。プラスになったのはあれの父の方なんですから。私は事をわけて事情を説明したが、気丈《きじょう》な娘でした。どうしても納得しません。とうとう私もこう言わざるを得ませんでした——いいとも、しかしお前の愛情の自由だけは許さんぞ——とね……おや、どうかしましたか、顔色が悪いが、一つグッとお乾《ほ》しなさい……」

玉野は眼の前のグラスを摑むと、カラカラに渇いた咽喉《のど》に、酒を一気に流し込んだ。いつの間にか、語る里見氏の面上には、何か兇《ま》が兇がしい熱情がフツフツと滾《たぎ》っているように見えた。

「それから数年、私は妻との生活は永遠の平行線を画いてきました……『里見夫人の客間《サロン》』とかいうそうですね、あなた方の仲間では？　御存知でしょう、きみも？　この数年間、あのメンバーは次々といれ替わり、今のは何代目かのグループです。結婚初夜の二人の約束はその年月見事に守られ通しました……そこで、貴方に伺うが『里見夫人の客間』の真《しん》の意味は何だったでしょう？……え？」

里見氏の両眼は、そこで玉野の逃げる視線に執拗に迫って離さなかった。

室内の温気《うんき》は酒の酔いに倍加されて耐えきれなくなってきた。玉野は——お前どうするつもりかね？——と自分の霊魂が自分に囁きかけているのを感じた。彼は、それが何を意味するとも覚えず、弱々しく首を左右に振った。

里見氏の額から、一滴の汗が頰を伝って垂れる。彼は口元を不吉に歪めて、

「……判らないかね、ふん……」と急に乱暴な口調になった。「じゃ、云ってあげよう……私もやっとおとついそれを知ったんだよ。そこでね、君に一つ見せたいものがある……」

里見氏は内懐《うちかく》しから紙入れを出して、丸まっこい指で一枚のブローニイ判の写真を摘みだして玉野に渡した。

水洗いが悪かったせいか一人の眉目秀《びもくひい》でた青年が、公園か何かの茂みに凭《よ》って、微笑している写真である。ハイライトは黄色に褪色《たいしょく》していて、はっきりしないが……

玉野は、それを仔細に凝視している内、指先が次第に震えだした。

それはどうみても、玉野自身の写真だった。眼から口元から……しかし着ているあらい縦縞の服は、どうにも憶い出せない。一体、いつどこで撮ったものだろう？——彼は眼が眩《くら》んで画像がぼやけるまで、それを睨みつけていた。

里見氏が笑ったのが聞えた。

「ハハハハ……どうだ、少しは愕いたか、玉野君！」

彼の声がビーンと玉野の鼓膜《こまく》を叩いた。里見氏はスックと立ちあがっていた。「それはな、里見夫人の、いや泰子の昔の愛人、上海で死んだKの写真だよ……思い当ったか、ハハハハ……」

（三）

里見氏はスリッパを引摺《ひきず》りながら、ポケットに両手を突込んだまま、部屋の中を熊のように歩きはじめた。そ

してうつ向いた玉野の背に、奔流《ほんりゅう》のように怒号を浴びせかけた。

「……僕は八年間、この日を待っていたんだ。君に判るかね……自分の妻が幻の愛人をえらぶ日を、八年間待っていた男の気持が。とうとうその日が来た。妻は僕との約束を反故《ほご》にした……いや、家内は数年間計画的に愛人の幻を探していたのだ。尾瀬を買収してね。彼は女衒《ぜげん》みたいなやつだ。『里見夫人の客間《サロン》』のお歴々《れきれき》をみたまえ。皆どこかKに似てるんだ。きみ、女の一念は怖ろしいものだよ。遂に目的を果したからね……玉野君というダブルを探しあてて……」

プツンと里見氏の喚《わめ》くような声が途切れた。玉野が見上げると、里見氏は熊の歩みをやめてジッとデスクの方を凝視している……。

と、部屋のどこからか、微かに呻《うめ》くような泣くような声が聞えてきた。玉野はひどい打撃に痺《しび》れた思考力を振い起して、その音の原因に聴き耳をたてた。が、音はそれっきり消えてしまった。

里見氏は小卓《テーブル》の前に戻ってきて、玉野の顔を覗き込む風に、ギッときしらせて椅子に腰を掛けた。

「玉野君、まだ話は済まないぜ……おや、馬鹿に気分が悪そうだね、大丈夫か……君は、デカメロンの中のこんな話を知ってるかい？——或る女が亭主の目を盗んで、かりそめの間男《まおとこ》を家に引き入れる。亭主は一策を案じ、ある日その間男を欺いて框《チェスト》の中に押込む。そして亭主はその框の上で何も知らない妻と生《せい》を娯《たの》しみ、鬱憤《うっぷん》を晴らすというんだ。面白いじゃないか、フフフ……しかし」と里見氏は含み笑いを停めて「僕の場合はそんな楽天的なお伽噺《とぎばなし》で律する訳には行かない。愛情に関する限り妻との間は絶望だからだ。また、僕はそんなお伽噺にあやかるほど甘くはない……これは立派な悲劇なんだ！」

里見氏は突然口を噤《つぐ》んだ。玉野は、彼の酒にギラつくふてぶてしい貌《かお》に、一抹の不安が横切ったのを見逃さなかった。すると……またも、森とした室内に何か物の気配……。

玉野は跳びあがった。足が、がくがくふるえた。

その音の出所は、デスクの蔭の今しがた荷造りした青い衣裳鞄《トランク》だった。

玉野は、眼を光らせてデスクの方へ二、三歩足を踏みだした。

何か叫んで跳びかかって来る里見氏の胸板を、玉野の頭突きが強《した》たかはねとばした。里見氏は蹌踉《よろ》めいてパネルに身をもたせたが、

「駄目だよ駄目だよ！」とポケットから小さな壜を出して眼の前で振った。

「……こ、これを見ろッ、貴様の息の根もあと一時間だぞ……」

玉野は息を切らせて躍りかかると、壜をひったくった。白いラベルにペンで書かれた字。

ACIDUM ARSENICOSUM

踊るようなその文字……急に息苦しさがこみあげてきた。玉野は、うわずった叫声を挙げた。

「あ、あなたはッ！」

「今頃、気が付いたか、迂闊な奴だ。さっきのウィスキーの味はどうだった……もう、そろそろ利く時分とは思ったが……」

玉野の耳殻《じかく》の中で、堰《せき》を切ったようにシャーシャーと危険ブザーが鳴りだした。胃の腑のあたりに、徐々に冷いしこりが蟠《わだか》まってくる……。

——青いトランク、あの青いトランクの中の泰子夫人……しかし、一時間の我が命！

暫らく立ち眩んだようにしていた玉野は、やにわに里見氏めがけて毒薬の壜を投げ付けた。

壜がパネルに衝《あた》って砕ける。と同時に、玉野は蹌踉めく脚を宙にまろばせて部屋を飛び出した……。

冷たい雨が顔に降り注ぐ中を、玉野は前方に茫《ぼ》んやり浮ぶ街灯目あてに、ヒョロリヒョロリと走り続けていた……右手の細い指を口中につっこみ、ウエッ……ウエッ！　とうめきながら……。

書斎の扉が静かに開いた。

振り向いた里見氏の眼に、パジャマの肩に羽織をすべらせた泰子夫人の立姿が映った。

「まだ、起きていらっしゃるの？」

彼女は室内におどんだ煙草の煙に眉を顰《しか》めて訊いた。

「お前こそ、今頃どうしたのだ。風邪の工合はいくらか良いかね？」

「ええ、熱はないけれど、こんどはおなかが変なの……あなたペプシン持ってらしったわね」

里見氏は、青い衣裳鞄を隠すように軀《み》を寄せると、ポケットから口の割れた小壜を出して、ひそかに貼りつけたラベルをはがした。

「……そら、さっき壜を落として割ってしまった」それを受け取る里見夫人の足元へ、ソファに睡っていた愛犬が跳びついて行った。

「まあ、フレッド、どこへ行っていたの？　……夕方からちっとも見えないので、随分探させたのよ」

彼女は、短い尾をちぎれるように振って性急《せっかち》に足踏みする愛犬を抱き上げた。フレッドは、湿《うる》んだ眼をデスクの蔭の青いトランクにチラと一度やったきりで、もう先刻《さっき》の責め苦を忘れてしまっていた。

里見氏は剝ぎ取ったACIDUM ARSENICOSUMのラベルをポケットの中でにぎりしめながら、

「……これで、もう奴は二度とここへ足踏みすまい……。次は尾瀬の番だが……さて……」と考えていた。

ユダの遺書

（一）

九月に入ったばかりの或る晴れた午後、L港の高台に通ずる舗装路を登ってくる男があった。

年齢は三十七八、クリーズのきいた白麻の服の胸から涼しげなハンケチを覗かせ、新しいパナマを冠った隙の無いみなりの男……しかし、彼の瞳が目前の白堊《はくあ》の建物のうしろに盛り上った雄大な入道雲を見あげた時、その汗ばんだ顔には、眼鏡をとった後の男にも似た何か弱々しい表情が浮んでいた。夏の陽《ひ》を容赦なく反射して眼に痛いほどの白堊の三階建、その玄関の吊庇《つりびさし》の上には黒くST. JAMES HOSPITALと読まれる。

男は、玄関をはいると、靴をあずけてスリッパに履き替え、広い正面の階段を昇った。

元、軍で建てたのが、占領軍の息がかかって名前も変わり設備も見違えるばかり立派になっていた。彼は壁を真白に塗った二階の廊下を通って、一番奥の「酒勾《さかわ》」と名札のある扉を叩いた。「どーぞ」と返事があって彼は室内に入った。

窓ぎわのデスクで何かしていた主《あるじ》は、彼の姿を見ると、人なつっこい笑みを浮べて回転椅子から立上った。

「めずらしいね、宇留木《うるき》君」

「お忙しいかい？」と宇留木は帽子を衝立《ついたて》のフックに掛けて汗を拭いた。酒勾医師は客と同年輩、小肥りの子供のように血色が良い顔を、縁無し眼鏡が上品に引緊《ひきし》めていた。

「さあ、こっちが涼しくていいだろう」と彼は窓ぎわに椅子を寄せたが、宇留木と向い合うと、相手の顔にまだ汗の噴きでる様子に気がついたのか、

「どこか悪いんじゃないか、顔色がよくないぜ」と訊いた。

「いや、別にどこも悪くはない」宇留木はハンケチで無暗《むやみ》に額を押えながら、「ちょっと、きみに話したいことがあってね。支那へ行ってた土屋君が帰って来たんだ……」

煙草の端をケースで叩いていた酒勾医師は、その手を

停めて、

「へーえ、きみの所へ会いに来たのか?」

「きのう、もみじホテルで会った……去年支那から引揚げて、一時東京に落付いたが、こんどL市で事業を始めるのだそうだ」

酒勾は煙草を銜《くわ》えて、相手の四角い出張った顎の辺に眼をやった。

「十年振りじゃないか、で、どうだい、土屋君昔のように向うッ気が強いかね?」

宇留木は首肯《うなず》いただけで黙ってしまった。酒勾はそれに気が付くと、扉の前へ行って懐《かく》しから鍵を出してかけた。

席に戻った彼は首を傾《かし》げて煙草を吸っていたが、

「……きみは未だあの事を考えているね。もう解決がついてるじゃないか、滋生《しげお》ちゃんが不慮の事故で歿《な》くなった直後、奥さんは総てを君に謝罪したし、また君もそれを宥《ゆる》したのじゃなかったかね、君はその事を忘れてしまうべきだよ……」

宇留木の冴えない色の片頬が歪んだ。

「ぼくは、僕はこの頃、何か考え違いをしていたように思い始めた。滋生はやはり僕の子かもしれんと……」

彼は訴えるように酒勾の瞳の色を窺った。「いつか君に頼んだ滋生の血液型の検査は、間違っていはしまいか?」

酒勾は気の毒そうに首を振って、相手の肩に手をやった。

「そうか……」宇留木は期待を裏切られて俯向いた。

「君がね、滋生ちゃんを自分の子だというなら、それでいいじゃないか……僕は、とってある検査のカルテを燃してしまうよ。いずれにしても五年前のことなのだから……」酒勾は客をいたわるようにこう云った。

「僕は、土屋の血液型をもう一ぺん確めたいのだ」

「やるだけ無駄だ。そっとしておいた方が君のためだ。科学に妥協はないからね」

宇留木は自分の想念を振り切るもののように窓外に眼をやった。遠い水平線から、入道雲が立上っていて、その下に湾口に碇泊する商船が点々と小さく見える。

医師の顔に戻した宇留木の瞳は、突然、感情に燃えて怪しく輝いた。

「僕は苦しくて耐らないんだ。あの滋生の命を奪った自動車事故は……何というか……」

扉にノックが聞えた。

「誰?」酒勾が扉の前に寄った。看護婦の声で、

「……酒勾先生、十一号室の患者さんが、また気が立

ってきました……お済みになったらお願いします」

「直ぐ行きます」酒匂はそのまま、部屋の隅の戸棚からウイスキーの壜を出すとコップに注《つ》いで、宇留木の前へ戻って来た。

「さ、暑気払い憂《う》さ払い……こいつを一つやって帰り給え……」そして、気を変えるように、

「それでは、一度土屋君を囲んで昔の仲間が集まるかね」

「うん、次の日曜の午後僕のうちへ来てもらうことにした」

「君のうち？」酒匂は愕《おどろ》きを顔にだしてきいた。「……奥さん、大丈夫かい？」

「構わんと思う。上町教会時代の田所君と川井君には連絡する。きみも来てくれるだろうな？」

「そりゃ行くよ」

宇留木は立上った。

酒匂医師は部屋を出て行く客の後姿を、扉の把手に手をかけたまま——判らない——という風に首を振って見送った。

日曜日の夕方、真っ先にやって来たのは土屋浩平であった。ショーツに上衣なし、籐《とう》のステッキを携えた、そろそろ時候にはどうかと思われる軽装の彼は、迎えに出た宇留木に、

「失礼な格好だが勘弁して下さい。夏は商売の会合の外《ほか》はこれで押通すことにきめてるのでね、ハハハハ……」と、相変らずのところを見せた。

「お忙しい所をよく来てくれましたね。酒匂君、川井君それに田所君も来るはずですよ」宇留木は愛想よく彼を迎えた。

食堂に落付くと土屋は、ギョロリとしたその癖、浅黒い丸顔のせいか憎めない眼で、室内を悠然と眺めまわして云った。

「何年振りでしょうな、皆さん御発展でしょう結構なことだ……僕のような風来坊《ふうらいぼう》は何もかも新規蒔《ま》き直しですよ。いずれ皆さんの御援助を仰がねばならん僕がお招きを受けるとは、ハハハハ……まるで逆ですな。ところで」と彼は笑いをひっこめて、「奥さんはお達者ですか？」

「お蔭でね、あの節はわざわざ上海《シャンハイ》からお祝いまで頂戴して……もう十年になりますよ、君が急にあちらへ行ってから」

「そうそう、子供さんが生れたことを、あちらで聞いたが……」

「その一人子が五年前になくなったのです」

「ほう」と土屋は神妙に二三度大きく首肯いた。「それは残念でした」

宇留木は相手を冷かに注視した。やがて彼にとって苦痛の瞬間がきた。妻の志摩子が這入ってきたのだ。土屋を前に置いて、十年つれそった妻を、遠く遠く離れて第三者の立場から眺める宇留木であった。

馬鹿叮嚀《ていねい》な土屋の挨拶も、志摩子の応対の言葉も彼の耳には這入らなかった。その瞬間、彼は耳にドドと浪の遠鳴りに似た響を聞き、ただ、眼だけが二人の感情の小《さざ》波《なみ》も見遁《みのが》すまいと、喰い入るように彼等に注がれていた。

急に室内が蒸してきて、戸外には一雨避けられない空模様があった。

「皆さん、おそいですねえ」と宇留木に向けた志摩子の心なしか濃い化粧の顔が、何か彼には眩《まぶ》しかった。

「うむ」彼は土屋に向いて、「蒸してきた……皆を待つ間、庭へ出てみませんか」と誘った。

庭の真中にちょっとした泉水《せんすい》があり、申訳のように、一尺幅の引き水が芝生《しばふ》を横断している。二人は話しながらその小流を跨《また》いで、港が見下せる阿亭《あずまや》に上った。

灯の点きはじめた街の向うに黄昏《たそが》れる港を見て、土屋は何か張りのある調子で喋った。

「……あの素晴しい毛唐の船と、その間に少しずつ殖えて行く、こっちの商船を見たまえ、これからが、我々企業家の精一杯働く時ですね。なにしろ、権力の庇護によらず自分の腕を存分に振えるんだから有難い……」と彼は、支那で軍需品調達で儲けた話、それが元も子も失くして昨年引揚げてから、うまい手蔓《てづる》にとりいって幾莫《いくばく》かの纏《まとま》った財を得たので、L市で一旗あげる目算を立てた経緯を、彼独特の誇張した話し方で宇留木に説明した。しかし、宇留木はその話の一つも実は耳にはいらなかった。

宇留木の頬にポツリと雨滴があたった。

その時、女中が来客の揃ったことを知らせてきた。

（二）

窓から流れ入る夕立の後の風が、酒がほど良く廻って上気した、主客の頬を撫でた。若い頃の思い出話は、十年の歳月をとび越えて、彼等の心の壁をとり外《はず》したように見えた。宇留木さえもが、その例に洩れないようだった。

五人の話題は、志摩子も加えて、戦争前メンバーであった上町教会の基督《キリスト》教青年会の思い出話に移って行った。

「あの頃世話になった牧野牧師《さん》はどうしたかなあ」土屋がきいた。

「君が渡支してから間もなく、その筋の圧迫がひどくなって、田舎へ引込まれたよ。いい人だったがなあ」と、幾分感慨をこめて答えたのは、一番年若に見える田所だった。

「虔《つつ》ましい信仰に徹するなど、夢にも期待出来なかった僕達若い者を、大きい気持で包容してくれたのは、今になって振り返えらせられるね……あれは、今日本《こっち》へ来ているアメリカの牧師さんの行き方だ。功利的かもしれんが、固苦しいことなんか、これんぼっちも云わず、子供達を集めたり吾々をまあ遊ばせながら導くという型だ……皆、憶えているかい、いつかの集まりで子供の歌や劇の間へ、僕達の活人画を挿んだじゃないか……最後の晩餐《ばんさん》……」

「そうそう」土屋が卓子に乗り出した。「あれが、君達と別れた最後だった。おまけに僕はユダをやらされたんだぜ」

「思い出したよ……お酒を飲んでこんな話、瀆神《とくしん》の業《わざ》だが、僕がシモンをやって、川井君はたしか一番端に坐るバルトロミオだったね」

酒勾医師が隣りの小男川井の横腹を肘で突いた。

「ウフン」と相好《そうごう》を崩した川井は、「十三人のうち半分以上散り散りになったが、それに田所君のフイリップ、宇留木夫妻のペテロとヨハネが今晩集まったという訳だ」

土屋の隣りに居た田所が、一つ席を置いた志摩子に話しかけた。

「奥さん、今でも思い出すが、あなたのヨハネはなかなかお綺麗でしたよ。僕は最初バプテスマのヨハネと間違えてね、えらい爺さんのつもりでいたが、ダビンチの絵で見ると凄い美青年じゃないか、愕いたよ。その隣りに宇留木君のペテロが頑張っていたのは、彼の遠謀深慮《えんぼうしんりょ》の致すところかね……僕は、今だから云うけれど暢気《のんき》者だったよ。あの時、二人が結婚するとは夢にも想像していなかったからね、フフフフ……」

「まあ、口の悪い……今更そんなこと仰有《おっしゃ》らなくてもいいでしょう」

志摩子は田所を睨んだ。

悠《ゆ》ったりと椅子に掛けて、その会話を娯《たの》しんでいた酒勾医師が口を挿んだ。

「しかし、何といっても一番痛かったのは、きみのユダじゃなかったかね。さすがの鼻っぱしの強い土屋君もあれには参ったろう」

土屋は大口をあいて笑った。

「まったくだ。なり手のないユダの役は、籤抽《くじび》きで極めたのに、その十三分の一に僕が当るとは、よくよく運が悪かったね」

「土屋君のこったから」と川井が云った。「何か一言あるかと思ったのに、よく温和《おとな》しくあの役を引受けたね、僕なんか却って少々気の毒に思ったくらいだった」

川井が、素速く意味あり気な視線を宇留木に投げた。宇留木は気付かれぬほどの否定の合図をして、そのまま煙草を銜えた顔をライターに伏せた。しかし、それが敏捷《びんしょう》な土屋の眼を誤魔化《ごまか》し得たと思ったは、間違いだった。

「宇留木君！」土屋が云った。「何だね？　なにかあるのか？」

宇留木は返事をしない。

土屋は口辺に薄笑いを浮べて、川井を睨んだ。

「変だぞ、話したまえ」

「うん」と川井は煮えきらぬ返事をしたが、思いきった風に、「いいだろう宇留木君？　十年も昔のことだ……思いきってあやまっちまおう」

皆の視線が一斉に川井に集まった。宇留木はもうそれを押えるわけに行かなかった。

「あの時、トランプのジャックを引いた者がユダになることに決めたね。それが実はインチキだったのだよ。予《あら》かじめ切らせておいたやつを僕が持って、君達に引かせたのだが、そいつを、土屋君にジャックが当るように僕が細工をしたんだ」川井はハンケチを出して額を拭いた。そして土屋に気の毒そうな一瞥《いちべつ》を与えて、「改めてこの席であやまってしまうよ。はっきり言うと、土屋君の日頃の高慢の鼻を挫《くじ》いてやれという皆の気持を代表して、僕と宇留木君が、まあ若い者によくある無邪気な気持からやったんだ……あやまる」

土屋の次第に硬ばってきた表情が、その瞬間、元の晴ればれしたものに戻った。それは、練《ね》れてるという感じだった。宇留木が謝罪のつもりか、軽く会釈をしたのをきっかけに、土屋がニヤリとした。

「ひどい人達だ。ちっとも無邪気じゃないぞ……そうか」土屋は右手で顔を一撫でして云った。「そんなに僕は睨まれていたのかなあ、ハッハッハッ……」

「悪く思わないでくれ給え」宇留木が、ばつが悪るそうにあやまった。

「なあに、十年前のことを気にする土屋じゃありませんよ……それに、そのことなら……」

そこへ女中が這入って来て、宇留木に訪客のあることを告げたので、その話題はおしまいになった。

宇留木が席をはずした後、窓ぎわに席を移して、コーヒーや果物が出た。

手洗に立った土屋の後姿を見送って、川井はちょっと首をすくめると、田所に云った。

「まずかったかな、今の話。酒に口を滑らせちゃったが」

「そうさな、僕もちっとも知らなかったんで実はハラハラしたよ。しかし、土屋君も枯れてきたな……昔だったら、とてもあんなもんじゃ済まないぜ」

「とにかく、宇留木君としちゃ、意に充たぬ発表だったろう」酒勾医師が云った。「まあいい、土屋君がああ穏やかに呑み込んでくれたから」

三人は雑談しながら、驟雨《しゅうう》の過ぎ去った庭を眺めた。

「おそいなあ、御本尊どもは一体どこへ行っちゃったんだ?」川井がぼやくのも道理、食堂には引込んだ志摩子夫人も見えず土屋浩平も手洗から戻って来ていない。

その時、三人の耳朶《じだ》をダァーンと物凄い音が打った。その音は玄関の方からした。

シーンとした一瞬。

田所がまず椅子から跳《と》び上った。

「なんだ!」酒勾と川井が同時に立上った。

廊下を駈ける足音がした。応接間だ!

田所を先頭に三人は右手の扉から廊下に出た。きな臭い硝煙の匂い。廊下に人影はなかった。田所の顔から血の気がひいていた。

「ピストルだ」

廊下の隅に佇《たたず》んでいたらしい志摩子が、両手で頬をおさえて三人の所へオズオズ寄って来た。

一尺ほど応接間の扉が開いている。三人の眼に、応接卓に突伏《つっぷ》した宇留木の姿がとびこんできた。噴き出す血が宇留木の半顔を染め、床に滴っている。

田所が、宇留木を抱き起すと、グニャリと重みがかかり、プーッと胸から血を噴いた。酒勾が川井に命令した。

「きみ、頼む、追駈けてくれ、玄関だ!」

扉をバターンとぶっつけて川井がとび出した。

後ろで志摩子の嗚咽《おえつ》が聞えた。酒勾は素速く前に廻って、卓布で胸を押えながら手頸を握った。温かいが脈搏《みゃくはく》は途切れている。

「もう、いかん、出血がひど過ぎる」彼はこう囁くと、田所と二人で屍体を椅子に戻した。酒勾が電話室に行くとき、彼は玄関の三和土《たたき》に土屋の籐のステッキが転っているのを認めた。

（三）

Ｌ警察署から係官が到着し、情況の聴取がすむと、家人と来客は書斎に体《てい》よく軟禁されてしまった。

食堂では、県の捜査一課長がＬ署の司法主任から報告を聞いていた。俵《たわら》司法主任は、時々、メモをとった手帳に眼を落しながら、こんな風に説明した。

「……で、被害者に面会を求めた男ですが、女中の話によると、背丈《せい》は五尺二寸前後小柄の顔色の悪い男で、年恰好は三十を少し出たぐらいだそうです。黒っぽい雨《あま》合羽《がっぱ》に、色は女中もはっきり憶えていませんがやはり黒っぽい鳥打帽をかぶり、左脇に平たい風呂敷包みを抱えていたと云うのです。客の一人の川井という男が、二丁ほど先の図書館の角まで物色しながら追い駈けたが、それらしい者の姿を全然見かけないので、諦らめて引返しました。

次に怪しいのは、客の一人の土屋浩平という男で、これが銃声の起る三分ほど前、食堂から手洗いに出たっきり姿を消しているのです。被害者の妻はその時台所で何か飲み物を造っていたのですが、女中の方が、洗面所を出た土屋が玄関の方へ行く後姿を見ています……彼が犯人を追駈けて行ったとすると、いまだに戻って来ないのが訝《おか》しいし、これは、何か理由があって逃げだしたと一応推定するのですがどうでしょう？　それからもう一つ……今晩の集まりは、何年振りかでこの町へ帰って来た土屋浩平を正客に、宇留木氏が外の三人を招《よ》んだのですが、その模様がちょっと面白いので説明しますと、この連中は十年ほど前の上町基督教青年会《ワイ・エム・シイ・エイ》の仲間でして、宴会の席上、一風変った議題がとりあげられています。それは、昭和十三年の春だそうですが、あの教会で青年会、子供会合同の集会があった時、その番組の中にこの連中が活人画――動かない生人形《いきにんぎょう》、あれです――あれを一場面挿みました。題は『最後の晩餐』。ところが、十二人の弟子《でし》のうちキリストを裏切ったユダというのに誰もなりてがなくて、籤抽きできめたのですが、それに当ったのが客の土屋浩平だったと云います……しかも、その話が酒の上からこじれてその籤抽きのインチキが露《ば》れたのです。インチキの張本人が主の宇留木、手伝ったのが川井であることが判り、宇留木は閉口して土屋に謝まったというのが、その経緯《いきさつ》でした……

ちょっと、馬鹿々々しい話ですが、土屋の行動と関係がないとは断じられません。土屋の宿所、もみじホテルには彼が戻った形跡は今の所なく、引続き見張らせています。それから、謎の訪問客については人相風体《ふうてい》の手配を一応致しておきました……大体以上の通りです」

京谷捜査一課長のやり方を心得ている司法主任は、ここで説明を止めると手帳を構えて相手の出方を待った。京谷が最初から関係者の個々の陳述を聞くことは滅多になかった。まず大摑みに担当者を介して情況を訊く、そして自分の腹案を樹《た》てておいて、必要な関係者から聴き取りをやると、そこに抜き差しならないギャップが浮び上ってくる……というのだ。

応接間の方から、仕事を続けている鑑識員の足音と話声が聞えてくる。京谷は小卓の端を、右手の中指で律動的に軽く叩きながら、その報告を頭の中で整理していた。それが纏まったのだろう。彼は中指の運動をとめて、

「その訪問客が逃げてから川井が飛びだすまで、いくらも時間が経《た》たなかったように思えるね。前がお濠《ほり》で、図書館までは隠れ場所がないのに、川井が怪しい後姿も見なかったのは何故かね？　雨合羽を脱いで、やり過ごしてからあわてず騒がず歩いて行くという術《て》を使ったかもしれない。その男が、例えばだね――ピストルを撃つことが出来ない様子でもしていたらどうかね？　銃声で頭が一杯になっている川井は、それを見過すかもしれん。彼が追い抜いた人物と、引返えしてくる途中で会った人物をみんな思い出させてみたまえ……それから訪問者の雨合羽の下の服装を、女中の記憶から抽き出さなけりゃ……今、君が話した雨合羽の鳥打帽じゃ駄目だろう。

それから土屋だが……彼は銃声の起る前に応接間に近づいたのだから彼が訪問者を追駈けたとしたら訪問者が川井をだましたと同じ方法では、土屋は騙《だま》せない。だから、土屋が訪問者と顔見知りだったか、もっと想像を進めて共犯者である場合の他は、彼が訪問者より先に玄関を出たと考えるのが至当じゃないか。つまり、土屋は応接間の様子を見聞きして、自分の行動をとったと解釈すべきだろう」

「すると、土屋は嫌疑の外に置かれますか？」

「まあ、そうだね」

京谷の考えのただしかったことが直ぐ判った。

女中は訪問者のズボンが紺サージだったことを憶えていた。そして川井は、図書館の前から戻る道で、一人の腕を傷《いた》めた男に会ったことを思い出した。その男は、紺の冬もののサージズボンに黄色っぽいYシャツを着て、直角に曲げた右肘から手の甲まで、白いギブス繃帯《ほうたい》をはめ、ブラリブラリとお濠の側の歩道を歩いて来たのだった。

直ぐ、訪問者の風体についての新しい指令が、関係部署に流された。

俵司法主任は電話で『もみじホテル』を喚《よ》びだし、部署の刑事に連絡した。

「異状ありません。土屋の泊っている十号室は鍵がかかっていて真暗らです」

「そうか……それからね、嫌疑者の服装を訂正する。黄色いYシャツに白いギブス繃帯をしている。念のために、大事な点は右腕の肘から上に紺サージのズボン、帳場と近辺を当ってみて、何かあったら直ぐ知らせること……」

電話室の扉を開けようとした彼は、硝子《ガラス》越しに、書斎の前の薄暗い廊下で立話している男の姿に気がついた。一人は酒勾で相手は田所である。壁を背にして俯向いた酒勾に、田所が何か熱心に話しかけているのが事情《こと》あり気である。

司法主任が廊下へ出て寄って行くと、気がついた田所は軀《みひるがえ》を翻えして、手洗場の方へ逃げだした。

「一体、何ですか?」と酒勾に声をかけた司法主任は、それよりも壁を隔てて聞える室内の気配の方に惹かれた。志摩子の泣き声ではないか……

酒勾の困惑の表情は隠しきれなかった。

「ちょっと!」司法主任は扉を押した。

振り向いた川井の眼鏡がキラリと光った。前のソファに志摩子がキチンと腰掛けて、顔にハンケチを当てている。それは夫の急死を歎くとは別の、何か咄嗟の出来事を思わせた。が、司法主任を愕かしたのは、真正面の小卓に置かれた品だった。

卓上のコップに水が充たされ、その中に何か細いものが揺れ動いている。

「ほう、これは……?」彼が顔を寄せると、それは水中にくねくね軀を震わせている、一匹の蛭《ひる》であった。司法主任は卓上のコップと志摩子を等分に見較べてから酒勾医師に云った。

「説明してもらいましょうか、あっちで……」

酒勾は眼鏡を押えて、あきらめたように司法主任の後から食堂に入った。彼は京谷の前へ喚ばれると、「この事は、私が医師として知った私人の秘密とも云えますので、その算《つも》りで聞いて頂きたいのですが」と冒頭し、宇留木が五年前に没《な》くした子供について、深い疑問を抱いていて、酒勾にその子の血液型の検査を依頼したこと。宇留木の血液型がB型、夫人のがO型であるのに、その子供の滋生がA型と判定され、宇留木の疑いが事実であることが判ったが、その後数日を経て、志摩子が結婚前土屋と肉体上の交渉があったことを夫に告白した経緯を説明した。

「……先週の木曜日宇留木が突然病院に私を訪れて——自動車事故で死んだ滋生は、やはり自分の子だと思い始めた——と打開けるのです。そして土屋が恰度L市に帰って来ているから自宅に招待すると云います。私はそのようなトラブルの相手を自宅に招ぶという彼の魂胆《こんたん》が、その時解《げ》せなかったのですが……さっき、あのコップの中のものを見て、はじめてその意味が判りました。あの蛭のコップは、デスクのブックエンドの蔭にあるのを奥さんが最初に発見したのですが、血を腹一杯吸っているのです……あれは、土屋君の血に相違ないと思います。宇留木はあれを使って土屋から気付かれないように採血したので、それが今晩の集りの目的だったのです……」

聴き手の三人は、暫らくは凝《じ》っとしているが直ぐ銀杏型の頭部をヒラヒラ泳がせて、無心に動きだすコップの中の小動物が、そのような意味を持っていたことを知って、黙然と立ちつくしていた。

いつまでも口を開かない京谷捜査課長に、司法主任は胃の腑が擽《くす》ぐったいような焦躁を感じて、

「課長、土屋が宇留木に採血されたことを知ったとしたら、どうでしょう?」

「動機が無いとは云えん、しかし家の中を探すぐらいのひまはあっただろう……」

「トランプのインチキもありますよ。いや、動機は多過ぎるくらいです」

「僕が考えてるのは、人が駈けつける惧《おそ》れのある場所で、何故あんなに堂々とピストルがブッ放せたかということだ……もっとも、この疑問は犯人が誰であろうと同じに起る疑問だがね」

その時、扉から一人の係官が顔を出した。——何かあったな——と頭にきた司法主任は、部屋を横切って扉に近づいた。

「もみじホテルから電話がきています……」

飛びだして行った彼は、一分もすると戻って来た。その顔には困惑の色が濃く漂っていた。

「土屋も殺されてしまいました。ホテルの自室で心臓を一突きに刺されて……」

（四）

『もみじホテル』は第一の現場から一粁《キロ》ほど離れたL市の下町にあった。戦争で焼き払われる前は『もみじ屋旅館』と呼ばれて、老舗《しにせ》の一つだったが、経営主がこれからの客種と木口や材料選びのむずかしさを考えたのか、昔を偲《しの》ぶよすがも無い、謂わば安手とも見える洋風に新築したものであった。

屋根勾配の緩い鍵型の二階建本館と裏手の割烹《かっぽう》部の平家が、未だ、ひ弱い隙だらけの庭木の間に、ポツポツと窓の灯を洩らしているのは、夜だからこそ何やら風情ありげに見えるので昼間はさぞ暑かろうという構えである。

土屋はその階下の南側十号室に宿泊していた。

事件の直後、派遣された警察官が土屋の在否を確かめた時、玄関の帳場では、彼が三時頃外出したまま戻って来なかったし、念のため十号室の扉を叩いたが錠がおりているので、不在だと返事したのだが、十時頃ホテルの構内を一廻りした刑事が、真暗らな十号室の窓が半開きになっているのに気がつき、その窓の前を斜めに二階中央のローンジへ立上っている屋外階段のステップに足を掛け室内を覗いてみて、はじめて土屋の屍体を発見したのだった。

土屋浩平は、浴衣《ゆかた》に着換えて酒気を醒ましている処を刺されたとみえて、ベッドから逆様《さかさま》に摺《ず》り落ち、心臓をジャックナイフで刺されて絶命していた。発見した刑事は、到着した京谷捜査課長に、

「被害者は何故か玄関からは入らずに、窓から自室に入り、暑いので窓を開け電燈を消したまま、ベッドで寝転がっていたらしいです。それから、訝《おか》しな品物が二つありました——犯人の遺留品だろうと思いますが」と報告した。

その遺留品は、一つは被害者の右手に握られていた印《いん》伝《でん》の古い巾着《きんちゃく》で、もう一つは、ベッドの脚に凭《もた》せかけてあった額縁である。

京谷はその額縁をのぞき込むと、「こりゃ愕いた」と洩らして、司法主任に、被害者を確認させるために伴れてきた酒勾と田所を室内に入れるように命じた。そして被害者の固く握った指の間から垂れている巾着を、外側から触ってみて、再《ま》た「こりゃ愕いた」と低声に繰り返えした。

呼び込まれた二人によって土屋に相違ないことが認められると、捜査課長は二人に額縁を見てくれと云った。

田所はそれを見るとブルッと軀を震わせて一歩退《さ》がった。しかし、酒勾医師はいつまでもその額縁と画を睨めつけていた。やがて京谷に返えした顔は、上気したように輝いていた。彼は云った。

「ちょっと、病院へ電話をかけさせて下さい……この画はある病室に懸けてあったものです……そしてこれを持って来たのは、やはりあいつかもしれない……」

「あいつとは?」

「船員です、野上という……」彼は土屋の屍体にチラと眼をくれて、「しかし、土屋君と何の関係があるのだろう?」と独語した。

京谷の許可を得た酒勾は部屋を出て行った。

「田所君、この絵をどう思います?」京谷に声をかけられて、部屋の隅に茫然としていた田所はおずおず前へ出て来た。そして首を振ると、「不思議です……」と呟いて額縁の絵を喰い入るように見詰めた。

それは独逸《ドイツ》ゼーマンの原色版、ダビンチの画いた『最後晩餐図』であった。直線的な遠近法で構成された薄暗い部屋の前面に横長の卓子《テーブル》を配置し、中央に静謐《せいひつ》な主キリスト、その左右に十二人の弟子達がそれぞれの驚愕と動揺を表現して居流れていた。右にトマス、ジェームス兄、フイリップとタデアス、マシュース、シモンの三人ずつ二群、左にヨハネ、ユダ、ペテロとアンドリウ、ジエームス弟、バルトロミオの三人ずつ二群計四群十三人がキリストの「まこと汝等に告ぐ、汝等の内の一人吾を売《わた》さん」という言葉にいたく愕き、「主よ、吾なるか?」と各人各様の身振で苦しみを訴えている場面であった。後方の切窓からは、踰越節《すぎこし》の夜のエルサレムの山河が、人の世の汚濁を超え、月光に煙って望まれる。弟子達の各群は独立していると共に、全体として主基督を中心にシンメトリカルな調和を保っている中、一人その調和を乱しているのはイスカリオテのユダであった。蠟燭《ろうそく》の灯は彼の顔にのみ黒い影を落していた。

卓子に深く軀を乗りだした黒髪のユダは、愕きと怖れに塩壺を倒し、右手には祭司長から量《はか》り受けた銀三十枚を入れた巾着を緊《し》っかと握りしめ、眼は射る如く主イエスに注がれている。その卑屈貪婪《どんらん》の貌《かお》は観者に迫って飽くことがなかった。

「私達が手本にしたのも、これと同じゼーマンの原色版でした」ややあって田所が云った。

司法主任が、土屋の握りしめた巾着を指から抜いて紐を解き、内容を手の平にあけた。三人の眼前に、彼等を嘲るように、銀三十枚を象《かたど》る小石がその数だけ出てきた。

酒勾医師が足音を殺すように戻ってきた。彼の眼鏡がキラリと光った。

「野上という入院患者に違いありません……午後、出たっきり病室に戻っていないのです」

彼の説明によると、野上は貨物船の石炭夫《コロッパス》で、入院して一と月半ほどになる。石炭庫に墜落し右腕を折ったので担ぎ込まれ、船は彼を置いて出て行ってしまった。無口な男だが三月もすれば癒る程度の負傷なのに、腕が元通りになるか否《どう》かが気になると見えて、時々自暴自棄になり看護婦達を困らせた。恰度入院して半月ほど経った頃、或る団体から宗教画の額縁が十数枚贈られたので、適当に病室に配ったが、その内の『最後の晩餐』が野上の部屋に懸けられた。遺留品の額がそれであった。最近は、外科の病棟の外出がルーズなのをよい事に、野上がよく外出するので看護婦に注意はさせていた——というのである。

土屋の殺害時刻は八時前後と推定されたが、ホテルの玄関に夕方から詰めていた女中の証言によると、七時半頃野上と思《おぼ》しき人物が訪れて土屋の在否を訊ねた。不在だと返事をすると、持って来た平たい風呂敷包みを示して——絵を見てもらう約束だが、後刻また来る——と云い置いて立去った。土屋はもうその頃、窓から自室に戻って逼塞《ひっそく》していたのだ。

「土屋の部屋を知っているのに、何故野上は帳場に姿を現わしたのでしょう?」

司法主任が京谷に訊いた。

「そこだよ。その説明が一つあるね……玄関の帳場の前にホテルの部屋のプランが貼ってあったね。野上は土屋の部屋の位置が知りたかったのじゃないかと思うよ。ところが彼はあのプランが眼に入ったので訊く必要がなくなったのさ……だから僕の考えが正しいとすれば、野上は土屋浩平の部屋番号を知っていたことになる」

傍で聞いていた酒勾医師が、眼鏡を押えて咳払いをした。

「判りました……土屋君の手紙ですね。夕方宇留木君のポケットからはみ出ているのを見て私は注意したのですが、それじゃないでしょうか」

「それかもしれませんね」と京谷は酒勾に答えたが、語をついで、「酒勾さん、野上という入院患者の様子をも少し詳しく話してくれませんか……御覧の通り、土屋が『最後晩餐図』にある通りの巾着を握って殺されている。犯人は、土屋をユダに見立てて殺しているのです……一体、何がその動機だったのでしょう?」

「判りません」酒勾は困惑に額を曇らせて、「……私は責任を感じています。あの絵の説明を野上にしてやったのは私なのですから……野上が入院して一ケ月ほど経った日曜日でした。私は病院の附属住宅に住んでいるので、日曜は休診日になっていましたが、午後は外科病棟を一廻りして患者の様子を見ながら無駄話しをする習慣でした。野上は——先生、その壁にあるのは何の絵でしょうか？——と訊きます。患者の気持がデスペレートになっているのを知っていた私は、そんな風に平静に話しかける彼の変化を心の内に喜びながら、その絵のこと、キリスト教の物の考え方を平易に説明してやったのです。その場面の主要人物ユダの役割を説明したこと、もちろんです。しかし、野上が見ず知らずの土屋をユダに結びつけて考えていたとは、夢にも知りませんでした……」

「昔、この町に居たか否《どう》かを野上は洩らしませんでしたか？」

酒勾は否定の徴《しる》しに首を振った。

京谷捜査課長は、酒勾と田所を去らせると腕時計をのぞいた。十一時三十分、港をひかえた中都市Lは、一日の営みを終って明日に備える休息に入る時刻だった。京谷は、内港の岸壁、鉄道沿線を主として野上を捜索する手配を司法主任に命じた。

白々《しらじら》と明けそめた司法主任室。卓上電話のコールが司法主任の仮睡の夢を破った。

庁内交換手の——M駅からです——の声に彼の五感はピンと緊張した。それは、L市の東端M駅に程近い側溝《そっこう》の茂るにまかせた葦の蔭に、ギブス繃帯を捲いた男の轢《れき》死体《したい》が発見された通知であった。現場に到着した係官は、その男のポケットに、宇留木宛の土屋浩平の手紙が入っているのを見付けた。ところが、その二枚の便箋と封筒は、ペン書の文面の余白に、ビッシリと鉛筆の字で埋まっていたのである。

(五)

——私は二人の男を殺した。汽車が一つ通りすぎた、溝に腰かけて板きれの上で字を書くのは苦しい。汽車が通ると気のせいか蚊《か》も少しへるようだ。汽車は一晩中通る、これを書き終ってからでよい。なぜこんなことが起ったか、バンカーの積入口のコーミングにズボンをひっかけたのが前ぶれだった。あの時足もとに気をつけていたらガランドウのバンカーの五米《メートル》の高さから落ちもしないし、私の命である右うでを折ることもなかったろう。そして十日の後花川丸はコロッパスの私をのせたまま、Hへ向けて出ていたにちがいない。気がついた時は右うでが錐《きり》でもまれるように痛み、病院にかつぎこまれた。痛みは一週間つづいた。出航の朝ファイマンの相良《さがら》さんが来て私のひげをあたってくれたのが最後で、船はでて行ってしまった。私はさびしかった。痛みはとれた。しかし固いギブスをまいてそえ木をあてた腕は、夜になるとダルくて眠れない。ある夜、私は壁に一枚の色ずりの絵がかけてあるのに気がついた。その絵は私には忘れることのできない絵だった。あの男を殺そうと決心したのはその絵のためだ。サカワ先生はいい人だ。ある日私がたのむと、恐ろしいたくらみを私が心にいだいているのを知らずに、その絵の意味をせつめいしてくれた。私は胸が苦しくなりめまいがした。そして私の決意はいよいよ固くなった。一ケ月経った。病院は出入りがやかましくなかった。午前のかいしんがすむと、一日おきに私は町を歩きまわった。そしてある日あの男のなかまの一人をつきとめることができた。日曜日はうちに居るにちがいないと思ったので、夕方そこへ行った。夕立がきそうなので合羽に、不自由に曲った腕をむりにつっこんで行ったが、それが大へん役に立った。りっぱな家と思っていたが、はいってからゼイタクなのに驚いた。コロッパスの自分にくらべてくやしかった。宇留木は酒をのんでいた。客があるようなので私は急がねばならなかった。絵をみせてユダになった男を教えてくれとたのんだ。宇留木は絵をみてよほどびっくりしたらしい。酒の色がたちまち消えた。わけを話せというのを私はことわった。宇留木はワザワザ住所をいうまでもないといった。あいてがポケットからこの手紙を出して、ここに書いてあるが、わけを聞かさねばおしえないという。私はトランクの底からだして用意したピストルをつきつけた。立上った宇留木は、私が左ききであるのを知らず、せせら笑った。その時ピストルが発射され、あいてはもう白眼で私の方をにらんだまま倒れてきた。私はあわてて手紙をつかんでにげた。女中に姿をみられているので合羽をみぞに捨て、ゆっくり歩いて行った。一人の男が左右に眼をくばりながらかけて行ったからあぶなかった。あすこでつかまったら私はユダを殺すことができない。今から思うと何もかも、こうなるようにできていたのだ。これが神様のおめぐみだろうか。もみじホテルはすぐわかった。土屋、あいつは土屋という名前だった。土屋は外出していた。帳場にはってある図で十号室のありかがわかったのは有りがたかった。しかし、十号室の窓からのぞいたときの私のうれしさは、ほかの何にもくらべられない。ベッドに眠っているのはあいつだった。もう何も恐れることはなかった。スタンドにあかりをつけて、持って行った額をふろしきから出し、私はあいつをゆり起した。アッと口を開けた土屋の面前に絵を立てて、ユダを指で示すと、おれをおぼえているかね、おかげでおれは可愛い娘を死なせ船乗になった。そして十年ぶりに入港し腕を折って、よすぎができなくなってしまった。みんなお前のおかげだ、しかしただでは命はもらわない、かわりにこれをやる。私は用意したいんでんの巾着をふるえる土屋に渡した。土屋は何かひと声わめいて私をおしのけようとしたが、その時私の手なれたジャックナイフはズタッとにぶい音をたてて、土屋の胸にたたきこまれていた。これで何もかも終った。もう私のやることはこの世に一つもない。私ほど不幸な男もないだろう。十年前のあの夜のことが思いだされる、僕は明日Lの上町教会で芝居にでるんだぜ、というと雪枝ちゃんは大きなすずしい眼をクルッとまわして、あなたが、うそ、とほんとにしなかった。うそだと思うなら明日の夕方公園のうらの教会へ来てごらん、と私は内心とくいだった。前の晩Lのあるバーで飲んでると、隅のシートにいた一人の男がなれなれしく寄ってきて、頼まれてくれお礼はうんと出す、芝居にでてもらいたい、といった。働いたりしゃべったりしない役だというし、お礼にも気がひかれたが、雪枝に自分も芝居ができるところを見てもらいたかったので、私はひき受けた。その約束の日私はL市のある場所で土屋から着つけとお化粧をしてもらい、教会の裏手からろうかのすみにかくれた。いよいよ出番がきた。土屋がうしろから、さあ舞台へでてだまって右から五番目のいすにかけ、テーブルにのりだすんだよ、ひと口もしゃべっちゃいかん、とささやいた、もう役者はならんでいて、その一人が、すばらしいぞと私の背をたたいた。幕があくと見物がばかにひくく見えて変な気持だった。しかし、その中に雪枝が見ていると思うと、私は一生けんめいに巾着をにぎりしめ、土屋がおしえた通りのかっこうをつけた。ものの一分間もたったろうか、キリキリと音をたてて幕がしまった。私は土屋に命じられたとおりすばやく舞台をすりぬけて、待っていた土屋から礼金を受取ったのだ。どうだね、と私は出てきた雪枝にきいた。あんなのいや、と雪枝が不きげんに答えた。予期に反したすげないへんじだった。何がいやだ、私もむっとした。雪枝は、いやだからいやっていうの、さよなら、とびっくりした私をおいて歩きだす。私はわけを聞こうと追いすがったが、その晩の雪枝はごうじょうだった。これが雪枝と最後の別れとなった。その夜、これを書いている場所から二十間《けん》とはなれていないふみ切で、雪枝は汽車にひかれ二十歳の若い身をとおい国へ行ってしまったのだ。雪枝の両《ふた》おやに責められ、自分を自分でさいなみ、私は頭がくるいそうだった。そして私はかなしみを忘れるために船乗りになった。雪枝はユダのことを知っていたのだ、十年後思い出の町にもどってきた私がそれをはじめて知ったとは何ということだろう。私をだまし雪枝を死なせた土屋は生かしてはおけなかった。汽車がまた目の前一間の所を通っていく。この次の汽車が同じところを通るとき、私は雪枝のあとを追って死のう。

(六)

M踏切の轢死体が野上に相違ないことを認知した酒勾医師は、京谷捜査一課長から鉛筆書きの長い遺書を見せられた。

淡い信号燈の下で認《したた》められたものとみえて、細《こまか》い字が重なり合い読み辛い箇所がいくつもあった。読み終った酒勾の面上には深い悲しみと自責の色さえ浮んでいた。

煙草をくわえて一息入れていた京谷は、

「それを読まれて何か気付かれたことがありませんかね?」ときいた。

「いいえ」

「その最後のところ、黒く消してあるでしょう……余白がなくなって一度書いたのを消したのですな、何と書いてあります?」

酒勾は、丸くなったらしい鉛筆の太い線三本で消された字を……もうなにも書くことが……と読んだ。

何か興味ある事を他人に打ち開ける、といった風で京谷はポケットから、半分ほど使ってある、鉛筆を一本だした。

「……この鉛筆をみて下さい。轢死体のポケットから出てきたのですが、芯をみて御覧なさい。遺書の字と較べて……」

酒勾が鉛筆の芯を調べると、尖端は何か粗面に書いたあとのように、かなりザラついていた。酒勾が――判らない――という風に首を振ったのを見て京谷は云った。

「末尾の消してあるのが――書くことがない――という意味でなく、――書くことがないと思ったら、まだ残っていた――と書く積りだったが、その余白がなくて途中で止めたとしたらどうです?」

酒勾の顔に了解の色が現われた。

「すると、これで何かへ遺書の続きを書いたと仰有るんですか……」

京谷は、その返事に眼をやった。朝の光にカラッと明るい鉄道線路の両側、薄黒く穂の立枯れた葦の密生した湿地を、三、四人の白服の警察官が何かを捜して歩き廻っているのが見える。

「あたるか外れるか、捜させているのです」捜査課長はそう云って、線路伝いに踏切の方へ歩きだした。

踏切に自動車が停まって、どこかへ行っていた俵司法主任が戻って来た。

酒勾は京谷と俵の立ち話を避けて、何か考え込みながら枕木を渡って行くと、遠方に下り列車が驀進《ばくしん》してくるのに気が付いた。

踏切番が小屋から出て来て、酒勾に手を振って線路から出るように合図した。彼は、降り始めた遮断機を潜って道路に出た。

間もなく、車体の温気《うんき》と鉄臭い匂いを振り撒《ま》いて、酒勾の眼前を列車が通過した。視野が展《ひら》けて眼に飛び込む明るい踏板と軌条《きじょう》……車輪の断続的な音響が遠のいて行った。

旧式の遮断機が右から徐々に昇って行く。次第に角度を増す黒白の縞の一点を凝視していた酒勾の手が、静かにズボンのポケットに突込まれた。通行人が動きだし、踏切番は検死の様子を観察しに踏切の中央に歩きだした。

酒勾は密かに踵《かかと》をあげて、ソロソロ右手をのばした。八十度に立上った遮断機、その左から二番目の白縞をめがけて、彼のハンケチを握った右手が伸びた……と、ギョクンと彼の体軀が硬直した。

「酒勾さん、妙なことしていますね」

いつの間にか、後ろにピタリと寄添った京谷の声だった。

酒勾医師の伸ばした手は力なく崩れおりた。

遮断棒の白ペンキの上には、角張った鉛筆の字で、やや斜めにこう書かれてあった。


ウルキを殺すつもりはなかった。あの男は運がわるい。おいちょかぶのカタにとったピストルに玉がこめてあるとはおれは知らなかった。トランクを消毒したとき見たらしく、酒勾先生が君が持っているのはまずいからあずかるといった。玉がはいってないからとあずけなかったが、おどかすためだからあの時たしかめればよかった。しかし、もうしかたがない。これでせいせいした。雪枝のところへ行ける。

野上達也

（七）

L署の司法主任室。あるじの机を借用しているのは京谷だった。彼は署員に命じて持ってこさせた厚い交通事故録の中ほどのページをはぐって何か探していたが、やっとそれが見付かったとみえて、綴じ代《しろ》の真中を掌で押えた。

二度、三度その簡単な記述を読み終えた彼の顔に、憂《ゆう》鬱《うつ》の影が濃くなっていった。

扉が唐突《とうとつ》に開いて、俵司法主任が這入って来た。彼の顔はしかし、京谷のと反対に馬鹿に明るい。

「課長のお考え通りでした」俵が云った。「聖愛園が病院に寄贈した額は十四枚で、その中に『最後晩餐図』は含まれていません……今、入手経路は当らせていますが、大体酒勾が用意してあの寄贈画の中に混ぜたのに違いありません。それから野上の鞄ですが……花川丸は前寄港地がチフス発生地だったので、消毒したのだそうです。酒勾医師は、十年前土屋が自分の役に替玉を使ったことを知っていたのですな。そして入院した野上と接触しているうちに、それが土屋の替玉だったことを悟ったのでしょう……ところで、動機は何でしょうか？　酒勾は私が殺しましたと一言いったきりあの通り黙り続けていますが……」

京谷は黙って卓上の簿冊を司法主任の方へ向けて押しやった。そして、

「今の処判らないね。しかし大体の想像はついた……読んでみなさい」

「ほう、昭和十八年の交通事故録……」

発生日時　昭和十八年八月二十日午後二時十分頃
発生場所　N町バス停留所附近
被害者　L市O町××番地
　宇留木滋生　五歳
事故者　L青果物組合所有自家用貨物自動車　L三八〇七号
運転者　中村敏　三十一歳
被害種類　轢殺、衝撃ニ基ク脳震盪《のうしんとう》及ビ内出血ニテ即死
情況　被害者ガN町停留所ニ停車中ノP町行バスノ前方ヲ横切ラントセル際、道路中央ヲ時速約二十五粁ニテ同方向ニ疾走中ノL三八〇七号貨物自動車ニヨリ跳ネトバサル。同伴者タル父宇留木謹治ハ滋生ヲバ

ス停留所ニ待タセ、道路反対側ノ商店ニテ買物中、滋生ガ横断シ来《きた》レルラ見テ制止セシモ間ニ合ワザリシモノ。

頁《ページ》から眼を離した司法主任の面上にも、何か嫌厭に似た表情があった。彼は顎のあたりを手でこすりはじめたが、ややあって、

「まさか、宇留木が土屋の子だと知っていてわざと助けなかった、と仰有るんじゃないでしょうなあ……だが、こいつは直接事件に関係がない……」

「関係があるよ、きみ……酒勾医師はあの通り美男子で、未だ独身だというじゃないか、もしその独身が宇留木の細君と関係があるとしたらどうだね……」

「えッ、酒勾の子?」

「その子供が死んで間もなく、志摩子夫人が夫に土屋との関係を告白したのは何故だろう……酒勾との関係を永久に秘密に葬る、いや永久に現状を維持する恐しい決意の表われと云えないだろうか。土屋がこの町へ帰って来たのを知った日、宇留木は酒勾を訪れて土屋の採血をしたいと洩らした。恐らく宇留木の心中に相当な激動《ショック》を与える変化が生じたに違いない。自分の子供だと思い始めたというだけなら大した問題じゃない。ただ、この事故記録の裏の事実があればこそ――もし自分の子だったらどうしよう――と悩み、どうにもして土屋の血液型をもう一度確かめたいと、宇留木は希《ねが》ったのじゃないだろうか……そしてだ、そのような焦躁の隙に、また、不用意に洩らした言葉の内に、宇留木が故意に滋生を死なせたことを、酒勾に感づかせるものが無かったとは云えまい。

酒勾医師の犯行は、ユダのエピソードに纏《まつ》わる天与の好機と、心臓をゆすぶる最も原始的な動機の上に組立てられたと云える……」

京谷はこう云い切ると、肩の荷がおりたように軽い溜《ため》息《いき》を吐いて、煙草のケースに手を伸ばした。京谷の顔から憂鬱の色が消えたのをみて、司法主任が云った。

「……しかし、あの船員は几帳面《きちょうめん》な男ですなあ、こくめいな書き置きと云い、屍体に巾着を握らせたところと云い……」

「あんまり几帳面でもないよ、拳銃の弾倉を調べなかったことは、フフフフ……だが、動機はみんな原始的でも、人を殺すやり方は色々だね。御大層《ごたいそう》に道具立てするものもあれば、空《から》の拳銃に弾丸をコッソリ入れただけで目的を果たす奴も居る……」

京谷はそう云って、煙草の烟《けむり》をふき上げた。

山女魚《やまめ》

一

——すぐ済むよ、ほんの五分間——と云い置いて、マロン洋装店の硝子《ガラス》戸の奥に消えた鬼塚は、しかしなかなか戻ってこなかった。

江見は、鬼塚がはいった店の向い側、街灯の根元に立って、煙草を喫いながら待っていた。そして、二本目の煙草を抛って靴で踏み躙《にじ》ると、彼は道路を横切ってユラリと洋装店の前に寄った。

左手の飾り窓を斜めにたちきった布地の見本の間から、灯りの点いた店内が馬鹿に綺麗に見える。売子が二人に客が三、四人、みんな秋めいたしっとりした装いの若い女ばかり……鬼塚の姿はなかった。黄昏《たそがれ》の色が漂いはじめ、乳白色のグローブから落ちる黄色っぽい燈に、グレイのスーツの胸から蜜柑色《みかんいろ》のブラウスを覗かせた一人の売子の横顔が、江見の瞳をとらえた。

二十二か三か、軽く首を傾けて客と話している横顔に、仕事に身をいれている瞬間の女の美しさを発見して、見《み》惚《と》れていた江見は、彼女が向き直った時、充分観察することができた。額は広く、上品にとおった鼻梁《びりょう》……

オヤ、と彼は瞳を凝らした——見たことのある顔だ、誰だったろう？——

彼はあれこれと過去の記憶を思い返してみたが、どうも思い出せない。その時店から客が出てきたので彼は覗き見をあきらめねばならなかった。

待ちくたびれた頃、やっと、鬼塚が出てきた。

「や、お待遠《まちどお》さま……話が横道にそれてね。さあ行こう」

彼の顔に何か満足げな笑みが浮んでいるのを見て、江見は肩を並べると云った。

「商売忙しいね」

「なーに、それほどでもないよ」

鬼塚はミシンのブローカーをやっていた。京橋の或るビルの天辺《てっぺん》、四階に事務所をかまえて、新潟の方の部品メーカーの代理店をやる傍ら、戦後簇出《そうしゅつ》したもぐりミシンの売込みを業としていた。長い間、外地に兵隊として追っこくられていたので、戦争が済むともう三十をとうに越していた。東京に係累《けいるい》もないので、独り身の気楽さが抜けきれず、事務所を仕切って寝台を持ちこみ、簡易生活に甘んじている。釣が道楽で、江見とはその方で知り合った仲であった。

茶房の片隅に向い合うと、江見は用件をきりだした。

「……もうそろそろ禁漁だな、その前に一遍出掛けようじゃないか、静岡の太田川の山女魚がいいそうだぜ……」

「わるくないね」

と答えた鬼塚の口吻《こうふん》には、しかし屈托《くったく》気な響があった。

「……しかし」

「駄目かね……そんなに忙しいの？」

「うん、それにちょっと、ほかの都合もあってね」

「なんの都合さ……変だぞ、その顔付きは」

鬼塚は深長《しんちょう》な微笑を浮べて煙草の煙を見上げていたが、諦めたように首を振った。

「……残念だけど、どうしても駄目だ」

江見は、その顔付から或ることを悟った。

「判った、いよいよ君も身をかためるんだな……そうだろう？」

「うん……まだそこまでは行かないがね」

「そりゃ良いこった……まさか、今寄ったマロンの娘じゃあるまいね？」

ふと思いついて口を出た江見の言葉に鬼塚は笑いだした。

「フフフ……御推察のとおりだ」

鬼塚の話によると、相手は江見が認めたあの蜜柑色のブラウスの娘だった。

半月ほど前の或る晩、人通りの疎《まば》らな裏通りを彼が戻ってくると、街路樹もない殺風景な行手の舗道に男女伴れの姿が目に入った。それを敬遠して反対側の舗道に渡りかけた時、ビシッと穏やかでない音につづいて、男の濁《だ》み声が起った——見ると、女の方が男から逃れようとしている。その手を男が引張って何か云い募っているのだ。女は追いすがる相手から逃れて鬼塚の方へ走って来た。黄色っぽいセーターを羽織った背の高い若い女で——すみません、一緒に戻ってください！ と彼を軀《からだ》で押すようにして云う。鬼塚が舗道の男を透《す》かしてみると、彼の頑丈《がんじょう》な姿に恐れをなしたのか、その男は追いかけもせず、こっちを窺っていたが、そのまま諦めたように背を向けた。女は——知っている人ですが、何か思い違いをして変なこと云うもんですから——と訴えた。

鬼塚は彼女の頼みを承諾して、都電の停留場まで送っていった。それが四、五日後仕事で訪れたマロン洋装店の売り子多田りゅう子だった。

三十をとうに過ぎた鬼塚が、洋装店のいわばお針っ子風情《ふぜい》に惹かれていったのは、一つにはこの多分に映画じみた出会いに根ざしているらしかった。

江見は鬼塚と別れての帰途、蜜柑色のブラウスを着た女の顔を、その特徴を、過去の記憶から、手繰《たぐ》りだそうと試みたが、どうしても判らなかった。

二

秋というのに、颱風《たいふう》の前触れが接近したのか、妙《みょう》に生温い風が街角を吹き廻し、乱雲の隙間から出の早い十日の月が折々覗いた。

その風が、人々に里心を抱かせるものか、銀座界隈《かいわい》の雑踏も、心なしかいつもより疎らだった。

次に灯影が少くなる、京橋に向った裏通りを、一組の男女が急ぐでもない様子で歩いてきた。

「もう何時かしら?」

コートを抱えた背の高い女がきいた。

「まだ早いですよ」

少しアルコールがはいったらしい大袈裟《おおげさ》な様子で、鬼塚は手頸の時計を女に示した。

「ほら、八時半……サンマータイム明けだから晩《おそ》く思うんですよ。ちょっと僕の事務所へ寄っていらっしゃい……間違いなくお送りしますよ」

鬼塚は女の肩に手を廻して、少し乱暴に思えるほど引き寄せた。

「じゃ、三十分よ……十時前に帰らないと母がさわぎますの」

二人はそのまま縺《もつ》れるように二ブロック進んで角を曲り、鬼塚の事務所のあるビルの前に出た。四階建の真黒いビルは一、二階に灯りが見えるだけだった。

女はそれを見上げて、

「まあ、随分淋しいとこに住んでいらっしゃるのね、夜分は貴方一人で占領してるの?」

「……番人がいますよ、それにその家族が三人。暢気《のんき》で良いですよ、朝飯はその番人のとこでやるんです……僕の部屋は高いから涼しいし、変なとこに泊るよりよっぽどましです、ハハハハ……階段は暗いから、屋外階段から昇りましょう。ちゃんと鍵は、僕があずかっているんです」

彼は先に立って裏手の潜り門を入り、一階毎に互い違いに立上っている狭い屋外階段を登りきると、鍵で扉を開けた。

神田方面の町の灯が宝石をばら撒《ま》いたように見える。女は手摺《てすり》につかまって、風に頭髪を靡《なび》かせながら、

「おお、いい気持……」

と呟いた。

足下にはシンとした石畳がコンクリートの塀に囲まれて、淡い月光をほの白く反射している。

廊下に電燈を点けた鬼塚が、奥から彼女を呼んだ。女はブルッと軀を震わせて内部にはいった。

袖廊下を曲ったとっつき、鬼塚の事務室はなかなか小《こ》綺麗《ぎれい》に整っていた。

「昼間は事務員と二人で、客も来るしガサついていますが……夜は僕のお城ですよ」

鬼塚は、珍しそうに室内を見廻す多田りゅう子の姿を眺めて、満足げに云った。そしてヒーターを点け、薬罐《やかん》をかけると、買ってきた葡萄《ぶどう》の紙包みを卓上に拡げた。

「さあ、一つどうです」

りゅう子は葡萄を摘《つま》みながら、部屋の隅の棚に立てかけてある釣竿の袋や、硝子箱に並んでいる見事な仕掛や毛鈎《けばり》を眺めて云った。

「釣りをなさるのね……あたしの兄も夢中でしたわ……昔、よく伴れてってくれました。黒部へ行ったこともあります」

「へえ、ほんとですか」

鬼塚は嬉しそうな声を挙げた。

「川釣ですね、そいつは素晴しい。今度是非お伴しよう……僕は山女魚釣りが一番面白いと思うんですよ」

彼はりゅう子に山女魚の狙い所や仕掛の説明をした。餌釣《えづり》は確実だが面白いのは毛鈎釣りで、山女魚が水から躍り上って咥《くわ》えるのを合わせる快味は、類が無いと云った。

「先達《せんだつ》ても友人から誘われたんだが、今すこし仕事が忙しいので行けないんですよ……もう半月で山女魚はどこも禁漁期ですからね」

「いつもどこへいらっしゃるの？」

「そうですね、この辺では中央線の与瀬《よせ》附近……去年はその男と――江見というんですが、豊橋から奥へはいった寒狭川《かんさがわ》へ行きました。良い場所ですよ……そこでね」

と鬼塚は何か云い出しそうにして、思い返えすとケースから煙草を一本抜いて点けた。

蒸してきたせいか女の頬は新鮮な血の色に燃えるようだった。鬼塚の何か云いだしそうにしたのに彼女は気が

付いたのか、訊ねるような眼差《まなざし》で相手をみた。鬼塚は、

「いや……釣きちがいって奴は妙なもんだ、と思ってるんです」

「何ですの、どんな風に妙なの？」

「馬鹿々々しい話ですよ。あの時、場所のとりっこで大喧嘩しちゃったんです。僕達が前日見当《けんとう》つけておいた絶好の落込みを、翌朝その男にとられちゃってね……こっちは二人なので強気に押したところ、そいつがまた、僕達以上の頑固な男で、大人《おとな》げない話だが、とっくみ合いにまで発展しちゃったのです……」

「まあ、いやね」

りゅう子は眉を顰《ひそ》めた。そして腰を浮かすと、

「そろそろお暇《いとま》しますわ……」

「ちょっと、いま直ぐコーヒー淹《い》れますよ」

鬼塚は薬罐に手を触れてみて、戸棚から茶道具を出しはじめた。女はそれを凝《じ》っとみていたが、蒸して気持が悪いから階段で涼んでくると云って、室外へ出て行った。

鬼塚がパーコレーターにコーヒーを入れ、湯を注《そそ》いでいると、廊下の方からりゅう子の声がした。

「……鬼塚さん、手をかして頂戴！　こまっちゃった……」

彼が階段へ出てみると、女は階段の手摺の傍で妙な格好をしている。風にあおられたのかスカートが手摺のどこかに引掛って、ピンと張っている。

「とってくださらない、鋲《びょう》か何かにひっかかってるの……」

「おやおや」鬼塚は彼女の軀にすり寄って、フェンスに軀《み》を乗りだし、スタンションの外側に手を伸ばした。若い女の体臭と化粧品のまざった匂いが、鬼塚の嗅覚を擽《くすぐ》った。

彼はすこし動悸を弾《はず》ませながら、フェンスの釘に搦《から》まった布地を指で摘んだ。

その時、りゅう子の体軀《からだ》が不自然にギュッとねじれ、体ごと、ドンと鬼塚の手摺に危うく支えられた腰を衝《つ》いた……

「あッ、なにするッ……」

彼の一杯に伸ばした左脚が、フワッと宙に浮いた時、女の右腕が伸びてそれをすくった。

鬼塚の体は、不意を喰ってグラリと大きく揺れると、足を泳がせて手摺からはずれ、四十尺の高みから下のコンクリートに虫けらのように落下して行った。

ズタッ！　とにぶい音が聞えた。りゅう子の体軀は一瞬フラッと揺いで、あやうく壁に凭《よ》り掛った。それっきり下からは何の物音もしなかった。

雲の切れ目から覗いた月が、乱れた女の髪と蒼白い顔を照らして、すぐかげった。

三

家路への電車の中で見る夕刊は、誰でも読むのに一定の順序があるものだ。

江見は、まず肩のこらない二面のトップ記事から、ザッと眼を通して一面に移る。政治記事、外電――こいつを入念に済ませると、もう一度二面に戻って、とっておきの文芸欄、娯楽面という工合である。一面は読むのに苦痛な記事がつまっているが、こいつになかなか時間をとるので、ホームスピードにはやる心を焦《いら》だたせる車中の精神集中にはもってこいなのだ。

電車は彼が降りる一つ前の駅を発車した。すると、二面下段の十行ほどの記事が、灼《や》きつくように彼の眼にとび込んだ。本文を二、三行読むと、彼は胸の辺の力がスッと抜けていくのを感じた。

酔ってビルから墜死

京橋区M町二丁目三〇△ビル鬼塚商事会社代表、鬼塚菊人《きくと》（三六）氏は昨十四日夜九時頃、四階同事務所外階段から墜落即死しているのを、今朝同ビル管理人に発見された。同夜酩酊し事務所への帰途、階段から誤って転落したもの。同氏はY釣友会幹事、河釣の権威で、最近AKから放送したばかりである。

江見は激しいショックにドアが開いたのも意識せず、降車客に肩をこづかれながら、夕刊を眼の前に掲げたまま、ホームに吐きだされた。

三十分後、江見は有楽町駅へ引返した。マロン洋装店の裏口へ廻った彼は、マダムに面会を求めた。彼女はまだ夕刊を見ていないらしかった。彼の予想通り多田りゅう子はその日店を休んでいた。口実を設けて多田の住所をマダムから聞くと、不審そうに追求する彼女をうまくはぐらかして江見は通りへ出た。

江見の顔には焦燥の色が濃かった。鬼塚のオフィスに向って歩きだした彼の足取りは次第に鈍くなり、一町も行くとピタリと停った。そこで暫く何か考え込んでいたが、思い切った風で反対の方角に戻り始めたのである……。

出迎えた妻君に言葉少く返事をして、彼は着換えを始めたが、机上に置かれた手紙を取上げて、アッと息を呑んだ。

鬼塚からの手紙だ。切手が貼ってない。

急いで封を切った彼の顔に、薄っすらと汗が滲んだ。

文面はただ二行――


沈黙と死といずれを選ばるるや。

右忠告する。


そして署名は無かった。

彼は結んだ帯を後ろへ廻すのも忘れて、呆然《ぼうぜん》と部屋の真中に突立っていた。

驚愕と昂奮を押し隠した江見は、茶の間へ出て来ると妻君に訊いた。

「これ、いつ来たんだ?」

「おひる頃……それが可訝《おか》しいのよ、メッセンジャーが持って来たの……あら、どうかなすって?」

「いや、鬼塚君が釣りに誘ってくれたのだ。暢気な奴だ、フフフフ……」

彼は笑いにまぎらし、

「恰度いい機《おり》だから休暇とろうかな」

妻君は釣りに行くと、いつも健康をとり戻す江見のことを思って同意した。

「それがいいわ……思い切って行っていらっしゃいよ」

「うん、そうしよう」

彼はそう云って、出された番茶をグッと呑みこんだ。しかし、彼の心臓は蒼ざめ、枯葦《かれあし》のように慄えていた。

――あの女に違いない。怖ろしい女だ、いや、怖ろしいのは女じゃない、自分達が今まで気が付かなかった事実だ! 一体、何が起ったのだろう――

彼は自室に引込むと、机に肘をつき、頭をかかえこんで考えた。その眼は次第に凄じい色を帯び、坐った足先は微かに痙攣《けいれん》しはじめた。

やがて彼は、ウームと一ツ呻《うめ》くと呟いた。

「そうだ、あれを確かめよう。何もかもそのうえのことだ……」

四

江見は翌朝、茶褐の服に雨衣という軽装に、食糧、釣道具、股まではいるゴム長靴などを詰めたリュックを肩に釣竿袋を持って、七時二十分の大垣《おおがき》行に乗った。

豊橋で飯田線に乗り替えて一時間余、仏法僧鳥《ぶっぽうそう》の放送で有名な鳳来寺山《ほうらいじ》の麓《ふもと》で夕刻、電車からおりた。

昏《く》れかかる河沿いの道を上ること約一里、去年の夏、鬼塚と一泊した宿屋についた頃は、もう山峡は真暗な夜となっていた。

低気圧圏が日本海に抜けて、カラッとした朝がきた。江見の寝不足の眼に秋光が痛いほど……山峡の秋気は谷から空まで一ぱいに漲《みなぎ》っていた。空気さえもしみじみとした秋の匂いがした。

紅葉の前の重たげな葉をつけた沢と峰、潺湲《せんかん》とせせらぐ寒狭川は五ヵ月の禁漁を前に、普段なら釣人に喜ばしい期待と遊意を湧かせるのだが、今の江見には全く路傍の万象《ばんしょう》でしかなかった。

やがて寒狭川の第二の支流が左に折れている。その辺から道は爪先上りとなり、落葉樹林を縫って登っていった。

江見は時々、立停って耳をすました。何の物音もない……歩きだすとヒタヒタと鳴る彼の足音と川の瀬音。彼はギョッとして足をとめた。山女魚小屋が眼前一町の棚地に見えてきたのだ。

それは去年の夏のまま、風雨に褪《あ》せた柱と杉皮葺の屋根を見せて、ひっそりと眠っていた。

江見は不安気な瞳を据えて小屋を見下した。人の気配は勿論なかった。対岸の尾根に朝陽《あさひ》がさし、その峰から一群の小鳥が空気をふるわせて山崩《なだ》れてきた。

彼は思い切ったように一歩を踏みだした。

近づくと、小屋の扉は閉っていた。彼は扉に手をかけようとして、足元に眼を落すとハッとした風でとびのいた。

ウッスラと靴の跡が二つ、三つ……最近の雨の湿った砂混りの赤土の上に印せられている。それは、昨日《きのう》あたり山女魚小屋に近寄った者のあることを語っている……その靴跡は扉から出て、茅《かや》を踏みしだき、河の方へ向っていた。

江見の顔に、はじめて安堵の色が浮んだ。

彼は手拭で顔の汗を拭きながら、疲れたように枯芝に腰をおろした。

「思いすごしかもしれない」

彼は独語した。

「鬼塚は酔っぱらって階段を踏み外《はず》したのだ……しかし、そうだとしたらあの脅迫状は何のためだろう?」

彼はまた頭をかかえこんだ。

暫くして顔を上げた江見は、つと立上ると山女魚小屋の扉に歩み寄った。

湿気に膨脹した扉は、ギシッと不気味な音をたてて、下方だけが開いた。そして、もう一度力を入れて引張った時、ブルッと弾みがついてやっと開いた。湿っぽい空気と一緒に何か不快な臭気が江見の鼻を刺戟した。

彼はそろりと内部に軀《み》を入れた。薄暗い小屋の中には、板の木目の隙間から僅かに陽光が射し込んでいる……

その時、中腰に闇を透かしていた彼は何を見付けたのか、ウッと呻きをあげて軀をひいた。

冷い汗が脇の下から流れだした……彼は自分の眼を疑うもののように、拳を握りしめ前方の怪しいものを凝視した……

小屋の真ん中の掘立の杉柱に、ジャンパーを着た男が、朽ち切れた縄で二巻三巻に縛りつけられている。眼が暗さに慣れると、その縄は辛《かろう》じて体を支えているに過ぎず、上体は半ば前方に踞《かが》み、襟から突きでているのは、白っぽい骸骨《がいこつ》であるのが判った……

黒い頭髪が一つかみほど、その白い頭蓋《ずがい》にへばりついていた！

江見は扉に肩を凭《もた》せたまま、カラカラの咽喉《のど》に僅かの唾液を音たててのみこんだ。

五

江見の抱いていた危惧は、凄まじい姿で再現されていた——。

去年の夏だった。江見と鬼塚は早朝にぶっこむ積りで前日のうち山女魚小屋に乗り込み、予め格好の場所を探しておいた。

その翌朝である……二人がその場所へ行ってみると、既に先客が一人いて、もう二、三尾大きいやつをあげていた。その男は二十七、八の頑丈な若者で、江見が足場をきめて釣糸をぶっ込むと——ここは俺の場所だ、よそへ行ってもらおう——とぶっきら棒に抗議した。男はそう云いながらも、ヒョイヒョイと器用に毛鈎を浮かせて見事に一匹山女魚を釣りあげた。江見はその男の反対を黙殺して、鬼塚に合図すると毛鈎を投げた……すると、若い男はイキナリ江見の腰を突きとばした。不意を衝かれた江見がザブリと流れに膝を突いたのを見るや、鬼塚が——何をするッ！——と男に跳《と》びかかったのが、事件《こと》の起りだった。

釣場をとられた腹癒《はらい》せと、あたりの自然林の姿が、二人に原始の闘争本能を喚《よ》び醒ましたのであろうか——その男の頑強な抵抗を押えて、彼等は男を縛りあげてしまった。そして、砂の上に転がしておいたが、罵詈雑言《ばりぞうごん》がやかましいので、二人は男を山女魚小屋に運び、柱に括《くく》りつけたのだった。半日釣って、山女魚の喰いが衰えた時、二人はその男の処分を思い出した。鬼塚は解いてやろうと云ったが、江見は——一日もたてば縄がゆるむから心配はない。いま解くのはうるさいからよそう——と主張して肯《き》かなかった……。

その男は柱に縛りつけられたまま餓死し、白骨となって一年間、山女魚小屋の番をしていたのだ……江見の手拭で縛った猿ぐつわもそのまま頭蓋骨にへばりつけて……。

鬼塚に接近したマロン洋装店の娘……眉から鼻にかけて、江見に見憶えがあったのは、釣り仇《がたき》の面影の印象だったのだ。

——肉身者の、妹の復讐が鬼塚を屋外階段から突き落したのだ……とすると、俺も——江見一郎も……?

——

江見は、想像していたより怖ろしい結果に直面して、思考力も痺《しび》れんばかりだった。

と、背後に芝草を踏む微かな音がした。つづいて起った消魂《けたたま》しい笑声!

江見は、ピョンと跳び上って振り向いた。そして、眼前数尺の距離に青いコートにスラックスを履いた若い女の立ち姿を見た。

「ホホホホ……江見さん、やっぱりここへ来たのね」

女の瞳は悪意にギラギラ燃えていた。風が女の頭髪を靡《なび》かせていた……何か喋ろうとして、無意味に唇を痙攣させている江見の網膜に、女の右手に握られた小さな拳銃がキラッと光るのが映った。

「……兄の釣日記に書かれた場所を一つ一つ探すのに一年かかったのよ……やっと探した兄はこの姿です。宿帳に本名を書いたのが、貴方がたに運が無かったのね……」

女の瞳がキラッと光った。

「どう? ひどいと思わない……江見さん! 見るかげもない兄の姿を可哀そうと思わない! ……さ、貴方も鬼塚と同じ目にあわせてあげる!」

バババーン!

三発の銃声が、寒狭川のせせらぎを破り、山々に木魂《こだま》した。

江見の、扉にかけた手が摺《ず》り落ちた。

そして硝煙が薄れつつ河面に這いおりた時、肥えた山女魚が一尾、水面二尺の高さに跳《は》ね上ってまた消えた……。

天意の殺人

一、輪投げ

電話室を出た品子は、開いた硝子戸《ガラス》を危うくよけて、書斎から茶道具をさげて行く女中の千鶴《ちず》を呼びとめた。

「旦那様、お書斎?」

千鶴はなぜか耳まで赧《あか》くなって、ひどく狼狽のさまをみせたが、「はい、専務さんがお見えになっています」と答えて行き過ぎようとするのを、品子の瞳がおし留めた。

「ちょっと、あなたに話があるの」品子は命ずるようにそう云って、応接間のドアを押した。千鶴は続いてなかにはいると、後ろの扉をしめて照明の釦《ボタン》を押した。

振り向いた品子の頬の血がひいて、いつもの穏やかな様子とはすこし違っていた。

「千鶴さん」品子夫人の澄んだアルトが鋭く響いた。「あなたこの頃すこしどうかしてやしない?」

「あたくし、何か致しまして……」

「なにかって、今、してたじゃないの……」

「べつに何も……」

「じゃ、何故そんなに赧くなるの……云いましょうか」品子の呼吸がせわしくなった。「あなた電話を立ち聴きしてたわね。それよいこと?」

千鶴の頬から血の色が徐々にひいた。

「すみません……奥様のお声があんまり大きかったので、立ち停りました」

「電話の遠い時は誰でも声が大きくなるのよ……あなたの様子、この頃あたし腑に落ちないの……何かあるんじゃない?」品子はすこし落ちつきを取戻して、声を和《やわ》らげた。千鶴はホッとした風に相手を見あげて、

「奥様の思い違いです……あたくし全然覚えがございません」

「そんならいいけれど」と品子は腕時計をのぞいて、云おうか云うまいかと迷う風だったが、「あんまり心配させないでね。もういいわ」と女中をさがらせた。

夫人は、千鶴の袂《たもと》がドアに消えると、やりきれない——という風に軽く頭を振った。

いやなことが次々起こってくる。夫の佐治英太郎は、経営している土建会社がいよいよ行き詰ったらしく、頽《たい》勢《せい》の食い止めに連日苦慮していた。品子として、それは無関心でいられることでなかったが、佐治は仕事について昔から品子に三猿《さんえん》主義を要求していた。二、三日前の朝は、品子が可愛がっていたポルックスというドーベルマンピンシェルが犬舎の中で死んでいた。夜は鎖をはなしておくのだが、吐瀉《としゃ》物があり誰かに毒を飲まされたらしいので、何か気味が悪く、書生の名取に夜分は用心するように、云いつけてある。ゆうべはゆうべで、御不浄《ごふじょう》へ行った戻りに千鶴の部屋の前を通りかかると、千鶴の啜泣《すすりな》きが聞えた……それだけならいいのだが、畳を踏む野太い足音まで聞いてしまった。

そして、品子の実兄からかかってきた今の電話である。木目田夫人の通夜に、一足違いで、品子が出かけてしまっていたら、短気な兄を食いとめることもできず、きっとまずいことになっただろう……。

「いやだなあ」品子の唇から男のような嘆息が洩れた。

正面のマントルピースの上に三十号の油の母子像がかかっている。画面の左下に二歳ぐらいのクリクリ肥った男の子が、青塗りの乳母車《うばぐるま》に突立ち、大きな瞳をすえて品子の方を一心に見つめている。乳母車に手をかけ、いとしげにその子供を見入っている若い母親……子供の白い服と若い母親の淡い蜜柑《みかん》色のブラウスが、乳母車の群青《ぐんじょう》に映って、それはいかにも心の和《なご》む絵であった。

品子はそれを凝《じ》っと見上げた。苛《いら》だつ彼女の心を、それはしっとりとかかえ、彼女を甘酸《あまず》っぱい追想に誘うかに思えた。

彼女のたった一人の愛児が、ほんのちょっとした自家中毒がこじれて、僅か二日で歿《な》くなってから三年経《た》つ……その当座、彼女は悲しみに何も手につかなかった。しかし、何もしないことが余計に悲しみを深めるものと知ったので、彼女は昔やったことのある絵を習う気になった。彼女がK画会の重鎮《じゅうちん》である木目田鴻のアトリエに週二回通うようになったのはその頃からである。やはり一人っ子を、亡くした経験を持っていた木目田は、わざわざ余暇をさいて、この母子像を描きあげ佐治夫妻に贈ってくれたのだった。

木目田は家庭的には不幸な男だった。病弱な彼の妻を客間に見かけることは殆どなかった。長い交際の品子さえ会った記憶は数えるほどしかなかった。それが子供を亡くした衝撃に原因していたのを、後で知った彼女は、木目田が絵に托して彼女に寄せてくれた同情の気持が始めて判ったのだった。その木目田夫人が今朝歿くなった通知を、品子は受けた。

気がつくと、五時半をとうに廻わっていた。

品子は縞のお召《めし》に着かえ、黒の羽織を肩にすべらせると、化粧室の鏡の前で衣紋《えもん》を直した。

佐治の書斎は、書斎とは名ばかりのごく安手な部屋である――というのは、品子が嫁ついでくるずっと前、彼が小規模にやっていたよろず設計製図引受けの工務店時代の名残で、図面ひきから商談までの一切の用をたしていたもので、彼が土建業に乗りだし京橋の方にオフィスを構えて数年になる今も、ここだけは昔のままの殺風景さだった。

デスクの横の大きなガラス戸棚には、古い書類、グルグル捲いて紐で縛った青図から、リベットやジベルの見本箱までが、埃《ほこり》に薄《う》っすら塗《まみ》れて――ぶち込んだ――と云いたいほどの投げやりな様で納まっている。

主《あるじ》の佐治英太郎は四十三、四歳、腕一本から小さいながらも戦争中は同業者からあれかと云われる建築屋にのし上った才幹は、抜け上った両の額や人の腹を見すかすような鋭く細い眼、そして精悍《せいかん》な頰の量感《マッス》に窺われた。

彼は卓上の札束を顎でしゃくって、

「これであの方は片附くね」と云った。

デスクを隔《へだ》てて向い合った江崎専務は、ホッとした気持を大仰《おおぎょう》に見せて鞄の口を開いた。

「大丈夫です。これで梟《けり》をつけましょう」

「だがな」佐治は和服の着流しの懐手を抜いて、丸い指を組むと江崎を細い眼で見据えた。「横浜の工事の入金は絶対にとるんだぜ。でないとまた無理ができるからね」

「そりゃあもう……しかし社長さん、なんですな……」

江崎が余計な口を利《き》き始めるのを、佐治は性急《せっかち》に二、三度頷いて、もう判った、という気持をみせた。

江崎専務は鞄を摑んで立上った。佐治は大型の手鞄をピシッとしめると、江崎を見送りもせず部屋の隅へ行き、棚から輪投げの的を床におろした。そして、デスクの脇から二間《けん》を隔てて、見事な手さばきで輪を的《まと》に抛《ほう》りこんでいった。

十個の輪は余さず的にはいる……それはなかなか見事な腕前だった。

外出の支度《したく》をした品子がはいって来た。

「あたしは木目田さんのお通夜に行きますが、御用ありません？」

「ない。画伯に宜しく云ってくれ」

「なるべく早く帰りますけど、女同士のことですからそう素気《そっけ》なくもできないでしょう……さっき名取に電話して、夜学を早めにきりあげて九時半に木目田さんへ迎えに来るように云ってあります」

「よしよし、早く行きたまえ」佐治は頷き返して輪を抛りこんだ。が、夫人が玄関を出ていってしまうと、玄関から戻る千鶴を呼びとめて、一通の手紙を渡し何か命じて奥へ引込んでいった。

六時十五分。家の中は妙《みょう》にシンとしていた。書斎の扉が外から静かに押された。

デスクの蔭で何かしていた佐治英太郎は、その気配に振り向いた。

陽《ひ》に焦《や》けた若い男の顔が覗き、ワイシャツにセーターの全身が猫のように静かに室内にすべりこんだ。

「きみか……」佐治の低い声が洩れた。「やたらに出て来ちゃ困るじゃないか」

無言の若者の口辺に薄笑いが漂った。背後の扉をしめて、それに懶《ものう》そうに倚《よ》りかかった姿は、ちょっと映画のアクションめいた感じである。佐治の心の動揺をよそに、若者は卓子の端に置かれた輪投げの輪をとりあげると、主に背を向けて二つ三つ的に投げ込んだ。

その憎態《にくてい》な背中へ佐治が云った。

「きみ、僕は忙しいんだ……あの約束はもう二日待ってもらうよ……」

悠《ゆ》っくり振り向いた若者の切れ長の眼は怒《いかり》に燃えていた。

「とにかく早くして下さいよ……僕だって、いつまでも愚図愚図《ぐずぐず》しちゃいられないんだ」

「判ってる。あさって……いや明日にも必ず君の顔は立ててやる……だからな……北海道の行先もきめてある。ただ、きみに渡すものだけが今日は間に合わないのだ」

佐治の洋服に着換えた姿を若者はジロッと眺めて、

「まさか、僕をやりっぱなしして逃げるんじゃないでしょうね」と二、三歩デスクに近づいた。

「そんなこと出来るはずがない……あの方の話も進んで、明日は金が手にはいる。女房の可愛がっている犬まで殺した僕を、きみは疑うのか。きみを匿まうのだって容易なことじゃないのだ……」

「そりゃ……そのくらいは当りまえです」若者はそう答えて、指を二本唇にあてた。佐治はデスクの抽出《ひきだ》しから光を二個だして渡しながら、

「さあ、早く帰ってくれ」

青年は器用に煙草をぬくと、時計懐《かく》しからライターを出して悠っくり点火し、また、来た時と同じように猫の足どりで出て行った。

佐治はその足音が廊下から勝手口に消えるまで、耳を

すまして追っていた。

二、通夜の戻り

名取捷三《しょうぞう》は九時五十分きっかりに祖師ヶ谷一丁目の木目田家の門を潜った。玄関の戸はベルが布で包んであって、ひそやかに鳴った。

弔客の履物の列《なら》んだ玄関で、待つほどもなく、品子夫人は木目田画伯自身に送られて出てきた。木目田は亡妻の看病疲れのせいか、睡そうな顔で、眼鏡を拭きながら品子夫人に見舞の礼を述べて送りだした。

通りに出ると、驚くほど大きい白い月が高圧線の鉄塔にひっ懸っていて、冷い風が品子の襟を撫でた。

「おお寒い。悪かったわね、一時間ぐらい早退《はやび》けしたんでしょう？」

「いやあ、ほんの十分ばかりです……新宿から二十分ですから、わけはないです」

京王線の「日大前」から帝都線を経て玉川線に乗り替え、家まで三十分の距離である。「真中」で降りて砂利《じゃり》敷きの道にかかったとき、品子は不意に名取に訊いた。

「ね、このごろ千鶴の様子変じゃない？」

「え？」名取はちょっとまごついた。

「何か、しょっ中《ちゅう》考えこんでるでしょう？」

「さあ、気がつきませんね」

「そうかしら……隠しちゃ駄目よ」

「……かくす？　僕がですか？」月光が、名取の眉の濃い丸顔を照らした。

品子は──いつの間にこんなに大人《おとな》っぽくなったろう──と思った。名取捷三は佐治の遠縁の者で、書生に住みこんだのは二年前、夜学で建築を勉強しながら昼間は佐治の会社に出ていた。この頃の若者に似ない坊主刈りで、頭も良く頼みになる男だった。

「なんです。そんなに私の顔を見て……」

品子は彼に、ゆうべの女中部屋の一件を話した。名取は歩きながら、黙って聞いていたが、四、五間行って急に笑いだした。

「ハハハハ……それが僕かと仰有《おっしゃ》るんですか……ハッハッハッハ……」

道路から立上った傾斜の中途に建てられた佐治の邸は、道路に面して地下式の車庫《ガレージ》があり、その上が築山《つきやま》になっていて、石門をはいると、玄関まで緩い勾配になった月明りの砂利道に、庭樹が黒く影を落していた。

玄関の右手の書斎には、まだ灯がついていた。

品子は玄関の前で、裏口へ廻わる名取と別れたが、玄関の扉に錠がおりていないのに、千鶴が迎えにも出ないのを不審に思った。彼女は草履《ぞうり》を脱いだ時、陶器のステッキ立ての蔭に、四角い新聞包みが置いてあるのに気がついた。それに手を触れて調べた彼女は、右手の書斎に気を配った。書斎からは何の物音もしなかった。彼女はちょっと考えた末、その新聞包みをコートの下にかくし、書斎の扉に寄った。

「ただいま……貴方、お仕事?」

何の返事もない……品子は、そのまま身をかえすと廊下を奥にはいって行った。

名取は裏口から自分の部屋に入ると、レンコートを脱いで腕時計を外した。

もう十時半になっていた。

彼は机の前に胡坐《あぐら》をかき煙草をつけようとしたが、燐寸《マッチ》が無いのでやめた。家の中は馬鹿に静かだった……と、しばらくして彼は誰かが自分を呼んだような気がした。

廊下に出てみると、薄暗い廊下の書斎の扉に凭《もた》れて、フラフラ妙な恰好をしているのは品子夫人である。

「どうかしましたか?」彼が近寄って訊くと、夫人は胸を波うたせながら嗄《しゃが》れ声で呻《うめ》いた。

「……そこに、主人が死んで……」

名取は無言でドアに跳《と》びつくと、把手《とって》をひいた。衝立《ついたて》を廻って窺くと、真正面に、煌々《こうこう》と明るい電燈に照らされ、外套を着たままの佐治が床に突伏《つっぷ》している。

名取はその体を跨《また》いで窓の方を向いた顔を覗きこんだ。

しかし、それは主人の佐治英太郎ではなかった……会社に出入りして、名取もよく知っている男、材料ブローカーの榊真吉である。

手頸に触れると、もう冷たい。

後頭部が血に塗《まみ》れている……見廻した名取の瞳に、床に転っている輪投げの的が映った。

その重みのある台座の角が血に汚れていた。

名取は身を翻《ひるが》えすとドアから首を出して呶鳴った。

「奥さん! 榊さんです……社長さんじゃありませんん!」

品子が慄えながら室内にはいってきた。

それは二度と見たくない眺めだった。寒気のする身をすくめて、彼女は屍体の顔の見える位置まで進んだ……間違いはなかった。

――いつもガラガラ声で元気に喋る榊真吉が、こんなに他愛なく死んでいる……何故、夫の外套を着ているのだ? それよりも、夫はどこへ行ったのだろう? ……

先達《せんだつ》てからの不吉の前兆が、こんな事になる前触れだったのだろうか？——

電話を掛けに行った名取が戻って来た。

「すぐS署から人が来るそうです……このままにしておいた方がいいと思いますよ」

二人は室外に出ると、手分けして家中を探したが佐治も女中も姿は見えなかった。そして佐治の帽子と靴がなくなっていて、彼が外出したことを示していた。

その時、裏口に誰かはいってくる気配がした。名取は黙ったまま廊下を歩きだした。彼が内玄関の障子を開けた出逢いがしらに、千鶴と鉢合せをした。

彼女は襟巻を外しながら、黙って見下す名取に喘《あえ》ぎながら訊いた。

「おそくなっちゃって……奥様お帰りになった？」

「きみ、今頃どこへ行ってたんだ！」名取の声がつっ走った。

「なあに、そんな恐い顔して……旦那様のお使いよ……」

「どこへ？」

「……夜分で気の毒だが、どうしても今夜中に届ける手紙があるって仰有るの」

「うん、それで……？」

「神田の榊さん」

名取は千鶴の両肩を摑んだ。

「……その榊さんが、書斎で死んでいるんだぜ！」

千鶴の顔色がみるみる変った。品子夫人が寄ってきた。千鶴は、息を弾《はず》ませて、佐治に使いに出されたことを説明した。それによると、彼女が夫人を玄関から送りだしての戻り、佐治が呼びとめて——今晩是非とも榊真吉に会う用があるのだが、五時の約束が一時間も過ぎたのに未だ来ない。行き違いになるかもしれず、夜分で気の毒だが、迎えに行ってくれ——と頼んだ。そんなことは今まで一度もなかったので驚いたが、佐治の焦躁が読めたので、千鶴は命令通り神田へ出かけた。ところが、榊のアパートへ行ってみると、榊の若い細君の話で案の定彼と行き違いになったことが判った、というのである。

名取と千鶴が邸内を探しに出て行ったあと、品子は帯の間に手を入れて凝っと考えこんでしまった。

千鶴は名取が表へ廻わったのを確めると、裏口から庭へ出た。人目を憚《はばか》るのか、月影をよけて樹の下伝いに彼女は屋敷の一隅にある別棟に近寄った。独り者の運転手を住まわせておいたが、社運が左前になったため、一と月ほど前自家用車を処分したので、今は明けてあるのだった。

彼女は軒下に寄って、格子《こうし》の間から雨戸を一つ、続いて二つ軽く叩いた。暫く待ったが何の応えもない。もう一度、あたりを憚るノックがなされたが、やはり反応はなかった。

彼女は追われるように別棟を離れた。その時、道路を迅走する自動車の喘ぐような響きが次第に近づいて来た。

三、脱船者

S署から、捜査主任を頭に自動車二台に分乗した先発隊が到着し、係官がそれぞれ部署についた。家人は十貝《とがい》という捜査主任から、屍体発見前後の状況について、簡単な訊問をされた。それが済むと、廊下に警官が立番をして、日本間に缶詰めにされた品子達は一切書斎へは近附けなかった。

書斎では調査が進んでいるとみえて、係官の話し声や歩き廻る音がし、それが品子に、いよいよ怖しいことが自分の身辺に起ったのだという感じを、切実に感じさせた。

足の尖端《さき》が馬鹿に冷たく、顔ばかり火照《ほて》って体が細かく震え、落ち付こうとあせるほど、その震えはとまらなかった。

――佐治は何故居なくなったのだろう？　外出するのに、彼が黙って出掛けたことは今まで一度もない。それに、あの規帳面《きちょうめん》な人が、女中を夜おそく使いに出すなど、思いもよらないことだ。そして、その迎えにやった相手が書斎で死んでいたのは何故だろう？　榊が夫の合いの外套を着ていたのは何を意味するか……何かの拍子に、榊が寒けがしたとかで夫が着せたのかもしれない。しかし、あの輪投げの的……名取は輪投げの的で殴ったのです、と教えてくれた――いやな不吉な場面が品子の頭に浮んだ。彼女はその考えを振り捨てるように、傍に座っている千鶴に眼を移した。

千鶴のおびえ方はよそ目にも酷《ひど》かった。品子は、もし千鶴が佐治の依頼をあの時拒絶してくれていたら、こんな事にならなかったかもしれぬと、千鶴の素直さが却って恨めしかった。

かなり時間が経って、もう真夜中過ぎだった。

S署の係官が使っている応接間のドアが開いて、十貝捜査主任が三人の居る部屋にやってきた。

彼は品子夫人に、

「さっき、お宅の自家用車は処分されたように聞きましたが、ガレージに最近何か車を入れましたか？」

「いいえ、存じません」

「新しいタイヤの跡がガレージの軒下にあるんですが……錠前の鍵はありますか」

「あるはずです」

十貝がガレージを見たいというので、品子は佐治の居間の鍵簞笥《だんす》を探したが、車庫の鍵は見付からなかった。

品子は十貝について外に出た。警官がガレージの錠前を毀《こわ》し、扉が左右に開かれた。皆の鼻先に一台の真っ黒な自動車が尻をデンと向けて入庫していた。

「奥さん、この車御存知ないでしょうな？」十貝は振り向いて品子に訊いた。

「はい、ちっとも知りませんでした……」

それは品子が見たこともない、変てこな自動車だった。角型の旧式なセダンを大きくしたような車で、窓ガラスが内面から真っ黒に塗ってあり、後部は病院車《アンビュランス》に似て両開きの扉になっている。一人の警官が捜査主任に説明した。

「この八〇〇瓩《キログラム》積みの自動車《くるま》は種別はトラックでガソリンの配給があるんです。ところが、こいつは、この通り乗用車にも使えるので、この頃チョクチョク見掛けますよ……その代り、窓は御覧のとおり全部黒く塗らなきゃ許可されませんがね……」

十貝はトーチランプで車の内部を照らした。なかはがらん洞で何もはいってなかった。シートは運転台との隔壁に低いのがあるだけ、あとの空間は、なるほど相当な品物が積めるわけだ。

エンジンカバーを開けて調べていた警官は、「使って間もないようです」と云った。

「明日、出どこを調べてくれよ……やっぱり、あれを運んだらしいな。よしよし……」

十貝は品子に、こんどは離家《はなれ》を見てくれと云った。品子は体の震えを耐《こら》えて、十貝について風呂場の角を曲った時、ギョッとした。

運転手を置いていた別棟に灯が煌々と点いている。

「あすこを見てもらいますがね……誰か人が棲《す》んでいたんですよ」十貝が云った。

品子はゆうべ女中部屋に居た男のことを思い浮べた。二畳と四畳半の狭い別棟にはいってみると、部屋の隅に見覚えのある食器類が盆に載っている。そして開け放たれた押入れには、客用の蒲団が押込まれていた。灰皿には煙草の吸殻が溢れるほどに投げこまれ、傍には品子が読み捨てた雑誌が二冊、抛りっぱなしになっていた。彼女は茫然としてそれを見おろしていたが、細い声で呟いた。

「誰でしょう、いったい……?」

「もし、あなたが御存知なければ、女中さんが知らないはずはないと思いますよ」

「きっと千鶴が知っています」

応接間に戻った十貝捜査主任は、すぐ女中の千鶴を呼びいれた。千鶴は別棟のことを訊かれると、急に激しく泣きだした。泣きやむのを凝っと待っていた十貝は、そのおえつがあまり長いので、諭《さと》すように声をかけた。

「さ、いい加減にして、何もかも話しなさい。誰を匿《かく》まっていたのかね?」

「……あたくしの兄です。旦那様の御好意に甘えたばっかりにこんなことになって、皆さんに申訳ございません……兄は吉井八朔《はっさく》といって船乗りでした。先週の土曜日の夕方突然参りまして、船で何か間違いがあり警察に追われている、何とかして匿まってくれと申します……あの温和《おとな》しかった兄がと思うと、私は悲しくなり、自首するように頼みましたが肯《き》きません……その押問答の最中を、旦那様に見付かってしまいました……」

佐治は八朔に同情したのか、別棟に一時かくまい機会《おり》を見て遠くへ逃がしてくれることになった。明後日、北海道へ落とすことに手筈がととのい、先刻榊の宅に使いに出た折、佐治から預かった金で一着の古洋服と必要な品を千鶴は買ってきた。が、戻ってみると榊が殺され、吉井八朔の姿はどこにも見えなかったというのである。

「きみは、書斎の戸棚の下段に隠してある品物のことを知っているかね?」十貝が訊いた。

「知りません……あの、何でしょう?」

「薬品だよ。大っぴらに取引きを許されていない麻薬、塩酸モルヒネだ」

「それ、兄のものでしょうか?」

「そうらしい……外国製品だし、小箱を重ねて縛った紐の押えに『天塩丸』とかの受信用紙を幾重にも折ったのが使ってある……」

船の名前を聞いた瞬間、千鶴の瞳の焦点が急に遠くなったようだった。唇が微かに痙攣《けいれん》した。

「やっぱりそうですか……」

「ほう、薬のことを聞いたの?」

「いいえ、旦那様があんなに簡単に引受けて下さったのが、その薬のためかと……」

「ふんふん、判った。で、きみが最後に兄さんに会ったのは何時頃かね?」

「六時すこし過ぎです」

捜査主任は吉井の顔の特徴や服装のことを詳しく聞き取ってから、一旦千鶴を退《さ》がらせた。

佐治英太郎と吉井八朔の行方について手配が終ったころ、現場と別棟の調査が一段落ついた。その結果をアレンジするとこうなる――。

被害者の榊真吉は推定時刻八時半から九時半までの間に、現場にあった輪投げの的の台座で後頭部を一撃され即死した。千鶴の話によると、榊家の人は五時少し過ぎに榊がアパートを出たというから、佐治と会ったことは大体間違いない。その頃佐治邸に居たらしいのは、主の英太郎と吉井八朔の二人で、両名とも失踪しているから事件に関係ありと思われた。

被害者が佐治の合外套を着ていたことは注目すべきことである。

書棚の下に、一升壜と徳利が四本、盃が二人分突込んであり、ヒーターで燗《かん》をつけて、佐治と榊が飲んだ形跡があったが、夫人も女中もその事を知らなかった。

戸棚に外国製の塩酸モルヒネが多量に隠匿してあった。

ガレージにセダン型トラックが納まっていた。車庫の鍵はなくなっている。

別棟に匿まわれていた吉井八朔の遺留品は外套と上衣――その上衣から出てきた船員証で、彼が天塩丸の次席通信士を勤めていることが判り、女中の証言と一致した。彼は上衣も着ずに飛びだしたらしく、舞い戻ってくる公算がないではなかった。

S署から電話があって、先刻連絡してあった横浜のK署からの回答を伝えてきた。

応接間を出て行った十貝捜査主任は、やがて、署長のところへ戻ってきた。

「うまい工合でした。吉井の件がほぼ判りましたよ」

彼は手帳を覗きこみながら署長に報告した。「十月二十五日――十日前ですね――香港《ホンコン》から入港した天塩丸という貨物船の事務長がK署に出頭して、以前から行動を注意中であった次席局員の吉井が薬品の密輸をやっているらしいから調査してくれと申出てきました。K署で直ぐ手配したところ、一足違いで本人は下船した後でした。勿論、匿していたと想像される薬品は発見できなかったのです……詳細は担当者をして直接連絡させるということでしたが……」

「薬品の出所は間違いないね……ガレージの自動車は東京都の番号だから、薬品をここへ持ちこんだのでなく、ここから運び出す積りで榊か佐治か用意したのだよ。するとね、まず吉井は従来通りの径路でさばくのは危いとみて、妹の住みこんでいる佐治に話を持ち込んだ……会社が左前になっていた佐治は二つ返事で承知した。吉井は邸に匿まってもらい、たとえば金を持って高飛びする条件をつける。一方佐治は品物のさばき方をブローカー榊に交渉し、榊は今晩そいつを受取りにやって来た……佐治は家人を全部外出させて商談成立。そこで一杯やる……」

十貝は大きく頷いて同感を表した。

「そこまでは良いんですがね。あとがちょっとどうも……佐治と吉井と、どっちがやったと思いますか?」

「榊の身元について何も資料がないし、現場鑑識の結果がでていないから何とも云えないが……一応吉井としてみようじゃないか。何故かというと、佐治が榊を殺したとすると、屍体や薬品をあのままにして飛びだすはずがない。自動車があるんだからそっくり運んでしまえばいいんだからな……彼は夫人の話じゃ運転免許状を持ってるんだぜ。ところが、吉井の場合だと、妹の千鶴さえ離家《はなれ》の跡始末をしてくれれば、他の家人は彼の存在に気がついていないから、やりっ放して逃《ず》らかることも可能なわけさ……」

「吉井は薬品からあしがつくとは考えないでしょうか?」

「どうせ身をかくす以上、そんなこと心配しないだろう……それにね、眼前で金が取引されるチャンスがあれば、吉井たるものあの年齢《とし》で密輸入など企《たくら》む男だ、何をやるか知れたものでないよ」

「屍体が佐治の外套を着てたのは何故でしょう?」

「大した意味はないのじゃないか。彼が寒いとでも云ったので佐治が着せたのじゃないかな?」

「酒を飲んでいてですか? そりゃ訝《おか》しいですよ……それに、これは結果ですが、榊は佐治と間違えられて殺されたという見方もありますよ、後ろから殴られていますしね」

「うむ」そいつは気が付かなかった——と署長は返事につまった。

「いずれにしても吉井が怪しいですね。それから佐治の失踪……江崎という専務に会社の状態や対人関係をきいて、彼の身辺を掘りさげなけりゃなりません」

明日まで、ここに用はなさそうに思えた。

二人の失踪者の行衛《ゆくえ》、自動車の出処などの手配は、どう進行しているか——。

二人は煙草を灰皿にすり潰すと、目配せをして立上った。

四、確執

佐治建設の江崎専務は九時ちょっと過ぎ、京橋裏のバラック建ての事務所に出勤した。

人減らしをして精気のないオフィスの一隅に固まっていた四、五人の社員が、江崎の姿に振り向いたが、そのうちの一人が、妙な顔付で、私室《プライベート》まで附いてきた。

江崎が不機嫌な顔で、モッソリ外套を脱ぐのを待った社員は、デスクに跼《かが》むようにして彼に囁いた。

「御存知ですか？　社長さんが失踪されたの……」

「シッソゥ？」江崎は怪訝《けげん》な顔をした。

「ゆうべ、お宅から居なくなったのです……今、S警察署から専務さんに来てくれと云ってきました。そして、社長さんのお宅で、榊さんが殺されているのが発見されたそうです」

江崎はギョクンと立上った。

「榊が殺された？」

「ええ、ゆうべ八時頃です。そして社長は行方不明……」

「おい、僕はゆうべ六時頃社長に会ったんだぜ……その時はそんな様子は全然なかった……」

驚きから醒めると、江崎は主だった社員を呼んで、社長の昨日の様子について情報を集めた。それによると、朝十時に出社し昼飯をすませてから二時頃帰ったという。態度にもとりたてて変った処はなかった。が、江崎がS署へ出掛ける直前、重大なことが判った。

給仕が前日の午前、交通公社に佐治の使《つかい》にやられ、東京発山陽線小郡《おごおり》までの三等乗車券を購《あがな》っていたのである。

江崎は一時間後、S署の捜査主任室に十貝とデスクに向い合い、痩せた顔を不安に曇らせて報告していた。

彼の報告にもとづき、昨夜七時以後東京発の下り列車に、小郡に向ったらしい佐治英太郎追及の手配が既になされていた。

「佐治社長が失踪するような原因を知りませんか、業務上の突然の旅行とか……または、たとえば債鬼に追われていたとか？」十貝が訊いた。

「債権者の問題はあるにはありました……しかし、ゆうべ凌《しの》ぎがついて、差当りの見通しはあったのですから……」と江崎は説明した。

一ケ月前に人減らしをし、店じまいの準備に製材工場や所有の土木機械も手放していた。そこへ、最近横浜方面の工事で注文者が支払不能に陥り、いよいよ社運は逼《ひっ》迫《ぱく》していたところ、昨夜佐治に呼ばれ江崎は金を渡された。

「その時受取った金高はどれほどですか?」

「約二十万円です」

「きみは、それがどこから出た金か知っていましたか?」

「何ともききません。ただ、社長夫人の兄さんがR銀行の貸付の方にいますが、その方から融通《ゆうずう》を受けたものと想像していました」

十貝はR銀行の服部一弥の氏名をメモしてから、質問を続けた。

「榊真吉という人と佐治さんとはどういう関係ですか?」

「あれは材料ブローカーです。私どもは会社が出来た頃から取引していました。この頃は、一、二年前のように当方の云いなりの設計はなくなり、顧客《とくい》の注文も建具、小物その他仕様が面倒になったため、材料を速く揃えてくれる榊商店を便利にしていたようなわけです……社長とは古い昔からの知合いで、かなり深い交際《つきあい》をしていたように思っています……しかし、榊のブローカー振りは徹底していましたな、第一に彼は店というものを持っていません。名刺には住所と電話番号が刷り込んでありますが、連絡場所に過ぎんのです。当人が不在の時は細君が用件を聞いて、あとで返辞を寄こします。統制の枠にしばられて、右から左へと直ぐ間に合わない材料でも、二つ返辞で即座に物品の引取場所と数量を指定してくれるので、うちもかなり便利にしていました……」

十貝はその辺で江崎からの訊きとりを打切ると、彼を帰らせた。

その頃までに、昨夜蒔《ま》いた種は徐々に収穫をもたらし始めていた。車庫《ガレージ》の鍵は佐治邸から二十間ほど離れた溝の中から発見された。自動車を用意したのは佐治だった……佐治建設工業の下請業者の所有で、佐治の依頼で、二、三日貸す約束をしていたが、一昨日の夕刻佐治が自身でとりに来たので、ガソリン十ガロンをいれたまま渡したことが判った。

佐治が発見される公算はあるとみて、問題は吉井八朔がいつ捕まるか、という点にかかってきた。

×　　×　　×

品子は明け方床についたが殆ど睡眠がとれなかった。トロトロと睡るといやな夢に妨げられた……その夢に出てきて品子を苦しめるのは佐治のようでもあり、兄の一弥のようでもあった……。

九時頃起きて、すぐS署へ電話をかけたが、電話口へ出た十貝捜査主任は、まだ佐治の行衛が判らないと返辞した。廊下で会った名取捷三が、用がなければ出社してよいかと訊くのに、かまわないから出なさいと答えて居間に戻った。千鶴が食事を知らせてきたが、顔も見ないで、食欲がないからと拒《ことわ》った。千鶴の悲しみが察せられないではなく、慰めの言葉をかけてやろうかとも思ったが、面と向う気にはどうしてもなれなかった。

彼女は、ゆうべ玄関で拾って隠してあるものを、どう処分しようかと考えていた。座敷の謡曲本の箱の中にある新聞包みが、紙幣の束であることは判っていた。配置の警官が二人、門の前で煙草を吸いながら立ち話しをしているのを確かめると、彼女は座敷に入り、謡曲本の箱の蓋をとった。新聞包みを開けて調べると百枚束が、みんなで十八個あった。——それを玄関のステッキ立の蔭に置いたのは夫か榊のどちらかだ。佐治とすると置きっ放しにするのがおかしいから、榊が佐治から渡されたのを、何かの都合であすこへ置いたまま殺されたのだ——

品子はその金の出所を知っていたから、隠したのだった。

きのうの夕刻、兄の服部一弥から電話がきた。一弥は品子に昂奮した語調で、佐治の在否を訊いた。居ると答えると、直ぐ行くから伝えて欲しいと云うのである……その勢いが激しいので品子が聞きすがると——佐治が銀行から不埒《ふらち》な方法で金をひき出している。自分の立場がないから、是非会って黒白をつける——と云うのだ。一弥の気短かな性質をよく知っている品子は、何か一騒動持ちあがる予感に怯《おび》えて——今、来るのは待って欲しい、これから木目田家の通夜に出掛けるから、三軒茶屋の停留場で待っていてくれ——と一弥に頼んで、来るのだけは思いとまらせた。

約束どおり、一弥は電停で待っていた。案の定、彼は気が昂《たか》ぶっていた。その辺の茶房にはいって、品子は彼から詳しいことを聞きだした……。

それは、一弥の出張中に起っていた。今までも一弥は、銀行の創立者の一人の息子なので幹部も大目にみていてくれたお蔭で、佐治にかなり無理な融通をしていたが、会社の業態もあり最近は警戒していたところ、出張から帰ってみると、係りの者が、荷付為替手形で約六十万円の金を七掛の割引で佐治に貸出していることが判った。手形の元は秋田の会社に売った土木機械一台に対するA通運の輸送証券……何かあると感じた一弥は係員に内密でA通運を調べてみると、十分の一の価値もないものので、係員が佐治と一弥の関係を信用し、不見転《みずてん》で用立てたことが判った。秋田の取引銀行から、取立不能の通知がくれば、一弥に責任がかぶさってくるのは知れていた。佐治はその金を回転させて凌ぎをつけるつもりに違いなかった。その卑劣な魂胆《こんたん》を憎くむと同時に、たかが四十万円の金のこととはいえ、一弥は狼狽せざるを得なかったのである。

正義屋の一弥が、亡父の娘まで与えた信頼が佐治建設を築き得た昔の恩を、落目になったとはいえ、その息子にこのような陋劣《ろうれつ》な手段で酬いる佐治の性格を深く憎む気持は、品子によく判った。

彼女は、責任をもって期限までに佐治に支払わせるから、今晩会うのは思い留まって欲しいと兄に哀訴して彼と別れたのだった。

品子は新聞包みを元の場所にしまうと、銀行へ電話をかけた。が、一弥は警察へ喚《よ》ばれて不在である。代りに出た人に戻ったら伝えてくれるように頼むと、彼女は何かガッカリして目まいがしそうだった。

午後になって、一弥がやってきた。

父が歿くなってから、二人だけの兄妹は、お互いに深い愛情で結ばれていた。兄にあうと、品子は胸が苦しくなり、涙がこみあげてきた。

一弥の顔も憐愍《れんびん》と苦痛に暗かった。

「知ってるかい……佐治が小郡行の三等切符を購っているの?」

「いいえ、……で、居場所判ったの?」

「今日じゅうには判るさ……まずいことになった。小郡なんて所、何か心当りないかい?」

「ありません。それより、榊さんを殺したの佐治でしょうか……あたし耐らないわ。この間から変なことばかり起って、何かもっと厭《い》やなことが起らなけりゃと気が気じゃなかったのよ……」

「警察では吉井を疑っているらしいね。佐治は、きのう僕が話したように金銭関係であがいていたから、僕達が知らない原因で家をとびだしたかもしれない……」

「そうならよいけれど……あたし、今まであまり佐治のことに無関心だったのが口惜《くや》しいの……あたしにも責任がある、とゆうべ寝ながら考えたわ」

一弥は品子の様子を見て、その眼を外《そ》らしたまま吐きだすように云った。

「今更、云いたくないけれど……親爺《おやじ》は眼がなかったよ。きみが佐治の許へ来る時、僕は大反対したんだ……それを承知で結婚したきみの責任だぜ……赤ん坊が歿くなった時も、僕はきみに忠告したはずだ」

品子は耳を塞《ふさ》ぎたい気持だった。彼女は、謡曲本の箱に隠した金のことを一弥に話した。

「それ、どこにあった?」一弥の驚きは大きかった。

内容を調べた一弥は、

「警察で知ったのだが、昨夜江崎専務が受取った分と合わせれば殆どだ」と何か考えていたが、「……品子、警察では全然逆に考えているらしいよ。佐治が薬品を榊に売り、その金を持って失踪したという風に……ところが、これが玄関に置いてあったところをみると、佐治が榊にこの金を渡し、そいつをどういうわけか榊が玄関に置いたまま、書斎で殺されてしまったとしか考えられない」

「それじゃ、警察へ届けなきゃ不可《いけ》ないかしら……」

品子は自分の処置が不安になった。しかし、一弥は暫らく黙考したのち、

「いや、僕が貰っておこう。今話しては、きみの立場がまずい」と答えた。彼は鞄の中身を出して札束といれかえると、煙草をつけた。

「きみ、書斎は開いてるかね」突然彼が訊いた。

「駄目、封印してあるわ」

その時、襖《ふすま》の蔭から千鶴の声がした。

品子が立って行くと、彼女は眼を伏せて肩を震わせているのが判った。千鶴は細い声で品子に報告した。

「……警察から電話で、あたくしに来るように申して参りました。兄が捕まったそうです」

五、堅い地盤

昨夜九時十五分頃、渋谷上通りから北へ走る環状道路を巡回中の一警官が、挙動不審の男を発見し、接近して話しかけると、その男はやにわに警官を突き飛ばして逃げだした。その若い警官は咄嗟に警棒を相手の背中に投げつけ、ひるむ隙に追いついて格闘の末、うまく捕まえることができた。最寄りの交番に連れ込んで調べると、この涼しいのにパリッとしたワイシャツとセーターしか着ていず、申し立てた居住と、径路の関係が目茶苦茶なので、業務妨害の名目でSH署に留置した。

連絡が悪くて、それが午後になって榊事件の関係者らしいことが判り、S署の捜査本部に廻わされたのだった。

初めのうちは、吉井八朔は、船員証を見せられても強情に否定していたが、吉井千鶴と対面させられて観念したか、大体次のようなことを自供した。

佐治が彼を匿まっていた事情は、想像されたとおり、相当の代償を与えて遠くへ逃がしてやることにあった。

最初の約束では、一日二日のうちに北海道へ逃げる予定だったが、佐治の都合でのびのびになり、吉井は五日間もあの別棟に逼塞していた。危機一髪のところを天塩丸から下船したあと、密輸のルートに近づくのが危険と思われたので、妹の住み込み先きに逃げこんだ。匿まわれてからも、当局の追求が既に始まっていることを思うと、八朔は気が気でなかった。昨夜も千鶴が外出してから、彼は不意に書斎に闖入《ちんにゅう》し、佐治に約束の履行をせまったが、埒《らち》が明かなかった。一度、隠れ家《が》に戻った八朔はいまいましくて堪らず、庭へ出てみた。月が良いので庭樹の蔭をひろって、玄関に通ずる木戸の辺まで行くと、書斎に灯がつき訪客らしい人声が聞えた。

「……だが、あの部屋の様子を窺っていたのは僕だけじゃなかったんです。木戸を開けて二、三歩踏みだした時、右側の植込みの蔭に何か人の居る気配を感じて、僕はびくっとしました。そうっと振向くと、木の下闇に人が背跼《しゃが》んで、凝っとこっちを見ているらしいのです。私の顔は月に真っ向から照らされて、そいつに見られたことは確かです……しまったと思い、身を翻えすと一散に砂利道を駈けおり、門をとびだしました。僕は手が廻わったのが判ったんです……」

「ちょっと」捜査主任が口を挿んだ。「時刻を憶えていないかね？」

「七時すこし過ぎでしょう」

「ふんふん、その男――だろうね勿論」十貝は吉井が頷いたのをみて、「そいつはどんな風態をしていたか判らんかね？」

「暗い植込みの間で何にも判りません。ただ眼鏡だけが光ったのを憶えていますよ。しかし……」と吉井は不審の眉をあげた。「あれはK署の刑事じゃなかったんですか？」

「ちがうよ……K署ではきみの隠れ家は知らなかった」

「じゃあ、誰が僕の居場所を突き留めたのです？」

「あの書斎で、九時前後に人がひとり殺されていたんだ……輪投げの的で頭を撲られてね」

吉井八朔の頰から血がみるみるひいた。彼は疑ぐるように十貝を見上げた。

「今の処、その輪投げの的についている指紋に一致するのは、きみの薬指のものだけだ」

吉井は容易ならぬ疑が身に降りかかったのを知ったのか、考えこんでしまった。十貝も黙って相手の表情の動きを観察している。

「僕が佐治さんを殺したと云うんですな」やがて吉井が云った。

「いや、きみだとは云わない。指紋が兇器に附着していたというんだ……それから、被害者は佐治じゃない、榊という客の方だ」

「輪投げの的に指紋がついてるのは当り前です」吉井が開き直った。「ゆうべ佐治さんにかけあった時、船で始終やっていたので、ちょっと触っただけですよ……それから、榊とかいう男なら、僕がやるわけがない」

「まあいい……そこでだ、七時過ぎから九時十五分に上通りでつかまるまで、きみはどうしていたか訊きたいね」

吉井は次第に落付きを取戻して、口辺に微かな笑みさえ浮べた。

「主任さん、僕にはアリバイがあります」

「ほう、きみはえらいことを知ってるね……どんなアリバイ?」

「僕は、八時四十五分にもう渋谷に来ていました……門を跳びだしてから、一時間ほどその辺をうろつき考えた末、今晩は帰るのは危険だと思ったので、渋谷へ出ることにし、一つ手前の上通りで降りました。通りの薬屋で煙草を買い、佐治さんに今晩帰れないと電話をかけたのが、薬屋の時計で八時四十五分です」

「電話はかかったかね」

「かかりました。僕が電話するなど予想してない佐治さんは、はじめ二、三度訊きかえしてからやっと判りました——刑事らしいのが居たので逃げた——と云うと、——わかった。あす、もう一度電話してくれ——と云い、客が未だ居ると見えて、急いで向うから切ってしまったのです……」

十貝は、自分の経験から推して、吉井八朔が予想に反して白くなって行くような気がした——案外、この事件は底が深い。吉井が出喰わした眼鏡の男が問題だ。眼鏡をかけているのは、差当り品子の兄の服部一弥と江崎専務だ。両方とも一応調べる必要がある。屍体解剖の結果は、死亡の時刻が大体午後九時とでているが、吉井の陳述どおりの時刻に彼が上通りの薬局にいたら、三十分間で弦巻《つるまき》一丁目に戻り榊を殺してまた引き返えし、九時十五分に巡査に捕まることはあり得ない。世田ヶ谷上町から上通りまでは電車で少くも十三分は要《かか》るから、徒歩の時間をいれると無理があるのだ。……薬局を調べに行った係官がなんと云ってくるか——。

一時間ほどして、その結果が判った。

「間違いありませんでした。吉井の陳述通り薬局の主人が認めましたし、電話局の記録で相手が世田ヶ谷の三九〇九番だと判りました」調べに行った刑事の報告は、吉井の容疑を心細いものにした。

夜に入って、山口県警察本部から――東京発十一月四日十九時以降下り列車を五列車まで調査したが、該当人物らしいもの乗車の事実なし。目下引続き調査中なるも、途中降車の公算多し――と回答してきた。

×　　×　　×

あれから五日経ってしまった。

佐治の行衛は依然として判らなかった。

主《あるじ》の居ない家へ、手紙だけは普段と変りなく、朝夕三回配達されてくる。品子は白けた気持で私信と社用を選りわけ、社用は名取に会社へ届けさせた。今朝来た佐治宛のうち、安っぽいハトロン封筒のものが一通あった。彼女の注意を惹いたのは、その上書の拙い書体だった。

それをひっくり返しているうち、品子はハッとして、スタンプのかすれた字に眼を吸い寄せられた――「小郡」、それは夫が失踪の前日購った三等切符の行先地ではないか……。

品子の心臓は今にも口から跳びだすかと思われるほど躍った。封を切ると、それはしかし、夫の手紙ではなかった！

内容を読み下して、彼女は思わずあたりを見廻した。

それにはただ一行こう書いてある。

先夜お約束のあと金大至急お送り下さい。

小郡市T町七
ひょうたん屋気付
曲　淵　喜　久　蔵
品子は驚きが鎮《しず》まると、外出の支度をした。

十貝捜査主任は品子から渡された手紙を見ると、次第に体に力が漲《みなぎ》ってくるのを感じた。

――やっと、堅い地盤にぶち当ったぞ――。

それはいかにも拙い手蹟《て》で、わざと作った書体とは思えなかった。これを書いた当人の素生《すじょう》を、推量できるていのもので、それだけに、何か意外なことが伏在しているように思われた。佐治英太郎が購った三等切符は、彼が使ったのではなく、曲淵なる新たな登場人物に佐治が渡したものと想像される。

十貝は手紙を持って署長室にはいって行った。

六、鞄を運ぶ

小郡市のうらぶれた商人旅宿、ひょうたん屋に泊り、のんびりと、恰度山口に開催中の競輪に通いつづけていた曲淵喜久蔵なる疑問の人物が逮捕され、係員の付添いでS署に到着したのは、その翌々日だった。

外仕事に陽焦けのした顔に、小さな眼をしょぼつかせた小柄な中老の男は、同行した刑事が評したとおり、いつも困ったような顔をしたうすまぬけ——に当らずとも、そう遠くもなかった。

戦争で女房をなくした全くの独り者で、佐治の会社の下請けをしていた左官職の組の者だった。仲間からまともに相手にされなかったほど、影の薄い存在だったので、佐治の事件のあと、仕事場へ出て来ないのを誰も不審に思わなかったのである。

曲淵は、警察の物々しい雰囲気に圧倒されたのか、十貝の物柔かな扱いをもってしても、最初はなかなか口が重かった。

「……あっしが東京を離れた前々日のこってす」彼はぽつりぽつり話し始めた。「現場で仕事をしているとあの旦那が煙草をくれて、あっしのことをいろいろ尋ねてくれました。はじめて会ったんだが、馬鹿に親切な旦那だと思って、女房の死んだことや独り者で先きの目あてもなし生きてるだけだと答えますと、旦那は——一つ金もうけをやってみんか——と云います……年寄りをからかうもんでない、あっしに出来る金もうけはこてを使うくらいのもんだ、とあっしは云ったんです。すると旦那は、ちょっと運んで欲しい物があるし、左官でなきあできねえ用なんだとこういうわけです。それっぽっちの事で金もうけはおかしい思って、いくら呉れるんですと、聞くと、魂消《たまげ》ましたよ……二万円やるというんですよ。一日稼いで三百か四百、それに月二十日しか働けないあっしにです。おまけに、うまく行ったらその倍の金を渡す……しかしこれには一つ約束がある、用事が済んだら当分東京を離れてくれって……あっしはおっかない仕事なら厭だと云ったんですが、その点は大丈夫うけあうというおうまい話に、前から纏《まとま》った稼ぎができたら田舎へ引込もうと思っていたので、ひきうけてしまいました。四日の晩七時半頃、モルタルとこてを持ってこれこれの所で待っていてくれと、くわしい地図を書いてくれ、口留金を千両握らせられたんです……」

そこまですらすらと話した喜久蔵は、聴き入る十貝と署長の真剣な貌《かお》に気がついて、急に怯えたように両眼をしょぼつかせ、口を噤《つぐ》んだ。

「なるほど、それで四日の晩約束の刻限に世田ヶ谷の邸の前へ行ったんだね？」十貝が急いで煙草を出して喜久蔵に与えた。十貝は自分も一本点けて、「それからどうした？」

「へえ、それから……」と喜久蔵は、話の継ぎ穂を考えたのち、糸口を見つけたとみえて続けた。

「……そこで待っていたんです。すると、あの旦那が出て来て、これから実は禁止品を隠すんだが手伝ってくれと、あっしを立派な玄関から家の中へ引き入れ、二人で大きな重いトランクを運び出しました……そいつを門の脇の車庫にあった自動車に積み、旦那が運転して走りだしたんです……」

「ちょっと待った！」十貝が滑りだした自動車をとめるみたいに手を挙げた。喜久蔵はびくっとした。

「そのトランク何がはいっているか、きみ訊いたかね？」

「べつに聞きもしなかったが……」

「ふん、重かったかね？」

「重かったね……自動車のケツから押し込む頃にゃ、いやんなっちゃったですよ」

十貝はジロッと署長に眼で信号した。

「それからどうした？」

「……広い道路をおっそろしく飛ばして行く間じゅう、旦那は黙ったきりです。あっしは少し心配になって——旦那、どこへ隠すんです？——と聞くと、前を向いたまま——行けば判る——とそれだけです。二つ目の電車の踏切で停った時、旦那はポケットから何かだしてあっしの膝に置くと——ほら、半分渡しとくよ——と云いました。それは札束でした……」

「その踏切を越して、どっちへ曲った？」十貝が緊張して聞いた。

「左へ曲ったようです……そう、左です」

「それから？　道順を云いたまえ……」

「またコンクリートの道をいいかげんぶっ飛ばして、家の少ない所へ来てから右に曲ると桜並木に出ました……右側は広々して桑畑になっています、左側は……」

「左側は公園みたいじゃなかったかな？」

「そ、そうです……ぐるっと廻わって公園みたいな門をはいると、まわり一面、墓場でした……」

「署長！　多磨墓地ですよ」十貝が云った。「小田急を越えて千歳烏山《ちとせからすやま》で京王線を踏切り、府中街道へ出たんです……」

署長が頷いて、曲淵にあとを促した。

「……自動車は松林の中の立派な墓の裏へケツを突込んで停まりましたよ。旦那と二人で墓石の裏の二枚の御影石《かげいし》を金挺子《てこ》で起こし、鍵で鉄の扉を開け、その広い穴にトランクをしまい、また御影石をもとに戻しました。剝がしたコンクリのかわりにあっしはモルタルを詰め、やっと厭やな仕事が済んで一服と思ったら、旦那は直ぐ帰るんだと云います……」

「それ、何時頃か判らんだろうね」

「旦那はしょっちゅう時計を気にしてました……自動車に乗った時、八時半か──と旦那が云ったから……」

「よしよし、それでまた邸まで戻ったんだな」

「いいえ、あっしは途中で降ろされました。千歳烏山の駅の傍です」

「その旦那の服やなんか憶えてるかね？」

「よく憶えていないね……何か黒っぽい……いや違う、茶色のオーバーに鳥打を深くかぶっていたようですが……」

「そこで汽車の切符と残りの金を貰ったんだね？」

「貰いました……旦那はやけに慌てていて、紙入れから切符がなかなか見付からず、手間どった末、やっと渡してくれましたんです」

「そして、約束どおり小郡の宿屋から、あと、あと金を催促したわけだな……」

「へえ、申訳けありません……旦那、軽いおとがめで御かんべん願います」

すっかり困って悄気《しょげ》ている曲淵喜久蔵を凝っと睨みつけた十貝は、

「そうか、お前えらいことをやったな……墓塋《ぼえい》損壊といって大きな罪だ」ときめつけた。

しかし口とは反対に、十貝は内心、この少し足りない小男を大いに多としていたのだった。

それから二時間後。

S署の三台の自動車は署長以下担当係官と、品子夫人、曲淵を乗せて三軒茶屋から烏山に通ずる鋪装道路を、秋風を切って疾駆《しっく》していた。

品子は電話で十貝から、多磨墓地に佐治家の墓所があるかと訊かれた時、咄嗟に何のことだか理解出来なかった。三年前愛児が歿くなった時、佐治が思い切って立派なものを造らせてあったのだが、十貝が墓所を調べたいから鍵の用意をして待っていてくれ、と云うのを何か薄気味悪く聞いた。墓地使用許可証の袋を開けてみると、納まっているはずの鍵は、封筒に薄っすらと錆の跡を残して消え失せていた。曲淵喜久蔵という左官職人と夫が、あの晩何か禁止品を、こともあろうに最愛の亡き子の墓塋に匿したというのだ……。

　運転台から吹き込む冷い風が、驚愕と不安に疲れはてた品子の躯内《みうち》を、吹きぬけるような気持がした。

　車は府中街道から右に折れ多磨霊園の事務所の前に停り、通知を受けて待っていた責任者を乗せて、桜と赤松が所々に聳《そび》える明るい墓地の間を抜け、北西隅の一劃に進んだ。

　白く乾いた墓碑の列が秋の陽に美しく光っていた。

　広い道路から二列目の角を占める佐治家の墓所は、下枝のない亭々たる赤松の根にあった。周囲に赤目の花崗《かこう》岩《がん》の垣をまわした、六坪区劃の墓域には、紅葉した矮木《わいぼく》の間に残りの萩が咲き乱れ、中央に黒花崗《みかげ》岩の墓標が立っている。

　墓標の裏へ廻った係官は、二枚の花崗岩の舗石のまわりを取囲んだ……なるほど、石の継ぎ目は新しいモルタルが詰めてある。警官がモルタルを剝がし二枚の舗石を左右に退《ど》けると、コンクリートの石階が六段、その底に鉄扉が現われた。

　錠前が毀され横桟が抜けると、十貝を先頭に係官がもぐり込んだ。

　天井の低い一坪たらずの墓室は、永い間密蔽《みっぺい》されておどんだ湿っぽい空気が漲っていて、それが皆の体を包む……その眼前に、木のバンドを三箇所に廻わした、褐色カンバス貼りの大トランクが置かれてあった。

「ここで開けてみよう」署長が低い声で命じた。一人の警官が錠を外して、そろそろ蓋を開けた。

　一番上は緑色の褪《あ》せたボロカーテン、それをはぐった十貝捜査主任は、急いでハンケチで顔を蔽った。

　薄鼠の合オーバをかぶせて、トランクに突込んであったのは男の屍体であった……。

　それは佐治英太郎だった。

　品子の先刻からの胸騒ぎは、怖ろしい発見の予感だったのだ。佐治の死顔を認めて階段を昇った瞬間、彼女は水の噴き瀉《たぎ》れるような耳鳴りを聞き、蒼穹《そうきゅう》と樹の梢《こずえ》が一斉に崩れてきて署長の腕の中に倒れてしまった。

　トランクが引揚げられ、霊園の事務所の一室で検証が行われることとなった。

「……口のまわりに吐瀉物がありますね」事務所へ引揚げる途中、十貝は署長に云った。「それに一週間も経っているのに、外貌に腐敗が表われていないところを見ると、毒殺かもしれません」

「左官屋が佐治と思いこんでいたのは榊だった……。榊は自動車を用意し何かを墓に匿す佐治の計画を知っていたんだね。それで毒殺してから、その品物と屍体を入れかえて運んだらしい……佐治はあの薬品を匿そうとしたのだろうか?」

「違いますね。あすこへ匿すことは、当分のうち匿す……いやむしろ、自分か妻が死ぬまで品物を抹殺するやり方ですよ。あの薬品は佐治が金が目当てで、吉井から手に入れたらしいから、その肝心の品物を抹殺するはずがありません……佐治が計画していたのは別のものでしょう」

墓参の人達が、警察の一団を好奇の眼で追いながら擦れ違うのも知らぬ気に、十貝は何か考えていた。

――八時四十五分に吉井は佐治に電話した。ところが、曲淵の訊きとりでは、あのトランクを墓に入れ終った時、佐治に化けた男――榊は「八時半か」と呟いたという。すると吉井の電話に応えたのは勿論佐治じゃない。榊だろうか? いいや、墓地から弦巻の佐治の家までは二十五分どうしても要る……だから榊でもない。第三者だ――。

「署長!」十貝の頬に紅がさした。「吉井が薬局からかけた電話に出た奴は、誰でしょう? 佐治でも榊でもありませんぜ」

眉をあげた署長は、暫く相手を視《み》まもっていたが、

「そうかッ、こりゃ関係者のアリバイを全部当らにゃいかんな」と云った。

二人は、事件が発展しつつも次第に枝道が殖えていくのを感じた。

トランクから屍体が出された。外傷はなく、吐瀉物や少量の排泄物が服毒の形跡を示していた。

手鞄、靴帽子までが御叮嚀《ていねい》に突込んであるのは、佐治を完全に失踪とみせかける犯人の意図を示していた。手鞄はペチャンコで、二、三の役に立ちそうもない書類の他何もはいってなかった。

その時、佐治のズボンを調べていた一人が、尻ポケットの底から一枚の封筒を出し、中身を調べていたが、それを黙って十貝捜査主任に渡した。

十貝の顔面に、サッと緊張の色が流れ、底光りを湛《たた》えた瞳が、その紙片の文字に釘づけになった。彼は紙片を署長につきつけた。

「これを見て下さい!」

黄色く古ぼけた半紙に墨書きで認《したた》められた文字は……

誓約書

我等両人昭和六年五月三日七星ビル新築場においてかりそめのことより人一人殺したるもこの事天地神明に

誓いて他人に明すまじきこと
右甲乙二通を作り誓約候也

昭和六年五月五日

佐治英太郎　拇印
榊　　真吉　拇印

その拇印は変色こそしているが、間違いのない血判であった。

七、毒味について

品子は自宅へ送り込まれると、千鶴に床を敷かせて横になった。軽い失神から醒めたあと、体が空中に浮んでいるようなたよりなさが続き、何もかも忘れてしまいたい絶望感が頭を占めていた。

十貝は車の中で、品子がやや恢復した折を見計らって、佐治のポケットから出てきた誓約書のことを話してくれた。佐治の怖ろしい秘密……彼の手が過去に人の血で塗《まみ》れていたとは、何という厭《いと》わしいことだろう。二度目の驚きがおさまった時、彼女の頭に浮んだのは——夫の自殺という考えであった。しかし、佐治が自動車を用意し、あの左官屋を雇った事実は、それを明らかに否定していた……夫は自分の罪の代償を、榊に毒殺されることに依って償ったのに違いない。

佐治が機《おり》にふれて品子に話した断片を綜合すると、彼は十七年前、人を使うどころか、一鋲打工《びょううち》として自ら打鋲空気鎚《リベット・ハンマー》にかじりついていたらしいから、榊はその相棒だったかもしれない。品子はそのことを十貝に話した。十貝は早速七星ビル建築当時のことを調べる積りだと云った。

自分をとり巻く数々の出来事、その底を流れる不気味な謎に独りで耐えられなくなった品子は、千鶴に命じて、一弥にすぐ来てくれるように伝えた。

一弥はやがてやってきた。品子から今日の多磨墓地の出来事を聞いた彼は、憐愍と悔恨《かいこん》に額を曇らせて云った。

「品子、僕が今考えていることを口に出したら、きっときみは愕《おどろ》きのため卒倒するかもしれない……僕は、あの晩はじめのきみの説得を押し切ってここへ来ていたら、恐らく佐治は死なずに済んだかもしれないのだ……」

品子は黙したまま、兄の顔をみまもった。

「きみが心配するといけないと思ったので、今まで黙っていたが、あの晩吉井の電話を受けたのは自分なのだよ……」

「でも……でも、兄さんがあの時渋谷行の電車に乗ったのを、あたし知ってます……そんなこと嘘です」

『セルパン』で今晩は佐治に会わないときみに約束したものの、電車に乗ってからも僕の憤りはおさまらなかった……それで、大橋で降りて引返し、ここの門をくぐったのが八時頃だった。書斎に灯がついているのに、玄関に訪《おとな》いをいれても、だれも出てくる気配がない。書斎を覗くと誰も居ないのだ。いずれ帰ってくると思い僕はそこで煙草をつけて待っていたが、二本目の煙草を吸い終った時、電話のベルが鳴った……受話器をとると、知らない男の声で、何かわけの判らぬことを云ってる。僕は佐治になりすまして、お茶を濁ごしたんだが、それがあとで聞くと吉井だった……」

「そのとき、誰かあなたを見ていたのよ……吉井の会った眼鏡の男。あなた自動車のもどって来たの、知らないでしょうね……?」品子は気になって訊ねた。

「もし見ていたら僕が榊を殺した犯人だ、フフフ……」

一弥のつくり笑いには何か自嘲の響きがあった。「僕は電話を切ると便々と待っている自分が馬鹿らしくなり、直ぐ家を出たからね……とにかく、僕は八時から八時五十分までの間に誰も見かけなかった。ところが、翌朝出勤して胸ポケットの万年筆を抜こうとしたらないんだ。少し気になったが警察でも何ともそのことを訊かれないので忘れていたが、おとつい……その万年筆を郵送してきた奴がある」

「まあ」

「名取君だよ……中に――お忘れものをお送りします――と書いた紙片を入れてね……この家の中で拾ったに違いない。お蔭で警察には知られないで済んだが、名取君はどういう気持なんだろう?」

「電話室に落ちてたのよ、きっと……最初に電話室にはいったの彼男《あれ》ですもの。名取は兄さんがやったと思ってかばってるんだわ」

一弥は一種不可思議な表情を浮べた。品子はその意味が判らなかった。彼はケースから煙草を抜いて啣《くわ》えようとしたのをやめると、

「きみはそう思うか……ところで、名取君が木目田画伯の宅へきみを迎えに来たのは何時頃だったね?」

「十時ちょっと前と思うわ……どうして?」

「名取君は夜学からまっ直ぐにあすこへ行ったのだろうか……そう見せかけて、この家から直接行ったかもしれないぜ」

品子は兄の言葉にハッと胸を衝《つ》かれた。

「僕も昔人に頼まれて夜学校の講師をしたことがある

が、およそルーズなものだよ……出席はとるが出鱈目《でたらめ》だ。だから夜学に出席していたことにして、ここへ戻ってくることも出来る。名取君は佐治の親戚《みより》だから、彼の過去の経歴など親から聞いて知っていると思うね。しかも、この二年間は同じ会社にでていたから主人の身辺のことには通じていたろう……二人の秘密に関する交渉が……例えば順境にある者がその反対の側から金をせびられるというような交渉が、ずっと続いていたとしたら、名取がそれに気付くチャンスがないとは云えまい……」

「そんなこと……」と品子は強く否定した。「名取が榊を殺すはずがありません！　一緒に戻る途中でもそんな素振はちっともなかった……」

「じゃ、何故僕の万年筆を黙って返えして寄越したかね……当然、警察へ届け出るべきものを自分に確実なアリバイを用意していたからこそ、品子の兄である僕に疑がかかるのを惧《おそ》れたと云えないだろうか……きみが僕に名取の若い者に似ない堅実さをよく賞《ほ》めていたね。一本気な青年だから、主人が榊に殺されたとしったら何をやるか判らないよ……」

その時、廊下に人の近づく気配がした。品子はその足音から、それが噂の主の名取捷三であることを知った。

品子は眼で、そのことを兄に知らせた。

「奥さん、ちょっとお願いします」名取が障子の外から声をかけた。品子が狼狽の色を顔にだしたが、一弥は、心に決した風で答えた。

「這入りたまえ……僕ですから……」

「あ、服部さんですか、失礼します」と名取は障子を開けてなかに入った。

彼は敷居ぎわにキチンと座ると、部屋の緊張した空気を感じたのか、ちょっとの間、口を開かなかった。

「知っていますか？　佐治さんの屍体が墓地で発見されたの……」一弥が云った。

「いま、千鶴さんから聞いて驚いたのです」名取は品子の様子をチラと見て、「死因は何でしょうか？」

一弥は品子に代わって、屍体発見の顚末とポケットから出てきた謎の誓約書のことを、名取に話した。正座して膝に拳をついて聞いていた名取は、

「そうですか、そのような誓約書があるらしいことを、私が知ったのは一月《ひとつき》ほど前です」と意外なことを云った。

「あの誓約書を？」一弥の声は思わず高くなった。

「ええ、その日恰度昼休みで、屋上からオフィスに降りてくると誰もいなかったのです。すると社長室で昂奮した社長さんの声が聞えました……客は榊真吉でした……」

名取は好奇心から扉の前に佇《たたず》んで聞き耳を立てると『英さん、あの責任は一体どっちにあるのだ？　抛ったのはきみじゃないか。俺はきみに騙《だま》されてあんな馬鹿な誓約書を造らせられたのだぜ。水臭いことを云えた義理じゃあるまい……そのくらいの金、俺の精神的負担にくらべたら何でもありゃせん』という榊の声。『いやだ。きみの要求は底なしだ……きみと再会してからの三年間、僕は材料に二倍の金を払っていた、自分で必要なものを用意し、それに対してブローカーに化けた君にまた支払いをする。それに何の不足があるか……駄目だ、駄目だ……』佐治は、その人とも思えぬ悲痛な声を絞った。その時同僚が二人オフィスに入って来たので、名取はドアを離れたが、耳を疑うその社長の悲痛な言葉は彼の脳裡から離れなかった。それは事業家にとって、何という怖しい脅迫であったことか……。榊が店舗もはらずに、右から左へ品物を廻すカラクリはこれだった。彼の正体は判った。

一弥も品子も、佐治が受けた三年間の責め苦を思い、暫らく言葉が出なかった。名取は、

「私が、もしあの晩ここに居たら榊をやっつけたかもしれません……最初、私は服部さんを疑っていました。電話室であなたの万年筆を拾ったからです。しかし、それを警察に届けでる気はしませんでした、が、翌日、私は自分のポケットに『セルパン』の燐寸《マッチ》がはいっているのにびっくりしました。考えてみると、社長さんの屍体を発見した時、うっかりあの部屋にあったやつで煙草をつけ、そのままポケットに突込みぱなしにしたのでした」一弥は名取から渡された喫茶店の燐寸を見ると、

「すっかり忘れていた……それも僕のだ」

「私は『セルパン』のメイドから、奥さんとあなたがあの晩七時から七時半まで、あすこに居られたことを知ると、考えが変りました」と名取は続ける。

「吉井を玄関の前で驚かせた眼鏡の男は、七時過ぎにここへ来ています。するとその男は服部さんではない……私はもう一歩踏みだして、あなたのお宅の女中さんから、あの晩あなたが十時すこし前に帰宅されたのを聞きだし、いよいよ犯人じゃないと確信しました。

榊の死亡時刻は九時です。お宅に十時前に着くには、どう尠《すくな》く見積ってもここを九時に十分か十五分前に出なきゃならんからです……それで、私は何も云わずに万年筆をお返えししたわけです……榊に対する憎悪から、事件にこんなに深入りしてしまった私は、自分で社長さんと榊の死を解決してみたい思いました……」

「それで、きみは犯人が突きとめられたのかい？」一

弥が訊いた。

「まだそこまではどうも……」と名取は一弥の問いをはぐらかした。そして一弥が差出した煙草をつけると品子に云った。

「先達ての朝、ポルが毒を喰わされましたね。あれ……吉井を別棟に匿まうのに邪魔だから社長さんが処分された、という風に警察で解釈していると仰有いましたね」

品子が頷くと、

「あれはちょっと変だと思うんです……それだけの理由ならわざわざ殺す必要がない。一時、近所の犬舎《ケネル》にでも預けておいて、単に居なくなったことにすればよいのですから……私は、社長さんが毒薬の試験にポルを使ったと思うんですよ」

「試験？　じゃ何か、佐治さんが榊を殺す計画をしてたというのか？」

「そうです。内密《ないしょ》で自動車を用意し、私達を全部遠ざけておいて毒殺する。その屍体を自動車で自分の墓地に運びいれる……うまく行けは絶対に判りません。千鶴さんをわざわざ榊を呼びにだしたのも、榊が失踪したあと調べられた時、彼が来訪しなかった事を証明する手段とすれば、納得がゆくじゃありませんか……毒薬はお酒の中に混ぜたのでしょう……」

品子は名取という男が薄気味悪くなった。この一見無邪気なイガ栗頭の下に、どんな底知れぬ考えを持っているのだろう。こんな怖しいことを平然と述べたてるとは……彼女は次第に明るみに暴露されてくる夫の所業の怖ろしさとは別に、名取という男の気味悪さに体が慄えた。

一弥も煙草を挟んだ指先を震わせながら、

「しかし、そんなら敵に与える毒を何故自分が飲んだか？　迂闊な話だ、信じられない……」

「徳利を毒入りとそうでないのと別にしておくんです。私は酒を飲まないので服部さんに伺いますが……新しい徳利で相手の盃に注《つ》ぐ場合どうやりますか？」

「自分の盃にまず注ぎ、燗の工合を見てから相手に差すのが普通だ……いわゆる毒味……」一弥は自分の言葉にちょっと苦笑した。

「その毒味を略すことがありますか？」

「ないとは云えませんよ」

「私の考えているのはその場合です。一、二本徳利を明けたあと、新らしい毒薬入りの徳利を薬罐から抜いて『さ、も一つ』と相手にさして『こりゃまだぬるい、捨ててくれ』とやる。相手は『なにいいよ』と辞退し、主がもう一本新しいのをとりにヒーターの傍へ行った隙に、かくあるべきを警戒していたその相手が、盃をすりかえればどうです?」

「うむ」一弥は我知らず呻いた。名取は彼の顔付を読んで、苦笑した。

「とってもデリケートな瞬間です、しかし全然考えられぬことじゃないと思いますが……おや、お客ですね……」

玄関のベルが盛んに鳴っていた。やがて千鶴が応対している声が聞える。

名取は声を落して一弥に囁いた。

「今のこと、警察には話さないでくれませんか……私達の行動はどれ一つでも、知られれば、警察を刺戟しますからね。僕には犯人の目星がついてるのです……」

一弥は最後の一言にギョッとした風だったが、承諾のしるしに大きく首肯《うなず》いた。

S署から派遣された係官が、解剖の結果佐治英太郎は亜砒酸中毒死であることが判明したと告げた。そして、そのことについて家人を訊問し家宅捜索をする検事の令状を品子夫人に渡した。

八、墓碑は語る

翌日、歿くなった木目田画伯夫人の埋骨式が、同じ多磨墓地の木目田家の墓所で行われた。

品子は事件のため告別式にも出られなかったので、名取捷三を自分の代理として弔《とむら》わせた。名取は神妙な顔をしすこし緊張して、勝手の違ったしかし型通りの式に列席していた。親戚数名と親しい友人が二人、淋しいながらも何か一つ、ことが済んだという雰囲気をその人達の間から名取は感じていた。

骨《こつ》が墓室に納められ、茶屋の男が入口を綺麗に始末してから焼香が始まった。名取は自分の番が済むと、列席者の後ろに退がったが、何を思ったか忍び足で垣を廻わり墓域の裏側にでると、大きく育った常緑樹の間から、風雨に黒ずんだ墓石をしきりに調べていた。

彼の行動には誰も気が付いていないふうに思えた。しかし、唯《た》った一人、樹の間にチラッと動いた彼の服を、鋭い眼で追っていた者があった。

それは喪主の木目田鴻だった。彼は樹立から眼を外らすと、モーニングの尻からハンケチを出し眼鏡を拭き始めた。

式が済むと、木目田は自動車を新宿に廻わして列席者をある料亭に招《よ》んだ。彼は、固辞する名取に――あの事件のことも聞きたいから――と囁いて、無理に自動車に押しこんだのである。

内輪だけの集りで、故人の思い出話が続き、何も知らない名取はただ、耳をすまして煙草の吸い殻を殖やすばかりだった。機会《しお》をみて早めに腰をあげた名取を、木目田画伯は廊下へ送って出て、

「内輪の者ばかりで退屈だったでしょう……新聞で見たのですが、佐治さんは墓の中に埋められていたんですってね。一体どういうんでしょう? 犯人はどんな風です、判ったんですか?」

「知りません。警察も難航しているという噂です……」

名取が答えた。

「ちょっと、こっちで伺がおう」と木目田画伯は、名取を明いた部屋に誘いピシッと後ろの障子を閉めた。

名取捷三は画伯に、佐治の死因が亜砒酸中毒だったこと、佐治と榊の過去には誓約書を交わすほどの大きい秘密があったことなどを話した。

木目田の両眼は次第に好奇心に燃えてきた。

「……不思議な話ですなあ……その六星ビルで人を一人殺したってのは?」

「七星ビルです」

「そうそう七星ビルか……その昔の事件は未だ判らないんですね?」

「警察で調査しているらしいです……私は、その方法だけは、あることから想像できるんですが」と、名取は、一と月前に社長室で立ち聴きした、佐治と榊の会話の内容を話した。

「……ですから、榊の云った――抛ったのはきみじゃないか――という言葉が唯一の鍵です」

榠樝《かりん》の卓に軽い猫背を深く曲げて聴き入っていた画伯は、グッと眼鏡を左手で押えて、

「抛った……」と呟いたが、その瞳を名取にかえすと、

「何を抛ったんでしょう?」と訊いた。

「誓約書が二枚作製されている以上、二人の共同作業が人を一人殺したのでしょう……その頃、社長さんは鋲打工だったらしいのです。それは輪投げの上手なので判ります。社長さんがはやらしてリーグ戦をやったものです。戦争後は少ないですが、昔はよく見ました鉄骨に梁《ビーム》を取付ける作業です……地上で一人が鋲《リベット》を炉で赤め、そいつを梁上の相棒にポーンと抛ってやる、ブリキのメガホンみたいな道具でそれを見事に受とめた相棒は、焼

けてるうちに空気鎚《エアハンマー》で景気よくタタタタ……と梁を鉄骨に鋲でかしめつける、あれです。その時、社長さんが鋲焼きの番で、榊が鎚《ハンマー》にかかっていた、そして社長さんの抛った鋲を榊がメガホンに受け損《そ》こなった結果、空中を飛んでいって誰かに衝《あた》った……という想像なんですけれど……」

「フッフッフッフ……そんなことが起って、きみ、人に見付からずに済みますか」木目田画伯は急に愉快そうな笑いを噴きだした。彼は中老の男が若者の無軌道さをたしなめる時にやるように、相手を不快に思わせない程度の微笑を残して云った。

「それなら、誓約書なんか造る必要なかったでしょう……たとえ、その時、あたりに人気《ひとけ》がなかったとしても、飛ばっちりを喰って死んだ人を運んだり隠したりすれば、すぐ現われますよ」

「それが全然人の眼につかなかったのは……」と名取も自説を枉《ま》げなかった。「被害者が知らないうちに運ばれたからだろうと思います。例えば……」

「たとえば……？」

「赤ん坊です……たとえば母親が乳母車にいれて伴《つ》れていた赤ん坊。その赤ちゃんは乳母車の中でスヤスヤ睡っていました。母親は、七星ビルの前まできて買いものを憶いだし、幌《ほろ》の中を覗くとよく寝入っているので、乳母車をそこに置き、向い側の鋪道へ渡り買物をしました……買い物を済ませた母親は、七星ビルの前に戻ってきて、そのまま乳母車を押して立去りました。その数分間の間に、こんなことが起ったと想像できないでしょうか？　鋲打工の受け損こなったリベットが梁に反跳し乳母車の中に落下した。二人の鋲打工は乳母車に駈けより愕然としました。赤ん坊は睡った姿のまま息絶えていたのです……二人は、リベットが衝ってすこし乱れた赤ん坊の服をなおし、追われるように立去ります……」

「どうしてきみはそんな残酷な話をするのか……きみの想像は無茶だ！」顔をしかめて聞いていた木目田画伯は、腹立たしげに名取を凝視して云った。名取は、何が相手を刺戟したかを訝《いぶか》るように、

「済みません、先生が御訊きになったんで……」

「いや」と画伯も自分の云い過ぎを悔いたか、顔色を和らげて、「ただね、きみの論旨があまり偏しているから御注意しただけです……そのリベットにしてからが、焼けてるんでしょう？　それが焼痕を赤ん坊の服に残さないはずはない。それから、母親が帰宅して赤児の死を知れば、自分の通った道順から七星ビルの新築工事場が辿れるじゃないですか……きみは今日少しどうかしてま

すよ。きみの御心配はよく判るが、警察に任せておきなさい……じゃ、品子さんにもお悔みを述べたい処ですが、看病続きの挙句に殁くしたので、私は非常に精神的に参っています。明日、気分転換に写生旅行に出ようと思うので、帰ってからお目に掛ると伝えてくれませんか」

「承知しました。どちらへお出掛けです？」名取は立上った木目田に訊ねた。

彼は、もとの枯淡《こたん》な貌に疲れたような表情を浮べ、力なく笑いにまぎらせた。

「妻との古い思い出の黒部へ行ってみようと思ってますがね……未だ結婚したばかりの頃曾遊《そうゆう》の土地です……じゃ、失礼」

名取は、その様子を凝っと見ていたが、木目田画伯に追い縋《すが》った。

「木目田先生、一つお願いがあります！」

「お願い？ ……何でしょう僕に……」木目田は振り向いた。

「お通夜の晩、奥さんをお迎えに行った時、玄関で先生にお目に掛りましたね。恰度十時でした。奥さんがお宅へ着いたのは何時頃でしたでしょうか？」

「見えたのは八時ちょっと過ぎだが……それを訊いてどうします？」

「奥さんの行動に疑問があるのです。奥さんは八時から十時まで、ずっとお宅に居られたでしょうか？」

木目田の瞳に、さっき輝いたと同じ燃えるような光がさした。彼は上背のない名取を、射すくめるように睨んだ。名取は濃い眉を張って、下からその無言の威嚇《いかく》に凝っと耐えた……それは、ほんの一瞬間の出来事だったが、名取には苦しいほどの長さに感ぜられた。と、陽が翳《かげ》るように、木目田画伯の顔から精気が消えて行った……。彼は眼鏡を押えて、その蔭で軽く瞑目した様子。

「名取君、きみはどうしてそのことに気がつきましたか？」

平静な声だった。

「祖師ヶ谷の先生の御宅は、弦巻から多磨墓地への道路へでるのに一分と要らないし、千歳烏山の京王線踏切までは二分ちょっとの場所です。それから、応接間にかかっている、先生が贈られた母子像の油絵のバックに描かれていた、一見無意味な建てかけのビルディング……あれは何でしょうか？ 私はあれを七星ビルと思っています。そして、さきほど、墓石の裏に刻まれた先生のお子さんの殁年月日を見て、私の確信は動かせないものになりました……」

「つまりこうですね……」木目田の口調は、普段と少しも変らない、歯切れの良いものに戻っていた。「品子夫人と僕を置きかえて返辞をしろというわけですな……じゃ、お答えしましょう。僕は連日の看病で疲れていたから、見舞客をおふくろに任せて、ベッドに休んでいましたよ……とにかく、私は明朝イーゼルを担いで黒部へ出掛けるということだけは忘れないで下さい。じゃ、失礼……ただし、品子さんにはかならずあちらから書信を出します」

木目田はそう云うと、名取に物を云う隙も与えず、部屋を出て行った。名取は、そのモーニングに包んだ猫背が廊下の角に消えるまで、じっと見送っていた。

九、黒部谿谷《けいこく》から

私は今、思い出の黒部に来ています。

ゆうべは鐘釣《かねつり》に泊りました。十八年前、健康だった美しい妻と遊んだ欅平《けやきだいら》の中腹にイーゼルを据えて、紅葉の谿谷と泡立つ黒部本流の釣橋を眼下に、針の木方面の絶景を画布にいれています。

飽くまで澄明《ちょうめい》な空の下、私のしごとを見守っているのは沈黙の山と谷だけです。私がこんな純粋無我の画境に浸るのは、いったい何年ぶりのことでしょう。凡ての人間的なインフルエンスから解放されて、画布に向う絶対境、それは人と対象が媒介物の画筆を超えての完全な融合とも云えるでしょう。

画は描きあがりました。ささやかな十号の空間の奥には、自己と対象の、内界と外界との融合の歓喜が充ち溢れ、色と形が声をあげて唄っているのでした。

しかし、いつまでもこのような陶酔に甘えていられる私ではないのです。もう一つのしごと——それを片附けるのがこの手紙の目的でした。

あなたの深い御同情を買った妻は、永い永いたつきの旅路を終えて、その哀れな生涯の頁《ページ》を閉じました。彼女が、何故あのような魂なき日々を送らねばならなかったか？　亡妻のためにも、またあなたのためにも、私はこれを告白せずにはいられないのです。

十七年前の春、日比谷の椎《しい》の芽が赤く萌え、アドバルンの繋留索《けいりゅうさく》が霞《かす》んでいる五月でした。家に若い妻と三月に生れたばかりの男の子——私はその頃幸福でした。或る午後、共同アトリエへ家の差配《さはい》から、電話がかかりました。赤ん坊が死んだというのです。私は我が耳を疑いながら帰宅してみると、妻は衝撃に耐えられず発狂して、もう常の人ではありませんでした。子供の死因は、医師の見立てによると、腹部強打に基く内臓破裂です。私は、天の一角で今まで輝いていた太陽が、故なく飛散するのを見ている気持でした。

差配の語る所では、その午後赤ん坊を乳母車にのせて買物に出た妻が、自宅に戻ってはじめて赤ん坊の死を発見したらしく、その酷い驚愕と衝撃のためか、あらぬ事を口走るのみで、どう手を尽してみても、子供の奇禍の真相についてはー言半句も抽《ひ》き出せなかったのでした。

入院した妻は、徐々に恢復しました。しかし、私は医師からあの危禍に患者を誘導するような刺戟を与えることを厳禁されました……入院中にしばしば医師が経験した彼女の精神錯乱と狂燥の発作は凡て、そのような刺戟の反応として現われていたのでした。子供の泣き声、玩具、はてはおしめカバーのようなものにまで、その反応は執拗《しつよう》に現われました。

私は、刺戟を与えずに妻の記憶から赤ん坊の死因を抽き出す方法はないものか、と考えました。死因は場所をつきとめれば、判るかもしれない――これは良い考えです。近所に妻を散歩につれだし、買物の経路を確かめることは出来ないか。駄目です。

街は、赤ん坊や子供の刺戟で埋っているようなものですからね。私は次第にあきらめてきました。すると、一年ほど経った或る日、妻が急に狂燥の発作を起したのです。

私は発作が納まってから、何がその原因だったか？と調べましたが判りません……ところが、翌日、また始まりました。そして、こんどはやっとその原因が判ったのです。近所には三階建のビルディングが建ちはじめていて、窓から秋空に梁がクレーンに吊り上げられているのが見えます。やがて、狭い鉄格子を竹で連続的に弾《はじ》くようなリベッチングの音が聞えてきました……妻に与えた刺戟はそれだったのです。妻の脳細胞の皺壁のどこかに、死んだ子供と路上で耳に入ったリベッチングの音の組合せがこびりついていたのでしょう。私は附近を歩きまわって、一年前に建築された鉄骨のビルディングを探し、七星ビルというのがそれだったことを尋ねあてました。あの宿命の日、鋲打ちをやっていた職工の名を調べるのはた易いことでした。しかし、一年の時日の経過はその二人の消息をプッツリ截《た》ちきっていたのです。

一年の半分は、魂なき軀《み》を病床に過ごす妻をかかえて、私の苦難の精進は十余年続きました。災害は忘れた頃来るといいます。幸運についても――もしこれを幸福と呼ばせて頂くなら、この言葉が当て嵌《は》まるといえましょうか。

友人の紹介で私のアトリエに通うようになったあなたから、その御主人が当年の鋲打工の一人と同姓同名であることを聞いた、私の愕きを御想像下さい。

あなたは恰度その時、お子さんを歿くされた後だった。またとない好機です。私は佐治氏が往年の鋲打工だったか否かを確かめるために、渾身《こんしん》の腕を揮《ふる》ってあの母子像を描き上げました。我ながら見事な出来映えでした。妻が押していた青塗りの乳母車を大きく前景に配置し、バックの遠景にビルディングの鉄骨を描きこむのを、私は忘れませんでした。しかし、そんな心添えも空しく私の期待は見事に外《はず》れてしまったのです。絵を見た佐治氏には爪の先ほどの反応すら見られませんでした。目前の佐治氏は建築会社の社長、十余年前の佐治英太郎は一介の鋲打工。その懸隔《けんかく》はあまりにも大きいものでした。同名異人だったのか。だが私はあきらめられませんでした。十余年前の乳母車の色を憶えているはずがない、ましてバックの小さな点景など、絵に全く関心のない男が気にすると思うのが間違っている。佐治氏は絵を見ている瞬間も心は遠くいまかかっている建築現場に飛んでいるのかもしれない。機会を待とう、と私は思いました。そしてその機会が来ないうちに、肝心の妻はとうとう歿くなってしまったのでした。

私は通夜の晩、客の押しかけてこない宵のうち、二、三の弔問客の応待を母にまかせて、ベッドで一休みしました。が、枕に頭をつけてからも、睡れません。気がつくと、いつの間にか床を抜け服を着かえていました。妻の生存中に確かめ得なかった疑問を、今夜解決しなくて、いつの日に解決できるか、という気持だったのです。

誰にも告げず自宅を出て、あなたのお宅に着いたのが七時ちょっと過ぎでした。玄関の右手の部屋に灯《あかり》がついていて、来客がある様子なので、私は庭樹の蔭にしゃがんで待っていますと、木戸から新聞に出ていた吉井という男が現われ、出合いがしらに物も云わずに逃げてしまいました。

私が書斎の張出し窓から覗くと、佐治氏と客は酒を飲んでいました。長くなるなと思っていると、私に背を向けていた客が突然立上り、坐っている佐治氏に何か云っています。佐治氏が悠っくり立上ると、私から真正面に、妙に青く酒に硬《こ》わばった顔が見えました。それは何か切迫した空気をはらんでいるのです。私は、灯の影になった窓硝子に耳を当て、中の話声を一語も聴きもらすまいとしました。客が云っています。「貴様、おれを罠《わな》にかけたな。こんな見せ金で七星ビルの誓約書を捲き上げ、その上、毒まで飲ませやがった！」

七星ビルの名が出たのに、私はガクガク軀《からだ》が震え、頭はジーンと痺《しび》れるようでした。

「だがな、俺を殺しても屍体は残るんだ。貴様だけ安穏に暮らそうったって、そうはいくものか」客の口惜しそうな歯軋《はぎし》りがします。佐治氏は卓子から離れると、「馬鹿っ、俺がこの日を何年待っていたかお前はしるまい。あの世の土産《みやげ》に、俺がどんなに巧妙にお前を始末するか聞かせてやろう。亜砒酸が利いてくるのには、まだ二十分はたっぷりあるんだ……どうだ聞こえるか？」

一旦、元気な口をきいたものの客はひどい恐怖に襲われたものか、ヘタリと椅子に尻餅をつき、肩で息をしているのがよく判ります。逃げだす力もない客を前に佐治氏が語ったのは、じつに巧妙なまた薄気味悪い計画でした。

相手の男の屍体をトランクにいれ、ガレージに用意してあるらしい自動車で、多磨墓地の墓穴に閉じこめるのです。しかもトランクを運ぶ手伝い人が、もうその辺に待っているというのです。

「手伝いのウスノロにはこの切符を渡して、遠くへやってしまう。誰も君が殺されて墓に入ってるのを知る者はない。きみが今晩来なかったことを証明するため、俺はわざわざ女中をきみの家まで迎えにやってある。だからきみがここへ来たとは誰も……」そこまで喋り続けた佐治氏は、急に額を押えました。電灯の光に、額から襟首にかけて、汗がギラギラ光っています。突然彼は立ち眩暈《くら》んだように、両手で頭をかかえると、ユラユラと椅子に倒れかかり、そのまま、横たおしに床に転びました。床の上を苦悶し踠《もが》く音が暫くつづき、やがて音がやんだ頃、今まで蛇に睨めすえられた蛙のように椅子に竦《すく》んでいた客の方がヌッと立上ったのに、私は心臓の鼓動が静止したように思いました。

客は急いで佐治氏の洋服のかくしを探り、何かを求めている様子、狼狽の色が彼の顔に浮びました。しかし、彼は諦らめたのか、デスクの裏から大きなトランクを引き摺りだしたのです。客の意図は明白でした。そして、眼前で、佐治氏の息絶えた軀がトランクに納められている間に、私の胸に一つの計画が形成されていました。植込みの中に私が隠れているとも知らず、客は門の外から一人の小男を連れてきて書斎にはいり、やがて、重い荷物を運んできました。

品子さん。

あなたがもし私であったら、この場合どうしますか？　声を挙げて人を呼びますか？　それもよいでしょう。植込みに隠れたまま、一部始終を偵察して、警察に訴えますか？　それも一つの方法です。

しかし、私にはそれが出来なかったのです。客と、彼を佐治だと思いこんでいる助手がガレージを閉め、運転台に乗りこんだ隙に、私は後部の扉を開けて、トランクの横に忍びこみました。時計をみると恰度七時四十分です。私の予想通り、自動車は小田急の踏切で、規定面《きちょうめん》に停りました。これなら大丈夫です。京王線の千歳烏山の踏切に近づくと、私は扉を半開にし降りる用意をし、停まるや否や、鋪装路にとびおりたのです。自動車の紅いテールライトを見送った私は、一散に自宅に駈け戻り寝室に忍びこむと、和服に着換えて通夜の間へ出ました。時間は七時五十五分、私の計算ではあの自動車が多磨墓地に着くのが八時十分です。墓域の鋪石を取のけて佐治の棺桶をかくし、それを元に戻すにはどう見ても二十分は要《かか》るでしょう。墓地出発は八時三十分と予想すれば、烏山踏切の通過は八時四十分となるのです……十分の余裕をみて、私には八時半まで、三十五分という自由な時間がありました。睡そうな眼をして、お通夜の客に応対しながらも、私は気が気でありません。佐治氏の相棒が、もしガレージに自動車を戻す気がなかったら、私の計画は水泡に帰するのです。

私に残された唯一の望みは、その相棒に加えられる復讐の鞭《むち》にあったのですから。あの時、極力あなたの瞳から逃れようと苦慮していた私をお気付きでしたろうか？

時間がきました。不快を口実に寝室へ戻った私は、再び切《せつ》ない冒険に出発したのです。踏切の傍の物蔭にたたずんだ私は、府中方面から右折するヘッドライトが近付く度に、身構をしました。予定の時刻を遅れること僅かに二分、見憶えのある角型のセダンが曲り角に停まりました。どこへ行くのか？　私は一瞬ギョッとしたが、それは助手をおろしたのでした。乗っているのはあの相棒だけです。踏切で停止、後部からの忍びこみ、すべてはうまく行きました。相棒が車庫に自動車を格納している間に、書斎に忍びこみ、輪投げの的を屈強の獲物と彼を待ち受けました。相棒は助手の眼をごまかす積りか、出掛ける時衝立に懸っていた茶色の外套を着ていったのを私は知っているのです。それを戻しに来た相棒を、衝立の蔭に身を潜めてやり過ごし、後ろからの構えた一撃はみごとにきまりました。私の胸の中に十数年間蟠《わだか》まっていた凝《しこ》りは霧消《むしょう》したのです。妻の死におくれること僅か半日、天意というほかはありませんでした。私が電車で帰宅したのは九時四十分でした。あなたをはじめとして、誰も私の行動に気のついた者はありません。

品子さん

私は天意に従がったと思っていました……何故なら、佐治氏と榊との会話を硝子越しに聴くまで、私に殺人の意志は寸毫《すんごう》もなかったのですから。

しかし、名取君だけは私を疑っていました。妻の埋骨式の日にそれを知ったのです。私の自信は崩れはじめました。妻の跡を追って黒部の清流に身を托そうとする今、名取君によって私の心中に培《つちか》われた疑惑を消す術《すべ》のないのは、どうしたことでしょう。

あの夜の私の所業は、果して天意の示すままのものであったろうか？　それとも、配剤の不思議に魅せられた、か弱い人間の単なる小賢《こざか》しい叡智《えいち》のなせるわざに過ぎなかったのであろうか？

恐らく、私はこの疑問を解くことなしに、あなたに永遠の訣別を告げることに、なるかもしれません。

最後に、名取君に伝えて下さい。リベットは焼いてなかったのです。私は、この一つを確かめるために、どんなに根気よく鉄骨の建築場の観察を続けたことか。

鋲焼き番は梁上の鎚番《ハンマー》が気が散ったり何かよその物に見惚《みと》れたりすると、生《な》まのリベットをわざとコントロールを外して抛ってやるのです。一度など、不意を食った鎚番が鋲を受け損《そこな》っただけでなく、自ら体のバランスを失って梁から滑稽な様子で落ちたのさえ、私は目撃したのです。

品子さん。これで、云うべきことは書きつくしました。

この手紙を宿屋の番頭に托せば、私のすることも終るわけです。さようなら。

品子がこの手紙を受取る二日前、木目田画伯の遺骸が、宇奈月《うなづき》釣橋に近い柳川発電所の流水取入口で発見されていた。その貌には、心なしか、彼の疑問が解けたことを語るような安らかな笑みが浮んでいた。

死の標灯

一

部屋の中は汗ばむほどに温まり、扉の飾硝子《かざりガラス》に社長室と逆字で抜いたのが微かに曇ってさえいた。

どこやら家具のラッカーの匂が漂って、充ち足りたような静けさを思わせる。

チョッキの釦《ボタン》をはずして長椅子に寛《くつろ》いだ部屋の主《あるじ》は、さっきから壁のカレンダーを屈托《くったく》げに眺めていたが、その七曜表の上に、碧緑《へきりょく》の波濤《はとう》を蹴って走っている雄壮な貨物船の広告絵が眼にとまると、一瞬、暗い貌《かお》に何か安堵に似た明るさが浮んだ。新装なって処女航海にのぼるさまを表わしたものでもあろう——雄々しい門型マスト、ちぎれるまでに風になびくオレンジの檣旗《しょうき》、煙突《スタック》を誇らかに彩る青い社標、そして軽快な白堊《はくあ》の流線型ブリッジ——まさに、造船会社の美しい夢ではあった。

だが、福永謹爾《きんじ》の面上に漂った安息の色はすぐ消えた。遠く遠く羽搏《はばた》く船で闘争も桎梏《しっこく》もない天地に遁《に》げるなど、思いもよらないことだ。ゴシック体の金曜日の不吉な数字が彼の瞳を執拗《しつよう》に捉えて離さなかった。

給仕が訪客を知らせてきた。

客は、いかり肩胴つまりの世にボゥルドルックと称するたぐいのものを一着におよんだ、恰幅の良い若者である。

福永はその容子を一見するや、あからさまに不満の色を顔にだした。

「二瓶《にへい》君ですね、A氏紹介の……どうぞ、そこへお掛けなさい」彼は青年が気取って一礼し腰をおろすのを待って、机の抽出《ひきだし》から何やら履歴書風の紙を出し、それと相手と見較べた。

「フム、こういう仕事に自信ありますか?」

二瓶は照れくさそうに、コッテリとポマードをくれた鬢《びん》のあたりを右手で搔いて首肯《うなず》いた。

「はあ、これが商売ですから、たいていの事ならお役に立つつもりです……」と、自分の用心棒としての経歴を一くさり披露した。

「きわどい目にあったろうね、刺されるとか何とか?」

「むろんです。しかし、相対《さし》なら負けたことありません」二瓶は白い健康そうな歯を見せて笑った。「たった一度へまをやって、相手にさらわれ指をつめられましたが」彼は立上って左手を出した。形のよい節の長い掌の小指が根元からなかった。

福永は眉を寄せて覗きこむふりをし、物も言わず、いきなり二瓶の顎を狙って猛烈な一撃を浴びせた……一瞬、二瓶の上体がサッと福永の眼前から消え、スカタンを喰った弾《はず》みに、彼は堅い机の角で腹をいやッというほど打った。

「ひでえや！」という声が机の蔭から聞え、二瓶は弓なりにそらせた大きな図体《ずうたい》をのろのろと起した。笑っている。

「失敬々々、ちょっとためしただけだ」福永は腹の痛さに顔を顰《しか》めてあやまった。

「試験ですか、ハハハハ……社長さん、その勢じゃ、僕なんか要《い》らんでしょう」

「いやいやそれならたいしたものだ。早速、あしたから来て頂こう。だが、その恰好は困るね、帰りに服屋へ寄ってもっとおとなしいのを作りたまえ」

福永謹爾は自分で洋服屋へ電話し、二瓶を送りだすと、ブザーの釦を押した。

扉口に男の笑い声が聞こえ、一組の男女がはいって来た。

「兄さん、今の男は何です、洋服屋の看板みたいな奴だ……」社長の弟の俊爾《しゅんじ》は、はいるなり屈托のない笑顔を兄に向けた。福永はすこしムッとして答える。

「あれを雇うことにきめたよ」

俊爾は半ば女を振りかえって、

「兄さんは苦労性すぎる。そんな必要はないといくら説いてもきかないで、変な男を雇っちまった……ありゃ、図体だけでものの役に立ちそうもありませんぜ」

鼠色のサテンのブラウスに紺のタイトスカートをしっくり着こなした秘書の久礼千津子は、ちょっと眉をあげたきりで、俊爾の饒舌を黙殺した。スリーコオタースリーブと白い花のようなシャポーがよく似合う、どこかバタ臭い落着きがあった。

福永は千津子の動じない白い顔を避けるようにして、弟に云った。

「俊爾、電気屋をよんであれを取着けさせてくれ」

「やらせますよ。だが、兄さんは、監獄を出たらあいつが息せき切ってここへ駈けつけてくると、ほんとに思ってるのかなあ」

「社長さんの御趣味よ」千津子がニコリともせずに云

う。

福永はそれが癇に触ったらしく、口に啣《くわ》えた火のついてない煙草がピリピリ震えた。

「大友は十三日に仮出所することが判った。事業で俺に叩きつけられた遺恨を刃物で晴らそうとしたほど向う見ずな奴だ。……六ケ月陽《ひ》の目を見なかった口惜《くや》しさが、あいつをどんな捨て鉢な気持に追込んでいるか。俺にはよく判るんだ」福永はそう云って、右顎から耳のつけ根に向って走っている細い傷痕を、そっと撫でた。「俺は、だから、あの時も黙っているつもりだった。ひとの気も知らないで、君らが騒いだから、傷害罪で起訴されてしまった……手を廻してあいつの所内の行動を探ってみると、非常に神妙だというじゃないか。俺は十年間つきあって、あいつの性根《しょうね》は知り過ぎるほど知っている……神妙が曲者《くせもの》だ。奴の倍加された敵意、そいつが俺は……」

「兄さんの気持は判るよ」俊爾は急にしんみりと、また、たしなめるように、「しかし、すこし時代離れしてやしないか、その考え方は……ランプを使っていた明治時代じゃあるまいし……そんなに気になるなら、一層、旅行なさいよ」

「今、成立しかかっている会社の合併のことを忘れちゃ困るよ」

俊爾は——度し難い——と首を振った。

「わかった。気のすむようになさい」と言いおいて部屋を出て行く。

彼が立ち去ると、千津子はタイプした書類をデスクに置いて、福永のサインを求めた。彼は胸からボールペンを抜いて署名しようとした。

「あした、軍政部《エムジイ》へ持って参ります」二人だけの時、こんな云い方をする千津子ではなかった。福永は相手の冷い視線を額の辺に感じて、署名の手を停めた。

「うん？」

千津子はプイと眼をそらすと、ガラス越しに遠い冬の空をみつめたまま、「……あたし、あなたの気持判らない……」と呟いた。

「なに？」福永は、誘われるように立上る。千津子の形の良い鼻梁《びりょう》と、白い頬が目の前にあった。

「……この十三日が金曜日だってことは、何千年も前からきまっています。あなたは大友さんをそんなに怖がっていらっしゃる……そして、目の前に居るこの私はちっとも怖わくない、ホホホホ……」

福永は蒼白んで、ヒステリックな声を挙げた千津子の肩に腕を廻わそうとした。そして彼女に小気味よくかわされると、耳まで赧《あか》くなった。千津子が云いつのった。

「……あたし、伺いたいことがあるの、あなたがここまで事業に成功なすったの何故でしょう？　考えて御覧になったことある？　親譲りの小さな鉄工所主が、この三年間に製紙工場、ミルクプラントも倉庫業も手に入れることができたのは、いったい誰のおかげ？　エムジイに勤めていた私に目をつけて、セクレタリになってくれと頼んだのは、どなたでしょう。正直に云うと、あたし、あの時あなたの事業家としての熱に打たれたわ。そして、一つにはあなたそのものに惹かれたの……御一緒にお仕事してるうち、あなたは仕事のために随分悪辣《あくらつ》なことをなさるのを知りました。だけど、私は眼を瞑《つぶ》ってお手伝いをしたわ……それはあなたが好きだったからです。女は弱いものね。ですけど、こんどはあたし我慢ができません……あなたの貪欲《どんよく》、まるで封建時代みたいな権謀術数《けんぼうじゅっすう》……それを、今まで私に一言もおっしゃらない。誰も貰い手のない娘を持った銀行家との縁組までしようという、あなたのさもしさ……ひとが笑いますわ。こんなことまで云わせて、あたしの唇《くちびる》が汚《けが》れるわ……三年間、あたしはほんとに無駄をした。ね、あたしの云ったこと間違ってたら、なおして頂戴……」

　千津子に背を向けていた福永は、言葉の途切れを待って、振り向いた。その貌には、来るべきものが来たという諦観と、追いつめられた者の糞落着が読まれた。

「久礼君、僕は何も云わない、ただ、これが僕の主義だから仕方がないのだ。きみのお蔭を蒙《こうむ》ったことは一生忘れない……社の幹部として充分のことをしてあげるつもりだ」

「社の幹部ですって？　……それだけ？」千津子にはじめてみる、固い表情が表われた。「そう、判ったわ。あなたは何でもそうなの……あなたの歩いた跡には、必らず犠牲者が転がって呻《うめ》いて、呪詛《じゅそ》の声を挙げてるわ。監獄にはいってる大友さんもその一人、先だって店を閉めた銅鉄商《かなものや》の柿沼さんもそう。みんな、あなたの貪欲の餌《え》食《じき》です。あの朗かそうなロボット専務、俊爾さんだってそう、それからあたし……その呪いと復讐があなた怖わくないの？　怖わいでしょう。だから、あんな用心棒まで雇って……それで事業が成功して、あなた、楽しいの？」

「楽しいよ」

その買い言葉は、千津子に残っていた最後の自制心を吹き飛ばした。右掌を震えるほど握り緊《し》めていた彼女は、激しく上膊を振って叫んだ。

「けだもの！」

靴音高く部屋を出て行く彼女を、福永謹爾は、目送すらしなかった。

二瓶四郎が会社へ出るようになってから一週間経った。朝、社長邸から同車して出勤、そして帰邸まで福永の身辺を離れない。彼は社長室の隣室に頑張って、迂散な訪客のある毎に点く標示灯《パイロットランプ》を待っている。社長のデスクに押釦があって、彼の部屋の壁に赤灯がつく。すると彼は読みかけの雑誌を置いて、用意した何でもない書類を社長室の書類箱に入れに行く。社長は用件の済むまで、彼を室内に待たせるという工合だ。

福永社長が気にしていた一月十三日には何事も起らなかった。いや、あとにも先にも彼が役に立ったのは一度、柿沼三五郎という商敵が面会に来てちょっと面倒を起しただけである。

二瓶は次第に退屈を感じ始めた。持ち場をあけて、よく久礼千津子の部屋へやってきた。

「どうにも退屈ですなあ。専務さんに何か仕事をさせてくれって頼んだら、もう些《すこ》し辛棒しろと云うんです」彼はお仕着せの襟を指でパチンとはたきながら云う。

「ところで、きのうは内緒で専務さんと撞球場《たまや》で遊ばせてもらいましたよ」

「いいじゃないの、たんと遊ばせてもらったら。もっとも、専務さんは気が鬱すると日に二回も撞球場にもぐる人だから……大丈夫、あなたが腕を揮《ふる》う余地なんかないわ。そのうちお暇がでますよ」

「そうでしょうか……」

そう云った彼は、二、三日たつと大っぴらに隠れ家《が》をあけるようになった。

そして、そのような或る日の真っ昼間、福永社長は自室に執務中、心臓部を何者かにハットピンで刺され絶命したのである。

二

一月二十二日の午後二時頃、一人の訪問者があった。給仕が社長室に導いてものの五分と経たぬ頃、社内電話の交換室から——社長室の受話器が外《はず》しっぱなしだから掛けてくれ——と云ってきた。給仕が社長室にはいると、福永謹爾は受話器を握ったままデスクに俯伏していた。

給仕の報告で二番目に社長室に入ったのは女秘書の久礼千津子である。彼女は、一目みて、社長の様子が尋常でないのを知ったとみえ、すぐ警察へ知らせた。

その時、用心棒の二瓶四郎は例によって部屋をあけていて、壁に、彼が在室したら社長の命綱になったであろう標示灯が、むなしく点《オン》になっていた。

　眼と鼻の先にある所轄署から係官がドヤドヤ階段を昇ってきて配置について十分、市警察本部の刑事課長以下が到着し調査が始まった。

　他出から駈けつけた専務の指示で一室に集まった社員の目の前で、階段の昇り口に物々しい麻縄が張られた。

　社長室のデスクの前で捜査係長が刑事課長に状況報告をした。

「犯人は表階段を昇り給仕に来意を告げて入室する時、廊下の外套掛にかけてあった久礼千津子という秘書の帽子からハットピンを抜いたらしいです。被害者はヒーターで部屋が暑いので、あのとおり薄いラクダのチョッキの胸を開けていたから、うまく一と刺しで心臓部に達したのでしょう。困ったことは、給仕が訪問客の風体についてはっきりした記憶がないのです……黒っぽい外套と白い軍隊マスク、そいつを半分外して話しかけたらしいのですが、貌についても特徴が判りません。

　それから、電話をかけている最中に殺されたのでなく、どうも刺殺の瞬間か或いは刺されてから受話器を外したように思える。これは、いま交換手から確かめますが」

　交換手が喚《よ》びだされた。

「きみですね？　最初このことを発見したのは」捜査係長が訊いた。

「電話のことでしょうか？」

「そう」

「信号があったのでおつなぎしますと、受話器がいつまでも戻らないので変だと思いました」

「社長はどこへ電話をかけたかね？」

「どこへもおかけになりません、ただ、わけの判らないことを一言仰有《おつしや》って、それっきりでした」

「何と云ったんです？」

「……オオトモ、オオトモに……という風に聞こえました。何のことか判らないので聞きかえしますとお返辞がなく、受話器がそのままなので受付へ知らせたのです」

「オオトモ——って、たしかかね？」

　若い交換手は、耳まで赧くなって両手で顔を隠しそうにしたが、勇気をだして、

「……その時、全然気がつかずにオオトモと聞いたと思っていましたが、あとで他人《ひと》から云われて、去年の夏社長さんに危害を加えた人がそれだと思いだしたのです」

「きみの証言は重大ですよ、よく考えて……」

「判ってます……たしか、そう聞こえました」

「……聞えました、か……」捜査課長はそう呟いて暫らく考えた末、それが社長の声かどうか、重ねて訊いた。しかし、交換手は大事をとったのか、判らないと答えた。

次に専務の福永俊爾が呼ばれた。彼はすっかり悄気《しょげ》ていた。

「私は食後の習慣で、すぐ近所の『三球』という撞球《たま》場《や》に行っていて、机をあけていたので……兄は、大友広吉が十三日に仮出所するのを知って、それを非常に気にしていました。私は無駄だと云ったのですが、兄は二瓶という用心棒を雇いました。こうなってみると、どうも……実は、今日まで何のこともないので、数日前から私は二瓶を撞球《たま》の相手に時々連れだしていたのです。まったく私の責任で、申訳ないと思っております……」

「福永氏は、だいぶ方々から恨まれていますね、大友のほかに兄さんに手をかけるというような人物は、思い当りませんか?」

「お聞き及びでしょうが、兄はこの二、三年無数といってては大袈裟《おおげさ》ですが、随分敵を作りました。といって、誰と申し上げる訳にも参りませんが、先達《せんだ》ってやって来た柿沼君なども敵の一人です。ちょっとした違約をたてに兄は彼の持っていたかなりの材料を、巧妙に捲き上げたのです。……弟の口から申しては何ですが、こういう点、兄のやり口は実に悪辣でした……」

捜査係長は、曰くありげな専務の話に興味を覚えるとともに、一種の不快さが湧いてくるのを感じて、あとを急いだ。

二瓶がはいってきた。彼は顔見知りの捜査係長は苦手だった。

「なんだ、きみか……用心棒というのは」係長はわざと、しげしげ相手を観察した。「みっともないことやったねえ……タマを撞《つ》いていて、御主人に敢《あ》えない最期を遂げさせるとは、え?」

「一言《いちごん》もないですよ」二瓶は神妙に形だけはかしこまった風で答えた。

「いつから、ここの会社に来てるの?」

「十日の日からです。係長さん、面目ないけれど、私が社をあけたのにはわけがあるんです」

「どんなわけかね?」

「……あれは四日ほど前だから、たしか、十八日の午後でした。社長さんが――当分、きみに用がなくなったから、よろしくやってくれ、ただ他人《ひと》に目立たぬようにしろ――って突然言われたのです。こりゃ間違いありません、この掌《て》の四本の指にかけて……それでね、係長さん、私の部屋に標示灯《パイロットランプ》が点いていたって本当ですか?」

「赤になってたよ、それがどうしたかな?」

「そりゃ変ですぜ、社長さんが点けるはずがないからですよ……出がけに私は一々ことわって出ますから」

「そうか」係長は首肯いた。「君がタマを撞いてた間のことを話してくれ」

二瓶四郎の陳述によると、十二時半頃から専務と合客二人で、二人撞きのリーグ戦をやった。三回勝負で、恰度謎の訪問客があった時刻には二瓶と合客の一人が勝負中だった。『三球』から会社までは裏通りを半丁の距離である。

「専務は君達が撞いてる間、傍で見ていたかね?」

「そんなこと憶えていませんよ、係長さん」

その時、一人の刑事が捜査係長を呼んだので二瓶の訊問は打切りとなった。

秘書室に陣取って指令していた刑事課長は係長がはいってくると、

「すぐ地検に検証を依頼しよう……大友の犯行じゃない、奴は未だ入所中だよ。はじめは十三日が仮出所の予定日だったが、脱走ほう助が加算されて一ケ月延びているのだ……」

係長は首肯いたが、思い直して駄目を押した。

「出所まぎわの囚人はよく外業に出るのですが、畑を造ったり官舎をなおしたり、場合によると道路工事までやります……その辺の処は大丈夫でしょうな?」

「間違いなし。彼は二重塀に囲まれた内庭の広場で、電線の皮剝《む》き作業を同僚三人とやっている。刑務所の話では、周囲の作業場からまる見えで、逃げだすなど思いも寄らぬと云ってる」

「それで安心しました。二瓶の陳述と符合します。被害者は十八日の日に、大友の仮出所が延びたことを知り、用心棒に当分の自由行動を許したので、自分の死を防ぐことが出来なかったことが判りましたよ」

三

事件が加害者不明の故殺ときまり、地検と県警察本部が調査を開始して二日経った。検屍、関係者の正式聴き取り、内偵などが進み捜査方針は打ち出せたが、まだ事件の核心は摑めていなかった。読者の便宜のために、当局の見解を並べてみると、こうなる。
(イ) 二瓶の待機室に標示灯を点じたのは犯人である。そして、犯人は見せかけの加害者大友が十三日に出所することを知って、出所が一ケ月延びたことを知らない。

(ロ) 刺された福永が「オオトモ」と囁き得ないことが、解剖の結果判った。犯人の細工であり、この場合犯人は男性である。

(ハ) ハットピンを拳まで胸に刺し通すことのできるのは男性でなければならない。

(ニ) 標示灯の存在を知っているのは、社内の一部の者のほか、柿沼三五郎が一月十四日の来訪の際に発見している。

(ホ) 久礼千津子は帽子を一月十二日から使用し始めた。事件に有機的な絡《つなが》りを持つや否やは不明。

(ヘ) 謎の訪問者が福永専務でないことは給仕が確言している。

(ト) アリバイについては、福永俊爾無し。久礼千津子無し。柿沼三五郎略々《ほぼ》確実。二瓶四郎あり。

(チ) 動機については、福永俊爾――財産継承。久礼千津子――痴情。柿沼三五郎――怨恨。

以上の見解から導かれる結果は、

(イ)(ロ)(ハ)(ニ)(ト)(チ) は福永俊爾を犯人に指示し、(ヘ) は指示しない。

(イ)(ロ)(ハ)(ニ)(ヘ)(チ) は柿沼三五郎を犯人に指示し、(ト) は指示しない。

(イ)(ニ)(ホ)(ト)(チ) は久礼千津子を犯人に指示し、(ロ)(ハ) は指示しない――となり、各人の指示しない項目が問題として再確認されねばならなかった。

柿沼三五郎は事件の起った日の午後、商売ものの入札に参加して、現品の下見《したみ》をやっている。或る閉鎖機関の広い構内に散在している資材を、七軒の業者が一団になって下見をやり、それに一時から三時すぎまで要《かか》っている。警察では立会った業者を虱潰《しらみつぶ》しにあたった結果、その四人までが彼のアリバイを証明した。柿沼はグルグル廻って資材を下見しながら、各所でそれらの証人と談合《だんごう》をやっていたのである。

柿沼のアリバイは成立したとみるよりほかはなかった。

刑事課長室は見晴らしが良い。

その広い硝子窓に近く、捜査課長は火鉢に手をかざしながら報告している。

「……兵隊マスクをした訪問客を犯人とすると、何かも行き詰ってしまうのです。あの時刻に社長室に侵入したかもしれぬ弟の専務は、給仕の眼を誤魔化《ごまか》せない。また、給仕が通したと思われる柿沼にはアリバイが成立するとなると、犯人とマスクの男を、いっそ切離してみたくなります……と云って、ほかに怪しい者の出入した形跡は、あの時刻にはないし……」

課長は、カランとした冬の街路を往来する通行人の群を、さっきから眺めていた。

恰度退庁時刻《ひけどき》で、官庁のオフィスガールが二、三人ずつ固まって喋りながら、後から後から流れて行く。そのほとんどが、云い合わしたようにダウンのカールを肩にのっけている。彼は、その髪型をもの珍らしく思った。と、彼は係長を振り向いて、

「なぜ、あの秘書は……あいつだけ帽子なんか冠ったんだろう。しかも、事件の起る直前にだ……僕は気がつかなかったが、今の女は帽子はかぶらないものだね。ほんのすこしの外人ぐらいのもんだ。久礼は、なるほどあちらさんとも交際があるらしいし、年齢《とし》からいっても帽子をかぶっておかしくない。だが、かぶり始めた時期が気になるよ」

「私もその事をきいたのですが——あなたに女の気紛れとその楽しさは判るまい。ふと帽子をかぶりたくなる気持だってあるものだ——と云いました」

「無駄を覚悟で帽子の出処を当らせて欲しいな。共犯の可能性もあるから」

刑事課長の思い付は翌日になって吉報をもたらしたようだった。

その婦人帽子は銀座のK服飾店で年末の或る日、中年の男客にクリスマスプレゼントとして買われていたことが判明した。売子は、白い軍隊マスクをした紳士が、嬉しそうにクリスマスカードにペンで何か書きクスリと笑ったのと、それを郵送するように命じたので、運よくその帽子を憶えていたのである。複写の伝票御依頼主の欄には単にSとだけ記されてあった。

四

卓上に真っ黒な婦人帽が一つ載っていた。髷にセットする部分の上がパイのように張り出し、横にチロルの猟人《かりうど》の帽子に似た白い鳥の毛がアクセントをつくり、前庇には眼の下まで隠れるネットがついている。

街を潤歩する女達の髪を飾っている場合はそうも感じないのが、卓上において眺めるとまことに変てこな形である。捜査係長は妙な生き物のような帽子から、質問を待っている久礼千津子に眼を戻した。

「久礼さん、おととい貴女は嘘をつきましたね。これ、あなたが買ったものじゃないでしょう?」

「ええ、ひとから頂いたものです」千津子は仕方ない

という風に微かに笑った。「でも、そんなことどっちでも同じですわ。かぶり始めて十日足らずあんな事件《こと》が起ってみれば、そこに何か意味があるととられても仕方のないことです」

「なぜ、早くそう言わなかったのです?」

「ものがものだけに、はじめかぶる気は全然なかったんですが……あの日何か気がむしゃくしゃして変ったことがしてみたくなりました。頭にのせてみると、急にあれが気に入ってしまって……気紛《きまぐ》れですのよ、女の……」

「するとなんだね、気に入らない人からの贈り物だった、という意味かね? あのSというのは誰です」

「知りません」

「知らない?」

「ええ、贈り主の判らないものをかぶっていたのが恥かしかったので、買ったと申上げたまでですわ。社長や専務なら黙っているはずはないし……ほんとに知らないのです。証拠をお目にかけますわ」

千津子はエナメル仕上の黒いバッグを開けて、葉書ぐらいのカードを係長に渡した。

柊《ひいらぎ》の模様で縁取ったクリスマスカードの中央に、ギクシャクと無恰好なペン字で、

あなたのお気に召すでしょうか。

佳いクリスマスを祈ります。

S

係長はカードから眼を離すと、

「これ、おあずかりしますよ。あなたはこの事件をどう思います」と訊いた。

「あたくしを陥れるために誰かが帽子を贈ったのですわ。でも随分な小細工ねえ、だいいち、あたしにハットピンや何かでひとが殺せるとお思いになります?」穏やかな言葉のなかに鋭い非難の針が秘められていた。

「そこですよ……専門家の調べたところによると、ハットピンをあんな風に突き通すには、一秒間十五瓩《キログラム》前後の力が要るんです」

千津子は不快な話に眉を寄せた。

「だから貴女には無理です。それに電話の声は男性だし、吾々の常識ではあなたが犯人とは思っていません」

「ありがとう。それ伺って安心しましたわ」

久礼千津子が取調室を出るとき、柿沼三五郎が刑事らしい男に同行されてはいってきた。

堂々たる恰幅を若向きの紺縞の背広につつみ、チョッキにプラチナの鎖を渡したところなど、福永謹爾に痛めつけられて破綻《はたん》に瀕《ひん》した銅鉄商《かなものや》とは、ちょっと見えない。

出遭いがしらでかわす暇もなく、二人は会釈してすれ違った。

「やあ、何度も御苦労様です」柿沼は這入るなり、係長に先手をうった。そして示された椅子に腰をおろしながら、「しかし、良い加減に勘弁《かんべん》して下さいよ。まだ私がお役に立つことがあるんですか」

「まあまあ、そう云わずに……あなたがやったのでない事は、判ってる。もう一つだけ訊きたいのです。去年の暮の二十三日、きみは東京へ行かなかったかね？」

柿沼は予期しない急所を衝《つ》かれた形で、口を噤《つぐ》んでしまった。無意識に胸の鎖を弄《いじ》る仕種《しぐさ》が続き、彼の眼は室内を意味もなくさまようかに見えた。係長は、彼が眼をやらない唯一のもの、久礼の帽子の鳥の毛を摘んで、クルッと向きを変えた。係長がもう一遍、それを繰り返えした時、柿沼の浅黒い顔が弱々しい苦笑に歪んだ。

「そ、それですか……」彼は吾にかえって、煙草のケースを拡げ、係長にさしだした。

「ま、先に話しなさい」係長がそれを押しかえして云う。

「実は、今まで何度その事を申し上げようと思ったかしれません。しかし、私が疑われている以上、どうしても口に出なかったのです。御推察のとおりKでそいつを買い久礼さんに贈ったのは私です。といって、それを何か事件に関係があるようにとられるのは、甚だ迷惑です。贈ったことは、まったくの私事ですからな」

「きみは正月になってから、商売上のことで二度も福永氏に面会を強要し、一度は激昂して摑み合いになる処だった。そのきみが社員に匿名で贈った帽子のピンで福永が殺された、ということは……」

「いや、驚くべき偶然ですよ。この帽子と、福永に対する私の気持とは全く別個の問題です。もし関係があるのだったら、もっと手際よく自分で仕末します……こんな事云いたくもない、また云っても信用してもらえないかもしれませんが、この私にだって秘め事はあるのです……」

係長が口辺に薄笑いを浮べているのを見た柿沼は、半ば自嘲的な半ば捨て鉢な口調で喋った。

「私は以前から久礼千津子の気高さといいますか、人柄といいますか、それに惹かれていました。恋なんてものじゃない……敬愛、親愛、崇拝とでも云ったら近いかもしれない気持です。ある日銀座でふと婦人帽子を見て、急に贈り物をしたくなったのです。あれが久礼君に厭《い》やな思いをさせたことを思うと、一時の興からあんな事をするのじゃなかったと後悔しています……」

柿沼は云うだけのことを蝶ると、それっきり黙ってしまった。係長は、帽子の追求で得られるものは、この辺で行き詰りだと思った。と同時に、捜査にも行き詰りの時期が来たように思った。

五

××刑務所の高い石門の横手、二月の風が時に砂埃を吹きつけてくる路上に、一台のハイヤーが駐《と》まっていた。二戸建ての平家が並んだ官舎区域と、刑務所のコンクリート塀の間の広い砂利道は、風が強いせいか人通りも少なく、陽溜《ひだま》りに子供の影も見えない。何を待つのか、一人の薄鼠のオーバーにハンティングを冠った男が、その陽溜りを行ったり来たりしている。

すると、脇門から二人連れの男が出てきて、門衛の挙手に叮嚀《ていねい》に挨拶をかえした。

大友広吉はちょっと空をみあげた。蒼穹《そら》はあくまで澄んで薄い巻雲が一刷毛《はけ》、風足をみせていた。何の感慨もないのか、彼は伴れの小男を促して大股に自動車に近寄った。

くるまの扉を開けてくれたのが、運転手でないことに気付いた大友は、伴れを振りかえった。伴れはけげんな顔をした。その若者は何か嬉しそうな表情で、

「出所なさってお芽出《めで》とう、○○新報の者ですが」と云った。

大友広吉は厭やな顔をした。

「私に何か御用かね?」

「福永謹爾が殺害されたの御存知でしょうか?」

「え、死んだ?」ステップにかけた足がとまる。「そうか……」

「車の中でお話ししましょう」と新聞記者は大友と伴れを押し込んで、自分も乗りこんだ。

大友は、記者が事件の説明をするのを、一言も口を挿まず、熱心にきいていた。

「……そういうわけで犯人は皆目判《かいもく》らんのです、一度留置した福永の弟も柿沼三五郎も、警察は釈放してしまいました。あなたの御意見を一つ……」記者は鼻紙みたいなメモと鉛筆をかまえた。

今まで傾聴していた大友の態度が、がらりと変って、まるで興味を失ったように窓外に眼をやった。恰度、彼が福永から奪《と》られた製乳工場《ミルクプラント》が車窓を通過した。

見違えるように瀟洒《しょうしゃ》に白く塗られた工場の屋根に、洒《しゃ》落《れ》た書体でフクナガミルクの標識……大友の顳顬《こめかみ》部は怒

りに膨れたようだった。

彼は吐き出すように云った。

「私に意見なんかないね。殺されるのは当りまえだ……誰がやったか僕に興味はない」

「ああ、それで結構です。殺されるのは当然で誰がやろうとかまわん、という御意見ですな……だが、そこをもう些しなんとか……」

大友はバックミラーに合図した。自動車が停まる。

「もう、きみと話すのはおことわりだ」

「そうですか」と新聞記者はさすがにムッとして、自動車から潜り出たが、ドアを締めながらちょっと伝法《でんぽう》なくちを利いた。「大友さん、あとで後悔しなさんなよ。柿沼商事の運ちゃんがいなくなった理由も僕は知ってるんだぜ」

彼はあとも振り向かず、鋪道へ駈けあがってスタスタ去って行く。一旦、走りだした自動車は半丁も行くと停まり、大友広吉がひとりで出てきた。彼は鋪道を歩いてくる新聞記者を待ち受けて、一言何か囁くと、足早やに自動車の方へ戻って行った。

新聞記者に化けた二瓶四郎は、くるまが滑りだすと呟いた。

「今晩来てくれ……か、俺がおっかなくなったな……」


その日の午後、××刑務所長は市警察本部捜査係長の来訪をうけた。

所長は捜査係長のうしろにニヤニヤしている人物をみると、はてなと考えた。

「そうか、きみは二瓶じゃないか、いつの間に警察の方の……？」

二瓶はそれには答えず、

「その節はお世話様になりました。もうすっかり、あの方は足を洗いましたから大丈夫です」と云った。

捜査係長が来意を述べた。

「今朝、保護出所した大友広吉の一月二十三日の所内の行動について、内密に御相談したいのですが……最近当方が得た情報によると、大友広吉が福永社長を殺害したのではないか、と思われる節がでてきたのです」

番茶を口元まで持って行った刑務所長は、啞然としてお茶をすこし滞した。そして客が冗談をとばしたのでないと判ると、とにかくお茶を呑みほした。

「あり得ないことですなあ」彼は答えた。「作業中に五米《メートル》の塀を越えて脱走し、また戻って来るなど到底考えられません。何かのお間違いでしょう」

所長は係員に作業日誌を持って来させた。

「先達てもお話したとおり、二十三日の午後一時から四時まで、大友は監獄内で――刑務所の内廓、いわゆる矯正《きょうせい》施設をここでは今でもこう呼んでいますが――電線の解体作業を三人の同僚とやっていました。看守がチャンと附いてです。ほら……」

作業日誌には大友と同僚二人の氏名と、解体電線の長さが誌《しる》されていた。それによると、大友広吉は三時間で八〇米ほどの仕事をあげていた。

「電線の解体作業とはどういう仕事でしょうか?」捜査係長は日誌をかえしながら訊いた。

「古電線の外被を剥《は》いで、なかの銅線を回収するのが狙いです……ハハハハ、まだ御納得がゆかんようですな。今、やっていますから現場を御覧にいれましょう」刑務所長はそう答えて立上った。

事務所の中央廊下のつきあたりが、五米のコンクリート塀、その真中に内廓に通ずる潜り扉があった。

小窓から覗いた内部の看守は、所長の姿に慌てて扉の鍵をあける。潜りを抜けると、塵一つ見えぬまでに掃除した冷たいコンクリートの廊下があり、それに直角に三棟の獄棟が並んでいた。獄棟には廊下の両側に上下二階の監房があって、二階は下から見透しの利くように吹抜けの狭いステップになっている。房室の窓の鉄桟は磨きあげられて鈍く光っていた。

所長はその建物を抜けて、三方が作業場に囲まれた中庭に係長と二瓶を案内した。作業場内で仕事をしている囚人の姿が見える。

「あれです」と所長が指した処には、二股の支え木で地上一尺に数箇所を支えた四本の電線が内庭をグルリと一周していた。

一吋《インチ》ぐらいの太さのケーブルに、褪《あ》せた国防色の作業衣を着た四人の囚人が三十米おきに取りついて、撚《よ》り線をほごしながらゆっくり進んで行く。それを看守が外套の襟を立てて見守っていた。

捜査係長は庭の一箇所に積まれた古ケーブルを見て、

「あれは、どこから運ぶのです?」

所長は、鉄扉を閉ざし哨所に衛《まも》られた裏門を指した。

「トラックでその裏門から入れ、皮剝きしたやつは同じトラックで運びだします。しかしそのトラックに乗って出るわけには行きませんよ」

「二十三日のトラック出入記録はありましょうね?」

所長は裏門哨所から記録を取り寄せた。

一月二十三日はトラックが二回来ていた。

第一回は、午後一時二十五分入門、同一時四十分出門。

第二回は、午後二時三十五分入門、同三時出門。

捜査係長はフームと呻《うな》った。刑務所長はその容子を見て云った。

「殺害の時刻と符合するんですね。しかし裏門の看守は形式的にもせよ積載物を点検しますから、余計なひと一人見逃すはずはありませんよ。また、作業員が一人でも減れば看守は直ぐ気が付きます」所長の言葉は係長の耳にはいらなかった。係長は記録の一ケ所を指で示して、

「これが問題です……この電線皮剝きの注文者がね」

所長が見ると、トラックの所属主の隅に――柿沼商事――と書かれてある。柿沼三五郎と事件の結びつきを係長から聞いた彼は、はじめて心を動かされたようだった。

捜査係長は二瓶に「きみの考えを所長さんに説明し給え」と促した。

「私も散々《さんざん》やらされて知っていますが」と二瓶は所長に云った。「あれは作業中に同僚が顔を合わせることは殆どないんです。何故というと、仲間の距離がつまることは、そのどちらかの腕が悪いかサボッているかを示すことで、看守さんはそばに寄らなくても各人の成績が判る仕組です……これは所長さんの発案ですってね」

所長はちょっと厭やな顔をして、首肯いた。二瓶は続ける。

「あんな風に中腰で編み線をほごしますし、看守さんは風をよけて遠くから監視しているだけだから、作業員が替え玉でも気付かれないことはあり得ると思います」

「そんな馬鹿な！」刑務所長は反駁《はんばく》した。「作業中はどうあろうとも、替え玉と入れかわる時露《ば》れっちまうよ」

「所長さん、入れ替わる時期と相手によって可能です。第一回にトラックが入って来て古電線をおろし、皮剝きをした電線を積み込む時、皆で手伝いますね。その最中に、大友がトラックの運転手と入れ替ったらどうです？もちろん運転手は予め囚人と同じ色のズボンをはいてきたでしょう。上衣と帽子だけ取替えるのはわけないことです。大友にばけた運ちゃんは積込みがすむと直ぐやりかけの電線に取っつき、踞《かが》んだ体位で仕事を続ける……トラックの防風帽子を深くかぶった大友が運転して出て行ってしまいます。一時間後、二回目にトラックが来た時、前と逆に二人は元どおりになる、という訳です……」

所長は足元をみつめて身動きもしなかった。心中に拡がってゆく不安は消す術《すべ》がないように思えた。二瓶は眼を外《そ》らして風雨にくすんだ高い塀を見上げた。捜査係長が口をひらいた。

「柿沼は貴所《おたく》に仕事を注文して出入するうち、大友広吉を利用し怨敵福永を亡きものにする計画を樹《た》てたと想

像します。運転手と三人の共謀ですな」

ややあって、所長は捜査係長に頼んだ。

「所内の関係者を直接お調べになるのは、すこし待って頂きたいのですが……所としても、また私の立場上からも重大な事件なので、私自身で一度確かめたいのです」

もっともな願いであった。

「どうぞ、いつ回答が頂けますか？」

「明朝、お返辞します」

捜査係長と二瓶は刑務所を出た。

電線皮剝きの経験と、ゆうべ立寄ったキャバレで遊興している柿沼の運転手を見たことから浮んだ、とてつもない推量が、こう的《まと》を射ようとは二瓶は思わなかった。先刻——運転手がいなくなった——と大友に告げたのは、かまをかけたのだった。

——柿沼が帽子を久礼に贈ったのも、二度福永のオフィスに怒鳴り込んだのも、すべて柿沼の計画に予定されていたに違いない。彼は標示灯《パイロットランプ》のことも、久礼が帽子を冠りはじめたのも知っていたのだ。愚直な大友広吉は、いわば柿沼の手に過ぎない。

受話器に、我とわが名を囁き、標示灯をつけたのは大友自身である。自分が犯人である証拠を御叮嚀に残しつつあった時、一方に牢固《ろうこ》としたアリバイが形成されつつあったのだ……心にくい監獄のアリバイ……——。

翌朝、刑務所長から電話で捜査係長に、所員の正式取調べを依頼してきた。彼は電話を切る前に、こう附け加えて淋しく笑った。

「……今、思い当ったのは、あんな環境の良い男が、実は脱走ほう助で刑期が加算され、出所が延びたことです。これも、ひょっとしたら柿沼の入れ智慧かもしれませんね……いずれにしても、私は免官か左遷《させん》ですよ」

奴隷船ベナベンテ号

愛憎の小部屋

ここは南フランスのヴァランス市目抜き通りにある富《とみ》籤《くじ》売場のボックスから、ひとりの女が鍵をしめて、夕闇のなかをスタスタと北に向った。

美しいブロンドの髪、そして夜目にもあざやかな豊満な貌《かお》、きゅっとくびれたウエストラインが揺れる……流しタクシーの運ちゃんが、通りすがりに合図をした様子から見るとこの辺では名が売れているらしい。その通り、イレーヌは、この界隈《かいわい》では『マドー』の愛称で通る人気女、だが、もう虫がついていた。

貸間《アパルトマン》の三階にある彼女の部屋にマドーがはいると、シャツ一枚の若い男がベッドに寝転んでいた。

「早いのね、フェルナン……」彼女は夕食の買物を椅子にほうりだすと、寛衣《ネグリジェ》に着かえ熱くなってベッドの男にとびついていった……まあ、それほどマドーは今フェルナンに首ったけというわけだった。

フェルナンはサンテチェンヌの鉱山町から流れてきた懶惰者《のらくらもの》、馬券富籤でその日暮し……ふた月前にマドーと知りあった……。

彼はマドーの四人めのいい男《ひと》だった。馬買いの男たちは、彼女が承諾《ウイ》といえば二千法《フラン》払って一晩彼女と遊べた……だが、いい男となれば話は逆で、マドーはこのところフェルナンに貢《みつ》ぎ続けだった。

ところが、その晩フェルナンは突然こういった。

「マドー……俺は当分、おまえと別れたいんだ」

「なぜよう……どうしたの？」

「俺の友達がモロッコにいる。最近マラケッチのそばに米軍の航空基地が三つもできて、ぼろい儲けがあるっていうんだ……女だってそうだがね。一年もいればしこたまはいるのさ……いつまで、こうしてても仕様がねえからな……」

「一年も？ ……いやいや、あんたを離さないわよ！」

マドーは男に、すがりつき、逃げ去るのを恐れるかのように、熱い唇を寄せていった。

「フェルナン……あたしもつれてって、マラケッチへ……ね。行きましょう、いっしょに！」

媚薬の効果

マルセーユの艀《はしけ》桟橋は霧の中にあった。

桟橋をはなれたボートは、霧の中を二十五番浮標《ブイ》にむかって進んでいた。舳《とも》に乗ってるのはマドーとフェルナン……男の汚れたレーンコートをかぶったマドーは、睫《まつ》毛《げ》まで霧に濡れていた。

やがて目のまえに浮び上った門型マストのくろい船体……フェルナンは立ちあがって、ピーッと口笛を鳴らす。甲板から頭がふたつ覗き、縄梯子が降ろされた……マドーは靴をぬいで、フェルナンに抱えられるようにして、やっと甲板に達した……船内は死んだように静かだった。

「それがレコかい？」いろの黒い鬚面《ひげづら》のギリシャ人が、眼を細くしてマドーの体を眺めた。

「よろしく頼む、ロッコ……」フェルナンはマドーを彼に紹介した。「ロッコは昔、サンテチェンヌの鉱山で働いてたんだ。カサブランカまで俺たちを密航させてくれる……」

「まかせときな」ギリシャ人ロッコはうけあって、

「……人眼がうるせえ、こっちへこい」

ロッコは後部船員室《クリュウズ・コーク》を避けるように二人を前甲板船艙《ホールド》から船員室の奥に伴れこんだ。

汽罐《かま》室が近いか、むーっという熱さ。マドーはモロッコへの十日間の住いを見まわした。

窓のないせまい部屋で、こわれたキャンバス椅子が二つ、すみの木箱の上に水瓶とコップが置いてあり、部屋中タールの強い臭いがした。フェルナンの説明によると、カサブランカから鉛や鉱石を運ぶ『ベナベンテ』という船だった。

「……酒をめっけてくるぜ」とフェルナンはいった。

マドーはふと心細そうに、

「すぐ戻ってきてよ……」

「うん、鍵しめとくぜ」フェルナンはドアの外から錠をおろした。すぐにその足音は遠ざかっていった。

エンジンが掛ったらしく、トントントンという音がおこり、かすかに船体が震動しはじめた……。

マドーは水瓶から水をコップについで飲んだ。それは少し苦《にが》い味がした。

三十分、四十分……フェルナンは帰ってこない。マドーはキャンバス椅子に寝そべって待つうち、不安になった。と同時に、奇怪な感覚を体じゅうに感じた……息が荒くなり、腰から下の知覚がふしぎに鋭くなった……着ているスーツさえ邪魔くさい。

やがて足音が近づき、ドアに鍵がさしこまれた。マドーはドアにとびついた！

「……フェルナン！」

だが、それは彼ではなく、ギリシャ人のロッコだった。

「へへへ、フェルナンは博奕《ばくち》ぶってらあ……淋しかろうと思ってな……」

ロッコは、愕《おどろ》くマドーに両手をさしだした。

「い、いや……よ、よして！」

彼女のそらしたルージュの唇は、あっというまにロッコの唇にふさがれていた。……

あの苦い水は、ゴルゴニスという催淫《さいいん》剤がしこまれていたのを、彼女は知らなかった！　ロッコはいった。

「……フェルナンはさっき上陸《あが》っちまったぜ」

「え、えっ？」

「十日間は、おめえは俺のレコさ……」

フェルナンは先刻、ロッコから大枚七万フラン受けとって船を降りていったのだ。彼はこれで一ケ月ぶらぶら暮し、べつの女を見つけてきては、またロッコに渡すのである……それが彼の商売だった。

濡らし当番

「フェルナンはあたしを騙《だま》した」

「そうさ……」ロッコは冷くわらいながら「それが奴の商売さ。つぎの入港には、またべつの女を伴れてくるよ。なかなか腕がいいぜ奴は……一航海には十人から十五人商売できるんだ。マドー、来い、いいものを見せてやる！」

彼はマドーの腕を摑んでひき起し、廊下に出ると、ひとつのタラップをおりた。暗い廊下の右手に、突如、女の泣き声が聞えピシリピシリと人を叩く音がしたかと思うと、ひとつのドアがパッと開いた。

マドーは、何か恐ろしいことが起ってると思った。彼女はロッコにすがりついた！　彼は、その腕をじゃけんに払い、マドーの頸ねっこを摑んで、そのドアに頭を押しつけた！

「よく見ろ！　ベナベンテ号の正体はこれだ！」

船倉内に作られた長方形の部屋……そこにベッドが十ほど乱雑に並べられ、十数人のペチコート一枚の女たちが、ごろごろしていた。

睡っているもの、何かくしゃくしゃ食べてるもの……ベッドに泣き崩れているもの、夢みるように天井を眺めているもの……マドーは窓枠をつかむ手が震えるのを制止できなかった。

「……商売物だから、大事にしてやるんだ……故郷のことを思って暴れるやつもある。そんな時は、一服盛って何もかも忘れさせてやるんだ……」

「悪党！」マドーは絶叫した。「どこへ連れていくつもり？」

「タンジールさ……あきらめろ。フェルナンと知りあったのが運がわるいんだ」

女群の復讐

船艙《ホールド》の部屋にはマドーをいれて十三人の女が幽閉されていた……。仏蘭西《フランス》中南部のリヨン、ヴィシー、海寄りのツールーズ、ソルボンヌあたりから誘拐《ゆうかい》された者が多く、二日間にマドーはコンスタンという十九の少女と仲よくなった。

一日に二回、ドアにノックが聞えると、女たちはドアの前に集まった……食事と配給の知らせなのだ。司厨長《しちょうじ》がコック二人をつれて、食事を運んでくる。うしろには連発銃を持ったジャックが油断なく見張っていた。

ときどき、女たちの名前が呼ばれることがある。呼ばれた女は雀躍《こおどり》して出てゆく。そして二時間たつと生きかえったように、戻ってきた。食事には秘薬ゴルゴニスがしこまれてあることに間違いなかった。

三日め……小窓に人の顔がのぞいた。そいつは、煙草を喫かしていたマドレーヌという豊艶な年増《としま》に合図をしたようだった。マドーが、おやと思ったときマドレーヌは何気なくドアに寄った。そのとき、マリーが風のようにドアに突進した！

「お待ち、マドレーヌ！」

マドレーヌが、「だめよ、お前は」とふりむいた時、ドアが開いた。部屋じゅうの女たちは喊声《かんせい》をあげてドアに突進した！

「こっちへはいれ！」マリーは、マドレーヌを連れて出ようとする船員にしがみついた。殺到した女群は、口ぐちに叫びながら、船員を捕まえ、手とり足とり部屋にひきこんだ。

その騒ぎの間にマドーは、眼顔でコンスタンという仲のよい女に合図すると何気なくドアに近より、女たちの罵声《ばせい》をうしろにドアの外に出た。そして、鍵穴の鍵をカチリと廻した。

「……コンスタン……にげよう！」

　そのとき、廊下を走って来る三人の船員の足音が聞えた。

花匂う甲板

　マドーとコンスタンは巨大な防火水槽のかげに身をかくした。ロッコとジャックともうひとりの船員が駈けぬけると、彼女たちはタラップを駈けあがり甲板に出た。そして、シュミーズを頭の上で狂気のように振った。

×

　スペインの巡邏船《スループ》『リオ・デ・ラコルニヤ』の見張長はブロンド娘が発するシュミーズの信号を発見するや……ベナベンテ号の進路を突っきって、停船命令旗旒《きりゅう》を掲げ近寄ってきた……

　時ならぬ十数名の女がふりまく芳香に、リオ・デ・ラコルニヤの水兵は鼻をぴくつかせた……その頃、タンジールのスペイン海軍鎮守府は、同市の小市場街附近の某地点にある魔窟手入れに関する電信を、リオ・デ・ラコルニヤからうけとったのである。

魔像の告白

Y夫人の周囲

（一）

山下隆次郎は温室の朝の見回りをすませて南向きのベランダに上った。

この麻布の高台の焼跡を買って家をたてたのが五年前……その頃は草ぼうぼうだった目の下の廃墟に、いつの間にかびっしり家ができてしまった。思いきって高みを選んだのがよかったと思う。うしろはさる国の公使館の広い敷地の裏手で、大正時代の煉瓦《れんが》塀が崩れもせずにさえぎり、午前中は自動車の警笛も届かないほど閑寂《かんじゃく》だった……。

彼がゆっくり出社前の煙草をたのしんでいると、浴室からミセス山下のトレモロの、しかも丸みを帯びた声がした。

「……あなた……あなたったら……」

彼女がバスルームから夫を呼ぶのは珍らしくない。というのは、彼は毎日九時に出社するし、ミセスは八時に起床し、ゆっくり何とか式の美容体操をすませて、バスをとるのが朝の日課だからだ。それで運転手の玉沢は、京橋の会社と神田の洋裁学院を二往復しなければならない。

隆次郎は浴室のガラス戸の前に立った。

「今晩から御出張のはずね」と夫人の声。「けさ、ぜひ聞いてほしい話があるの。お化粧するうち聞いてちょうだい」

「うん……」

「おはいりなさい、話が見えないから。フフ……」

隆次郎は三秒間待ったのち中にはいる。ミセスは裸のまま、三面鏡に向っていた。

彼女は両親が日独戦争直後青島《チンタオ》に押し渡ってすぐに生れたというから、既に四十を越していよう。だが、その体は胸も腹も肢もすこしの崩れを見せていなかった。隆次郎は、朝の光に包まれた湯上りに匂う妻の肉体を、まぶしく見た。

膝にのせたバスローブの白さが生きものの美しさを一層におやかに彩った。

「なあに？……そのかお」

彼女は鏡にいった。

隆次郎は、その一瞬、こめかみがうずくような焦燥をおぼえた！

（二）

「こんどはどちら、大阪？」

山下夫人は鏡の夫から眼をそらし、襟首にローションをすりこんだ。

「新潟だ。新聞用紙を出そうと思う」

「国内に足りないから出せないって、いつか……」

「出せるのだ、やりようで。インドネシアでもタイでも欲しがっている」

「そう……自信ありそうね。しっかりやってちょうだい……ところで」

と夫人は口調を変えた。

「あたし、いま困ってるの。例の学院のこと……すこし回してくれない？　二百万もあれば息がつけるのよ」

隆次郎は妻の背中の真珠色に薄光る肌から目をそらして、

「きみは学校経営などやめるんだね……でなきゃ、あの車でも売っぱらってしのぐさ。私は会社の車を使えばいい」

山下夫人はバスローブをまとって立ち上り、スクリーンの陰にはいった。しかし、隆次郎が化粧室を出ようとした時彼女はいった。

「今更やめられないわ。ミューズ・スクールはあと五年もたてば立派な足場になるのよ。夜も寝ないで仕事に追われているあたしの苦心が、あなたには判らないんだ……」

「夜も寝ないで、だと……ふむ、きみは仕事はやるだろう。だが、これからは、やたらに異った男を連れて歩くのはやめてくれっ！」

隆次郎がすこし息を弾《はず》ませて、灰皿にたばこを捻《ひね》りつけたのを、夫人は上目づかいに見まもって、突然ふきこぼれるように笑いだした。

「あ、あなたは……それがいいたくて、さっきからむずむずしてたのね。ホホホホ……ウフフフ……気に入らなければ、いつでもやめますわ。わけはないこってす。だけど、あなたからそんな口幅ったいことをいわれるのは、すこし心外だわ……この頃の奈美子さんのあなたを見る目付、あれはいったい何？　奈美子さんはあたしの大事な片腕よ、ことわりなしに手を出すのはよして頂きたいの……」

(三)

一時間後……浴室のいざこざをどうおさめたのか、山下夫妻は一緒に玄関に出てきた。運転手の玉沢は山下氏のカバンをトランクに入れる。夫人は見送りにでた奈美子にいった。

「フェアセックスの編集員槙さんが来たら、さっきのデザイン8番まで渡してちょうだい。あとは、もう少し手を入れてからにしましょう」

月島奈美子がミセス山下の助手になってからもう四年になる。夫人はミューズ学院を見るほかに百貨店鶴屋のヴォーグ・ルーム担当者で、アシスタントや助手も沢山いたが、彼女を一番重宝《ちょうほう》にしていた。すなおで出しゃばらず、大変勘《かん》の良い娘で、おまけに夫人が苦が手の仏蘭西《フランス》語が読める……アトリエに一杯の外国資料から次々にミセスがひねり出すデザインのアイデアは、奈美子の頭と腕でスケッチになりミセス・ヤマシタの名を高からしめているのだ。

雑誌からの仕事に追われると奈美子は山下邸に泊る……春の準備は十一月から始まっていた。

五三年型のシボレーが動きだしたとき、奈美子が朝陽《あさひ》をよけた指をヒラヒラさせたのを山下夫人は見落さなかった。それは、自分以外の誰かに対する別れのしるしに違いない。

やがて、自動車は京橋のあるビルの前で山下氏とカバンをおろした。

「じゃ、行ってらっしゃい。お帰りは?」

「土曜日……」

隆次郎はふりむきもしなかった。クルマがすべりだすと運転手の玉沢は、

「鶴屋へまわりますか?」

「学院へやってちょうだい」

玉沢はバックミラーで山下夫人の瞳をつかまえた……切れ長の眼が皮肉な笑みを湛《たた》えている。

「……何がおかしいの、玉沢」

そのとき、急ブレーキがかかり、夫人の体はふわりと前へ浮き上った。脂粉の香が揺《ゆら》ぐ。

玉沢は遠い前方をみつめて、まだ口辺に笑みを浮べていた。

(四)

アイスパレスのリンクは混み始めてきた。

長さ百二十メートルに余るドームにスケーターのざわめきがはね返って、それがワルツのリズムとまじり、楽しい階調を作っていた。

フェンスの外のベンチに一組の男女が戻ってきた。蕗《ふき》子《こ》は、

「……ああ……いいな……」とグリーンのスラックスに包んだ両脚を、思いきり伸していう。滑ったあとの筋肉のしこりが、ゆるやかにほぐれて行くのが判る。

「見るもの聞くもの、きみは何でも嬉しいんだな。子供だからしかたがないか……」つれの土岐《とき》がからかうと、

「失礼よ、そんないい方!」と睨む真似をするのが、ちょっと可愛らしい。

蕗子は、高校をでるとお定まりの就職にしくじり、洋裁学校に通っている何万人のティーンエイジャーのひとりだ。それが、これまた何千人という東京のキャバレーの楽士のひとり土岐佳夫と、どこで知り合い、どう交際していようと、介入されるべき問題ではない。

蕗子の視線は、その時タイムレコーダーの入口から現れた、眼鏡の中年男に注がれた。

「誰だいあれ……知ってんの?」土岐も気がついて、なんとなくニヤニヤした。

「院長先生、ミセス山下のハズよ」

「ふーん……」土岐は笑いをひっ込める。男はリンクにはいった。

土岐は立ち上った。

「さあ、もう一ちょう……」

ふたりが「青く美しきドナウ」に乗ってリンクを一周したとき、土岐は蕗子をオレンジ色のコートを着た指導員に渡し、人ごみにまぎれこんだ。

山下貿易の社長山下隆次郎は、ふと、自分の横にぴったり並んでペースを合せている奴がいるのに気がついた。ふたりの瞳が合ったとたん、そいつはいった。

「山下貿易の社長さんでしょう?」

「うむ」と隆次郎はうなずいた。

「ひとつ買ってもらいたいものがあるんですがね……」

(五)

山下氏は軀《からだ》をひねってリンクの外角に出た……土岐佳夫はぴったりついてきた。そして小声で自己紹介をし、

「売り物は、ミセス山下に関する情報です……どうでしょう」

ふたりの前方に、もたもたしたのがいたのを彼等は両側によけ、またきれいに並んだ。

山下隆次郎がはじめて口をきいた。「おことわりしよう……」

「あなたのためを思うんだがなあ……」

「誰のためだろうと……」と山下氏がいいかけた時、誰かが顚倒し、それに土岐が突っかけた……そこへ「うわっ！」と三番目が奇声をあげて衝突したから堪らない。

土岐は見事に氷上に四つん這になった。

笑い声と口笛……土岐以外の二人は仰向けにされた黄金虫《こがねむし》みたいなざまで、ポケットの中身までばらまいた。そいつを山下隆次郎は「やれやれ……」という顔つきで拾い集めてやったのである……。

蕗子も遠くからその派手な衝突を見ていた。

「だらしがないわね」彼女はバーに戻ってきた土岐の背中をピッシャリ叩いた。「ミセス山下のご主人に何話してたの？」

「なに……まあ、顔つなぎってとこさ」

「山下さん、愛相よくなかったでしょう？」

「うん、そんなところかな……」

「この間、学院に事件があったのよ。理事のひとが学校の金を横領したらしいの。検察庁の役人が二日もオフィスへ来てたわ。穴埋めをミセスの御主人がやらされるのよ、きっと」

「穴埋めか……金持ちならわけないさ。ぼくみたいなかけだしだってやらなきゃならん時もある……」

「あなたが……何の穴埋め？」

「まあいいや……出よう」

二人は貸し靴を返し服を着かえると、秋の弱い陽指《ひざ》しの通りに出た。

土岐はタバコを出して、ポケットをさぐったが「おや……」といった。

（六）

ミューズ洋裁学院の院長室には——どうぞ。ノックは要りません——という札が掛っている。だから婦人雑誌フェアセックスの記者槙久平がミセス山下と小田部博士の内緒事を耳に挟んだとしても、とがめるわけにはいくまい。

槙が衝立《ついたて》からひょいと首をだしたことに、二人は気がつかなかったから、彼は内部の様子をひと目で脳裡に刻みつけた。

ミセスは長椅子に深々と体を沈め、その前の椅子から乗り出すようにして、ひとりの男が何か彼女にうったえていた。首をひっ込めた槙久平の耳に、男の押し殺した低い声が、いやでもはいった。

「……奥さん、このとおり私は頭をさげて頼む……去って行くあなたの自由をしばろうとはいいません……ただ、あれだけは渡して欲しい。それは、私ひとりのためでなくＪ・Ｃ・Ｎ・Ａ（裸体主義者協会日本支部）のみんなのためにだ……」

その声は奇妙なふるえを帯び、男の忍耐のぎりぎり一杯の限界を示していた。と、ミセスのじらすような声が、

「……そうでしょうか……おっしゃる意味がわからないわ」

「わからない？……わからないだと？」

椅子のクッションのきしむ音。

「き、きみは……そんな女だったのか……」

事態は急である。槙はうしろ手でドアのノッブをガチャリと鳴らし、衝立の陰から踏みこんだ。

「あ、失礼しました」

とすまして詫びる槙を、椅子から立上った男が睨みつけた。

五尺八寸は十分ある上背、眉は八の字に顔の造作はすべてひとまわり大きく、しかも頬の色は少年のように美しかった。

「おや、槙さん。ちょうどいいわ、ご紹介しましょう。こちらはフェアセックスの槙さん……この方は東邦外科の小田部博士です」

山下夫人のことばに彼等は目礼を交した。

「ぼくはあとでまた……」

という槙をミセスはやさしく睨んで、

「お二人に素晴しいウイスキーをご馳走するわ」

と隅戸棚を開けた。

「生徒達はもう下校したからいいでしょ……」

死体消失

（一）

小田部博士は槙が盗み聴きしたとは気がつかないらしく、バーボンウイスキーの接待にあずかり、五分ほどして「じゃ、奥さん、よろしくお願いしますよ」とおとなしく退散した。

槙久平は早速商売にかかった。競争誌「女性時代」が春のモード特集を一月二十五日に出すので、ミセス山下に依頼してある仕事の予定を十日繰りあげて欲しいとい

い「仕立屋が混んでて、どうしてもそうなるんですよ、先生。頭の色グラビアが八頁《ページ》……折込みのオフセット十六頁だから、出来上りは引き立ちますよ」

「お世辞がうまいからかなわないわ」山下夫人は自宅に電話して、奈美子にその予定変更を連絡した。

「引きうけたわ」彼女は受話器を戻し「うちへ寄って、奈美子さんから出来た分を貰っていきなさい」

槙久平は、ではと腰をあげてドアから出ようとしたとき、ミセスの声が追っかけてきた。

「槙さん結婚するんだって？　……編集長に聞きましたよ……何かお祝いするわね！」

×　　×

その晩十時過ぎ、アパートくるみ荘の管理人江川は、掛ってきた電話についた。女の声で、

「……ま、まきさん……お……おねがいします……」

息切れまで聞える。「……いそいで……」

「槙久平さんですか？　……ちょっと待って、呼んでくるから」

二階から、槙がパジャマで降りてきてみると、電話の相手は月島奈美子だった。

「……槙さん？　……、すぐ来て下さい。ミセスが……死んでるの……」

「えっ！　なに？　何んだ……ほんとに、死んだの？……」槙は身ぶるいがした。

管理人江川は、槙のことばに目を丸くし、首を傾けてにじり寄った。奈美子の電話によるとミセス山下は、ほとんど全裸の姿で寝室に死んでいるというのだ。槙は江川にいった。

「ちょっと行ってみます」

（二）

槙はタクシーを拾うと、運転手に「麻布梅田町、L公使館の裏手だ」と命じてクッションにもたれた。その日の午後、夫人が彼に投げたことば（何かお祝いするわね……）という声がまだ耳に残っていた。自動車は目黒駅から天現寺へ抜け、二十分後にL公使館の前から右折し、坂を下った。

岡の中段の山下邸は、さっき昇った月光のなかに森閑《しんかん》としている……タクシーが坂をおりるのを見送って彼は玄関に近づき、閉されたドアをノックした。ボールトが鳴って月島奈美子の白い顔が見えた。彼女は槙の顔をみると、

「……あたし……こわい！」といってしがみついてき

た。槙はその肩をだいて、ゆするようにしながらいった。

「ほんとうかあの電話？……寝室だね？」

サロンにはハイボールのグラスや塩せんべいが卓子《テーブル》に散らかり、客が来ていたことを示していた。

「誰が来てたの？」

「知りません。あたし、工房で八時ごろからずうーっと仕事してたから」

サロンからかなり広い食堂、その左側に寝室がふたつあり、奥が山下夫人のだった。

槙はドアを開けて中をのぞく。右には飾棚や小型のデスクがあり、ベッドは左側にあった。ベッドの頭の小卓にスタンドランプが点いたままで室内を青く照らしている……。

「……何にもないじゃないか……」槙がかすれた声をだした。

シーツは乱れ、羽根布団がズリ落ちそうになっているだけで、ベッドにも床にも山下夫人の姿はなかった。

槙がそれを確かめて、うしろを振り向いたとき、奈美子は顔をおおって、何とも形容できない悲鳴をあげた！

「どうした！　しっかりしたまえ」

「……あ、……いない……死体がなくなった！」

（三）

「……そんなバカなこと……」と槙久平はもう一ぺん室内を調べた。まず、ベッドはひどく乱れていて下着だけがまんなかに放り投げてあり、ストッキングやパンティが椅子にのっているところからみると、山下夫人が裸体になっていたことは想像できた。枕元のスタンドランプも、電気ストーブも、つけっぱなしである。

槙は食堂に待っている月島にきいた。

「あなたが見たとき、夫人はどんな格好をしていました？」

「たしか仰向けに寝て……」

奈美子は両掌で顔をおおい、指の間から記憶を辿るように寝室のドアを眺め「胸から下にシュミーズをかけて……頸に何か巻いていました。帯のようなもの……」

「それを見て、きみ、どうした？」

「サロンの電話についたんです。そしたら、どうしてもかからないので……大通りの公衆電話からあなたにかけたの」

「じゃ、外から掛けたんだな……何分ぐらい家を開けたかしら？」

「そう……三十分ぐらい」奈美子はだいぶ落ついてき

た。

「それだけあれば、動かすこともできるけれど、おかしいね……婆やさんも今晩は留守だったの?」

「ええ、おとついから家族に病人ができたので、おひまをとってます。ご主人が留守のときは、玉沢さんがガレージの四畳半に泊ることになってますけど、今晩はきてません……」

ふたりは家の中をサロン、書斎、隆次郎の寝室、キッチン、それから三つある日本間を回ってみた……どこも、おかしいところはない。が、廊下の奥のT字型の曲り角に来たとき、奈美子が槙久平の耳もとでささやいた。

「アトリエが変よ。ミセスはあすこ、いつも鍵をかけているのに……」

アトリエの黒塗のドアが二寸ほど開いてる。槙が、内部のスイッチを押したとき、ふたりは、ハッとしたように佇立《ちょりつ》した!

(四)

山下夫人のアトリエは目茶目茶《めちゃめちゃ》に荒されていた……大型デスクの抽出《ひきだ》しは総て半開きになり、中身が床や卓上に散っている。デスクの隣りのトレース台も例外でなかった。北側の壁は書架だったが、侵入者はその外国雑誌や図書もいじったとみえて、床に数冊落ちている。デザインに必要な資料のインデックス・キャビネットだけは別に触れた様子がないが、その隣りの黒檀《こくたん》の戸棚は抽出しが開け放しで、夫人の道楽だった写真のフィルムや印画類が前の床に散らばっていた。

槙久平につづいて奈美子も室内にはいった。

「ここへは、ミセスが絶対に人を入れなかったのよ」

彼女は、そんな場合にも好奇心にゆすぶられたらしい。

「この荒しようで、きみに聞えなかった?」

「ドアを閉めたら工房までは聞えないわ」

槙はキョロキョロあたりを見回し、スリッパの足が狼藉《ろうぜき》の跡を崩さぬよう用心した。彼は床の上に落ちている六寸ぐらいのブロンズの小像に、注意をひかれた。それはギリシャ戦士のヘルメットを冠った見なれない裸像で、胸から下は割れてない。彼がそのかけた方を探そうとしたとき、奈美子が彼の腰をつついた。

振り向いた彼は、あ、と声をあげた……。

ドアが外から閉められた……そして、鍵が鍵穴の中でカチリと一回転した! 誰かが家の中でふたりの様子を窺っていたのだ。

妙によろめくような、足音が次第に遠のいていく。それは玄関の方へ進んでいった。

「誰だ？　きみ知ってるんじゃないか……」

奈美子は激しく首を振った。が、そのうろたえようは惨めである。

「よし！」槙久平はデスクに足をかけ、窓を開けて一米《メートル》半は優にある地面に跳《と》びおりた。

彼が山下邸の門を出ると、公使館の煉瓦塀にそった暗がりの坂を、ボストンバッグを持った男が逃げていく……酒に酔ったように体がゆれていた。槙はかけだした。

（五）

二十分後、槙久平は小汚い工場や倉庫が乱雑に立ちならぶ、迷路のような町を歩き回っていた……それが山手線の五反田《ごたんだ》、大崎の外側、そう離れていないことに間違いはなかった。公使館の横町でボストンバッグの男が自動車で逃げるのを捕えそこね、折良く通りかかったハイヤーで追跡したが、遂にこの辺で見失ったのである……。

腕時計をみると、もう真夜中近い。尋ねようにも人っ子ひとり通らぬ淋しさ……彼は諦めと未練《みれん》半々である横町を抜けようとすると、半分開いた門扉《もんぴ》の間から、キラッと自動車の尻が光ったのに気がついた。月夜のお蔭だ。

彼は、倉庫の前庭に、塀によせてある黒塗の自動車の、エンジンカバーに手を触れた。

まだ温かい。

倉庫の裏手に回ってみると古い石造の二階建がたっていた。大正頃にできたのか、窓が小さくまるで土蔵のよう。彼は扉をノックした。二度三度と叩いたとき、二階の窓に灯がつき、暫くすると扉が開いた。

「今頃、何です？」タオルの寝巻を着た中年の男が、月を背にした槙を窺うようにいった。

顎が四角く、きれ長の眼がキラリと光る。さっきの男ではない、しゃんとしていた。

「ここへ、今少し前、酔っぱらったひとが戻って来なかったでしょうか？」

「知らんね。俺と家内だけだよ」

「隠さないでいってくれ。そいつの乗ってきた自動車が前にあり、エンジンが温いんだ」

男は、眼を伏せ顎に手をかけてすこし考える様子だったが、軽くうなずき扉を開けた。

「まあ、はいんな……いいからはいれ！」

一階は真暗らで、階段から灯がさしていた。槙の先に立って梯子を登る男は、低く鼻唄をうたっていた。登りつめると目の前に畳敷の部屋、まん中に、造作に似合わぬ花やかなベッドが敷いてある。槙は、その寝床の主を見た瞬間、どうにも足が前に進まなくなった。

外科医の秘密

(一)

真新しい花模様の布団に仰臥《ぎょうが》しているのは山下夫人……いや、その遺体だった。なぜなら、頬こそバラ色に粧《よそお》い、ねむった眼は今にも開くかと思うばかりだが、胸に置いたネグリジェの袖から見える両掌はまさに死の色だったから……。

枕元にハンドバッグが置いてある……この奇怪な男が、パフやリップスティックを使って克明に化粧を施したのは、明かだった。いったい何のためか?

男は槙の横顔を満足そうに眺め、

「ふっふっ、おどろいてやがる。俺はこの女をもう誰にも渡さんことにしたよ。今日まで十年間、こいつの淫らな手が、体が無数の男を愛撫しやがった! 何とかいうキャバレーの若造、あの薄でかい藪医者……山下隆次郎、それに貴様だってその一人に違いねえ。ところで、俺ときたらそれを指をくわえて見てなきゃならなかった……まったく可哀そうなもんだ、亭主のくせにな……だが……今は違う……この女は……俺のもの……」あぐらをかいた男は次第に頭を下げ、舟を漕ぎはじめた。槙はその急激な変化におどろいた。

「きみ!」槙が試しに呼んでも、彼は軽いいびきをたて、山下夫人の死体に祈りを捧げる格好で、畳に突っぷした。

槙は立ち上って室内を物色した。ハンドバッグの中にはほとんど何もはいっていない。部屋の隅の暗がりにボストンバッグが転っていた。開けてみると、金属の注射器のケースと、いくつかのアンプルの小箱がはいっている。

彼に、やっと、この男の奇怪な行動が判りはじめてきた。麻薬中毒者なのだ。

そのとき、倉庫の横をひとつの人影が近づいて来る。彼は石造の建物の扉が開いているのに気がつく……二秒ののち彼は中に消える。槙はねらわれていることを知るはずがなかった。

彼は引戸をしめて、真暗らな階段を降りはじめた……闇の中にうっ! といううめき声がした。そして階上の引戸から灯がさしたとき、槙久平の喪心の顔を照しだした。

（二）

月島奈美子から殺人事件と奇妙な死体消失の報告をA署が受けたのは、午前三時だった。三十分後、山下邸に数台の自動車が乗りつけた。

と、夜明けの冷気の中をもう一台の車が砂利《じゃり》を弾《はじ》いて玄関につき、中からオーバーにソフトの男が三人降りた。

制私服の警察官に迎えられた警視庁刑事部長、捜査第一係長とA署長は食堂にはいり、A署の若尾警部からひと通りの報告を受けた。

「……絞殺されていた、という娘の話は確認したかね、若尾くん」刑事部長がいう。

「ベッドに被害者のものらしい分秘物があり、凶器と思われる婦人靴下が残っております。どうも、ほどいて行ったらしく……」

捜査係長が立ち上った。「なに？　絞めた絞索《こうさく》をほどいた？　……部長、見ましょう」

若尾警部は道をひらき三人は寝室にはいる。

部屋のなかは、さっき槙久平と奈美子が見た同じ状態だった。左手奥の乱れたベッドを小テーブルのスタンドランプが半分照し、床にスリッパやタオルやナイロンの靴下が落ちている……右手の衣装簞笥《だんす》の扉がすし開いていた。刑事部長たちは、落ちている婦人靴下に、一度何かを固縛しほどいた形跡があきらかなのを見た。

若尾警部は身をかがめて、ベッドの下を指さし「あすこに腕時計が落ちています……針は九時二十五分で止っています。ご参考まで……」

「そのことだが」刑事部長がいった。「非常に通報に時間がかかってる……この場合にしてはね」

「月島という助手は署に電話せず、槙という雑誌記者に電話し、その男が来てみて死体消失が判ったといっています。おまけに、二人が屋内にいるとき、何者かにアトリエへ閉めこまれ、槙がそれを追って出たきりだそうです。槙のアパートへ電話しましたが、もちろん帰宅していません……玉沢という運転手の方は東戸越の柳川運輸倉庫に泊っており、手配してありますから、追っつけ報告が来るはずです」

（三）

鑑識課員は最小限の人数で、静かにしかしスピーディに仕事を始めていた。見取図をつくり、必要なものは写真をとり、指紋検出のスプレイを施し、物品は紙包みにして資料バスケットに納まるというわけだ……。

「ウイスキーグラスが三つだと、客は二人だったな……若尾くん、月島を呼んでもらおうか」

捜査一係長が頼んだ。日本間にしりぞけられた奈美子が、いつの間にか髪もなでつけ、薄く化粧しているのに、若尾は意外な気がした。

「月島奈美子さんだね、驚いたでしょう」捜査一係長が、表面はいたわるような口調で「あんた、仕事場にいてご不浄《ふじょう》にも行かなかったの？　八時から十時頃まで……何か、客間の人声でも聞いてると有難いんだがね」

奈美子は黙って首を横に振る。

「客が二人もあったらしいのだが、見当でもつきませんか？」

「先生のお客は多いんです……だから、誰って……判りません」

係長は、卓子の上から小さな紙包みをつまみあげて、なかをあけた。

「これ、誰のか知らないかね？」

四角いジッポのライターで、銀めっきの地に朱で船の模様がほってある。

「土岐さんのらしいわ」奈美子は眼をみはった。

「土岐？　誰です？」

「キャバレー・チャタヌーガの楽師とかいいましたわ……若いひとで、よく先生のところへ来る方です……どこにあったんですの？」

「寝室に落ちてた。山下夫人と寝たらしいな」

奈美子は、そのことばに下を向く。

若尾警部は電話帳でキャバレーの所在を確かめ、部下に何か命令した。昨夜の訪問者の手掛りがやっと摑めたので、捜査陣はいささか色めいた。が、死体の行方はまだお先真暗ら……玉沢運転手の宿泊先東戸越の柳川運輸倉庫からも、本人も自動車の姿もなしとの報告が来た。

――たるんどるぞ――刑事部長は捜査一係長のかおをじろりと見た……。

(四)

東邦外科病院は、まだ朝の営みが始まっていなかった。院長室のドアを誰かが叩いた。ゆうべ患者が死亡したため泊ったので、小田部博士はキャンバスの寝椅子からガバと起きた。

彼は立って行ってドアの錠を外す。婦長の湧井が、白衣の上にコートを羽織っていた。彼女は博士の高い肩に両腕をまわし愛撫を求めた。ふたりは抱擁した。

「……しっかり抱いて……あたし、こわいの、ゆうべのこと……」

小田部博士は湧井の体を軽々と抱いて折畳みの寝椅子

に寝かせた。彼はささやく。

「……黙っていてくれるね。ひと一人助けるのだ。怖いぐらいがまんしておくれ……」

「でも、なぜあんなことなさったの？　見つかったら破滅よ。ああ霊柩車が早く来ればいい……」

「遺族は来ないだろうね？」

「来ません。山形から電報でよろしく頼むって……」

「湧井、人間頼まれれば死んでも断れないことが一つや二つある。忘れてくれ……私はきっときみに酬《むく》いるよ」

「でもこわい……こんなに体がふるえて……」

小田部博士の逞ましい腕と胸が、女の体を包むようにしっかり抱いた……。

彼は窓に寄り、裏門の寒々とした一棟のコンクリート建を見おろした。それは死亡患者を一時いれる屍体室である。

腕時計は九時をさしていた。彼はハッとしたように窓から離れる……蒼白なかおの切れ長の眼をした男と、一人の僧が現われ、屍体室にはいる。あのことをひとりは知っており、もうひとりは知らない。

小田部博士はフックから上衣を外して着ると、湧井に目くばせして、ドアから出て行った。

二十分後、金ピカの霊柩車は大一番の棺桶とひとりの男をのせて病院を出ていった。

(五)

「……早いとこ願います」という男を、K火葬場の職員はけげんな顔で見返した。嬉しそうにまるでランチでも催促するみたいだ。埋火葬許可証をバインダーに挿んで、職員はガランとした火葬室にはいる……身寄りが死んで気がふれたのか？

一号炉の奥で、重油のバーナーが轟々《ごうごう》と鳴っている。ふたりは霊柩車から棺を運搬車に移すとき、重いなあと思った。

「お別れをして下さい」と線香台を出すと、それでも、男は殊勝らしくお線香をあげたが、どこか様子が変である。

その時一台のハイヤーが構内にはいってきて、停まるのも待たず二人の男が跳びだした。

警官と槙久平だった。槙の服はカギ裂きがあり油や泥にまみれていた。

「そ、その棺を持ってきた男はどこです？」

職員が振り向いたとき、物陰からとびだした男が、ポケットに両手を突込んだ運ちゃんを突きとばし、タクシーにとびついていた！

「やっ！」追いすがった警官は転倒し、ハイヤーは男をのせたままスタートし、たちまち門を出ていった。

警官は事務室からA署に連絡した。

「捜査本部ですか……玉沢みつかりました。Ｋ火葬場から北に向って逃走中……Ｍタクシーの青。番号は〝た〟の八八二三。はい、棺はここにあります。すぐ来て下さい！」

やがて係官たちが到着して棺を取り囲む。

「開けてよろしい」と捜査一係長がいう。

ふたを開けると、低いどよめきが起った。ふたに鼻がつかんばかりに、リンネルのネグリジェを着た女の死体がはいっていた。

「……ふむ、死体をふたつ入れたか。考えおったな……あぶなく焼かれるとこだ」係長は槙を見つけて「きみが槙くんだね？……この女が誰だか知ってますか？」

槙久平はそれが山下夫人だと答えた。

下のもうひとつの死体の出所が東邦外科病院であることは、すぐに判った……。

ドライバー悲願

（一）

「きみ、どうして東邦外科病院と判ったんだ？」捜査一係長は、槙が玉沢の部屋を出たとたん、頭に一撃を食ったところまで話したとき、訊いた。自動車は走り続ける。

「何ていったらいいかな。まあ、やけくそのあてずっぽです。麻薬——医者という風に……正気づいてみると、もう明るくなっていて、ぼくはあの石造家屋の奥に投げこまれていました。出ない声をふり絞って呼ぶと、張り込み中の刑事に助け出されたのですよ。そこで東邦外科へ行ってみると、夜中に患者が死んで、いま火葬場へ運びだしたという……」

「ふーん、あてずっぽ、かねえ」係長は槙久平のかおを物珍らしそうに眺め「あんな麻薬を医者が持ってるもんか……それに、医者は東邦外科と限るまい！」

痛い質問だ……槙はかぶとを脱いで、山下夫人と小田部博士の知己《ちき》関係が、彼の行動のヒントになったことを白状したのである。

二人が院長室で待つほどもなく、院長は朝の回珍からもどってきた。あとに続いた婦長の姥《うば》桜というか奇妙な色気をたたえたかおが、一瞬サッと変ったのを、槙は見逃さなかった。

捜査一係長は名刺を交換してから、来意をのべる。小田部博士は唖然とした。

「山下さんが殺された……ほんとですか。おまけに、私の病院でひとの棺の中へ……驚ろかさないで下さい！」

「お気の毒ですが……私の話に嘘はありません」

「その、運転手とやらはどこに……？」

「もう、非常線にかかって捕まりました」

博士はほっとしたようにいった。

「それは良かった。実は、私はゆうべの死亡患者で疲れているのです。何なら、あとでお話ししたいがどうでしょう？」

係長は、あとでA署へ来て頂くといって部屋を出たが、槙久平をふりむいて、

「どうだ、小田部先生すっかり参っとるね。玉沢が何をしゃべるか、聞きものだ」といった。

（二）

玉沢が奪ったハイヤーは甲州街道を突切り、烏山《からすやま》のお寺の境内でパトロールカーに追いつめられ、彼はA署の捜査本部に送りこまれた。

取調室で二時間も玉沢は無言の行《ぎょう》を続け、若尾警部の尋問をどこ吹く風と、ガラス窓の外の末枯れのコスモスを眺めている……警部と立会の刑事は、何か成算があるのか「……まあ、ゆっくり考えとれ」と部屋を出た。

と、三十分も経ったか、取調室のドアがどしんどしんと揺れた。二人がドアを開けると、運転手はひたいに油汗をかき、床に膝をついている……若尾警部は柳川運輸倉庫の玉沢の部屋から押収した麻薬の小箱を出した。

「これか！」

突如、玉沢はうなり声をあげて警部の脚にしがみついた！

「話すか、玉沢……ゆうべ何時に山下邸へ行った？」

「ああ……い、いうよ、いうよ……八時過ぎだ……いいますから、どうぞ……頼む！」玉沢は口元から泡を吹き、両腕をねじり合せるのが悲惨だった。警部から渡されたアンプルをピッと歯で切り、注射器に液を吸いこむ……玉沢は、おこりにかかったように揺れながら、二の

腕に注射針を打ちこんだ。眸《ひとみ》がとたんにキラッとぬれ、安どの息を深く吐く……。

そして二十分後、陶酔から醒めた彼は、告白をし始めた。

「……公使館前の通りを運転してくると、前を土岐が……キャバレーのバンドマンです……歩いていたので、一度通りすぎてから彼がうちに着いた頃を見計らって、そおっとガレージにクルマをしまいました。ベランダの前に回りカーテンの隙からのぞくと、寝巻を着たあいつは土岐と酒を飲んでやがった……別に珍らしかあないが、まるで、俺に見ろといわんばかりのていたらくさ」

「何だい、その、見せつけるてのは？」

「いっちまうか！」玉沢は眼をすえた。「若造の手を引張って胸の、この乳のところへ入れようとしたんだ！」

（三）

玉沢がカーテンの隙間から見ているとは知らず、やがて山下夫人と土岐は寝室に消えた、それが九時少し前。すると三十分ほどして土岐が部屋から出てアトリエに通ずる廊下に曲った。

その様子が妙なので、玉沢は寝室を覗いてみる気になった、という……。警部が口をはさんだ。

「土岐はまだ家の中にいただろう……なぜ寝室へはいる気になったのだ？　夫人はお前のいろ（情婦）か？」

「いろ？　……」玉沢の切れ長の眼が異様に光った。「チェッ、あれは……出るとこへ出りゃ俺のれっきとした妻だぜ。だれが他人の死体なんぞ持ち出すものか……あいつは……あいつは俺の妻だ！　おれのもんだッ！」

彼は胸を叩いて怒号し、それが涕泣《ていきゅう》に変った。若尾警部はゆうべの槙久平の経験を聞いていたからおどろかなかった。じっと我慢し、相手が静まるのを待って、

「思いきって、山下アキとお前の関係をいってみろ。仏のためにも供養《くよう》だし、さっぱりするぞ……誰もお前が殺したとは思っちゃいない。どうだ、玉沢……？」

まさに殺し文句である。そこで、玉沢が慟哭《どうこく》をやめぽつりぽつり話し始めたのをちぢめると……。

玉沢こと徳山正は、十数年前満州にいるとき、新京で洋裁店を開いていた現在の山下夫人と結婚した。波らんもないふたりの生活は、昭和十八年に彼が召集されると終りを告げ、終戦と同時に彼は八路軍に奥地深くつれ去られた。しかも辛酸九年ののち送還されてみると、郷里の戸籍面から死亡として抹消され……妻の秋子は徳山姓から離籍されているのを知った……ここにも戦争の爪跡が残っていたのだ。

彼は上京してタクシー会社に勤めたが、ふとしたはずみで麻薬の仲介を頼まれたのがもとで、自らもその魅惑の虜《とりこ》となった……雲助《くもすけ》稼業の摑み銭の法外なのがバレて会社はクビ、転々と職場をかえた末二進《にっち》も三進《さっち》も行かなくなったとき彼は秋子にめぐり遇った。

「……あいつは米国から帰ったばかりとかで、見違えるばかり立派になっていやがった。数えてみると十一年振りだ、ねえ旦那」

(四)

「あいつは俺よりずっと利口者だった」と玉沢が続ける。「俺の話をきくと、ヘロインをあげるから自家用車のドライバーになって、温和《おとな》しくしてろというんだ……十一年振りに遇った妻に急所を握られたようなものでさあ。馬鹿々々しいと思いますか、旦那?」

「判らんこともないよ」

「山下の運転手になりすましているうち、色んな事が判ってきた。亭主が相当の金持ちだということ、あいつがまた名の売れた洋裁家で昼間は忙しく飛び回ってること……それから、昔はあんなに堅い女房だったのに、今は亭主以外の男と寝るのを何とも思っていないらしいこと。それを昼日中、俺を供待《ともま》ちさせてやりやがるんだ。麻薬をやめようと何度思ったかしれない……が駄目でした。それもいいが、ほんとの亭主の俺ときたら、寄せつけようとしねえのが憎かった! ゆうべ、山下は出張で留守だった。俺は心をきめてわざとおそく邸へ行ってみると、あの若造を引張りこんでいた……」

「それで、はいって絞めたか?」

「ちがう。絞めたのは他の奴だ……俺が玄関からはいろうとすると、とっつきの山下の書斎のドアが中から開いたんで……」

「ほう!」と若尾警部は膝をのりだした。

「驚いたかね……土岐でも月島さんでもない。土岐はアトリエにいたか逃げたかだから。月島さんは工房にいたはずだ……客間の灯が消えてるので、誰だが判らないが、そいつはたしかに寝室にはいったよ」

「出たのは?」

「それが判らない……待っても待っても出たようすがないんです。だから、月島さんが家からとび出して行くまで、俺は寝室にはいれなかったのさ……寝室に忍びこんでみると、あいつは頸に靴下を巻かれて死んでいました。そのとき、秋子をほんとに自分のものにしようという気持がフッと浮んだんだ……」

（五）

玉沢は生き返るかもしれぬと思って、山下夫人の頸からナイロン靴下をほどいた……という。洋服箪笥から部屋着をだして重い死体を包むと、クルマのトランクに積み、彼は柳川運輸倉庫の宿泊所に運びこんだのだった。

「なぜ、山下邸に戻ったのだ？」警部が訊く。

「あいつの寝室からヘロインを運びだすのを忘れたからさ……あいつはりこうで、余分ときたら一函も俺に渡さねえんだ。俺はボストンバッグに注射器をほうり込んで、夢中でとびだした……目がくらみそうに苦しいのを我慢して屋敷へいくと、アトリエで人声がする。俺は寝室の戸棚から薬を出し一本射ってホッとした……」

若尾警部は麻薬患者が陶酔時に気紛《きまぐ》れをやることを知っていた……彼が槙と奈美子をアトリエに締めこんだのも、それだ。

「……まずいのはあの雑誌記者が俺の家までつけてきやがったことです」玉沢の告白が続く。

「いい気持でウトウトしながら、こいつをどう始末しようと考えているうち、野郎はどこかへ消えてしまった……」

「嘘をつけ、殴って裏の部屋へ押込めたろう」

玉沢は、目をぱちくりした。それに嘘はなさそうだった。若尾警部は「じゃ、誰かお前のとこへ来た奴があるな？」と畳みかけて訊いた。

「いいや、誰もきませんぜ」

「まあいい、それからどうした？」

玉沢は、雑誌記者に山下夫人の死体を見られた以上、すぐにも追手が掛ると思ったので、再びかつぎでのある荷物を自動車に移し、捨て場探しに出発した、という。できるなら、誰の眼にも再び触れない方法で始末したい、と考えたとき、彼は東邦外科病院が遠くないことに気がついた……病院と死体……彼が漠然と小田部博士の経営する病院にクルマを向けたのは午前三時を回っていた……。

「……裏門の傍の建物から灯がさしていた。門の陰から見ていると、看護婦と二人の男がからの担架をもって出て行きました。俺はそこが屍体置場だと判ったんです……」

妖しい戦士像

（一）

山下隆次郎が東京からの長距離電話で事件を知ったのは午前七時、彼はまだ宿屋で寝ていた。新潟正午発の急行で上野につくと、会社の迎えの自動車に刑事が乗っていて、A署の方へどうぞといった。

「家内の死体はまだ判りませんか？」

「みつかりました。お宅の運転手が運びだしてもう少しで火葬にするところ……」

「え、玉沢がやった？」隆次郎は解《げ》せぬというかおで刑事をみた。「話して下さい」

刑事が、簡単に午前中に起ったことを説明しているあいだ、山下氏は額に手をあて黙って聞いていた……やがて彼はフーッとため息をつき、

「……おどろくべきこった、家内がそんな目にあうとは。殺したのは玉沢か土岐という男ですね？」

刑事はそれに答えない。

A署の署長室で山下隆次郎を待ちうけていた若尾警部は、事件捜査の状況をひと通り説明したのち、

「いま、土岐の行方を全力をあげて捜索しています。遺留品のライターから彼がゆうべお宅にいたことは確かです。玉沢については、どうも判らないところがあるので追及してますが、殺害は強く否定しています、何か御意見は？」

「ただ驚きあきれているだけです……月島には別に容疑はないでしょうね？」

若尾は、山下氏のかおを見返えして、

「ああ、助手のひとですね……わかりません。何か？」

「いや、あの夜、宅にいたとなると……」

「当然容疑圏にはいります。工房から一歩も出なかったという裏付けはない。あなたが上野を発《た》たれたのは？」

午後一時三十分の急行「越路《こしじ》」だった。夜の八時ごろ、新潟の宿について泊り、翌朝七時に電話で妻の死を知ったという。

若尾警部はそばにあった紙包を開いて小さいブロンズの像を出した。

「アトリエに壊れて落ちてたのですが、何でしょう？」

（二）

若尾警部が卓上に置くと、小像はカタンと前に倒れた。腰から下が欠けているのである。頭にギリシャ戦士のヘルメットをかぶり、腰にはひだのある短い腰ミノをつけているらしいが、両脚の部分がなかった。山下氏は、

「見るのがはじめてです、どこにありました？」

「アトリエの床に散った外国雑誌のうえに落ちていたんです。ほら、欠けた折れ口が真新しい……誰かが、わざと何かに叩きつけてこわしたのですよ。アトリエの隅に三尺ぐらいの円盤投げの像がありますね。あれにクッションをあててぶち折ったらしい……」

「家内はあすこへは誰も入れないが、ミロンのデスコボロス像があるのは知っています……しかし、これは奇妙な小像ですな」

「脚の部分を折った奴が、持ってったか捨てたか……お宅のまわりを調べさせているが、発見されません」

「なぜ打ったろう？」山下氏は小像をひねくりまわし「この胴中のホラに何か隠してあったんじゃないでしょうか……」若尾警部は大きくうなずいた。

「何かの秘密、暗号みたいなものね……うまい考えです。が、それならぶち折らなくても持って帰って調べればよい。とにかくこの小像は今に何かをきっと喋りますよ……」と彼は品物を紙に包んだ。

警部の聞きとりは小田部博士のことに移った……山下氏はもちろん彼を知っていた。二年前夫人がアメリカへ研究に行った時からの交際で夫人と情事関係があるとは思えぬと答えた。警部は山下氏が夫人の死をあまり悲しんでいないという印象を受けた。

ゆうべ少くも三人の男が夫人の寝室のまわりにいた事からしても、山下隆次郎の気持は推察できた。だが、土岐、玉沢のほかに玉沢が書斎から出るのを見たというもうひとりの男性は誰か？　そいつはまだ名前も捜査面に浮んできていなかった。警部は山下氏と夫人の死体下げ渡しについて打合せをしたのち、彼をひきとらせた。

（三）

山下夫人の葬儀は事件の起った晩から三日目。土曜日の午後、自宅でごく内輪に営まれた。山下氏がミューズ洋裁学院、鶴屋デパートなど夫人の事業面からの正式の弔慰をすべて謝絶したので、出席者も限られていた……。

槙久平は編集長からその旨を含められていたので列席し、月島奈美子と話す機会をねらった。出棺ののち、彼は私服の刑事の眼をかすめて彼女に近づき、工房に逃避

するのに成功した。

「なんですの？　面倒なお話ならお断りよ」

奈美子は三日間にやつれて見えたが、黒のワンピースに薄く化粧した風情はまた捨て難い。

「しごとの話だからいいでしょう。例の春のヴォーグの増刊ね……あんたの手で何とかまとめてくれませんか」槙は仕事机に拡げられたスケッチと奈美子の横顔を眺めた。

「今さらプランの変更はできない。編集長は〝ミセス山下遺作集〟として出すといってきかないんだ。頼む……先生のスケッチはいくつ貰ってあるの？」

「三十枚ほどです……あたし、もうやりたくない」

「あと少しじゃないの、やって下さいよ。あんたにとってもノスにはいいチャンスだぜ。月島さんの売込みなら、ぼくが約束してもいい。きっとうちの社長にやらせますよ……」

結局、山下氏の同意を得るという条件で、槙は彼女にうんといわせることができた。スケジュールの打合せをすませて槙が腰をあげたとき、奈美子がいった。

「……槙さん、事件のことをきいてる？」

「少しはね……捜査はあまり進んでないらしい」

「捕まってるのは玉沢さんだけ？　……小田部博士はどうなの？」

「玉沢が、彼の病院の屍体室にある死亡患者の棺に夫人の死体を入れたのに関連して、調べられているのさ。あの院長の行動はたしかに奇妙だ……玉沢との間に何かある」

「土岐という人は？」

「あいつが捕まれば急転直下事件は解決する……もし、彼が真犯人でない場合でもだ」

(四)

槙久平は奈美子が渡してくれたデザイン資料をかかえ坂道を下りはじめた。暖い日で、三尺ほどの溝の傍に小学生が二人しゃがんで遊んでいた……通りがかりに何気なく覗いた槙はハッとしたように立ち停った。

ゆうべの雨で台地から流れたゴミの堆積から子供が紐の先につけた釘で何かを釣りあげようとしていたが、釘の先に掛っているのは褐色のブロンズ像の破片だった。少年はクルクル回るものを道端へ釣りあげた。

「きみ……それどうするの？」槙がきく。少年はふり仰いで「どうもしないよっ！　ただ、釣ってるだけだよ」

「やあ、ヒカリモノだ、すげえすげえ！」もうひとりは生意気な口をきく。

槙はポケットから百円札を一枚だした。

「それね、この上の家で先だってなくしたものだよ。小父さんに売ってくれないか?」

少年たちは妙なかおをしたが、コソコソ相談してから、すこし恥かしそうに二百円くれという……槙として値切るてはなかった……。

水に濡れた置物の下半分、見れば見るほど、それは夫人が殺された夜アトリエに転っていたギリシャ戦士像の欠けた半分らしい……大股に歩きながらそれを調べた槙は、口辺にあやしい微笑を浮べていた。

若尾警部は、槙久平がギリシャ戦士像の欠けらを見つけたと報告したとき、うさんくさいという表情をした。警官が一日半も付近を探し回って見つからなかったからだ。が、彼の話をきくと納得して、保管してあった上半身と合せてみた。予想どおりぴったり合った。

「何だいこりゃあ……」警部は上下を合せたまま裏返えしたが、ハハアンというような微妙な思い入れをした。

ヘルメットをかぶった戦士のひだのある短い腰ミノの前部が奇妙に持ちあがっていたが、その原因がスカートの裏側にあった。それはシンボルの極度の緊張時を示していた……。

（五）

「これが山下夫人の持ち物か、驚いたな」と若尾警部は小像をつくづく眺めた。「槙くん、どこかに由緒ありげなところもあるね。まさかギリシャの出土品じゃあるまいが、かといって新しいものでもなさそうだ。アトリエにはいった奴が、こいつを円盤投げの像に叩きつけてこわす……そしてシンボルの下半身を前の溝に捨てる……山下夫人の乱行とこの淫神像を結びつけて、夫人をのろう男……」といって警部は槙の方を見た。

「それとも、女か?」

「え? ……月島くんはアトリエにはいらないといってますよ……玉沢じゃないでしょうか」

「いいや、人柄からいえば山下氏か小田部博士に近い。土岐は夫人の相手だからちがう。そして、山下氏はあの晩留守だった……」

「小田部博士といえは、あの件はどうなったんです?」

「玉沢に泣きつかれて彼の死体処分を手伝ったことを、全部自白したよ。死体遺棄で書類を作成し、身柄は一時拘束を解いた……職業のこともあるしね。もしあのまま焼かれていたらと思うとゾッとするよ……全く、その寸前だったからな」

「よくひとりでやれたものですね」

「共犯がいた。婦長の湧井という女だ……。偶然って怖いもんだよ……」

と警部が話したのは……あの水曜日の夕方、鉄道飛込みの自殺者が東邦外科に担ぎ込まれた。大腿部をもぎとられたが発見が早かったので、出血も致命的でなく生きていた。七時ごろ処置と応急手術がすんだが、危篤状態なので山形の身寄りに電報で知らせた……しかし『イマユケヌ、イサイマカセル』の返電がとどく前、真夜中に死亡したのだった。夜明けに遺骸を屍体室に移したのを玉沢が見ていて、院長室に侵入し、衷情《ちゅうじょう》を吐露して博士にたのみこんだ……博士はそれを黙認のかたちで許したという。

「……魔がさしたというか、絶対に発見されずにすむという自信があったんだろうな」と結んだ若尾警部は、その人眼をはばかる男神像をカサコソと紙に包んだ。

事件の表裏

（一）

競技場の小春日に歓声と拍手がどよもし、フィールドの芝生《しばふ》には原色の切紙細工みたいなラッガーが移動していた。

蕗子の眼は機械的にその切紙細工を追っているだけだった。彼女は今朝、女名前の封書を受取った。それは思いがけない土岐佳夫の手紙で、このスタンドで逢おうといってきたのだった……彼女は怖ろしさに体が慄えた。新聞に写真まで出た山下事件の容疑者が、あの好ましい土岐だろうとは！

午前中散々《さんざん》迷った末、彼女は神宮競技場に出てきた。約束の時刻が十分過ぎた。

ひとりの学生が隣りに腰をおろした。

「前を向いて話そう、蕗ちゃん」それは土岐だった。R大学の制帽制服、外套の襟をたてた彼はいった。「ここが一番安全なのだ……きみ、心配してたろうな……」

「うん……」蕗子は何をいうべきかに迷った。

「きみにお別れに来たよ……ぼくは遠くへ行くつもりだ」

「なぜなの？……なぜ遠くへ行くの？」

「そうしなきゃならないのさ、いや……そうしたいのかな」土岐ははじめて蕗子と顔を合せた……すこしやつれていた。「あのことは、きみの想像にまかせる……別れる前に、きみにひと言、つきあってくれたお礼をいいたかったのさ」といって彼は蕗子の掌に自分の掌を重ね、ギュッと握りしめた……蕗子は――嘘だ嘘だ。土岐があんなことをするはずがない――と心にいいきかせたが、彼女の掌は彼の強い把握を怖れるように縮こまった。

「……本当のことを話して……あなたと別れたくない。ね、ふたりで考えましょう」

「何を考えるの？　そんな暇は今のぼくにはないぜ、蕗ちゃん……せめて、アイスパレスへでも行けたらと思うだけさ」

土岐はちょっとスタンドを見回した。スタンドのてっぺんの歩廊に二人の制服警官が試合を見物している。土岐は蕗子の腕をとった。

「……下へ行こう」

（二）

人気《ひとけ》のない喫茶室にはいると、土岐は顔が陰になる位置に座り、蕗子にコーヒーを、自分はミルクを注文した。彼はうまそうにミルクを飲んだ。そのこめかみが動くのを見ながら蕗子がきく。

「遠くへ行くって、どういうつもり？」

「え？」土岐は蕗子をまじまじと見たが、ニヤッと笑った。「感違いしてるな……ぼくは死ぬのなんかごめんだ。きみには判るまいが、ぼくは自分のまわり……東京、女、日本全体、何もかもに飽き飽きしたのだ。そのとき、ある奴がぼくにチャンスを与えてくれた。ぼくはそれを摑んだ。ごく近いうちに国外へ出るつもりだ！」

蕗子は、土岐の底光りを発する眸に、自分から遠く隔《へだ》った男をみた。

「どこへ？」彼女は反射的につぶやいた。

「いえない。ぼくは自分のやったこと、やろうとすることを後悔しないつもりさ……でも、蕗ちゃんには悪かったな……許してくれよ、な……」

土岐は立ち上り二、三歩卓子から離れたが、ずかずかっと戻って蕗子を抱いた。しかしその接吻は淡かった。土岐が自制しているのがわかり、蕗子は離れてゆく男を追う力を失った……背の高い姿が柱の向うに消えた。

×　×　×

一日泊りの縁戚の会葬者も引あげた山下邸は、ひっそりしていた。隆次郎が暗然とした様子でベランダから庭を眺めているところへ、月島奈美子がコーヒーをいれてきた。彼女が卓子にカップを置いて引退がろうとしたとき、

「月島くん、お待ち！　そこへ掛けなさい」隆次郎がいった。「……どうしたの？　きみはあれ以来私を避けようとしてるね、何故だい？」

月島は立停る。「あたくし、べつに……」

「あててみようか」隆次郎は、あおいかおに残忍な微笑を浮べ「槙という男が原因だろう？」

奈美子は黙って彼をみおろした。

「雑誌の仕事にかこつけて、きみの部屋に入りびたってる……ああいう男は気をつけた方がいいと思うよ」

（三）

奈美子の白い頰に紅がさした。それは恥らいではなく怒りの色だった。

「とんでもない、いいがかりです！　私が槙さんと……ひどい誤解です！」

「誤解なら結構だが……あの晩だって、槙君に最初に知らせるという法はないだろう」

「でも、でも……あの人より思いつかなかったんです……」

「そ、そんなに槙が可愛いのか！」

奈美子の頰にさしたくれないが、一瞬、サッと消えた。彼女の豊かな胸が息づいた。

「あなたって方、ひどいひと！　あたくし、どんなにあなたのことを思ってるか、知らないのね。いいわ……いままで、だれにもいわないで隠してたことを聞かせたげましょうか……とっても不思議なお話よ」

そのとき、リリーンと訪問者のベルが鳴った。奈美子は、なにかいおうとする隆次郎を置いて身を翻《ひるがえ》すように玄関へ出ていった。

訪問客はミューズ洋裁学院の生徒と名乗る美貌の少女だった。彼女は白いカーネーションや菊の花束を客間の山下院長の写真に供え、お焼香したのち、隆次郎のお茶でもというお愛想を受けて、客間に座りこんでしまったのである。

変に人なつっこい娘だ、と奈美子は思う。

院長先生の思い出話……学院のことなどが話題らしく、

ときどき娘の小さい笑い声までするのに、奈美子はキッチンで自分もコーヒーを飲みながら、聞くともなく耳をすました……。

すると、急に隆次郎と客との声が吐絶《とだ》えた。奈美子が、少女が帰るのだなと思ってキッチンから出たとき、ハッとして立ち停った！

……土岐……という囁きが聞えた。

少女のかすれた低い声が、

「……土岐を……助けて下さい。お願いします……」

「……いったい、なんのお話か判らん……私は土岐などというひとを知りません……まして、助けるなんて……さ、早くお帰りなさい……」

隆次郎のさとすような声、そして彼は少女を玄関へ送りだしたようすである。

(四)

A署二階の署長室は、たちこめた煙草のけむりで霞《かす》んでいた……山下家の殺人事件は屍体紛失などのおまけもあったが、捜査自体がひどく遅れていた。捜査一係長は、刑事部長から痛めつけられ、記者クラブからはギャーギャー責められ、このところ散々だった。

玉沢を容疑者としたものの、調べれば調べるほど混然としてきて、あとの新聞発表が続かないのである……。

「さあ、若尾くん、その辺でもう一度おさらいをしてもらうか」

彼はアームチェアの肘付に片脚をひっかけ、天井を向いた。

では……と若尾警部が始める。

被害者の死亡時刻は推定午後九時二十分から三十分、解剖所見と一致しており死因は絞首によるチッ息死。死体発見者は月島奈美子で九時五十分ごろ……電話で槙に知らせようとしたが通じないので、麻布梅田町六五番地先自動電話で彼に連絡した。その時刻は槙のアパートくるみ荘の管理人江川の記憶で午後十時半ごろだった。玉沢運転手はその晩八時過ぎに邸へやってきて、山下夫人と土岐が八時四十分頃寝室にはいったのを目撃したという。

「玉沢はここで、暗い書斎に侵入者があったことと、土岐が寝室から出たのを見たというのですが……この侵入者の逃げたらしい裏付けがふたつありまして、ひとつは、公使館前で十時すこし前、客を拾ったタクシーです。その乗客は五反田駅で降りたそうですが、L公使館前の通りは、あの辺としては山下邸から出てきた奴の足場以外は考えられないのですが……」

「よかろう……どうぞ」

捜査一係長がいう。

「もうひとつは、坂の下のある家へ訪れた客の報告で、一台のクタビレた自家自動車が横丁からふいに現われ、もう少しで衝突しそうになったというのですが……」

「時刻は?」

「せいぜい九時四十分頃といいますから、このほうはどうも」

(五)

「少くも四人が出たりはいったりしたらしいが、入口は玄関だけかね?」A署長がきく。

「もうひとつあったことが判りました、風呂場のくぐりです。誰かが湯を落した風呂桶に隠れ濡れた足で跳びだしたらしく、靴下ハダシの跡が簀《す》の子板の端に残っていました……写真はとってあります」

「やれやれ、厭になるぜまったく……それに、土岐はまだ捕まらないときた……ハイボールグラスの指紋は?」

「検出できません」

その他の指紋で不審のものは発見されていない。食堂に夫人の手袋が落ちていたが、家探しした奴はそれをはめて荒したらしいのだ。山下夫人の体内残留物は、土岐の止宿先から押収した彼の衣類から検出した体液型と一致した。

「土岐がことを済ませてから殺したか……」捜査一係長が両手をぼんのくぼに組んでいった。

「玉沢が、土岐が寝室を出たのちに絞めたか……それとも、書斎か風呂場にいたのがやったか……」

「……あの後で女を殺すというのはどうかな……」という署長のことばに、若尾も刑事たちもくすぐったそうな顔をしたが、捜査一係長はニコリともせずに答えた。

「いや、……凡人はそう思うんだよ、きみ。運転手の話から察しても、被害者はタダモノじゃなかったらしい。だから、土岐だって或いはそのう……絞めたくなったかも知れないよ」

「あの変てこなギリシャの戦士像が、被害者の持物だったことからしても、何ともいえませんな……男の関係は土岐、玉沢、それから小田部博士もその公算があるでしょう。それにプラス・アルファというわけで……」

捜査一係長がギシリと回転椅子を鳴らし、テーブルに正面を向いた。

「ぼくは、月島が九時五十分に死体をみつけ、十時半まで連絡をとらなかったのは、おかしいと思う。屋内電話不通のいい訳はチェックしたかね?」

「電話局では、その時刻に山下家から信号はなかったし、故障もないといっています。また槙がうちの当直にかけた時は、ちゃんと通じたのですからね」

エデンの園

（一）

(初出紙欠号)

（二）

山下邸は、玄関横の書斎の灯だけ残して真っ暗だった。槙はあたりの地形を見回し、屋敷と道路を隔《へだ》てた反対側の土堤《どて》に勢いをつけてガサガサ這い上った。公使館の坂も、屋敷の表もひと眼に偵察できる究竟《くっきょう》の場所だ。彼は土堤の傾斜の茂みに身をひそめ、辛抱強く待った……一時間、一時間半……すると、どこか遠くの家からラジオの九時の時報が聞えると同時に、公使館脇の街頭を人影が横切った!

そいつは坂をおりると目の下の門をはいる……屋敷内で微かにベルが鳴る。扉が開くと、一瞬に人影は家の中に消えた。

槙が眸をこらして書斎のガラス窓に注意しているとサッとカーテンが内部をさえぎった。

――チェッ! ――槙はそろそろ土堤を滑りおりた。待ち伏せも、いざとなるとあわてるもので、彼はその訪問客が誰であるかを確めることができなかった。

五分たった頃、書斎の灯が消え、かわりに山下夫人の寝室が明るくなった。槙は寝室の窓にかじりつき、窓枠の隙に耳をつけた。

はじめ、バタンバタンという軽い音、そして何か家具を動かす音がしていた、が、ついに人声が聞えた。

「……ここじゃないね……」山下氏の声らしい。

「ほかにありそうな場所はどこです?」その声に槙は聞き憶えがあった。

「アトリエかな……ついでに見て下さい」

「有難う……」という答えは、木曜日の朝槙が捜査一係長と訪問した東邦外科病院の院長、小田部博士の声に間違いなかった。

槙は窓枠から滑りおりると、一目散《いちもくさん》に駈けだした……坂下の自動電話のボックスにとびこむと、息をきらせてA署を呼びだした。若尾警部は丁度居残っていた。

「……すぐ山下邸へ来て下さい……山下氏と小田部が密会して……探しものをしています……まだ、十分やそこいら……だいじょうぶだ……」

「なに、小田部？　よし……五分間で行くよ」

（三）

槙が戻ってみると、山下氏と小田部博士はまだアトリエで何かやっていた。間もなく息をきらせて来た若尾警部に槙は状況を報告した。

「よし、忍びこもう。ついてきたまえ」

警部は家の裏手に回り寝室のガラス窓に何か壜の液体を塗った。次に特殊の道具で五寸四方のガラスを切り、トンと軽く叩くと、ガラスは床のじゅうたんに落ちる……ぐいと腕を突込んで、昇降窓のカケガネをはずす。

槙は若尾警部のあとから、寝室の床におりた……家具の裏を探したらしく三角棚も洋簞笥もひん曲っていた。

若尾がアトリエのドアをぐいと開けた時の、中の二人の驚愕は見ものだった……山下氏は掛けていた椅子から立つのも忘れていたし、背を向けて何かしていた小田部博士の両肩は、それと判るほどピクリとゆれた。

「小田部さん、なにしていますか？」

デスクの上には、8ミリフィルムのリールや外函がいっぱい積んである……小田部はそれを灯にかざして調べている最中だった。

「なにをしようと私の勝手です」しばらくして小田部博士はいった。「小型映画のフィルムをいじっているのに、何が文句があるんです？」

虚勢である。彼のひざは、ガタガタ震えていた。

「槙くん、そのフィルムをこっちへ貰え……小田部さん、あなたは特に身柄拘束を解いたんだが、もう一ぺん署へ来て頂きますよ。それから、山下さんも同道して下さい」

頃合をはかったように、表の方からA署の自動車の進入してくる響きが聞えた……。

一時間後。A署の一室では若尾警部たちが押収した三十本以上の小型映画フィルムと取っ組んでいた……拡大鏡片手に慣れない仕事ながら、みんなはいわゆるのぞき気分で、そう厭なかおもせず、いやむしろ睡け醒ましだった。

「よっ！　こ、これあ変ってますぜ！」ひとりの刑事が思わずあごをゆるめた。

「どら、見せろ！」とフィルムをひったくった若尾警部は「フーム」と眉をしかめた。

（四）

映写幕に問題の８ミリシネが写しだされていった……片唾《かたず》をのんで見まもるのは若尾警部と部下、槙久平も特に同席を許された。

……広い芝生のうしろに林が、手前に沼がでてきた。風にそよぐ水際の葦が、何か廃園という感じである。すると、一群の男と女が登場した……どれもこれも一糸もまとわぬ全裸だった。何か話しながら画面を横切る。若いのも、中年のもいた。

シーン２……高く上ったボールを追うカメラ……ボールを受けとめようとする若い女。六人の男女が喜々としてボールをトスしていた。おどろくべきことに、その人々は陽光にアラアラと全裸をさらし、何の屈託《くったく》もない。シェイドやサングラスはかけても、からだは浴室内と同じ……そこに太陽が影をつくるだけだった。

キャンバス椅子で読書する上品な老人、林の中を散歩するカップル……長方形の大食卓につく十数人のひとびと……子供もいた。すべて百パーセントヌードで、例外は料理をつくる婦人のエプロンだけだった。

煙草をくわえた口髭の男が現われた。

「……小田部だ……」若尾がつぶやいた。

たくましい肩、胸毛のこい厚い胸……サンダルをはいた両脚をふんばり、満足そうに笑う。ヘルメスそこのけの裸の王様とでもいおうか……

カットはすべてで二十二あった。時間にして四分足らず。電灯がついたとき、

「さて、こりゃ一体何だろう。芝居にしてはおかしい……といって、ありのままを写したとしたら……」と警部は皆の顔を見回した。

「ありきたりのエロ写真じゃないね」ひとりの刑事がいう。

（五）

「子供がでてきたぜ、はだかの」

「慣れたら、何かこう美しく見えてきた」

そのとき、槙久平が言葉をはさんだ。

「裸体主義者のキャンプじゃないかな？」

「ふーん、何だいそりゃ？」

「外国にあるそうです。日常生活をマッパダカでやろうという主義者で、他人に邪魔されない場所にある期間集まり、キャンプをやるんです。警察は黙認しとるそうですよ」

「それが日本にもできたということだな……これを写

した山下夫人も裸体主義者というわけか……なるほど、死ぬときも裸だった……」

若尾警部は、ほかのフィルムも再調査するように部下にいいつけて、二階の署長室にはいると小田部博士を呼び出した。

「山下夫人が撮った8ミリシネのフィルム拝見しましたよ。あなたは死体遺棄罪の拘置停止中という身分にもかかわらず、危険をおかしてフィルムを回収しようとしていた。あのフィルムがそれほど大事だった理由を聞かせてもらいましょうか」

小田部はもう観念しているらしかった。

「こうなっては仕方がない。話しましょう。が、その前にひとこといっておきたいことがある」

博士は警部の眼をじっと見つめた。警部がうなずくと、

「それは、我々ヌーディストは最も心の美しい者の集りだということです……人間の悪徳は、アダムとイヴがエデンの園から木の葉の衣をまとって放逐《ほうちく》されたにときに始まる。あなた方は街頭で犬の、馬の裸をみるとき何の差恥も感じない。それなのに、ひとり人間の裸体を、性器を衆人の中では直視し得ない……それこそもっとも恥ずべきことです。裸体主義者は肉体のどの部分も平等にとうとしとします……物を掴むための指、見るための眼を尊ぶと同様に、繁殖のための性器を尊ぶのだ。その故に、これにのみいまわしい覆い物を施すを許さない！　我々のタブーであるパンツ、スカート、衣服は、このいまわしい覆い物の変形にすぎない。ごらんなさい、ストリップの中の覆い物に集るみにくい男の眼を……あの、スパンコールとやらは人間を悪魔にする……そしてまた……」

「わかりました、わかりました！　お説はゆっくり承《うけたまわ》るとして、ヌーディストとしてのあなたと山下夫人の関係をまずお訊きしたい」

ドクター自白

（一）

小田部博士は語りはじめた。

「私は一九三八年以来アメリカ裸体主義者協会（A・N・A）の会員でした……一昨々年渡米中、ニューヨークで山下夫人に会ったとき、ロング島のキャンプに彼女を誘ったのが、ことの始まりでした……夫人は四日間のキャンプ見学で強い感銘をうけ、会員になったのです

……」

山下夫人は帰国後、既にできていた裸体主義者協会日本支部（J・C・N・A）の運動に協力し、その活動は次第に活発になった。

「ちょっと……結社の届出はしないのですか？」

「できませんよ、現在の段階では。昨年でしたか、在日米国人のA・N・Aが神奈川県下でキャンプをやろうとしたが当局の忌避をうけたでしょう。日本政府は理解してくれない、残念だが地下活動より術《すべ》がないのです。しかし、この機会に私は運動の合法化に邁進《まいしん》するつもりだ……」

「J・C・N・Aの会員数はどれほどです？」

「……まず八百名……キャンプ地は伊豆、遠州の知多半島、瀬戸内海の基地、鹿児島県下などに数ヵ所ある」

「あの写真の場所は？」

「いえない」

小田部はニヤリと笑ったが、それを引込めて、

「ところが最近、山下夫人が真のヌーディストでないことが判ってきた」

「というと？」

「あの女は本質が裸体主義精神と全く反するものなのです。入会したにのは単なる興味からだった……これは非常な侮辱《ぶじょく》であると共に、我々の安全を脅かす。J・C・N・Aは彼女の除名を決議し、資料……フィルムや文書の返還を要求したが、彼女はそれを拒絶した……たまたま夫人が不慮の死に遭ったとなると、それらが部外者の目に触れるのは必至でした。山下氏は私の懇願をいれてその回収に協力してくれたのですが、それがもれたのは実に残念だ――」

といった小田部は、突然、カッと眼をむき、ぶるぶるっと身を震わせた。彼の知らない間にデスクの上にあの奇怪なギリシャ戦士像が、ちょこんとのっていた……。

（二）

「あなた、これ知ってるんだね？」

警部は相手のおどろくさまを満足気に観察した。

「知ってるどころか……ヌーディストの敵の象徴だよ、これは。プリアポス神像というんだ。どうして、こんなものを持ち出すのだ？」

「プリアポス？ ……へーえ、名前があるのか……」

「ギリシャの神の名だ。その神は四六時中陰茎を直立させていた……淫猥な男神です……ああ、おどろいた。シカゴの博物館にも出土品があります。横断脊髄炎から起る勃起症をプリアピスムスと呼ぶが、その名からとっ

たものです……」

小田部博士は、いっ気にこうしゃべると、額の汗をハンケチでふいた。

「……ペロポネススやドリヤンの古都市から、幾つか発掘されている……なにしろ……」

「ずいぶん、くわしいですな、博士」

「……敵を知るのは必要だからな……我々ヌーディストの象徴はミロンのデスコボロス（円盤投擲《とうてき》者）だが……これは、我々の敵のシンボルだ。納《しま》って下さい。見るのも厭だ！」

「この像は夫人が殺された晩、半分欠けてアトリエに転っていた。下半分は付近の溝にすててあった。調べてみると、叩きつけた相手はデスコボロスの像らしい。……ヌーディストのやりそうなことですよ……ときに、あの晩あなたが瀕死の鉄道飛込みを手術されたのは何時頃でしたか？」

「……七時半には終ってたと思います」

「死亡時刻は？」

「死亡診断書に書いたとおり、九時三十五分です」

「湧井婦長は、容体急変をあなたに知らせたのが死亡十分前だといっていますが、よろしいですか？」

「そう、そんなものでしょう」

若尾警部はひきだしから、赤刷り罫紙二、三枚とじの書類を出して、ページをめくった。

「……湧井婦長の陳述書によると、十時二十五分にあなたを呼びに行った……とあるが、診断書の時刻と一時間くいちがっていますね……どっちが正しいのでしょう？」

（三）

「それあ、何かの間違いだ！」小田部博士は腰を浮かせた。警部はかまわずに続ける。

「あの晩十時すこし前、山下邸のすぐ上、L公使館横から五反田駅まで客をのせたタクシーがあったのですよ。五反田駅でおろしたのが十時五分頃といいます……あすこから、電車と徒歩で東邦病院までは十分か、せいぜい十二、三分でしょう……」

「それがどうしたというんだ！　き、きみはまるで私が……」小田部は満面朱をそそいだようになり、落ちつこうとあせって、ポケットをさぐった。

「ちょっと、大事なところですから、煙草はあとにして……」と警部はおし止め「タクシーの運転手から客の人相風体を訊いたのですが、的確なものが浮んでこないのです……ただ、ひとつ、参考になることが判った」

小田部博士は眉をあげて、警部の口元をみつめる。

「タクシーの吸殻入れを調べたところ、ピースやいこいにまざって特徴のある煙草が一本出てきた……相当長い吸いかけで、専門家の言ではキングサイズのケントというやつのニコチンフィルター付きのものでした……ああ、小田部さん、煙草お吸いになってよろしい！」

小田部のひたいは、もう血の気がひき青く冴えていた。彼はポケットに突込んだ掌を、パチンと音をたてて、デスクに置いた……その下から大型の二十本入りの洋モクの函が現れた。そのマークはKENT。

「……仰せのとおり、その男は私だったよ。それで岡っ引商売やめられない、というわけですな、ハハハハ……」力ない笑い声をたてた小田部博士は、ケントを一本ぬいて警部にすすめた。「だが、これからが大変だ。あの晩山下邸につめかけていた奴が何人あったかしらんがどのひとりだって、俺がミセスを絞めましたなんていう奴はあるまいからな……」

若尾警部はメモを出して聞取りの用意をした……。

(四)

小田部博士はあの晩、鉄道飛込者の手術をすますと山下邸を訪れ、夫人に8ミリフィルムの返還を迫った。すると、話半ばに玄関の呼鈴《よびりん》が鳴ったので、彼女は博士を書斎にかくし、土岐を招じ入れたのだった。

「ひどいもんですな」警部はいった。「あなたがいるのを承知で、土岐と戯れたわけだ」

「精神的露出症さ……それに気がつかず会員にしたのは私の不覚です。私は、しかし、チャンスだと思った。書斎、山下氏の寝室とフィルムを探したがない……すると、かなり時間が経ってから、アトリエの方で人の気配がしたのです。私は、それが静かになってから寝室に入り、山下夫人が絞殺されているのを知った……」

「何時ごろか、憶えていませんか？」

「私は時計を見たよ、十時三十五分だった」

それは、死亡推定時刻すれすれだった。

「私はあわてた……夫人が死んだとなると、私にとってフィルムの回収は一刻を争う問題となった。アトリエは案の定荒されていた。が私のさがすフィルムは、どうしてもない……その代りに、あのいまいましいプリアポス像が出てきた。私は怒りにまかせて、あいつをぶち毀した……その音で、工房から誰か出て来た！」

「月島という夫人の助手です。どうしました？」

「私が電灯を消して廊下の方を覗くと、その女は風呂場の前に暫く立っていたが、スウッと浴室に消えた。近づいてみると、ガラス戸もくぐり戸も開け放しで、庭の芝生が見えた……その女は外へ出たらしい……私はその隙に、フィルムを諦めて玄関から逃れ出たのです……」
「ほかに、誰かと会いませんか、博士?」
「……会わない……」という返辞は、だが、かすれていた。若尾警部はそこで主導権を握った。
「とおっしゃるが、私はあなたが玉沢運転手に会ったと思います。どうです? 玉沢はあなたが山下夫人を殺したのを見たか……或いは知っていた。そして脅迫した……でなければ、死体処分をあなたが助けるはずがない!」

鍵をにぎる者

くるみ荘の管理人江川は股火鉢をしながら、朝刊の記事を読み返した……。

新容疑者逮捕される
　迷宮入りのデザイー殺人
山下アキ絞殺事件に関し、昨夜捜査本部は東邦病院長、小田部樵(五〇)を逮捕した……。

そこまで読むと、江川は急に思いついた様子で、書棚のスクラップ・ブックを取出し、何故か熱心にその要点を手帳にメモしたが、そのメモを覗いて、もう一度、この事件のあらましを振返ってみた。

……十一月末の霜の晩、高名なデザイナー山下夫人が自宅のベッドで全裸のまま絞殺されているのを助手の月島奈美子が発見したが、槙久平に電話する間に死体は消失した。槙は玉沢運転手が小田部博士と協力し、盗んだ死体を処分しようとする寸前、火葬場でそれを食いとめた。

その晩夫人とベッドを共にした土岐は行方をくらまし、アトリエにエロティックなギリシャ小像が砕かれているのが、事件の複雑さをほのめかすかに思えた。果然、事件が迷宮入りして数日後のこと、若尾警部は山下氏が小田部博士と自宅で密会中をおそい、博士が探しているのが裸体主義者キャンプを夫人が撮った8ミリ映画フィルムであることを知る……博士は遂に、殺害の夜山下邸に来ていたことを自白した……。

こうして、今までの所では、殺害現場に次の四人がいたことが判った。

土岐佳夫　キャバレーの楽師。夫人の新らしい情人で、誰かとの密約で国外逃亡を企てているらしい。

玉沢運転手　夫人の前夫。奇矯《ききょう》な麻薬中毒者で、土岐と夫人の痴態を目撃した。

小田部博士　東邦外科病院長で裸体主義者日本支部長。会員である山下夫人が結社の秘密をバクロするのを恐れた。夫人と土岐同衾《どうきん》中壁を隔ててフィルム奪回の機を狙っていた。

月島奈美子　夫人の有能で虐《しいた》げられた助手で、その行動は疑惑にみちている。

この四人のほかの主要人物は、

槙久平　夫人の愛顧をうけていた雑誌記者。月島の電話で事件の渦中に入る。

山下隆次郎　多情な妻が殺された晩、彼が新潟に出張中だったことは、幸だろうか不幸だろうか？

38番ブイの船

（一）

管理人江川は事件の要点を書いたメモを閉じると、さらに朝刊の記事の続きを、ゆっくり読みはじめた。

デザイナー殺人事件の小田部は玉沢運転手の死体隠とく幇助《ほうじょ》について拘置停止中であったが、殺害の当夜現場にいたことを自白し、新事実が浮び上った模様である。なお追及中の土岐佳夫が二週間経過後まだ逮捕されないことを、当局は非公式に遺憾だともらしている……云々。

記事を読み終った江川は、しばらく何かを考えていた。その表情はなかなか複雑である。槙の止宿先くるみアパートの管理人江川、この、一見事件には関係のなさそうな彼が、やがて不可解な行動をするはずだ……ということにして、さらに話を続けよう。

江川が朝刊から目をはなしたちょうどその時、出勤する槙久平の姿が事務室のガラス越に見えたので、彼は声をかけた。

「お早よう……小田部がとうとう捕まったよ」

槙ははいってきて、ゆうべの話をした。

「誰がやったと思うね？」江川がきいた。

「玉沢も小田部博士も自分がやったとはいわん……土岐が見付からなきゃ、きめ手はない」

「土岐は捕まらんと思うがな……」

「なぜ？」槙は不審げにいう。「まるで、きみが土岐の行方を知ってるみたいだな……」

「ハハハハ……ただ、そんな気がするだけさ……じゃ、いってらしゃい」

江川は槙を送りだすと、腕時計をみて立ちあがったが、二十分後アパートをとびだした。

強い北風が吹きまくっていたので、彼は帽子を押え外套の襟を立てて歩いた。だから、同じように風をよけて後ろからくる、ベレー帽の女に気がつかなかった。江川は第二京浜国道へ出ると横浜へ向うタクシーを拾う……女も、三台目のくるまに滑りこんだ。

「運転手さん、前の国産車を追って！」

蕗子は、どうやら土岐佳夫の行方をつかむ糸に触れた、と思った。彼女は四日間足を棒にして、くるみ荘の管理人が土岐と接触しているらしいことを知った……蚤《のみ》みたいなフォルクスワーゲンに一台間隔をおいて、蕗子のタクシーは下り線を走っていた。

（二）

江川の乗ったフォルクスワーゲンは横浜山手の、港を見おろす舗装路を登り、白塗りの外人住宅の前に停った……彼が広い芝生を無造作に横切り、ポーチの扉を叩くと、色の浅黒いスペイン系の男が顔を出した。

「……オウケイ？」江川がきくと、男は白い歯を見せてうなずく。

江川は廊下の一番奥のドアを開けた……長椅子に寝転がっていた男が立ち上る。少しやつれているが、土岐佳夫だった……ラジオからジャズの音が微かに流れている。

「待たせたな。ターキーベイ号は午後三時に38番バースを離れる……全部手配ずみだ」

「……ありがとう……」

土岐が低い声で答える。

「元気がないな、いやになったのか？」

「いやなもんかッ！」

色の浅黒い外人がドアの隙から、一着の服と小さな鞄を江川に渡した。

「服を着かえろよ……それから、香港の雲朝孟にこれ渡してくれるんだぞ」

「何です？　麻薬？」

「ばかいえ……もっと大事なもんだ。正月末にこれと引換えにターキーベイが、クスリを積んでくるんだ」といった江川はポケットから大型の茶封筒を出した。「こんなものがある……ついでに渡しとくぜ。破くなり焼くなりするがいい……フフフフ」

土岐は内容を半分引き出して、ハッとしたように手をとめ、マッチをすった。マッチの火は茶封筒をみるみる黒く染め、やがてポッと一塊の火となった。

江川が顔をゆがめて笑う。「オドロイタ自画像だ……

山下夫人が二度以上寝た男との記録だあな。まだ、他の奴のもたくさんあるぜ、フフフフ……」

土岐は、その山下夫人と自分のいまわしい写真が、いつ撮られたか知らなかった。彼は投げ出された派手なワイシャツやズボンをひったくって、トイレットへ出て行った。江川がその背中へ、

「……十五分以内に用意しろよ」といった。

（三）

土岐佳夫は緑色の上衣に黄色いワイシャツを着、マフラーをまいて部屋に戻った。彼の眼が異様に据っているのに、江川はとまどう。

「江川さん、ひとつ教えてくれ……あの写真をどこで手に入れたか」

「どこでだろうと、よけいなお世話だ。だが、気になるならいってやる……あの晩、下宿人の槙に掛った電話で、俺は夫人が殺されたのを知った。そこで、玉沢に知らせてやろうと彼の家へ行くと……槙の野郎が来てた。うるさいから一発くらわせ、裏部屋へ押しこんで二階へ上ると、おどろいた……玉沢のやつ、夫人の死体を持ちこんで、麻薬に酔っぱらってるじゃねえか。写真はあの部屋の隅に落ちていたのさ……さ、しばり首になりたくなけりゃ、みんなサラッと忘れて船に乗るんだ……」

×　×　×

スペイン系の外人が運転する自家用車は土岐を乗せて、本牧《ほんもく》の米軍ハウジングエリヤを抜けヨットハーバーに着いた……海面は強い風に泡立ち、ヨットは全部岸にあげてあった。ふたりの男はポンドにもやいをとったモーターボートに移る……やがて、船腹と舵から凄いしぶきをあげて、ボートはポンドから出て行った。

38番バースのターキーベイ号は、煙突から薄い煙を吐いて汽罐を温めていた。ボートが巨大な船尾を回ったとき、外人は「ゴッデム！　ルック！」と叫んだ。土岐は千メートルの距離に、真っ白な快速艇がへさきをこっちに向けて来るのを見た。

高いデッキから、船員が手を振る！　逃げろという合図だ……ザーッと土岐は頭から潮をかぶった。ボートは鼻を陸に向けた。

潮のしぶきの上に青い空が見え、サウスピアに赤や青の自動車がパークしているが、豆のように小さく見えた……土岐は、その瞬間、何か悪夢から醒めたような気がした。

白い快速艇は、もうすぐ傍まで追いつき、サイレンの

しびれるような響が彼の後頭部に迫った……。

(四)

横浜南桟橋付近で水上署の監視艇につかまった土岐とスペイン系外人は、陽が高いうちにA署に護送された。捜査本部は、横浜山手の外人住宅から姿を消した江川の経営するくるみ荘アパートに緊急手配をしたが、もちろん彼は立寄っていなかった。

「……水上署は殊勲甲だな」A署長はいった。「だが、何から嗅ぎつけたのかな?　署長はそれをはっきりいわんのだ……或る女から電話でこれこれの場所に土岐と江川がいるという密告があったちゅうんだが……」

「今晩でも、私が横浜へ行きましょう。水上署はその女を追及してるでしょうね?」と若尾警部。

「頼んどいた……女が現れないのはことによると江川がその女をら致したかもしれんしね。さてと……土岐を呼んでもらおうか」

部屋にはいってきた土岐佳夫は、派手な外国船員の服のまま、どさりと椅子に腰をおろし、にやっと不敵な笑みを口辺に浮べた。そして手錠をはめた両手首を突きだし、

「タバコ吸いたいんだけど……」という。

若尾警部は人定訊問をしてから、あばれたら承知せんぞと念を押し、手錠を鍵で外してやり、煙草を与えた。

その煙草のせいか、山下夫人が殺された晩彼が夫人と同衾したところまで、すらすらと彼は陳述した。それは、玉沢運転手や小田部博士の時とほとんど一致していた。

「なに?　寝室を出てアトリエへ行ったのが九時二十分ごろだと?……えらいアッサリしてるな。寝室入りが八時四十五分とすると、たった三十五分……ほんとうか。もっといたんだろう?」

A署長が横から口をはさんだ。

「……先を急ぐので早く片づけたのですよ」

土岐はその晩山下夫人のハンドバッグの金に用があったが、いくらもはいっていないのでアトリエの鍵をみつけて寝室を出た。アトリエに十分ほどいて寝室にもどってみると、ミセス山下は首に靴下を巻かれて殺されていた……という。

帰らざる河

（一）

「何故、そうと警察に知らさなかったのだ？　殺さないのなら、なぜ国外逃亡を企てたのだ？」

「……ある奴に会ったからさ」土岐佳夫は、ざま見ろ、という風に署長と若尾のかおをねめ回した。署長と若尾警部は身を乗りだした。

「誰に会った？」

「誰だか知りませんよ。室から暗い食堂にとびだしたとき、突然うしろから肩を押えられて、ぼくは心臓が破裂するかと思った。そいつは、耳もとで騒ぐなとささやき、両肩を押してぼくを浴室の前につれていったんです……」

……浴場の中は真っ暗らだった。その男はいった。

——早く、これを持って逃げろ！　お前、金が欲しいんだろ？　香港から、もっと遠くへでも逃がしてやる……。

彼が土岐の掌に持たせたのは四角い風呂敷包み……札束にすれば百万を超えている手応えだった。土岐は考える余裕もなく、それを受取った。

——明日の午後……そう、四時としよう、神宮外苑入口から右手四本目の銀杏に、ひとりの男を待たせておく……万事そいつが世話してくれる。いいか、ずらかるんだぞ！

土岐は風呂場のくぐり戸から庭に出た……。

「それは……どんな男だった？」署長がきく、

「闇の中だったから判らないね……眼鏡が光ったから、山下かと思ったが、あとで考えてみると、どうもはっきりしないんですよ」

「山下隆次郎……なるほど、だがあの男は新潟の宿に着いていたはずだぞ。きみ、アリバイをもう一度チェックしてみてくれ」署長は若尾にいった。

土岐佳夫が翌日神宮外苑で会ったのは江川だった。土岐の自白をそのまま信用できないのは勿論だが、事件はこうして底無しの泥沼にはまりこむような様相を示してきた。

「またひとりふえたか……」といった若尾警部は、急に精悍《せいかん》な眼付をした。「署長、私は槙久平じゃないかと思うんです。江川のアパートに住んでるし眼鏡をかけとる……」

（二）

（初出紙欠号）

（三）

江川に右腕をしっかりかかえられて、蕗子が一階の廊下を通ったとき、サロンには白人や印度《インド》人の船員にまじって、派手なドレスを着た女の姿が見えた……江川は彼女を三階の奥、前室付のアパルトマンに監禁して出ていったのだ。

前室にはひとりの若い男が、レコードをかけて番をしているらしかった。

すると『帰らざる河』のレコードがぷつりとやみ、帽子を真深《まぶか》にかぶった江川がはいってきた……彼は帽子を壁にひっかけると、ドサリと椅子にかけ蕗子のしなやかなからだを見あげた。

「土岐もアルフォンゾも捕まったよ。嬉しいか……お蔭で俺の仕事はめちゃめちゃだ」

「……悪かったわね、ごめんなさい」

江川は、おやっ？　という風なかおをしたが、蕗子の悪びれない様子が気に入ったか、

「あっさりいいやがらあ。こっちはお蔭で、当分山奥の開拓部落へでも潜るよりしょうがなくなった」

「江川さん」蕗子がそう呼びかけたとき、彼女は江川の眸に危険な色を読みとって、ハッとした。

「何だい？」江川は立あがりゆっくり外套を脱ぎはじめた。その眼は執拗《しつよう》に蕗子の新鮮なからだの線を追っていた！

「……土岐さんを逃がすこと、誰に頼まれたの？」

蕗子は身をひきながら、早口にやっとそういった。

「……それが知りたいか、フフフ……」江川は顔をゆがめて笑い、サッと腕をのばした。

「……あ、よして、そんな！」

蕗子が逃れる瞬間、ピーッとスーツが裂ける。

江川は女を追いつめて、腰を抱き寄せようとして、彼はうしろへそらした蕗子の耳にささやいた。

「……土岐を逃してくれと……頼んだのは……山下さ……あの男はワイフを殺したがっていた。そこへ、土岐が現われて……かわりに絞めてくれたからさ……」

その時、ドアが激しく叩かれた！

（四）

「江川さん！　私服がきてるぜ！」という声に江川は蕗子の体をつきはなし、ドアにとびついた。細いズボン

をはいた若い男が、

「階下はあぶないよ……あんた、さっき外へ出なきゃよかったんだ」

「うむ……」

江川は電灯のスイッチをきり、一番の奥の窓のよろい戸を細くあけた……窓の真下は空き地でまっ暗らな裏通りが走り、ビルの間には港に停泊する船の灯がばらまいたよう。

江川はふりむきざま、

「非常ばしごから出よう……ついてこい！」

と窓枠に足をかけ、一メートル離れた植え込みの鉄のステップに移った。若い方も続く。

蕗子は、ふたりの男が垂直の非常ばしごをおり、真っ暗らな地上の闇にのまれるのを、ぼんやりと窓から見おろしていた……。

——土岐が山下夫人を絞めたと江川はいった……山下氏がそれを何故かばったのか？　彼が夫人を亡きものにしたいと望んでいたからだという。ほんとうだろうか……。——あの男と土岐との間にどのような取引があったにせよ、蕗子は土岐が殺したとは思えなかった。彼女はよろい戸をしめ、電灯のスイッチをいれた。

壁に江川の外套がぶら下っている。彼女は近づいて何気なくそのポケットを探った。何か大型の封筒らしいものが手に触れたので、ひきだした。

彼女はすこしためらった末、なかみをあらためた……写真が二枚出てきた。

蕗子はカッと顔がほてるのをおぼえ、急いで封筒をもとにもどした……それは口ではいうに忍びない品物だった。彼女は山下夫人の奇怪な私生活の奥底をのぞいたような気がし、あんなに親しい土岐佳夫の未知の生活の怖ろしさにあらためて身慄いした……。

蕗子はハッとわれに返った……建物の中が何か騒がしいのだ。蕗子がドアに挿しこんだ鍵をまわし前室に出たとき、廊下から、

「誰かいるか、開けろ！」

という声が聞えた。

シガレットライター

（一）

横浜海岸通りの、ＱＱ汽船会社船員クラブに監禁されていた蕗子の身柄は、そこからすぐ横浜Ｋ署のくるまで

Ａ署の捜査本部に送られた……。

若尾警部の取調べがすんだとき、蕗子は土岐佳夫に会わせてほしいと彼に頼んだ。

「……きみの気持は判るが、今はちょっと困る。土岐がもし真犯人だったら、きみに会ったために起る心境の変化がこわいからね……」

「あたし、あるひとが土岐を犯人に仕立ようとした証拠を知ってます！」

「……仕立ようとした？　ふーん、誰だそれは？」

「土岐に会ってそれを確かめるまではいえないわ」

若尾警部はちょっと考えてから、別室に出ていったが、五分ほどで戻ってきて、

「きみを土岐に会わせることにしたよ」

「ありがとう……警部さん」

若尾警部はブザーを押して係官を呼び、蕗子を土岐の拘置室につれてゆくように命じた。

……拘置室のドアが外から開いたとき、土岐佳夫はベッドに腰かけ、暗い電灯の下で爪に爪磨きをかけていた……彼はハッとしたように立上り、蕗子の姿をじっとみた。

ドアは蕗子だけを残してしまる……蕗子のからだがパッと土岐にとびつき、彼はその衝撃でよろめいた！

「……佳夫さん！　ひどい、ひどい……あたしをこんなに苦しめて……でも、いいの。あたし、あなたをきっと助けるわ！」

「……」土岐の体の抵抗は次第に弛緩《しかん》し、ふたりは抱擁した。

五分後に蕗子と土岐が交した会話は、すべて特設のテープレコーダーにきざまれていた……。

――あなたのライターが寝室の小卓にのっていたのを知ってるでしょ……あれは何故だか判る？――

――ミセスが持ってたのさ。あの人は手当り次第品物をハンドバッグに入れて行くから、あれもその伝だと思う――

――違うわ。よく聴いてね、あの日アイスパレスで佳夫さん転んだでしょう――
（二）
――そう……誰かにぶっつかられた――

――ポケットのものでなくなったものなかった？――

――……――

――佳夫さん、フェンスの外でタバコすったとき、あのライター使ったわよ。あれから晩までの間にミセスに会わないでしょ。あの晩応接間で院長さんと会ったとき、

ライター使った？——

——ううん、使わない……——

——ほら、ごらんなさい。アイスパレスで尻もちついたとき、手を貸してくれたのはミセスの御主人だった。あたし見ていた。山下さんがあんたのポケットから飛びだしたライターをちょろまかしたと思えないこと？　そして……山下さんは、あんたがミセスの寝室にいたと思わせるため、あすこに置いといたと思えないこと？

——

——でも……山下氏は……——

——新潟へ行っていた？　それが、きっと大うそよ。なぜってライターをあすこへ持ってゆけるのは、あなた以外では山下氏よりないんですもの……ね、よく考えて下さらない？——

テープレコーダーは十五秒無言だったが、——……そうか、蕗ちゃん、ごめん……ぼく、めちゃくちゃな思い違いしてた……そうかもしれん、いや、そうに違いない。氷に尻餅をついた時からライターがなくなったことは、そういえば思いあたる。もう一度、考える……考えるよ！——

テープレコーダーをとめた若尾警部は、黙ったまま、捜査一係長のかお色をうかがった。一係長は消えかかったタバコを灰皿にもみ消し、すぐ新しいのに火をつけた。

「若尾くん、新潟T署を呼んでくれ！」長距離電話がつながると、一係長はT署長に依頼事項を流して「……というわけでね、お気の毒だが柳小路町の〝田中屋〟旅館をもう一度あらってみて下さい……結果を今晩じゅうに回報願えればとても有難い……」

一係長は、ガクリと顎を落しデスクを見つめたが「……この間に、月島奈美子のほうを固めていこうかね」といった。

（三）

「……月島さん、めんどうなことになった……ある男があの晩九時半すこし過ぎ、きみが浴室から庭へ出たのを見たというのだ……どうかね？」

捜査一係長は奈美子が椅子にかけるや、こう切りだした。

「出たおぼえなんかありません」奈美子は落ちついて答える。

「あの晩来ていた人のひとりなら、何とでもいうでしょう」

「む、むろん……その人の言に信をおくわけじゃないが、参考にきくのだ……工房から一歩も出なかったね？」

「出ません」

捜査一係長は、――では――とでもいうように、デスクの上に一枚のザラ紙をひろげ、

「これを見てくれ――その男が器用な奴で、そのとき、きみが……いや、その女が羽織っていた外套を、記憶でスケッチしたんだ。小田部博士だよ……」

鉛筆がきのスケッチは、絵心のある者が描いたらしく、なかなかよくできていた……少し古くさいプリンセス型のオーバー……頭の型まで奈美子に似ていた。

「婆やの話では、あんた、ふだんによく着るそうだな」

奈美子のかおが一瞬かたくなった！　それをかくすように俯向いた彼女は、

「すみません……工房を出ました」

「外套を着たのは便所へ行くためじゃないね。戸外へ出るつもりだったんだろう？　なぜかね？」

「……ええ……工房の窓から、外を誰かが通るのを見て、それで……」

「その男に逢った？」

「いいえ……庭を探したけど、どこかへ隠れてしまって……」

「山下氏だな」

「わかりません、誰だか……旦那様がいたはずがない。ほかの人です！」

そのとき、卓上電話に信号が来た。受話器をとった若尾警部は、ふん、ふんと応対していたが、その顔には失望の色が次第に濃くなった……。

(四)

受話器をフックにもどした若尾は、

「田中屋旅館まずいです。山下隆次郎は、新潟T署の調べで水曜日の午後八時すこし前宿屋についています。急行〝越路〟の新潟着が一九・三〇ですから……彼のアリバイは確実だ」といった。

「八時についたとき、たとえば部屋に案内した女中などの証言は、はっきりしとしるね？」

「山下の定宿、女将《おかみ》がそういってるんですから……」

「駄目だ。誰かひとり新潟へ出張させ給え。ぼくは山下隆次郎があの晩きてたと思えてしょうがない……今の月島の証言、土岐のライターの移動径路、それから百二十万円を闇中で土岐に手渡したことなどからだよ。そしてもしあの晩きていたら、玉沢、土岐、小田部に比べてホシである公算がもっとも大きい……だから執着があるのさ……国鉄公安局の方の調査は進んでいるかしら？」

「上越全線について情報を照会中です。いずれ何かわかればと……」

その晩おそく刑事がひとり新潟へ発ったが、翌日の昼すぎ第一報がはいった。

それは、たしかに希望を持たせるものだった。田中屋旅館の女将野々宮タツ（五二才）の旧姓は山下……隆次郎の腹ちがいの姉だった……。

「ほうら……これで新潟に水曜の午後八時についたなんて話は怪しくなってきたぜ」

捜査係長は、そういってクックッと笑った。

若尾警部は国鉄時間表をとりよせて駅と時間のメモを作りはじめた。それができ上ると彼は、国鉄公安局を電話でよび出した。

連絡官と応答があったのち、

「……当方の見解を申しますとね、山下は〝越路〟で発ち、どこかで上り列車に乗りかえ上野へ戻ったと思われます。高崎辺が怪しいのです。上り急行〝越路〟は午後三時〇三分高崎通過でしょう。ところが、その二十分後に水上発の上野行が一本、同じく一時間二十分後に一本ありますね……だから、そのころに重点をおいて駅員、売子などをお調べ願いたい……」

殺意を乗せて

（一）

国鉄高崎駅公安官室……緑ラシャのテーブルの前に、小柄な駅売り人がひどく恐縮の態で、鉄道公安官の質問に答えていた……。

卓上に灰色のソフト帽がひとつ置いてある。

「これを拾ったときのこと話してみ給え……」

「何でも、風の強い日でした……三時二十五分の上野行が着くのでホームの真ん中辺に待っていますと、ひとりの人が帽子を飛ばし、それが私の足元に転ってきたのです……それと同時に列車がはいってきた。線路に落ちると、とれないと思ったので、四、五間《けん》先で無理して脚でとめ、その人の方を向くと、もうその男を見失ったのです……胸に荷があるので、拾ってもらいたかったんだが……」駅売り人が答える。

「ふん、それでどうした」

「そっと膝を曲げ苦心して摑みましたよ。ところが、飛ばした人がどうしても見つかりません……」

「車掌に頼まなかったのか……上り列車の？」

「へえ……商売があるので、渡さずじまいです」

その帽子を彼は駅の遺失物係にあずけ、今までそこの整理棚の上にのっていたのだが、A署からの要求がきっかけで明るみに出て来たのだ。彼は飛ばした男の風態をおぼえていないかと訊かれると、

「あんまりはっきりとはね」とことわって、「ただ……背は高くなかったようで、何かこう立派なオーバーを着てたようですが……」

公安官は灰色のソフト帽をひっくりかえして見た……拾得物《しゅうとくぶつ》整理札には「11月28日水曜一六〇〇……上り線ホーム」と鉛筆の走り書きがあった。

それは山下夫人が殺された日、そしてまた彼女の夫隆次郎が「越路」で新潟へ発った日である。鉄道公安官は帽子の内側、滑り革に打ち抜かれたローマ字……R・ヤマシタ……を満足げに眺め、駅の立売人を退《さ》がらせると受話器をはずした。

山下隆次郎が午後三時〇三分着の「越路」から降り、上野行午後三時二十五分発上り列車に乗りかえ、高崎からバックしたことはもはや疑いをいれなかった……。

（二）

高崎駅で拾得されていたグレイのソフト帽は直ちにA署に届けられ、山下家の婆やによってそれが隆次郎のものであることが確認された……。

署長室に呼びこまれた山下氏は、卓上に置かれた帽子をみて、口辺に苦笑を浮べ、テーブルに寄るとそれをヒョイと摘《つま》みあげた。

「……とうとう見つけられましたな。でも、肩の荷がおりたような気がする」

捜査一係長は、彼に椅子に掛けるように命じ「あの晩、東京に舞い戻ったことを認めますね、山下さん？」

「そりゃもう……」

「何故、戻ってきたのですか？」

「……妻を殺すつもりでした」山下氏はそういって、こめかみをピクリと震わせた。「……前から考えていたのですが、あの日汽車に乗る前、アイスパレスに寄ったとき、はっきりそう決心したのです。土岐が女をつれて来ていて、私に金の無心を吹掛けた……私はもちろんことわりましたよ。するとあいつは氷に顚倒する拍子にライターを落した。ばかな奴でそれに気がつかない……私はあいつを利用して家内を殺せるかもしれんと気がつい

たのです。ライターは私のポケットに移りました。出発が迫るあわただしい中で、アイスパレスから新潟の旅館の姉に……もうご存知でしょうね？」

捜査一係長はうなずいた。山下は続ける。

「……電話しました。明朝早く着くが、商売上是非必要だから〝越路〟で今夜のうちに着いたことにしてくれって……その晩十時三十分の下り準急が朝の六時に新潟に着く。それに乗るつもりなら、高崎から引き返しても、東京で約五時間過ごせるわけです。会社のくるまの運転手にカバンを持たせフォームで見送らせるのまで、用心深く忘れませんでした……」

「何時にお宅につきました？」

「六時前に上野につき浅草で一時間ほど映画をみて麻布の家についたのが八時すこし過ぎ……ところが、サロンに灯がこうこうとつき、小田部が来ているのには驚ろきました……私は温室の中にかくれて彼の帰るのを待ったのです……」

(三)

……山下隆次郎が一時間後温室の隠れ場所から出てみると、サロンの電灯は消え屋内は暗くなっていた。彼は凶器としてパイプの切れ端を握りしめていた。

「……小田部くんがまだいるかもしれんと思ったので、妻の寝室の窓下に近づくとスタンドのあかりがカーテンから透《す》き、何か人の気配さえするようです。すると、妻の声がしました」

「ちょっと、その時刻は判らんでしょうな？」

若尾警部が口をはさんだ。

「私は十時半の準急に乗らなけりゃならんので、いつも時間を気にしてた……窓へ寄ったのは、九時二十分過ぎでしたよ」

「殺害のほんの少し前だな……ふむ、それで？」

「妻の声で——だめ、だめ……渡さないわよ。あたし、自分でいいようにするの——それから暫くして——ま、そんなもので、あたしをどうする気？——という声が聞え、それきり静かになった！　その時絞められたのだ！」

山下氏は、かなり待ってから工房の前を通って、くぐりが開いていた浴室から屋内に入り、寝室に忍びこんだ。そしてミセス山下の死を知った。彼は、憎むべき妻に自分に代って手を下した男に感謝した。そこで、土岐のシガレットライターを小卓に置き、かねて知っていた妻の隠し場所から百二十万円の紙幣の束を回収して部屋をでたが、

「……そこで土岐に会ったのにはおどろいた……私がライターを盗み罪をなすりつけようとした奴が、妻をこの世から除いてくれたと判ったとき私は何としてもこいつを救ってやろうと決心しました。それで札束を与え江川に頼んで逃がしたのです……」

捜査一係長は髭ののびた顎をこすり、若尾警部は薄笑いを浮べていった。

「またひとりふえた……来ていたが殺さないという人が。玉沢、小田部、土岐それに貴方、みんな同じでさあ。しかし、ぼくたちだって決め手を持ってる。風呂場のすの子につけた濡れた足跡の写真がある……あの時四人も邸内にいたのだから、犯人はごく短時間を利用できた奴です。そいつは風呂桶の中に隠れていたのだ……足型を較べればすぐ判る」

真犯人

(一)

「そうですか……風呂桶の中に隠れていたのが犯人である公算が濃いというんですね?」山下隆次郎は記憶をたどるように眉をよせていった。「……とにかく、それは私じゃない。また、土岐もでもなさそうだ。小田部博士……ああ、あの人かもしれない……」

「なぜですか?」若尾警部がきく。

「あなた方は信用しないだろうが、私が聞いた家内の声ですよ……だめだめ、渡さないわ。自分でいいようにする、といった。あれは……8ミリシネのフィルムのことじゃないでしょうか……若尾さん、私の足型をとって、すの子の足跡と較べて下さい。それから土岐や小田部博士のも……」

捜査一係長は鑑識課員を呼んだ。山下氏は靴を脱がされ、水にぬらした靴下だけの足で静止、緩歩、速歩三種類の足型を黒板の上に採取された……その足型には直ちに計測と写真撮影が行われ、現物証拠と同じ方眼測定紙に移されるのである。

「玉沢、土岐、小田部のもすぐ採取して、資料をそろえてもらいましょう」若尾警部は鑑識課員に頼んだ。

「どの位時間がかかるかしら?」

「たぶん、四十分でできるでしょう」

鑑識課員と山下氏が出ていって十五分もすると、階下から中間報告がきた。

「……山下隆次郎の足型は合いません。あいつは扁平《へんぺい》足《そく》でして、まるで現場遺留のものとは違います」

「そうか？　あと進めてくれよ」と捜査一係長がいったとき、電話交換手が若尾警部に部外電話がきているのを報じた！

若尾警部が電話についた。

「……若尾警部さんかね？」知らない声がいった。「山下事件のホシは挙がったかね……まだだろ？　ヘッヘッヘッ……あんまり気の毒だから証拠品を送るぜ。あしたの朝お前のところに届く……もう、俺には用のないもんだ……」

若尾警部は送話孔を押えて捜査係長に、

「江川らしいです……交換に外線の掛け先を調べさせて下さい！」とささやいた。

（二）

「きみは江川だな？　ホシはもう捕まっとる。あとはお前の首根っこを押えるだけだ」若尾警部は、少しでも電話を長びかせようと苦心していた。「証拠ってどんな証拠だ？　いってみろ……」

「負け惜しみいってやがら。俺は絶対に捕まらんよ、だから置土産《おきみやげ》に真犯人を教えてやるってんだ。だが、今少し都合が悪い、あしたの朝まで……」ことばが急にとぎれた！

「おいおい……江川、江川！　どうした……」若尾はあわてた。捜査一係長も立上った。

「交換！　切れたぞ！　急いでつなげ……」

だが、それっきり通話はとだえた……暫くして交換台から、相手は大宮局の二三七七番であると報じてきた。

「大宮？　……埼玉の大宮か……加入者を調べてくれ……」

その加入者は「川江ミルク商会」だった。

「うむ、江川とくるみ荘を逆にして組合せたな……奴のアジトのひとつに違いない。出動しよう！」

×　×　×

大宮市のはずれ……何の変てつもない一軒の郊外住宅をパトロールカーと数台のジープが取り巻いた。勾配の急なスレート葺きの洋間も和風の母屋も真っ暗らで、人の気配もない。

門標は金属板に「川江ミルク商会」と読めた。

洋館のドアを開け、電灯のスイッチを入れたとき侵入したO署の警官は一様に立ち止った。

デスクの前に人が倒れていた。その男はスキー用のアノラックを着ており、スキーに出掛けようとしていたところを襲われたらしい……部屋のすみにスキーとリュックサックが置いてあった。絶命していることはたしかで、頭から血が流れ、傍にスティックが転っている。Ｏ署長が低い声で、

「手配中の江川だな……スティックのアイゼンで、うしろから突き刺されている」

「スキー列車にもぐって逃《ず》らかる気だったのですな」

そのとき無線車の警官が署長に報告した。

「捜査一係長から指令です……新荒川大橋付近で反抗する容疑者と遭遇、現状到着十五分おくれる見込み……」

（三）

捜査一係長たちの江川殺害現場到着がおくれた理由はこうだった……警察自動車が新荒川大橋を渡って疾走中、若尾警部は急停車を命じた。

「今すれ違った車を運転してたの槙にそっくりですぜ！」

「え？　マキ？　……槙久平か？」

「おかしいです。くるまを回します」

警察自動車は上り踏線に乗りいれ、次々に上り線の自動車を追いぬいた……若尾が係長をひじで突いた。

「あれだ！　たしか、あのダッジです」

かなり、いかれているダッジは追われていると知るや知らずや、制限外の七十キロはたっぷり出して、新荒川大橋の手前で左折し荒川放水路の道を疾走する……だが、たちまち警察自動車はダッジに並行した。

運転台の男は、ハッとしたようにトップギヤに入れた！　ググーッと増すスピード。

「停まれっ！」若尾の声が風にちぎれた。

右下に放水路の白い水面が迫ってきた。二台の自動車はばく進する。

「槙！　とまれ！」若尾警部は内ポケットから拳銃をぬいて叫んだ。槙は眼鏡をキラリと光らせて彼を見た。

――どうぞ――という風に会釈するや、槙はいきなりハンドルを右に切った！

「あっ！　……」

若尾警部は、槙のくるまが鋪道のへりでジャンプし、荒川堤へもんどりうって落ちるのを、チラッと見た。

×　×　×

意識不明の槙久平がアンビュランス・カーで病院に送られたあと、若尾は彼の服からぬいた中型の茶封筒を開けてみた……宛名は未知の女性、なかみは船員クラブの

江川の外套から押収したものと同種の人目をはばかるもので、山下夫人と槙の組合せだった。写真には女の手跡で、

――あなたの御結婚をお祝いします　Y――

若尾警部は、その白々しいペンの文字の裏のまがまがしい悪意に何か寒けをおぼえ、急いでポケットにしまったのである……。

（四）

頭から顔にかけて繃帯《ほうたい》をし、右腕に副《そ》え木をつけた槙は、病室のスチームの湿気に汗をうかべていた。若尾の臨床訊問に彼は夫人との関係が五年も続いていたこと、最近彼が結婚すると判ったとき、夫人が言外にあの奇怪な記念物の存在をほのめかしたことを告白した……彼は数回、ふたりの関係を清算し、その記念物を焼却するよう夫人に頼んだが、彼女はそれを拒否した。

「……あれは、ミセスの性格からしても、とても危険なものにぼくには思えた。あの水曜日、ミューズ洋裁学院から麻布の月島くんに連絡に行く途中、夫人のことばを思いだして、ぼくはゾッとしたのです……〝結婚のお祝いをするわね〞と彼女はいった。もし、それがあの写真を意味するとしたら、そしてあれが私の妻になるべき女に送られたとしたら……」

その晩アパートに帰り、ウイスキーをひっかけて早目に寝たが、彼は眠れなかった。その可能性はますます執拗に彼をさいなんだ。「……もう一度懇願してみよう。それで駄目なら、あいつを殺すのだ！……ぼくは時計をみると、まだ八時半でした。麻縄を洋服ダンスに固縛し窓から垂らして、それにすがって裏庭に降りました……」

槙は旅行中の友人が預けていったダッジで山下邸の坂下まで行き、横丁にパークして坂を登った。月島に会うのを避けて湯殿から屋内にはいったとき、土岐が来ているのを知った。土岐がアトリエにいったすきに、彼はミセスの寝室にすべりこんだ……。

「……ミセスはベッドで仮睡していた。眼を開いたあいつは、ぼくの頼みを蹴った――あんた結婚できないわ。もう、アレ送っちゃったもん……江川がアドレス教えてくれたわ――というのです。カッとしたぼくは、いつの間にか椅子にかけてあった靴下を握りしめていた！」

槙は山下夫人を絞殺してから、念のために写真を探したかったが、山下氏が登場したので、急いで風呂桶に隠れた。そして山下と土岐が去ったあと、電話にちょっとした細工を施した。

（五）

「月島くんが死体を発見すれば、ぼくに電話するかもしれんし、そうなら……留守ということが判るので、電話通知を遅らせたかったから……電話器のつなぎのローゼットの線を切っときました」

「きみか、あれは……月島に呼ばれて駈けつけたとき、元どうりつないだのだな？」

「ええ……ぼくがアパートへ帰ってから、二十分後に彼女から電話がきました……あれは、うまくいったが……」と槙は天井をみつめて言葉を切った。「江川という曲者《くせもの》がぼくのすぐ傍にいやがった！」

槙は、問題の写真がいつまでも婚約者の手にはいった様子がないので、まだ山下の邸内にあると信じ、チャンスあるごとにそこを探していたが、それは玉沢が死体と一緒に運んだハンドバッグの中にあった……そして柳川運輸倉庫の二階で江川の手中に移ったのだった。

「江川の所在がよく判ったね……前から知っていたのか？」若尾警部がきいた。

「……川江ミルク商会がアジトのひとつであることは、前から知っていました。あの写真を持ってるのが彼だと判ってから、あすこをずーっと気をつけていた……ゆうべ行ってみると、江川がスキーに行く服装で、どこかへ電話をかけた……犯人の証拠をあなた送るという。ぼくは崖っぷちに追いつめられたような気持だった……絶体絶命です。ぼくは……ドアの横の壁に立てかけてあったスティックのアイゼンを逆手に握り、彼の後頭部に突き刺したのです……」

槙久平は犯罪者の孤独な恐怖を払うかのように、胸にかけた毛布を押しのけた。その胸は荒い呼吸に高まっていた。

彼は若尾の眼を追って、弱々しくうったえた。「……どうせ死刑だろうけど、放水路で死ねばよかったよ、若尾さん……半年も一年もこうやって生きてる気はしない。せめて……あれだけでも、あの女に知らせせない方法はないかしら……」

「心配しないでいいよ。何とか努力しようぜ……」

と若尾警部は、見えすいた嘘をついた……。

評論・随筆篇

常識以上のもの

物の本質を極わめる方法は種々あろうが、その物のヴァラエティの個々について公約数を求めるのも一つの方法である。

吾々が一応認めている探偵小説の種々な型を、例えば右はコチコチの本格物から、中央に所謂スリラー、科学的ファンタジー、左端にゴースト・ストーリーに近いものまで並べて、その公約数を考えてみる。すると、この大きな幅に対しては、いきおい公約数は小さなものにならざるを得ない。犯罪、謎、サスペンス、論理、奇術、幻想など頭に浮ぶどの一つをとってみても、公約数にはならないようである。

ところが、これらと全く別のフェースで、一つだけそれらしいものを私は見つけた。意外性（アネクスペクテッドネス）である。

吾々がものを意外と感ずるのは、各人の持つ常識または特に与えられたデータから類推した概念と全くかけはなれた現象につき当った時に起る。つまり探偵小説の公約数の一つは、常識以上の何ものか、である。

常識は一般に卑近なまた深遠な真理の蓄積であるから、常識以上のものには、当然、真理に撞着するものがある。そこで、いわゆる文学の本質が真理の探求と顕示にありとすれば、常識以上のもの、意外性で他に愬《うった》える探偵小説との間には或る境界があるように思われる。

探偵小説は目的小説である。例が適切ではないが、ハイドンの「驚愕交響曲《サープライズ》」における強打音の伝説や、一つは個人の詮索性を狙い、一つは社会改造を狙う点で質は非常に違うが、イデオロギー文学の目的性に似通ったものがある。いかに肉付けやファイナルタッチが芸術的であっても、常識以上のものをその骨格またはモチーフとする以上、所詮、探偵小説の肉付けやファイナルタッチはよそおいに過ぎない。

芸術的香気とモチーフの渾然たる作品と見られている「トレント最後の事件」を例にとってみても、作者は重要人物の告白を最後に提出して読者をペテンにかけている。

探偵小説の本質にリアリズムはない。そしてそれはよそおいにある。その根幹及びプロットに採上げるものは、凡そ大なり小なり常識以上のもので、真実からの飛躍があり、それだけを抽出すれば、馬鹿々々しいものもあるのだ。それなしには一つの本質、意外性を充たすことは出来ない。

リアリズムの選手と目されるクロフツの諸作にしても、トリックは極めてあり得べからざるものが多く、彼のリアリズムはそのトリックを隠蔽するよそおいに過ぎない。フリーマンの細微、ヴァン・ダインの衒学、カーの神秘主義、クイーンのセットの巧みさ、みなそうである。そして、そういうカムフラージュを比較的用いない勇敢なクリスチーにしても、ポワロの出て来ない中篇「そして誰も居なくなったよ」では、ヴァン・ダインの軌を追わざるを得なかった。

ここに、新人の本格物、「刺青殺人事件」「古墳殺人事件」を考えてみる。これらに対する批評の共通点は、あまりにもトリッキィだというにある。勿論、飛躍的なトリックが探偵小説の価値の全部だとは毛頭思わない。しかし、そのトリッキィな処に希望が持てるのではないか——。

骨格と肉付けのどちらを先に撰ぶかと問われたら、私は前者を採る。前述の新人とその後続者が、そのむき出しの常識以上のものを自らのスタイルでよそおい得たとき、始めて待望するほんとのクレバーストーリーを見せてもらえるだろう。

いつか、ある会合の席上で——あまり馬鹿々々しいことを書いてくれるな——と、大下宇陀児氏が若い者をたしなめたのを思い出す。嬉しいことばだ。そして私は、その意味を骨格についてでなしに、主としてその骨格を包むよそおいについて言及されたものと解釈したい。事実、よそおいについては、新人は到底先輩の墨を摩すに至っていないのだから。

今年の野心

こういう題目は苦手である。野心とは、野にかくれて覇を望む心というほどの意味だろうし、蔵するという表現形式からみても、これが余の野心であると正面切って発表するのは、策を得たものではない。宝石編輯長の野心、とでもした方がより適切である。

しかし、誰でもこれに似た気持を秘かに育くむのは悪い気持はしない。

或る人が拙作を評して、「褒められもせず、くさされもせず」と云った。私も同感であるが、その平凡居士《こじ》にもそんな気持がないとは云わない。

私が今考えているのは、プロットの発展形式についての問題である。

プロットの演繹《えんえき》と帰納《きのう》のどちらにウェイトを置くかによって、一つがスリラーとなり他が本格物となるのだが、後者が帰納法に力を入れ過ぎるあまり、しばしば探偵的人物のヒロイズムが誇張され、人に飽かれる。

ヒロイズム謳歌が馬脚をあらわす極端な一例をあげると、しきたりに依ってまず景気よく連続殺人が行われる。そしてヒーローは事件の発展に先行してこれを予見しているかに見える。しかし、それは飽くまでも予見であって、再び起るべき殺人を停めることは決してしない……それを停めればお話にならないからである。ひどいのになると、大した用もないのにヒーローを外出させてその留守に殺して、アラ……全く油断も隙もない。読者欺かるる勿《なか》れである。

考えてみると随分変なものだが、こういう傾向は、私は勿論、えらい方々までやっている。

帰納偏重とヒロイズムの悲劇である。

プロットの発展にウェイトを置き、ヒーローの独り芝居をひっこめればこんな怪我はせずに済む。

クロフツ、グッと格を落してフレッチャーに至るプロット発展主義作家の書いたものの、筋の面白さと大味な光茫が捨て難い所以であろう。

今更、古色蒼然《こしょくそうぜん》たるフレッチャーなど持出して恐縮であるが、「悪銭《チャリンクロス》」「謎の函《ミドルテンプル》」「楽園事件《ライチエスクパラダイス》」などを読返えすと段はずしに赤煉瓦《れんが》を積んで行くような筋の運びと登場人物の出し入れが、挑戦派の一顧にも値しないものながら何か私に教えてくれるように思えるのだ。

　本格派の末席をけがす一人として、ごく平凡ではあるが、今年の反省と野心をこの方向に持っていこうと考えている。

　袋小路《リュドサック》に首を突込んだ形の自分をこれで打開できれば嬉しいが、さて、うまくゆくかどうか？

高木彬光論

　昭和二十一年宝石誌が発刊されて、ルネッサンス来るかに見えた日本探偵小説界に、翌年、香山、島田、山田の三新人が活動を開始したが、それが、ひき続いて数ある新人輩出の機運を醸成《じょうせい》したことは、否み得ない事実である。しかし、この三人がその手腕を揮《ふる》って吾々に示したところのものは、島田一男を除いては、いわゆる理智派の探偵小説でなく、猟奇を経とし人間相剋を緯とするロマン派のそれであって、殊に香山滋の諸作のごときは、江戸川乱歩氏をして怪談とまでカテゴライズせしめるていのものであった。

　終戦後、輓近《ばんきん》の英米探偵小説の紹介に尽瘁《じんすい》されている江戸川氏が、声を大にして、わが国にも一度はオーソドックスの華咲くべきを力説し、それに応ずる如く横溝正史氏が傑作『本陣殺人事件』『蝶々殺人事件』を次々に世に問うたのであるが、一方、オーソドックスの新人出《い》でよの声が澎湃《ほうはい》として理智派探偵小説愛好家のうちに起ったことも当然の帰趨であった。

高木彬光が、元来、これらもろもろの理智派愛好家の一人であり、彼に先んじて舞台にのぼった連中が自らの定められた台本を懐ろにしまいこみ、フリートーキングをやり始めたのを、平土間から眺めて快心の笑みを洩らし書きあげたのが、処女作『刺青殺人事件』であっただろうことも、容易に想像できる。

『刺青殺人事件』はそのひたむきな論理性と奇術性のゆえに、まさしく本格物《オーソドックス》の典型ともいうべきものであった。ここでは、先人を凌《しの》ぐ見事な密室機構さえもセコンダリイトリックであって、非凡な密室概念の逆説を因子とするマスタートリックの光輝の前には、影が薄いかに見えた。小さい欠点、例えばアリバイの弱さにしても、マスタートリックに対比しての見劣りであって、読者の眼前で打った刺青と屍体分割の大芝居の堂々たる貫禄は、批評の余地ないまでに鮮やかであった。

彼が『刺青』において読者に示した論理《ロジック》と、その企むところの陥穽《かんせい》は先人にもその例尠《すくな》いものと云えよう。ともかく、彼はこの一作によって、すくなくも論理的《ロジカル》な点で第一級の作家の一人と認められた。あえて、すくなくも、と私はいま云いたい。処女作に対して蜀望《しょくぼう》の誹《そし》りを覚悟で云うならば、『刺青』を一読して気づくアンバランスは第一にヒューマニティの欠如、第二にスタイルがいかにも大時代であることだ。

一例を挙げよう。探偵神津恭介の描き方にみる安易なヒロイズムである。ヒロイズムもちろん結構、しかし、由来探偵のヒロイズムはその行動をもって示せば足る。殊にそれが明敏神津恭介である以上、作者が地の文であげつらう必要は毫《ごう》もないではないか……。

昭和二十二年一月のある日、彼が某氏にこう話しているのを聞いた。「この作品は発表するのには非常に不満なのです。第二作は自信がありますよ……しかし、処女作は可愛いもので、活字にならないとするとすこしかわいそうでしてね」と。

その時未読の私には、彼が何に不満であったが知る由《よし》もなかったが、後になって『刺青』を一読し、この彼の言を思いだした私は、高木彬光の底知れぬ自信と偉力に聊《いささ》か恐れをなすとともに、彼の不満がおぼろげながら判ったような気がし、第二作を深く期して待ったのであった。

果して、彼の言は嘘でなかった。また私の想像もそう外れていなかった。私は『能面殺人事件』に好漢高木の将来性を約束する発展のさまを見たのである。

なるほど、『能面』は論理の透徹と奇術の華麗において、『刺青』に一籌《いっちゅう》を輸するかもしれない。しかし、その進展が論理の面においてでなく、小説作法の面においてであったことを、彼の大成のために、むしろ喜ぶものである。

この作品のマスタートリックは、記述者の交替による叙述形式に匿されている。第一作のプロットが平面であるとすれば、『能面』のプロッティングは立体といえよう。そこに一の安定感があり彼が大人《おとな》になったことを示している。空気注射による無痕跡殺人のセコンダリイトリックについては私は同意できない。この常識的なトリックを克服した力量には敬意を表するが、先人がこれを使用しなかったのは、探偵小説のトリックとして何か妥当でないものがある故に棚上げされていたと考えられないだろうか？　密室機構にも前作に見る輝きは見られなかった。にも拘らず私が快心に堪えないのは、前作を通ずるなまのプロットと救いのない固さは払拭され、論理と修飾のハーモニーの美はこれらの欠点を補って余りがあり、小説作者としての高木彬光の進展を示す里標《マイルストーン》であったことである。

プリミチヴなヒロイズムは揚棄され、これに代うるに快いペーソスが挿入された。ここに現われるヒーロー高木彬光が前作の神津恭介に較べ、遥かに人間的《ヒューメーン》であり好もしく感じるのは私だけであろうか？

能楽《のうがく》という小道具の駆使は巧みであり、寓話趣味も一応頷けるものがとり入れられ、それらが全巻を通ずるテンションを和らげるのに役立っている。探偵小説の心臓である動機についてみるに、ここにも一飛躍があった。『刺青』における物慾は『能面』では復讐のヒューマニティに置きかえられた。これこそ、一つの観点からみれば美に通ずる道である。

「探偵小説の基礎的トリックは既に出尽した。吾々に残された新分野は、これらの数あるコンビネーションにしか残されていないであろう」と説く彼は、その言を『白雪姫』『緑衣の女』『妖婦の宿』等の中短篇によっても実証したのであるが、その彼の長篇第二作にトリックの新味あるよりも、プロッティングの成長を見る方が、私には嬉しかった。

かくして、彼の進展が画くグラフは、その第三作が当然第一作第二作の積となるべきを予想させるところであった。

いま発表されつつある『呪縛の家』については、多くを云うを避けたいが、これが『刺青』の繰り返しでなければ倖せである。現在までの読後感では『能面』のキメの細かさは再び消えて、叙述は荒れ、プロッティングは易きについているように思えるが、どうであろうか。

これは危険信号《レッドシグナル》ではなかろうか。

作家の創作経歴にはもちろん起伏がある。

近来、ようやく多作の径路を踏み、捕物帳にまで手を拡げる傍ら、作家クラブの書記長として身辺多忙の彼に、これは無理な注文かもしれない。しかし、曾《かつ》てない天分に恵まれている人だけに、その資質をいとしみ育ててもらいたいものである。

批評家白石潔氏は、本格探偵小説を読むのに、その骨格を究明する方便として、作者の遊び——と氏は云う——即ち、プロットに直接関係の無い部分を、全部筆で抹消しかつページを裂きとって読むそうである。だが私は、これを概念上の逆説と受取っている。

本格探偵小説はギリギリ結着の厳しい論理の文学であり、第一義的にはその描く対象を人生や社会に置いていない。したがって、それを読者に身近かに受取らせる技巧の負担は、一般文学より更に大きいわけで、行文《スタイル》に十全の考慮が払われるべきであろう。スタイルはつづめれば近代感覚《センス》の問題である。

良い蕎麦《そば》はつなぎの選択に意をつくすという。蕎麦は蕎麦粉のみで成るものではない。つなぎのうどん粉を選ぶ所以である。

未完了第三作『呪縛の家』の読後感として、以上私の書いたことが杞憂《きゆう》であれば倖せである。高木彬光の『ユダの窓』『獄門島』、さらに『矢の家』を待っているのはひとり私だけではない。乞う自愛せよ。

チェスタトン奇商クラブ紹介

『宝石』三月号「幻影城」で江戸川先生がチェスタトンの『奇商クラブ』をお読みになっていないらしいのを知ったのですが古いコリンズの一志《シリング》本を持っていますから左にちょっと御紹介します。

(一)、ブラウン少佐の怖しい冒険
(二)、名声の失墜
(三)、牧師訪問のわけ
(四)、家屋周旋屋の投機
(五)、チャッド教授のおかしな素振
(六)、老婦人の偏屈な隠遁《いんとん》

の六篇があり、いずれもベイジル・グラントという退職判事が探偵で奇商クラブ員の紹介列伝の形式をとっています。事件導入部で判事とその弟との間に交される会話に哲学的な味があるらしいが小生には難解です。チェスタトンの作品では悪い方と思います。

（一）は新青年に紹介ずみで人生にロマンスとアドベンチュアをサービスする商売の話、（四）も掲載されたと記憶します。ちょっと面白いのは（三）と（五）で、次に紹介すると、

「チャッド教授のおかしな素振」

ヅールー土人研究家のチャッド教授が突然片足で立つ奇妙な癖に襲われる。三人の老姉妹がびっくりして、いろいろためすが、物も云わずに片足で立ち、始終ピョンピョンダンスを続ける。医者に相談しても判らないので、知り合いのグラント退職判事のところへ事件を持ち込む。まず判ったのは狂人の反応が全くなく、故意にやっているということだが、原因がつかめず皆が途方にくれる。いろいろあって結局判事がつきとめたのは、彼がヅールー研究の結果得た自説《ドクトリン》——言語は一つの完成したもので、他人の注意深い観察によってのみ理解し得る——という事を証明するためであった。判事の観察によって彼の無言のことばが判り、教授は年八〇〇磅《ポンド》の報酬を大英博物館から得ることが出来た。

「牧師訪問のわけ」

グラント退職判事のところへ一人の牧師が訪れて奇妙な経験を話す——或る朝彼は教区内のさる信心な婦人の

サロンを訪れた。彼が、集っていた数人の婦人と少時過して帰ろうとした時、その一人が低声に「ビル、こんどはおめえの番だぜ」と囁いたのを聞いて唖然とする。婦人達は悪漢の変装したものだった。その一人が正体を現して一枚の写真を牧師に示す。彼はその写真を見てアッと二度びっくり。それは女装した自分の姿ではないか。悪漢は、独り者のホーカー大佐という男に是非会う必要があるが、大佐はなかなか要心深く或る女友達以外には扉を開けない。牧師がその女友達そっくりなのを利用し女装させておとりとして押しこむのだ、と説明する。ついに牧師はピストルに脅かされて夜に入ってから女装しボンネットを冠って五人の悪漢と出発した。途中巡査に逢うが悪漢達は牧師を酔払い扱いにする。その内巡査がうさん臭いと感づいたので悪漢達は逃げてしまった。牧師は巡査に連行されるが、彼は牧師たる身が夜中女装で歩いた不始末が人に知れるのを怖れ巡査を振切って逃げ帰る。しかし狙われているホーカー大佐の事が心配でたまらないのでグラント判事に相談に来たわけだった。話を聞き終った退職判事は牧師のつけひげを看破する。その牧師は実は引留め屋《デティナー》なる新職業人が化けたものだった。グラント退職判事がその晩会食するはずだった或る夫人は、その愛人が急にアフリカへ発つことになったのでその秘めごとの二時間をこの奇商クラブ員を雇って判事の足留めを策したのである。

〇

主人公のベイジル・グラントは彼の最後の判決に判事席で唄をうたって退職したという奇人。六十才にもなるのに格斗が好きで、いたるところで取っ組み合いをやります。

カアの面白さ

ディクソン・カアほど、戦後の探偵小説愛好者をやきもきさせた作家はないだろう。

それが、小説として読者をやきもきさせたのならともかく、私がここに云いたいのは、全然別の意味からなのだから困る。

カアの名が江戸川乱歩氏に紹介されてから四年、「幻影城通信」などの名筆にゆすぶられた私達は、どんなに彼の作品に憧れ、かつそれに接したいと希《ねが》ったことだろう。すこし誇張した表現をかりれば――私達にとって、鴉《からす》の啼声《なきごえ》をきかぬ日はあっても、カアを云々しない、またその名が目に触れない日はなかった――にもかかわらず、愛好者の大部分は、乱歩先生が調べられた四十数篇にも達する作品の題名を知りながら、その一篇の精髄にも接することが出来ず、大いにやきもきした。これもひとつの傍系的な戦争の罪だ。

私も勿論やきもき組の一人で、『宝石』誌に翻訳が出はじめた頃、武田編集長にカアもスケジュールに入れるように頼んだのだが、その時の話ではむずかしいということだった。ところが一年経《た》つか経たぬかに、前線文庫で二篇しか読んでいない不勉強の私に、その翻訳のお鉢が廻ってきて、驚きかつあわてた次第である。

ともあれ『黒死荘殺人事件《プレーグ・コート・マーダーズ》』は江戸川先生の『随筆探偵小説』でカアの作品の第二位にランクされているだけであって、さすがに面白いこと無類――少くとも私には――だった。訳しながらとても愉《たの》しかった。面白さからいえば、私の好きなメースンや、ベントリに数等まさると思う。『プレーグ荘《コート》』がつまらなかったら、それは私のせいだから、ほかのものを是非読んでカアの面白さにたんのうして頂きたい。

カアのクレバートリックについては、今更述べる必要がないが、彼の作品の面白さの一つはそれを包容する大道具にあると思う。オッカルティズム、マジック、伝説その他もろもろの大道具に、小道具が微細な点まで有機的なつながりを持っているのには三嘆するが、その大道具をほんとと嘘（もあると思う）をつき交ぜて説き来り説き去り、綿々として尽きないのには、いささか閉口するほどである。その点ではヴァン・ダインの衒学《げんがく》などおさすりにも等しい。

もう一つの面白さは、ここに出てくるヘンリー・メリヴェール卿で、探偵紳士録中の一異彩たるを失わない。肥っちょの毒舌家、国防省の一室のデスクに足をのっけて、いつも睡っている安楽椅子探偵《アームチェア・デテクティヴ》——もっぱら報告《リポート》を根拠にして、たいした推理をみせる彼は、たまさか殺人現場へ出掛けても屍体には眼もくれず酒場へずらかってしまうという行き方だ。

彼の饒舌癖は、関係者一同の悩みの種だが、他面その奇矯《ききょう》な駄弁にいかに人間的《ヒューメーン》な用意がされているかの一例を、「プレーグ荘」の第十六章において彼がヒロインと交わす会話の中に、あとで読者は思い当られるであろう。

思い出ばなし

今年になって頼まれるままに、めくら蛇におじず、翻訳らしきものを二つ試みた。場違い者めが、と苦《に》が苦がしく思われる向きもあろうが、勉強のつもりと何か自分にプラスになることもあろうかという気持からやったので、お宥《ゆる》し願いたい。

私は、だいぶ昔、翻訳の真似事をして『新青年』の活字に組まれ、嬉しさにその雑誌を抱いて寐《ね》た思い出がある。昭和三年頃だから二十余年前の話、中学を出て肺を病み平塚で療養していたが、病そうを固めるため四日に一度京橋檜物《ひもの》町の福井という医院に注射に通っていた。すぐ表通りに丸善があって、上京の都度、二階の売場でコリンズの五十銭本やホッダースタウトンの赤本を手に入れたのが、ホンヤクを思いついた動機だった。

あの頃の丸善の店に漂う、一種云うに云われぬいい匂い――鼻でかぐ匂いである――は今でも忘れられないものの一つだ。とにかく、スミスアドベンチュア&ミステリー誌やピアスン誌その他から拾って、『新青年』へ全部で十篇ぐらい送りこんだ。原稿を書留で送り、受けとりを大事に蟇口《がまぐち》にしまっといたが、そのうち御採用になったのが四篇、しかしその没になった六篇の方に大物があったように思う。たとえば、フットレルの「十三号監房の謎」――これは私のつけた題――をアメリカのモダンライブラリーのフィフティンベストデテクティヴストーリーから抜いて送って没、それは一、二年後「完全脱獄」と誰かが訳載した。それから、アーノルド・ベネットの「殺人《マーダー》！」、フレッチャーの「名画《ファイン・アート》」などである。

最初に載ったのが「巻煙草」というやつ、雑誌を亡失し作者の名も憶えていない。次に夏の増刊だかに「コードウェル事件」と「小説作法」というのが二篇一ぺんに出た。情ないことに、この三篇には訳者の名が出ていない。私は赤木伸一郎というおかしなペンネームを使っていたが――これは宇野浩二の新聞小説に出てくる赤木赤吉をもじったのだ――どういう了見か封筒に岩田賛方としなかったので、稿料が届くはずはなく、博文館でも困られたことと思う。偶々《たまたま》、私の母方の伯父で博文館の専務をしていた星野準一郎という人に、何かのついでにその話をしたところ、何故そんな事黙ってたんだという訳で、間もなく稿料の入った郵便をわざわざ私のもとに届けて下さった。表には配達先不明の付箋がついていた。これで六十何円かの稿料を頂《ちょう》だいに及んだわけである。

星野の伯父は親戚きっての私の味方で、その頃アメリカ視察から帰ると、お土産と一緒にひとつの膨らんだ封筒を私に渡した。何ですかと訊くと「アル・ケポンという物凄い男の記録だ、訳してまとめてみろ」と云う。開けてみると新聞や雑誌の切抜が一杯はいっている。私は訳し始めたが、その頃の私にまとまるはずはなく、入学試験準備や何かでとうとう物にならぬうち、改造社から和気律次郎氏の『犯罪王カポネ』という立派なものが出て、そのままになった。この伯父は博文館をやめてから北鮮の金鉱を経営し、忙がしく活躍していたが戦争前病歿した。私にとっては忘れられない人である。

最後に載ったのが昭和八年の春と思うが、解決懸賞募集の短篇四つのうち「第二の銃声」マイクル・ケント作というやつで、ピアスン誌から抜いたもの。これには末尾にちゃんと括弧で囲んで堂々と――でもないが――名前が出ていた。ところが、名前が出て嬉しかったのも束《つか》の間、友達に脅かされてヒヤリとした思い出がある。昭和七年から九年までは就職戦線恐慌時代だった。私もひとなみに卒業期のうそ寒さをしみじみと味わいながら、表面は何気なく卒業制作などにいそしんでいた所、友人がこう云うのを耳に挿んで青ざめた。

「岩田のやつ、雑誌に投稿なんかしやがって、あれじゃ先生も就職の世話なんかしてくれねえぞ……」

それが原因ではなかったろうが、私の就職決定はびりっけつだった。元来が不精でそれに体の心配もあったので、楽なところへ就職したかった。それで、角田喜久雄さん――この人は私の四年先輩で在学中から学校きっての秀才、かつ特待生だった――の奉職している海軍水路部を狙っていたが、それがまんまと外《はず》れ、桜の花が散りつくした頃同じ海軍の横須賀へ廻されたのである。そしていまだに横須賀で、もちろん、小説では角田さんの足元へもよりつけず、一方当年の『新青年』のホンヤクが何分の一かの因縁をもつ渉外《しょうがい》のしごとを、細々《ほそぼそ》とやっているわけである。

『Zの悲劇』について

この作品は、ドルーリ・レーンを主人公とする三部作の『Xの悲劇』『Yの悲劇』につづくZ項として、一九三三年発表されたものである。『Yの悲劇』はクイーンの最高傑作といわれ、犯人の位置に新分野を開拓した注目すべきものだが、この『Zの悲劇』においても、彼は前作に遜色《そんしょく》ない主題を提出して彼の作品の幅の広さを誇示していると思う。

クイーンは、その後年の作品に、次第にしみじみとした味と深い社会性を盛ってきたが、『Xの悲劇』はこの傾行の濫觴《らんしょう》ともいえよう。元来、探偵小説に社会性は第二義以下のものと考えられている。この傾向は特に英米正統派のものに著しく、かえって日本のものに反対の現象が見られるのは不思議なことだが、この作品は、電気椅子に縛られ死刑執行が四分後に迫った無辜《むこ》の男を、ドルーリ・レーンがいかにして救うかというスリリングなテーマを扱っているにも拘らず、底には社会批評の精神が洽《あまね》く流れ、それが見事な調和を示しているのは特筆に値いする。

女探偵《シャーロッカ》ペーシェンスの手記の形式で進められるこの陰惨な話は、多分に文学的でさえあり、彼女の批評眼は、法律と政治とアメリカの田舎町の愚劣さを完膚《かんぷ》なきまでにやっつけ、その人道主義的精神は、刑罰と監獄と死刑に限りない懐疑を投げかけている。

ドルーリ・レーンのパースナリィは『Y』、『X』を読まれた読者の知れるとおりであるが、クイーンは更に慾張って、このペーシェンス・サムを描くのに非常に力をいれているのがわかる。このヒロインは米国人でありながら、批評精神にあふれるアメリカの傍観者であり、親爺《おやじ》ゆずりの顎と鼻っぱしを持つ亜麻色《あまいろ》の髪の潑溂《はつらつ》とした才媛として描かれている。屍体を見て失神する癖に、不幸なひとを救うためには拳銃の十字砲火の中に飛びこむ正義感を持つ。

探偵小説としてのよさを私は故意に書かなかったが、犯人の意外性も伏線も申し分なく、第九章における利き腕《デクストラリティ》に関するペーシェンスの推理及び、特に終幕におけるドルーリ・レーンの真相解明はポオの「マリイ・ロオジェ事件」を聯想させ、古典探偵小説愛好家を恍惚《こうこつ》に誘うものがあるといってもひどい嘘をいったことにはなるまい。

ついでであるが、作者が第十三章に一章全部をさいて、電気死刑執行の光景を実に冷酷に細微に描いているのは圧巻で、法による人為的な死の、恐らくは殺人よりもいかに凄まじいものであるかを読者はまざまざと知られるであろう。それは、比較するのが当を得ていないかもしれぬが、ジョイスの『ユリシーズ』の第六挿話、墓場と死のくだりをさえ思い出させる。しかも、この章が解決の重大な鍵を秘める作者の周到な用意であることを知って、私たちはもう一度驚くのである。

ハンマーの謎

今月の初め、私のまちに殺人事件が起った。それから二週間たった昨日、知りあいの地方新聞の記者が私の部屋をのぞいて、捜査が進まないので記事にならず弱っている、とこぼし話をした。所轄署と市警と国警が、六つの捜査班をつくって合同捜査をしているが、刑事連はその日ひろった情報のうち極め手になりそうなのを大事にかくしておいて、つまらない情報だけを上司に報告するからいかん……と、うがったくちをきいたが、捜査本部からネタがもらえない腹いせが半分てつだっているにしても、ありそうなことだと思った。

被害者は、わりあい裕福で近所づきあいもせず、大きな家にふたりだけ住んでいる、すこし変屈者の漁師とその妻で、子供はもちろん、身寄りもないうえ、昔からの漁師部落で土地の人のくちがかたく、捜査本部は難航しているという話だった。

十月二日の朝、老夫婦は、同じ寝床に、妻はねむったかたちのまま眉間《みけん》を一撃で、漁師は起きあがったところを頭部を二、三撃で、撲殺されているのが発見された。

犯人は雨戸を一枚あけて侵入し、まず老婦を、つぎに漁師を殺し、隣りの部屋の箪笥《たんす》のひきだしを三つほうりだし、かきまわしもせず逃走したらしいが、附近から、兇器である、頭が五寸柄が一尺五、六寸の中型ハンマーが発見された。

別のところにしまってあった、三千円ぐらいの金は手がつけてない。

兇器の出所はすぐわかった。そこから電車徒歩まぜて三十分ぐらいの町の中心部の金物屋で、前日の午前、二十才前後の青年が来て買ったもので、その時、その男は店員にハンマーの柄を六寸ほど切らせてもっていったことまでわかった。

もちろん流しではない。警察では、漁師や附近にある土建の飯場《はんば》などの土地カン、無慮六十余名をあたったが、ぜんぶだめらしい。犯人は土地カンとおさえて、目下その動きを待っている状況だという。

そこで、問題のハンマーの謎だが、犯人は殺害するのに、なぜか、ハンマーの平たいラムヘッド（衝撃面）をつかわず、その反対側の小さい凸起部で打撃をあたえているのである。

誰でもやってみればわかるが、こういうにぎり方は、ふりあげた不安定な位置にあるとき、重心が投射の逆の方向にうつり、左右にふれて、命中率が悪いものである。

犯人がとっさの間に、偶然にハンマーを逆に握ったのでなければ、こういう使い方によほど習熟している者が、かまえてこうしたと見るよりほかはないのだが……現場の状況は前者と矛盾しているように思える。

新聞記者はそこをつっこんできた。

「ハンマーを逆に握ったのは偶然か必然か？　必然とすればなぜか?」と。

これは必然だろうし、また、必然でなければ面白くない。

「偶然ではない。あお向いて眠っていた老婦を一撃で殺す余裕があり、ふたりとも同じにぎり方で殺されているから。さらに、買った店で柄を手ごろに切らせているほどのハンマー使いでもあるから、握りまちがえるはずはない」

しかし、私は、そういう使い方をする職業はなにか？ときかれてつまってしまった。

一、二分考えて、苦しい答がでるにはでた。

「牛殺しだ。密殺を業としていたやつだろう。眉間の小面積を深くたたくのに、そういうやりかたをするかもしれない」

もちろん、これは、衝撃部分の説明になるかも知れぬが、前にのべた衝撃以前の物理学には反するから、でたらめである。

新聞記者がおもしろくなさそうな顔をしたのも無理はない。

これは、コントではなく、ほんとのはなしです。

アンケート

問合せ事項
1　今年のお仕事の上では、どんなことをお遣りになりたいとお考えですか。また何か御計画がおありでしょうか?
2　御生活または御趣味の上で、今年にはお遣りになってみたいとお思いの事乃至《ないし》は御実行なさろうとすることがございますか?

一、二年間のブランクをとりもどすものを書くつもりです。もちろん、ひとつおぼえの本格でいきます。
二、特にありません。

（『宝石』一七巻一号、一九五二年一月号）

祝辞

乱歩先生が還暦を迎えられたということは、日本の探偵小説に関心を持つほどの誰もが慶祝の意を表するところでありましょう。それは先生の三十余年にわたる歩みが、わが国の探偵小説の推移と形影ともなうものであったからです。

『二銭銅貨』の出現は、或いはあの時代に早晩起るべき必然であったかもしれません。しかし、私達はそれ以上に、乱歩誕生の偶然を思わずにはいられないのです。便宜上、先生の歩みを三つに区切ってみましょう。最初の時代、それは西欧の探偵小説《スフィンクス》の方法の吸収と日本的再現に努めつつ、更にその圏を突破して独創の域に達した時期と見ることができます。次は普遍化《ポピュラリゼーション》の時代でありました。肯定的なひとはプラスと論じ否定的なひとはマイナスと駁した当否は別として、百万の読者が乱歩を支持しつつ、この新奇なスフィンクスの謎の存在を認めたことは否み得ない事実であります。

やがて到来した外力による総てのひとの漸降の時代には、先生といえどもこれに抗し得なかったかに見えましたが、一九四六年からのルネッサンスは、この期間における先生の不屈の情熱の致すところであることを証明しました。『幻影城』がその「決算書」のひとつであることはいうまでもありません。

還暦の思想は不死鳥の伝説に通ずるものがあります。先生の御幸運な六十回帰の年が不死鳥再生の転機となり、新らしい『二銭銅貨』の誕生となることを祈るもの、ひとり私だけではないことを信じ、先生の御健康を祝させていただきます。

回顧は愉し

『宝石』創刊号を引張《ひっぱ》りだして埃を払って見ると、あの頃の事が懐しく思い出される。僕が最初これを見付けたのは、たしか、東京駅の売場だった。当時僕は、大袈《おおげ》裟《さ》にいうなら出稼ぎに栃木県に行っていて、一週一回土曜日毎に重いリュックを背負い、東武電車で家族の住む逗子《ずし》を往復していた。東武線は御承知の手頃な食糧ルート、その混みようは見もので片腕上げたら三時間も上げっぱなしを覚悟しなきゃならず、北千住で降りると全くホッとしたものだ……そのような惨憺《さんたん》たる僕の生活のひとつの生甲斐《いきがい》は、生れた頃の『宝石』のダイヤのデザインの表紙につながっていた……と云ってもひどい誇張じゃない。

あれで十円もしたかしら、と裏を見るとこれが二円八十銭（もっともこの値段は一号毎に上ったが）だった。

今、隆々たる『宝石』誌の毎号三百頁《ページ》以上に較べて、創刊号は六十四頁だが当時としては実に立派なもので、目次をめくると横溝正史の「本陣」が始まり、宇陀児の「カツラ」その他諸先輩がずらりと執筆しており、探偵小説蘇生《そせい》の息吹が強く匂う。二号には高太郎の「新月」秋野菊作の「探偵小説いろは辞典」、五号からは、乱歩の「幻影城」が載りはじめている。

これらをしみじみ見ると、本誌創業の人々が大先輩たちのアナニマス・アセントを得て、戦後探偵小説に唯一の足場を創った苦心のほどがよく判り、ちょっと涙ぐましくなるほどだ。

あれから十年、戦後派の一群が既成作家に混って宝石の車を押し、デコボコ道を歩み続け十巻を数えたことは、掛値なしにひとつの美談だろうと思う。どうも回顧的な物の云い方で恐縮だが、十周年を迎える本誌がいよいよその本領を発揮するのはこれからだと僕が信ずる故と御諒承願うものである。

ターザンの先人たち

先日知りあいの米人から"Sleuthig in the Stacks"(書棚の探偵)という本を貰った。カルフォルニヤ大学教授ルドルフ・オートロッチという人の書誌学的随筆で、カバーに探偵になった学者の珍しい報告、などと唄い文句があるにも拘らずあまり頂けなかった。その中に標題のような一篇を見つけて読んでみると、幾分スルーシングに関係があった。

"Tarzan of the Apes"類人猿の仲間のターザンはE・R・バロウズが一九一二年に書き、一九一四年初版——ものすごく売れた。私たちがターザンの名を知ったのは葵館にエルモ・リンカン主演の映画が掛ったときで大正九年(一九二〇年)頃、お袋たちをあわてさせたほどターザンごっこがはやった。つまり、初版の六年後に日本の鼻たれ小僧が夢にまで見るスピードで世界中に広まったわけだ。ルドルフ先生――随筆の著者を便宜こう呼ばせてもらう――はバロウズがターザンを書いた動機を、棄児伝説とキプリングのジャングルブックに在りと推理し、モーゼの葦籠遺棄から始まる古今の文献を渉猟《しょうりょう》しているが、その中で棄児伝説の変形――人猿交婚の棄児、殺児を沢山あげている。代表的なのをひとつ御紹介すると……イタリヤのミラノのグワツソという坊さんは「巫女《ウイッチ》概説」（一六〇八年）の中で、或る女が罪人になって猿の島に流刑されたが、類人猿が彼女を洞窟につれこみ婚して二児を得た。数年后ポルトガルの船が猿の島に近づき、女の要請で伴れかえろうとしたとき、類人猿は二児を抱いて海中に船を追ってきた。彼は奪還不可能と知るやその二児を海に漬けて殺し自分も自殺するのである。女はリスボンに帰還ののち獣婚の大罪がばれて焚刑《ふんけい》に処せられた……と書いている。

十五世紀以後の欧州、特にポルトガルにはこれに似た説話が山ほどあるらしい。ルドルフ先生はターザンの身元調べより人猿交婚のテーマに魅せられたらしく、その調査は近代に及びデュカイラスの「赤道アフリカ探険」（一八六一年）スタンリーのリヴィングストン捜索記“In Darkest Africa”（一八七五年）シーブルックの“Jungle Way”（一九三〇年）などから、土人の女が森の男性類人猿《ヒー・エーブ》に伴れ去られた話を引証している。

さてルドルフ先生は、標題はそっちのけで人猿交婚の可能性の問題に現実に取組んだらしい。そして彼がトレーダー・ホーンの記録を通読したとき遂に手掛りをつかんだ。

……ホーンはその問題をひとから訊かれたときこう答えていた。「僕は信じないね。類人猿は人間の女性に興味を持っとらんよ。現に僕は実見した……Rという男が、一つの檻の中にはだかの奴隷女とヒー・エープを入れたのをみたが、メートしなかったぜ。その翌朝、僕の仲間はRを射殺したがね……」

何故Rは射殺されねばならなかったか？　ルドルフ先生は早速、ハーバード大学の人類学者E・A・ストーン教授に人間と類人猿間の人工受精の能否を訊いたところ「実験しなきゃ判らんが、やったことが判ったら大問題だから……」という返辞。望みなきに非ず。

そして、ルドルフ先生は遂に解決――に近づいた。彼はイリノイス大学のC・G・ハートマン教授から、その後耳よりの話をきいた。

十余年前、西アフリカのチンパンジー群棲地である某地にあるパスツール黄熱病研究所で、この実験が行われた。同地の新聞は人間の精子でチンパンジーが受精したことを報じたというのである……残念ながら、その先はこの一文には書かれていない。場所も時も伏せてあるが、実験者についてはこう書かれている。

"The experiment in attempted hybridization of man and ape was done by the elder Iwanow (I believe, assisted by his son)" said Prof. Hartman.

解題

横井　司

1

岩田賛は一九〇九（明治四二）年三月十四日、岩手県盛岡市に生まれた。「賛」は本名で「たすく」と読むが、鮎川哲也「『Zの悲劇』も訳した技巧派・岩田賛」（『EQ』一九九〇・五。後に『こんな探偵小説が読みたい』晶文社、九二に収録。以下、引用は同書による）によれば、よく周囲から「サンさん」と呼ばれていたそうで、その通称がそのままペンネームとなっていると思われる。

　父親の勤務上の移動につれて、奈良県の小学校から東京にある青山師範学校附属小学校（現・東京学芸大学附属世田谷小学校）に転じ、東京府立第二中学校（現・東京都立立川高等学校）に進む。その頃、父親は鳥取県知事に任命されており、寄宿舎生活を送ったという。この府立二中時代に、コナン・ドイルの『四つの署名』（一八九〇）やウィリアム・ル・キューの『暗号のカルタ』（?）を原書で読みこなしたそうだ（鮎川、前掲エッセイ）。

　旧制高校受験のため準備をしていた頃に結核を発症し、三年間の闘病を余儀なくされた。岩田のエッセイ「思い出ばなし」（五〇）によれば「中学を出て肺を病み平塚で療養していたが、病そうを固めるため四日に一度京橋檜物町《ひものちょう》の福井という医院に注射に通っていた」という。その医院のそばに丸善があり、「上京の都度、二階の売場でコリンズの五十銭本やホツダースタウトンの赤本を手に入れた」ことから翻訳を思い立ち、「スミスアドベンチユア&ミステリー誌やピヤソン誌その他から拾つて、新青年へ全部で十篇ぐらい送りこんだ」が「そのうち御採用になつたのが四篇」だけだったそうだ。鮎川は前掲『Zの悲劇』も訳した技巧派・岩田賛」において、博文館に勤務していた伯父の口利きで送稿したと書いているが、岩田自身の回想では、原稿料支払の際に世話になっただけのようである。『新青年』に四編のみ投稿して終わったのは、結核療養後、東京高等工芸学校・印刷工芸科（後、東京工業専門学校と改称。現在の千葉大学工学部）に進学し、卒業制作に取り組んでいた際、雑誌に投稿していると就職を斡旋されないだろうという友人の言葉を耳にしたためだという（前掲「思い出ばなし」）。

卒業後は横須賀の海軍工廠に勤務。士官待遇で、「軍艦に乗って、大砲を発射する瞬間を写真にとる」仕事に従事した（鮎川、前掲エッセイ）。戦後は民間会社に勤めたが「どうも性に合わないといって辞め、しばらく遊んでいたところに、英語ができるなら横須賀市役所の渉外課に務めないか、人が足りないからぜひ来てくれと懇望されて」（同）勤務することになり、結局、定年まで勤め上げた。

一九四六（昭和二一）年の四月に探偵小説専門誌『宝石』が創刊された。新人の登場を期待した同誌では創刊号から創作探偵小説を募集しており、それに「砥石《といし》」を投じたところ、見事入選。翌年四月号に同作品が掲載されて、探偵作家としてデビューした。このときの受賞者には飛鳥高、香山滋、島田一男、山田風太郎らがいた。翌年には『サン写真新聞』主催の「推理小説募集」に「運命のわな」を投じ、最終選考の三作に残り、同紙に連載された。以後、『宝石』をホームグランドとして、いわゆる本格ものを中心に、さまざまな雑誌に発表。一九四九年以降は学年誌や少年誌にも進出し、また五〇年には、久しぶりに翻訳の筆をとってディクスン・カーの『黒死荘殺人事件』（三四）を『別冊宝石』のディクスン・カー特集号に訳載。翌五一年にも、新樹社の〈ぶらっく選書〉の一冊としてエラリー・クイーンの『Zの悲劇』（三三）を上梓した。

横須賀市役所・渉外課の勤務が多忙となり、創作の数は減っていき、『内外タイムス』に「魔像の告白」を連載したのが、いわゆる大人向けの作品では最後となったものの、ジュヴナイルの執筆は途切れることなく続き、確認されている限りでは一九六一年に『岐阜日日新聞』に発表した「宇宙船ただいま発進」が最後の作品となっている。生前の著書は『東京巌窟王』（五一）、『科学と空想』（五五）など、ジュヴナイル作品のみだった。また、創作活動が盛んな頃に誘われて俳句に手を染め、のちには俳友とともに「万寿会」を結成し、亡くなるまで参加していたという（鮎川、前掲エッセイ）。この方面での著書として、句集『螺旋階段』を残している。

渉外課を定年で辞めてからも、上野の博物館から翻訳の仕事を頼まれて、週三回ほど東京に通うことが二年ばかり続いた。このときの仕事（の一部？）が、「コーパスクリスティ博物館について」（横須賀市博物館編『横須賀博物館雑報』十一号、一九六六）というエッセイや、フランク・アトキンスン「イギリスの野外博物館」（『博物館研究』一九七二年九月号）として、まとめられている。

一九八四（昭和五九）年に急性肺炎を発症。全治したものの、その後はさまざまな余病を発症して入退院を繰り返すようになり、翌一九八五年五月三〇日に逝去。享年七十六。

岩田賛の小説作品は、先にも述べた通り、これまでジュブナイル作品しかまとめられてこなかった。近年になって『岩田賛空想科学小説集』（盛林堂ミステリアス文庫、二〇一六）がまとめられ、生前未刊行だった長編「カメレオン島の秘密」（五五）を含め、ジュヴナイルSFの分野における岩田の仕事が鳥瞰できるようになった。本書『岩田賛探偵小説選』は、現在判明している大人向けの探偵小説を初めて集成したものである。残念ながら一九四六年八月十五日付の『探偵新聞』に掲載された「花壇に降つた男」は初出紙が入手できず、今回は収録を見送らざるを得なかった。また、「魔像の告白」についても、後述する通り、連載の二回分の初出紙が欠けており、不完全な採録となってしまったのは遺憾である。いずれも今後の発見を期待したいが、右に述べたような事情はあるとはいえ、本書によって岩田賛の探偵小説における業績が俯瞰できるようになったといってもいいだろう。

鮎川哲也はアンソロジー『殺意のトリック』（双葉社、七九・一二）の解説で次のように書いている。

本格派としては珍しいことだが、この作家は自分の作品に活躍する名探偵を創らなかった。名探偵が自分の好みに合わないのか、名探偵否定論者なのかその辺りの事情は不明だが、それが氏の作品を地味なものにしたことは否めないだろう。

同じことは『幻のテン・カウント』（八六）の解説にも書かれているが、実際には、デビュー作「砥石」に登場した笹井篤が後の作品にも再登場していることが、今回明らかとなった。「砥石」に登場する笹井と、他の作品――「運命のわな」（四七）、「無限信号事件」（同）、

「鎮魂曲《レクイエム》殺人事件」（四八）、「日時計の家」（同）――に登場する笹井とは、同じキャラクターではないのかも知れないと思わせるほど、雰囲気が異なる印象を与えるものの、少なくとも後の四編のキャラクターを同じだと思われるので、名探偵を擁していないわけではなかったのである。

　ところで、右の発表年度から分かる通り、笹井篤の登場する作品は初期に集中しており、その後は警察官が探偵役を務めるスタイルへと変わった。だから作風が「地味」と見なせるかどうかは、また別の話だが、このような変化の理由をうかがわせるのがエッセイ「今年の野心」（五〇）である。そこで岩田は「プロットの発展形式についての問題」を考えているといい、「プロットの演繹と帰納のどちらにウェイトを置くかによって、一つがスリラーとなり他が本格物となるのだが、後者が帰納法に力を入れ過ぎるあまり、屡々探偵的人物のヒロイズムが誇張され、人に飽かれる」ことを問題とした。そして、真相を予見しながら連続殺人を防げないという、ミステリ・ファンにはおなじみの傾向を「帰納偏重とヒロイズムの悲劇」だと述べた上で「プロットの発展にウェイトを置き、ヒーローの独り芝居をひつこめれば」、こうした「悲劇」は避けられるといい、Ｆ・Ｗ・クロフツやＪ・Ｓ・フレッチャーの「プロット発展主義作家」の書いたものに学んでいくことで、「袋小路《リュドサック》に首を突込んだ形の自分」の状況を打開できるのではないかと書いている。岩田がここでいっている「ヒロイズムの悲劇」は、「運命のわな」が『サン写真新聞』の「推理小説募集」に投じられた際の第二次選評で、坂口安吾他が指摘していたことでもあった（本解題の第二節を参照）。こうした考え方が、岩田の作品から名探偵の存在を消し去っていったのではないかと思われる。そしてこのときの言葉に従うように、「魔像の告白」（五六）ではフレッチャー流のスタイルを採用しており、今後の作家活動での発展が期待されたのだが、同作が大人向けのミステリとしては最後の作品になってしまったのは残念であった。

　ちなみに、右で引いた岩田のエッセイが発表された三ヵ月後に、高木彬光が「岩田賛氏に寄す」（『宝石』五〇・三）において、「私はクロフツが、あなたの行くべき道と考へます」と書いているのも興味深いところだし、岩田が創作の筆を控えるのと踵を接するようにして、やはりクロフツやフレッチャーのスタイルを意識した松本清張の『点と線』（五七～五八年連載）が発表され、社会派推理小説の全盛時代を切り開いたことを思えば、岩田の活動停止がいっそう惜しまれてならない。

本書『岩田賛探偵小説選』は、清張登場以前のミステリ界の動向、ロマンティシズムからリアリズムへと変わっていくトレンドの変遷をうかがわせる好個のテキストといってもいいだろう。本書を通して、戦後のミステリ界の状況に思いを馳せるとともに、岩田賛の再評価への道筋が開かれれば幸いである。

以下、本書収録の各編について、解題を付しておく。作品によっては内容にふれている場合があるので、未読の方はご注意されたい。

2

〈創作篇〉

「砥石」は、『宝石』一九四七年四月号（二巻三号）に掲載された。その後、江戸川乱歩編『殺人万華鏡』（自由出版、四八）、『宝石推理小説傑作選1』（いんなあとりっぷ社、七四）、鮎川哲也・島田荘司編『ミステリーの愉しみ 第3巻／パズルの王国』（立風書房、九二）に採録された。

『宝石』一九四六年四月創刊号で告知された「探偵小説募集」に投じ、当選した一編。同年十二月号に掲載された「応募作品所感」で江戸川乱歩は、山田風太郎の「達磨峠の事件」と共に評して「従来からある型であるが本格的探偵小説として水準に達した作である」といい、「一種の『密室殺人』でトリックも面白く」、山田作品よりも「派手やかな作風である」と評した。また水谷準は以下のように述べている。

岩田君の「砥石」は所謂本格、「達磨峠」と同じ地方色豊かな作、組立はずつと手も混んで居り敬服の至りである。たゞ強いて難を云へば、「田園に於ける本格探偵」は云はゞ水と油でなか〳〵渾然としにくい取合せであるから、田園の風俗人情に特別深い観察が必要で、その点「達磨峠」に一籌《いっちゅう》を輸してゐる。

未亡人へのインタビューをまとめた鮎川哲也「『Zの悲劇』も訳した技巧派――岩田賛」（前掲）には、「砥石」のアイデアを得たきっかけについて夫人が話した「主人の母が福島に疎開しておりまして、それを迎えにいったのですね。そのとき大きな砥石を見て、これは使えるなあって思ったのだそうです」という言葉が紹介されている。鮎川は、本作をアンソロジーに採録した際の解説「若き日のライバルたちⅡ」でも、この言葉を踏まえて「これは福島県に疎開していた母堂を迎えにおもむいた際の作者が、農家の物置でふと目撃したことにヒントを得た、ということであった」と紹介している。

「撞球室の幽霊」は、『宝石』一九四七年九月号（二巻八号）に掲載された。単行本初収録。

「運命のわな」は、『サン写真新聞』に一九四七年九月一六日から一一月一日まで連載された。単行本初収録。

『サン写真新聞』一九四七年一月一九日付の第一面で告知された「推理小説募集」に投じられた一編。規定枚数は四百字詰原稿用紙百枚内外で、中編クラスの募集は当時としては珍しい。〆切は二月末日。選考方法は二重審査制で、二月末までに届いた原稿の中から、江戸川乱歩、木々高太郎、大佛次郎、大下宇陀児、永戸俊雄の五名によって入選作三作が選ばれ、それらを本紙に連載した後、読者から約五十名の審査員を選び投票してもらう「大衆審査」を行ない特選を決めるという方式だった。入選作には各三千円、特選作にはさらに七千円が追加されるというふうに、賞金の方も当時としては破格だったといえよう。同年四月十八日の紙面に中間報告が掲載されており、最終六編の作者名には、稲木勝彦や楠田匡介の名前が見られる。

結果発表は同年六月一日の紙面においてなされ、岩田の本作と、永田慎一「還送殺人事件」、高橋幸人「ダンスホール殺人事件」の三編で特選が争われることになった。まず「還送殺人事件」が六月十日から連載され、続いて「ダンスホール殺人事件」、最後が岩田作品だった。これは原稿等着順だという。ちなみに、結果発表の際、大衆審査員は三十名に変更されている。

乱歩以下、五名による選考会は同年五月三十日に行なわれたようで、その際の録音テープから編集された各作品に対する選評が六月三日の紙面に掲載されている。そのうち、岩田作品に関する評は以下の通り。

書き足りていない部分があつて了解に苦しむ点もあるが（大下氏）文章に教養があり（江戸川氏）無難な出来であるという点で　各審査員の意見が一致した。

「大衆審査」の選評は、同年十二月六日から二十五日まで、十二回にわたって紙面に掲載されていった。審査員は以下の二十九名（掲載順。カッコ内は紙面で記された経歴）。

坂西志保（評論家）、浅田一（東大教授）、佐々木芳人（新聞記者）、木々高太郎（推理作家）、田　敏（酒場主人）、戸川行男（早大教授）、西端驥一（慶大教授）、平野謙（評論家）、山口シズエ（代議士）、松永蒸治（法学博士）、植松正（高等検察庁検事）、荒正人（評論家）、梅原龍三郎（洋画家）、高橋誠一郎（前文相）、堀崎繁喜（警視庁捜査第一係長）、大下宇陀児（推理作家）、江戸川乱歩（推理作家）、堀内敬三（音楽評論家）、坂口安吾（作家）、東郷青児（洋画家）、野村胡堂（作家）、永戸俊雄（翻訳家）、金子義雄（本社編集局長）、橋本乾三（高等検察庁検事）、徳川夢声（作家）、古畑種基（東大教授）、岩田専太郎（さしえ家）、大佛次郎（作家）、高田保（作家）。

　他に俳優の原節子と市川小太夫にも依頼してあったようだが、両者とも棄権している。また『サン写真新聞』編集局長は棄権したため、総得票数は二十八。同年十二月二十六日の紙面で発表された結果は、「還送殺人事件」十二票、「運命のわな」十二票、「ダンスホール殺人事件」二票、該当作なし二票、というもので、「還送殺人事件」と「運命のわな」の同時受賞となった。賞金総額一万円は両者で等分されることになり、同年十二月二十九日に授与されている。

　以下に、「運命のわな」に投票した選評を引いておく。

佐々木芳人：「探てい小説は芸術性よりもプロットに重点をおくべきだ」という説がある　然し探てい小説にも芸術性は絶対に必要である　それが欠如していたらプロットのスムースな発展は望めない　そういう観点から「運命の罠」は他の2篇よりプロットの芸術的なは握力が優位にあると思う　そして犯人の設定に論理的な無理がない　私がこれを推す点はまずこの辺りである

木々高太郎：3編のうちでは「運命の罠」10点とすれば「還送殺人事件」5点「ダンスホール殺人事件」は3点という順序です

田　敏：トリックに無理があり　解決法にもいささか神がかりの点多しと思われるが　ストーリー・テーラーとして　この作者は　他の2者をしのぐところが多いと考える　将来にまつ

西端驥一：「還送殺人事件」は文学的香気をとも角も持つてる点宜しく　筋の運びも自然でよいが　単純すぎる点が物足りない　また溝に落ちて死ぬ点もスリルが少い「ダンスホール殺人事件」はスリルはあり中々面白いが　おぜん立てが余りに技巧的でピッタリ来ない消化不足といつた感じである「運命の罠」は大体両者の中間にあるのでこれを採つた　併し発端と結果が拙い　推理一点張りで読んでいて引張られる魅力が乏しい　しかし不満ながらこれに決めた

松本恭治：「還送殺人事件」「ダンスホール殺人事件」

及び「運命の罠」の3篇を逐次に読みましたが　何れも中々の秀作でどれを採るべきか大いに迷いました　しかし最後に1度に3篇を読み直しましたところエラリー・クヰンもの　アルセーヌ・リュパンもの及びワ《ママ》ーンダイク博士ものを連読したような感じがしましたので　フリーマンびいきの私は敢て「運命の罠」を推すことに決心しました。

大下宇陀児：3篇ともにもう一度時をおいて書き直したら　もつと優れた作品になるだろうということが考えられる　実は3篇ともにほとんど同じくらいの出来栄えであつて選に迷うが　「還送殺人事件」は30数名の作中人物をともかく書き分けている点がよく　しかし構想が平たんにすぎるし「ダンスホール殺人事件」は構想が複雑に過ぎて分りにくい点に難があり　結局構想と叙述とのつり合いがとれている「運命の罠」を選ぶことにしたのである

江戸川乱歩：本格推理小説として筋がよく考えてあり破たんが少いこと　小説としても可なりよく書けていること　入選作中本篇を最優秀と考えます

東郷青児：なんとなく文章がぎごちなく　読みにくいところもあるが　段階的に事件の核心へ引きずつてゆく手練は相当なものである　欠点も多いが推理小説としての構成はこれが他をぬきん出ているだろう

野村胡堂：説明が足りないし　発展も鮮明度を欠くが不在証明がよく扱われて　設けられたわなも手が込んで面白い　恐らく枚数の不足のため書き足らなかつたのであろう

永戸俊雄：3篇とも傑作というには程遠い「還送殺人事件」は文章の素ぼくさは大いに推賞していいが推理小説としては「運命のわな」に席を譲らなければならない「ダンスホール殺人事件」はケンランたる陣立ではあるが　プロットの無理がひど過ぎる　そうなると勢い「運命のわな」を推さざるを得ない

古畑種基：私の審査の順次を申上げますと　第1位運命のわな　第2位還送殺人事件　第3位ダンスホール殺人事件です　還送殺人事件も中々面白いと思いましたが　第1位は運命のわなに致しました

大佛次郎：「運命の罠」が1番「還送殺人事件」「ダンスホール殺人事件」の順です「ダンスホール殺人事件」は面白かつたが　出来過ぎている

「運命のわな」に対する否定評としては「この種のものを多少でも読んだものは　中ごろから犯人がだれか見当がつき　最後の4回位はあまりに説明が長すぎて　だ

れる（坂口志保）」「推理小説としては中々面白いが技巧がこみ入つていてスッキリしない所がある（浅田一）」「作の構成プロットの発展は（略）正攻法と思いましたが　最後のアリバイ破りが不手際なので　ガッカリしました　犯人の予想は最初から読者にはわかつていたので興味はかかつてそのアリバイ破りにあつたのに……（平野謙）」「まとまりすぎた感じで小細工が目につきます（山口シズエ）」「徒らに荒唐な複雑性をねらつたのを欠点とする（植松正）」「よく書けていますが　やはりこしらへ上げた感じがあります（堀内敬三）」「推理の過程を事件の進展によつて示すことをしないで　最後に長々と種あかしをしやべらせて読者を納得させようとしている手法は　如何にもわざとらしくて賛成出来ません（橋本乾三）」「老巧ではあるが　トリックのためのトリックという感が強くてとりかねる（徳川夢声）」「犯人の目星が早くつき過ぎるのと　いま一息スケールの大きさがないのがソンをしている（岩田専太郎）」

　こうした選評のうち、「還送殺人事件」に投票している坂口安吾の評は、今なお傾聴すべきところがあるものなのは、さすがであるといえよう。長文なのでこれは別に引いておく。

「還送殺人事件」は物語が地味すぎて　浪漫性の不足が欠点であるが（略）この作者は　推理の裏に称讃すべき論理性をもつており　この論理性は　今までの日本探偵小説作家に欠如していたもので　医学知識や科学知識はずいぶん今までの探偵作家にとりいれられてはいたけれども　さういう表向きの科学知識は論理性というものとは本質的に別なものだ　どれほど浪漫的であり　ケンランたる構成をそなえた作品でも　裏に高度の論理性がはたらいていなければ　高級な読者を納得させることはできない。

　読者に易々と犯人が当つては困るが　当然当るべき論理性がなければならず　読後　読者を納得させ　シテヤラレタ　と思わせるものがなければならぬ。

　この3つの小説で　読者を納得させる論理性あるものは「還送殺人」1つで　かかる論理性をもつことは　この作家の未作《ママ》に希望をいだかせるものでもある。

　なぜなら　浪漫性とか　ケンランたる構成は　作者が意識してそれをねらうことによつて容易にわがものとしうるからで　それに反し　高度の論理性は　誠実な教養によるもの　長い時間の深い勉学によらなければわが物とすることはできぬ［。］

　だから「還送殺人」自体は　まことに起伏なく　手

に汗を握らせず　地味すぎて　それが欠点であるけれども　作家の素質としては頭ぬけており　私はこれを第1席とする。
「運命のわな」は一見破綻なく構成されているようであるが　実は大きな無理がある　椅子の紛失から拷問の事実が推定されるなどもウソであり　錐だの何やかやの発見による事実の推定も　超不自然［。］つまり　このようなのを論理性の欠如というので　今までの名タンテイはこういう1人よがりが多すぎたのである。かつ又　アパートのアリバイをウヤムヤにしているのは　言語道断　焼跡の超不思議の魔術推理よりもこういう確実な事実から推論をひろげることが大切で犯人というものは　そういう秘密をおそれて計画を立てているものなのである。
第3席「ダンスホール殺人事件は　全然1人よがり論理性が何もない　こういうケンランたるもので　論理性を与えるようになれば大作家である。

なお『サン写真新聞』は横組で、右の引用でも分かる通り、漢数字は算用数字に置き換えられ、読点は付されず一マス空けで処理し、句点のみ付せられている（しかも、当時の組版によくあることだが、行末の句読点がぶら下がりの場合は、脱落していることが多い）。「わな」の字がタイトルでは平仮名なのも、編集部による処理と思われ、投稿原稿の表記を紙面に合わせて編集部で変更していることが予想される。オリジナルの表記を復元するのは今となっては不可能だろう。本書収録にあたっては、読点代わりの空白は適宜削るか読点に替え、算用数字を漢数字に改めるにとどめている。諒とされたい。

「潜水兜《ヘルメット》」は、一九四七年一一月一五日発行の『旬刊ニュース』第三二号（二巻一三号）に掲載された。単行本初収録。

「無限信号事件」は、『探訪』一九四七年一二月号から翌年一月号（一巻一号〜二巻一号）まで連載された。単行本初収録。

「風車」は、『黒猫』一九四七年一二月号（一巻五号）に掲載された。奥付は十二月一日発行だが、表紙発行年月日は一九四八年一月一日となっている。その後、『一九四九年版探偵小説年鑑』（岩谷書店、四九）および渡辺剣次編『13の暗号』（講談社、七五）に採録された。

本作品をアンソロジーに採録した渡辺剣次は、ループリックにおいて「『風車』は、戦後の荒廃した社会の話題の的となった〝宝くじ〟に、暗号をからませて、一篇のホームドラマを描いている」と述べている。鮎川哲也は『幻のテン・カウント』（後出）の解説で「代表作としてわたしは『風車』を挙げたい」といい、『パズルの王国』（後出）の解説では「非常によくできた暗号小説で岩田氏が発表した本格短篇のベスト3の一つである」と述べているが、いずれのアンソロジーでも採用していないのは、『13の暗号』に採られていることに加え、「暗号小説を苦手とする」（『パズルの王国』）からであるということらしい。

なお、初出誌の『黒猫』は印刷状態が悪いだけでなく、文章の脱落なども見られるので、既収二冊のアンソロジーを参照して、本文を調整したことを付け加えておく。

「鎮魂曲《レクイエム》殺人事件」は、一九四八年一月一五日発行の『別冊宝石』（通巻一号）に掲載された。単行本初収録。

「蔦の家《いえ》の事件」は、一九四八年四月五日発行の週刊朝日編『陽春読物集』に掲載された。単行本初収録。

初出の『陽春読物集』は雑誌スタイルの単行本で、現在ならムックに相当するものであることを付け加えておく。類似のものとしては『新選探偵小説十二人集』（中部日本新聞社、四七）が連想されよう。

「絢子《あやこ》の幻覚」は、一九四八年五月一五日発行の『旬刊ニュース・別冊』（通巻一号）に掲載された。その後、日本推理作家協会編『探偵くらぶ中／本格編』（光文社カッパ・ノベルス、九七）に採録された。

ミステリー文学資料館編『甦る推理雑誌10／「宝石」傑作選』（後出）の、無署名の作者紹介では「幻想的な雰囲気のなかに論理的な謎解きが展開される」作品として紹介されている。

本作品は、旬刊ニュース編集部が企画した「新人探偵作家コンクール」のために書き下ろされた。江戸川乱歩の推薦によって選ばれた五作家の書き下ろし作を同時に掲載し、一般読者の投票で最優秀作を選ぶという企画であった。第一位に選ばれた作品に一万円の賞金が授与されるだけでなく、投票者にも抽選で一等一名五千円、二等二名一千円、三等三十名百円の賞金が与えられるという規定であり、最終的に四千通近い投票が寄せられている。乱歩の『探偵小説四十年』（六一）に、参加作家と作品が投票結果とともに示されているので、以下に記しておく。

山田風太郎「虚像淫楽」（一〇八三）
香山　滋「緑色人間」（九三一）
岩田　賛「絢子の幻覚」（八八一）
島田一男「太陽の眼」（七八四）
天城　一「高天原の犯罪」（三一七）

「恐ろしきイートン帽」は、『影』一九四八年六月号

（一巻一号）に掲載された。単行本初収録。

「テニスコートの殺人」は、一九四八年七月一〇日発行の『別冊宝石』（通巻二号）に掲載された。その後、鮎川哲也編『幻のテン・カウント』（講談社文庫、八六）に採録された。

「日時計の家」は、『小説』一九四八年六・七月合併号（二巻三号）に掲載された。単行本初収録。

「船室の死体」は、一九四八年一〇一五日発行の『講談と小説』第二号（一巻三号）に掲載された。単行本初収録。

「歌を唄ふ質札」は、一九四九年一月五日発行の『別冊宝石』一巻三号（通巻三号）に掲載された。単行本初収録。

「里見夫人の衣裳鞄《トランク》」は、『探偵倶楽部』一九五二年六月号（三巻六号）に掲載された。後に鮎川哲也編『こんな探偵小説が読みたい』（晶文社、九二）に採録された。

本作品はもともと「蒼いトランク」と題して『オール大衆』一九四九年二月号に掲載されたものであるが、原型作品が入手できなかったので、ここでは『探偵倶楽部』掲載版を収録した。

「ユダの遺書」は、『宝石』一九四九年一〇月号（四巻九号）に掲載された。その後、ミステリー文学資料館編『甦る推理雑誌⑩／「宝石」傑作選』（光文社文庫、二〇〇四）に採録された。

「山女魚《やまめ》」は、『小説倶楽部』一九四九年一〇月号（四巻八号）に掲載された。単行本初収録。

「天意の殺人」は、『宝石』一九五〇年一月号（五巻一号）に掲載された。単行本初収録。

「死の標灯」は、『宝石』一九五〇年七月号（五巻七号）に掲載された。その後、鮎川哲也編『殺意のトリック』（双葉社、七九）に採録された。

本作品をアンソロジーに採録した鮎川哲也は、同書の「解説」で、岩田作品にシリーズ探偵がいないことを述べた上で（先にも書いた通り、これは鮎川の誤解なのだが）「本編に登場する探偵役も決して天才的な名探偵として描かれているわけではない。しかし、用心棒といえば腕っ節に反比例して頭の中味は空疎なものと決っているのに、その常識を破った設定が面白い」と評している。

「奴隷船ベナベンテ号」は、『楽園』一九五四年九月号（七巻九号）に掲載された。単行本初収録。

初出時には、山村正夫の「アフリカの女セールスマン」とともに、「秘境の美女市場」の総題で、巻末の色ページに掲載されている。色ページへの掲載であることや内容から判断して、海外実話を基にした読物ではないかと思われるのだが、そうと断定する決め手がないので、本書では創作篇に収録した。他の作品と明らかに色合いは違うが、諒とされたい。

なお、初出誌の『楽園』は、明星社→千夜一夜出版社→桃源社と版元を変えて刊行されてきた雑誌『千一夜』の後継誌で、巻号数も継承している。本作品が掲載された前号から『楽園』と改題されたようで、したがって本作品掲載号は『楽園』通巻第二号ということになる。『千一夜』及び『楽園』の版元の変遷について記した記事がネット上にアップされているので、参考までにアドレスを掲げておく。http://zoku-tasogare-sei.blog.so-net.ne.jp/2012-09-20-2

「魔像の告白」は、『内外タイムス』に一九五六年一一月二二日から翌年一月二二日まで連載された。単行本初収録。

J・S・フレッチャー型の、ストーリーの展開につれて秘密が明らかになると同時に、新しい謎が生まれるというスタイルが採られており、地方への出張を利用したアリバイ工作など、社会派推理小説登場前夜の文学状況を色濃く反映しているともいえそうな作品である。ただしアリバイ・トリックといえるようなものはなく、真犯人の動機も説得力に乏しいため、同時代の傾向に棹させずに終わったのも、むべなるかなと思わせる。

初出時には「大人の絵物語」という角書きが付され、「懸賞犯人当て」が謳われていた。「山下夫人を殺したのは誰か？」と題した応募要項は、連載第41回「鍵をにぎる者」が掲載された一九五七年一月一日付の紙面で、以下のように告知された。

本紙はじめての試み犯人当て懸賞付の絵物語『魔像の告白』はデザイナー山下夫人を殺害した容疑者が今回までに一応顔をそろえました［○］これまでのこれら容疑者の行動を仔細に視察すれば、真犯人が、あなたによって逮捕されます。次の規定により、犯人を指名して下さい。

▼**答の書き方**　官製はがきに、犯人の氏名と、ごく簡単な〝あなたの推理理由〟を書き、住所氏名は表面に明記して下さい。

▼**締切り**　一月十六日本社到着。

▼**発表**　本篇完結直後（一月二十一日予定）

▼**宛先**　（略）内外タイムス社『犯人当て係』

▼**賞品**　推理賞＝アルビヨン携帯ラジオ一名、努力賞＝松屋特製紋織装ていアルバム二十名、正解者一名に推理賞を贈呈します［○］正解者多数の場合は抽選

により推理賞を決定、さらに正解者二十名に努力賞を差上げます。

最終回が掲載された一月二十二日付の紙面（発行は前日二十一日）で発表された結果は「ついに正解者なし」というものだった。

山下夫人ナゾの殺人事件をめぐる絵物語『魔像の告白』は夫山下隆次郎はじめ数多の容疑者中から、一人の真犯人に焦点を求めて怪奇な物語りを展開しついに完結しました。犯人は意外にも捜査線上の盲点にかくれていた雑誌記者槙久平であったことは、読者の意表をつく作者の最初からの構想であったわけです。この犯人当て懸賞は、規定によりさる十六日締切りましたが、土壇場まで犯人をかくしたため推理も困難なため か応募は予想より少く、犯人を夫山下としたもの八十十九通、前夫玉沢六十九通、月島奈美子五十一通、江川四通、小田部博士八通、土岐六通計二百三十七通で、ズバリ槙久平の名を書いたものは一通もありませんでした。ただ（略）さんから一通正解が届きましたが、これは締切を過ぎた翌十七日本社到着となりましたので、残念ながら規定の正解には入れられず残念賞として別に記念品をおくることにいたしました。

先にも述べた通り、J・S・フレッチャー型のスタイルを採っているため、被害者の夫を犯人とする読者が多かったのも頷ける。犯人当て懸賞には不向きだといわざるを得ないが、伏線に基づく論理的な推理によって真犯人を導き出すことが不可能な作品でも、販売戦略などで犯人当て懸賞を付されることは、しばしばあった。それを思えば、犯人当て懸賞作品としての不備を難詰するのは妥当性を欠く可能性もあることは、併せて指摘しておくべきかもしれない。

なお、国会図書館が所蔵している初出紙のマイクロフィルムは、連載第32回（一九五六年十二月二十三日付「エデンの園（二）」）と第47回（一九五七年一月八日付「帰らざる河（二）」）の二回分が欠けており、本書刊行までに欠号分を入手できなかった。第32回の記述のあり方によっては、フェアかアンフェアかの判断がつく可能性があり、不完全な形での採録は遺憾とすべきところだが、岩田作品には珍しい長期連載作品でもあり、作品の貴重性を鑑みて収録に踏み切ったことをご理解いただければ幸いである。

〈評論・随筆篇〉

「**常識以上のもの**」は、『探偵作家クラブ会報』一九四八年一二月号（通巻一九号）に掲載された。単行本初収録。

「**今年の野心**」は、『宝石』一九五〇年一月号（五巻一号）に掲載された。単行本初収録。

「**高木彬光論**」は、『宝石』一九五〇年三月号（五巻三号）に掲載された。単行本初収録。

「**チェスタトン奇商クラブ紹介**」は、『探偵作家クラブ会報』一九五〇年三月号（通巻三四号）に掲載された。初出時のタイトルでは、「チェスタトン」の文字が小さく、『奇商クラブ』はカギカッコで括られていなかったが、本書では表題の通りとした。単行本初収録。

「**カアの面白さ**」は、一九五〇年八月　日発行の『別冊宝石』三巻四号（通巻一〇号）に掲載された。単行本初収録。

初出誌は「世界探偵小説名作選」第一巻「ディクソン・カア傑作特集号」で、江戸川乱歩の「カア問答」に加え、高木彬光訳「帽子収集狂事件」*The Mad Hatter Mystery*（三三）、岩田訳の「黒死荘殺人事件」*The Plague Court Murders*（三四）、島田一男訳「赤後家《ギロチン》怪事件」*The Red Widow Murders*（三五）と、長編三編が一挙掲載され、本格ファンの渇を癒した。もっとも、いずれも完訳ではなかったようだが。

「**思い出ばなし**」は、『探偵作家クラブ会報』一九五〇年一二月号（通巻四二号）に掲載された。単行本初収録。

「モダンライブラリーのフィフティンベストデテクティヴストーリー」とあるのは*14 Great Detective*（二八）の誤りではないかと思われる。アーノルド・ベネットの「殺人《マーダー》！」Murder!（二七）とともにあげられているJ・S・フレッチャーの「名画《ファイン・アート》」は該当作未詳。コリンズCollinsもホッダースタウトンHodder & Stoughtonも出版社名で、「五十銭本」や「赤本」は、それぞれ小型の廉価本を指す。「赤本」というのは、カバー（ダストラパー）を取った本体の表紙が赤いことに由来している。『スミスアドベンチユア&ミステリー』という雑誌については不詳だが、Street & Smith's Mystery Magazineか、あるいはHutchinson's Adventure & Mystery Story Magazineの記憶違いではないかと思われる。『ピヤソン』Pearson's Magazineは、R・オースチン・フリーマンがソーンダイク博士シリーズの短編を連載したことで知られている。E・V・バークホルダーEdwin V. Burkholder「巻煙草」The Pinched Cigarette（二八）は『新青年』一九三〇年二月号に、トマス・マック

初収録。

Thomas Mack「コードウエル事件」（原題未詳）、アルバート・キンロス Albert Kinross「小説作法」The Art of Fiction（二八）の二編は一九三一年二月二十日発行の春季増刊号に、マイケル・ケント Michael Kent「第二の銃声」All Is Not Fair!（三二）は一九三二年二月号に掲載された。和気律次郎の『犯罪王カポネ』は一九三一年八月に改造社から上梓されている。

「**『Zの悲劇』について**」は、新樹社から〈ぶらっく選書〉第18巻として一九五一年六月に刊行されたエラリー・クイーン『Zの悲劇』*The Traged of Z*（三三）に、訳者あとがきとして掲載された。

「**ハンマーの謎**」は、『探偵作家クラブ会報』一九五一年一〇月号（通巻五三号）に掲載された。単行本初収録。

「**アンケート**」は、『宝石』一九五二年一月号（七巻一号）に掲載された。単行本初収録。

「**祝辞**」は、一九五四年一〇月三〇日発行の『黄色の部屋』六巻二号「江戸川乱歩先生華甲記念文集」に掲載された。単行本初収録。

「**回顧は愉し**」は、『宝石』一九五五年五月号（一〇巻七号）に掲載された。単行本初収録。

「**ターザンの先人たち**」は、『探偵作家クラブ会報』一九五六年一月号（通巻一〇四号）に掲載された。単行本

岩田賛著作リスト

【探偵小説・SF】

砥石（『宝石』昭和22年4月号）

撞球室の幽霊（『宝石』昭和22年9月号）

運命のわな（『サン写真新聞』昭和22年9月16日付～11月1日付）

潜水兜《ヘルメット》（『旬刊ニュース』昭和22年11月号）

無限信号事件（『探訪』昭和22年12月号～昭和23年1月号）

風車（『黒猫』昭和22年12月号、表紙では昭和23年1月）

鎮魂曲《レクイエム》殺人事件（『別冊宝石』1巻1号、昭和23年1月発行）

蔦の家《いえ》の事件（週刊朝日・編『陽春読物集』、昭和23年1月発行）

絢子《あやこ》の幻覚（『別冊旬刊ニュース』読物号、昭和23年5月発行）

恐ろしきイートン帽（『影』昭和23年6月号）

テニスコートの殺人（『別冊宝石』第2号、昭和23年7月発行）

日時計の家（『小説』昭和23年7月号）

花壇に降った男（『探偵新聞』昭和23年8月15日付？）

船室の死体（『講談と小説』昭和23年10月号）

十三の階段　昇天の物理学（『モダン日本』昭和23年11月号）

※連作

歌を唄ふ質札（『別冊宝石』第3号、昭和24年1月発行）

蒼いトランク（『オール大衆』昭和24年2月号）→「里美夫人の衣裳鞄《トランク》」へ改題

ユダの遺書（『宝石』昭和24年10月号）

山女魚《やまめ》（『小説倶楽部』昭和24年10月号）

天意の殺人（『宝石』昭和25年1月号）

死の標灯（『宝石』昭和25年7月号）

奴隷船ベナベンテ号（『楽園』昭和29年9月号）

カメレオン島の秘密（『岐阜タイムス（夕刊）』昭和30年5月

12日付～12月9日付）
魔像の告白（『内外タイムス』昭和31年11月22日付～昭和32年1月22日付）

【少年少女向け作品】

くるみ割り人形の秘密（『学童新聞』昭和23年8月6日付）
松葉づえの怪人（『中学生の友』昭和24年2月号付録）
のぞく青鬼（『中学生の友』昭和24年3月号）
赤屋敷の秘密（『小学五年生』昭和24年9月号）
黄金大旋風（『少年少女譚海』昭和24年10月号～12月号）※大町洪太名義
黄金髑髏船（『少年少女譚海』昭和25年1月号～4月号）※大町洪太名義
幽霊騎手（『東光少年』昭和24年12月号～昭和25年8月号以降？）※大町洪太名義（予告での作者名表記は大平陽介）
四聖館のふしぎ（『小学五年生』昭和25年10月号）
幽霊騎手　インディアン騒動の巻（『東光少年』昭和25年10月号付録）※大町洪太名義
東京巌窟王（『探偵王』昭和26年8月号～11月号）
ユカタンの秘密（『少年少女譚海』昭和26年8月号）※赤木信名義
消えたマネキン人形（『少年少女譚海』昭和26年9月号）
謎の銀三角（『少年少女譚海』臨時増刊号、昭和26年9月発行）
幽霊騎手（『少年少女譚海』昭和27年1月号～6月号）※『東光少年』連載とは別作品
螺旋館の怪人（『少年少女譚海』昭和27年お年玉増刊号、昭和27年1月発行）
暗号もんどう（『少年少女譚海』昭和27年お年玉増刊号、昭和27年1月発行）※赤木信名義
白い聖火（『探偵王』昭和27年2月号）
大蜥蜴（『探偵王』昭和27年3月号）
氷星人第七号（『探偵王』昭和27年5月号）→「氷星人第7号」へ改題
西部の冒険（『別冊宝石』第18号、昭和27年5月発行）
コンゴの曲芸師（『少年少女譚海』昭和27年5月号）※赤木信名義
地底のインカ族（『探偵王』昭和27年6月号）
恐怖のアフリカ空路（『少年少女譚海』昭和27年7月号）※予告での作者名表記は赤木信
幽霊オルガン（『探偵王』昭和27年8月号）
ローンウルフの冒険王（『探偵王』昭和27年9月増刊号）
悪魔ののこぎり（『探偵王』昭和27年10月号）
アリスの秘密（『少年少女譚海』昭和27年12月号）
ロケット衛星Q（『少年少女譚海』昭和28年1月号）

殺人寝台《ベッド》（『探偵王』昭和28年1月号）
拳銃と風見鶏《かざみどり》（『少年少女譚海』昭和28年2月号）
時計館殺人事件（『探偵王』昭和28年2月号）
フィジイ島の怪奇（『探偵王』昭和28年3月号）
緑色《りょくしょく》のミイラ（『少年少女譚海』昭和28年3月号）※赤木信名義
風雲アリゾナ城砦《じょうさい》（『少年少女譚海』昭和28年4月号）
飛行魔人（『少年少女譚海』昭和28年4月号）※赤木信名義
片うでのグレン（『少年少女譚海』昭和28年8月号）
夜光人ガニメーデ（『少年少女譚海』昭和28年8月号）※赤木信名義
未来への抜道（『探偵王』昭和28年10月号）→「5万年後の未来へ」へ改題
ミズーリの短剣（『探偵王』昭和28年11月号）
火をふく衛星（『少年少女譚海』昭和28年11月号）
旋風ネブラスカ（『少年少女譚海』昭和28年12月号）
世界海賊団《ワールド・パイレーツ》滅ぶ日（『少年少女譚海』昭和29年3月号 ※赤木信名義
月船の不思議な乗客＝百年後の宇宙旅行＝（『いばらき』昭和31年1月3日付）
地底の火星人（『岐阜タイムス』昭和32年1月4日付）
消えた火星ロケット（『福島民友』昭和34年1月7日付）
宇宙船ただいま発進（『岐阜日日新聞』昭和36年1月18日付）

◎詳細未詳作品
赤い駅馬車（『少年少女友達』昭和25年10月号？）※大町洪太名義
アリゾナの少年騎手（『少年少女友達』昭和25年12月号〜？）※大町洪太名義
アラパホ黄金塔（『冒険ブック』昭和27年頃の連載）
二挺拳銃のロビン（『東光少年』掲載？）
ロッキーの狼（『東光少年』掲載？）
コロラドの大宝洞窟（『東光少年』掲載？）
テキサスの狼（『少年少女友達』掲載？）
風雲のテキサス（『少年少女友達』掲載？）
コロラドの秘密（『ほがらかクラブ』掲載？）

【翻訳】
巻煙草（『新青年』昭和5年2月号）原作バークホルダー
コードウェル事件（『新青年』昭和6年新春増刊号）原作マック
小説作法（『新青年』昭和6年新春増刊号）原作キンロス
第二の銃声（『新青年』昭和7年2月号）原作マイケル・ケント
黒死荘殺人事件（『別冊宝石』第10号、昭和25年8月発行）原作J・D・カー

Ｚの悲劇（新樹社『ぶらっく選書18　Ｚの悲劇』昭和26年6月刊）原作エラリー・クイーン

イギリスの野外博物館（『博物館研究』45巻1号、昭和47年9月16日発行）著者フランク・アトキンスン

ターザンの先人たち（『探偵作家クラブ会報』１０４号、昭和31年1月発行）

コーパスクリスティ博物館について（横須賀市博物館・編『横須賀市博物館雑報』11号、昭和41年発行）

【随筆関係】

常識以上のもの（『探偵作家クラブ会報』19号、昭和23年12月発行）

今年の野心（『宝石』昭和25年1月号）

高木彬光論（『宝石』昭和25年3月号）

チェスタトン『奇商クラブ』紹介（『探偵作家クラブ会報』34号、昭和25年3月発行）

カアの面白さ（『別冊宝石』3巻4号、昭和25年8月発行）

思い出ばなし（『探偵作家クラブ会報』42号、昭和25年11月発行）

『Ｚの悲劇』について（新樹社『ぶらっく選書18　Ｚの悲劇』昭和26年6月刊）

ハンマーの謎（『探偵作家クラブ会報』53号、昭和26年10月発行）

【無題】（『宝石』昭和27年1月号）※アンケート回答

祝辞（『黄色の部屋』6巻2号、昭和29年10月30日発行）

回顧は愉し（『宝石』昭和30年5月号）

リスト付記

少年少女向け作品には掲載誌未確認のものが多く、他誌広告や次号予告などで確認した情報も載せています。

大町洪太名義の作品については、明らかな誤植と思われる「大町浩太」表記の作品（「黄金大旋風」、「黄金髑髏船」）も大町洪太名義の作品として本リストに掲載しました。

同じ「大町洪太」名義の作品として、「ロマンスの花嫁」（『ロマンス』昭和22年3月号）、「テラスの一夜」（『ロマンス』昭和22年10月号）、「幽霊坂の大捕物」（『スバル』昭和22年12月号～昭和23年1月号？）を確認していますが、発表年や発表媒体から大平陽介の別名（大町浩太）が誤植表記された可能性が高いため、リストアップ対象外としています。

リスト作成にあたり、貴音一美氏、戸田和光氏、横井司氏より情報提供を受けました。記して感謝いたします。

岩田賛の別名義については、盛林堂書房の小野純一氏、善渡爾宗衛氏、よりご教示いただきました。

〈リスト作成〉編集部

[著者] **岩田 賛**（いわた・さん）
1909年、岩手県生まれ。本名・賛《たすく》。東京高等工芸学校（現・千葉大学工学部）卒業後、横須賀海軍工廠や民間会社を経て、戦後は横須賀市役所渉外課に勤務。47年、「砥石」で『宝石』の第1回「探偵小説募集」に、「運命のわな」で『サン写真新聞』主催の「推理小説懸賞」に、それぞれ入選。以後、本格探偵小説を中心に創作活動を行い、49年からは学年誌や少年誌にも書き始め、冒険ものやSFへと作風の幅を広げていくが。市役所の渉外課勤務が多忙を極めるようになり、61年で創作は途絶えた。1985年、逝去。

[解題] **横井 司**（よこい・つかさ）
1962年、石川県金沢市に生まれる。大東文化大学文学部日本文学科卒業。専修大学大学院文学研究科博士後期課程修了。95年、戦前の探偵小説に関する論考で、博士（文学）学位取得。共著に『本格ミステリ・フラッシュバック』（東京創元社、2008)、『本格ミステリ・ディケイド300』（原書房、2012）など。現在、専修大学人文科学研究所特別研究員。日本推理作家協会・本格ミステリ作家クラブ会員。

岩田賛氏の著作権継承者と連絡がとれませんでした。ご存じの方はお知らせ下さい。

岩田賛探偵小説選《いわたさんたんていしょうせつせん》　〔論創ミステリ叢書 108〕

2017年9月20日　初版第1刷印刷
2017年9月30日　初版第1刷発行

著　者　岩田　賛
装　訂　栗原裕孝
発行人　森下紀夫
発行所　論　創　社
〒101-0051 東京都千代田区神田神保町2-23 北井ビル
電話 03-3264-5254　振替口座 00160-1-155266
http://www.ronso.co.jp/

印刷・製本　中央精版印刷

ISBN978-4-8460-1641-8

論創ミステリ叢書

①平林初之輔Ⅰ
②平林初之輔Ⅱ
③甲賀三郎
④松本泰Ⅰ
⑤松本泰Ⅱ
⑥浜尾四郎
⑦松本恵子
⑧小酒井不木
⑨久山秀子Ⅰ
⑩久山秀子Ⅱ
⑪橋本五郎Ⅰ
⑫橋本五郎Ⅱ
⑬徳冨蘆花
⑭山本禾太郎Ⅰ
⑮山本禾太郎Ⅱ
⑯久山秀子Ⅲ
⑰久山秀子Ⅳ
⑱黒岩涙香Ⅰ
⑲黒岩涙香Ⅱ
⑳中村美与子
㉑大庭武年Ⅰ
㉒大庭武年Ⅱ
㉓西尾正Ⅰ
㉔西尾正Ⅱ
㉕戸田巽Ⅰ
㉖戸田巽Ⅱ
㉗山下利三郎Ⅰ
㉘山下利三郎Ⅱ
㉙林不忘
㉚牧逸馬
㉛風間光枝探偵日記
㉜延原謙
㉝森下雨村
㉞酒井嘉七
㉟横溝正史Ⅰ
㊱横溝正史Ⅱ
㊲横溝正史Ⅲ
㊳宮野村子Ⅰ
㊴宮野村子Ⅱ
㊵三遊亭円朝
㊶角田喜久雄
㊷瀬下耽
㊸高木彬光
㊹狩久
㊺大阪圭吉
㊻木々高太郎
㊼水谷準
㊽宮原龍雄
㊾大倉燁子
㊿戦前探偵小説四人集
(別)怪盗対名探偵初期翻案集
(51)守友恒
(52)大下宇陀児Ⅰ
(53)大下宇陀児Ⅱ
(54)蒼井雄
(55)妹尾アキ夫
(56)正木不如丘Ⅰ
(57)正木不如丘Ⅱ
(58)葛山二郎
(59)蘭郁二郎Ⅰ
(60)蘭郁二郎Ⅱ
(61)岡村雄輔Ⅰ
(62)岡村雄輔Ⅱ
(63)菊池幽芳
(64)水上幻一郎
(65)吉野賛十
(66)北洋
(67)光石介太郎
(68)坪田宏
(69)丘美丈二郎Ⅰ
(70)丘美丈二郎Ⅱ
(71)新羽精之Ⅰ
(72)新羽精之Ⅱ
(73)本田緒生Ⅰ
(74)本田緒生Ⅱ
(75)桜田十九郎
(76)金来成
(77)岡田鯱彦Ⅰ
(78)岡田鯱彦Ⅱ
(79)北町一郎Ⅰ
(80)北町一郎Ⅱ
(81)藤村正太Ⅰ
(82)藤村正太Ⅱ
(83)千葉淳平
(84)千代有三Ⅰ
(85)千代有三Ⅱ
(86)藤雪夫Ⅰ
(87)藤雪夫Ⅱ
(88)竹村直伸Ⅰ
(89)竹村直伸Ⅱ
(90)藤井礼子
(91)梅原北明
(92)赤沼三郎
(93)香住春吾Ⅰ
(94)香住春吾Ⅱ
(95)飛鳥高Ⅰ
(96)飛鳥高Ⅱ
(97)大河内常平Ⅰ
(98)大河内常平Ⅱ
(99)横溝正史Ⅳ
(100)横溝正史Ⅴ
(101)保篠龍緒Ⅰ
(102)保篠龍緒Ⅱ
(103)甲賀三郎Ⅱ
(104)甲賀三郎Ⅲ
(105)飛鳥高Ⅲ
(106)鮎川哲也
(107)松本泰Ⅲ
(108)岩田賛

論創社